中国当代文学经典必读

2017短篇小说卷

吴义勤 ◎主编

张元珂 王雪 ◎点评

ZHONGGUO
DANGDAI
WENXUE
JINGDIAN
BIDU

百花洲文艺出版社

图书在版编目（CIP）数据

中国当代文学经典必读.2017短篇小说卷 / 吴义勤主编.
— 南昌：百花洲文艺出版社，2018.5
ISBN 978-7-5500-2758-9

Ⅰ.①中… Ⅱ.①吴… Ⅲ.①中国文学 – 当代文学 – 作品综合集
②短篇小说 – 小说集 – 中国 – 当代 Ⅳ.①I217.1

中国版本图书馆CIP数据核字（2018）第055191号

中国当代文学经典必读·2017短篇小说卷

吴义勤　主编

出 版 人	姚雪雪
责任编辑	胡青松
装帧设计	方　方
制　　作	何　丹
出版发行	百花洲文艺出版社
社　　址	南昌市红谷滩世贸路898号博能中心一期A座20楼
邮　　编	330038
经　　销	全国新华书店
印　　刷	江西千叶彩印有限公司
开　　本	720mm×1000mm　1/16　印张　27
版　　次	2018年5月第1版第1次印刷
字　　数	350千字
书　　号	ISBN 978-7-5500-2758-9
定　　价	55.00元

赣版权登字　05-2018-129

我们该为"经典"做点什么？

吴义勤

当今时代，对经典的追怀和崇拜正在演变为一种象征性的精神行为，人们幻想着通过对经典的回忆与抚摸来抵抗日益世俗和商业化的物质潮流。在这一过程中，一方面，经典作为人类文学史和文明史的基石与本源，其价值得到了充分的认同与阐扬；另一方面，经典的神圣化与神秘化又构成了对于当下文学不自觉的遮蔽和否定。可以说，如何面对和正确理解"经典"，正是当代中国文学必须正视的一个问题。

什么是经典呢？就人类的文学史而言，"经典"似乎是一个约定俗成的概念，它是人类历史上那些杰出、伟大、震撼人心的文学作品的指称。但是，经典又是无法科学检验的主观性、相对性概念。经典并不是十全十美、所有人都认同的作品的代名词。人类文学史上其实根本就不存在十全十美、所有人都喜欢、没有缺点的所谓"经典"。那些把"经典"神圣化、神秘化、绝对化、乌托邦化的做法，其实只是拒绝当下文学的一种借口。通常意义上，经典常常是后代"追认"的，它意味着后人对前代文学作品的一种评价。经典的标准也不是僵化、固定的，政治、思想、文化、历史、艺术、美学等因素都可能在某种特殊的历史条件下成为命名"经典"的原因或标准。但是，"经典"的这种产生方式又极容易让人形成一种错觉，即"经典"仿佛总是过去时、历时态的，它好像与当代没有什么关系，当代人不能代替后人命名当代"经典"，当代人所能做的就是对过去"经典"的缅怀和回忆。这种错觉的一个直接后果就是在"经典"问题上的厚古薄今，似乎没有人敢于理直气壮地对当代文学作品进行"经典"的命名，甚至还有人认为当代人连写当代史的权利都没有。

然而，后人的命名就比同代人更可信吗？我当然相信时间的力量，相信时间会把许多污垢和灰尘荡涤干净，相信时间会让我们更清楚地看清模糊的、被掩盖的真相，但我怀疑，时间同时也会使文学的现场感和鲜活性受到磨损与侵蚀，甚至时间本身也难逃意识形态的污染。我不相信后人对我们身处时代"考古"式的阐释会比我们亲历的"经验"更可靠，也不相信，后人对我们身处时代文学的理解会比我们亲历者更准确。我觉得，一部被后代命名为"经典"的作品，在它所处的时代也一定会是被认可为"经典"的作品，我不相信，在当代默默无闻的作品在后代会被"考古"挖掘为"经典"。也许有人会举张爱玲、钱钟书、沈从文的例子，但我要说的是，他们的文学价值在他们生活的时代就早已被认可了，只不过新中国成立后很长时间由于意识形态的原因我们的文学史不允许谈及他们罢了。

　　这里其实就涉及了我们编选这套书的目的。我认为，文学的经典化过程，既是一个历史化的过程，又更是一个当代化的过程。文学的经典化时时刻刻都在进行着，它需要当代人的积极参与和实践。文学的经典不是由某一个"权威"命名的，而是由一个时代所有的阅读者共同命名的，可以说，每一个阅读者都是一个命名者，他都有命名的"权力"。而作为一个文学研究者或一个文学出版者，参与当代文学的进程，参与当代文学经典的筛选、淘洗和确立过程，正是一种义不容辞的责任和使命。事实上，正是出于这种对"经典"的认识，我才决定策划和出版这套书的，我希望通过我们的努力，真实同步地再现21世纪中国文学"经典化"的进程，充分展现21世纪中国文学的业绩，并真正把"经典"由"过去时"还原为"现在进行时"，切实地为21世纪中国文学的"经典化"作出自己的贡献。与时下各种版本的"小说选"或"小说排行榜"不同，我们不羞羞答答地使用"最佳小说"之类的字眼，而是直截了当、理直气壮地使用了"经典"这个范畴。我觉得，我们每一个作家都首先应该有追求"经典"、成为"经典"的勇气。我承认，我们的选择标准难免个人化、主观化的局限，也不认为我们所选择的"经典"就是十全十美的，更不幻想我们的审美判断和"经典"命名会得到所有人的认同，而由于阅读视野和版面等方面的原因，"遗珠之憾"更是不可避免，但我们至少可以无愧地说，我们对美和艺术是虔诚的，我们是忠实于我们对艺术和美的感觉与判断的，我们对"经典"的择取是把审美和艺术放在第一位的。说到底，"经典"是主观

的，"经典"的确立是一个持续不断的"过程"，"经典"的价值是逐步呈现的，对于一部经典作品来说，它的当代认可、当代评价是不可或缺的。尽管这种认可和评价也许有偏颇，但是没有这种认可和评价，它就无法从浩如烟海的文本世界中突围而出，它就会永久地被埋没。从这个意义上说，在当代任何一部能够被阅读、谈论的文本都是幸运的，这是它变成"经典"的必要洗礼和必然路径，本套书所提供的同样是这种路径，我们所选的作品就是我们所认可的"经典"，它们完全可以毫无愧色地进入"经典"的殿堂，接受当代人或者后来者的批评或朝拜。

感谢百花洲文艺出版社对我的经典观的认同以及对于这套书的大力支持，感谢让这个文学工程可以在百花洲文艺出版社这个平台美丽绽放。我们的编选仍将坚持个人的纯文学标准，而为了更好地阐析我们的"经典观"，我们每本书将由一个青年学者对每一篇入选小说进行精短点评，希望此举能有助于读者朋友对本丛书的阅读。

目 录

天下太平/

/莫 言

一

小奥，大名马迎奥，但除了学校里的老师叫他的大名，村子里的人都叫他小奥。

星期天上午，因为下雨，没法放羊，爷爷让小奥在家学习。他趴在炕沿上，翻了几页课本，心中感到厌烦。又看了一遍那几本看过很多遍的儿童绘本，更烦。他的目光盯着墙上一只壁虎看，看……突然，那壁虎向一只蚊子扑去。蚊子到嘴时，壁虎的尾巴一声微响，断裂了。另一只壁虎从黑暗中窜出来，把那条在炕席上跳动着的小尾巴吞了下去。小奥大吃一惊，蹦了起来。他很想把奇迹告诉爷爷，却听到了爷爷响亮的鼾声。原本坐在灶旁边用柳条编筐的爷爷手里攥着柳条睡着了。他悄悄地从爷爷身边绕过去，顺手从门后抓起一个破斗笠扣在头上，然后轻轻地穿过院子，蹿出大门。两只拴在柿子树下的山羊咩咩地叫着，他没理睬它们。

雨下得不大不小，头上的破斗笠发出噼噼啪啪的响声。新用水泥铺成的大街上汪着明晃晃的雨水。他一边跳踩着水汪，听着咕叽咕叽的水声，一遍遍叨着同学们篡改过的诗句："小鳖他老姐，最爱把气生。哭了一整夜，天明不住声。圈里母猪黑，窗上玻璃明。养猪发大财，全家进了城。"

大街上没有人，一条狗夹着尾巴，匆匆地跑过。一只麻雀叼着一只知了从很高的空中飞过。那知了尖厉地鸣叫，拼命地挣扎。小奥听出了知了的愤怒和不服气，这么大的知了被小麻雀儿擒住，它怎么能够服气？果然，那知了挣脱了麻雀的嘴，尖叫着钻到天上去了。小奥从来没有想到知了能飞得这样高。那只失去了猎物的麻雀，筋疲力尽地落在张二昆家的门楼上，半天才发出了一声叫，仿佛老人叹气。

张二昆家的大门是村子里最气派的大门。在张二昆家大门两侧白色的墙上，右边写着"改建新式厕所"，左边写着"享受文明生活"。张二昆是村子里最大的官。村里人都不乐意把改建厕所的宣传口号写到自家墙上，二昆说那就写到我家墙上。张二昆当官两年就把这个乱得出名的村子治理得服服帖帖。张二昆说农民坐着拉屎是小康社会的重要标志。小奥想到刚开始爷爷蹲到马桶上骂张二昆，过了几天爷爷坐到马桶上夸二昆。张二昆当官前是村子里最大的刺儿头。他曾经将他的前任拖到村西头那个大湾里。小奥记得那天的场面，真像过节一样。那个官不会游泳，在湾里挣扎，喝湾水把肚子都喝大了。那个官刚爬到湾沿上就被张二昆踢下去。爬上来又踢下去。爬上来又踢下去。后来那个官哭着说："二昆，爷爷，我承认了还不行？"张二昆说："你大点声说，让大家伙都听到，你承认了什么？"那个官说："乡亲们，我承认，我将黑青铁路占咱们村的公留地的赔偿款挪用了一点点。"张二昆说："大家伙儿都把手机拿出来录视频，你大点声，当着大家的面说清，说你贪污了多少，怎么贪污的。说不说？不说你今天就在湾里泡着吧……"小奥记得那是前年二月里的事儿，湾里的冰刚刚融化，水很凉，小北风一吹，站在湾边的人都忍不住打哆嗦。大家都开了手机录视频，那个官站在湾沿，浑身流着水，嘴唇发青，哆嗦着交代罪行。小奥爷爷不会用手机录像，急得跳脚。小奥把爷爷的手机夺过来，点了几下。爷爷说："小东西，你跟谁学的？"张二昆说："乡亲们，把证据保存好，千万别删了。我去投案了。"乡亲们说："二昆，我们联名保你。"

小奥路过张二昆家大门口时，看到路边停着一辆黑色的奥迪，车后粘着一个银色大壁虎。他畏畏缩缩地靠近那壁虎，想用手指戳戳它。就在他刚刚伸出手指时，一扇大门嘎嘎响着打开了。张二昆跟随着一个五大三粗的黑汉子走出来。那黑汉子腆着肚子，腰带扎在肚脐下边。张二昆与那黑汉子握手，脸上挂着笑，嘴里连声说："您尽管放心，袁武的工作我去做。"小奥不认识黑汉子，但他知道袁武是他同学袁小鳖的爹。袁小鳖大名叫袁晓杰，小鳖是他的外号。黑汉子距离奥迪车还有七八步时，司机从车里猛然钻出来，把小奥吓了一跳。司机快步绕到车右，拉开后边的车

门。黑汉子对着张二昆双手抱拳晃了晃，弯腰钻进车里，车体猛地落下去一截，车轮也瘪了一些。司机不轻不重地推上车门，然后疾步回到驾驶座上。车轻快地往前跑去，排气管里冒出白色的雾气。张二昆对着车招手，目送着车沿着湾边的公路右拐北去。这时，他才像突然发现了似的，惊讶地问："小奥，你在这里干什么？"小奥指一指门楼上的麻雀，悄悄地说："知了飞了。"张二昆冷笑一声，道："什么知了飞了，回家写作业去。"

小奥站得笔直，盯着张二昆看。他看到张二昆穿着一件壁虎牌T恤衫，胳膊上刺着一条青色的壁虎，与T恤衫上那条壁虎上下呼应。张二昆虎着脸说："看什么？鳖羔子，回家让你爷爷给你爹娘打电话，让他们赶快滚回来，我们太平村要干大事，不用出去打工了。"张二昆转身进门，大门哐当一声关上。这时，小奥发现那只麻雀大概是死了，因为它蹲在瓦楞上一动不动。它一定是气死的，小奥想，麻雀气性真大。

二

溜达到村西大湾，他看到湾边有两个男人在打鱼。两个男人一高一矮，高的年轻，矮的年老。他听到那个高的叫了一声爹，才知道这是爷儿俩。现在的儿子都比爹高，他记得张二昆站在大街上说，儿子为什么都比爹高？是人种进化了吗？非也，非也，是生活水平提高了！他们身上都披着那种带连帽的红色塑料雨衣，手里都提着一张旋网。湾水灰白，疏密不定的雨点儿将水面敲打得千疮百孔，细密的乳白色雾气升起来。红色的打鱼人站在水边显得格外醒目。湾边有十几棵粗大的垂柳，树干因雨淋湿而发黑，柔软的绿色枝条，直探到水里。有几只燕子贴着水面飞翔。最北边那棵柳树下倒扣着一条锈得发红的铁皮船，这是前任村官购置的。他异想天开，想吸引城里人到湾里来划船。小奥不记得有人坐过这条船，从他记事起这条船就这样倒扣在柳树下。那两个打鱼人赤着脚，挽着裤子，裸露着小腿。老打鱼人枯树干一样的小腿上，沾着褐色的泥。年轻打鱼人的小腿很白，丰满的腿肚子上沾着黑泥。他们的面目模糊不清，但口中不时龇出的白牙齿，让小奥感到他们是在按捺不住地窃笑。他们手中提着的旋网，底下拴着铅制的沉重的网脚，散开口比碾盘还大。他们在撒网前，总是先站稳脚跟，铆足了劲，掂掂量量，唰的一声，就撒出去了。网在空中短暂飞行，接触到水面的那一刹那，网脚已经散开，像一张圆形的大嘴，带着吞噬水中万物的霸气，把一片水域罩住。稍停片刻，打鱼的人开始往上拉网，缓缓地，试探着，小心翼翼。网的上端是细的，越往下越粗大。拖上来的部分，淅淅沥沥地滴着水，一环一环地挽在臂弯里。水底的淤泥被网脚拖动，湾里的水浑浊起来，漾起了怪臭的气味。到了最后，整个网脱离了水面，打鱼人将身体弯下去，用胳膊挽着网，猛地提起来。这时的网分明重了许多。可以看到网里纠缠着黑色的水草，还有活的东西在水草里挣扎。打鱼人把网提到湾边较为平坦的地方散开，将网中兜住的东西抖出来，有水草，有淤泥，有沤烂了的鸡毛掸子，有破塑料盆，有砖头瓦块，还有各种颜色的塑料袋子。但每一网总有几条鱼，大都是鲫鱼，明晃晃的，像犁铧一样。好大的鲫鱼啊。小奥兴奋地想着，看着。黑色的蛤蟆，在那些被网拖上来的淤泥和水草中，笨拙地爬动着。打鱼的人把蹦跳着的鲫鱼按住，抓起来，塞进腰间的蒲草包里。与那些大鲫鱼相比，蒲包的口儿似乎小了。有几网，除了鲫鱼，还有黄鳝，还有泥鳅。

最为奇特的一网，是儿子撒出的。儿子比老子高出半个头，胳膊也长出一截，力气也显然比老子大得多。小奥看到那儿子在水边站成一个马步，有条不紊地将网理好，挽在胳膊上，然后身体前探，猛地撒了出去，嘴巴发出"哎嗨"一声，那网直飞到大湾深水处，无一折叠地打开，成一个优美大圆。这一网连小奥也觉得精彩，嘴巴里发出赞叹之声。老头子更是欣赏，眼睛里放射出光彩。网沉水中，稍候片刻，儿子便慢慢收网，一截一截地，挽到胳膊上。下边越来越粗，网眼越来越大，网眼上形成的水膜儿哔哔响着破裂。网猛烈地抖动了一下，湾水中泛起灰绿的浪花，似乎网住了大家伙。小奥看过很多次打鱼，知道网住大鱼一定不能急，如果拉急了，大鱼暴躁起来，一挺身子，那锋利的鳍尾，就把网给豁了。儿子的脸色顿时凝重起来，老头子也不再撒网，看儿子收网，低声提醒着："稳着点，稳住……"那网收到五分之四的样子，网里又有一次大动，儿子和老子的脸色都成了铁。老子将自己手中的网放下，低声说："不要拉了，稳住。"老子小心翼翼地下了水。儿子说："爹，你来拢着网，我下去。"老子不回答，慢慢往水中走。水淹到了他的肚子。他弯下腰，摸着网口的铅坠，慢慢往里拢。小奥虽然看不到，但他知道那网口已经在水

下合拢。老子给儿子使了一个眼色，儿子手上又使了劲儿。老子在水里几乎把网揽在怀里，慢慢地往前推，终于靠近了水边。爷儿俩配合默契，将臭烘烘的网抬出水面，沿着倾斜而滑溜的湾涯，水淋淋地拖到了湾边的水泥路上。

他们竟然网上来一只鳖。一只浅黄色的大鳖，比芭蕉扇子还要大一圈儿。那鳖一出网就飞快地往湾里爬，儿子用双手按着鳖盖子，才制止了它的爬行。老打鱼人从腰里摸出一根白色的尼龙绳子，拴住大鳖的后腿。他看看儿子的腰间，又看看自己的身上。爷儿俩腰间的蒲包都塞得鼓鼓胀胀。小奥知道他是想把这只大鳖挂在儿子或是自己的腰间，然后继续打鱼。但这只鳖实在太大了，无法挂。这时，老打鱼人看了小奥一眼。

小奥忽然意识到，这个大湾子，是属于自己村的，湾里的鱼，应该是村子里的财产，这两个不知哪里来的打鱼人，打走了这么多鱼，还有一只价值不菲的大鳖，这是明目张胆的偷盗。他正犹豫着是不是应该去向张二昆报告时，听到那个年轻的打鱼人说：

"爹啊，这个大鳖足有十斤重，蒲包子也满了，我们该回去了吧？"

"急什么？"老打鱼人压低了嗓门说，"今日该咱爷儿俩发利市了……"

"没地方盛鱼了啊！"年轻的打鱼人大声说。

"小点声音，怕村子里人不出来是不是？"老打鱼人不满地责备着儿子，然后说，"把裤子脱下来。"

"干什么？"儿子疑问着，但还是摘下腰间的蒲包，将裤子脱了下来。

老打鱼人看了小奥一眼，将拴鳖的绳子递给儿子，自己也弯腰脱下裤子。老打鱼人的内裤破了一个窟窿，幸亏有塑料雨衣挡着。老打鱼人先将自己的裤子两条腿扎起来，撑开裤腰，让儿子用脚踩住拴鳖的绳子，腾出手，把蒲包里的鱼，扑棱扑棱地倒了进去。然后他又将儿子的裤子腿扎起来，将自己蒲包里的鱼倒进去。他从裤腰上抽出发黑的牛皮腰带，扎在红色塑料雨衣外，显得很是精干。儿子学着老子的样子，把棕色的人造皮腰带抽下来，扎在红色塑料雨衣外，显得很是利落。最后，老打鱼人折了几根柔软的柳条，将裤腰扎起来。老打鱼人黑色的裤子和他儿子灰色的裤子，就像两条分岔的口袋，鼓鼓囊囊地躺在路上。雨点儿落到裤子上，鱼在裤子里扑棱着。小奥知道，如果是鲢鱼，离水片刻就死，但鲫鱼命大，离水许久，还能扑棱。

老打鱼人扯着拴鳖的绳子，看看小奥，笑着说："小伙计你好啊！"

小奥点点头，没有搭腔。但老打鱼人脸上的微笑，消解了他心中的敌意。老打鱼人将那两裤子鱼放在那棵裸根如龙的大柳树下，又把那只大鳖，拴在了柳树凸出地面的根上。他做好了这些，低声对小奥说："小伙计，帮我们看着，别吭声，我们走时，会送给你两条鱼，两条最大的鱼。"

小奥看着那两裤子鱼和那只大鳖，依然没有吭声。

那只大鳖错以为得到了解放，急匆匆地往湾里爬，但拴住它后腿的细绳很快就拽住了它，它一挣扎，就被绳子拖住，一条后腿被长长地拉出来。再一用力，它翻了跟斗，肚皮朝了天，再翻过来，再挣扎。折腾了几次，它不动了，似乎在生闷气，两只绿豆小眼里放射出阴森森的光芒。

小打鱼人蹲下身，脸上流露出孩子般的顽皮神情，伸出一根手指，去戳鳖甲。他得意地说："爹，其实咱有这只老鳖就够了，野生大鳖，贱卖也要给咱们两千……"

老打鱼人瞪了儿子一眼，低声呵斥："闭嘴吧你！"

小打鱼人继续用手指戳鳖甲，甚至去戳鳖头，脸上的喜色掩饰不住地洋溢出来。

"你找死啊？"老打鱼人训斥道，"被这样的野生老鳖咬住手指，它是死活不会松口的。"

"说得怪吓人的……"小打鱼人不屑地嘟哝着，但那根刚触到鳖头的食指，机敏地缩了回来。

"不被鳖咬你就不知道鳖的厉害！"老打鱼人说着，突然打了几个喷嚏，低声嘟哝了几句什么后，对小奥说，"小伙计，怎么样？今天算你好运气，既看了热闹，又白得两条大鱼。"

"我不要鱼，"小奥盯着老打鱼人的眼睛，低声说，"我不要鱼。"

"你不要鱼？"老打鱼人皱了皱眉头，问，"你竟然不要鱼，那你想要什么？"

"我要这只鳖。"

"你要这只鳖？"老打鱼人冷笑一声，说，"你可真敢开牙！"

"我不要鱼，我就要这只鳖。"小奥坚定地说。

"你知道这只鳖值多少钱吗？"小打鱼人提高了嗓门，说，"这两裤子鱼，也卖不过这只鳖。"

"我不管，你们如果要让我看鱼，我就要这只鳖。"小奥说。

"我们凭什么要给你这只鳖？"小打鱼人顶了小奥一句，看着他的爹，不满地说，"我们为什么要他看？鱼装在裤子里，鳖拴在树根上，跑不了的。"

小奥傲慢地说："我根本就没要给你们看鱼，是你们让我给你们看鱼，是你们要给我两条大鱼。"

"那么，"小打鱼人说，"我们现在不要你给我们看鱼了，我们也不要送你鱼了。"

雨不大不小地下着，鱼在湾里翻着花儿，发出哗啦哗啦的声音，湾里散发着腥臭的气味。

老打鱼人看了一眼湾里的水，说："小伙计，你先帮我们看着，至于这只鳖，等我们要走的时候，再跟你商量，也许，我们高了兴，还真的把它送给你。但如果你捣蛋，惹我们不高兴了，那我们不但不会送你鳖，我们连一片鱼鳞也不会送给你。"

"你们去打鱼吧，反正我要这只鳖。"

"反正你要这只鳖？！"小打鱼人轻蔑地说，"反正个屁！我们什么也不会给你，你能怎么样？"

"我能怎么样？"小奥冷冷地说，"我能跑到村子里去，到张二昆家，告诉他，来了两个打鱼的，把湾子里的鱼快要打光了，还打了一只鳖，一只大鳖。他们已经打了满满两裤子鱼，他们还在打。"

"这鱼是野生的，鳖也是野生的，我们为什么不能打？"小打鱼人说。

"这个湾子是我们村子里的，"小奥说，"这湾子里的鱼，自然也是我们村子里的。"

"屁，你们村子里的，你叫叫它们，它们答应吗？如果你叫它们，它们答应，那就算是你们的。"小打鱼人说。

"我叫它们，它们不会答应，"小奥毫不示弱地说，"但张二昆叫它们，它们就会答应。张二昆家里养着一条狼狗，像小牛一样高大，每次可以吃五斤肉。张二昆家还有一面大铜锣，他一敲锣，全村的人都会跑来，把你们围起来，没收你们的鱼，没收你们的鳖，没收你们的网。如果你们不老实，就把你们扔到湾子里去，哼！"

"吓唬谁啊？我们是吃着粮食长大的，不是被人吓唬着长大的。"小打鱼人说。

"你这个小伙计，年纪不大，口气不小啊！"老打鱼人看看湾子里被雨点儿打得麻麻皴皴的水面和大鱼不断翻起的浪花，抬手擦了一把脸上的水珠，说，"小伙计，你也不用吓唬我们，我和张二昆，早就认识，我们两家，还是瓜蔓子亲戚，论道起来，他该叫我表叔，你叫他来，他就会请我们去他家喝酒。我不愿意惊动他，是怕给他添麻烦呢。"

小奥冷笑着，不说话。

"其实，不就是一只鳖吗？"老打鱼人说，"等我们把这两个蒲包打满，我们就把这只鳖送给你。但你必须帮我们看着这些鱼。"

"好吧，我帮你们看着鱼。"小奥说。

"爹，你真是慷慨！"小打鱼人气哄哄地说，"我们凭什么给他？"

"行了，你就少说两句吧。赶快，趁着雨天鱼儿往上翻腾，多打几网。"老打鱼人对儿子使了一个眼色，转回头对小奥说，"小伙计，你可千万别戳弄它，被它咬住就麻烦了。"

两个打鱼人急匆匆地沿着斜坡下到水边，他们不时地回头看树下，显然是对小奥不放心。他们对着湾中大鱼翻花的地方将网撒下去，丰盛的收获，使他们暂时忘记了往这边张望。

小奥看看空无一人的街道和寂静的村子，心中又感到无聊。他看到有几户人家的烟筒里冒出了白色的炊烟，知道做午饭的时候到了。他有点记挂爷爷了，但既然答应了给人看鱼，而且那个老打鱼人已经答应了会将这只大鳖给自己，他不能离开。他想，这只老鳖到手后，是拎到集市上卖了呢，还是炖汤给爷爷补身体？自从去年奶奶去世后，他发现爷爷的身体越来越不好了。爷爷过去编筐时从不困觉，现在爷爷编筐时经常打呼噜。爷爷是编筐的高手，张二昆说要帮爷爷把筐卖给外国人。

裤子里的鱼渐渐地安静下来，那只大鳖也认了命似的一动不动。小奥仔细地观察着这只鳖，只见它背甲绿里泛黄，甲壳上布满花纹。甲边的肉裙又肥又厚。脖子周围，臃着黑色的疙瘩皮，头是黑的，但鼻子是白的。小奥知道这是只上了岁数的老鳖，心中生出几丝敬畏。小奥看到鳖头上那两只亮的绿豆眼放射着仇恨的光芒，忽然感到身上发冷，很多从爷爷和奶奶嘴里听过的鳖精故事涌上心头。小奥觉得眼前这只被拴住后腿的鳖，就是一只鳖精，只要它一施展法术，就会水势滔天，决堤毁岸。只要它摇身一变，就会变成一个白胡子老头，站在自己面前，讲述前朝旧事。那只老鳖似乎看出了他的胆怯，猜到了他的心思，两只小眼的光芒愈发地明亮凶狠起来。

一时间小奥不敢与鳖眼对视，他用求助的目光去寻找打鱼人，却发现他们已经转到大湾的对面去了。他们的面目已经模糊不清，身上的红色雨衣在雨中溻化成两大团颜色，他们的旋网像一道道明亮的闪电，不时地在水面上颤抖着展开。他想喊叫他们，但突然感到他们行迹诡异，也许他们也是鳖洞里的老鳖，幻化成人形，来考验他的意志和忠诚。于是就努力地回忆他们的模样，越想越觉得他们的容貌怪异，仿佛是带着假面的妖精。他抬头往远处看，正好看到那条从大湾南面斜着穿过的黑青铁路上，有一列绿色的只有四节车厢的火车无声地滑过。车上似乎也没有乘客，一闪而过的车窗上似乎都挂着洁白的窗帘。他记起村里人关于这条铁路和这列神秘列车的议论。人们实在想不明白为什么要占数万亩的良田，花数亿的资金，修这样一条斜劣霸道的铁路，每天只有这样一列似乎什么也没拉的火车从这里滑过去，列车时刻表上查不到这列火车的任何信息。他于是感到这条铁路、这列火车都与这个大湾里的老鳖有关。鳖洞是不是像那些绘本上所画的那样，连通着另外一个世界？而另外那个世界里的人，长得是否跟老鳖一样？

越想越怕，低头看老鳖，似乎觉醒了似的，又开始了挣扎，重复着向前爬行、绳拖后腿、四肢朝天、困难翻转、再爬再翻的游戏。小奥下定决心，要放了这个老鳖。他想，既然两个打鱼人也是老鳖变的，那放了同类不正是它们期待的吗？也许这就是应对它们考验的最好的举动。放了老鳖，让鳖精知道我的善良，然后它们就会保佑我的爹娘多挣钱，保佑我的爷爷身体好，保佑我考试得高分……于是小奥解开了树根上的绳子，低声说："你走吧。"但那老鳖竟然一动不动了，刚才还疯狂挣扎呢。小奥看看老鳖，老鳖也瞪着两只小眼看小奥。老鳖尖尖的嘴巴，晶亮阴森的小眼，让小奥感到似曾相识，似乎是在什么地方见过的一个男人的脸。小奥又重复了一声，说："你走吧。"但老鳖依然不动。小奥终于明白，老鳖是不愿意拖着一根尼龙绳子下湾的，那将给他带来诸多的不便，也会让水族们嗤笑。小奥说："老鳖，老鳖，我明白你的意思了。我帮你把绳子解开就是。"小奥弯下腰，试图去解拴在鳖后腿上的绳子时，那老鳖，却以闪电般的速度，咬住了他的右手食指。

三

小奥惨叫一声。与其说是因为痛苦而喊叫，不如说是因为恐惧而喊叫。他猛地站起来，但不得不随即蹲了下去。因为老鳖咬住了他二分之一的食指，他的站起，只是把老鳖的脖子拽出了腔壳，它的四个爪子牢牢地扒着地面，身体没有动弹。深刻到骨头里的疼痛让小奥不得不乖乖地蹲在了老鳖的面前。他感到老鳖的咬劲很大，似乎尖利的牙齿已经刺进了自己的指骨，只要挣扎，半截食指就会断在老鳖的嘴巴里。小奥一屁股坐在地上，大声哭喊起来。

小奥喊叫那两个打鱼人，但他们已经转到了大湾的南边，那两团红色的漶影更加模糊，而那一道道闪电般的网影也更加明亮而梦幻。小奥又往外挣了几下手指，但似乎每挣一下，老鳖嘴巴上的力道就更足了一分。他哭着诉说："老鳖啊老鳖，我是想放你的生啊，我是善良的孩子，我奶奶信佛，不杀生。我刚才想把你杀了给我爷爷炖汤喝是我错了，我一时糊涂了，我记得行孝，忘了我奶奶对我的教导。老鳖，老鳖，你饶了我吧……"

"小奥，小奥！"绝望中他听到了爷爷的喊声，同时也看到了爷爷的身影。他不敢大声回应，生怕因此惹老鳖生气而加大咬劲儿。他低声哭泣着说："爷爷……爷爷……快来救我……"

爷爷终于看到了小奥，并尽着一个老人的最大的力量，跌跌撞撞地来到大柳树下。气喘吁吁地看清楚了孙子和老鳖的关系后，爷爷抬起拐棍就在鳖壳上捣了一下子。小奥随即发出一声哀号，仿佛那拐棍不是捣在鳖壳上，而是捣在了他的背上。爷爷不明就里，抬起拐棍又要捣，小奥哭着哀求："爷爷，别捣了，您越捣，它咬得越紧……"

爷爷焦急地转着圈子，叨叨着："这是咋整的，我还以为你在学习呢，你怎么跑到这里来了？这是咋回事，谁的鳖，怎么能咬着你呢？真是的，这是咋回事呢……"爷爷前言不搭后语地念叨着，围着老鳖和小奥转着圈，似乎时刻想抬起脚踢那老鳖。小奥哀求着："爷爷，爷爷，您千万别踢它，您踢它，它就把我的指头咬断了……"

"这怎么办？"爷爷望着湾对面那两个打鱼人，吼道，"这是你们的鳖吗？你们的鳖把我孙子的手指咬了，你们要负责……"

两个打鱼人没听到爷爷的喊叫，只顾一网接一网地打鱼。不断有银光闪闪的大鱼被他们从网中抓起，塞到腰间悬挂的蒲包里。

"爷爷，您快去叫我星云姑姑吧，她一定会有办法救我。"

星云是小奥姑奶奶家的女儿，是村子里的医生。小奥相信，星云姑姑一定有办法让这老鳖松口。

爷爷拄着拐棍一瘸一颠地走后，那两个打鱼人过来了。他们腰间悬挂的蒲包已经塞满了，几条大鱼的半截身子露在蒲包外摆动着，随时都可能蹦出来。他们托着沉重的、散发着臭气、滴沥着污水的旋网，虽然看上去步履踉跄、筋疲力尽，但脸上洋溢着喜气。小奥哭着喊："救救我……"

老打鱼人是大为吃惊的样子，小打鱼人却是满不在乎甚至幸灾乐祸的表情。

"你这小伙计，我不是跟你说了，不要戳弄它吗？"老打鱼人懊恼地抱怨着，放下渔网，摘下蒲包，蹲下观察情况。

"小子，"小打鱼人轻佻地问，"被鳖咬着什么滋味？"

老打鱼人白了儿子一眼，道："赶快，想办法让老鳖松开口。"

"那还不简单吗，我一只脚踏在它的背上，还怕它不松口吗？"小打鱼人说着，就要将泥泞的大脚踏到鳖背上。

小奥用哀号制止了他。

老打鱼人也说："不行，鳖这东西邪性，你越踩它，它越用劲，那这小伙计的指头就要断在鳖嘴里了。"

小打鱼人说："断了就断了呗，不就是根指头嘛！"

老打鱼人看看从村街上匆匆跑过来的几个人，低声道："他的指头断了，我们还走得了吗？"

"怎么就走不了了？"小打鱼人嘟哝着，"又不是我把他的指头咬了下来。"

老打鱼人压低了嗓门说："你就闭嘴吧。"

小奥看到了爷爷和背着药箱子的星云姑姑，还有一个大个子，是星云姑姑的丈夫，县畜牧兽医局的侯科长。他激动得鼻子发酸，眼泪溢出了眼眶。

"怎么回事？"星云姑姑弯下腰，观察着情况。

侯科长严肃地质问打鱼人："这是你们的鳖吗？"

老打鱼人抢着回答："这鳖确实是我们从湾里打上来的，但我们已经把它送给了这个小伙计。"

侯科长摇摇头，说："这么贵的东西，你们怎么会送给他？"

"是这样，领导，"老打鱼人看出了戴着眼镜、镶着烤瓷牙的侯科长的官员身份，谦恭地说，"我们让这个小伙计帮着看鱼，我们把这只大鳖送给他了。"

"刚开始我们只是要送给他两条鱼，但他一定要这只鳖！"小打鱼人说，"我没有答应，但我爹答应了。我们打到的鱼加起来，也不值这只老鳖的钱。"

"君子一言，驷马难追！"老打鱼人说，"从我答应了那一霎起，这只大鳖就是这个小伙计的了。"

"是这样的吗？"侯科长问小奥。

小奥点点头。

侯科长道："你们真够大方的。"

星云姑姑打开药箱，拿出一把镊子，戳了戳鳖头。那鳖的头猛地往后搐了一下，小奥发出一声哀号。

侯科长急忙道："你不要乱动！鳖这东西，是有性格的。"

"什么性格？"星云道，"不就是一只鳖吗？低级动物。"

"别这么说，别这么说，"爷爷目光哀怨地看看众人，然后低头对老鳖祈告，"大帅，大帅，原谅他小孩子无知，您松口吧……"

小奥不明白爷爷为什么将老鳖称为大帅，他知道这名称后定有好听的故事，但他现在顾不上了。

星云姑姑试试小奥的额头，又摸摸他的脉搏，抬头问侯科长："要不要给他输点液？"

"不用吧？"侯科长想了一下又说，"不过输点也没有坏处，加点抗生素，防止伤口感染。"

星云姑姑说："那我回去取药。"

侯科长道："你顺便喊一下二昆。"

老打鱼人跟儿子使了一个眼色，说："领导，那我们走了。"

他弯腰抓着一裤子鱼，将裤裆叉在脖子上，两条盛满鱼的裤腿顺到胸前，腥臭的污水也顺着裤脚流下来。侯科长一把抓住他的胳膊，说："您别急着走，这个村的书记马上就到了，等他来了，说清楚了你们再走也不晚。"

"凭什么不让我们走？"小打鱼人怒气冲冲地说，"这只老鳖值好几千块呢，我们不要了还不让走？你们限制我们的人身自由，是犯法的。"

"年轻人，火气别这么大。"侯科长笑着说，"看，我们的村官来了。"

二昆叼着烟卷，打着饱嗝，懒洋洋地走过来。

"怎么回事，爷们？"他低头看了一下，扑哧一声笑了，"太好玩了，爷们，你真是会玩，我活了大半辈子，还是第一次看到鳖咬人。什么感觉？"

小奥咧咧嘴，哭着说："大叔，救救我吧……"

"哭什么？"二昆道，"这还不好办？看我的。"他将烟头放在嘴边吹了吹，将火头猛地按在鳖头上。

小奥又是一声哀鸣。一股暗褐色的腥臭液体从鳖尾巴下窜出来。

"不能这样！"侯科长道，"你这家伙，实在鲁莽！"

"奶奶的，这问题还真有点严重了。"二昆摸出手机，拨打了110，他安慰小奥，"爷们，不要急，110马上就到，他们有办法。"

侯科长道："你这家伙，亏你想得出。"

上下打量着两个打鱼人，二昆指指老鳖，问："这个鳖玩意儿，是你们弄上来的？"

老打鱼人从腰里摸出一个塑料纸包，揭开，显出一盒皱巴巴的香烟，用湿漉漉的手笨拙地抽出一支，递给二昆，道："书记，请抽烟。"

二昆道："老爷子，少来这一套，我不抽你的烟。"

老打鱼人尴尬地笑笑，说："您是嫌咱的烟不好呢，穷打鱼的，能抽上这个就不错了。"

"别说这些没用的，我问你话呢。"二昆道。

"要说这鳖，确实是我们打上来的，不过，这小伙计要，我们就送给他了。"老打鱼人道。

"这么慷慨？"二昆道，"这鳖玩意儿最少也有十斤！我这辈子没见过这么大的鳖，大叔，"他转脸问小奥的爷爷，"大叔您经多见广，您见过这么大鳖吗？"

小奥的爷爷摇摇头。

"您呢，畜牧局的专家，"二昆问侯科长，"您见过这么大个的鳖吗？"

"前几年龟鳖协会在市里搞过一次评比，鱼滩养鳖场参展的一只鳖跟这只个头差不多。"侯科长说，"不过，那是人工养殖的，用配方饲料和激素催起来的。"

"我们这大湾也被袁武这个狗日的给污染了，满湾激素。"二昆恨恨地说，"所以，这也是一只激素鳖、变态鳖！"

"这次市里下了大决心整顿不合格畜禽养殖场，"侯科长说，"袁武这个场问题很多，必须关闭。"

"你们这次可要狠起来，不能虎头蛇尾！"二昆道，"你老婆一家也是受害者呢。"

"壮士断腕，毫不留情！"侯科长斩钉截铁地说。

星云姑姑拿着盐水瓶子和挂吊瓶的器械来了。村子里很多人也跟着来了。

不知何时，雨停了，东南天上出现了一道彩虹。小奥看到彩虹，马上想到去年奶奶死时，天上也出现过彩虹。想到奶奶他悲从中来，便抽抽搭搭地哭起来。

"哭什么啊爷们？"二昆大大咧咧地说，"男子汉大丈夫，挺起来，就算把这指头喂了老鳖，那又怎么样？闭嘴，不许哭！"他摸出手机看看

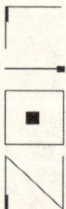

时间，道，"110这些家伙，怎么还不到呢？"

星云姑姑将吊瓶支架竖起来，柔声说："小奥，没事啊，姑姑给你输上液，咱们跟老鳖较上劲儿，看看谁能熬过谁。"

星云在小奥的左手背上扎上了针头，可能是被鳖咬处的疼痛分散了注意力，往常打针都会吱哇乱叫的小奥，竟然一点都没感到针头扎进血管的痛楚。

老打鱼人对小打鱼人使了一个眼色，说："二昆书记，还有各位乡邻，这只值三千元的大鳖，自然是这个小伙计的。除了鳖之外，我们再奉献出一裤子鱼，给各位尝尝新鲜。"老打鱼人将自己裤子里的鱼倒在柳树下，说，"如果没有事，我们就走了。"

那些生命力顽强的鲫鱼，在柳树下蹦跳着，一片银光闪烁。二昆飞起一脚，将一只蹦到他脚边的肥大鲫鱼踢到大湾里。小奥似乎听到那鲫鱼落到水面时发出了一声惨叫，很像小孩子的哭声。他听到二昆冷笑着说："怎么会没有事呢？事多着呢。等110来了后，如果他们让你们走——这些家伙，怎么还不来呢？"

"来了！"一个清脆的童音喊叫，"我听到警车的声音了。"

喊叫着是小奥的同学袁晓杰，这个外号"小鳖"的男孩，浓眉大眼，唇红齿白，十分英俊。

"这才是真正的小鲜肉呢，"二昆看了一眼星云，仿佛要让星云同意自己的说法，但星云低着头观察小奥被鳖咬住的手指，没理他。他又说，"小鳖——小鳖，谁给咱这俊孩子起了这么一个外号——小鳖，去，把你爹叫来，就说我找他。"

"我叫晓杰，袁晓杰！""小鳖"怒冲冲地说，"你的外号我也知道的。"

二昆笑道，"晓杰晓杰，袁晓杰，去把你父亲袁武叫来，就说我张二棍子或者是张二混子有要事找他。"

一辆警车鸣着警笛，呼啸而至。车盖子上泥浆斑驳，仿佛从一万里外赶来。车门打开，跳下两个警察。一个是瘦高个，面孔黑黢黢的，鹰钩鼻，目光犀利。另一个体态壮硕，红脸膛，蒜头鼻，眼睛发红。还有一位白净面皮的，手把着方向盘，稳坐在驾驶座上。壮硕的警察掏出一张纸巾沾沾流泪的眼睛，问："什么事儿？"瘦警察则麻利地分拨开众人，站在小奥与老鳖的旁边，弯下腰，仔细地观察着。壮硕警察也走近前来，看了一眼，浑身立刻松弛了，打了一个哈欠，问："谁报的警？"

"我。"二昆道。

"你是什么人？"

"中华人民共和国公民啊。"

"我问你的职务！"

"报警还要有职务？"

"我不是这个意思！"

"那你是什么意思？"

"故意的是不是？"壮硕警察烦躁地说，"大事大事，我还以为多大的事！驴踢着鳖咬着都报警，接下来是不是连老母鸡不下蛋、圈里的猪不吃食都要报警？把我们当成什么了？"他清清嗓子，吐了一口痰，低声嘟哝着，"奶奶的……"

"你骂谁？"二昆冷冷地问。

"咦，"壮硕警察道，"我骂人了？你听到我骂人了？"

"我不但听到了，而且还录了下来。"二昆晃晃手机，说。

"我是骂你吗？我怎么敢骂你！"壮硕警察道，"我是骂我自己，骂我的嗓子，骂我不争气的身体，昨天夜里也不过出了三次警，就咳嗽、发烧、流泪……"

"少来这一套，"二昆道，"驴踢着鳖咬着不能报警吗？人民警察为人民，人民被鳖咬着，鳖不松口，医生无计可施，你说，不找警察找谁？"

瘦警察来到二昆身边，道："老乡老乡，消消气，人民警察为人民，别说被鳖咬着，就是被蚊子咬着，也可以找我们。"

"这话说得，有水平！您一定是队长！"二昆道，"本来，我是想给你们个出头露面的机会。"二昆晃晃手机，说，"我们村子里的人，在我的培训下，都有强烈的新闻意识，都能熟练地使用手机的录像功能，上到百岁老人，下到五岁儿童。"二昆指指举着手机的村民，继续说，"你们想，人民警察，顶风冒雨，前来解救一个被鳖咬住手指的留守儿童。这样的视频，在网上发布后，你们马上就是网红。你们成了正能量满满的网红，你们领导也会高兴，你们领导一高兴，等待你们的，不是立功就是提

升！可是你们竟然发牢骚、骂人，这个视频要是在网上一发布，那是什么后果，你们自己想想吧！"

瘦警察掏出烟，递给二昆。二昆不接，瘦警察再送。二昆接了烟，瘦警察给他点上火。瘦警察自己也点上烟，低声说："我是副队长，您一定是这个村子的书记，一把手。"二昆点点头。瘦警察说："我们这个同志，带病坚持工作，心情不好，请多多谅解。"二昆道："您这样说，咱们自然理解。警察也是人嘛。""谢谢谢谢，"瘦警察道，"那段录像……千万……他也不容易，老婆刚跟他离了，自己带着个三岁的孩子……""兄弟，人民群众是通情达理的，"二昆高声道，"大家伙儿注意，今儿个的视频，谁都不许发，都给我删了，待会儿我发一个正能量满满的版本，你们死劲儿给我转。"

瘦警察握住了二昆的手，使劲儿握了握。

壮硕警察大声地吆喝着："让开点，让开点！大家保持安静，请相信我们，我们一定能尽快地把这个孩子的手指从老鳖的嘴巴里解放出来！"

四

瘦警察抽着烟，皱着眉头思索着。壮硕警察像一头大熊，转来转去。他拍拍枪套，说："陈队，干脆，我对准这王八盖子上放一枪，然后让医生慢慢收拾。"

小奥带着哭音喊叫："不要开枪……不要打死它……"

"那就用电棍搞它一家伙！"壮硕警察提着警棍比画着说。

"不要……"小奥哭着说。

"你是医生？"瘦警察问星云。

星云点点头。

"能把老鳖麻醉吗？"

瘦警察说，"让它丧失意识，肌肉完全松弛。"

星云摇摇头。

"要叫救护车吗陈队？"壮硕警察问。

瘦警察摇摇头，又蹲下身，先看小奥，再看老鳖。看小奥时他面带微笑，看老鳖时他满面严肃。小奥感到老鳖也斜着眼睛盯着警察，眼神里充满了仇视与不屑。小奥甚至猜到了老鳖的心思：我就是不松口，看你有什么办法。警察的表情突然转换了：看小奥时严肃，看老鳖时微笑。仿佛成竹在胸似的，他站起来问二昆："能找到猪鬃吗？"

"猪鬃？太能找到了，"二昆道，"你看，我们的作恶多端的太平养猪场的场长来了。"

袁武在儿子的引领下，来到众人面前。他是个大个子，背有点驼，瘦长脸，大眼，头发花白，胡茬子很硬，下巴上有道血口子，看样子是刮胡子刮破的。他看到了警车和警察，眼神里似乎有几分不安。他问："书记，您找我？"

"你赶快回去，弄几根猪鬃来。"二昆道。

"猪都杀光了，那里还有猪鬃？"袁武道。

"你少给我装蒜，"二昆道，"不是还有两头老母猪一头大公猪吗？"

"老百姓总还是要吃肉的嘛。"袁武嘟哝着。

"袁晓杰，你腿快，你去拔，"二昆又对村子里的文书说，"孙奎，你跟小杰去，拔那大公猪的，小心别让猪咬着。"

"找我就这点事？"袁武问。

"找你的事多着呢。"二昆道，"袁武，你还记得咱们小时候，这个大湾里的水，是什么样子的吗？"

袁武低声嘟哝着，听不清他说了什么。

"那时候，水清见底，湾里生长着芦苇和蒲草，我们在这湾里游泳洗澡，那时候，湾边有口水井，咱全村人都吃这口井里的水。可自打你建了这个太平养猪场，大湾渐渐地成了一个污水坑，井里的水，也散发着刺鼻的臭气，不能吃了。"二昆说，"你自己倒是发了财，听说在青岛、威海都买了房子，随时都准备迁走。你说说，你缺德不缺德？"

袁武道："二昆，话不能这样说，我办养猪场，是得到了当时的领导支持的，县里和镇上奖给我的牌子都在家里挂着呢。再说，村子里修路、建庙，我是捐款最多的。村里人遇到难处，我也是慷慨相助的。何况，十几年来，我为人民群众提供了大量的优质猪肉，这也是有功劳的。"

"呸，你还好意思说你的猪肉！你的猪，是用十几种药物催起来的。

过去，我们养头猪，一年半才能长到一百五十斤，可你的猪，四个月长四百斤。你生产的猪肉，是百分百的毒药。"

"大家都是这样养，这是科学的进步。"袁武辩解着，看一眼侯科长，说，"我们用的配方饲料、添加剂，都是从畜牧局下属的公司购买的。侯科长，您是专家，您给评评理。"

侯科长不置可否地摇摇头，说："对任何事物的认识，都是需要一个过程的。"

"我想不明白，不久前还给我披红戴花，一转眼就成了罪人。"袁武道。

"你还挺委屈？我问你，你的养猪场里，是不是有一条暗道通到这个大湾里？你污染了一湾清水，还污染了我们村的地下水源。"二昆道，"省环保巡视组的人已经到了县里，你看着办吧。"

"你们看着办吧，"袁武说，"大不了我把公猪和母猪也杀了，养猪场彻底关门。如果还不行，你们就把我抓进去呗。"

"嗨，你还挺硬气的。"二昆道，"公猪和母猪吗，你可以卖给符合环保条件的大养猪场。你这种往大湾里排污的养猪场关门，那是必须的。但抓你是不行的。即便公安局来抓你，我们也要把你留住，等你把这个大湾里的污水变成清水，把井里的臭水变成甜水，才能放你走。"

"二棍子，"袁武怒冲冲地说，"你不用跟我玩花样了，不就是有人看上了养猪场这块地儿吗？要在这里建什么养老别墅吧？我让出来还不行吗？"

"你可以不让，你就在这里挺着。但你害得全村人买水吃，害得村里三十多人得了怪病，害得全村的年轻人都不敢回乡，这事你得负责。"二昆道。

"什么都怪我？年轻人不回乡也怪我？欺人太甚了吧？"袁武说，"湾里有鱼有鳖，就说明水质很好。"

"不怪你？你看看这些鱼，看看这只鳖。"二昆指指柳树下那些还在蹦跶的大鲫鱼，说，"你看看，这是鱼吗？身上都是瘤子，你看看，"二昆用脚踢着鱼，说，"连腿都长出来了，你见过长腿的鱼吗？"二昆指指那只大鳖，"还有这只鳖，你看看它的头，看看它的脖子，看看它的眼神，对着它的眼睛看，你不感到害怕吗？世界上哪里有这样的鳖？咬着人死不松口，小奥，咬着你有两个小时了吧？这都是你的养猪场污水喂养出来的怪物。"二昆看看两个打鱼人，道，"你们以为我们是想扣留你们的鱼？白给我们也不要。当然我们也不允许你们把这样的鱼拿到集市上去卖。"

老打鱼人点头哈腰地说："这些鱼，我们全部扔回湾里去，然后我们就可以走了吧？"

"那不行，这些鱼多半死了，扔到湾里去不是让湾水更臭吗？你们要将这些鱼做无害化处理，·焚烧掩埋。"

"你这书记，总要讲理吧？"小打鱼人气哄哄地说，"鱼本来就在你们湾里，这叫物归原主。"

"那你问问警察同志，他们让你们走，你们就走。"

"不行，"壮硕警察严肃地说，"这个小孩被鳖咬的事还没处理完呢。"

老打鱼人垂头丧气地说："他娘的，今日真是被鳖咬着了。"

五

在众人闹哄哄的说话声中，小奥似乎睡了一小觉。他睡着的证明是梦见了爹和娘。爹在一家小饭店里当厨师，娘给他打下手。他梦到爹在厨房里剁下了一条眼镜蛇的脑袋，而那个落在地上的蛇头又突然飞了起来，咬住了爹的手指……他惨叫一声，浑身是汗。星云捏着他的耳朵，说："小奥，小奥，不要睡，马上就有办法了，警察同志想出好办法了。"

小奥睁开眼睛，看到周围人脸上的表情都怪怪的，一股股浓重的腥味令人作呕。他看到自己的同学袁晓杰右手举着一撮闪闪发光的猪鬃跑过来，后边跟着跑的是村子里的文书孙奎。而最让他感兴趣的是袁晓杰低垂的左手里提着一个贴着红色商标的塑料瓶子，他知道那是可口可乐。

当袁晓杰将可乐瓶口送到小奥嘴边时，小奥的眼睛里流出了热泪。他暗自发誓今后不再叫袁晓杰的外号，也不再传唱编排袁家是非的歌谣，同学情谊高于一切。他咕嘟咕嘟地喝了半瓶可乐，感到身上有了力气，精神也不恍惚了。他甚至试探着从老鳖的嘴巴里往外拽了拽食指，但钻心的疼痛让他立即停止了动作。他不得不面对着严酷的现实：老鳖咬人，是下定了与被咬者同归于尽的决心的。小奥甚至考虑到，请星云姑姑索性将自

己的手指割断，就算自己送给老鳖的一份礼物。他同时还在祈求，祈求梦中所见的情景，永远不会变成现实。他也似乎明白了，自己被鳖咬，并不是无缘无故的，因为他的父母打工的那家餐馆，是家野味餐馆，父亲除了每天杀蛇外，还要杀死很多鳖。

瘦警察跪在地上，将猪鬃的尖儿，小心翼翼地捅到老鳖的鼻孔里。小奥发现这个鳖的鼻孔特别大，特别圆，小小的鼻尖亮晶晶的，像钻石一样放射着光芒。瘦警察又将一根猪鬃插进老鳖的另一个鼻孔里。众人都屏住呼吸，目不转睛地盯着瘦警察的手指。十几个手机，盯着鳖头拍摄。那个开车的白脸警察也下了车，举着一个小型录像机录像。他很专业的样子，既录全景，也录局部。瘦警察那几根被香烟熏黄了的手指，灵巧地捻动着猪鬃。老鳖眼睛似乎眨巴了一下，众人的心都提了起来。老鳖突然闭紧眼睛，尖尖的鼻子里打出了一个响亮的喷嚏，与此同时，瘦警察抓住小奥的手腕，猛地往后一扯，在鳖口里受苦多时的小奥的食指，终于获得了解放。

众人齐声叫好。

袁晓杰跳跃着欢呼。

爷爷泪流满面。

星云姑姑匆匆地用碘酊给小奥受伤的食指消毒。

"发视频，发视频！"二昆兴奋地说，"满满的正能量！大家都发朋友圈！"

"陈队，真有你的！"壮硕警察大声说，"没有我们人民警察解决不了的问题。"

瘦警察看看小奥的手，问星云："需要去医院吗？"

"不需要吧？"星云问小奥，"你感到有什么不舒服吗？"

小奥摇摇头。

星云给小奥的手裹上纱布，顺便拔掉了他手背上的针头。

此时，那只老鳖，悄悄地向湾边爬行。小奥看到了老鳖的行动，但他不想吭声。他期望着老鳖回到湾里去，回到那个深不可测的鳖的宫殿。就在老鳖猛然加速时，县畜牧局的侯科长一脚踩住了鳖后腿上拖着的绳子。老鳖往前挣扎着，嘴巴里发出了愤怒而绝望的叫声。听到鳖的叫声，人们的脸都变了颜色。这是一种尖厉的声音，就像铁皮哨子发出的声音。世界上听过蛤蟆叫的人比比皆是，但听过鳖叫的人寥寥无几。

小奥祈求地望着侯科长，低声道："放了它吧。"

侯科长看看众人，众人的眼神都很暧昧。

"二昆，"侯科长神秘地说，"你仔细看一下，鳖盖上有什么？"

二昆低头看了一下，抬头说："没有什么呀？"

"鳖盖上有字。"侯科长指点着说。

"有字吗？我怎么没看出来呢？"二昆道。

"你看，"侯科长比画着说，"这是天，这是下，这是太，这是平。天下太平。"

"太棒了！"二昆道"咱们村叫太平村，这个湾叫太平湾，抓了个鳖叫太平鳖。"

十几个手机近距离拍摄着鳖的背壳。

小奥眼含着泪水，望着二昆，低声说："放了它吧。"

"这个老鳖是小奥的，小奥要放了，那就放了。"二昆盯着老打鱼人说，"但是，不能让'天下太平'拖着一条尼龙绳子下湾吧？是不是啊小奥？"

小奥点点头。

"解绳还需系绳人。"二昆盯着老打鱼人，说，"二位，请吧。"

老打鱼人抓住绳子，猛地将鳖提起来。小打鱼人趁势抓住了老鳖的那条没拴绳子的后腿。老打鱼人将绳子解了下来。小打鱼人将老鳖放在湾边。

老鳖静静地卧着，仿佛死了一样。众人的手机盯着鳖拍。二昆跺着脚喊："走吧走吧，'天下太平'，放你的生了。你看，我们村子里的人多么善良！"

老鳖将脖子从鳖盖里慢慢抻出来，脑袋转动着，似乎在探测周围的环境。突然，它的身体立起来，像一个锅盖，沿着斜坡，向大湾滚去。众人还没反应过来，大鳖已经消逝在湾水中。

二昆鼓掌，众人和之。

"天下太平！"二昆大声喊。

众人跟着喊：

"天下太平！"

原载《人民文学》2017年第11期

点评

　　《人民文学》第11期编者感言中有这样的文字："莫言的短篇小说新作《天下太平》，以少年心肠体察社会世相，乡村的生活和观念变化、人在新时代有所建立有所卫护有所顾忌有所敬畏的心性和行止，被童真的镜子照出了形形色色的模样。既质朴又轻灵、有含量也有向度，这时代乡村文明的新生态和新风俗，活润于其中。"的确如此，小说涉及了当下众多前沿而敏感的社会问题，比如，人类的贪欲无度，对自然界的肆意掠夺；基层治理的混乱无序以及权力的蛮横霸道；生态破坏，水体污染，物种变异；等等。它们指向当下，切进当下，惊醒当下，但我觉得，这一切都似乎又都不是这个短篇所要侧重表现的向度，或者说，上述编者所言也仅是小说所要表达的第一层意蕴。事实上，它们都被做了背景化处理，并以此来反映更为深层意蕴。

　　如果说上述"背景"是对"人界"表象经验的简单描摹，那么，对村西大湾及其水族世界的描写则是基于展现"灵界"世相的一种企图。在小说中，村西大湾是一个独立的世界，长久以来，湾里的"居民"似也习惯了这里的生存环境。两位打鱼人的到来打破了这里的平静，不仅湾里的水族被捕获，而且因此而引发来自"人界"的众多纷争。老鳖咬住小奥死死不放，众人想了很多方法予以施救，但终归失败。虽然两者最终握手言和，小奥得救，老鳖回归湾里，但这完全可看成是"人界"与"灵界"之间的一次不分胜负的交锋。在民间传说中，老鳖是神灵之物，承载了人们有关禁忌、祈福、夙愿、生死轮回等众多想象。所谓"万物有灵"，寄托了我们对天、地、人和谐相处、同归大同的美好愿望，而对敬畏终生、呵护生灵则是其中最起码的意识。但随着当代中国功利实用主义甚嚣尘上，我们对之已经漠视、疏远太久了。这个短篇中的老鳖形象及其与众人的对立正是对这一趋向的有力反驳。

　　在文末，二昆喊出的"天下太平"，与众人喊出的"天下太平"、局外人理解中的"天下太平"，以及读者理解的"天下太平"，显然不是同一个意思，但不论哪种意思，都足够意味深长。

（张元珂）

最短的白日/

/迟子建

是冬至的正午，我在古兰甸附近的一家乡镇卫生院做完三台肛肠手术，搭乘一辆破旧的运输水果的货车，赶往大连。

货车司机是我第二台手术的患者的哥哥，看上去五十上下，虎背熊腰的。他见了我先问吃了没？我摇摇头，告诉他我去高铁上吃。他一抹嘴说："咳，早知道把剩下的半盘饺子给你带来好了，冬至的饺子夏至的面，不吃的话，就觉得这日子没过似的！我老婆今儿包的饺子，是鲅鱼韭菜馅的，可鲜亮呢。我吃了满满一盘，还抿了两盅酒呢。"

我坐在副驾驶的位置上，抽了抽鼻子，我的过敏性鼻炎发作了。司机以为我是在闻他酒气大不大，说："放心，我喝了一两不到，你没看脸都没红吗。这点酒对我来说，就跟女人抹口红差不离，沾沾唇，表面光鲜，肚里还素着呢。"说完，他打了一个悠长的呼哨。

司机的快乐不是没来由的。他顺路载我去大连，我们少收了他弟弟几百元钱，他就不用给他钱了。不然照当地风俗，亲人进医院做手术，哪怕只是摘除个阑尾，也得出个三头五百。

我从早晨八点进手术室，平均一小时一台。手术间隔我不过喝口茶，抽支烟，做做深呼吸，略解疲劳。所以现在两腿酸痛，双手僵直，手脚有被捆绑的感觉。

货车离开灰蒙蒙的小镇，驶上高速公路了。

我想趁此打个盹，可司机不知是生性好说，还是酒精作用，谈兴很浓，他一边开车一边问："你头晌做了几台手术？"

我懒得用言语答他，伸出左手，竖起三根手指。

"我弟说他比进城做手术少花不少钱呢。就是这样，在镇卫生院，也得花四五千，你得分掉其中一多半吧？你是外请的高手，主刀的，肯定拿大头！"他用右掌拍了一下方向盘，像法官在宣判时落下法槌，给我一锤定音了。

我含糊地"哦——"了一声，算是回答。

他"咳"了一声，说："技术跟技术的命真不一样啊，握手术刀的，就比我这握方向盘的吃香！你割仨屁眼，四五千块钱到手了吧？我起早贪黑地干，活儿好的话，半个月才能挣这么多哇。"

虽说我外出做的这类手术风险很小，患者术后在卫生院监测一下体温、呼吸，如无感染和其他并发症，一周内即可出院，但我毕竟是肛肠病专家，司机称我为"割屁眼的"，让我不爽。我白了他一眼，身体后倾，头搭在座椅靠背上，抱起胳膊，耷拉下眼皮，身体呈现出一种为他闭幕的状态，他只能长叹一声，专心开车了。

从哈尔滨西站到大连北站，再从大连北站到哈尔滨西站，这两三年来，我数次往返于这段旅程。通常来说，我从哈尔滨出发是正午，四个多小时后，就置身大连了。如果是夏秋时节，我会在黄昏时分先去泡个海水澡，然后吃顿海鲜，踏实睡上一觉，第二天清晨奔向手术地。我付出精湛的医术，受痛又受惠的，是那些在大城市医院亟待手术却排不到床位的人，是对大医院的手术费望而却步的人，是小病终可小治的普通患者。我与乡镇卫生院有约在先，收取足够丰厚的专家主刀费。要是一天能做四五台手术，我的钱包就是被蜜浸润的蜂巢，叫人心甜。有时赚个千头八百的，我也乐意跑一趟。为患者解除病痛，毕竟能给我黯淡的生活带来一丝明媚，让我觉得自己是个有用的人。当然，到了冬季，寒流就把我泡海水澡的享受剥夺了，而冬闲下来做肛肠手术的人，却如涨潮的海水，汹涌而至。到了此时，我抵达大连后，会直奔手术地的乡镇（它们多在古兰甸周遭），吃一顿农家饭，在异乡的夜晚，关上房间的灯，坐在窗前吸烟看星星。古兰甸在我眼里就是葵花的花蕊，而那些乡镇是四散的金色花瓣，温暖地照耀疲惫的我。

我像我这个年龄的绝大多数中年男人一样，上有老，下有小。父亲十五年前去世了，如今八十多岁的母亲跟弟弟一家生活。同在一座城市，自从我儿子进了强制戒毒所，母亲见我就生气，每年只允许我看她两次了。一次是七夕节她生日的那天（她会数落我为父失职，害得她长孙没法给她拜寿），还有就是腊八节的那天，她会赐我一碗粥喝。母亲有严重的肺心病，一到冬天病症就加剧，尤其是雾霾天。她声称要活到长孙出戒毒所的那天，代我教育儿子。母亲与我老婆一样，说是子不教父之过，把儿子吸毒，完全归咎于我。这时我会心虚地辩解："子不教，父之过"中的"父"，不单是指父亲吧。母亲和老婆闻听此言，总是将双目瞪向我，像要发射子弹一样，令我脊背发凉。

我也的确比较娇宠放任孩子。他自幼想干什么就干什么，想要什么，我就尽量满足他。我以为一棵不经修剪的树，才能顶天立地。可我忘了，他生活的现实丛林，远比真实的丛林要物质和险恶。

我以前在某医科大学一家附属医院的肛肠科工作，作为常上手术台的主刀医生，工资奖金外加患者送的红包，日子过得很滋润。而我收红包，总要还给患者一半。虽说我知道即便这样，我也不是个正人君子，但至少良心稍安。

我的职业让我看多了说死就死的人，医院的太平间从没冷清过，就像妇产科病房总是人满为患一样。不同的是一些人彻底在这世上闭嘴了，一些人则哭喊着来了。不管人生多么悲苦，没谁死后会为自己哭上一场，所以我对灵魂的有知始终持怀疑态度。死了便死了，如同空中的一朵云，散了就散了，不会有同样一朵云的复原。这也决定了我对人生和金钱的态度，该挥霍就挥霍，因为人可以大把大把地赚钞票，却不能大把大把地赚时光。我不讲究穿戴，以我的职业，一件白服得穿大半辈子。我曾跟人说过，要是人人皆是医生，布店的老板就得哭晕。而我穿白服的时候，总觉这是给自己在提前吊孝。除了穿，其他的享乐我都注重：住得舒适，吃得可口，开一辆自己喜欢的车。所以我们家很早就卖掉安发桥下的旧居，在道外买了一套可以看松花江的房子。

说起道外，我老婆不喜欢那个区。我是外县人，可她是在哈尔滨南岗的俄式老房子出生的，那一带原是俄国人的中东铁路高级职员居住区，每幢房子都是带庭院的花园小洋房。虽说后来居于此的中国人是两三家共用一幢，但出生在那儿，她总有点跟贵族沾亲带故的优越感，瞧不起旧时下里巴人居住区的道外。如今的道外虽然大加改造了，但依然杂乱，达官显贵极少居此，所以房价相对便宜。而我要的就是道外的这种世俗气，街巷不规整，小店小铺四处开花，夜市吆喝声不绝，古玩市场前是卖糖人和烤红薯的，花街前趴着打盹的狗，载货的三轮车夫一边蹬车一边哼着小调，剃头的依然在盛夏时赤膊在街角招揽生意，生活不就是在这乱象中，才活力毕现么。我最爱道外老字号的小吃店，一个豆腐馅包子，一碟酱牛舌，一瓶啤酒，便是我周末的好享受了。

我老婆在一家事业单位工作，是园艺设计师，收入虽没我高，但也不错。她的工作节奏是：上班绘图，下班搜包。这时的她像个训练有素的医生，而我的钱包则是病灶，她总能不留死角，干净利索地将钱一扫而空。当然，有时她下手慢，会被我儿子先行搜罗去。儿子懒于学业，高中时就三天两头逃课。打网游，泡酒吧，最后只考上了一所郊区的民办大学。他有宿舍却不住，而是租房，和女友住一起。当然，他的女友是不固定的。

我老婆拿了钱，最热衷的是买貂皮大衣。寒风凛冽时足蹬高跟长筒靴，身披款式花色各异的貂皮大衣，"咯噔——咯噔——"地走在中央大街的石子路上，是她最惬意的时光。在哈尔滨这座城市，园艺设计师冬天多半闲起来了，她有充裕的时间炫美。

因妻儿搜我钱包成瘾，迫使我在办公室的抽屉里放私房钱，还在工资卡外，另开了一张卡，不定期存些钱，以备不时之需。密码他们很难破译，747474，就是"起死起死起死"的谐音。一个医生用这样的密码，等于为自己立下了"救死扶伤"的座右铭。我明确告诉老婆儿子，这张卡是我的日常消费卡，休得惦记。除了吃喝和养车，每月支付给母亲一千五百元生活费（打到弟弟的账户上），我还有不能公开的花销。因为除了老婆，我还有一个女人，她是道外开馄饨馆的，丈夫因病去世了，有个上大学的女儿。我先是被她家的馄饨诱惑住，接着是她。虽然她也告诉我，她不止我一个男人。她说不再婚了，哭男人的感受，她不想经历第二次。我和她并不常见，有时彼此忙，或是都没有情人在一起本该有的需求，我们会两三个月也不见一面。有时我有心情了，去馄饨馆找她，赶上她食客不绝，或是她突然渴望我了，冒充病人来挂我的专家号，见我无暇抽身，我们只能在陌生人的包围中，热辣辣地对望一眼，无奈走开。

一个多小时后，货车驶入大连。司机一进城就把我甩下了，说是卡车限行，让我自己打车到北站。我在寒风中等了近二十分钟，才打到一辆车。抵达北站时离开车只剩一刻钟了，我加塞取票，走急客安检通道，才没误车。

上车后未等坐稳，车就开了。高铁列车从海滨城市驶出，就像一条闪着银光的带鱼，是我童年唯一在过年时能吃到的那种鱼，扁头，身形如长剑，异常雪亮。得益于我第一台手术的患者，他是乡企老板，给我在网上订下一个特等座，否则我自购的不过是一等座的票。

特等座与一等座在同节车厢，以车厢门为分割点，由磨砂玻璃幕墙，隔成了两个独立空间。特等座占这节车厢的四分之一吧，一共八个座位，却只有两名乘客。另一位乘客是个中年男人，他坐在临窗座位上，哇啦哇啦打电话，与人说玉米的价格，看来是个生意人。列车驶出大连后，他扫了我一眼，嘟囔道："高铁不让人抽烟，真能把人憋屈死"，见我未应，他又开始打电话，这次他是打给家人的，他想家里的狗狗了，非要听听狗狗的叫声。大概狗狗不太配合吧，只听他骂道："真是白疼你了，等我回家，不打烂你的狗头，不算完事！"

列车员进来验过票，分发给每人一个牛皮纸袋包着的食品。我打开一看，不过是两块饼干，一小包花生米，三颗山楂果脯，根本不顶饿。我问列车员，特等座给提供餐食吗？他"哼——"了一声，说："想吃正经饭，你得掏钱买"。我问怎么买？他语气和缓了一些，说："谁下午两点了还不吃饭？饭口早过了。不过我可以帮你问问，看有没有剩下的盒饭。"

列车员走后不久，果然来了个服务员。他像医生一样穿着白大褂，手持托盘上是三份卖剩的盒饭。他问谁要？我说我要。他说了声二十块，让我自取一盒。我付过钱，把手伸向三份盒饭，摸了一份稍微温乎的，捧在手中。饥饿的肠胃立刻开足马力，将半生不熟的大米粒和憔悴不堪的青椒肉片，卷入囊中。吃过盒饭，倦意袭来，我斜倚车窗，朝外望去。

天空灰蒙蒙的，原野一片苍茫。飞速掠过的风景中，是光秃秃的庄稼地，三三两两的牛羊，低矮的房舍，火光中烧麦秸的人，以及坟场。是冬至的缘故吧，这些景物在大地折射出长长的影子，与实物相映，看得我眼花缭乱，很快就睡过去了。

我醒来时天色已昏。那位乘客不见了，不知他是在营口、鞍山还是刚经过的沈阳下的车。

一个穿制服的小伙子，与我平行坐在过道另一侧，低头摆弄着手机。他虽坐着，但看得出他身形高大，一双长腿斜伸着，阔背宽肩。他见我伸着懒腰站起来，笑眯眯地盯着我说："叔，你可真能睡，从鲅鱼圈一路睡到沈阳。"

他四方大脸的，宽额，浓眉，不大不小的眼睛，敦厚的嘴唇，圆润微翘的下巴，元宝耳。那挺直的鼻梁，在他平和的面目中，就像一道坚毅的墙，彰显着他温柔中的强悍。

"是啊，我一觉就把天睡黑了。"我对他说。

"叔，这不怪你，这得怪冬至。今天是白天最短的日子，太阳不待见咱，回得太早了。你说太阳相当于天庭的CEO，它又不用打卡，谁管得了它啥时来啥时回呢。"他幽默地说。

我问他是特等座的服务员么？他摇摇头，说："我是设备维护和故障处理的。"

我说："那就是技工了？"

他点点头。

"怎么特等座这么少人坐？到了沈阳这样的大站，也没人上么。"我说。

"叔，这车从起点到终点，才四个来钟头。搁过去，站都能站下来，现在二三等座的也挺不错，坐一等座的人都少，别说特等座了，这么贵，谁花这个冤枉钱啊？"小伙子摆了一下手，说："要是我，就买三等座！省下的钱，下车后找家馆子，吃了它。"他"吧唧"一下嘴，大概想起某种美味了吧。

我说："我当年上大学，寒暑假回家，总是坐硬座，也没觉得苦。现在呢不管岁数大小，屁股都娇气了，知道挑座了。"

小伙子说他观察了坐特等座的，商人和官人多，还有就是"小姐"多。他说那些一身名牌，目光空虚，颐指气使，身上散发着浓烈香水味的女孩，都是不知被什么人包养的人。

我说："你怎么那么肯定？"

他说因为特等座多半闲着，所以他常来此歇歇。这样的女孩上车后，就煲电话粥，他能从女孩的话中，听出端倪。

我问他："你今年多大了？"

"二十五，跑车都三年了。"小伙子说。

我叹息一声，说："你比我儿子才大两岁哇，就自食其力了。你一个月能挣一万么？"

小伙子把自己的耳朵当风铃了吧，轻轻拨弄了一下，说："叔，一听你就是做大买卖的，挣一万哪能呢！每月最多时开七千，平常也就五六千块。在同学眼里，他们还羡慕我挣得多呢。他们不知道我遭的是啥罪啊，在车上吃不上一顿好饭，能像现在这样清闲坐上一会儿都是少的。有时赶上我休班，领导一个电话又叫你上岗，你要是不来，得罪了领导，哪有好果子吃啊，就得硬挺着上。谁都知道透支身体，不是好事啊。我们段上有个跑车的，比我大四岁，刚结婚两年，连着跑了一个月的车，下车后坐公共汽车回家，结果卖票的发现有个乘客趴在座上睡觉，老不下车，就扒拉他，问他哪站下。结果发现人都硬了。"小伙子叹息一声，说："幸亏他还没孩子呢，要不把媳妇可坑惨了。"

"那你成家了吗？"我问。

"叔，像我这样的人，哪好找啊。我处过一个对象，第一次约她吃饭，就跟她吹了。"小伙子跟我细说原委："我点菜时，客客气气地叫服务员过来，结果服务员走后您猜她怎么说？她说你又不是不花钱吃饭，对服务员那么恭敬干啥？我一听就觉得这女孩素质不好。结果大师傅把鳇鱼炖土豆做咸了，她吆喝过来服务员，一顿训斥。挨了骂的服务员通告了后厨，大师傅满头大汗出来道歉，说昨夜没睡好，手感不如往日好，盐搁多了些，这道菜他来买单，不收我们钱。可她不依不饶，非要人家重做。我一看哪，她一点同情心都没有，不想再见她第二面。吃了饭，我买了单，出了饭馆把她送上出租车，就把她电话列入我手机黑名单了。我想找个朴实的女孩，不张扬，善解人意，能尊重人的，要不将来我妈都得跟着遭罪。"

小伙子的话刺痛了我。我儿子的女友，我见过两个，都是穿奇装异服，满嘴脏话，玩世不恭，喜欢抽烟喝酒的女孩，可他却欣赏她们，称其活得明白。他就是带第二个女友泡吧时，沾染上的毒品。那个女孩无论冬夏，都穿超短裙。等我发现儿子的脸色和精神出现异常时，他已染毒两年了。因为从我这里得不到足够的钱，他和女友借高利贷吸毒，所以他进戒毒所，我得为他们偿还近百万元的债。我被迫放弃过去的工作，去了江北一家条件虽一般，但收入和自由度更高些的专科肛肠病医院，这样能外出多揽些活儿。当然，一个人该有的享受我还是要的，吃顿海鲜，看场电影，偶尔去快捷酒店开个钟点房，和馄饨馆的情人私会，短暂快乐一下——而哪种快乐会长久呢。

我曾问儿子，明知毒品有害，为什么要吸？他说生活太无聊了，毫无想象的空间，有钱没钱都空虚。可他吸食毒品后，在幻觉中却无限充实。他想当皇帝就是皇帝，可以锦衣玉食，嫔妃成群，想斩谁就斩了谁。他想做风雅的乞丐呢，就怀抱酒壶，破衣烂衫地穿行在飞舞着蝴蝶的桃花林中。他在幻觉里可以舀银河之水泡茶，可以捉一个地狱的小鬼给他当马夫。当然，他那时还可以给我当老子，发号施令，而我是跪在他面前俯首帖耳的儿子。我根本不知他的空虚从何而来，在我想来，他衣食无忧，即便学业荒疏，不成栋梁之材，也该做个正常人，过个安稳日子。

小伙子见我沉默着，说："叔，是不是你觉得我不该跟那个姑娘吹？反正现在的女孩太多这样的了。不看人品，认钱的多。还有就是爱耍性子，好像不'野蛮'点，就不可爱似的。像您这么有钱的，您儿子身后的小姑娘，肯定一帮一帮的，您是不愁找儿媳妇的了！不像我妈，四处托人给我找女友，五十出头的人，都成白毛女了！"

"那你爸不管你的事？"我问。

"我十岁时，爸就没了。他那时在粮库上班，有一年刚上冻时，他赶着毛驴车运粮，为了抄近路，贸然上了一条还没冻严实的冰河，结果冰裂了，他连人带车一起掉进冰窟窿。我爸真可怜啊，驴扑腾着上岸了，他和粮食却沉下去了。我妈憎恨那头驴，她说好牲口能在危难时救主，坏牲口却是扛着招魂牌的小鬼，把主人出卖给阴间了。"

列车到达铁岭西站了。小伙子起身忙他的活儿去了。他起身的一瞬，我看清了他的身高，至少一米八零，真是魁梧。天已黑透，上下车的旅客不多，站台看上去有些冷清。

我心底喜欢上了这个阳光而结实的小伙子，期待着再和他聊聊，可自铁岭起，直到四平和长春，来特等座的，是其他乘务人员了。他们坐下来摆弄一下手机，小憩片刻，也就走了。这样又剩下了我一人。

车窗外是滚滚夜色，如墨流淌。有时经过有灯火的地方，这墨里就撒了星星似的，闪闪烁烁。在时速三百多公里的列车上，窗外所有的风景都仿佛长了腿，拼命在奔跑。所以即便灿烂的灯火，转眼也成了"昨夜星辰"。

列车到达终点站前，小伙子又来了。他见了我亲切地笑着，说："叔，再过一站，就到哈尔滨了，您快到家了。"

"听你口音也是东北人，你家在哪儿呢？"我问。

"已经路过了——"小伙子有点惆怅地说。

他没有告诉我他家具体在哪儿，只说那地方在他高考的那年，出了著名的舞弊案。他和作弊的考生在同一考场，知道他们作弊，一直在答卷过程中与自己斗争，是否向监考老师举报（他说怕同学报复，最终选择放弃），所以发挥失常，只考上了一所铁路专科院校。而他的梦想，是学艺术。

"学艺术？"我有些惊诧。

"我爱电影。"他说："最喜欢伊朗的马基·麦基迪、阿巴斯，还有日本的黑泽明、北野武，他们拍的片子太牛了！"

"那你喜欢黑泽明导演的《德尔苏·乌扎拉》吗？"我问。

"那还用说么！"小伙子如遇知音，兴奋地竖起大拇指说，"叔，您是我跑车以来，遇见的最有文化的商人！"

小伙子告诉我，他并不喜欢目前的工作，累，枯燥，还危险。有一回列车高速行驶着，雷电突袭，列车紧急停车，车厢也停电了。外面是黑咕隆咚的夜，他打着手电下去查看，站在高架桥上，看着坠落的高压线，就像看着要扼住自己咽喉的绞索，直打哆嗦，差点没掉下去。危险还不止于此，小伙子说高铁的高压电线是2.75万伏的，他感觉头上悬着一把看不见的利剑，担心常年工作会受到辐射，虽说专家说不会对乘务人员的身体有害，但他就是怕。他曾想着不干了，购置点专业设备，和几个志趣相投的朋友，一起做微电影，卖给大的网络平台。小伙子边说边从手机中，翻出他用手机拍的一部微电影，点给我看。

这是一部时长只有五分钟的片子，一个三轮车夫在风雨中运货，他穿过一条泥泞而逼仄的小巷，镜头追踪的是车夫的背影，与他并行的，是个打着黑伞拎着一只鸡的紫衣女人。鸡的翅膀被别在一起，像是打了死亡的蝴蝶结，它的冠子在雨中那么鲜艳，可它的腿却在无力地挣扎着。而与车夫相向而行的，先是个披着蓝雨衣一瘸一拐的老汉，跟着是一条垂头丧气的黄狗，再跟着是个挎着一把胡琴，将一块塑料发泡当雨布擎在头顶的赤膊男孩，他仿佛顶着一团雪白的云。三轮车夫所经过的房屋，低矮破旧，有的屋顶还生长着碧草。他就这么蹬着车缓缓向前，越走路越高，也越艰难。到了一个高坎的时候，那个紫衣女人踅进一家小饭馆，大约是卖鸡去了；而先前那条黄狗，不知何时掉过头来，追上三轮车夫。车夫攀越高坎的时候，它在其后，用嘴顶着货物，拼力助推。镜头就此戛然而止。车夫是否越过高坎，黄狗是否帮上大忙，雨最终停了没有，影片都没有交代。

"真好。"我觉得这两个词，不足以说明它对我的震撼，又加了一句："走心。"

他说："谢谢叔。可惜设备不行，要是有专业的，我会做得更棒。我积累了不少这样微电影的素材呢。"

"这里的人物是真实的，还是你找的演员？"我问。

"你看他们像演员吗？"小伙子对我的判断力有点失望吧，他略带嘲讽地翘起嘴角，说："你能看出演的成分吗？这是我前年夏天休假去乡下玩时，雨中抓拍到的。"

"那你怎么没按照自己的想法辞掉工作，做喜欢的事情呢？"我问。

"叔，正当我想这么做的时候吧，半年多前，我妈有天突然上不来气，浑身出汗，嘴唇比茄子都紫，话都说不出来了，幸好那天我休班，见她不好，赶快送到医院急救。一做心脏造影，发现冠脉有堵塞的地方，得需要放俩支架。医生就问一句'进口的还是国产的'，这话听着这个冷哇，就好像人到了鬼门关，小鬼说有钱的升天堂，没钱的下地狱一样，我都想哭。国产支架一个一万多，进口的两三万呢。咱当儿子的，咋能说不用进口的呢。就这样，我妈一场手术，把我上班后辛辛苦苦攒的六万块钱给整没影了，哪还有钱购置设备啊。叔，我觉着没啥，妈就一个，得好好待她；微电影么，我用手机可以先拍着玩，就当是练手啦。再说了，万一我真的置齐了设备，鞍子行了，马却没动力跑起来了，也许还拍不出好片子呢。万一创业失败，我拍的微电影在网上没人点击，得不到报酬，吃饭都会成问题。到了那时，我妈看着我得多闹心啊，还不如跑车呢。"

小伙子从他所崇拜的大银幕电影导演，聊到他的微电影梦，意犹未尽，又谈起了读书。他说喜欢纪实类作品，尤其是艺术家传记，让他有梦里见到隔世亲人的感觉，说不出的温暖和忧伤！他说曾在一家读书网站，按照畅销排行，买过几本排在前列的虚构类小说，中国的外国的都有。小伙子调侃道："那种书翻了开头就知结尾，它的功用就是骗骗小姑娘，让睡不着觉的人看三页打个盹，让——"

小伙子话未说完，一个面色寡白、表情严肃、身材瘦小的中年男人进来了，他穿制服，佩戴"列车长"臂章。小伙子见着他霍地起身，打了个立正，歪头冲我扮个鬼脸，迅疾离开了。他走到玻璃感应门前时，那自动弹开的玻璃门，在他硕大的身躯面前，就像毕恭毕敬的仆人。列车长漠然扫了我一眼，旋即离开。

我不知列车到达终点后，在万家灯火时分，我到哪里能吃上一顿冬至的饺子。我老婆热衷于逛商场，说是节假日时一些名牌商品，可以低至三折出售。她逛累了，就在商场的快餐店吃碗过桥米线或是砂锅丸子。儿子进了戒毒所后，她依然爱逛商场，但她一样东西也不买。以前她从商场回来，总是英雄凯旋似的，手中大包小裹的，满面荣光；现在则跟乞丐一样，面色凄苦，空空而归。我渴望着这个夜晚，她或者馄饨馆的女人，能唤我吃碗她们做的水饺。然而没谁给我打一个电话，或者是一个温柔的短信问候。也许老婆正漫无目的地逛商场，而馄饨馆的老板娘，在这个生意红火的夜晚，满脑子是赚钱的念头，哪能想到在她生命中本就不很重要的我呢。

我心灰意懒地用手机上了一会网，浏览了一下当日新闻，昏昏沉沉睡去。等我醒来时，列车已驶入哈尔滨西站。

终点站到了，酣睡了一路的手机，此时却苏醒了，来电铃声悦耳地响起来。我接起电话，是我做手术的那家卫生院的院长打来的，他告诉我上午做的第三台手术的那位环形痔患者，术后本来一切正常，但半小时前他突然肛下大出血，陷入昏迷状态，现正紧急送往大连途中。

我大声问："怎么会这样？我的手术可以说是天衣无缝的。"

对方只得实言相告，说患者术后感觉良好，因为冬至，亲属送来一饭盒饺子，他一高兴，全吃了不说，还喝了一瓶啤酒。

"刚做完肛肠手术，这么大吃大喝不是找死吗？"我走下列车，站在喧闹的站台上，与对方吼着。

"不管怎么的，手术是你做的，你最好返回看看。虽然我们有护理责任，但要是出了人命，你我都没好日子过了。"

"本来我就没有好日子过。"我气咻咻地挂断电话。

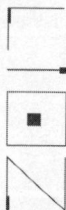

"叔，你咋还不出站？人都走光了。"小伙子拉着一个精巧的黑色拉杆箱，从我身边经过。

"出了点事，我还得返回大连。"我沮丧万分地说。

小伙子停下来，从兜里掏出手机，察看着什么，说："叔，那您赶快去二站台。再过十五分钟，有一趟车去大连。"他指点给我，该怎样转往二站台，然后又嘱咐道："您没票，跟验票的列车员说有急事，先上车后补票吧，特等座不是在车头就是车尾，您放心，肯定有空着的！"

小伙子挥手与我告别。他拉着行李箱，走进哈尔滨冬至的夜晚，而我则在抵达故乡的一瞬，又开始了夜色中的旅程——我们奔向的都是异乡。

原载《十月》2017年第3期

点评

　　小说主题富有深意。货车司机、穿制服的小伙子、"我"分别代表了三类不同的世俗角色，他们各自有各自的处事方式、生活空间和理想追求。但无论对货车司机人性中势利与鄙陋一面的揭示，对小伙子质朴性格与孝敬品性的描写，还是对"我"逐利倾向、内心隐忧和家庭遭际的展现，都表征了作者试图客观呈现现代人形形色色生活与精神样态的努力。可以说，小说以"我"为视点通过对这三者生活经历的交叉讲述，不但对各类人平凡而日常的世俗生活给予细致观照，而且也对生活与生命的形而上本质给予深刻揭示（"我们奔向的都是异乡"）。

　　小说构思很巧妙。作者将故事背景设置于高速运行的高铁上，不仅人物、时间、地点随时变更，而且事件、情景、人物关系也不断变化；小说主要是借助人物对话不断推进情节发展，继而在故事的顺承与陡转中生成深层意义，从而给人以意想不到的接受效果。这种策略赋予讲述以较大的自由性——既可轻松自如地拉家常，从而有效拓展小说的物理空间，也可突然收缩或转折，以戏剧化方式突显某种精神内涵。

（张元珂）

玛多娜生意/

/苏 童

1

那些年，我也做过生意。

我和庞德合伙的鸢尾花广告公司开张了五个多月，人气很旺，庞德每天都在公司接待好几拨客人，咖啡机烧坏了两台，一次性纸杯用掉了好几箱，但我后来得知，并没有一份像样的合同，那些人都是来找庞德谈艺术的。有一个摇滚乐手喝啤酒喝醉了，捏着那玩意在公司里跑来跑去，对着每一盆植物撒尿，嘴里高喊，come on! come on! 那些杜鹃、龟背竹、发财树不知所措，没几天，就一盆一盆地枯死了。

必须介绍一下庞德。他是我的朋友，一个业余诗人，一名音乐发烧友，本业则是美术设计，朋友圈公认他为最有艺术才华的人，但现在，他是我们公司的经理，才华不能挣钱，要它何用？大家可以想见我的恐慌，五个月颗粒无收，我对庞德的敬佩，已经变成了愤怒。我多次奚落了庞德的无能，也顺带抨击了他所热爱的一切事物，诗歌的酸腐、音乐的无用，甚至诋毁了庞德最崇拜的大师毕加索，说他不过是个色情狂。也许是类似的电话接多了，庞德的抵御非常理智，逻辑性很强，他说，我请问你，失去一点金钱，就有资格诋毁艺术吗？然后我听着他对经营的失败做出流利的辩解：一切都归咎于一个香港天皇巨星的爽约，朋友介绍来的合作伙伴极不可靠，其中一个是诈骗犯，还有一位洽谈户外广告的家具商人，竟然是目不识丁的文盲。后来不知怎么提到了公司的名称，他埋怨我们盲目听从一个女画家的建议，注册了鸢尾花这个倒霉的名字。鸢尾的花季很短很

短，知道吗？凡·高画了鸢尾花就疯了，知道吗？现在可好，鸢尾的诅咒应验了，我也快被你们逼疯了。说到这里，他旧事重提，我本来是要叫南方草原的，记得吗？庞德大声嚷嚷，南方，草原，多么开阔多么好听的名字，是你们反对的。

那一阵子庞德还坚持续租太平洋酒店裙楼的写字间，悉数保留所有雇佣的员工，每天西装革履，开着他的桑塔纳轿车出没在太平洋酒店。他对人心惶惶的员工说，放心吧，苹果树上的最后一只苹果，一定是最红最甜的。有人告诉我，他女朋友桃子生日的那一天，他给桃子送去了九十九朵玫瑰，这让我怀疑他对浪漫与享乐的追求，会把公司账户上最后一点余额挥霍一空。我再一次打电话谴责了庞德，也就是那一次，庞德与我翻脸了。我听见庞德电话里的声音变得傲慢而尖锐，你那点钱，可以撤走，我根本不在乎。然后在一阵蓄意的沉默之后，他向我亮出一张底牌，令人难以置信。玛多娜，玛多娜你知道的吧？庞德清了清喉咙说，我透露一个消息给你，玛多娜要来了，我们的大生意，马上来了。

我在太平洋酒店的咖啡厅里看见了庞德。

他和一个陌生姑娘面对面坐着，喝咖啡，说话，耸肩膀。与以往一样，庞德与姑娘在一起的时候显得格外帅气，意气风发，耸肩的动作会极其频繁。我走过去的时候，他似乎忘了之前的不悦，很大度地向我介绍了身边的姑娘。深圳来的简玛丽小姐，玛多娜生意的合作伙伴。他这么说着，看我猜疑的表情，用胳膊肘捅了我一下，轻声补充道，简老大的侄女啊。

庞德嘴里的简老大，我当然知道是谁。所谓广告界的大鳄和教父，一个传奇的成功人士，白道黑道还有红道，路路皆通。我只是本能地怀疑这笔大生意的真实性，庞德社交生活的浮夸与芜杂，多少让我对这个陌生姑娘心存戒备。我记得很清楚，简玛丽当时没有站起来，似乎是回敬我多疑的眼神，她皱皱眉，将一只手懒懒地伸出来，让我握一下，明显是作为恩赐的。她将嘴里的咖啡渣吐在纸巾里，团了团扔在烟灰缸里，愤愤地说，这叫什么咖啡？瞟一眼远处的侍者，又宽宏大量了，说，什么样的地方做什么样的咖啡，不计较了。什么时候我带你去喜来登，那儿的蓝山咖啡，还算不错。

是一个时髦、高贵而且神秘的姑娘，穿皮裙，短靴，白衬衫。肤色微黑，脸型稍显方正，谈不上多么漂亮，但是，有某种说不出的动人之处。当她的面孔朝向庞德，眼神单纯清澈，微笑的时候，那一丝妩媚与羞怯，似乎还属于一个少女，偶尔目光朝我警过来，一切都不同，我从她的脸上发现某种明显的骄矜与冷酷之色，我相信那是刻意流露的，对我的多疑，她给予了必要的报复。

我其实插不上什么话。他们在热切地谈论玛多娜。她的音乐。她的舞台。她的造型和头发的颜色。甚至谈及她新婚的丈夫，一个英国导演，他最近拍了一部什么黑帮电影，杀人，杀得很浪漫。我急于打探玛多娜巡演的代理细节，庞德明确阻止了我，称现在我们还没有资格商谈细节，鸢尾花能否承接这笔生意，还要等简玛丽回到深圳再说，一起都要简老大决定。听起来这是可信的。我问简玛丽，简老大是你叔叔还是伯父？她抿了抿嘴唇，用征询的眼神看看庞德，庞德照例耸耸肩。她突然凌厉地看着我，你猜呢？我并没有从她眼睛里发现任何的虚弱，倒是看到一丝孩子气的调皮，我像庞德一样耸了耸肩，这怎么猜？她发出了突兀的一声冷笑，其实你猜得出的。然后她从包包里掏出一支口红，开始修补唇妆，问我，吕先生你听过玛多娜吗？我说我听过，就是一时不记得她唱了什么了。她斜睨我一眼，忽然灿烂地一笑，我知道你们这款男人最喜欢什么，《像一个处女》，你肯定喜欢吧？

玛多娜生意后来不了了之，这在我们很多人的预料之中。好在事情并未能向前推进，除了庞德陪同简玛丽去黄山和杭州的那点旅游费用，鸢尾花公司并没有什么损失。那个简玛丽究竟是不是骗子，暂时成了我们心底的一个悬念，难以追究。

朋友圈内有人在上海遇到过简老大，有幸与他攀谈了几句，自然问起了那笔玛多娜生意，回答是确有其事，只不过中间人太多，演出承包商那边的预付没有谈拢，生意最后黄了。后来问起简玛丽这个人，简老大矢口否认，说他从来没有什么侄女。大家对简老大浪漫的私生活都有所耳闻，身边美女如云，否认是侄女，并不排斥是其他什么人，简玛丽与简老大的关系尚待多方查考，那朋友只好自己找台阶下，说，一定是碰巧了，姓简的人不多，那姑娘恰好也姓简。

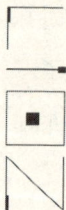

鸢尾花真的很快凋谢了，广告公司关了门。庞德愤怒了几天，又沮丧了一阵，最后一次去公司的办公室，他枯坐在办公桌前，对着一本画册发呆，手里把玩着一把美工刀。有人注意到那是凡·高割耳后的自画像，立刻引起了警惕，告诫他道：庞德你别想不开，公司开开关关很正常的，割了耳朵你怎么泡妞？割了耳朵你怎么听音乐？庞德说，别吵，我离发疯还早呢，我不过是在体会，什么是背叛，什么是悲伤。还好，庞德最后化悲痛为力量，他只是用美工刀在办公桌上刻了四个大字：壮志未酬。刻得缓慢艰难，因为是篆体的。之后他把美工刀扔在字纸篓里，扬长而去了。

有一段时间庞德销声匿迹。谁也找不到庞德，包括他的女友桃子。庞德向我们描述过他的好多人生计划，最惊人的莫过于去青海塔尔寺做喇嘛，其中并不包括失踪这一项。有人猜他是设法去美国了，那是他多年的梦想。但桃子说庞德被美国大使馆拒签了，无论是去拉斯维加斯听玛多娜的演唱会，还是去哈佛大学留学的计划，暂时都还是庞德的空想而已。

桃子是少年宫的琵琶老师，也是圈内公认的淑女，容貌酷肖邓丽君。之前庞德狂热地追求她，追了三年，还是个朦胧的恋人。桃子的父母嫌庞德浮夸不可靠，一直反对女儿的爱情。等到桃子终于说服了父母，准备谈婚论嫁，庞德却不告而别了。我们都同情桃子的境遇。她的生活已经习惯了两个内容：被庞德宠爱，孩子和琵琶。庞德不在，孩子和琵琶的陪伴便可有可无，桃子的生活彻底失去了平衡。她憔悴了许多，跑到庞德的所有朋友那里哭诉，言辞之间多少流露出对我们这班朋友的抱怨，是我们把庞德拉上一条贼船，现在船沉了，大家都不管他了。哭到伤心处，桃子要大家设法转告庞德一个限期，如果在六一儿童节之前不回来，她会抱着琵琶从少年宫的塔楼上跳下去。有点危言耸听，但桃子以满眼泪水告诉我们，那不是威胁。看着一个知书达理楚楚动人的淑女形象，转眼成为一堆绝望恐怖的碎片，大家都心痛，也感慨爱情的变幻无常。都说他们的爱情是一坛浓烈的蜂蜜，可是这坛蜂蜜居然就打翻了，打翻之后凝结成一把锋利的刀，连我们都被刺伤了。

寻找庞德，就这样成了一件人命关天的事，当然也成了我们这个朋友圈的义务。证券公司的小辛先找到了一丝线索。是一张用傻瓜相机随意拍下的照片，背景灯光紊乱刺眼，导致影像有点模糊，但还可以分辨出庞德那张意气风发的面孔，倚靠在他身边的那个外国女郎，银发红唇，艳光四射，引起了我们的一片惊叫，玛多娜玛多娜！那分明就是大家错失了的玛多娜。庞德真的去了美国吗，这么快，他就见到玛多娜了吗？

很快就冷静下来，不可能的。定下神来分析那个玛多娜，应该是一次模仿秀，一个替身而已。细看照片的一角，隐约可见庆祝什么股份公司上市的横幅标语。至于庞德身边的那个冒牌玛多娜，她眼神里放出的空茫而妖媚的气息，几可乱真，但仔细甄别容貌，应该是我们的同胞。是谁呢？有人说出了几个当红歌星的名字，而我当时就联想起了简玛丽，只是印象里的简玛丽的脸型稍显方正，做玛多娜的替身，她的脸该怎么拉长呢？还有鼻梁和眼窝，是怎么化妆的呢？

后来的消息证实了我的直觉。那个玛多娜，是蛇口玛多娜，所谓蛇口玛多娜，其实就是简玛丽。我们寻找庞德的义务，就这样演变成对一个外地女孩的暗中调查。

很快就水落石出了。简玛丽的履历背景，不像庞德说得那么神秘，也不像我们猜想的那么简单。她最初是川东一个小城的歌舞团演员，跟着几个朋友南下深圳，成立了一个舞蹈团，专门为晚会伴舞。舞蹈团不久散了，朋友各奔东西，只有她留了下来，拜师学声乐。有很多深圳一带爱泡夜场的朋友，见过她狂放的歌舞，说她唱功一般，经常对口型，但舞台形象令人难忘，劲爆火辣，性感无敌，蛇口玛多娜这个艺名，对于简玛丽来说是恰如其分的，她确实住在蛇口。有人了解到的信息属于隐私，说简玛丽曾经被一个香港的中年地产商包养，有一次不知为何拿了一只高跟鞋追打那个香港人，从电梯追到公寓大堂，再追到停车场，邻居们看见她用高跟鞋将香港人的轿车玻璃砸出一个坑，光着脚提着鞋子往回走，对邻居说，这下有点爽了。所以，她在那幢公寓里又有个特殊的绰号，叫作有点爽。还有一些人在电视上见过简玛丽。她参加过很多选秀活动，也在几部电视剧里跑过龙套，甚至还经商，是一种韩国美容乳液的代理商。关于简玛丽的种种消息，我们最关心的是她的现状。她的现状简洁明晰，却没有人敢告诉桃子。

听说在深圳，简玛丽与庞德已经同居了。

2

五月将尽的时候，桃子的父母和庞德的兄嫂联袂去了趟深圳，把庞德押回来了。

不知道为什么，庞德如此归来，竟仍然给人衣锦还乡的感觉。他约了我们一帮老友见面，不在以前我们的聚点太平洋，而是在喜来登酒店的西餐厅，喝香槟，吃牛排，花销明显要贵很多。桃子也在，她很少说话，只是以一种悲伤的手势握着庞德的手，告知我们爱情失而复得的艰辛。庞德穿了一套奇怪的镶白边的黑色西装，当我们对他的西装表示出好奇，他不以为然，说，你们是穿惯冒牌货了，少见多怪，知道吗？阿玛尼的新款，从来都这么出位。我们又问他出位是什么意思，他懒得解释了，耸耸肩，给我们递上了新的名片。公司名字叫热带风暴演出经纪公司，他身兼三职，法人、董事长、总经理。有个朋友讽刺地说，庞德你在深圳就这三个职务？不止的吧？庞德倒是不介意，自嘲道，别的职务，名片上就不写了。他身边的桃子听出了话音，脸上乍然变色，大家就不忍心再拿庞德开涮了。无论如何，六一的隐患已经消除，他们的复合是一件好事，至少省却了朋友们的烦扰。

最初谁也不知道，简玛丽尾随庞德，一起回来了。庞德后来声称他对此毫不知情，那是否是谎言，我们一时无法证实。只是在事情发生之后，我们很多人联想起桃子那天在喜来登西餐厅的奇遇，她不过是去了趟洗手间，白色长裙的裙摆上，居然被人用口红打了一个红色的大叉叉。

那天是六月五号了，照理说桃子的通牒已经失效，但她还是上了少年宫的塔楼。学习琵琶的孩子们说，有个金色头发的玛多娜阿姨一直在等桃子老师，后来庞德叔叔也来了，他们在课堂里听见庞德叔叔与玛多娜阿姨在外面争吵，等到孩子们跟随桃子出去，庞德叔叔已经不见了。当天的琵琶课程因此草草结束。孩子们看见桃子和玛多娜阿姨说着话，先是在草坪上，后来桃子老师就拿着琵琶往塔楼上走，那个玛多娜阿姨跟在她身后。

他们站在塔楼上，塔楼上有一面鲜艳的少先队队旗迎风飘展，他们就站在那面旗帜下面，为爱情交涉。两个人影，一个是黑色的，一个是蓝色的。孩子们听不清他们在塔楼上的交谈，只是目睹了黑色与蓝色长时间的对峙，突然，他们听见了玛多娜阿姨尖厉的声音，你跳啊，你跳我陪你跳！

孩子们看见他们的桃子老师扶着栏杆哭泣，看起来真的有跃身而下的危险。有聪明的孩子叫来了别的老师。书法老师先来了，据说他一直暗恋着桃子，他径直冲向了塔楼，随后少年宫的负责人严老师也来了，严老师不敢上去，她脸色煞白，嘴唇哆嗦着，向着塔楼质问，那位小姐，你从哪儿来？玛多娜阿姨回答，从地球上来。严老师跺了跺脚，又向桃子发出了严正的谴责，这是少年宫！看看你头顶的旗帜吧！桃子你别让爱情冲昏头脑，孩子们都看着你呢，当着孩子们的面，就在少先队队旗下面，你怎么敢？立刻下来！

桃子被书法老师扶下来的时候，一直用琵琶盒子遮着自己的面孔，很明显她不想让孩子们见到她崩溃的样子，但琵琶盒子遮掩不了她颤抖的身体。桃子的身体在颤抖，她不停地对孩子们说，对不起对不起，我太软弱了，不配做你们的老师。有个女孩上去扶住了桃子，出于一颗爱憎分明的心，女孩朝玛多娜阿姨啐了一口，你不是玛多娜，你是女魔鬼！

少年宫的人们都看着玛多娜阿姨。那天她黑衣黑裙，戴着两个硕大的贝壳耳环，脚踝上套了一圈彩色布条，布条上系了一只红色的铃铛。他们看见她皱起眉头，用纸巾擦去了女孩的唾沫。再抬起脸来，她猩红的嘴角出现了一丝宽容的微笑。你那么小，还不懂玛多娜。她用手指在女孩脸上刮了一下，有时候玛多娜是仙女，有时候她就是魔鬼。

3

简玛丽就这样成了一个黑暗的传说。

六月发生的事情，让我们对庞德失望透顶，甚至无法确定他的归来，究竟是为了与桃子复合，还是为了与她做个了断，或者干脆相信，庞德到最后都没有拿定主意，他是需要桃子，还是需要简玛丽。对于庞德残存的友谊，迫使很多朋友向他晓以利害，告诉他简玛丽今天对桃子有多么冷酷，未来对你就有多么冷酷。庞德为简玛丽做出了辩护，你们不了解她。他说，她其实很善良。有人尖刻地问，跟一块石头比，还是跟一头狼比？他说，跟我们大家比。又说，跟我在一起的时候，你们不知道她是多么善良。这是可能的，因为爱情。大家没有反驳，他便来了精神，你们猜

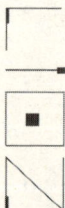

猜看，她收留了多少流浪猫？没人理睬，他自己回答，举起一个巴掌说，五只啊，她收留了五只流浪猫，一只叫白玛，还有一只叫花玛，跟我们睡在一起的。又期盼地看着大家，等待谁来提问白玛和花玛是什么意思，偏偏没人配合他，他只好自己解释，白玛是白猫，就是白色玛多娜的意思，花玛是一只花猫，花花玛多娜，懂了吧？看朋友们的表情充满讥讽，他无奈了，整了整领带总结道，我知道你们对她有偏见，你们不懂得爱，爱，是独占性的。告诉你们吧，是爱的独占性，才让她变得那么疯狂。

庞德留在了我们的身边。可以说，是在多种逼迫之下做出的选择，也许算是悬崖勒马，也许是出于对桃子剩余的爱，也许，仅仅是某种畏惧，他害怕桃子的以死相胁。不久之后，庞德与桃子举行了婚礼。桃子那天的打扮，以及她的一颦一笑，都酷似我们众人热爱的邓丽君，有个朋友注视着容光焕发的新娘，忽发感慨，说，毕竟是在我们的地盘上，看，邓丽君打败了玛多娜！

我们挽留了庞德，多少也为自己挽留了一些累赘。庞德的热带风暴公司还在，只是离开了简玛丽，也就离开了玛多娜，离开了玛多娜，他对自己能做什么陷入了空前的迷惘。他与桃子的婚房坐落在聋哑学校附近，有一天路过那里，他看见两个美丽的聋哑女孩在学校门口以手语激烈争论，忽发奇想，决定要组织一场聋哑人辩论大赛，让电视转播。必须承认，我们的朋友圈里不再有人愿意再与庞德合作，却有人还愿意赞美他的创意和智慧。庞德受到了鼓励，开始为此奔忙。聋哑学校方面倒是有兴趣借此推广他们的品牌，电视台也勉强承诺，可以先录一台节目，看看节目效果再说。关键是赞助商，要找一个愿意赞助聋哑人辩论的商家，很不容易。那一段时间里我们频频接到庞德的电话，记得最清楚的就是庞德沙哑而充满激情的声音，类似宣言，也好像是恫吓。会轰动的，这一次，商业效益跑不掉，社会效益无法估量，一定会轰动的，他说，你们现在敷衍我，到时后悔也来不及！

只剩下桃子陪着庞德，到处游说。那个做大理石生意的郝老板，我们原来都不认识，听说是桃子的琵琶班上一个学员的父亲。庞德能够与郝老板签署赞助协议，是琵琶，或者说是弹琵琶的桃子立下了汗马功劳。庞德那一阵子去赴郝老板的饭局，总是带着桃子，或者说，是桃子带着庞德和琵琶，吃完饭，她照例要为满桌客人弹一曲《春江花月夜》。我们知道，那是桃子最擅长的琵琶曲。

电视台录制节目的前夕，我们很多人受到了庞德的邀请。为了见证庞德这次辉煌的起步，我也去了电视台的录播大厅。庞德忙得团团转，无暇顾及我们，只是匆匆地向我们介绍了郝老板。那是个胖胖的黑乎乎的福建男人，笑起来很憨厚，眼神里又透出几许精明，桃子陪着他，不知为什么，看起来并没有多少成功的喜悦，倒是心事重重的样子。

聚光灯下的聋哑孩子们在辩论一个关于爱与怜悯的主题，相信那是庞德的构想，对于孩子们来说有点难了，所以我不断地看到一个美丽的聋哑女孩忘记台词，急得要哭的样子，另一个男孩则情绪激烈，以旋风般的手语向对手发起攻击，我问旁边的人他说了些什么，原来那男孩在控诉对手不配谈爱与怜悯，昨天夜里他还被对手逼迫，喝了一杯尿液。突然，那男孩涨红了脸，以手做枪，扳动扳机，向对手做了个开枪的动作。下面一片哗然，有人不停地哄笑，我隐约听见庞德在摄影机那边大叫，红方红方！二辩住嘴！Cut！Cut！

桃子和郝老板静静地坐在一起，有点混乱的录像场面并没有影响他们的坐姿。他们的腿应该在一起，挨得近一些，无伤大雅。但是我无意中瞥见，他们的手在暗处交流。郝老板抓着桃子的手，尽管很快被桃子推开，但我相信，那不是我的幻觉。在郝老板与桃子之间，似乎已经发生了什么。我所不能确定的是，在桃子与庞德之间，到底发生了什么？这么快，桃子就决定背叛庞德吗？为了庞德，桃子背叛了庞德吗？他们之间那份以命相许的爱情，再一次让我陷入了疑惑之中。

庞德的聋哑学生辩论大赛在电视台播出了一期，紧急叫停了。有关部门认为节目导向不明，又涉及特殊人群，没有任何积极意义。庞德写了洋洋万言的申诉材料，奔波于各个部门，最终徒劳，不得不放弃了他的心血之作。之后他疝气发作，住进了医院。我们到医院去看他的时候，他有点委顿地总结了自己的得失，我跟官僚机构天生打不了交道，我还是适合做音乐。他说，你们知道吗？玛利亚·凯丽要到香港了！大家一下就都不说话了。庞德的眼睛放出光来，我过几天准备飞香港，去见见她的经纪人，我有个同学在纽约，认识那个经纪人。我们看他的眼神，等着他的下文，果然他的声音开始变得神秘，那个经纪人对中国市场很有兴趣啊，这是个好机会，你们有兴趣吗？

我们因此提前离开了庞德的病房。在走廊上，我们遇见了桃子。桃子一脸倦容地提着她的琵琶，说是刚刚去乐器行给琵琶换了弦。我们问她是否要跟庞德一起去香港。她露出一丝哀婉的微笑，还去香港呢，机票都买不起了。现在都是我在挣钱养家。她突然拨响了琵琶，拨出一声刺耳的杂音，我现在，上门给学生做家教啊！

4

那年冬天多雪。

庞德在一个雪夜不约而至，敲响了我家的门。一定是临时起意，我注意到他只穿着毛衣和睡裤，满身雪花，看见我他的手举起来，亮出一只料酒瓶子，你看，我家里的料酒都喝光了。他说，现在没地方买酒，你借我一瓶酒。

他的眼神是破碎的，走路的脚步已经踉跄。我把他扶进屋子的时候，他很感恩，忽然在我脸上亲了一下，喷出一嘴酒气。他说，还是朋友好，只有友谊，可以天长地久。

其实我猜到发生了什么，桃子去为郝老板的女儿做家教，做出了些意外的插曲，庞德与桃子分居多日，朋友圈里已经有所耳闻。大家没有想到的是，庞德悬崖勒马，桃子变了心。听说郝老板的妻子曾经找到少年宫去，不知为何，最终也跑到了少年宫的塔楼上。桃子跟着那女人，与她并排站在一起，桃子说，你想想好要不要跳，要跳就数一二三，我陪你跳。这件事听起来很像谣言，桃子这么快就变成了简玛丽，谁也不敢轻信，但有人认识少年宫那个美术老师，按照他吞吞吐吐的口径来推敲，似乎那是真的。

我不知道该怎么开导庞德。我们坐下喝酒。他不说话，指指喉咙，捂捂胸口，意思是嗓子哑了，心碎了。我害怕他跟我谈论他的婚姻危机，试探道，你喝成这样，我们还是谈谈诗歌谈谈音乐吧，要不谈谈毕加索也行。

他目光炯炯地审视着我，看透了我的畏惧，忽然发出一声尖锐的冷笑，诗歌，是狗屁。音乐，也是狗屁。顿了一下，打了个嗝，他哑着嗓子说，毕加索算老几？他不过是艺术的男妓。

我几乎要笑，不忍心，打岔道，玛多娜呢？玛利亚·凯丽呢？她们是什么？

他想了想，没有再贸然羞辱他曾经的偶像，只是坚定地摇着头，我现在不听她们了，一个太商业，一个太肤浅了。他说着从毛衣里挖出一张CD来，你可以放一下听听，震撼，震撼，我现在天天听这个，听一下，心情就好多了。

是一张黑色封面的进口CD，银色的骷髅头长了两片鲜艳的红唇。我不认识那一排花哨的洋文。庞德介绍道，骷髅玫瑰乐队，曼哈顿的地下摇滚。我好奇地把CD放进音响，先听见一阵阵呻吟，伴随着玻璃碎裂汽车奔驰和推土机打桩机的噪声，然后各种电声乐器涌入，夹杂着一个女声疯狂的尖叫。正值夜深人静时分，我赶紧把CD退出来，问庞德，谁给你的CD？吵死人了。他的脸上又出现了我所熟悉的神秘表情，你猜？我照例不猜。他说，是简玛丽给我的，她现在在纽约。又问，你知道那女主唱是谁？我摇头。他说，听不出来？就是简玛丽啊！她的乐队，键盘，吉他，贝斯，鼓手，不是白人就是黑人！他们去过黑暗厨房演出，黑暗厨房你听说过的吧？简玛丽现在不跳舞，做地下摇滚，成功了！

我知道简玛丽去了纽约。我以为她是去寻找玛多娜的，预计她暂时会在一家中餐馆或者服装厂洗衣店打工。庞德嘴里简玛丽的成功，我凭本能觉得可疑。然而，庞德不容我对简玛丽的成功提出任何质疑，他捏着拳头捶了下大腿，我错过了她，我说过只要给我五年时间，我就会把她打造成国际巨星，你们都不相信我。庞德说着说着伤感起来，抱住头说，我错过了她。也错过了我自己的幸福，我不怪你们，怪我自己被绑架了。我一惊，谁绑架你了？他愤愤地看着我，突然吼道，道德！还有你们这帮虚伪的朋友！你们利用了我的善良！然后是他所擅长的自问自答环节，善良是什么东西，你知道吗？他说，告诉你们吧，善良，是个最大最臭的道德狗屁！

窗外大雪飘飞。我想象此刻纽约的街道上说不定也在下雪，此刻的简玛丽会在做什么，我头脑里却一片空白。我与简玛丽匆匆一面的印象已经模糊，说起简玛丽，我眼前浮现的竟然都是玛多娜且歌且舞的样子，有点吵，有点窒息，但某种妖娆的挑逗隔空而来。真的有点奇怪，一个川东姑娘，就这样以玛多娜的形象驻扎在我记忆里了。

那个雪夜庞德留宿在我家里。他酒醉严重，去卫生间吐了两次。第一次呕吐的间隙，他还清醒，向我透露了下一个人生计划，说他在等简玛丽的绿卡，她有了绿卡，他就可以去美国了。第二次呕吐很厉害，庞德抱住

马桶，流出了眼泪。他抱着马桶哭泣，有点胡言乱语了，他说他恨不能从马桶里钻到美国去，要是可以钻过去，简玛丽一定会在下水道的出口等他。

5

现在看来，庞德的去国之路，其遥远程度堪比丝绸之路。简玛丽的绿卡遥遥无期，而庞德等不及了。是一个旅行社的朋友替他安排了一条漫长而诡谲的路线。他先去了云南，从云南去了越南，从越南去了澳大利亚。按照他们事先的计划，最终还是要越过太平洋，目的地确定不变，是美国。

大多数朋友都收到过庞德在悉尼歌剧院门口的照片，是与卡拉扬的演出广告合影，他说他听了卡拉扬的音乐会，无比震撼，还将去听瓦格纳的歌剧《尼伯龙根的指环》，必将更加震撼。这如果是真的，当然令人羡慕，只可惜无从证明。悉尼有我们的朋友。最初我们听到他的消息，大抵是找工作找住房之类的琐事，庞德没少去麻烦别人，后来便失去他的音讯了。大家以为他是设法去了美国，后来知道，庞德没有能去美国，不清楚是他无能，还是简玛丽那边的变故，他瞒着悉尼的朋友，去了新西兰，到一家葡萄园摘葡萄去了。

没有人料到他在新西兰摘葡萄，摘了那么多年。也是葡萄，后来与庞德结下了不解之缘。大约是五年之后的一个夏天，朋友圈里纷纷得知一个消息，庞德回来了，兜里揣着一本新西兰护照。他以一个葡萄酒酒庄经理的名义回来，回来开拓营销市场，顺便邀约了过去的朋友，参加一个品酒会。

五年后的庞德依然相貌堂堂，衣着考究，我们想象的艰辛与沧桑在他的脸上并没有留下多少痕迹，只是白色的紧身西裤夸大了他的肚腩，看起来是发福了。他向我们展示了几款葡萄酒，不停地说着单宁、甜度、果香、黑品诺之类的词汇，我们都听不懂，只是注意到席间有个戴耳环的白人男子，看起来四十岁左右的样子，忙着招呼几个洋人，不时与庞德传递眼神，热烈，多义，还有点诡秘。我们都察觉到他与庞德之间关系亲密，悄悄打听他的身份，庞德说，他是杰克，伟大的酿酒师啊。庞德忽然笑了，笑得有点腼腆，大家都看着他，不明白他笑什么，然后我们就听见庞德压低声音说，他妈的，我明明是一串西拉，被他酿成了一杯夏多内！

我们都对葡萄酒一无所知，也就没有人听得懂庞德隐晦而真诚的告白。庞德的美国梦，他自己已经放下，我却记得清楚。我想起那个雪夜庞德的誓言，忍不住追问他，这些年来，你究竟去没去纽约，见没见过简玛丽？他叹口气说，去了，见了，人家已经是两个孩子的妈妈。我问他简玛丽嫁给了什么人，他说，谁也没嫁，一个女孩，是跟白人的混血，一个男孩，是跟黑人的混血。我一时默然，问，现在呢，她会不会还在等你？他又耸肩，做了个天知道的动作。我试探庞德，你为什么还是单身，你还在等她吗？他发出一种短促而夸张的笑声，不知道是对我的愚蠢表示轻蔑，还是表示感伤。你知道我在等谁吗？他的笑容很快变得狡黠起来，瞥一眼远处杰克的身影，打了个响指，告诉你，我和杰克在等李嘉诚，李嘉诚已经收购了我们隔壁的酒庄，我们在等他收购我的酒庄。又晃了一下手里的酒杯，你看我们的酒，这酒体，这果香！庞德说，都是黑品诺，都在玛尔堡，我们不比他们差啊！

庞德与简玛丽依然隔着太平洋，天各一方。他们之间，似乎还刻意保留着朋友关系。两年前的一个春天，我忽然接到庞德打来的电话，说简玛丽要带着孩子回国探亲旅游，会在我们这个城市停留，他要我们几个朋友替他招待一下简玛丽。坦率地说，大家都想看看这个传奇的简玛丽，现在是怎样的一位母亲，朋友们都一口应允，为了纪念大家的相识，也为了向一个破碎的爱情故事致意，我们特意将他们安排在太平洋酒店。

我们请简玛丽一家吃饭。简玛丽带着两个混血孩子，姗姗而来。她那天穿了件白色镶嵌蓝边的旗袍，头发恢复了黑色，盘成一个复古的圆髻，她的脸被很厚的粉底罩住，口红很重，岁月的痕迹被谨慎地涂抹之后，看起来很像是三十年代的烟草广告女郎。有人这么直白地说出自己的感受，她淡然一笑，说，我的打扮很正常啊，现在纽约流行复古风。

我带去的葡萄酒来自庞德的酒庄。她瞥一眼酒瓶就猜到了，说，基佬酿的酒，味道都很复杂，我要多喝一点。果然就喝了不少，人也显得松弛了。席间不知是谁提起了桃子，被人在桌子底下踢了脚。没想到她倒坦然，主动问，听说桃子后来嫁给一个大富翁了？听说有几个亿？大家猜到是庞德夸大其词了，在任何时候，我们都需要掩护庞德的虚荣心，没有人轻率地接茬，简玛丽也没有再追问下去。庞德酿造的葡萄酒在她身上起了奇妙的效用，她勤于回忆往事，又毫无保留地披露她在纽约的生活。是她自己主动提起了少年宫塔楼上的那件往事。说到跳楼，真的没什么大不了的。我在曼哈顿，差点也要跳，三十七层的大厦啊，比少年宫那塔楼高多了。她这么说着，诚恳地看着我们，我不光是为了爱情，也是为了房租，为了，为了——心碎。她艰难地选择了心碎这个词，眼睛里忽然闪烁出一丝泪光，我都已经写好遗书了，我已经走到楼顶了，知道是谁救了我吗？空气骤然紧绷，大家都紧张地看着她，猜测她要宣布的人选，我记得我当时思维偏向电影化，脑子里跳出的是玛多娜，而我注意到对面小辛的嘴型，他明显轻轻吐出了庞德的名字。简玛丽抿了一口酒，以莞尔一笑，原谅了我们的轻浮或愚昧。别猜了，你们猜不到的。她突然用手指着她的混血女儿，是露西亚，露西亚那年才五岁，她穿着睡衣追到楼顶上来了，她对我说，妈咪你别丢下我，我陪你跳，你抱着我，我们一起跳。

一时满桌静默，谁也不敢说话，大家的目光都聚焦在露西亚脸上。露西亚是一个美丽的混血女孩，腿很长，头发是亚麻色的，眼睛有一点点发蓝。我们很少见到蓝眼睛，难以定义露西亚的眼神，它流露的究竟是纯真还是早熟，是羞怯还是无畏。她正与弟弟一起玩游戏机，这时候抬起头，以一种谴责的目光看了看她母亲，她用英语说，妈咪，你喝多了。我不准你再说话了。

简玛丽吐了下舌头，果然不说话了。为了调节气氛，有人小心地与露西亚搭讪，露西亚，小美人，你喜欢玛多娜吗？

露西亚摇了摇头，说，不喜欢，玛多娜早就过时了。

原载《作家》2017年第1期

点评

苏童用自己的成熟而独特的艺术风格之笔轻轻挥就了这篇投射他"灵魂之逆光"的短篇。

小说聚焦在一个小小的高层文化圈，艺术家庞德小有天分与才华，混迹商海，追寻一个名唤成功的大骗子。女朋友桃子是少年宫青春的教琵琶的老师，算是与艺术沾边，她经由爱情婚姻而踏上社会，最后顺从了这个社会的原则，上位为有钱老板的第二任妻子。主人公简玛丽，一位来自川东小城混社会混到纽约去的歌舞团女演员，最后安顿和收服她的是混血女儿的爱。三个人物主次分明，个个充满无边欲望，完全颠覆林语堂笔下对中国人"知足常乐"国民性的概括，活动的领域与世界接轨，纽约与新西兰，在我们主人公们的生活中，不过就是另一个有点远的一二线城市。

作者把自己隐蔽起来，端着肩膀冷静地看着自己创造的浮华世界，偶尔插两句嘴，笑笑，一尽文明观众之责任。冷笔写火热的人世，世故的眼神想看到的却是纯真。叙述如此流畅，拿捏的分寸如此到位，技巧娴熟，仿佛阅尽人世悲欢体味世事无常后的高手。

（王雪）

滞留于屋檐的水滴／

／叶兆言

1978年12月，首都北京正在召开很重要的三中全会，陆少林的父亲在南京一家医院过世了。对于父亲的离开，陆少林有心理准备，医生跟他谈过。父亲也坦然地说过这事，安慰他，让他不要太难过，让他抓紧时间复习功课，准备再一次参加高考，并祝愿他这次一定会考好。父子间的感情非常好，可以说特别好，陆少林心里难受，流了好几次眼泪，对即将要出现的状况不敢多想，又不能不想。该发生的事终于发生，父亲进入弥留状态，他紧紧捏着父亲的手，渐渐意识它像黑色的冰块一样，越来越凉越来越黑暗。为什么父亲的手会像黑色冰块，他一时想不明白，这念头在脑海里一闪而过。护士们正在忙乱，母亲和姐姐在帮死者换衣服，然后往太平间里送。

谁也没有号啕大哭，母亲没有，姐姐没有，陆少林也没有。母亲与父亲的关系不是很融洽，姐姐和父亲的关系也不是很融洽，陆少林心里悲伤，非常想哇啦啦哭上一场，母亲和姐姐的冷漠，让他感到为难。只能一边推车，一边静静地流眼泪。太平间管理员显然习惯这样的场面，从一大串钥匙中，找到那把打开太平间的钥匙，将铁门打开，让他们把放着父亲尸体的推车推进去，说搁在墙角就行，接下来填写单子，约好送火葬场时间，什么规格，花多少钱，怎么样怎么样，所有这一切都是陆少林母亲在操办。

父亲去世那天，是陆少林一生中最伤心的一天。这一天，不仅父亲永远离开了，晚上的家庭谈话中，母亲当着姐姐面，说出一个非常惊人消息。她十分平静，告诉陆少林姐弟，这个刚死去的男人，并不是陆少林的亲生父亲。再也没有什么消息，比这更能打击人，更能折磨人，二十岁的陆少林看着目瞪口呆的姐姐，仿佛让人用生硬的木棍在脑袋上狠狠砸了一下。

姐姐木木地看着母亲，有些想不明白，父亲生前明显偏爱陆少林，她觉得姐弟两人之中，如果有一个不是亲生的，也应该是她。

过去一年中，停止多年的高考恢复了，陆少林参加过两次高考，都失利了。第一次是77级考试，进入了复试，没取。第二次是78级考试，差三分，又没取。说起来很巧，两次考试我都参加了，我们一起报名，一起复习，又走进同一个考场。

陆少林住的地方离我家不远，我们都不是应届生，高考恢复，我已经当了四年工人。他跟我同一届，是一家小饭馆的服务员。我们关系变得密切，与准备参加高考有很大关系，在同一所夜校复习，找了相同的辅导老师，背一样的复习材料。当然也还有一个原因，他母亲与我母亲是同事，虽然不在家属大院住，经常会到这里来玩。

陆少林父亲逝世不久，我们有过一次难忘的谈话。记得是放寒假前夕，剩下最后一门马克思主义哲学还没考，他突然到学校来找我，告诉我父亲去世了，心里很不痛快，很忧伤，非常想找个人聊聊，说说话。我告诉他明天还有一门考试，他看我有些为难，便不说话。我不忍心，也不好意思，说你既然来了，那就聊聊吧，反正考试都是临时抱佛脚，老师蒙我们，我们再蒙老师，大家都不知道自己在说什么。

陆少林说，其实也没多少话要说，只是想告诉你，我爸爸死了。

隔了很多年，都不能忘了他说这话时的表情，显得很冷淡，一点都不悲伤。不明白为什么要专门跑来跟我说这个，我们坐在学校的某个角落，他从口袋里摸出一包香烟，明知道我不抽烟，递了一根给我，自己再取一根，然后大家一起抽，什么话也不说。很快烟抽完了，他说你去复习功课吧，我们以后再聊。嘴上这么说，还是聊了一个多小时。这一个多小时，我略有些心不在焉，忘不了明天还要考马哲。对于他的谈话，能记住的无非一些要点，他告诉我，过去一直不知道，直到父亲死了，母亲才告诉他，这个男人与他根本没有血缘关系。

陆少林告诉我，父亲死了，两件事让他耿耿于怀。一是小时候尿床，母亲和姐姐讥笑他，威胁要告诉老师，要让所有同学都知道。陆少林说他非常担心，觉得太丢人，一想到就害怕，晚上不敢睡觉，怕睡着了又尿

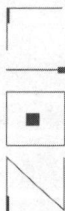

床。为他解开心病的是父亲，他告诉陆少林尿床根本不算什么事，说你姐姐也尿过床，你妈妈有没有不知道，反正爸爸小时候不仅尿床，还在床上拉过屎呢。陆少林说他听到这么说，立刻释怀了。

第二件事耿耿于怀，到了青春期，陆少林开始梦遗。他不知道该怎么办，跟当初尿床一样，很害怕，很难为情。母亲知道了，第一时间告诉姐姐，母女俩一阵讥笑，说不学好，说不要脸。说你以后还这样，自己去洗短裤，脏死了，没人会帮你洗。姐姐比他大五岁，印象中，除了欺负他，没什么可圈可点。陆少林再碰到这样的事，偷偷把短裤洗了，再把湿短裤穿身上焐干。他不知道所有男孩都会这样，终于有一天，父亲告诉他梦遗比尿床更常见，说过去的男孩子，比他再大一点，都可以娶媳妇了。

说老实话，不明白陆少林为什么要跑来诉说这些。他自顾自说着，重重地叹一口气，沉默了一会，说本来准备在我面前大哭一场，现在突然不想哭了，心里有些话，说出来，也就痛快了。看不出他有什么痛快，我看到的只是他的悲哀，是他所经历的双重打击。一个这么好的父亲不在了，这个人还不是他的亲生父亲。第二天考马哲，我情不自禁地会走神，总是想起陆少林，想起他说过的话。戴着老花镜的监考老师十分仁慈，从头到尾都在看报纸，说是闭卷考试，遇上答不出来的题目，大家也就不客气，悄悄把书拿出来，互相讨论和转告，应该抄哪一段。

陆少林又考了一次大学，还是没考上。他有些绝望，不明白为什么总是考不上。确实冤枉，当初一起复习，他成绩一向都比我好，尤其是数学。文章也写得漂亮，在夜校上补习班，他的命题作文不止一次被辅导老师拿出来当作范文。

又过一年，他成了电大学生。因为不脱产，还得上班，觉得这个电大生没意思，干脆不想毕业，没拿到文凭。那年头，年轻人除了考上大学，很少换工作。陆少林在一家集体所有制的小饭馆当厨师，突然开始对书法产生兴趣，天天临字帖，迷上了制作砚台，弄了一些石头，自己加工。有一段时间，常到我所在的学校来蹭课，旁听古代文学史和古汉语。说句老实话，他的古典文学和古汉语水平比我高出许多。

有机会便在一起聊天，他最喜欢说父亲的故事。陆少林告诉我，养父死了以后，他一直在想，为什么这个人会对自己那么好。印象中，姐姐总在抱怨父亲重男轻女，姐弟感情不好，很重要一个原因，是姐姐觉得父亲偏心。陆少林的养父是一所中专学校老师，教什么也不清楚，反正是与无线电发报机有点关系。"文化大革命"中被打成国民党特务，造反派在一张穿国民党军服的集体照上，看到了他。陆少林告诉我，他养父确实参加过国民党。

陆少林的养父也曾经是名解放军，参加过抗美援朝，加入了共产党，受过伤，他家墙上挂着一张他穿志愿军军服的照片。对于这个父亲，陆少林有很多不能明白的地方，为什么不太喜欢自己的亲生女儿，为什么会原谅妻子的出轨。最后只能得出一个比较荒唐的结论，就是他对陆少林好，只是为了讨好母亲。

"你不知道他对我母亲有多好，那种好，你真的没办法想象。"

一说起养父对母亲的好，对她的百依百顺，陆少林忍不住唉声叹气。小时候，母亲的一位朋友老梁，经常到他家来串门，有一次，无意中撞见母亲与老梁搂抱在一起。一时间也不知道是怎么回事，母亲大声呵斥，让他到外面去玩，让他赶快出去。陆少林不明白她为什么会那么生气，不明白为什么只要养父不在家，这个叫老梁的男人就会过来。有时候养父在家，那个男人也会来，大家有说有笑，一团和气。

陆少林小时候曾听人背后议论，说养父真是好性子，气量也太大，绿帽子一顶又一顶戴，都能够凑成一个班。因为是小孩子，不知道什么叫绿帽子。养父死了以后，有一段时间，一直觉得老梁就是他的生身父亲。对着镜子琢磨，越看，也觉得自己像老梁。姐姐出嫁后，与母亲越来越不融洽，与弟弟关系反而有很大改善。过去并不知道与弟弟同母异父，对父亲始终有怨恨，父亲不在了，她觉得自己很同情父亲，觉得父亲挺无私的。

姐姐结婚不久，又有了一段新恋情，闹得风风雨雨，声名狼藉，最后不了了之。她跟弟弟检讨，说自己性格有问题，女儿像妈，坏毛病可以遗传，她真是对不住陆少林的姐夫。陆少林借此机会打听，问还记不记得那个叫老梁的男人，姐姐便笑，说我怎么会不记得，我太记得了。

"这个人会不会是我的亲爹呢？"

"当然不是。"

"你怎么知道当然不是？"

姐姐告诉他，父亲死后，有个男人来过，就是陆少林的生身父亲。提出来要见一见陆少林，结果母亲一顿臭骂，把他赶走了。陆少林听了很激

动，连忙问那男人长什么模样，现在什么地方。姐姐说她也只是匆匆看了一眼，当时并不知道是谁，这个人离开，才听母亲嘀咕了几句，好像是在新疆什么地方，年纪也不小了，五官跟陆少林很像，个子看上去蛮高的，似乎要比他还高一些。

陆少林找了个机会，直截了当询问母亲，问自己生身父亲的情况。母亲大怒，说我这辈子最记恨两个男人，一个是你这爸，明知道你不是他亲生的，非还要做出不在乎的样子，你以为他是真对你好，狗屁，他为什么要对你好，无非是想让我难堪，让我觉得亏欠他，让我抬不起头来。母亲最恨的另一个男人，是陆少林的生身父亲，她说这个没良心的狗东西，只要我还剩一口气，他别想见到你，你也不许找他，绝对不允许，如果敢去找他，我立刻就死给你看，我立刻找一根绳子吊死，你信不信。

陆少林后来与一位女同事好上了，这个女人比他大好几岁。刚知道这消息，我也有些吃惊，因为在他干活的小饭馆见过。是个端盘子的女服务员，眼睛细细的，看起人来，总会让你觉得她是在琢磨什么事，好像你们过去就认识一样。皮肤很白，个子不高，已经结了婚，有一儿一女。

陆少林也不回避与她的关系，问他是来真的，还是闹着玩。他的回答是无所谓，真也行，假也可以，完全看对方态度。他的所作所为完全是被动的，全看女方心情，女方说要离婚跟他，他说行，那你就离吧。女方又改口，说我们的事还是就这样吧，我不想离了，大家混一天是一天。陆少林说，好吧，那就混一天是一天。女的很生气，跟他吵跟他闹，结果分了合，合了又分，分分合合，始终藕断丝连。

那段日子，陆少林住的地方离我很近，一处沿街的老房子。我经常去聊天，有时候，那女的也在。房间不大，一张小钢丝床，一张很大的工作台，拉了几根绳子，上面荡着很多木头夹子，用来挂他写的篆字。他迷上了刻图章，喜欢在砚台上刻字，那些字都很难认。桌上一本《说文解字》还是跟我借的，借了也不还了。就是那段时间，那女人离婚了，他们同居过一段日子，十分平静地分手。陆少林告诉我，她爷爷解放前夕去了台湾，后来又去美国，是个有身份地位的人物，多少年没联系，改革开放，重新接上头。老人家说走就走了，留下一大笔遗产，大家分。

和陆少林一起聊天，还是喜欢谈他养父。他觉得他应该写篇小说，说这个人看上去没什么故事，其实全是故事。他说的那些细节，举的那些例子，别人眼里也许稀松平常，可是在他看来，都有着特殊意义。说着说着，眼泪流了下来，说自己挺对不住他，说他若在，看见现在这样，看见儿子这么不争气，肯定会很伤心。陆少林说养父生前的最大愿望，就是希望儿子能考上大学。如果养父还在，就算是为了他，陆少林也一定会考上大学。

"我知道上大学不是什么事，不过为了他，我肯定要上大学。"

陆少林工作的小饭馆因为沿街，要拆迁，说拆就拆了，他成为最早下岗的一批职工。形势发展谁都想象不到，下岗就是失业，陆少林觉得上不上大学不是什么事，没想到还真不一样。一纸大学文凭本来是块遮羞布，不知道却成了一道护身符。这以后，陆少林开过小馆子，干过保安，当过营业员，没一项活儿做得长久。再后来，隐身在郊区的一间空厂房里，专心制作砚台。

我案头的一块砚台，就是陆少林做的，石料和刻工非常讲究。好东西需要遇到懂行的专家，有一天，一位著名书法家到我家做客，看见那方砚台，爱不释手，说自己收藏了许多名贵的砚台，我的这一块十分了得，非常了不起。一定要拜访陆少林，于是就带着他去了，见面以后，用一个很难让人拒绝的价格，跟陆少林订了十块砚台。现在的书法家都太有钱，钱对他们根本不是什么事。

藏身在偏僻郊区的陆少林，成了一位隐士。他在保姆市场找了个安徽妇女，照顾自己生活。也是小眼睛，白皮肤，陆少林说他就喜欢眼睛小皮肤白的女人，看着顺眼，看着很含蓄。他住的地方有些简陋，养了一条草狗，一个小车间，堆了许多石料，到处都是粉尘。说起来手工制作砚台，还是得用机器，真要干活，噪声非常大。

当年的那位相好去找过陆少林，她又结婚了，与一个做生意的大老板走到一起。现在钱更多，是个标准富婆，在他那盘桓了半个月，旧梦重温。陆少林与她说笑话，问自己雇的这位安徽保姆，是不是跟她有几分相像。话让人很不高兴，怎么能拿她与一个来自乡下的保姆相比呢。陆少林后来说起这事很得意，两个女人为了他争风吃醋，都在背后说对方不是，非常有趣，很好玩。你看不上安徽保姆，人家安徽保姆也看不上你，说她卸了妆，难看死了，像个老妖婆。

陆少林后来又送了一方砚台给我，当初领着著名书法家去见他，人家看中这块砚台，出很高的价，他都没肯卖。我不好意思接受，陆少林说这砚台没你想得那么值钱，你就算是代我保管吧。他已经不再做砚台，根本没人愿意买，识货的人实在太少，靠做这玩意维持不了生活。郊区也在大拆迁，小车间已不复存在，一个台湾人用非常低廉的白菜价，将他这些年来制作的砚台全部打包收购。他如今是在停车场上班，做夜班，陆少林告诉我，自己更喜欢做夜班。夜深人静，停车场的小汽车一辆辆躺在那，仿佛一口口棺材，尤其是那些黑色的高档轿车更像。让人感到哭笑不得的是陆少林竟然提出要拜我为师，说自己正在考虑是否要学习写小说。

陆少林说："我想来想去，还是想把父亲的故事写出来。"

不知道他说的是哪个父亲，是养父，还是从未见过面的生父。陆少林经常提起他们，最初是养父多一些，后来说得更多的生身父亲。往事如烟，父爱如山，虚虚实实的幻想，真真假假的梦境，当然都只是随口说说，从来也没真正地动过笔。母亲快死了，临终前，陆少林又一次追问，她说早跟你说过，死也不会告诉你的，现在都要咽气了，你以为我会改变主意，你就不要做梦吧。

陆少林的母亲叫吕慕贞，她死了，寻找生父的希望更加渺茫。做砚台的那些年，陆少林去过很多次新疆，一方面，为了找可加工的石料，另一方面，也是希望能有生父的消息。当然是没有一点消息，不可能有消息。排空驭气奔如电，升天入地求之遍，为了能够获得生父的线索，陆少林做过许多努力，他曾设想在新疆的报纸上登一则广告，上面写着"吕慕贞的儿子寻找生身父亲"，除了能提供母亲的名字，他想不出还有什么有价值的信息。陆少林幻想自己在新疆出了车祸，确实也有过一次相当危险的翻车，他的生父见到报道，专程赶来跟他见面。或者是得了某种不治之症，生父获得消息立刻赶过来，自己早已离开人世。陆少林很认真地跟我讨论，能不能将他寻父的故事发表在《读者》上面，因为知道这是一份发行量非常大的刊物。

陆少林甚至跟我描述过这样一个虚拟场景，他离开了人世，怎么离开不重要，反正是死了，命丧黄泉。他的生父千里迢迢赶来南京，约我在一家茶馆见面，向我表达了此生未能见到儿子的遗憾。他让我说说那个从未见过面的儿子，说说儿子生前的故事，说说儿子的养父，说说儿子的母亲，说说儿子对生父的思念。茶馆外面下着雨，下下停停，一会大一会小，屋檐上滞留着雨滴。陆少林的生父白发苍苍，俯首侧耳倾听，突然老泪纵横，哽咽着，一句话也说不出来。

许多乐器，不在尘世演奏已久。不明白陆少林为什么要在这虚拟场景中，让我去扮演这样一个角色。为什么那些故人故事，临了还要让我来为他叙说。

陆少林不是小说家，他不写小说。

原载《江南》2017年第3期

点评

　　父亲是谁？我来自哪里？这一疑问始终困扰着陆少林，为此，他从未放弃过自我身份的寻找与认同。无论对母亲的老相好"老梁"的猜想（"这个人会不会是我的亲爹呢"），还是急切地从姐姐那儿获知一点信息，无论后来多次远赴新疆打听生父的消息，还是最后归于一己幻境，并在想象中完成对父亲形象的建构，都将陆少林恋父情结和寻父的冲动展现得淋漓尽致。但事实证明，这一切都是徒劳的，因为母亲的拼死阻挠——"只要我还剩一口气，他别想见到你，你也不许找到他，绝对不允许，如果敢去找他，我立刻死给你看，我立刻找一根绳子吊死"——已是他无法逾越的刀山。随着母亲的死去，陆少林的寻父梦想也将变得遥遥无期，他只能在虚拟世界中暂且安放一己孤独的心灵，但"陆少林不是小说家，他不写小说"。那么，他该如何安顿一己彷徨不定的心灵呢？这也是小说留给我们的另一个大大的疑问。

　　小说以"我"为视点，并以断断续续、若隐若现讲述方式推进话语流转，从而使得人、事、物及其本真关系都被叙述者有意跳过或悬置了。在小说中，陆少林、陆的姐姐、陆的养父、陆的母亲，外加一个始终未出场的陆的生父，五个人之间彼此关联，故事重重，到底发生了什么，其实，小说并没有清晰地告诉我们。虽然从"我"的讲述中大体感知彼此间的敌意与阴谋，但它们何以以及怎样产生，叙述者并未作详细讲述。因此，当把背景置于前台，把本相置于幕后，且侧重对人物关系的讲述，并以此生成小说的深层意蕴，这就形成了讲述上的"冰山"效应。

（张元珂）

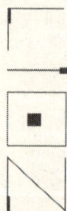

你的位子在哪里

范小青

六点差五分钟。

办公室只剩我一个人，想溜的都提前溜了。我也想溜，可我不溜，因小失大的事情我也做过，可是吃一堑长一智，我的智就是这么长起来的。

我们主任最擅长的就是突击查岗，在你不防备的时候，他就来了。有一次查岗的电话就在下班前一分钟打过来，那时候我刚关上门到走廊上，隐约听到办公室电话铃响，我还是蛮小心的，赶紧回来，电话已经挂断了。我还谨慎地看了一下来电显示，是个陌生号码，就没有回拨过去。

这就给逮住了。

我还是嫩了。

后来主任说，你可别说你是提前一分钟离开的，反正我没看见，我也不会相信你，我只相信事实，事实就是当时你不在办公室。

我又不笨，学得乖，下班不贪那几分钟的便宜，但是同样还是会有漏洞的。

比如有一次主任生病住院，我前脚去医院看过他，后脚出了医院我就拐到朋友的茶室去了。

刚刚坐定，茶还没泡开，手机响了，是办公室来的电话，一接，居然是主任他老人家的声音，我大惑不解，一下子对时间和空间起了疑心，我说，主任，你什么意思？

没什么意思。

只是因为我去医院看望主任的时候，主任已经办了出院手续，但他没有告诉我，等我一走，他就出院回到单位去了。

事情就是这么简单和正常，没有变异，没有时间错乱，也没有另外的空间。

但是我又给逮住了。

其实在单位里我算是比较安分守己的，至少表面上是这样，就这都被逮了几回。冤吗？不冤的。给逮住后，主任是不会客气的，他当着其他部下的面，直接给我上眼药。我这人虽然不算太爱面子，但我好歹是个副主任，毕竟脸上有些挂不住。以后我就常提个小心，常琢磨主任的心理，会在什么时候突击查岗，至少我知道，下班前这几分钟，必定是最危险的时间段。

这两天主任陪着局长出差在外，那是山中无大王也无二王了，小猢狲纷纷逃走，但我不会逃。我时刻准备着。

这么想着，我又下意识地瞄了一下墙上的钟，六点差三分。

电话响了起来。

电话果然响了起来。

事先我早想好了，我接了主任的电话，我会说是呀，小张小王小李小什么什么的都走了。我干吗不卖他们一下。

我真庆幸自己没有提前几分钟离开，赶紧提起话筒，却不是主任，是一个很刻板的声音，只有三个字：接传真。

我摁下传真键，嘎嘎嘎传真件就来了，取来一看，顿时头皮一麻。

明天上午重要会议，要求各单位一把手参加，不得请假，下班前报名。我又看了一眼钟，六点差两分，下班前报名？还有两分钟，这是什么节奏？我心里一喜，差点笑出声来。

我虽然觉得有点可笑，但我的思路还是清晰的，赶紧给主任打电话，电话叫了半天，主任才接了，听得出来主任很不高兴，说，你不知道我今天在干什么吗？有多急的事非要这时候打来？

我赶紧说事情是很急的，只剩一分钟了，可不敢耽误，尽量简洁地汇报，明天大会，要一把手正局长参加，不得请假，今天下班前报名。

那头主任愣了一下，爆了粗口，说现在几点了？今天下班前报名？

我赶紧捧他说，对的，主任，是今天，是今天，还有半分钟。

主任一愣之后忽然笑了起来，他又反过来问我：你觉得局长能赶回去参加明天的会吗？

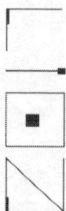

当然不能，局长今天陪着首长在基层搞调研，那个基层是真正的基层，十分偏远，是首长亲自指定的，真正的下基层，而不是到近郊走马观花一下。

就算一夜不睡，驱车赶回来，但总不能把首长抛在基层吧，所以局长是无论如何不可能参加明天的会议。

我请教说，那怎么办呢？那么主任你呢，你能赶回来吗？

主任气得说，你说呢？亏你问得出口，我把局长一个人扔下我回来？

主任都没有办法，我能有什么办法，只好给那边的值班室打电话，替局长请假，理由是局长陪同上级领导在基层搞调研，那边只听了"请假"两字，立刻问：请假？你局长去的那个基层，是在国外吗？

我哪敢说谎，老实报告，不在国外。

那边说，只要不在国外，都必须赶回来参加，不允许请假。

电话挂断，我又能怎么办，重新再联系主任，再问怎么办，主任说，还能怎么办，替会吧。

我才当上副主任不久，还没机会处理替会这样的事情，得问清楚：替会？谁替？

主任说，还能有谁，副局长啊，你找找看，哪个明天空着的就哪个替。

我遵命，一一找了副局长，结果是四个副局长三个没空，唯一一个空着的，却是个老油条，还老资格，不买局长的账，打官腔说，嗯，现在是不允许替会的哦，要不就报我的名字，否则我不替会。

但是办公厅值班室那边不要他的名字，只要一把手局长的名字。

问题再一次抛给主任，主任候在首长和局长身边，应该是紧紧闭嘴、无声服务的，偏偏我不停地打他电话，好像显得他比局长和首长还忙似的，主任火冒三丈了，说，没人去，你去！

火冒虽然火冒，但事情还是要关照到位的，否则会出纰漏，所以又补充说，报局长的名，你去。不等我有什么反应，他又再吩咐：记住，到会场不要和别人说话，低头，低声，低调，现在替会抓到了是要处分的。

替会处分，也处分不到我，所以我有心情跟主任调侃，我说，我可以低头低声低调，低什么都可以，但是我的脸长在这里，我又不能戴面具，万一有人认出我来怎么办？

主任失声一笑，说，会场那里都是各单位一把手，你觉得他们会认得你吗？

可是我还有疑问，我说，但是他们应该认得孙局长呀，坐在那里不是孙局长，他们会不会——

主任打断了我说，你想多了。

事已至此，我当然得接受事实了，赶紧打电话报名，再看一眼墙上的钟，早已经过了下班时间，当然那边值班室并没有下班，他们正等着各单位报名呢，接到我的电话，听到了"孙子涵"三个字，没半句废话，电话就挂断了。

可能是因为主任的一再强调，替会的事情倒成了我心里的一团疙瘩，晚上也许还做了梦，梦见自己找不到会场，迟到了，本来替会这事情就见不得人，我却在那么多人的注视下走进会场——无论我有没有做这样一个梦，反正我醒来的时候，感觉心脏在怦怦乱跳。

因为怕迟到，早早出了门，结果到得太早了。我先依着别人的样子，先到报到桌那儿领取了会议须知和座位表，却没敢先进会场，躲在外面一个角落，假装打电话，一边装出一副很忙很着急的样子，一边将座位表看仔细了。直到第一遍铃声响起，才匆匆进会场，迅速找到自己的位子，刚要落座的时候，后排的一个人伸出手和我握了一下，前排的一个人回头朝我摆了一下手，算打过招呼。

位子的左边是过道，右边的这个人，正用笑脸迎接我的到位，我不免心一慌，回了一个尴尬的笑容，还好，会已经开始了。

领导讲话进入到三分之一以后，大家开始放松一点了，有的喝水，有的看看手机，有的翻会议手册，也有低声交头接耳一两句的。

我可没那么自在，从坐下来以后，我就感觉自己的右半边身子的肌肉特别紧张，好像我的右侧不是坐了个人，而是坐了一头野兽，随时可能扑过来咬我一口。

我悄悄地把会议须知和座位表对照了一下，知道这个名叫许长明的人，是某单位的一把手局长，不过我可不敢和许局长的目光有一点点接触，如果都是各单位的一把手，他们之间应该是认得的，所以许局长肯定知道我不是孙局长。

这可是一个最重要最关键的问题，主任不仅没有教我，还让我不要多想。

也许替会是个心照不宣的事情，大家都能体谅，所以整个会议期间，许局长并没有再和我多说什么，只是偶尔朝我笑笑，像是很宽厚的那种笑。

我心存感激，本想套个近乎，感谢几句，但是一想到主任提醒过言多必失，赶紧忍住了，闭嘴听会。

终于熬到散会，继续牢记主任教诲，低头冲出会场，果然十分顺利，大家都走得匆忙，没有人再和我点头握手。

隔了两天，局长和主任回来了，我以为主任会了解一下替会的情况，主任却始终没有提起，大概忘记了，或者并不算什么事情，不值得重新提起。

过了一阵，我在机关大院里走路，听到身后有人喊：孙局长，孙局长。反正我又不是孙局长，没当回事继续往前走，结果喊的那个人追上了我，说，咦，您不记得我啦？

旁边路上走着的几个人，朝我们点头，微笑。

我有些迷糊了，我确实不记得这个人。

这是我的一大弱点，基本上是个脸盲，有的人明明见过多次，但如果此人长相普通，没有什么特别的地方，我都记不住。这可是得罪人的毛病，只是自己没有能力改变。我也曾了解有没有办法克服脸盲的毛病，上网一查，网上办法多的是，千奇百怪，但是试下来一个也不管用。幸好我在单位不是负责接待工作，做后勤要好多了，反正都是为自己单位的人服务，不需要去记住什么新面孔。

所以，现在这个人虽然站在我面前，像是老熟人，很亲热，我却完全不记得他。

这个人就笑了，说，孙局长，那天会议结束，您走得快，我还没有来得及谢谢您，您知道我是替会的，却没有戳穿我，孙局长，您是位厚道的领导，不多见。

我肯定是张口结舌，一脸死相，因为我实在不知道说什么好，说我也是替会的？不行，主任的教导牢牢记住，打死也不能说。那么，说不客气，应该的。那就等于认了自己是孙局长，而且是一位难得的厚道的领导，那岂不是在替会的基础上向假冒又迈进了一步？可是，我如果坚持不说话呢，那个假许长明就一直盯着我，笑，套近乎。

我只能来个死不认账，赶紧说，你认错人了，我不认得你呀。

假许长明又笑了，他真是喜欢笑，他笑着说，哎哟，孙局长，我又不是有什么事要麻烦您，我只是谢谢您而已。

我说，我确实不太记得，我记性不好。

假许长明也不勉强我，反而顺着我的口气说，哎呀，您这是属于脸盲呀，我呢，恰好相反，我记性特别好，尤其是记人的能力特别强，差不多就有超忆症那么厉害，不管什么人，我看一眼就永远不会忘记，那天开会，我们紧挨着坐了半天呢，我怎么会忘记您呢。

我被他缠上了，有一种逃不过去的感觉，差一点脱口坦白说，我也是替会的。可是话到嘴边，惊出一身冷汗，收了回去，紧紧闭上嘴。

假许长明显然性格蛮开朗，虽然碰到一个记性很差的"领导"，他却一点也不在乎，临走时又紧紧握了我的手，说没事的，没事的，不认得也无所谓的。

等假许长明走后，我松了一口气，这才慢慢回想起来，这应该是个替会的。虽然开会那天我大气不敢出，不敢正眼看人，也无法知道旁边的许局长是什么作风，但是刚才面对的这个假许长明，看起来确实是个假的，这么主动热情，才不像领导的派头。

幸好自己牙关咬得紧，没有暴露，否则以这个假许长明如此开朗，不定哪天一顺嘴就把我卖了。这时我一抬头，发现道上有个陌生的人正朝我笑着，我吓了一跳，赶紧扭头走开了。

好在我记不住人脸，那张令我有些懊恼的脸，很快就被我忘记了。

过了几天，碰到另一个单位管后勤的同志，我们工作上有来往，比较熟，他跟我说，哎，孙主任，听说你们孙局长，架子蛮大的，别人和他打招呼，他爱理不理的。

起初我听了也没当回事，局长有点架子，那也是正常，怎么说得那么严重呢。那人又说，听说他以前还是可以的，是不是最近要想提没提起来，所以情绪不佳噢。

其实最近一阵，在办公室里，也听到同事私下里议论，说孙局长最近心情不好，机关大院有不少人在背后编派他，说他架子大，眼睛长在额头

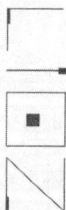

上，目中无人，别人和他打招呼，他都不理不睬，甩手就走，等等。

不知怎的，我心里隐隐有些不安起来，但我又觉得奇怪，这种不安从何而来呢，人家又不是说的我，难道因为我也姓孙，我还真以为自己是孙局长了？

我呸。

我呸了自己一口后，做回了自己。

晚饭后，我老婆要去遛狗，我也乘机去朋友家走动走动，两人一起下楼后分头而去，刚走了几步，就有个人迎面过来，站定在我面前，我不认得他，但这个人停在我面前，恭恭敬敬地喊了一声孙局长好。

我可吓得不轻，没理他，赶紧走开了，一边走一边回头看老婆，还好，老婆牵着狗往前走呢，并没有在意身后的事情。

这天晚上回家晚了一点，我打算着看老婆的脸色了，结果却发现老婆的态度很好，一点也没有责怪我晚归的意思，十分和颜悦色，还体贴地说，天冷了，用热水泡泡脚吧，有助于睡眠。就自说自话替我打了一盆水来泡脚，差一点就要帮我脱鞋脱袜子了，我实在受宠若惊，有点不适应，赶紧说，我来，我自己来。

我们夫妻之间可真是有时间没有亲热了，我有想法的时候，我老婆不是来例假，就是没情绪，每次都推三托四。今天我老婆等我泡过脚，就主动暗示要过夫妻生活，我真是十分惊喜，这种惊喜一直持续到第二天早晨，我从梦中醒来，听到我老婆在批评孩子，让她动作轻一点，说这么大的孩子，都不知道心疼大人，你爸还没醒呢。女儿说，咦，妈你以前不是让我有意弄出动静把老爸轰起来吗？老婆说，以前是以前，现在是现在。女儿哼了一声说，我晕。出门上学去了。

我老婆的满面春风，让我越来越不安了，后来我终于忍不住了，提着小心说，你是不是有什么事、是不是有什么事情瞒着我？

老婆笑道，是我有事情瞒着你，还是你有事情瞒着我呢——孙局长。

这下我真急了，赶紧说，你别瞎说，你别瞎喊。

老婆仍然笑，嘿，你还瞒着我，我早就知道了，那天在小区里遛狗，我就听到有人喊你孙局长了，你那德行，我还不知道吗，文还没下来是吧，文没下来，你是绝不会说出来的。

我能怎么样，我肯定又是张口结舌。

老婆说，本来一大家子亲戚朋友都要来家给你庆祝的，我劝住了，你是非得亲眼看到那张红头文件才肯说出来，就等一等你吧。嘿嘿，你知道他们说什么，他们都夸你素质好，有教养，不骄傲，低调，这样的素质，别说局长，再往上升的空间也很大噢。

我赶紧抓起手机出门上班去。

我知道是那个假许长明惹的事，径直就跑到他单位找他算账去。到了门口，站在人家门卫室里，人家问，你找谁？

我这才愣住了。

我要找的人，我并不知道他叫什么名字，许长明并不是他的名字，他只是一个假的许长明。

但是除了许长明，我又不知道他们这个单位其他任何一个人的名字，尴尬了半天，只能说，我找许长明。

两个门卫的脸色都严肃起来，其中一个说，许长明是我们局长，你是谁？你和许局长有约吗？

没有约。

没有约恐怕不行，我们局长很忙的，一般事先没约的人，没有时间接待的，何况今天、今天局长好像在外面开会，没来局里。

门卫很机灵，一句话说了几层意思，总之他是告诉我，无论如何我是见不到许长明了。

我只得另外想办法，改口说，哦不，对不起，我刚才说错了，我不是找许长明。

那你到底找谁？

我找、找那个、那个假许长明。

假许长明？门卫咧着嘴大笑起来，有这样的名字吗？四个字的名字，姓假吗？

另一个门卫没有笑，板脸了，严厉地说，你到底是什么人？来捣乱吗？

我赶紧把工作证拿出来给他看，这个门卫仍然警觉地盯着我的脸，两手反背，不接我的证。另一个停止了笑，接过去看了看，说，哦，是某某局的，还副主任呢。

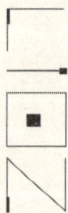

他们这才相信我不是来找事的，后来就打电话进去了，说，有一个人，是某某局来的，要找许局长，但是没有预约，他也不说什么事，能让他进去吗？

电话那边说了些什么，看起来是对我有利的话，因为这边门卫的态度好些了，放下电话说，你进去吧，到二楼，找办公室钱主任。

我赶紧到里边二楼，很顺利地找到了办公室的钱主任，钱主任说，你要找我们局长？你认得我们局长吗？门卫说你没有预约。

我已经学乖了，我直接说，我找假许长明。

钱主任张着嘴，无声地笑了笑，说，我们单位没有假许长明，别说我们没有，我想哪个单位也不会有姓假的人哦。

我强调说，有，肯定有，我见过他，我认得他。

钱主任态度十分诚恳，说，我们的办公室都在这一层，要不你一间一间地看一下，有没有。

钱主任不仅说了，还陪着我一间一间办公室看过来，虽然我脸盲，看不出这些人里有没有假许长明，但是假许长明却是个超忆，他如果看到我，一定能认出我来，他又那么热情，一定会主动上前相认，所以我尽可能把自己的脸放到每一个陌生人的眼前。

但是始终没有人认得我，更没有人承认自己是假许长明。

眼看着一间一间办公室都走完了，我有些急了，我对钱主任说，肯定有的，肯定有的，就是那天开会，你们许局长没去，他去替会的，他是假许长明，后来他还到处乱喊我孙局长。

我这话一说出来，一直很和气的钱主任一下子翻了脸，说，你说话要负责任哦，替会？我们单位从来就没有替会现象，许局长每次都是自己亲自去开会。

钱主任这么理直气壮地一说，我确实被镇住了，有些蒙了，我挠了挠头，嘀咕说，那，难道那个假许长明不是假许长明，而是真许长明？一边嘀咕，一边我脑洞开了，赶紧对钱主任说，那你让我去见见你们局长吧。

钱主任犹豫地看了看我，说，你又不认得我们局长，你要见他，什么理由？

我只好说，我也是没有办法的办法，既然找不到假许长明，我就看看你们局长，真许长明。

钱主任又是无声一笑，还耸了耸肩，我知道他不可能让我越过他这道关去找许长明，但是我也是固执的，我又是灵活的，我还急中生智了，我抓起钱主任办公桌上的一份材料，就进局长室了。

我进去就说，许局长，钱主任让我送一份材料给您。一边说，我一边紧紧盯住许长明的脸，可惜的是，我看了也等于没看，因为那个开会的许长明脸上没有什么明显的特征，而眼前的这个许长明脸上也同样没有明显的特征，所以我一点也吃不准，不知道到底是不是他，现在我们两个人，脸对脸，眼对眼，就这样，许长明也没有认出我来。

许长明显然对我这个假部下没有察觉，也没有看一眼我送的是什么材料，他倒是对我说的钱主任让我送材料这话愣了一愣，说，哦，钱主任回来了？

我也没听懂这是什么意思，钱主任就已经追进来了，连拖带拉把我弄了出来，说，好了好了，你已经见过我们局长了，你还想干什么？

我说，如果不是这个许长明，那就必定有另一个许长明。

钱主任听我这么说，完全不能同意，反对说，我们单位怎么可能有两个许长明，就算原来真有另一个人叫许长明，但是我们局长叫了许长明，他也会改名的，所以，我们单位不可能有两个许长明。

我尽量保持着耐心说，我不是说你们单位有两个许长明，我是说，你们单位可能有一个真的许长明和一个假的许长明。那天大会上，席卡上写的许长明，但是座位上坐的不是许长明，是假许长明，你们替会的那个人，就是假许长明。

钱主任真生气了，急切地说，不可能，绝对不可能，我告诉你，我再对你说一遍，说三遍，说一百遍：我们单位从来没有发生过替会的事情。

他一着急，也急中生智了，他知道反被动为主动了，他盯着我看了一会儿，怀疑地说，你不是某某局办公室的吧，你是机关工委的？

不是。

纪委的？

不是。

机关作风建设暗访组的？

真不是，我就是某某局办公室副主任。

那你到我们单位找什么真假许长明？我们许局长碍你什么事了？

我也感觉自己语塞了，因为再说下去，只有暴露自己替会的事情了，我可不傻，以眼前的情况看，就算我坦白了我自己，人家也不会承认他们替会。

最后钱主任说他头都被我搞昏了，他甚至怀疑我有病，不容我分说，把电话直接打到我单位办公室，问我们主任：你那儿有没有一个姓孙的副主任？此人有没有病？

我听到电话里我们主任的声音了，他还是向着我一点的，说，是孙建中？除了不靠谱，其他倒没什么毛病。

这边钱主任还在疑惑，我主任电话就来追我了，说，单位这么忙，你还有闲暇跑别处去瞎逛，赶快回来。

我走出去的时候，听到背后有人在笑着说看，小金，你小子冒充钱主任比钱主任还钱主任哟。

连这个钱主任也是假的？

耍我？

耍就耍吧。

我回到单位，刚进办公室，主任就冲我说，你混到那边去干什么，怎么，想攀高枝啦？

我撇了撇嘴。

我估计主任会和我计较一下，结果主任却说，生命太短暂，我没时间计较你。他真没跟我计较，直接交给我厚厚一沓需要填写的表格，指了指说，这些，这些，所有这些，都填零，记住啊，是零啊，我们单位什么也没犯啊。吩咐过还不放心，又补充说，你填好了让我看一下再报上去。

我所填的表格，其中有一栏就是自报替会现象，本单位一年有几次替会，是哪几次，是谁替了谁参会。

我毫不犹豫地填了零。

据说在最终的统计结果里，这一项，所有单位都填了零。

在全机关的年终总结中，重点表扬了会风的改进，其中之一的替会现象，从去年的大大减少、降低，到今年的全部绝迹，总数为零，实现了巨大的飞跃性的进步。

新年伊始，又要开会了，孙一涵局长又出差了，而且是刚刚出发，虽然已经通知到他本人，他本人也却是不想再让别人替会，正在往回赶，但是恰好遇上雨雪天气，能不能赶回来还说不准，这边得做好两手准备，报孙一涵的名，替会的人随时准备替会。

主任终于想起了去年我替会的事情，与其去厚着脸皮麻烦其他副局长，不如仍然派我去。

我去就我去。

虽然这是我生平第二次替会，却已经熟门熟路了，我坦然得好像我真是孙一涵局长。

前排和后排，有人和我握手、微笑，我旁边座位的席卡上仍然写的是许长明，许长明仍然朝我笑着，只是我并没有认出这张脸，毕竟可能只是去年一起开过一次会，可能后来在路上偶遇过一次，也可能在他们单位看过他一眼，都只是可能而已。对于这样一张普通的平常的脸，我这样的脸盲，是不可能记住的。

认得出认不出并不碍事，反正他叫许长明。

不管这个许长明是真是假，我都笑着和他打招呼，许局长好。许长明也回应我说，孙局长好。

我从容坐下，离会议开始还有几分钟，我们聊了一会儿天。许长明说，现在会真多啊。我说，是呀，一个会连着一个会。我们深有同感。

在离开会还一分钟的时候，孙一涵局长匆匆赶到了，他在会场的过道里远远地已经看到前面他自己的座位了，可是座位上却已经有人坐着了，从背影看，孙一涵局长看不清他是谁，只是看到他和旁边的人有说有笑。

孙一涵局长顿时蒙了，有些不知进退，会务工作人员眼看着主席台上领导已经就座，第二遍铃声都响了，孙一涵局长还傻傻地站在走道中央，赶紧把他拉出来，说，你哪个单位的？你的位子在哪里？孙一涵局长仍然蒙着，想了一会儿才说，我？我好像没有位子。

孙一涵局长被请出了会场。

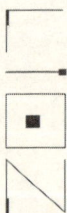

点评

　　《你的位子在哪里》堪称一部浓缩版的"官场现形记"。局长在外陪上级调研，主任让"我"代替局长赴会，但由此以来，"我"的形象和生活被改变：会上参会者认为我就是局长；会下有人说喊我孙局长，我不回应，他们认为我架子大；妻子误认为我荣升副局，从此对我温柔有加。为了消除我的不安，"我"去"假许长明"所在单位进行调查，以消除负面影响，但最终也没找到那个人，而陪"我"的竟是主任的替代者；年底又一次开会，当类似经历再次上演时，局长竟返回来到了会场。这样的故事看似荒唐，但其实每日都在上演。事实上，代人开会在生活中并非新鲜事，而在官场中更是司空见惯，作者对这种现象予以细察与表现，批判了当代官场中的种种怪现状（形式主义、官僚主义、弄虚作假等等），让人惊醒。范小青写过很多反映官场生态的小说，尤其善于以或写实或讥讽或批判或荒诞的笔法描写各类官员、作家、学者在文山会海中的言行举止及心理状态。她的这类写作极具当下感，不仅小说中的故事与人物大都能在生活中找到原型，而且小说所反映的问题也都具有极强的现实针对性，常令人警醒，催人深思。

（张元珂）

怀鱼记/

/王祥夫

　　谁也不知道这条江从东到西到底有多长，有人沿着江走，往东，走不到头，往西，也走不到头，而这条江却又叫了个"胖江"的名字，江还有胖瘦吗？真是日他先人。这条江其实早就无鱼可打了，用当地人的话说是这条江早已经给搞空了，就像一个老女人，不会再有孩子给生出来也不会再怀上了，你就是再怎么使劲她也不会给搞出个什么名堂。虽然江里还有水，但水也早已变成了很窄很细的一道，所以说这条江现在叫"瘦江"还差不多。虽然如此，但人们都还会经常说起这条江的往事，岁数大一点的还能记起哪年哪月谁谁谁在这条江里打到了一条足有小船那么大的灰鱼，或者是哪年哪月谁谁谁在这条江里一次打到的鱼几大车都装不下，一下子就发了财娶了个内江媳妇。这个人就是老乔桑。

　　当年，江边的人们都靠打鱼为生，别看鱼又腥又臭，但鱼给了人们房子，给了人们钱和老婆，鱼几乎给了人们一切。但现在人们都不知道那些银光闪闪、大的小的、扁嘴的、尖嘴的、成群游来游去的鱼们都去了什么地方？这条江里现在几乎是没有鱼了，男人们只好把船拉到岸上用木棍支了起来外出四处游荡，女人们也不再织补渔网，即使有人划上船去江里，忙乎一天也只能零零星星搞到几条指头粗细的小鱼。人们在心里对鱼充满了仇恨和怀念，但每过不久还是要到鱼神庙那里去烧几支香。"鱼啊，别再四处浪游，赶快回家！"人们会在心里说。

　　老乔桑当年可是个打鱼的好手，村里数他最会看水，只要他的手往哪里一指，哪里的水过不多久就会像是开了锅，鱼多得好像只会往网眼里钻。乡里赏识他，说像他这种人才是当村长的料，但他当村长十几年却

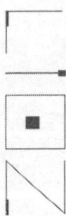

没搞出什么名堂，虽然也没搞过女人什么的，老乔桑的内江老婆很是厉害，脾气又大，她对老乔桑说你要敢搞我就去死。

老乔桑老了，现在没事只会待在家里睡觉，或者拄着根棍站在江边发呆。他那个内江老婆已经抢先一步睡到地里去了，尖尖的坟头就在江边的一个土坡上。

老乔桑的两个儿子先后都去了县城，他们都不愿待在江边，江边现在什么都没有，他们也不会去江边种菜，再说也没有哪一片江边的土地会属于他们，江边的土地都是被现在的村长指使人们开出来的，虽然江里没了鱼，但江边的土地却是十分肥沃，白菜、青菜、圆菜、长菜、萝卜、洋芋，无论什么菜种下去过不几天就会"嗞嗞嗞嗞"地长起来，而且总是长得又好又快，不少过去靠打鱼为生的人现在都去种菜了，撅着屁股弯着腰，头上扣顶烂草帽，乔土罐就是其中的一个。

老乔桑对在河边种菜的乔土罐说：

"狗日的，鱼都给你们压到菜下边了。"

"狗日的，鱼都被你们压死了。"

"狗日的，听到听不到鱼在下边叫呢。"

乔土罐被老乔桑的话笑得东倒西歪：

"老伙计老村长，人老了说疯话倒也是件好事，要不就不热闹了。"

老乔桑更气愤了，用手里的木棍子愤怒地敲击脚下的土地：

"知道不知道鱼都被你们压到这下边了！还会有什么鸡巴好日子！"

乔土罐说，"老伙计老村长，莫喊，县城的日子好，你怎么就不跟你儿子去县城，县城的女人皮肤能捏出水，有本事你去捏。"

老乔桑扬起手里的棍子对乔土罐说，"我要让鱼从地里出来，它们就在这下边，都是大鱼，我棍子指到哪里哪里就是鱼。"

乔土罐和那些种菜的人都嘻嘻哈哈笑得东倒西歪。

"下边是江吗？那咱们村有人要做鳖了，乔日升第一个去做！"乔土罐说。

老乔桑说信不信由你们，我天天都听得清下边的水"哗啦哗啦"响，我天天躺在床上都听得清下边的鱼在"吱吱吱吱"乱叫。

人们被老乔桑的话说得都有些害怕，你看看我，我看看你，然后又都看定了老乔桑，过好一会儿，乔土罐用脚跺跺地面，说老伙计老村长，我们当然都知道地球这个土壳子下边都是水，要不人们怎么会在这上边打井呢？但水归水，鱼归鱼，有水的地方未必就一定会有鱼，是你整天胡思乱想把个脑壳子给想坏了，是鱼钻到你脑壳子里去了，钻到你肚子里去了，钻到你鸡巴里边去了，钻到你耳朵里去了，所以你才会天天听到鱼叫。因为什么钻到你脑壳子钻到你肚子钻到你耳朵里，因为那都是些小得不能再小的鸡巴小鱼。

乔土罐一跳，过来了，把一支点着的烟递给老乔桑。

"现在江里的水都坏了，哪还会有大鱼。"乔土罐说。

"我见过的鱼里灰鱼最大。"老乔桑把烟接过来。

"还要你说。"乔土罐说。

"就没有比灰鱼大的。"老乔桑又说。

"说点别的吧。"乔土罐说。

"我也快要到这下边去睡觉了，不知还能不能看到大鱼。"老乔桑用棍子敲敲地面，说。

老乔桑也已经有好多年没见到过这样大的鱼了。

这天中午，老乔桑的大儿子树高兴冲冲给他老子提回了两条好大的灰鱼。

树高开着他那辆破车走了很远的路，出了一头汗，他把鱼从车上拖下来，再把鱼使劲拖进屋子"扑通"一声摺在地上，然后从水缸里舀起水就喝，脖子鼓一下又鼓一下，脖子鼓一下又鼓一下，他真是快要给渴死了，这几天是闷热异常，黑乎乎的云都在天上堆着，但就是不肯把雨下下来，这对人们简直就是一种挑衅。

老乔桑被地上的鱼猛地吓了一跳，人几乎要一下子跳起来，但他现在连走路都困难，要想跳只好下辈子。老乔桑好多年没见过这么大的灰鱼了，鱼足有一个人那么大，鱼身上最小的鳞片也恐怕要比五分硬币还要大。

老乔桑开始绕着那两条大鱼转圈儿，他一激动就会喘粗气，他绕着鱼看，用他自己的话说看到鱼就像是看到了自己的亲祖宗从地里钻了出来。

树高喝过了水，先给他老子把烟点了递过去，然后再给自己点一支，树高要他老子坐下来，"老爸你别绕了好不好？你绕得我头好晕。"

树高蹲在那里，申请他老子不要再转圈子。"你怎么还转。"

树高对着自己手掌吐一口烟，"爸你坐下，好好听我说话。"

"我又不是没长耳朵，我听得见鱼叫还会听不到你说话。"老乔桑说。

"人们都说下大雨不好，我看下大雨是大好事，东边米饭坝那里刚泄了一回洪，好多这么大的鱼就都给从水库里冲了出来，人们抓都抓不过来，抓都抓不过来，抓来也不知道该怎么办，我看只好用盐巴腌了搁在那里慢慢吃，这次给洪水冲下来的鱼实在是太多了，不是下大雨，哪有这等好事！"树高对他老子说他赶回来就是要把这个好消息告诉家里人，"只要下雨，咱们这里也要马上泄洪，听说不是今天就是明天，要是不泄洪水库就怕要吃不消了，到时候鱼就会来了，它们不想来也得来，一条接着一条，让你抓都抓不完，所以咱们要做好准备。"

"我老了，就怕打不过那些鱼了。"老乔桑说。

"人还有打不过鱼的？我要树兴晚上回来。"树兴是树高的弟弟。

"操他先人！"老乔桑虽然老了，骂起人来声音还是相当洪亮。

老乔桑就想起昨天从外面来的那几个人，都是乡里的，穿了亮晶晶的黑胶鞋在江边牛逼哄哄地来回走，这里看看，那里看看，原来是这么回事。

老乔桑找到了那把生了锈的大剪子，因为没有鱼，那把剪子挂在墙上已经生锈了，老乔桑开始收拾树高带来的那两条大鱼，鱼要是不赶快收拾出来就会从里边臭起来，老乔桑现在已经不怎么会收拾鱼了，他现在浑身都是僵硬，在地上蹲一会儿要老半天才能站立起来。他把又腥又臭的鱼肚子里的东西都掏了出来，把它扔给早就等候在一边的猫，猫兴奋地"喵呜"一声，叼起那坨东西立马就不见了。老乔桑又伸出三个鸡爪子样的手指，把两边的鱼鳃抓出来扔给院子里的鸡，鸡不像猫，会叼起那些东西就跑，而是先打起架来，三四只鸡互相啄，呼扇着翅膀往高里跳。盐巴这时派上了用场，鱼肚子里边和鱼身子上都给老乔桑揉抹了一回。鱼很快就给收拾好了，白花花的，猛地看上去，它不像是灰鱼，倒像是大白鱼。

老乔桑高举着两只手提着鱼走出去，把这两条大得实在让人有点害怕的灰鱼晾在了房檐下，房檐下的木杆上以前可总是晾满了从江里打上来的大鱼，现在别说这么大的鱼，连小鱼也没得晾了。鱼腥味扩散开来的时候，四处游荡的猫狗很快就都聚集到老乔桑的院子里来，它们像是来参加什么代表大会，你挤我、我挤你地从外面进来，你挤我、我挤你地在那里站好，鱼的腥味让它们忽然愤怒起来，它们互相看，互相龇牙，互相乱叫，忽然又安静下来，排排蹲在那里，又都很守纪律的样子，它们不知道接下来会有什么好事发生，所以它们都很紧张。

这时有人迈着很大的步子过来了，鱼的腥味像把锥子，猛地刺了一下他，是乔土罐，他给挂在那里的鱼吓了一跳。

"啊呀，老伙计老村长，那是不是鱼，不是吧？莫非是打了两条狗要做腊狗肉？但现在还不到做腊肉的时候？"

"睁开你的狗眼看好，那怎么就不是两条狗，那就是两条大狗，两条会凫水的大狗。"老乔桑嘻嘻笑着说。

乔土罐已经把三个手指，大拇指、食指和中指并在一起伸到了大张开的鱼嘴里，一边笑一边让手指在鱼嘴里不停地出出进进。嘴里"啧啧"有声。

"啧啧啧啧，啧啧啧啧。"

"啧啧啧啧，啧啧啧啧。"

老乔桑知道乔土罐在开什么玩笑，但他现在实在是太老了，身体一天不如一天，对这些玩笑已经不感兴趣。很快，又有很多人围了过来涌进院子，是鱼的腥味召唤了他们，他们的鼻子都特别灵，许多年了，他们都没见过这么大的灰鱼。有一个消息也马上在他们中间传开了，他们吃惊地互相看着，都兴奋起来，米饭坝泄洪的事他们早就听说过了，但他们一直认为水再大也不会淹到他们这里，这事跟他们没多少关系，但他们此刻心动了，想不到他们这里也要泄洪了，更想不到泄洪会把这么大的灰鱼白白送给人们，老乔桑屋檐下的那两条大鱼已经让他们激动起来，他们抬起头看天了，天上的云挤在一起已经有好多天了，云这种东西挤来挤去就要出事了，那就是它们最终都要从天上掉下来，云从天上一掉下来就是雨，或者还会有冰雹。

乔土罐这时又把泄洪的事说了一遍，"只要一下大雨，不是今天就是明天，就等着大鱼的到来吧，你们就等着抓鱼吧，到时候它们会像一群数也数不过来的大猪小猪钻进鱼篓钻进渔网钻进女人们的裤裆，女人们到时候千万都要把裤子扎牢，要是扎不牢恐怕就要出大事了。"

乔土罐这家伙的嘴从来都藏不住半句话，人们就更兴奋了，让他们更加兴奋的是他们看见老乔桑弯着腰把放鱼的大木桶和大网袋都从屋子里拖了出来，这些东西都多年不用了，人们明白老乔桑这么做意味着什么，人们忽然都散开了，都明白了，大鱼真的要来了，这种事不能等，时间就是金子，人们都往自己家里跑，人们都知道要发生什么事了，人们互相奔走相告：

"大鱼要来了。"

"大鱼要来了。"

"大鱼要来了。"

乔土罐平时和老乔桑的关系最好，虽然老乔桑的脾气一天比一天古怪，总是有事没事说些谁都听不明白的话，乔土罐也不安起来，又接过一支树高递过来的烟，说抽完这支马上就走，说也要回去准备准备，看样子，雨马上就要来了，乔土罐又笑嘻嘻对老乔桑说，"你这人平时看上去像是个好人，这一回怎么一声不吭就干起来了。"

老乔桑说谁让你是个罐子，你就好好等着，到时候只要你张开嘴，就会有鱼掉到你这个鸡巴罐子里。

"但不会是大鱼。要装大鱼，非要这种大鱼桶不行。"

老乔桑用棍子把木桶敲得"嗵嗵嗵嗵"响。

乔土罐又不走了，他蹲下来，用手摸摸桑木鱼桶，"说到拿鱼，谁都不如你。你知道大鱼从哪个方向来，到时候我一定请你喝酒。"

老乔桑说，"人老了，哪个还会看水，不让水冲跑了就是万幸。"

乔土罐说，"反正到时候我跟定了你，一有动静我就过来。"

"鱼在这下边，你抓吧。"老乔桑忽然说，用手里的棍子狠狠敲击地面。

"你把这地方挖开鱼就出来了。"老乔桑又说。

"我去把酒准备好。"乔土罐站起身。

"一条接着一条，一条接着一条，大鱼就要来了。"老乔桑又大声说。

"下水抓鱼就得喝酒，我去准备。"乔土罐拍拍屁股，说他这回真要走了。

树高和树兴把乔土罐从家里送了出来，外面有风了，让人很舒服。

"你爸这样很长久了。"乔土罐小声对老乔桑的两个儿子说。

"赶快下雨吧，大鱼一来他就好了，他一看到鱼就好了。"树高看看天。

"抓大鱼是苦差事，我最讨厌抓鱼。"树兴看着乔土罐。

乔土罐扬扬手，风从那边过来，他再一次闻到了好闻的鱼腥味。

这天晚上，老乔桑兴奋得一直没睡，外面风很大，看样子真是要下了。

老乔桑对两个儿子说鱼马上就要来了，这一回可是真的，鱼又要回来了，只要一下大雨，鱼就会从水里从地里从四面八方来了，到时候抓都抓不完抓都抓不完，"可惜你妈看不到了，你妈再也看不到那么大的鱼了。"

村里的许多人也都兴奋得难以入睡，它们也都等着，有的人甚至喝开了，在火塘边烤几片鱼干或洋芋，一边喝酒一边等着大雨的到来，但他们最关心的事还是水库那边泄洪，这真是让人烦死了，他们已经好多年没见过那么大的灰鱼了，他们好像已经把灰鱼完全忘掉了，但它们又突然出现了，竟然还是那样大的两条，虽然是两条死的，被挂在老乔桑的房檐下，但人们知道像这样大的灰鱼会伴随着下大雨泄洪一条接着一条出现，一条接着一条出现，人们这时候都不讨厌雨了，而且希望它下得越大才越好，只有雨下大了水库那边才会泄洪，只有泄洪那些大鱼才会随着洪水一条接着一条地到来。只有那些大鱼来了人们才会把破旧的房子重新修过，人们才会去买新的电视和别的什么东西，只有大鱼出现，人们的好日子才会跟着来，没有媳妇的光棍到时候就可以娶到媳妇了。人们还希望这样的大雨最好不要停，最好连着下它几个月，让水库放一次水不行，要让水库不停地泄洪放水，那些平时深藏在水里的大鱼才会无处藏身，才会一条接着一条地被水冲到这里，金子银子都不如它，日你先人的鱼啊，你不是不来了吗？你怎么又出现了呢？人们都准备好了，把平时被扔在一边没了用场的渔网重新又找了出来，那种能伸进一个拳头的网是专门用来对付大灰鱼的，还有就是各种鱼叉，还有打鱼的棒，那种用麻梨木做的棒子，上面总是粘着几片银光闪闪的鱼鳞，那些大鱼，你非得用棒子使劲打它们的脑袋不可，你不把它们打晕了它们就不会乖乖被你搞到手。女人们也兴奋起来，她们在雨里忙另一件事，她们把没用的房子都倒腾了出来，把挂鱼的架子也重新支了起来，家里人手不够的，她们急不可待地给在外的家人捎口信要他们赶紧回来，她们没有那么多的话，她们只说一句，"大鱼要来了，大鱼要来了！"

老乔桑闭着眼睛坐在床上，好像睡着了，但又好像是没睡，每逢这种时候他总是这样，每逢江上有大鱼或鱼群出现的时候他总是这样，或者可以说是人睡着了但耳朵却没有睡。多少年了，虽然他现在老了但这个习惯他还没改掉也不可能改掉。他的耳朵生来就是听鱼叫的，鱼的叫声很奇怪，是"吱吱吱吱"，声音很小，但老乔桑的耳朵从来都不是吃素的。当年捕鱼，老乔桑就日夜睡在船板上，人睡着了，耳朵却总是醒着，鱼的叫声从来都逃不过他的耳朵。老乔桑现在坐在那里睡着了，朦胧之中，他感觉雨终于下了起来，闪电像一把看不到的斧子，一下子就把天给劈开了，雨从天上被雷劈开的缺口一下子就倾倒了下来。

老乔桑的两个儿子树高和树兴还都在呼呼大睡。

是老乔桑的喊叫声把树高和树兴同时惊醒了过来。

"雨下得好大，雨下得好大。"老乔桑大声喊，跳下地就往外跑。

"雨下得这么大，大鱼就要来了。"老乔桑一边跌跌撞撞往外跑一边说。

树高和树兴从床上跳下来跟着他们的父亲都跑到外边去，外面是漆黑一片，没有一点点光亮，有风吹过来，从这片树梢到那片树梢再到更远的树梢，发出"哗哗哗哗"的响声。树高和树兴忽然都感到有什么地方不对头，他俩都抬起脸来，用手摸摸脸，却没有哪怕是一点或两点雨水落在他们的脸上，这真是奇怪，因为仰着脸，没有雨水淋到他们的脸上，他们却意外地看到了星斗，是满天的星斗，白天的云彩此刻早就不知道去了什么地方，既然那些云彩都去了别处，人人都知道，别说大雨，就是小雨也不会再从天上飘然而至。这时树高和树兴又都听到了什么？声音不高不低不远不近，像是有什么在叫，好半天，树高和树兴才明白过来那是猪在睡梦中哼哼，那声音很像是女人在床上发出的呻吟。除了猪的哼哼声，还有鸡的"叽叽咕咕"，那几只鸡到了晚上也都睡在猪圈里，就好像它们和猪原本就都是亲戚，只不过是长得样子有所差别。

"大鱼才这么叫，大鱼才这么叫。"老乔桑忽然小声说。

风呼呼吹着，树高和树兴都不说话，但树高和树兴马上就感到了害怕，他们听到他们的老子自己在跟自己小声说话，老乔桑在说，"这么多的鱼啊，这么多的鱼啊，啊呀，这么多的鱼啊。"老乔桑不停地说，身子不停地往后退，就好像水已经没了他的脚踝，已经没了他的腰，马上就要没了他的脖子，所以他只能往后退，只能往后退，老乔桑往后退，往后退，忽然大叫一声，一屁股坐在了地下，树高过去扶自己的父亲时，老乔桑突然又大叫起来，说是一条大鱼压住了他。

"啊呀，好大！好大的一条鱼啊！"

树高和树兴把父亲拉回屋里按在床上，老乔桑又叫了起来，"鱼呢鱼呢鱼呢。"

树高忙把挂在外面的大灰鱼提了进来，说，"鱼在这里。"

老乔桑把鱼一把搂住了，这是多么大的一条鱼啊。最小的鱼鳞几乎都有五分硬币那么大。当年老乔桑在船上打鱼的时候就是这么搂着大鱼睡觉，那时候每次出去打鱼都能打到许多许多的鱼，船里连人待的地方都快没有了。老乔桑说大鱼就和老婆一样，只有搂着睡才舒服。

老乔桑睡了一会儿马上又醒了，又大叫起来，"鱼呢鱼呢鱼呢。"

老乔桑睡着的时候树高又把那条鱼提了出去，人总不能跟一条鱼待在床上。

树高再次出去的时候，那两条挂在那里的大灰鱼却不见了。

"鱼呢？"树高吃了一惊，对树兴说。

"鱼呢？"跟在后面的树兴也看着树高。

"大灰鱼呢？"老乔桑在屋里大声说。

"鱼不见了。"树高和树兴又站到了父亲的床边。

老乔桑坐了起来，眼睛睁得很大，出奇的亮，他忽然不叫了，他拍拍自己的肚子，看着树高和树兴。

"鱼在这里。"老乔桑说。

"鱼就在这里。"老乔桑又说，说鱼刚才已经钻到了自己的肚子里。

"那么大的两条鱼就不应该挂在外边，不知道便宜了谁。"树高对树兴说。

兄弟俩又出去找了一下，屋前屋后都没有，天快亮了。

老乔桑病了，他这个病和别人的病不一样，人虽然半躺半坐地待在那里，要说的话却比平时多上十倍，老乔桑现在不说鱼在地下的事了，他见人就说，有一条很大的鱼就在他肚子里，很大一条很大一条，这么大一条。

"好大一条，总是在动，就在这里。"老乔桑皱着眉头指着自己的肚子。

那些在河边种菜的人来家里看老乔桑，他们几乎是齐声对老乔桑说：

"那么大一条鱼能放在你的肚子里吗？你不觉得奇怪吗？"

"好大一条，就在我的肚子里，它已经钻到我的肚子里了。"这回是，老乔桑用棍子轻轻敲击自己的肚子，说鱼就在这地方，在动，打这边，它就跑到那边，打那边，它们就跑到这边，啊呀，好大的一条鱼。

"那你就打啊，张开嘴，把它从嘴里打出来。"人们嘻嘻哈哈齐声说。

老乔桑就真的用棍子在自己的身上"砰砰嘭嘭"地打起来，像在练什么套路。

人们赶快冲上去把老乔桑手里的棍子夺下来。虽然人们个个都不相信鱼会钻进老乔桑的肚子，但人们个个又都想听老乔桑说说那条鱼是怎么进到他的肚子里去，人们虽然知道这种事不可能，虽然知道这只是老乔桑在昏说，但人们就喜欢听老乔桑昏说，只有这样，寡淡的日子才会有一点生气，一点欢乐。

"这是不可能的事，鱼怎么会跑到你的肚子里？"乔土罐这天也在场，他蹲在那里，抽着烟，仰着脸，眯着眼，很享受的样子，他觉得这件事实在是可笑，不单单是老乔桑说鱼钻进了他自己的肚子里可笑，是一连串的可笑，最可笑的是他们把多年不用的渔具都辛辛苦苦准备好了，天上的云彩却忽然跑得无影无踪一丝全无，别说大鱼，现在就是连小鱼也难得一见，不过这几天人们还是在盼着来一场大雨，但天空上现在连一小片云都没有，云不知道都去了什么地方。

"就在这里，就在这里。"老乔桑用手使劲拍着自己的肚子。

"你再说，在什么地方，在什么地方？"乔土罐笑着说。

"就在这里，就在这里。"老乔桑使劲拍着自己的肚子。

乔土罐就笑了起来，说："这可是千年少见！"

"怎么说？"老乔桑看着乔土罐，两只眼睛亮得出奇。

"老伙计老村长，恭喜你，你怀上了。"乔土罐说。

老乔桑的眼睛突然瞪起来，瞪得像两只铜铃，他从床上一下子坐起来，那根棍子就朝乔土罐飞过来，"砰砰"一声，好在乔土罐躲得快，被砸碎的是他身后的一个菜缸。

菜缸里的酸菜水"咕啦咕啦"淌出来的时候乔土罐已经从屋子里奔跑了出去。

乔土罐对站在外边看热闹的人们说，"树高和树兴都得赶快回来，请乔仙也过来看看，是不是真是有什么鬼魂钻到了他的体内，一个人，肚子里怎么会放得下那么大的鱼。"乔土罐说自己好在躲得快，要不那根棍子就要从这里穿过了。乔土罐用手指点点自己的额头，好像那根棍子已经穿过了那里。

乔土罐用手捂着额头回家去了，额头那地方好像真有一个洞，还好像有风，"呼呼呼呼"地从那地方穿过。

老乔桑拄着那根棍子出现在门口的时候人们还没有完全散去。

"乔土罐，满嘴放屁，哪个才会怀上，什么叫作怀上。"

老乔桑是气坏了，他认为乔土罐说了句最最难听的话，最最不敬的话，因为只有女人才会怀上，要是猪，也只能是母猪，要是羊，也只能是母羊，要是兔子，也只能是母兔子，"什么东西才会怀上！"

"这地方是胃，是胃。"老乔桑把自己的衣服扒开，露出他的肚子，肚脐眼此刻就像是一只瞪得很大的眼睛，"那条鱼就在这地方，这是胃，在胃里怎么能够说是怀上？"老乔桑一边说一边把自己的肚子拍得"砰啪"响。老乔桑说要找一把刀把这地方剖开，让那条鱼从里边出来。老乔桑说这种事只有医生做得来，只有医生能把自己胃里那条鱼取出来。

说话的时候，老乔桑两眼放光，有点怕人。

这天晚上，老乔桑拄着棍去找他的老伙计乔谷叶，乔谷叶当年做过许多年的赤脚医生，虽然现在早不做给人看病的事了，但他毕竟还认识许多草药，闲的时候他还会到处去采，他知道许多关于治病的事。乔谷叶一听老乔桑说话就忍不住嘻嘻哈哈笑了起来。乔谷叶说，"这是好事嘛，人们现在都知道你的肚子里怀了一条鱼，也许，到了十个月的头上它自己就会出来了，到时候怎么吃，煮上吃或是做风干鱼都是你的事。"

"怎么你也这么说！"老乔桑火了。

"你不是说肚子里有条大鱼嘛。"乔谷叶说。

"这地方，这地方是胃，在胃里能说怀上吗？"老乔桑把肚子拍得"砰啪"响。

"那不是怀上又是什么？"乔谷叶又笑了起来。

老乔桑脸色煞白，他可怜巴巴地看着乔谷叶，说，"你真不知道，真是一条很大的鱼在我肚子里，到了晚上还会咕咕叫，你不来救我谁来救我，难道你还想看我亲自拿把刀把它从我的肚子里取出来吗？你把它取出来，出了事我不会怪你，你给我取，有白酒有刀就行，我知道你有这两下子。"

"这个我可没得一点点办法，我当年没学过妇科，要是在别处动这个手术或许还可以，我保证切得开也缝得住，但这是妇科的手术嘛。"乔谷叶一半是开玩笑一半是实话实说。

"你摸摸我这地方，你一摸就知道里边这条鱼有多大，你摸这边它就往那边跑，你摸那边它就往这边跑。"老乔桑脸色煞白，他让乔谷叶摸他肚子。

"这是妇科的手术嘛，可惜我没有学过。"乔谷叶又说。

老乔桑已经把乔谷叶的手按在了自己的肚子上，乔谷叶只好用手去摸，用手指去按，那个地方，也就是肚子，就好像是一只松松垮垮没装任何东西的袋子。乔谷叶此刻不知该说什么，只好口不随心地说，"要想把这条大鱼从肚子里取出来最好先弄死它。"老乔桑满脸大汗的样子让他心里很不舒服很难过。

"哪个要它死，我要让它回到江里去，让它在江里游来游去。"老乔桑说。

乔谷叶把老乔桑从家里送出来，说你慢些走，小心把鱼掉出来。

"我看他是跟上鬼了。"老乔桑离开乔谷叶家的时候，乔谷叶的老婆正把一桶猪食倒进猪栏，她小声对乔谷叶说，乔谷叶忽然忍不住笑了起来，这时候老乔桑已经走远了，他对老婆说，"他还不如怀上一头猪，到时候杀了可以做腊肉。"乔谷叶笑得直哆嗦。

"我看他是跟上鱼鬼了。"乔谷叶老婆说凡是世上的东西死后都有鬼，猪鬼、羊鬼、牛鬼、蛇鬼、狗鬼、猫鬼，老乔桑最好赶快去鱼神庙烧烧香。

乔谷叶笑着对老婆说，"明明不对嘛，酒也不会死，怎么还会有酒鬼？"

乔谷叶的老婆再想说什么，乔谷叶又去喝他的酒了，他自己用各种草药泡了一大罐酒。每次喝过这种酒，乔谷叶就总觉得自己像个火炉子，里边的火旺得不能再旺，火苗子呼呼的，床头把墙壁撞得"砰砰"乱响。

树高和树兴这天都赶回来了，提着两条腊肉，还有一盘老乔桑最喜欢吃的猪大肠。树高用手摸摸老爸的手，吓了一跳，老爸的手很烫。他们弟兄两个都已经商量好了，这回一定要把老乔桑接到县城里去，县城里又没有江，看不到江就不说鱼的事，什么大鱼小鱼，到时候都跟他们老爸没关系，人老了，应该好好活几年了，老爸到了县城一替一个月轮着在两个儿子家里住还新鲜。老乔桑毕竟是做过村长的人，马上就答应了，倒是爽快，但吃饭的时候却又突然说去县城可以，但怎么也不能把肚子里的鱼也带到县城里去。

"这么大的一条鱼，你看它此刻又在肚子里跑水，快快快，跑到这边了，跑到这边了。"老乔桑拉住树高的手就按在自己肚子上。"鱼头在这，鱼尾在这，这么大一条鱼你会摸不到？又跑开了又跑开了，鱼头在这在这在这。"

树高一把把手抽开，说，"爸你是怎么回事，那是软绵绵的肚子嘛，哪里有什么鱼，你还鱼头鱼尾鱼肚子。"

老乔桑又把树兴的手一把拉过来按在自己肚子上，说，"这地方，就这地方，你用力按，就这地方。"

树兴从小就坏，他笑嘻嘻说，"可不是，这就是一张鱼嘴，我摸到了，在一张一合一张一合。好家伙，它又转过身子了，这是鱼尾了，摆开了摆开了，他妈的鱼尾摆得就像我妈在扇扇子，好大的扇子，想不到老爸肚子里有这样一把扇子。"

树兴把手里的一把破竹壳扇子放在老乔桑的肚子上，"爸你说，你肚子里的鱼尾巴有没有这把扇子大？"

"当然要比这把大，"老乔桑忽然有些不高兴，说你兄弟两个王八蛋是不是以为老爸跟你们开玩笑胡说？老爸这就找把刀剖给你们看。

"现在又不是流血牺牲的年月，您不要把话说得这样怕人嘛，怎么说您都是当过村长的人。"树兴说，"问题是，我们都想知道这么大一条鱼是怎么进去的，从什么地方，您总要给我们说清楚嘛，这样不明不白也说服不了人，是从一颗鱼卵的时候就进去的还是整个长成一条大鱼才撞进去的，到底怎么回事？"

"狗日的。"老乔桑用棍子猛地一敲桌子，"请医生又不用你们花钱，我自己还有，我跟你们说鱼在这里就在这里，还说从什么地方进去的，我要知道它是从什么地方进去的倒好了，就不会有现在的事。"

老乔桑不再吃饭，已经气得鼓鼓的，辣子炒肥肠也像是没了什么滋味。

树高树兴两兄弟没心思再吃下去，他们双双出门去找乔日升，乔日升现在毕竟是村长，村里有什么事找他总没错，再说这种事，找个人拿拿主

意也好。再说乔日升的老婆乔桂花还是树高和树兴的亲表姐，要不是乔桂花是他们的亲表姐也许乔日升还当不上这个村长。

乔日升住的房子离老乔桑不远，转过几道墙就到，墙里的叶子花开得好红。

树高和树兴没想到乔日升一看到他兄弟俩儿先就忍不住笑了起来。说就你们那老爸，送到正经地方算了，我这几天正为此事发愁。

"看看看，看看看，看看你一个做村长的是怎么开口说话。"树高说。

"那你说，那么一大条鱼是怎么钻到你老爸的肚子里。"乔日升正在吃饭，已经吃出了一头汗，一张大肥脸像是涂过了油，亮得要放出光来。乔日升说还有好事呢，不少外边的人都要过来参观你爸的肚子，人们都奇怪得不得都想知道好大一条鱼怎么就会钻到一个人的肚子里。乔日升说他已经把好几拨人拦住才没让他们来，"都是县里的，都对此事感兴趣，我对他们说哪有这回事，人家还不信，说现在世上什么离奇事都有，你们村里出了这样事也是好事，可以增加旅游收入……"

乔日升这么一说树高和树兴俩兄弟就一下子愣在那里。

"要不先请报社的记者过来看看宣传一下，也不是什么坏事。"乔日升说。

"你以为是耍猴。"树高马上就不高兴了，乔日升比他也大不了几岁，说起来他们还都是一个学校的同学。树高说我们兄弟俩是过来向你讨个主意，你怎么说起增加旅游收入，我老爸，你又不是不知道他那个性格，这会儿就在家里找刀呢，说要自己把肚子剖开让那条大鱼出来。他要是真把肚子用刀给搞开，你未必就没有麻烦，这是你的地盘，你是这里的村长。

"问题是我也没碰到过这种事。"乔日升说前几天在县里开会不少人又问这件事，都想过来看，你让我怎么回答？要是马戏团耍猴，也未必会有人这么上心。乔日升说趁你兄弟俩都在，你们说怎么办，我是村长不假，你兄弟俩给拿个主意，人肚子里怎么会有大鱼？这事越传越热闹，都说不清，要这样下去，我长一张嘴不行，得再长一张嘴。

乔日升这么一说，树高和树兴俩兄弟就都没了话。

在一边吃饭的乔桂花这时用筷子敲敲饭碗，说这事我倒有个主意，别管别人怎么说怎么看，重要的是找个大夫把你爸肚子里的鱼取出来就是。

"问题是肚子里没鱼，有鱼倒好了。"树高说。

"看你说的，肚子里哪会有鱼。"树兴也跟上说。

"你这是起哄，还嫌不热闹。"乔日升说那是你叔看你说的。

乔桂花把饭碗放下，把筷子也并排放下，说你们几个大男人都快要笨死了，这件事只把你老爸哄过就是，明摆着是你老爸神经出了毛病，这件事也只好这么办。乔桂花说那是我叔，我能不想，我也想了好多天了。

"那你说怎么办？"乔日升说，看着自己的老婆，实际上，村子里有什么事他总是让老婆给拿主意，他自己也知道自己是个草包，只会不停地把自己吃胖。

乔桂花又把饭碗端起来往嘴里扒拉几口饭，然后才如此这般、这般如此把主意说了一下。说这件事说好处理也好处理，到什么地方买那么一条大鱼，就说给他做手术从肚子里取鱼，到时候打一针麻药针就完事，大不了在肚皮上划那么一个口子，也要不了命，这也是没办法的办法，只要消毒好就要不了命。

"总比你爸忽然哪天想不开自己动刀把肚子拉开要好得多。"乔桂花说。

乔日升忽然笑了起来，说乔桂花想不到你还真有一手。

"那谁来做这事，你去医院，医院会不会给你做？"树高说你以为医院是你家开的你想做什么就做什么。

乔日升就笑了起来，"这点事，乔谷叶就做得来，当年有头驴给车在肚子上撞开个大口子还不是他缝的，缝衣针上穿根细麻线，那头驴也没死，照样拉磨磨豆子。

"看你，我爸又不是驴。"树高说，两眼看定了乔日升。

"这事就让乔谷叶来，我去对他说。"乔日升说，"只在表皮拉道口子缝一下就行，又不用拉通，出不了大事。到时候你只需把大鱼买好装神弄鬼就是。"

乔日升是个急性子，又扒拉几口饭，他不吃了，拍拍屁股去找乔谷叶，树高和树兴跟在他屁股后面，外面很热，鸡都在阴凉处打瞌睡，狗热得没了办法，只会把舌头吊在外边晃哩晃荡，远远看去倒好像它们嘴里又叼了块什么。

乔谷叶正在睡觉，他这做派和乡下人完全不一样，除了喝药酒，他天

天中午都要躺在那里睡一下。乔谷叶一听要他给老乔桑做这个手术就马上说不行，"天天碰面，没有不露豆馅儿的时候，我做不来。"乔谷叶说这手术最好去米饭坝医院那边去做，他那边有朋友，给几个钱在医院里找个地方就可以装神弄鬼。到时候他可以打下手。

"听说那边的茅厕一下子捞出过十多个死婴。"乔日升说。

"那又不是你搞出来的你怕啥。"乔谷叶说现在是太解放了，年轻人开房就像吃炒豆子，米饭坝医院也是在做好事，要是他们都不给做流产，那些年轻人还敢不敢再去找快活。

从乔谷叶的家里出来，在回去的路上，乔日升忽然又有了新鲜的想法，他对树高和树兴说，"到时候，要好好买一条大鱼，而且要把消息说出去，就说很成功地从你老爸肚子里把那条大鱼取了出来，这事要报道一下，好好报道一下。

"做了再说。"树高说这就像演戏，别演不好砸了锅。

"没问题，打了麻药人就什么也不知道了，在肚子上浅浅拉一刀子，又不是真的开肠破肚，再在拉的口子上缝几针，你老爸难道还会不相信？还会再用手把伤口拆开？世上就没有这种人。"乔日升说。

"好，就这么办。"树高忽然高兴起来，这事终于有了解决的办法。

树兴却苦着脸，小声问树高，"这会花不少钱吧？"

"那不是别人！那是你老子！你和我都是被他从咱娘肚子里给搞出来的！"树高忽然又有些生气，大声说。

虽然说谁也不清楚这条名字叫了"胖江"的江到底有多长，但只要从乔娘湾往东走，第一个歇脚处就会走到米饭坝，米饭坝的老地名其实是叫米饭镇。因为人们走路会累，累的结果就是饿，大人会对小孩子们说，"再走走就到，再走走就到，到了就有米饭吃。"所以久而久之这地方就叫了米饭镇，即至到了八八年这里修了大坝，政府组织人们参观这个工程，米饭镇倒不被人们说起了，所以这地方只叫了米饭坝。

树高和树兴说是陪老爸去米饭坝把肚子里的大鱼取出来，其实去的就是米饭镇。为了去米饭坝把肚子里的鱼取出来，树高和树兴劝说老爸在家里好好歇了两天，其实这两天树高是一直在忙买大鱼的事，大鱼买不来就不能动这个手术，水库泄洪的时候，整条米饭镇的街上到处都是大鱼，到后来卖不出去的大鱼臭得像一坨一坨的狗屎，而现在想买条大鱼却很难。但这条鱼终于也托人买到了。

　　乔谷叶也已经和那边医院说好了，临时找一个病房，一切按着手术的程序办，该交多少费就交多少费，为了让老乔桑不起一点点疑心，到时候还要给他打打麻药，但医院那面又说了，麻药打多了怕出事，这又不是真正的开肠破肚，好不好只在肚子的表皮上局部来几针，然后给病人再吃两粒睡觉药，让他睡着，一觉醒来给他看鱼就是。到时候就说，"好了，大鱼从你肚子里给取出来了！"医院那边也都知道了老乔桑的怪事，医院那边说，不管他得的是什么病，不管能治不能治，只要是能对他有好处就算是治病救人。所以，一切都按着计划进行。

　　做手术的时候，天上忽然"呼呼呼呼"刮起了好大的风，紧接着云也来了，看样子有场大雨要下。医院那几个给老乔桑做手术的医生都是乔谷叶的老朋友，当年他们曾经在一起受过赤脚医生的培训，手术前，乔日升请他们吃了一顿饭，狗肉驴肉一齐上，又都喝了些酒。老乔桑给摆在手术台子上时，衣服全部都给被剥去，光溜溜躺在那里，肚皮那地方给划了道线，大家都知道这是什么手术，所以下刀都很浅，麻药打下去之前只说是还要吃几粒防呕吐的药，其实就是睡觉药，老乔桑居然很配合，听话得像一个孩子，把药乖乖吃了，只一会儿，老乔桑就人事不知，这其实是最最简单的手术，只是在肚皮上轻轻拉一道很浅的口子，然后马上再缝合起来，那条大鱼事先被兜在医院做手术用的帆布兜布里，还被一次次淋过水，又被吊起在旁边的一个金属架子上，是为了好让老乔桑醒来一眼看到。这真是最最简单的手术，因为喝了酒，人们一边做事一边"嘻嘻哈哈"说些陈年往事。麻药打下去，药片吃下去，老乔桑就像睡着了一样。等他醒过来，已经过了好长时间。

　　乔日升对树高和树兴说，"这个手术做完后你老爸就好了，就会像正常人一样，会再好好活他妈几年。"旁边的那几个医生说这种事多着哩，这也只能算是最轻的癔症，如果重了会满街乱跑，见了狗屎都会抓起来吃。那个负责麻醉的医生说，这种病说好治也好治，只要把他的心病一下子去得干干净净，人就又会回到从前的那个人。

　　手术只用了一小会儿时间，然后乔日升乔谷叶和树高树兴就陪着那几

个医生去到另外的一个屋子里去说话，喝茶嗑瓜子和吃西瓜。手术做得真是成功，到老乔桑该醒来的时候他果真醒了。

老乔桑醒来，睁开眼，眼球开始打转，这边看看，那边看看，站在他旁边的树高树兴便马上俯下身子对他说，"这下好了，鱼取出来了，真是好大一条鱼。"

老乔桑此刻的声音是"呜呜呜呜"，舌头仿佛打了卷儿，旁边的一个医生说不要紧，这是麻药的反映。老乔桑掉过脸看到那条大鱼了，被兜在医院的帆布兜布里，鱼真是很大，一头一尾都露在外边。

老乔桑突然"呜呜呜呜，呜呜呜呜"叫了起来，"呜呜呜呜，呜呜呜呜"声音虽然含糊不清，但人们还是听清楚了老乔桑在大喊不对。树高把他老爸那两条扬来扬去的胳膊一把抱住，听到老乔桑在说他肚子里的那条鱼是大灰鱼，一条很大的灰鱼，怎么会是现在的四须胖头鱼？

老乔桑"呜呜呜呜"地说这不是他的鱼，他的鱼还在他的肚子里。

医院的那几个医生也马上围拢过来，他们知道怎么对付这种情况，他们把老乔桑轻轻按住，并且马上对老乔桑说，"手术还没做完呢，手术还没做完呢，那是别人的鱼，现在肚子里有鱼的人很多，你的鱼还没有取出来呢。"这几个人，又是一阵忙乱，重新又给老乔桑吃了药片，再一次打过麻药。这边这样忙，那边的树高和树兴忽然从医院里奔跑出去，米饭镇是个小镇子，树高和树兴知道人们赶场的地方在什么地方，但他们就是不知道现在那地方还会不会有很大的灰鱼。树高忽然很想大哭一场：

"如果没有大灰鱼怎么办？"

"如果没有大灰鱼怎么办？"

"如果没有大灰鱼怎么办？"

树兴不知道该说什么好，只是不停地跟着快走。

"是大鱼就是了，你们老爸真是事多！"

树兴还没答话，乔谷叶却跟在后面说了话，他想去乡场上再买些烟叶。

原载《湖南文学》2017年第4期

点评

　　如此怪诞的一部小说到底在说什么呢？作者虚构了不存在的村子、人物、对话，一位有个外国情调名字的中国老农民"乔桑"，仿佛是人工制作出来的一个缩微景观。也许他是想向海明威《老人与海》致敬，写了这篇《老人与江》。

　　作为一个快速发展时代中的老人，他面临着双重的抛弃。一是自己的经验迅速失去用武之地，时代将他抛弃，二是衰老令他力不从心，身体将他抛弃。但人的精神偏偏不愿接受这一切。也许作者觉得中国的老人似乎很少如此强烈的自我存在感和不认输的精神，所以他起了一个"老乔桑"的名字，为了匹配，让他身边的伙计们都姓乔：乔土罐、乔树高、乔树兴、乔谷叶、乔日升……

　　民间传说中，遇到巨大困难时，人们开始付诸想象力，用一种情感安慰另一种情感，来排遣现实生活中的诸多不适感。作者借用了这种想象力，安排老乔桑臆想鱼进入了自己的肚子。在现代人看来，这不过是人老了以后为了博取身边人的注意力而胡闹，但缩微景观小村里的人们都真诚配合着老人，卖力地表演了一番。鱼没了，但因为共同的关于鱼的记忆与怀恋，将一些人连接起来。这毕竟是一种安慰。

（王雪）

调整呼吸

/裘山山

1

她一上来就说，我好心好意的。

她说的时候，嘴巴向前努起，有些委屈的样子。

我好心好意地让她加入我们，好心好意地想跟她沟通一下。我哪晓得会发生这样的事。霉哟！

我感觉我必须和她沟通了，沟通是很重要的，你晓得嘛？有一篇文章专门谈沟通，说得太好了，我还在朋友圈儿转发了的，人与人之间……

别扯那些没用的！身边一老头吼了她一句：直接说事！

她不满地瞥他一眼：是警察让我从头说的嘛，你又不是警察……不行不行，我要调整下呼吸，心里面太乱了，太乱了。

说罢她闭上眼，就好像身边没人，深吸一口气，然后慢慢吐出，再吸一口，再吐出。如此五六次，终于睁开了眼睛。

好了，现在你问嘛，警察美女。

语气里好像忽然有了底气。

时间？大概就是下午两点的样子。我本来以为个把小时就可以了，但是很不顺，谈了半天都谈不拢，我把啥子道理都给她讲了，她都听不进去，哪有那么犟的嘛！老辈子经常说，听人劝得一半，她一点儿都不听，四季豆油盐不进。

我们？就是我们三个嘛，我和孙姐，还有李美。孙姐叫孙玉芳，比我大一岁。李美叫李艳萍，比我小几岁。在我们菩提馆，比我大的我都叫姐，比我小的我都叫美女，跟过去在单位上喊小张小李是一回事。

好长时间？可能有两三个小时吧。反正一直在谈，就是谈不拢，跟她沟通实在是困难，后面就吵起来了。其实我不想跟她吵，我们晚上还有重要的事情。我只是想说服她。哪晓得我说什么她顶什么，还不耐烦地站起来要走，我只好把她按住。

我承认，大家情绪都有点儿激动。主要是她嘲笑我们，说我们脑子进水了，盲目崇拜。简直是太过分了，明明是她不对！孙姐和李美很生气，我也很生气。她一个人肯定吵不过我们三个嘛，到最后气得话都讲不出来了，脸发白，还冒冷汗。太小气了。我喊她调整呼吸，她也不理我，气成那个样子。

说到这儿女人竟然笑起来了，好像赢了什么似的。这让坐在她对面的郭晓萱觉得不可思议。毕竟，发生了这样不幸的事。

女人叫牟芙蓉，六十岁，真看不出她有六十了。说话的时候，腰背笔直，头发一丝不乱地盘在脑后。衣着整齐干净，虽然质地一般，却很时尚，立着的领子还镶了一道亮边儿。立领下挂着一串珍珠项链，看那么大颗粒，应该是人工的。唯一能显出她年龄的，就是右脸颊靠耳朵的地方，有一块斑，俗称老年斑。拇指指甲盖那么大一块儿。

当然，她擦了粉。这个一眼就能看出，还抹了口红，擦了胭脂。额下的眉毛漆黑坚挺，一看跟眼睛鼻子就不是原配。

整个谈话过程中，她就那么一直笔直地坐着，神情淡定。两只手掌上下叠握着，放在腿上，郭晓萱总觉得她那不是随便握的，是经过训练后的样子。好像是坐在舞台上表演。

相比，她身边的老头就老相多了，佝偻着背，一脸倦容。

她翻来覆去说得最多的一句话就是，我完全是好心，我好心好意地想帮她，好心好意地喊她来沟通。哪晓得……

老头又一次训斥道，你啥子好心好意？纯属多管闲事。你又不是她妈，管那么宽！自己家里的事不管！

郭晓萱制止了老头的牢骚，让女人继续说。她想听。不仅仅是为了要弄清情况，还有几分好奇。这个女人，尊重一点儿说，这个阿姨，真是稀罕，是她从没见过的稀罕人物。她和自己的母亲年龄接近，却像是待在两

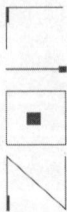

个不同的世界里。

本来郭晓萱有些懊恼，她晚上八点才回家，奔波了一整天，真的是累惫了。她打算早点儿烫个脚上床，看个韩剧放松一下。可是刚擦了脚，就接到所长电话，说他们所辖的万福小区有人报警，某住户在家里发现一具尸体。所长说他已经派简向东和田野过去了，叫她也过去协助一下。她无奈，只好重新穿上袜子裹上羽绒衣赶过来。

到了后得知，这家就老两口，下午老两口都不在家。男主人打麻将去了，女主人参加文娱活动去了。晚上九点多，男主人先回家，进门就豁然看见客厅的沙发上躺着个女人，不认识，喊也喊不答应。好像不对劲儿。男人就一边打120，一边给老伴儿打电话。老伴儿电话一时没打通，120倒是很快来了，一看，说女人已经去世了，并且有可能去世两三个小时了。你们还是直接联系殡仪馆吧。120丢下这句话就走了。这下男人紧张了，就给派出所打了电话。

等简向东他们到达时，女主人已经回来了，就是这个牟芙蓉。她一回来就说，死者是自己的朋友，而且是自己今天下午叫到家里来的。

霉哟，我走的时候她还好好的，就是说头晕，想躺一会儿。咋个就死了嗬？我以为她躺一会儿就会回家，我还叫她走的时候把门碰上呢。咋个就死了嗬？

她说头晕，你们怎么不陪她，或者送她回家？简向东问。

哎呀，我们有急事的嘛，时间搞不赢了。任何事情都有轻重缓急的嘛。我哪晓得她会死呢，还死在我家里头。

牟芙蓉一副责怪死者的神情。

简向东感到事情蹊跷，虽然医生初步诊断，死者死于突发性心肌梗塞。可是，这个牟芙蓉，怎么会让一个身体不舒服的朋友躺在自己家里，自己外出呢？

简向东就让郭晓萱带女人回派出所去了解情况，录个口供。自己和田野留下来等法医鉴定，并联系死者家属。

简向东嘱咐郭晓萱：问详细点儿，看看是怎么回事。

郭晓萱点头，略有些兴奋。分到派出所两年，她还是第一次遇到这样的案子。考虑到牟芙蓉上了年纪，郭晓萱让她老伴儿陪着她一起去所里。老头儿满脸怒容，一直恨着老婆，一看那恨意就是储存了很久的，还带着好几年的利息。

郭晓萱对牟芙蓉说，你接着说，为什么把她叫到你家来？

哎呀，我都说了好几遍了，就是为了沟通。沟通在人与人之间就像血永那么重要。

血永？郭晓萱略略顿了一下，反应过来，她大概是说的血脉。

说实话，我忍了她好几天了，实在忍不下了。她刚参加我们两次活动就起幺蛾子，说这门儿那门儿的闲话。今天中午吃了饭，我和孙姐，还有李美，就决定要和她沟通一下，不能再让她这样下去了。

我晓得我一个人说不过她，她文化高，我就叫了她们两个一起谈。

哪晓得……

2

唐佳开门进屋，屋里漆黑。她拉亮客厅的灯，叫了一声妈，没人答应。屋里安静得过分，是那种安静了很久，尘埃都一一落定的感觉。她又叫了一声妈，这次音量提高了一些。还是没人应。

她依次走到卧室厨房厕所看了个遍，的确没人。卧室里整整齐齐，床上的被子像宾馆那样平铺着；睡衣叠好放在枕头上，没有丝毫入寝的意思。厨房干干净净的，洗碗池里一个脏碗也没有，筷子筒里的筷子，照例朝一个方向斜着。看感觉，晚饭就没在家吃。厕所地面清爽，马桶盖盖着，没有任何不好闻的气味儿。

至少房间显示出的气息是，没有外来闯入者。

唐佳稍稍放了点儿心。来之前她曾担心母亲一个人倒在屋子里。去年体检，发现母亲有冠心病。她也怕母亲洗澡的时候，发生煤气中毒什么的。总之独居老人可能发生的事她都想到了。当然，母亲不能算老人，刚退休一年，五十六岁而已。

看来母亲是出门去了，屋里没一点儿人气。拖鞋也端端正正地摆在门口，鞋尖冲墙。

可她上哪儿去了，这么晚还不回来？平时她去朋友家做客，再晚都要回来的。她说在别人家睡不着。前些年工作的时候，不得已出差，她会带上枕头，哪怕枕头占了她小半个箱子，她说那样好歹能找到一点家的感觉。不然无法入睡。

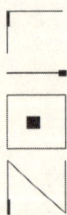

母亲是个过分有条理，过分爱干净的人。

唐佳掏出手机，再次拨打母亲的电话，她真希望铃声从某个房间响起。但是没有，电话依然是通的，屋子却听不到一点点声音。这个号码，她今天已经打了七八遍了。每次都通，每次都一直响到断。你所拨打的用户暂时无法接听您的电话，请稍后再拨。

目前从来没发生过这种情况，偶尔没有接，很快就会打回来的。一种不好的预感在她心里冒出。她发了条信息过去：妈，求你赶紧给我回个话，急死我了。

本来唐佳大白天是不会联系母亲的，她们母女通常都是晚上睡觉前联络一下，互相问问情况。但是今天下午，单位上一个同事说晚上要请大家吃火锅，过生日。这个同事跟她关系不错，她想去。于是她给母亲发了条短信：妈，下午帮我接下叮当可以吗？我们单位有饭局。母亲没回。她就打过去，电话通了，却没人接。

唐佳估计母亲是在参加什么活动。母亲有个习惯，每次开会或者参加活动，总是把手机设置成静音。她认为当众手机响铃很没教养。也许母亲今天有活动。

她想了一下，又发了一条，算了，我还是让叮当他爸去接吧。你安心参加活动。于是她转而给丈夫打了个电话，把任务交给了不太情愿的丈夫。

饭局结束，她连忙赶回家收拾残局，把儿子弄睡觉。等消停下来，才忽然想起母亲一直没回她话，这不像母亲的做派。母亲看到未接电话，怎么也会给她打一个的。于是她再次打过去，母亲还是没接。怎么回事？再有活动，也不可能持续到晚上啊。再说这么长时间，母亲就不看看手机吗？

母亲家里早已取消了座机，手机是母亲唯一的通讯工具。手机联系不上，她就不知道该怎么联系了。

挨到晚上九点多还是打不通电话，唐佳有点儿不放心了，就索性打了个车赶到母亲家。她甚至想好了，见到母亲就要说，不要老把手机搞成静音，让人着急。

可没想到，家里没人。

唐佳纠结了一会儿，给父亲打了个电话，支吾半天说，我妈她，有没有和你联系？父亲很不满地说，你哪根神经搭错了？你妈恨不能把我吃了，怎么会和我联系？唐佳说，我不知道她上哪儿去了，从下午开始就联系不上她了。父亲说，这才不到半天，那么紧张干吗。唐佳说，可是很奇怪，她手机通了一直不接，我都打了七八次了。我跑到家里来，也没人，感觉不对劲儿。

父亲略微停顿了一下说，你去看看她柜子里的枕头在不在？就是大立柜靠里面那扇门，你妈有时候发神经，会突然去别处住的。

唐佳一边拿着电话，一边打开柜子，一眼看到了那个小枕头。包在一个透明塑料袋里。她说，枕头在。旅行箱呢？父亲又说，床下的旅行箱在不在？唐佳弯下腰看了一眼说，箱子也在。父亲说，那我就不晓得了。嗨，不会有事儿的。她又不是青春美少女。

爸！唐佳生气地叫了一声。

父亲连忙说，反正她没联系过我，从去年她把我撵出来就再没联系过了，我打电话她都不接。她退休的事儿我都是听你说的。你妈就是犟，好歹让我解释一下嘛，连个解释的机会都不给我。

唐佳心里恨恨地想，谁让你五十多了还在外面瞎搞？！

她不满地挂了父亲的电话，又打给丈夫，丈夫手机占线，打了两次他才接。干吗呢？大晚上还跟谁煲电话？唐佳有些不满。丈夫敷衍说，单位上的事。怎么样，你妈在家吗？唐佳顾不上追究，急急地说，家里也没人，电话还是不接。会不会也是单位有饭局？太吵了听不见电话？丈夫分析。我妈都退休了，参加什么单位饭局啊。再说，有饭局也不可能那么晚吧？

会不会突发奇想，参加什么旅行团了？丈夫又提供一思路，完全不对症，也是，他和唐佳母亲，更是隔着几层。

唐佳说，不可能。就是参加，也该告诉我一声啊。没必要不接电话嘛。

丈夫说，那倒是。噢，肯定是手机掉了！

唐佳说，哎，这倒有可能……可是，也不对啊，她知道我每天晚上会跟她联系的，如果手机丢了，她该找个朋友的电话告诉我一声嘛。我妈不是那种大咧咧的人。

丈夫说，手机一丢，六神无主，忘了呗。

唐佳还是觉得不可能。她了解母亲，母亲是个非常有条理的人，到退休，都没有发生过丢三落四的事。父亲有外遇被她撞上那天，她都还是做好饭，吃完饭洗了碗，把桌子抹得明晃晃的，才坐下来和父亲谈话。

3

问询已进行了半个小时，还没什么实质性进展。

虽然牟芙蓉很健谈，不需要引导就滔滔不绝。可是经常跑题，郭晓萱不得不打断她，一次次把她叫回来。

你说走的时候，她还是好好的？

是啊，我还给她倒了杯水，是蜂糖水哦。我不晓得她有心脏病，刚才那个医生说是心肌梗死，这种病我听说过，死得飞快。

死因还没最后确定。郭晓萱严肃地说：你们争吵很激烈？只是吵，有没有……

你的意思是说打她吗？没有打。绝对没打。我就是推了一下她的肩，孙姐戳了一下她脑门儿。那个李美嘛，比了一下扇耳光的动作，也没扇。这根本不算什么嘛。我们上课的时候，青师经常这样对我们的，推两下拍两下都是经常的事，有时候青师还踢我们呢。是真踢哦，她火起来，一脚就踢过来了。

说到这儿，牟芙蓉竟然笑起来，是一种甜蜜的笑，仿佛诉说某种幸福：青师真的要打我们，你信不信？

青师是哪个？青师就是我们老师嘛。大名赖青青，年轻的时候是杂技团演员，得过好多奖呢。我们都喊她青师，多亲切的。

噢，先说明哈，这件事和青师无关，青师完全不晓得。

牟芙蓉再次漾开笑容，仿佛刚才那一笑，波纹太强，一时散不开，必须再推送一次。

青师真的要打我们，我挨过几回。太好笑了，刚开始的时候，她喊我做塌腰，我整死塌不下去，只晓得把屁股撅起来，她冲过来就踢了一脚，踢到我屁股上，还好我站得稳哦。

牟芙蓉呵呵地笑出了声。

我们那儿老一点儿的学员，没有哪个没挨过打。为什么打？肯定是着急嘛，嫌我们动作不到位嘛。

生气？才不生气呢，她是为我们好，真心为我们好。不管以前是做什么的，不管是公务员还是老板，在青师面前都是学生，打了都不会生气，都认。

这件事她上课的时候跟我们沟通过的，她说如果她不严格，就是害我们。我们完全理解，现在哪里有那么负责的老师哦。我好感动哦。我读书的时候，老师张都不张我一眼……

那么，病故的那位应女士，跟你说的青师是什么关系？郭晓萱又一次把她拽回来。

你说应美哇？肯定也是师生关系嘛。

应美？她不是叫应学梅吗？

我刚才跟你说了呀，比我小的学员我都叫美女。应学梅还是比我小几岁的，我就叫她应美。应美也是学生，我们都是学生，青师是我们的老师。我们都是菩提馆的学员。只不过应美是刚加入的，我介绍她加入的。

我和她是咋个认识的？早就认识了，我们是初中同学。国庆节同学聚会，她主动过来和我打招呼，说她也退了。难怪，她原来多骄傲的，根本不参加我们班聚会。

为啥子骄傲？成绩好嘛，加上她妈妈就是我们学校的老师。我们那个时候因为"文革"耽误了课，学校就把好几个年级的学生伙到一起上课。我们班有大有小。她是最小的一个。但是她太会读书了，成绩好得很。后来就考起了大学，毕业又当了干部。清高得很。

现在退了休，大家都一样了。晚年生活还不见得有我好呢。真是像我们青师说的，活下去就是胜利，你只要一直往前走，就有可能超过那些原来比你走得快的人。真是这样呢。当年那么骄傲的学霸，那天多谦虚地听我摆龙门阵。你简直想不到。

一旁的老头似乎已忍无可忍了，掏出一包烟向郭晓萱示意了一下，走出去。

牟芙蓉毫不受影响，再次挺了挺脊背：她夸我气色好，显年轻。我就告诉她我是练瑜伽练的，原先也是黄皮寡瘦的，从开始练瑜伽就改变了，现在我的水平都达到专业水平了。她开始还不信，我就马上站起来给她比了两个动作。

牟芙蓉站了起来，似乎想当场表演，被郭晓萱止住了。她坐下，掏出手机来，翻开照片给郭晓萱看：

我那天就是给她看了我练瑜伽的照片，我说刚开始的时候，我弯腰都

摸不到脚背，现在我随便弯腰都可以摸到脚背了。瑜伽的二十个基本体式我都可以做了，我还可以做两个高难度体式，上轮式和下轮式。这个在我们菩提馆只有五个人可以做。

郭晓萱看到照片上，这个女人真的可以把腿搬起来靠在脸颊上，还可以把身体朝后弯成一张弓，还可以把两只手在背后合十。她吃惊地瞪大了眼睛。莫说六十岁，她二十多岁也做不到的。

牟芙蓉非常骄傲地说，她当时看到照片就目瞪口呆了，就像你这样，眼睛鼓起多大。

郭晓萱连忙收回目光。

她问我练了好久，我说练了九年。她简直不相信。她说九年前你也五十了呀。我说是哦，我们菩提馆一多半学员都是五十多的，还有六十多的。我们青师说，任何时候开始都不晚，就怕你不开始。我们菩提瑜伽馆不但练瑜伽，还排练舞蹈——但是我们跟那些跳广场舞的大妈完全不同哦，我们很专业的。每天忙得要命，简直不得空。

她听了我讲这些，不是一般地崇拜，看她的眼睛我就晓得。

唉，我就是不该问她想不想参加，主要是当时太兴奋了，没忍住。其实我们馆早就满员了，除非有人退出才能进新人。但是我看她那么崇拜地看着我，就主动说，来嘛来嘛，和我们一起练。

她还是有点儿银（矜）持的，她说等我哪天有空去看看吧。

郭晓萱听见"银持"想笑，又忍住了。

有什么好银（矜）持的，不就是一个科长吗？她越银（矜）持，我就越想把她拉进来。唉，就是从这儿开始扯拐的。我不该带她去看。简直不该。那天她一看到青师就大惊小怪的……太过分了。

4

唐佳在自己的手机通讯录里翻了半天，也没找出一个母亲的朋友。丈夫刚才建议她联系一下母亲的闺蜜，她才发现她根本找不到母亲的"闺蜜"，一个也找不到。她知道母亲有几个要好的姐妹，有两次在家里遇见，还叫过阿姨，但她没有她们的联系方式。谁会想到去要父母朋友的联系方式呢？

唐佳很后悔，那个时候为什么不记两个阿姨的电话呢？

说来，她都不知道母亲的生活是什么样的。虽然每天晚上通电话，但从来都只有几句。吃饭没有？早点儿休息。偶尔都懒得打电话，发个微信，今天还好嘛。母亲就说，还好。或者母亲说，降温了哦，不要感冒。她就回一个知道了，你也要注意保暖。

刚才她一边跟丈夫通电话一边在屋里来回走，这才发现客厅有变化，长饭桌被移到了靠窗的地方，上面铺着宣纸摆着笔墨，看来母亲在练习写毛笔字了。然后又看到凉台的晾衣架上，挂着青花布的衣裤。她从没见母亲穿过花衣服，而且连裤子都是花的。让她很是好奇。看来母亲有新的爱好了。

自打自己结婚后，她就没和母亲好好交流过。各忙各的。父亲发生外遇后，唐佳觉得，母亲怎么也会跟她哭诉一次，就做好了准备，到母亲家来住了一晚上。哪知母亲依旧很淡定，说其实她早有感觉了，只是不想去探究真相。顺其自然吧。唐佳说，这种事怎么能顺其自然？你应该敲打一下他。母亲说，敲打一下，他只会藏得更深。唐佳说，那你怎么察觉的？母亲说，嗨，老夫妻了，说话一个尾音不对都能露馅儿，何况……我发现他在偷偷吃壮阳药。母亲说到这儿居然扑哧一下笑了起来。那个晚上，母亲还是跟她聊了好一会儿，谈了自己对婚姻的感受。母亲说，夫妻之间，装糊涂很重要。我本来一直想装的，但是运气不好，撞上了，再装就是耻辱了。

母亲退休后，唯一的支撑没了，眼看着精神气儿散掉。唐佳就动员母亲去参加社区活动，或者上个老年大学，或者约上以前的女友去旅游。母亲都以各种理由拒绝了。唐佳真是不明白，她看到人家那些母亲，要么在家晒孙子晒饭菜展示天伦之乐，要么穿得花红柳绿的在风景区自拍，自己母亲却是两样都不参与。

母亲说，唱歌跳舞我都不会，看书写字我自己可以在家做，至于旅游，一定得找到称心的同伴才行。

母亲过于清高，大学毕业，事业上并不顺利，始终是个小科员。但还是这个瞧不起那个看不上，即使退休了，也放不下身段。就连网上的朋

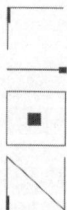

友圈儿母亲都不参与，只是偶尔为女儿发的照片点个赞，自己从来不发。唯一的社交，就是偶尔跟大学里的两个女生一起喝茶。有两次唐佳有事找母亲，她说她在外面跟同学喝茶。

可是，唐佳也不知道那两个同学的电话。

实在无奈，唐佳只好打给母亲原来单位上的一位女同事，那个女同事的电话唐佳是有的。

对不起呀黄老师，这么晚打扰你。那个，我妈妈她，今天有跟你联系吗？

黄老师叫黄槐，曾和唐佳母亲一个办公室。黄槐说，应老师吗？没有呀。我最近一次遇见她，还是中秋节的时候，她来领月饼，在单位门口碰到的。我们搞活动请她来她也不来。

黄槐说话依旧是慢条斯理的，和母亲有几分相像。

唐佳迟疑了一下说，黄老师，你知不知道我妈好朋友的电话？黄槐说，不知道呢。唐佳又问，那你知道她最近参加什么社团了吗？问完觉得不好意思，自己都不知道，怎么指望单位的同事知道？黄槐果然说，没听说。可能不会吧？她不喜欢那些。原来一说起老年大学什么的她就撇嘴。唐佳想，没错，母亲是那样的。

黄槐问，怎么了，你跟应老师联系不上了吗？

黄槐一直叫母亲应老师，即使母亲当科长的时候。如今还是这么叫，这让唐佳有几分亲切。她和母亲差十二岁，和自己差十三岁，所以都以老师相称。

唐佳说，就是。她今天下午一直不接电话，我觉得奇怪，就到她家里来了，家里也没人。这么晚了，平时这个点儿，她早就回来了。她不喜欢晚上出门的。

黄槐说，哦，那是有点儿奇怪。

是啊，我打了好多次了，响断了都没人接。她不会生我的气吧？

黄槐说，不会不会，应老师不是那样的人。我上次给她电话她当时没接，后来就回过来了，还跟我道歉呢。应老师特别有教养。

黄槐一边说，一边拿起手机拨通了唐佳母亲的电话，的确是，响断了都没人接。

您拨打的电话无人接听，请稍后再拨。

唐佳也听见了这个声音，越发焦急起来，这样的情况从来没发生过。我老公说可能是手机丢了，手机丢了也应该回家呀。都这么晚了她能跑哪儿去了嘛。我看了家里，箱子什么都在，不像出远门。我感觉有点儿不对劲儿。

黄槐也急了：那是不是应该报警？

唐佳忽然就带了一丝哭腔：我都不知道该上哪儿去报警。

黄槐说，要报警的话，应该到应老师户籍所在地的派出所。不过，我听说起码要四十八小时。除非是小孩儿走失。

唐佳说，那怎么办啊，我就这么干等着到四十八小时吗？为什么非要等四十八小时？

黄槐说，我也不知道，大概失踪的人很多吧。我觉得应老师不会有事的，她那么平和的一个人。这样，我现在过来陪你一起想办法。

唐佳软弱地说，好的，谢谢黄老师。

5

牟芙蓉终于有些累了，提出要上厕所。

郭晓萱注意到，她底下穿的居然是毛裤，跟上面的旗袍完全是两个世界，用她的话说，完全不能沟通。大概再想时尚，也架不住老关节出毛病拖后腿。

从厕所回来后，她的精神气儿好像泄掉了一些，没那么振作了。她坐下，又开始闭上眼睛，吸气，吐气，如此三次。然后睁开眼对郭晓萱说，我们青师说，调整呼吸很重要，不然心就乱了，心乱了魂就没了。我现在遇到啥子事，都要先调整呼吸。

郭晓萱拿纸杯给她倒了杯水，她喝了几口，然后很仔细擦了嘴角，拉了拉衣服的下摆，坐正，仍然把两手叠好，放在腿上。

她注意到了郭晓萱的目光，又说，我们青师说，任何时候，人都要坐有坐相，站有站相。尤其是女人，一辈子就是活个样子，活个形象，你要让别人看到你最好的样子，你才会好上加好……

比如你，警察美女，肩胛骨就没打开，本来那么漂亮，一含胸就掉分了，晓得不？

话锋突然转向自己，郭晓萱有些尴尬，她下意识地挺了挺背，甚至暗地里想，自己要不要也抽空去练练瑜伽？

看来青师是你们的偶像喽？她讪讪道。

肯定嘛。我们青师任何时候出现在我们面前，都是女神范儿。你根本看不出她六十岁了，真的，比我还显年轻，从后面看像二十多岁。我这件衣服，就是比着我们青师的款式做的，太有范儿了。青师那天穿起走进菩提馆，我们简直惊呆了，就跟林青霞张曼玉一样。青师手巧，她身上的衣服都是她自己做的。我们的瑜伽服也是她设计的，跟其他瑜伽馆的不一样，其他瑜伽馆就是土白布，我们是青花……

应美那天一报到，青师也给了她一套青花瑜伽服。她也是，不但不感恩，还恩将仇报。本来我们菩提馆都满员了，青师看在我的面子上破例收了她。她倒好，才去两次就生是非……

我好心好意跟她说，穿上这身青花，走路的步子一定不能太大，也不要哈哈大笑。她居然说，不就是装淑女吗？这咋个是装呢？是修养嘛，唉，简直是没法跟她沟通。

沟通个屁！你就是多管闲事！老头抽完烟进门，又是一声吼：啥子家务都不做，一天就在外面惊风火扯地乱整。

我咋个是管闲事呢？毕竟是我把她介绍进来的，看到她不对就应该管。她反驳老头，神情很坚定。

她那样做很不好！对青师不好，对我们整个团体都不好。我们这个团体像个大家庭一样，那么和谐，友爱，不珍惜怎么行？我们每个人都有责任爱护它保护它，我们又不是跳广场舞的大妈。

再说了，她那样做，连带把我的名誉也搞坏了，本来我在群里头还是多有威信的。青师经常叫我做示范。真的，她太不应该了。我必须告诉她，她那样是不对的。我如果不说，她自己简直意识不到。她能加入我们，是她的福分……

老头又吼了起来：到现在还在说这些没用的你个老太婆！一天到晚神癫癫的，做些莫名其妙的事！我早跟你说过要出事！这下好，人死在你家里！看你咋个交代！

牟芙蓉神色突然黯淡，那两条本来正上扬的眉毛，突然就耷拉下来。文过的眉毛如黑剑一样，毫无缓冲地刺向两颊。

但很快，她又振作起来：我又没做什么违法的事，我就是好心好意介绍她加入我们。我看她退休了，很无聊，天天在家窝着，脸都是卡白卡白的。她比我小几岁，看起比我还显老，我走出去，没有哪个看得出我要六十岁了，是不是嘛警察同志？

郭晓萱差点儿点头。

昨天我婉转地说了她几句，要她尊重青师，她多尖刻地给我顶回来，说我盲目崇拜，没有原则……啥子原则不原则的，她就是喜欢居高临下。都退休了，还端起干啥子？我们学员里还有个局长呢，都不像她那么端起。

我只好约了孙姐和李美一起来帮助她。她也是，那么小气，吵不赢我们脸就气得发白。还是大学生哦……

郭晓萱不想再听她唠叨了，开始总结性地帮她梳理：

是不是这样，下午你把她叫到你家，和她谈话，谈话过程中你们发生了争吵，大家情绪都比较激动，然后她感觉身体不舒服，你就让她在你们家躺着，你们就走了，是这样吗？

是的就是这样。她点点头，忽然叹了口气。脸上的粉有些撑不住了，没有弹性的黄皮肤显露出来。真相毕露。

我好心好意地喊她来谈，哪晓得根本谈不拢。我不知道她有心脏病，要是知道我都不会叫她练瑜伽。瑜伽不适合心脏不好的人。我真是太倒霉了，本来是好心好意的。我们正在批评教育她，不是，我们正在沟通，她突然说头晕得很，不想说话。我估计她是不想听我们说了，装病。

我想既然说不通，就不能让她参加晚上的活动，免得她在会场乱说。我就喊她在我们家休息，我真的是好心好意的。

你们没给医生或者她家里人打个电话？

搞不赢了，我们五点半要赶到酒店做准备。慌慌张张的。

你的意思是，你们把她一个人丢在你家里了？

她顿了一下说：我哪想到会那么严重？头晕嘛，我也经常头晕，喝点蜂蜜水就好了。我想她休息一会儿就可以回家了嘛，我跟她说，你走的时候把门关好……

于是你们走之后，她就心脏病发作，去世了。郭晓萱的声音和表情，都变得严肃起来。

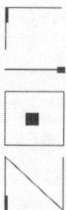

牟芙蓉听到这话，把本来已经坐得很端正的身子，再次调整了一下，挺了挺脊背，虽然面容上已经显出疲倦和衰老。但看得出她在努力撑着：

我还不是后悔得要命。要怪就怪我当时太心急了，生怕影响到晚上。孙姐和李美两个也觉得是不应该影响晚上，我们就先去酒店了。路上好堵，还好我们没迟到，晚上的活动很成功，老头打电话的时候我们刚刚结束。我那个独舞还被青师表扬了的。

牟芙蓉说到这里，两只手下意识地比出了兰花指。

6

值夜班的年轻警察，像是刚毕业的大学生，一张脸尚无刻下岁月的痕迹。他一边在电脑前坐下一边问，失踪的是老年人吗？

唐佳连忙说，不是老年人。

警察说，多大年龄？

唐佳说，五十多。

警察瞪了她一眼：五十多还不是老年人？嘁！

唐佳愣了，她从来不觉得自己妈妈是老年人，顶多是中年人。她苦笑着看了眼黄槐，心想，自己这个三十多的人，在这个年轻警察的眼里一定是中年人了。

什么时间失踪的？

唐佳说，嗯，今天下午就联系不上了。打电话一直不接，刚才，就是刚才我们来的路上又打，还是不接。太奇怪了。

警察说，打电话没接很正常嘛，我也经常顾不上接电话。

唐佳说，但是对我妈妈来说是不正常的，她从来不会这样。

警察的眼神完全是不以为然，似乎是说，凭什么你妈妈不接电话就是不正常？但他说的是，下午到现在，也还不到十个小时嘛。

唐佳连忙说，我知道要四十八小时，我就是觉得太反常了。我怕她出意外，她一个人单身生活……万一……

警察摆摆手，没事没事，你既然来报警了我们肯定会接的，肯定要登记的。

警察依次问了姓名，年龄，地址，身份证号，以及失联的时间，地点，还有她妈妈的电话号码。然后依次录入电脑中的一张表格上。

唐佳看到那张表叫"失踪人员登记表",还有编号,心里稍稍安心一点。

智力健全吧?我的意思是,有没有老年痴呆症状之类,走出去记不到路了?很多来我们这儿报失踪的都是这种情况。

唐佳连连摇头,没有没有。她脑子很清楚。关键是她以前没出现过这种情况。

黄槐也在一旁证明:她刚退休一年多。退休前是我们的科长。就是因为她平时做事很有条理,一点儿不糊涂,我们才会着急。

年轻警察登记完了,按了个保存。好了,先这样,我们这里有情况的话,会马上联系你们。

唐佳说,你们不马上采取措施吗?

警察说,采取什么措施?现在就组织警力满大街去找吗?

唐佳忽然按捺不住地喊了起来,如果是你妈妈找不到了,你会这样吗?

眼泪一下就出来了。黄槐连忙搂住她的肩膀。

警察愣了一下,然后态度很好地说,我理解你的心情大姐。但是,你知不知道,每天都有很多人来报告失踪,其中大部分两三天后就找到了。尤其是老年人,一时找不到家了,这种情况很多。我们不可能每个都立案。除非你有证据证明对方可能存在人身安全危险,或者说对方可能会受到侵害……刑事立案是非常复杂的事情,立了就不能撤,而且需要拿出大量的警力。如果你不能提供足够的涉案理由,公安机关缺乏立案的依据,是不会立案的,报案后只会给予公民必要的协助。

唐佳感觉他在背书。但还是起到了作用,她平息下来。

黄槐替唐佳回答说,好的,我们知道了。

警察索性转向黄槐:放心,我会把刚才登记的信息发布到我们的平台上,让其他派出所一起关注的,一旦有消息,我一定及时联系你。我建议你们自己也通过网络平台发布一下消息,发动亲友找。可能效果更好一些。有线索的话也及时告知我们。

黄槐连连点头。

两人从派出所出来，互相道别。黄槐安慰唐佳，也许明天就会有消息的。唐佳忍着眼泪谢谢黄槐，陪自己那么久。然后各自上车，打算离开。

唐佳刚刚发动汽车，电话就响了，她忙不迭掏出电话，真希望是母亲的。真希望母亲说，不好意思啊，我电话关了静音，一直没听到。

可是是丈夫。

丈夫说，那个，刚才警察来电话，说他们在一个人家里，发现了妈妈……

在哪儿？谁家？

嗯，他们说，妈妈她，心脏病发作，已经不行了……

7

郭晓萱接到田野打来的电话，说法医已经确定应学梅是死于是心肌梗塞，没有其他外力因素。

我们已经联系到了死者家属。你们走了后，在她家沙发下面发现了死者的手机，手机是静音，一闪一闪的，已有十几个未接电话了。估计她是想打电话求救，掉到了地下。

还有，那个牟芙蓉离开的时候，的确是给应学梅倒了一杯蜂糖水。这点可以证明当时她们没有恶意，是没料到会发生不测。虽然她的举动有点儿不可思议。

你问完了，就让他们回家吧。

郭晓萱说，好。

牟芙蓉似乎猜到了电话的内容，她盯着郭晓萱的脸问，搞清楚了哇？我可以回家了哇？

郭晓萱点点头。

她马上站了起来，胜利似的跟老头说，我就说不怪我嘛，是她自己身体出问题了嘛。其实也没什么，一下就走了痛快，不受罪。我还希望我以后像她这样呢。

老头依旧是怒气冲冲的样子，完全不搭理她，转身出了门。

郭晓萱说，那个，我想再问你两个问题可以吗？

牟芙蓉说，问嘛。

郭晓萱说，你一直说死者说了不该说的话，她到底说了什么？

牟芙蓉的怒气又上来了：嗨！她一来就说她认识青师，认识就认识嘛，又说青师年轻的时候……做过那些事，被单位除名了。

什么事？

算了，我不能讲，不能传播。我才不信青师会做那样的事，我们都不信，她肯定是听到谣传了。青师怎么可能像她说的那样嘛。

再说了，不管你从哪儿听到的，都不应该乱说。谣言止于智者。警察美女，你说是不是？

郭晓萱说：还有个问题，晚上你们到底有什么事，那么着急？

牟芙蓉顿时云开雾散，两根漆黑的眉毛挑了上去：哎呀，今天是青师生日啊，六十大寿！我们早就计划好了，半年前就计划好了，今天晚上要为青师庆生。

我们都不说她六十，我们在蛋糕给她插十六根蜡烛，祝她永远像少女一样美丽。

我们排练了好几个节目，我有两个舞蹈，其中一个还是独舞，把瑜伽动作都用上了，还有莲花手倒立哦。

我们为这次生日晚会准备了很长时间，我还专门订了一套纱裙，效果之好，不摆了。我们肯定不能因为她影响了呀。

还好晚会非常成功。青师说，她感到非常幸福。今天是她最幸福的一天。我们也感到非常幸福，今天是个开心的日子。

郭晓萱觉得后背发凉，这个女人，揣着的那颗心，如同她那条能竖起来贴脸颊的腿一样不可思议。

她站起身，示意她可以走了。

牟芙蓉挺着背，深吸一口气，吐出，然后走出门。

推开门的一瞬，她又回过头来说：警察美女，记到哈，把肩胛骨打开，像我这样，不要含胸。

原载《上海文学》2017年第5期

点评

作为事件与话题的"应学梅之死"不是小说讲述的重点，只能说，老太太的意外死亡是这篇小说的重要事件，由此而牵扯出众多人物及其关系，且侧重人与人之间关系的揭示与表达，既而反映各类人物众生相及当下世情，才是这篇小说的核心内容。小说对当下世相情态的揭示堪称入木三分。

介入日常，透过表象，揭示本质，这应是当代优秀小说家的基本担当与诉求。看似和谐实则裂隙不断的家庭（夫妻、母女）关系，老人们孤独与空虚以及欲罢而不能的晚年生活，人与人之间在交流与沟通方面的深深隔膜，被他人控制的不能自主的个体意识（比如：牟芙蓉的被洗脑），等等，都是对当下社会世相的精准描摹。这样的描写发人深省，很具代表性。

从写法上来看，小说打破了正常的讲述顺序，不仅众多事件交叉讲述，而且事件的发展及结果也不按时间顺序展开。篇幅虽短，但讲述综合了探案小说的推进方式，特别是围绕应学梅之死为中心所采用的、以呼应与悬疑（比如，对应学梅死因的揭示，直到文末才最终明确）推进情节发展的模式，则大大地增强了小说的可读性。

（张元珂）

七层宝塔/

/朱　辉

1

鸡叫三遍，天还没亮。这是个阴天。唐老爹躺在床上愣了会儿神，穿衣下床了。古人闻鸡起舞，唐老爹是闻鸡起床，大半辈子都这么过来了。鸡是个好伙计，冬天日头短，夏天日头长，鸡按季节调整报晓，比闹钟体贴得多。去年搬家，进城上楼，好些旧家什只能扔掉，几只鸡他还是带来了。好在他是一楼，有个院子。说是二十几个平方，其实也就是两三厘地，但没有院子哪还像个家呢？院子虽小，但接地气，通四季。搬家的时候，老两口有几分不舍，也有几分欣喜。毕竟是新房子，毕竟进城了，还有个院子。除了鸡，锄头钉耙粪桶扁担之类，不占多大地方，他也带来了。带来是因为有用，院子虽小也可以种种菜。即使用上了抽水马桶，粪桶也能摆在院角，积积鸡粪。

新房子离老宅五六里地，原来是个大土丘子。土丘被挖掉了，造了新城。搬进来的时候是秋天，按理说青菜菠菜之类都还可以种，不想却根本种不好。土太瘦了。开地时他就知道种不好，土黏滋滋的像橡皮泥，瓦瓷砖石崩得手疼。盘古开天地以来这里就不是庄稼地，菜果然长得异怪，种子撒下去，出倒是出了，却只往上长，什么菜都长得像豆芽。锄掉却也舍不得，偶尔去弄弄，当个景致罢了。

也不能说住新房子哪里都不好。厕所就在家里，方便干净；老宅的厨房在院子里，冬天吃饭，菜端到堂屋就凉了，现在没有这个问题。问题是除了吃和拉，你总还要做别的事。唐老爹以前，每天的事排得满满的。种

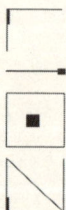

菜，读读三国西游，写写字，接待街坊，再出去转转拉呱拉呱，一天不闲着。现在客厅倒还是有一个的，进了防盗门就是，刚搬来时还有老邻居来串门，现在基本没有了。大概大家感觉差不多，那防盗门像个牢门，串门有点像探监。唐老爹有心去看看老乡亲，但从前村子的格局，路啊，桥啊，大槐树啊，都被抹掉了，房子被垒起来，六层，平的变竖的了，他爬不动。爬得动他也找不到，村子打乱了，乡亲们各奔东西，几十栋楼，长得都一样，他犯晕。

早饭还是老三样，馒头稀饭就咸菜，咸菜也算一样。几十年下来，就这个合胃。用上新厨房，得济的是老伴，她天天夸，夸了个把月。洗衣机也省事。总之她比唐老爹适应，连广场舞都学会了。唯一让她抱怨的，是吃菜还要去买。以前吃不完还要去卖菜的，现在倒要去买菜，而且天天要去。以前是地里有什么吃什么，现在她挑花了眼，不会买菜，而且嫌贵。饭桌靠墙的那一边卷着一沓报纸，上面镇着砚台，现在唐老爹偶尔还会写几张，但今天却没兴头。吃过饭他三个房间转转，朝窗户外望望，叹口气，又转回客厅来了。他看到的都是墙，东西两面是自己的墙，南北透过窗户，隔着路，是人家的墙。他自己一下子都说不清，他想看到的是什么。"家徒四壁"，头脑里突然冒出个词，也知道用得不对。家里其实满当当的，老立柜，家神柜都带来了。家神柜上烛台香炉也照原样摆，可客厅到处都是门，只能摆在朝北的房间里，不成体统。好在这房间并不住人，不糟污，想来祖宗也不至于怪罪。

天阴着，一时半会不会下雨，也出不了太阳，不爽快！唐老爹一时不知道做什么。还是躺在床上睡着了好，一伸手，左边还是墙，右边是几十年的老伴，熟悉，安心。起了床，他竟不知道怎么安置自己这个身子。住老宅的时候，他是黎明即起，洒扫庭除，现在这院子，稀稀拉拉的菜地，不说扫，看他都不愿意多看。可是鸡把他叫起来了。现在他人起来了，身子竖起来了，可是村子也竖起来了，他没个去处。老伴听他说要去买菜，喜出望外，一迭声说了几个好。

出门的时候，老伴正在院子里喂鸡。出了门洞，遇到了楼上的阿虎。阿虎正在捣鼓他那辆面包车，扯着透明胶带往车灯上贴。抬头看见唐老爹，他笑嘻嘻地喊一声"二爹"。按辈分他本该就这么喊，从前也一直这么喊，但今天唐老爹却被他喊得怔了怔。搬到这里不久，这"二爹"就叫不出口了。他们楼上楼下住得别扭，彼此都不舒坦。唐老爹本以为是他看出阿虎的车原来是个破车，阿虎不好意思才礼下于人，但个把小时候后他回来，就知道不是这个原因。他没想到，就这个把小时，家里就出了事。

出门时他当然不知道会有事。他是去买菜的。难不成老伴不知道怎么买菜，他倒知道？不是的。他也就是借机出来转转。没人晓得他早晨站在窗户前张望，是在看什么。出了小区，一抬头，远处的宝塔遥遥在望。不要动脑子，他的脚自然地就朝那边去了。这时他才清楚，他在窗户前找的就是那座塔。看见宝塔，他才觉得安心。耳边传来了"叮叮当当"的声音，是宝塔顶层八个角上个挂的铜铃在风中响，好听。宝塔叫"宝音塔"，西边一箭之地就是他的老宅。老宅已成瓦砾，现在连瓦砾都清掉了，只有宝塔还在。暮鼓晨钟消失了，宝塔还孤零零地立着。这时他突然确认了他夜里睡不实的原因：铜铃还在这里响，可是新房那边听不见。

土路，衰草，野风，唐老爹走得有点气喘。宝音寺已经拆掉一半，僧人早就散了伙，不过塔还是老样子。唐老爹在塔底稍一迟疑，爬上去了。风很大，满塔的风。片刻后，他站在了七层，最高处。

他朝老宅那个方位看看，又在塔顶转了一圈。全平了，地似乎矮了下去。光溜溜的大地，已经被大路小道画成了格子，河填的填，挖的挖，像是刀豁出来那么直。这是未来的开发区。朝北边眺望，黄墙红顶，一排排整齐的楼房，那是他现在的家。家具体在哪里，他找不到，也看不见。可以肯定的是，他将老死在那个水泥盒子里。此刻他满耳的风，心里却空落着，他不会晓得，此刻老伴正在那边又骂又叫。待她找到手机，她的声音才能传到唐老爹这边。

2

唐老爹的步子有点急。他急的不是出的这件事，是老伴那急火攻心的声音让他不敢怠慢。这么个岁数了，火上了房似的，至于吗？不就是几只鸡么？

鸡死了。一公两母，都是腿笔直毛糟乱，死在院子里。那公鸡性子猛，还在唐老爹眼前乱蹬了一阵腿，脖子昂起来挣一挣，彻底不动了。老伴坐在院里的杌子上抹眼泪，嘴里乱骂，哪个天杀的药了她的鸡。唐

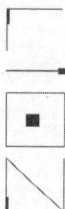

老爹拍拍她肩膀，在院子里转了一圈，东看看，西瞅瞅，心里有数了。院墙外已经有人看热闹，老伴见来了人，骂得更起劲。唐老爹拿眼睛瞪住她，笑着说："没事，没事，"见人家没有散去的意思，只好给出答案说："几只鸡瘟了。"他可不愿意把日子过得像发了案子。他把老伴推进屋里，随手关上通院子的门。老伴说："你当我眼瞎啊？鸡瘟是这个样子？"唐老爹说："那你说是怎么弄的？鸡可是你喂的。"老伴说："是我喂的我才说！我可没喂过那些碎玉米！"说着就开门要他到院子看。唐老爹摇摇手说不用看，他又不是瞎子："可你能说清玉米是哪里来的吗？"老伴手往天花板上一指："不是他家还有谁？"唐老爹摇摇头说不见得："院墙外面也能朝里扔，"他一锤定音，"你不能排除其他方向，就不能一口咬定是楼上干的。"他走到窗前朝院子看看，其实也心疼，但又接着说："即便是楼上做的手脚，楼上也不就只有一家，上面五层哩！我们要讲道理。"

他讲了一辈子道理。这句话一点不带虚的。前半辈子他按道理过生活，年过半百后，他在村里辈分渐渐高了，再加上为人端方，断文识字，无形中生出些威望，还常常要给别人讲讲道理。他们村唐姓是大族，村里但凡有个家长里短、邻里纠纷，都愿意找他说说，评评理。他评理讲的是公道良心，有时比法律还管用。他不是族长，倒常常胜似干部。村干部也尊重他，乐得有个帮手，私下里评价他说，唐老爹虽不懂法律，却懂得人伦民俗。这话传到唐老爹耳朵里，他哈哈一笑，心里说：唐宋元明清，从古走到今，不管你是大唐律大宋律还是大清律，讲的还不就是个天地伦理？他讲了一辈子理，搬进新村却形势不一样了。这房子一叠起来，风水似乎也变了。找他评理的少归少，也还有，但是大多是新问题，唐老爹断不清是非，说了也不管事。这不，眼下他自己就遇到了新问题。这几只鸡。就是个闹心的事。

刚才在院子里一转，他心里已有了数。早晨出门时阿虎朝他笑眯眯地喊"二爹"，其实就不自然。他早就鼻子不是鼻子脸不是脸了。阿虎对院子里的鸡很反感，主要是公鸡不好，早晨乱叫，让人没法睡；二是母鸡也不好，下个蛋嚷个没完，还鸡毛乱飞；三是鸡屎鸡食很臭，惹老鼠。老伴很抵触，说鸡养在我院子里，关你什么事？唐老爹也抵触，其原因更是因为阿虎的态度。一个没出五服的孙辈，一下子平起平坐了，说起来还一条一条的。最后阿虎媳妇连狠话都飘出来了，"他不自己杀，有人帮他杀！"这过分了。有明火执仗或者持刀剪径的味道了。唐老爹不能服这个软。但现在这个格局，楼上楼下的，人家这三条虽说是几次上门来零碎说全了的，但唐老爹总结一下，觉得也不无道理。其他邻居也有给阿虎帮腔的。唐老爹从善如流，折中一下，决定鸡自己处理，一只一只杀了吃。一次性杀掉吃不了，面子也下不来。这可好，人家等不及了，还是一次性全弄死了。

他心里憋气。于是写字。随手写，不临帖。三更灯火五更鸡，正是男儿读书时，这是颜真卿的诗；桑榆郁相望，邑里多鸡鸣。晨鸡鸣邻里，群动从所务，这是唐诗，不记得谁写的，说的是村里有鸡，人各忙各的。现在这里虽然叫新村，但可真不是村了，容不下鸡了。可这下手的也太狠了一点，太阴了一点。唐老爹看着老伴到院子里把死鸡全拎了回来，放在厨房的地上。"你这是干啥？这能吃么？"老伴眼巴巴地看着他，嘴直哆嗦。唐老爹放下笔，把鸡拎回院子说："埋了吧。肥田。"

他不愿意老伴揪着这几只鸡闹事。居家戒争讼，讼则终凶，古人早有告诫的。他其实刚才就看清了毒玉米的来路。墙角的那棵桂花树，也是老宅移过来的，唐老爹看见桂花的叶子上落了不少碎玉米。玉米粒被碾碎了毒才浸得进去，这说明是故意的；落在墙角的树叶上，这明摆了是楼上而不是院墙外扔过来的。不是阿虎家扔的还有谁？

邻居好赛金宝，唐老爹岂能不知？以前是各家大门进各家，虽也有东家树丫伸到西家，这家的鸡蛋生到那家的事，但远没有现在这么复杂。搬到新村后，几个自然村被打散了，这栋楼只有阿虎家原本就是老邻居，唐老爹还蛮高兴。万没想到楼上楼下这一住，好些问题接踵而至。阿虎为鸡来提意见，顺带还提出过院子里种菜不好，夏天到了蚊子吃不消。还说楼下那棵老桂花树太高，树枝长到他们家窗台边，老鼠沿着树爬到他们家，东西都咬坏了。他手一指他家窗户，窗纱还真被咬了个洞。唐老爹无话可说，当即拿把锯子，把几根高枝锯掉了。唐老爹确实讲理，人家说得对他就听。菜地不再弄，除了土太瘦长不好，也考虑到阿虎的意见，索性劝老伴不再折腾。但对几只鸡暗中下手，这让唐老爹吃不消了。从心所欲，不逾矩，阿虎是光从心所欲了，忘了个不逾矩。过分了。

主要还是个面子。好几天过去，鸡埋了，鸡的故事还在新大街上晃

荡。遇到熟人，人家还是要跟他扯起鸡的事儿。他有时眯着眼装聋，有时洒脱地一挥手，"鸡瘟，鸡瘟！你扯哪儿去啦？"就躲过去了。说这事有什么意思呢？他这一贯帮人家调解的人，难不成还要旁人帮自己评理？好事不出门，臭事传千里，这一点倒是乡风不改哩。

其实鸡的事只算是鸡毛蒜皮，其他杂七杂八的还有不少，有的事提都不好提的。阿虎上门来提意见时，老伴忍不住，也反击了两点，一是晚上他们回来太晚，关单元铁门手也不带一带，"咣一声，就像在我耳边打一下锣"；二是晚上看电视太晚，窗户又不关，半夜三更的吵得人睡不着。老伴还有第三，其实她最在乎，唐老爹及时用话岔开。唐老爹补充的第三是请他们晒衣服时尽量挤干些，免得水滴到下面晒的衣服上。他说得很客气，口不出恶言，省得让人难堪。不想老伴不满意，直接指出晒女人内裤尤其要注意，滴水不干净。唐老爹堵住的第三点，是小两口有点不自重，深更半夜在床上折腾，声响不小，老年人吃不消。这一条她没说出，就顺嘴说起内裤，算是旁道出气。那天阿虎媳妇没有跟着来，否则两个女人肯定是一顿吵。阿虎倒不斗嘴，却针对第三点提出了改进意见。他说有院子好啊，衣服可以晒到院子里，除非下雨什么水都滴不到。还说他很羡慕院子，话锋一转，笑嘻嘻地提出能不能租下这个院子。他说院子开个门就是个门面，做什么生意都是呱呱叫。

唐老爹自然是回绝了。他这院子外面就是路，院子离小区大门不远，开个店还真是好市口。但他钱够用，又不是财迷，还不至于拿清净去换钱。也有点好奇，阿虎到底想做个什么生意。自从拆迁迁居，好些村民摇身一变，猪往前拱，鸡朝后扒，各使各的招数，做起了各种生意，东西南北货，金木水火土，齐全。阿虎年轻闲不住，想找点事做很正常，总比那些吃着拆迁款整天打麻将的败家子强。不过他问阿虎打算做啥，阿虎看出他纯粹是局外人的好奇，并不会改变主意，反问一句："你关心我啊？"就把唐老爹堵回去了。

两家真正的计较恐怕就是这事开始的。那是去年秋天的事。

3

计较归计较，日子也就这么一天天过。秋分、寒露、霜降、立冬，唐老爹家用的还是老式台历。搬家时因为一年还没过完，扔掉不吉利，就顺手带过来了，现在倒也不是完全没用。早晨起来，唐老爹说："看，落霜了哩。"老伴说："都霜降了，还不落霜！"出门的时候唐老爹穿少了，老伴喊住他："都立冬了，帽子还不戴！"节气基本也就这点用了。他们不再按节气劳作，暂时还按节气生活。江山新村几十栋楼，夜晚看和其他住宅区没什么两样，白天就不同了。广场上晒太阳扎堆闲聊的人，他们说话打招呼的腔调口音，明显有共性。别的地方的人绝不会谈论节气，他们只知道节日，但这里的人会庆幸已过大寒却一点不冷，或者抱怨小雪大雪都过了，一片雪花没见到。说这不是好兆头，来年虫多，庄稼怕是长不好。

抱怨不下雪的就是唐老爹。有人赞成他，也有人说其实是现在路好了，水泥柏油路，不怕雨雪，你这是盼着雪景玩雅哩。唐老爹被奚落了也不气，人家说的不是没道理。他呵呵笑笑，往前去了。

他常常是不知不觉就转到了宝塔那边。今天刮风，旷野的风迎面吹来，宝塔遥遥在望了，但他却没听到铃声。这有点奇怪。走到塔基下面，他侧耳细听，呼呼的风声中确实听不见铃声。他急忙爬上去，气还没喘匀，就看见檐角的铃铛不见了。他转一圈，八个铃铛都不在，一个不剩。唐老爹蒙了，天空中有鸟儿绕着塔盘旋，翅膀猛一扑棱，不知飞到哪里去了。这里的八个铃铛竟都不翼而飞了！

他一时不晓得怎么办才好。看看塔下面，那一面影壁早就倒了。上面原来写的是：度一切苦厄。现在影壁碎了，散了，看见的只是"度苦厂"三个字。唐老爹头一阵晕。刚才上塔时一圈圈转上来有点急了。他赶紧挪几步，离边上远点。

塔上真冷，他哆嗦起来。下塔时他很小心，寸着脚步一阶一阶地下。到第三层，他无意间朝外面一望，看见了三个人，正从东面过来。这三个人他都认得，居委会的赵主任还有个办事员，可怎么还有个是阿虎？他来这里做什么？

这个问题一下子跳到脑子里，可问是不能问的。你这把年纪腿脚都不方便了还来，人家就不能来？这不讲理嘛。其实还有个问题，那就是阿虎怎么会跟主任一起来，无论是他请主任来还是主任喊他来，都奇怪。不过唐老爹什么都没问。塔下的主任老远看见唐老爹下来，扬手打了个招呼，继续和阿虎说话，他们谈了没几句就要走，事后想来这很有点鬼鬼祟祟

的。唐老爹跟上去，说塔顶的铃铛没了，丢了，一定是被人偷。唐老爹围着塔基东一脚西一脚地走了一圈，当然没有发现有铃铛掉在地上。唐老爹说："只有一个可能，被人搞走了。"

主任也很气愤，说："这说明要采取措施啊，不能就这个样子。"又说："上面文物局不让拆，弄个半拉子。这不留给了收废品的了吗？"还说："要尽快想办法。"想什么办法，看来需要研究，所以他也就不往下说。阿虎在边上插话说："除非找人看着，要不连砖头都保不住。"斜眼瞅着唐老爹说，"二爹，守夜你吃不消吧？"

这语气明摆着挤对人。唐老爹说："那你来！"头一扭，径自走了。

宝塔的铃铛没了，梵音悠扬已一去不回。不久，阿虎老婆倒在二楼的阳台角上挂了一串风铃。他当然不能冤枉阿虎把塔上的风铃拿回了家，这是玻璃的，这么小，但他心里不舒坦，耳朵更不舒坦。这声音薄，碎，轻佻，不过唐老爹渐渐也就习惯了。倒是空调的声音更烦人。阿虎两口子会享福，天稍一冷就开空调，外机就装在唐老爹家的窗户上边。嗡嗡嗡，一阵一阵的，弄得窗户像在打摆子。唐老爹和老伴都后悔他家装空调时没有预见到这一茬，现在再说，难。老伴也硬着头皮笑嘻嘻地说过一句："你们家现在就开空调啦？"那阿虎走路急急的，回头说："嘿，这天真他娘的冷！"抬脚就走了。你说他，他说天，你能有什么办法？老伴一肚子气回家，迁怒于风铃，拿根竹竿就要去捅风铃。唐老爹好说歹说才拦住。

现在总结起来，很多事你应该有先见之明，要长"前眼"，空调的事就是个教训。哪怕你不能提前防备，事后的处理也要有个策略。就像炮仗的事，虽有些波折，却有经验可以吸取。总之，最好不要单打独斗。

去年过年前，街上热闹起来，家家店铺生意都红火了，连居民区的大路上都摆上了许多临时的摊子。大家都在赶"年市"。阿虎也在卖南北货的店铺里匀了个巴掌大的地方，做起了生意。他卖的是炮仗和焰火。这本来没什么，不曾想没几天，唐老爹就不得不管了。他没想到，阿虎竟然把他自家当了仓库！他仓库里摆什么？炮仗和焰火！这是在居民楼，是唐老爹家楼上啊。

开始时唐老爹并没有在意，以为阿虎是拎点炮仗回家，自己过年放着玩。后来就不对了，阿虎的面包车每天都要往家里带几捆；更明显的是，不但有进，还有出，他老婆大概是受他电话遥控，时不时地带人来拿货。这明摆着是个仓库，还物流了。炮仗焰火都是见火就着的东西，是炸弹，是火焰喷射器！城门失火还殃及池鱼呢，这楼上楼下的，岂不是在炸弹下生活？

原来阿虎想租下唐老爹的院子，做的竟是这个生意。幸亏唐老爹有先见之明，拒绝了，不想他拒绝了炸弹进院子，这炸弹绕个圈子，上了楼，倒摆到了他头顶上。唐老爹坐不住了，老伴又气又急，站都站不住了，在家里团团转。鉴于以前跟阿虎打交道的经验，唐老爹交涉前先进行了调查研究，他知道阿虎肯定会说他只是暂时摆摆，实在没地方——这"暂时"两个字是实情，年后，过了正月十五，炮仗生意基本都做不下去。阿虎也一定会说实在是没地方——这也是实话，阿虎匀地方的南北货店逼仄得身子都转不了，确实摆不了多少炮仗，即使摆得下人家也不会让他堆货，人家是连家店，楼上住人哩。这正说明了谁都怕出事。唐老爹住在炮仗下，他明知话不好说也必须要说。他找到阿虎，阿虎果然说出上面两个理由，他做出承诺，保证家里一定小心火烛，一点点火星子都不会落到货上："我比你还怕死！你的命是命，我的命也是命啊！"阿虎嬉皮笑脸的，也许还想幽默一下，"二爹，我比你怕死啊，我们还比你年轻哩！"你听听，这是什么话呀！不光平起平坐，他的命还更值钱了！

4

交涉以失败告终。你总不能使坏放水把他家淹掉。要淹也只有住三楼的人家才有这个地势。唐老爹对选这么个底层真是感到后悔了。从前在村子里，他家的位置那个好啊，整个村子在一个大缓坡上，最高处自然是寺庙和塔，隔一条路，不多远就是自家的宅子。坐北朝南，前面开阔，后面有靠，是个椅圈的架势。现在居于人下，可不就只有受气的份？跟阿虎交涉之前，为了表示诚意，他还把阿虎带到自己院子里，指着晾衣绳子上自己动手做的灯罩一样的"机关"说，你看，你说老鼠沿着绳子爬到你家，可绳子不挂这么高晒不到太阳，我做了这么个东西串在绳子上，这下老鼠过不去了吧？他脸上甚至有些巴结。没曾想阿虎虽点头表示赞许，但说到炮仗，白牙森森的嘴紧得很，就是这么两点：临时摆，小心火烛。更可气的是，他说到小心火烛，意思不光他家自己要小心，楼下唐老爹家也一样

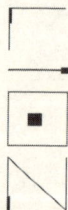

要小心，那意思好像唐老爹家最好都不要开伙了。

对不讲理的人，其实唐老爹是讲不过人家的。晚上的饭当然要做，不开伙喝西北风去？老伴胡乱下了点面，老两口草草吃了，电视开到夜里，上了床还是睡不着。第二天起来，老伴唠叨得他在家里坐不住，他霍地站起，恶狠狠地说："我还不信了！我找居委会去，就不信找不到管他的人！"老伴看他硬起来，劲头上来了，说："我跟你去。"唐老爹手一挥止住她。找政府实属无奈，如果打得过阿虎，他宁愿自己动手，就像最近新村里的一些矛盾那样，自己动手武力解决。既然去讲理，自己就足够。他出门时老伴追着说："你要发动群众！难不成就只有我们怕出事？"唐老爹不理会，出门去了。

事实证明还是老伴更明事理。她更管用。唐老爹找到居委会赵主任，有条有理说了半天，口角都起了白沫，赵主任好像才有点明白。他表态说这肯定不对，却又要唐老爹体谅邻居，说现在百业不旺，生意不好做，熬过年也就罢了。"以后这里也会禁放，你送他炮仗他都不会要。"还说他们没有执法权，没权力上门没收。当然他也不是毫无作为，他给阿虎打了个电话，责成他立即整改。他放下电话，端起茶杯，意思是他已尽到了责任。唐老爹当然不依了，指着桌上的记事本，要他记下来，或者给个字据，保证不出事。赵主任不傻，落字为证他坚持认为没有必要。正争执间，老伴过来了。她不是一个人来的，还带了两个老太，一个是隔壁单元也姓唐的，另一个唐老爹不熟悉，只知道是老伴一起跳广场舞的伙伴。这不熟悉的老太更有战斗力，她说她家虽然住后面那栋楼，但万一爆炸她也没得逃。还说她儿子是武警，消防队的，"你信不信，我叫我儿子带消防车来，把他家滋个水漫金山！"赵主任这下慌了，他最怕的不是滋水，却是唐老爹的老伴。她不是空手来的，她卷了个铺盖扛在肩上，说家里住不得了，她要住在居委会，这里还有空调，还不要电费。

老伴这一招确实狠。赵主任只得把阿虎叫来，勒令他立即把炮仗搬走。"这违反消防法！二十四小时，明天这时候我去现场检查！"赵主任神情严肃，不讲价钱，连阿虎递来的烟都挡了开去。阿虎很识时务，他摆出个二皮脸，对唐老爹等人横眉立目，笑嘻嘻地朝赵主任赔着笑脸。阿虎原先和主任不熟，后来却熟到能一起到宝塔下指指点点地谈事，炮仗的事怕就是个开头。当然这是后话。当时问题总算是解决了。阿虎答应把炮仗搬走。赵主任第二天现场检查，下了楼还到唐老爹家里来了一趟，以示管理严格，验收完毕。

其实炮仗是不是真的搬完，唐老爹并没有亲眼看见。可以肯定的是，此后楼上的炮仗是个有出无进的局面。老两口把心放回肚子里，算是过了个安稳年。阿虎路上遇到了，鼻子不是鼻子眼不是眼的，这是预料之中的，想来事情过去慢慢就淡了。可没想到，还真是冤家宜解不宜结，鸡突然被毒死，就证明了这一点。好在只是几只鸡，不是人。罢了罢了。

阿虎毕竟是晚辈，唐老爹不同他计较。他是看着阿虎长大的。这小子特别顽皮。半大不大的时候，常常点个炮仗往鸡中间一扔，几只鸡以为来了吃食，争先恐后地围过来，"砰"的一声，鸡吓得直往树上飞。后来学会抽烟了，难得也给别人敬个烟。有次一个外地打工的回来，阿虎递上一根烟，还点上火，热情地和对方寒暄。那人吸一口烟，突然嘴边吱吱冒烟，吓得一抖，手里"砰"地就炸了。也亏阿虎想得出来，在烟里卷了个炮仗。他乐得哈哈大笑，笑得直打跌，人家不依了，一把揪住他动了手。这事最后也由唐老爹出面调和。他骂了阿虎一顿，阿虎辩解说他算过的，放的是小炮，又有个过滤嘴，断断出不了大事。那人在外地打工，不比阿虎是个坐地虎，也只能算了。现在想起来，阿虎做炮仗生意，倒也不是没有因由，他就喜欢这些咋咋呼呼的东西。他长成了一条壮汉，但那身子里住的，还是小时候那个鬼精灵。他点子多，也出去打过工，也做过生意，但东一榔头西一棒，未见他发达起来。炮仗焰火果然年后就不做了，阿虎在楼下把剩货一个个点了，噼里啪啦震得各家窗户响。周围邻居都松了口气。老伴双手一拍大腿："阿弥陀佛！"唐老爹也以为他生活中最大的隐患已经解除，"万象更新春光好，一年巨变喜事多"，唐老爹每年要给村民写春联，搬进新村后门上都不太好贴了，当然就不再写，但那些老对子他还都记得，"爆竹声中一岁除，春风送暖入屠苏"。这震耳的炮仗预示着良好的开端，唐老爹不再去惦记阿虎还会不会再做生意。事实上，阿虎的生意换个名堂又继续做了，而且，还会和他们有关，还更闹心。

5

人年纪大了，就不怎么会往远处看，不展望。展望了又能如何呢？

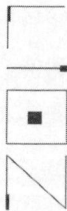

世事无常也有常，除了能看见自己最后会老，会死，其他的你基本上预见不了。唐老爹就没想到，他祖祖辈辈住的村子会被平掉，他的房子上还会有别的人家。他更没想到，宝音寺有朝一日会成为废墟。如果不是村民反对，闹到上面而上面又发了话，连宝塔都会成为一堆砖瓦。唐砖宋瓦清朝的木头，都吃不消那大铁爪子一抓。现在僵在那儿，所有人都以为那宝塔肯定能继续留着，原因有两个，一是建开发区，宝塔并不碍事，还美观吉祥，算是一景；二是宝塔有灵性，动不得，也没有人敢动。拆寺庙那个开铲车的，听说回去就得了"闭口痧"，一句话都不能说了。这第二条唐老爹并不全信，因为传言那人是这个村那个村的，还有人说就是唐老爹原先村里的，可这个不对，没这人。不过他不说破，有点畏惧才好，这传言不正是护塔的金刚么？从前四乡八舍都有个敬天命畏鬼神的老理，遇到事喜欢拿神灵发誓赌咒，我若是怎么，就怎么报应，手朝宝塔那边一指，分量是很重的。唐老爹帮人调解纠纷，这场面他见得不少。没人敢去动那宝塔，他巴不得。根据他从小区广场得到的消息，镇上依然有人在打宝塔的主意，说宝塔占据了最好的"网格"，其实就是地块，太浪费。只不过上面的文物局还没松口，动不了。

这是"上面"的事，镇上归上面管，也怕"上面"，唐老爹对此很有信心。至于"闭口痧"之类，传来传去已成了铁案，应该足以吓住动歪心思的人。可没曾想，胆大的人永远都有，唐老爹那天到宝塔去，竟然发现塔上挂的一块匾不见了！匾上四个字，"佛光普照"。太阳明晃晃地照着，可匾确实已经不在。先是铃铛不翼而飞，现在连匾也被偷，唐老爹简直气晕了。这匾跟他颇有渊源，据说当年清兵南下时，塔过火损了，由他的高祖牵头本乡耆老，捐资修缮，匾就是那时挂上的。他喊几个老伙计去了现场，全都动了义愤。恰巧在路上遇到赵主任，大家群言汹汹，七嘴八舌把情况反映了。

赵主任也很生气，说谁这么胆大包天，这简直是太岁头上动土，老虎嘴边拔毛嘛。他说他知道那匾是清代楠木的，现在很值钱，一定是有人相中了抢先动了手。这"抢先"两个字，其实已透了底，但当时没有人在意。赵主任说这塔现在上面有话，谁都不能动。上面不让动，那就不能动。围着塔的老头老太们你一言我一语，都说这塔灵验，是个神物，宝塔就是气运风水。赵主任这时显出比一般人水平要高，他说这塔是不是文物，现在也还没有结论，要由专家鉴定评级，总之不让拆就要保护；怎么保护他会找派出所会商，这是他们的职责。

阿虎当时也来看热闹。他笑嘻嘻地说，那匾是个好东西，人家拿去了挂在家里，省得风吹雨打的，家里也吉利。两个老太盯上他，说没准就在你家，我们要去看看；就是今天不去，总归我们也能看见。阿虎说你们是偷牛的逮不到，抓我这个拔桩的，谁家能挂下那么大个匾啊？他撇开众人，跟着赵主任，说有事要跟领导请示。大家都有点疑惑，不知他要说的是什么事。阿虎回过头对唐老爹没好气地说："我想开店没门面，要请领导帮忙。你们谁家门面多，想让一间是不是？"他这一说，众人就都散了。

那段时间，整个新村里不少人都像得了怪病，有事没事注意人家的客厅。那匾要是挂在家神柜上方，虽说大了些，确实很搭配。但唐老爹知道，偷来的鼓擂不得，再傻的人也不会把贼赃挂在墙上。可不知为什么，他总觉得阿虎那天凑热闹，路数有点不对。赵主任应承说一定要保护，但明显很被动，不情不愿的味道。他说"上面不让拆就不拆，他们基层就是要服从大局"，这其实话里已有了话，是个不祥之兆，可哪个又能想到，最后是那么个结局？阿虎当时跟着赵主任，说是要找门面，还真弄得唐老爹脸一红，有点不好意思。自从两家因为炮仗闹矛盾，阿虎跟赵主任成了熟人，唐老爹觉得也正常：你的院子不租，人家找领导帮忙，这再正常不过。

他不认为宝塔上的匾和以前丢的铃铛，与阿虎有什么关系。阿虎关心的是门面，不是宝塔。因此他有天看见阿虎的面包车后伸出几根长长的木把子，并没有起什么疑心。车上没有那块匾，这一点可以确定。那长把子家什铲头是圆的，从来没见过。这小子，从小躲着锹、连枷和钉耙，碰都不想碰，怎么弄来这么个东西？唐老爹看不懂，问又不能问。他看看也就走过去了。

事后回想起来，这是个证据。可惜除了那天傍晚看过一眼，那奇怪的家什从此就不见了。自从鸡被毒死，唐老爹就抱定了决不多管阿虎闲事的方针。能忍自安。要等宝塔出了事，他心里才又对那家什起了疑心。

6

那天夜里月黑风高。唐老爹半梦半醒中听见一声闷响，连床都轻轻晃了晃；大早一起来，还没走到广场，路上人已经在传，说宝塔倒了！

好多人跑去看，唐老爹赶忙跟过去。塔倒是没塌掉，但塔基被人掏了个大洞。洞很深，黑乎乎的什么也看不清。有胆大的举着手机上的手电筒，往里探几步，出来时脸都脱了色，喊道："不好了！里面有个小房子，东西被偷啦！"有人纠正说，那不是小房子，是地宫。唐老爹长叹一声道："里面供奉的是佛骨舍利子。说不定还有其他东西，都是宝贝啊。"老辈人说过宝塔底下有地宫，现在这地宫洞口大开了。那一声闷响留下的硝烟还没有全散去，呛人。有人跑回去拿来手电筒，唐老爹弯腰朝里照照，空空如也，除了几块像箱子板的烂木头。

当然去报案了。赵主任显得很着急，立即指示打字员给上面写报告，还说要去现场拍了照片附上去。唐老爹提醒他注意一下塔身，说塔身已经有点斜了。

新村里人心惶惶，好多老头老太如丧考妣，见了面都咒骂挖地宫的不得好死。基本的判断是：外地人干的，文物贩子专干这个，他们不怕报应。更多的人猜测那地宫里到底藏了些什么。佛骨舍利是无价之宝，不好买卖，肯定是金盆玉碗惹了眼。他们说得活灵活现，几个盆几个碗，玉光宝气，好似亲眼看见一般。唐老爹那些天老是叹气，总是睡不实，早晨起来就在家里发无名火，老伴算是倒了霉。她气不过，说："你睡不好就会怪我！"手一指院子外说，"我也睡不好呢！他这车停在我家外面，天不亮就轰隆轰隆的，个破车！你怎么不叫他停走？"唐老爹鼻子里哼一声，坐着不动。看见阿虎的车回来了，他出门迎了过去。

"阿虎啊，我夜里睡不好，被你这车吓得一惊一抽的。"阿虎从车上下来，好像没听清他的话。"我说你这车，"唐老爹大声说，"你天蒙蒙亮开车，为什么要轰轰两下，还又不走？"阿虎应该听懂了，似笑非笑地不答话。这个样子让唐老爹无名火起，他的话不好听："知道你年轻人，有汽车，你车就停在我院子外面我能不知道啊？不轰那几下行不行？"

阿虎脸板下来了："我这是个破车，二手的，等换了新车我就不轰。"他还是笑嘻嘻的笃定模样，"二爹，车你是不懂的。不轰说不定出去就要熄火，熄了火你帮我推啊？"

唐老爹说："那你就不要停这里。"

阿虎说："凭什么？我停你院子里了吗？"

"你就是不能停我家院子外面！"唐老爹老伴出来了，"你不光轰，还有废气！污染！"

阿虎还没开口，他媳妇下来帮腔了："我就停这里。这是我家楼下，我不停这里停哪里？你就是现在去买个车，这地方也还是我们的车位。上厕所也讲先来后到的！"

唐老爹气得直哆嗦。老伴说："你不讲理！"

阿虎说："她还真不是不讲理，我们最讲理。这个地方是大家的，共用面积你懂吗？不懂我讲给你听。"他飞快地上楼，取了房产证土地证出来，摊开来说："图看得懂吧？院子里是你的，道路是共用的。共用就是大家能用我也能用。看明白了吧？"他晃晃手里的证，"这可是法律文书哦！"

唐老爹说："那你这车吐的废气不要飘到我家。"阿虎媳妇说："什么废气！人吃饭还放屁哩！废气在哪里？你抓给我看看啊！"老伴说："好，院子是我的，那我院子里的鸡是怎么死的？"阿虎两口子一愣，阿虎接得快："那得问你自己。病毒无国界。"他后面这一句老两口好半天才听懂，被噎住了。阿虎媳妇挑着眉说："声音也无国界。我家地板就是你家天花板，共用。你能顶，我也能踩。以后别在外面乱说。"阿虎嬉皮笑脸地说："除非你把这楼拆掉，否则我们还是要好好相处，对不？"这倒全是他的理了。

围了不少人，没几个多话的，顶多是劝阿虎口气好一点。阿虎最后这一句，说还是要好好相处，态度像是好点了，但却是个做结论的架势。唐老爹脑子里蒙蒙的，耳朵里所有声音都像延时了好几秒。不知为什么，他这时突然想起了宝塔。回头望去，楼挡着，他知道那塔虽然歪了，但还在那里。阿虎车上早已不见那些奇怪的长把子家什，唐老爹这时怎么突然想起这个，他自己都搞不清。要等到阿虎有了门面，新店开了业，他才似乎想出点眉目来。

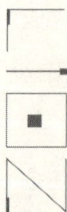

7

阿虎不久弄到了门面。虽不在大街闹市口，但据说是街道自留的一间办公房，他路子可还真是硬。做的生意也邪乎，在不在闹市无所谓，甚至本就不适合在闹市。他的店叫"一路向西天堂店"，专卖丧葬用品。"天地响"一轰，几串万响的炮仗在地上火蛇般乱窜一通，就算是开了张。看热闹的人都有点傻眼，但死人的事是经常发生的，奈何桥上蹲无常，这生意找了个偏门，你说不出什么。他店里货色齐全，别墅花圈、家电汽车、美女保姆一应俱全，当然是纸扎的。更多的是大理石墓碑，光溜溜的，等着把人的名字刻上去。这让人心里发瘆。喜气的倒是那些冥币，一百元的看上去跟真的一样，面额大的是几百兆，"0"都数不清。呵！真是有钱了。阿虎要发财了。

这时候有一张告示悄悄贴了出来。等有人看见时，已经被雨打湿，风掀去一半，但那公章还在，是公家的告示。大家连读带猜，突然就明白，宝塔要拆了！理由倒能看出来，说是宝塔不幸被不法分子盗掘，造成塔身歪斜，已危及宝塔安全。为了保护文物，经上级部门同意，将进行"保护性拆除"，择地重建——这不说白了就是要拆吗？择地重建，那还不知道猴年马月哩！

围观的人站不住了。不少人气鼓鼓地往南面去。唐老爹腿脚慢，他才走出新村，前面脚快的已经回头了，一边嚷着说："别去啦，早拆完啦！"唐老爹稳稳神，继续往前走。绕过挡着视线的楼他就停住了：塔不见了，真的拆掉了！他们看见告示的时候就拆掉了。没准告示没贴出来就已经拆完了。毕竟三五里哩，毕竟也不是所有人都关心着这个塔。人家手脚快，终究还是拆掉了。宝塔一去不复返，白云千载空悠悠。直立千年的宝塔没了，唐老爹的腿软了。他站不住，慢慢蹲在地上。

塔已经没了，连老砖老瓦都已被运走。唐老爹想起公告上的那个公章，可这时去找赵主任有什么意思？两年前这边搞开发区的时候，看到他们把老河填的填，挖的挖，搞得横平竖直的像地上打了格子，唐老爹就去多了嘴，说水无常形却有常势，天水落地流成河；水自己流成的路叫河，你挖的也就是个沟。可人家说他不懂科学水利，这叫"裁弯取直"。他说了半天等于没说。现在再去说宝塔，更是个白说了。

这天唐老爹是被人扶着回家的。刚看见宝塔变成一片白地，他还只是腿软站不稳，回得家来，他连坐都坐不住了。好像宝塔拆掉，他的脊梁也撑不住了。他这是病了。躺到床上，耳朵里呜呜地，有怪声在啸。合上眼皮，眼睛里却清澈得怕人，一座宝塔，通体透亮，屹立在那里。眼一睁开，什么都模糊的，连老伴凑在面前的脸都看不清。

第二天好些了。腿踩在地上硬实了些。他在家里乱转，嘴里还冷不丁冒两个字："阿虎。"老伴看得害怕。她自然讨厌阿虎，但不知道最近又是啥事惹着老头子了，也不敢问。院子外汽车从远处响过来，停了。是阿虎的车回来了。唐老爹眯眼瞅着，冷笑，嘴里说："晦气！"他哆哆嗦嗦找了面小镜子，瞄一下方位，对好车停的方向，把镜子摆在窗台上。这意思老伴是懂的：泰山石敢当，照妖镜辟邪气。她迎合老伴，说明天去买不干胶，镜子就粘在院墙上。看唐老爹这个样子，她实在很心疼。她躲着唐老爹悄悄打了个电话，举报有人在卖假币——说是冥币，其实足够蒙活人。她怕公家不管，加油添酱，说已经有人做生意收到假钱了，不得了啦。她其实只是出出气，为她的鸡报仇，不想公家这次动得快，下午阿虎急匆匆下了楼，半晌又回来了。他铁青着脸，从车上拎下几捆冥币。"妈个逼！哪个要死的撩事，不要以为老子好欺负！"他骂骂咧咧地上楼，不一会儿他媳妇也下来一起拎冥币。他媳妇嘴更辣火，说谁买不起纸钱就站出来直说！死了我白送，要多少有多少！

唐老爹见他们把冥币往楼上拿，有心去阻止，但实在提不上力气。他们瞎骂，他并不知道他们是在骂自己。他只是觉得这东西拿上去不吉利，炮仗是明火，这个是阴风，更堵心。他老伴挂着个脸，有苦说不出。唐老爹一开始还以为阿虎是门面突然没有了，店开不成，这才把货往家拉，后来阿虎媳妇骂得清爽了，他这才知道原来卖不成的只是冥币，门面照开。这就对上榫头了。阿虎明摆着跟公家关系很铁，人家能把自留的房子拿出来给阿虎当门面，这简直就像是在奖励有功之臣。阿虎有什么功劳，唐老爹没法说出来。要证据，他一个没有。宝塔要不是先被炸药掏歪了，不见得会拆。那残留的硝烟味，时不时还在唐老爹鼻子前面缭绕。那就是个大炮仗啊。阿虎的功劳莫不是就是点了个大炮仗？

但这说不得，几乎就是瞎扯。宝塔拆掉后他比画着问过一个老伙计，知道了那长把子家什叫洛阳铲，专门用来盗墓的，但这现在也是空口无凭。阿虎媳妇是个臭嘴，几乎骂了一顿饭工夫。临了，还扬言说，不就是拿回来摆两天吗？上面也就是走走过场，扬扬土迷迷眼，别以为真能得逞，过两天还摆着卖！她扯着嗓子叫道："方便你家做事哩！"

这是在炫耀他们家跟公家关系好，可话太毒了。唐老爹听不下去，很想出去教训她积点口德。但老伴眼神闪烁，怕怕的，他也不敢再引火烧身。他真的是累了。

当夜，清风拂面，冷月照影。他在院子里站了好一会儿。宝塔明月交相映，他能准确找到宝塔原先的方位，却再也看不见如此旧景。睡到半夜，他心口疼。像是有手使劲揪他的心。他忍着。头上出虚汗。这时他听见楼上阿虎两口子又在折腾了。使劲折腾。响。叫。忍着疼的唐老爹倒没叫唤，楼上倒叫唤起来了。那么多冥币哦，说不定就摆在他们的床前，这是个什么架势啊。唐老爹说不出话，他用力推醒老伴，指指自己心口。

后面就乱了。老伴号起来。使劲拍对面邻居的门。打电话。可救护车迟迟不来。车！这当口车就是命！有人敲阿虎家的门。阿虎披着件衣裳出来了。这时候不能再计较了。老伴双泪齐流，拽着阿虎的衣袖求他帮忙。阿虎大概早已听出出了事，随身带来了车钥匙。车后盖一掀起来，两个邻居就把唐老爹往车上架。唐老爹两腿软软的，可一条腿刚被搬上车，却蹬住，不肯上了。老伴急得哭叫，使劲推他后背。他摇头，不说话。老伴看见车里躺着一块石板，闪着黑光，是墓碑，看不清上面刻了字没有。阿虎已经打着了火，他轰一脚油门，又轰一下。唐老爹耷拉着脑袋，目光正对着墓碑边的几朵纸花，那应该是这车给人家送货时花圈上脱落下的花。

原载《钟山》2017年第4期

点评

伴随当代城乡变迁，不仅乡村自然风貌发生巨变，而且世道人心亦然。唐老爹一家搬进新式楼房，但生活态度、处事方式及心灵状态依然停留在传统的乡村世界里，同样一同住进新楼，阿虎一家则快速融入世俗化的生活秩序中，无论日常心态还是趋利诉求，都显得与众不同。所以，他和阿虎一家绵延不断的日常纠纷可看作是传统与现代两种生活方式的冲突。阿虎形象、言行及其处事固然让人生厌，但他实在是当代中国城乡变迁所塑造出来的人格形象的典型代表。他庸俗，趋利，自私，但也不乏一点善意——实际上，是从传统乡土文明中继承来的——这样的描写让人信服。如果说宝塔的倒掉象征着传统乡土世界的消亡，那么，唐老爹的病危也是对传统乡土文明所塑造的文化人格趋向式微的预言。但是，这种冲突在作者看来并非截然分明，而总是呈现你总有我，我中有你的混沌状态。比如，虽然唐老爹与阿虎一家屡发冲突，但在绝大部分时间里也算各行其是；虽然阿虎满脑子功利，不仅药死唐老爹养的鸡，而且遭窃文物，言行和处事让人厌恶，但紧要关头，他也对病危中的唐老爹施以援手，拉他去医院。这样的描写颇显人性表现的真实与深度。

（张元珂）

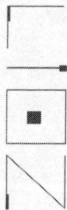

枕边辞／

／鲁　敏

1

今天两人都有些激烈，像两团纸，彼此都被搓揉得不成样子。这会儿，他们理直了、平铺，尽可能地摊开，好像正上方有一个巨大的扫描仪。

接下来通常该是迷糊而宁静的阶段。她却开口讲话，"知道吗，我从来就不是清纯少女"。

他未及接话，她早有腹稿似的，举起一长串例证。她高中时下了晚自习常到公园去转悠，偷窥长椅上搞花样的情人。她在电梯里被人捏过屁股，真的捏，很疼，可她气儿都不吭，真想那家伙再捏上一把，为此她可以一直坐到顶楼。她同时交往过三个男朋友，日程排得紧张而严谨。她尝试过"摇一摇""漂流瓶""陌陌"，还匿名到网上发表过体会报告。"无耻吧，看我多无耻。"她高兴地辱骂自己，"讲出来可真痛快！我早想着要向你交代。吓着了吗？"

他做出惊愕的样子，出于礼貌。她小他十来岁，又是单身，这本就蕴含一切可能。再说他这个年纪，还有什么会惊吓的。

"我敢打赌，每个人肯定都有一大堆儿这样的事情。"她在"这样的事情"上加重语气，表情随之也变得凝重起来，"但只有在枕头边，像我们这样，跟特定的人，才能和盘托出……"

"特定的人？"有点儿累，他不愿显出疲态，尽力抓到核心字眼。

"对，特定的人，并且还是在特定的情况下。"她有意停下，侧过脸看他，"你对于我而言，就是这样的人。了解不深，不可能到爱的地步，因此特愿意什么都对你说。"

"谢谢，我……"他让自己听上去有点儿感动。她对他的这种依恋，是在赶时髦吧。女孩们似乎很乐意通过一个半老不老的家伙来寻求与延长青春期。离婚后的这些年，他碰到多例。

"你也讲点儿吧，这样才公平。你讲一个，然后我再讲一个。"看起来，她今天是想把自己挖个底朝天。

"我更想听你说。你说得好。"他知道这时应当如何应付。

果然，她按捺不住地讲起大学时期与舍友的一段同性接触，似是而非。她伸手到床头摸到手机，举到两人眼前，在图片库里一张张捞，要找出那个女孩儿的照片。许多人脸滚动着，她偶尔解释，"我表姐。这是在陪老板喝酒。跟同门师弟。这是我老妈"。

他突然插嘴，"她多大？"

"我们同一年生的呀。"

"我问的是你妈妈。"

她皱着眉继续找照片，"她33岁才生的我，你算呗。呀，找到了，帅不帅？你看这眼神，我那时真的很迷她"。

"那她62岁了，属兔？"他突然翻身坐起，抢过手机，把照片往回倒，"让我再看看你妈妈。"

她试图把手机夺回，"哎，我好不容易才找到。她可算是我第一个'恋人'呢！"

他精神振奋，放大她和她妈妈的合影，研究似的端详，"身体倒是不错。可头发这么白了？我看这种珍珠项链不适合她，显得老气。她不化妆？好多女人都这样，自己先不要自己了"。

她鼓着嘴巴不吭声。

"你们家有美人基因。"他抬头敷衍一句，眼光又落到照片上，"你妈妈如果注意减肥会更好，头发染一下，换个发型。其实，62岁，并不算很老的……"

她把手机一把抢走扔到床下："搞什么啊，有老头子托你介绍对象？你可知道，"她尽力掩饰愤慨，"我正在对你说……说出我的一切啊。"

他索然噤口，躺下。隔了一会儿，没头没脑地，"我上午在医院，呆

呆坐了一个小时"。她关切地挺起身子，他挥手，"去拿报告的，顺便坐了会儿。坐在体液检测中心那个区域，就是查血尿屎的地方。人们庄严地移送着各种小小的容器，表情峻迫地走来走去。我就一直坐着看他们的脸。我喜欢'体液'这个叫法，真该替人们化验更多的。比如口水啊，泪水啊，汗水啊。"

"还有精液！"语调欢快。她说服自己不要生他的气。他对她总是漫不经心，打发小孩儿似的，可某种程度上，她又喜欢这一点。

他眼睛定住，好像又看到了那些面孔，"医院里有许多年老的女人，比大街上要多。"

"像我妈那样的？"她似懂非懂。他这人就是有许多让人迷惑的阴影。同样的，她也喜欢这一点。

"有62岁的，也有的都70多了。"他认真地回忆，"我留意她们的病历，可惜有的没填上年纪。"静了好一会儿，带点沉吟地，"你那同性恋讲完了？那要不，我也讲一个我的吧。"

她眼睛一闪，这是从未有过的。莫非他终于感觉到了：今天，是不一样的？

"有点长，你不要打断我。"他表情显得隔阂，眼神也像抛物线一样，一下子甩到遥远处了。

2

那时我在外地读中专。有天突然接到电报，说爷爷病危。连夜到长途汽车站，总算买到张站票，次日七点半发车，到县上再转车，顺利的话，夜里能够到村里。

不幸第二天来了位老驾驶，又打开水又抠眼屎又跟熟人闲扯，磨磨蹭蹭过了八点还不开车。我等了大半夜已经很累，又急，就催他。那老油条反而把腿翘到方向盘上，甩来一长串下流话，我急得用老家的脏话来回敬，但还是吃亏，因为没人听得懂。众人都不吭声，只在各自的位子上瞧着，大概都觉得我就不该招惹司机。

正难堪着，有个女人从后排站了出来，先大声骂我，"这死弟弟，念书念呆了。"一边从哪里摸出一根烟，亲手点上，用嘴吸熟了，递给那司机。她涂了红指甲与口红，轻浮得漂亮。老家伙很吃这一套，乜斜着我，一边受用着红指甲把烟塞到他嘴里。车子抖动着发动了。女人扯着我往后排走，一边低声用老家话表扬我刚才骂得好，并补充了几句更为恶毒的。呀，老乡。我一下子得到安慰了。

为了找座位，她继续宣称我是她弟弟，有意发挥着她特有的优势。我不太愿意她这样，但的确有效。有个男人独自带着女儿，女孩儿晕车，她像母亲一样凑坐过去，跟男人拉话，抱起女孩儿替她掐虎口，哄她睡觉。小姑娘醒了之后，她才带着半条麻木的胳膊坐回来。我坚持要站，她却又跟邻座老头磨叨上了，最终让我挤在她那一侧，她则往老头那边靠。老头瘪着嘴，随着车速东倒西歪，倒到她这边的概率要大得多。并不能怪老头，她的肩膀软软的热热的十分舒适，我也瞌睡地靠上去，像几百年没挨过枕头。

……一觉醒来，坏消息。车子抛锚了，老司机正发着脾气。天色近晚，人们乱糟糟地往下拿行李。一家小旅店来了两人殷勤帮忙：大生意来了，都得在这里住一个晚上，等明早的替换车子。

我没行李，她倒有三个包，我替她拿了两个，瞌睡而懵然地跟在众人后面，绝望地想着，爷爷啊你可要等我。住宿的事情，她一手替我办了。等回过神儿，发现自己跟她已经在一个房间了。

"我可以报销的，反正两张铺。再说他们都知道你是我弟弟。"她挺有经验地用绳子把三只包串在一起，"这种路边店，单人住反而不安全。你正好替我保护这些东西。"她把头发挽起，麻利地又掸床单又拍枕头。我呆站着，我还从没有住过旅店。

她抱怨房间有霉味，没窗户，也没卫生间。她出去打开水，要来两只杯子。买了大饼和茶叶蛋，还替我买了牙刷毛巾，两人轮流出去洗漱上厕所。我木然地，她怎么说，便怎么行动。她发笑地逗我，让我猜她的职业。

"猜……不出。"我结巴了，但愿脸没有红。我的专业是机械，班上总共三个女生，都轮不到我跟她们讲话。

"在姐姐跟前还这么个怂样，将来要吃瘪的！"她不满意，用土话骂我。

"我有姐姐，她才不这样。红指甲、红嘴巴，你太妖精了。"对嘛，讲土话！我稍微放松一些。

"所以才叫你猜嘛。别人都是一眼就看出！"她急性子地自己介绍起来。原来她是唱淮戏的，还是剧团的半个负责人，本省唱遍了，就到外省唱，这一趟就是"跑业务"的，也收些旧账。她朝墙角的行李努努嘴，"那是套行头，吃饭时，扮上了就能唱"。小有得意地压低声音，"钱收回来也藏在里头，松泡泡的人家以为就是衣服。"

房间里两只灯泡，一只坏了。黄而暗的光里，我悄悄打量她。眼睛并不很大，但眼梢向上，黑眼珠总像在流动。嘴唇有些棱角。头发很重，原来拢成一把的，现在又滑了下来。

"这么说，您是演员。"我不知怎么又换成普通话，并理理衣服。昨天打了半天的球，运动服都没来得及换下，但愿没什么汗味。

"屁个演员，跟要饭的差不多。"她脆声骂着，"反正啊，干什么都是要饭。你念的什么学校？将来会做什么？看你这瘦条条的，能干什么呀。"她可怜似的眯起眼瞅我。吊梢眼，可真好看。

"要饭。"我学她的腔调。

"不许乱讲，一定要做大干部！"她教训我，又续满杯中水，"哎呀，一天没喝上。"她仰起长脖子，水从嘴角溢出，她爱惜地伸出舌头舔，好像那是神仙汤。我看得有点惊怔，胸腹中说不出来的空洞，一时移不开眼睛。她从杯子上方锐利地盯我一眼，遽然起身，拉掉灯，"歇吧，明天要早起。"

没有窗户，一黑就是全黑。

我脱掉运动服，摸进被子躺下，耳朵却一下子灵敏了。她那边的动静十分清晰。先是脱掉拉链外套，然后褪掉长裤，接着是衬衣：我自认为每一步都推测得很准确。她这会儿身上应当没什么衣服了。她没有立即躺下。是了，总要套件睡觉衫嘛。她果然又做了什么动作，这才掀开被子。她的床重了一重。我试图回想，我姐姐以前是穿什么睡觉的？汗衫还是背心？却怎么也想不出。算了，她跟姐姐完全不像的。

本来就不是姐姐。

这个事实突然让我很不自在，一下子清醒了。从昨天接到电报，一直迷糊着，直到这会儿心里才开始抽疼。不跟老司机吵架，车子就不会坏了，就不会整整耽搁一夜了，我竟然还跟一个漂亮演员睡在一屋里，并且在仔细听她脱衣服。爷爷最宝贝我了，我这是干什么。我躺不住，恨不得抽自己的脸。我扯被子蒙上头，不让她听到我在淌眼泪。

被子外没有声音，太闷了，我又悄悄拉下。看来她是睡着了。我又有点儿失落，这才觉察到床很软。

我此前只睡过两种床，家里的木板床，宿舍里的铁架子床。都一样的硬。我用手划着床单，想起一个电影。那里头也有很松软的床，男主角打女主角一个耳光，她倒在床上，弄得床直晃。老早看的片子，这会儿全想起来了。男女主角很快和好，双双滚在床上……我意识到，我下面有情况了。真不要脸啊。我翻身把脸埋到枕头里，憋着气，很长时间，直到慢慢挨过去。

很疲倦，可就是睡不着，也不敢翻身，喘气也觉得响，莫名其妙地紧张极了。不久脚又抽起筋来……总之，极为难挨，真不该白天在车上挨着她肩膀睡那样多的。

"哎。"她突然招呼我，"睡着了？"声音很轻，听来却像敲锣打鼓，戏台要拉开似的。

猛然想到她点烟递给老油条的样子。是演员呢，什么做不出。我暗中捏起拳头，一边紧咬着牙，命令自己：我睡着了，我不能动，我一定不要动。

床弹了一弹，她坐起了。两只脚瞎子似的先后摸到鞋。磕磕绊绊碰到我的床，停住，继续往门口摸，摸到大门，改了主意，又折回。手里拿了什么，再次经过我的床。这回没停，径直到她的那边。腿关节响了一下，然后是"哗"。

天哪，她在小便。就在这房间里小了，就往脸盆里。声音多响啊，简直是瀑布，黄果树大瀑布。

她也被这巨响吓得停住了，停了一会儿，改成一小股，停一会儿，再一小股。真是的！这更可怕。我不得不等着，听，再等，再听。她刚才水喝得太多了。这小便特别长，长得我都能在黑暗里看得见了：看到她的短裤褪到了脚面，她是怎么样蹲着的，白白的大腿与小腿如何交叠，又是怎么在一阵一阵地小便，那脸盆中间有朵颜色艳丽的牡丹，她的液体在花蕊间飞溅。我看得实在太清楚了。

总算结束了，她轻吁一口气，舒服了。接着很慢地，比先前更耐心地、无声地往床上爬。准以为根本没惊动我呢。

我挺生气的，并且发现我也想小便了。这难道跟打哈欠似的，也传染

吗。也好。我立即翻过身，一个鱼打挺起来了。光脚板打地，使劲儿找鞋子，还故意咳嗽。我东撞西碰地往门口走，一路拍着墙找开关。

"别开灯。"她突然出声，"也别去外头厕所，那里估计没灯。再说你出去了，万一有人进来……这是路边店啊。"

又拿路边店吓我。但我知道那厕所，大小便堆在一起，积了多少天的。

"就在……盆里吧。反正明天不用的。"她看来也拿被子蒙上了头，声音不大明亮。

我有些气恼，但实在是要小便。只得依她所言。我摸到她床尾，拿脚踢踢盆子，尽量对准位置。这回该是尼亚加拉大瀑布了。我故意学她，中途也停下几次，发现是有点难度。

她噗地笑了起来，把头伸出来了，"原来你在装睡！不过姐也一直没睡着。"她特地强调出她是姐姐。

两个人的尿液混合在一起，发出臊味，并不难闻。小时候，我们姐弟几个都是共用便壶的。

不过，她哪里是我姐呀。我好像揪到什么歪理，走到她的床尾，一屁股就坐了下去。她的床弹了弹，我和她都被晃悠了一下。我自己先吓了一跳，这是要干什么？

她也同样地质问，"哎，你要干什么？"

"床太软了，没法睡。"我挺委屈的。身上的汗背心太松垮了，不保暖。我打个喷嚏。

"快回床躺着，或者裹点儿什么，外套，被子也成。"她声音带点儿慌张。

我听从了最后一个建议，不客气地从下头揪起她一半被窝，裹到我身上。我的脚不小心碰到她身上哪里。我猛然发现：她上身是空的，根本就没什么睡衣。

我一下子不能够做主了，简直是有人把我往水里推。扑通一声，我掉到她被窝里去了。扎猛子似的，我把头和脸尽可能地往深里埋，不顾一切地埋。她上身其实有件小内衣，太小，又松开了。我到处能碰到肉，海绵一样，我也像对待海绵似的胡乱挤压。我用脚掌压着被角，整个被窝被我弄得像个密封的盖顶。我觉得这样就不会有任何人知道我在干什么了，包括她。

她可能真不知道吧。她嘴里呜呜啊啊的，没词，只拼命扭着身体推我。徒劳地扭了前面扭不得后面，推了上面推不了下面，被窝里乱透了。我要爆炸了。

然后我就爆炸了。

我水淋淋的脑袋被她拖到枕头上。她还是不让开灯，摸索着从外套里找到几张手纸塞给我，又让我把背心脱下来垫在床单上脏了的位置。她同意我继续留在那里，但身体离我尽量远。我僵硬地躺着，羞愧与狼狈使我全然失去了活力。

"我那衬衣容易皱，又没带别的褂子。我当自己是姐姐的。"语气带着检讨，好像这是她的错。

我不吭声。

"多大了？"

"18。"照老家的习惯，我讲的虚岁。

"老天啊，快两代人了。好在刚才没有真的……"她离我更远一点儿。隔了一会儿，她伸手敲了一下我的脑袋，"就知道你还是个娃娃呀。从来没有？"

我承认了。

"不要急，以后会有的。会有好多呢。"她是想安慰我，可听来却很刺激。我绝望地发现，我又有反应了。

"你，有好多？"无措中，我竟这样反问。

"一般人都是这样想的。唱戏的嘛……"她顿住。因我正往她那边蹭，又想往被窝里钻了。

"你刚刚为什么哭？"她冷不丁问。

我一下子动不了，想到爷爷。耻辱与忤逆把我给锁死了，下面的坚硬给吊绑在绝处。

"家里有事？那更不能的。"她就势把我往回推，她的手碰到我哪里，哪里就针刺火烧。我真是觉得要死了。救救我啊！我绝望地死命抢到她一只手。

她往回抽，抽不动。她叹气，"要不，我给你讲故事吧。"

她倚在她那边的枕头上，依然离我老远。全然的黑暗中，我们只有两只手连在一起。黑暗，既是体己的掩护，又纵容着烈火，如同我与她的尿腥，满溢出奇特的交融感。

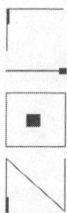

她讲不同的人怎么吃她的豆腐，村里农民和县里戴眼镜的，方式不一样的。她讲半夜被叫去喝花酒，三四个男人就她一个女客。讲候场时被对手男演员猛地亲了个嘴，一次她算了，两次也忍了，以致成了习惯，后来每到这场戏都要亲，后来学戏的还以为这是规矩……

她的声音那样的放荡而娇气，在我耳边细细地吹。我哪里听过这些啊，真气恨她这么风流，还讲得这么活灵活现。我难以忍受，我把另一只手悄悄伸到短裤下面。她知道我的动作，只接着讲。她正讲到两个有情有义的追求者，一个是乡里文书，一个是打鼓的。后来她与其中一个要好了。她甚至讲到要好的细节，在哪里，她怎么样，那人又怎么样……她的手摩挲着我的手，手掌相贴，缓缓地拉动着包揉着，有力而温存。

要死啊，我真的又要死了……这一次，死而复生了，锐利地脱了壳般的感觉。

她停止讲述，好像带我走完一个仪式。等了我一会儿，她才用手揩掉我脑袋上的汗，声音骤然有点儿苦咸，像午夜的海水扑打而来。"真怪啊。你这娃儿太招人疼了，心里疼身上也疼……可姐哪能坏了你，随便怎样，姐不能的。"

听懂了，可我能说什么呢。我把脸贴到她掌心里，这唯一可倚靠之处。

"唉。"黑暗中，她的叹息像一床薄而大的被子，把我们俩都裹在里面，"这样你就还是个好好的男娃娃呀。睡吧，这下能睡着了。"她拍着我，轻轻地一直拍，真的像在哄孩子睡觉。

"要多大，才不算娃娃？"

"在我这里，你一直都是。"她笑着，假笑，"我比你整整大16岁呢。你记好这个。"

3

她可能也听得有些瞌睡了，他讲罢好久，才反应过来，不信，"就这样？"

"我第二天中午两点半赶到家里，见到了爷爷，他吃了我喂的半勺米汤，走了。"

"我是问，你们最终都没有那个？"她口气有点儿矛盾。

"就知道你会关心这个。当然我也关心。"他语带自嘲，接着往下，"四年后又见过一次。我从中专考了大专，毕业后却进了另一个行业，她一定费了许多周折，才找到我工作的地方"。

他停住，不是卖关子，是等待那个场景的重新浮现。

"她是晚上来我宿舍的，衣着比本地晚一个季节。她只字未提她的山水迢递，只磨磨蹭蹭地说着题外话。老是掠耳边的头发，抚弄裙子上的皱褶。一条丝巾解了系上，系上又解下。每一个动作都竭力悠闲，同时拼命搅动着四周的空气，急迫地呼唤我。听到了，我一直都听到了。她向上的眼梢里，水一样地流动着浓情。她身上发香，看上去处处绵软，像处于身体的巅峰。我那时已谈女朋友，有了多次那方面的经验。她太吸引我了，比18岁那晚还要强烈一百倍。"

她支起上半身，很有兴致了，"这么长的铺垫，可终于等到了。"

"抱歉，没有什么。旧事历历在目，18岁那晚所没有发生的，后来在我身上所发生的，像两只拳头共同暴打着我。我既伤心又愤怒，心里全是冰冷的火。她应当在那一晚跟我好的！这时候辛辛苦苦找来有什么用，我都不再是娃娃了。我强忍住对她的饥饿，把心扔到盐巴里腌。我用非常明显的方式冷淡她。她脸色慢慢黄白，发僵，眼神都转不灵便了。终于，她低头看表，一边抬腿往外走，差点儿扭了脚，嘴角露出那晚唯一的皱纹，'看，我真糊涂，都忘记时间了'。"

"老天！你这多伤人。"她愤愤的，尾音却泄露出某种平衡。她猜到会是这样，他身上向来就有这种无情的因子，不独对她的。

"她最后那一句，是双关的。准以为我是嫌她老了。"

"本来就是。你们男人都是。"她别有深意地看他，好像全天下的女人附体在身。他并未看她，他们的眼光总也碰不到一块儿去。

"我，不是。"他简洁地纠正，"其实我后来找过她好多次。她的剧团被合并了，她到一家小公司做出纳，她到幼儿园做保育员，她返聘到社区管计划生育。我每次回老家都会打听她所在的地方，会跑到对面的小店买东西或吃面条，像要跳楼的人那样犹豫，要不要跑过街去找她？我……始终没有，至今没有。"

"嗨，这犹豫什么！"她咽口干唾沫。他有心肠的，对那个女人。

"原因很多。心理，生理，现在大概已经是精神上的了。"他快速地概括，显然也琢磨过多次，"还有具体行动上的。我总也想不好、总也拿不定主意。我，怕得很。"

"我看是你怕自己，薄情寡义的，会辜负她！"她下判断，像比他本人更有研究。

"一年年过去，阴天驮稻草，这犹豫越来越沉重了。"不理会她的评论，"去年，我对61岁敏感。前年，是60岁。我总关注着比我大16岁的女人。这成了我长期的习惯。小区里碰到邻居，在单位里跟同事聊天，到外地出差，随便哪里，我都会留意那个年纪的女人。我留心她们的发色和嗓音，手和脖子上的皮肤，走路的速度，是否戴老花镜，是否还穿裙子。我依此来推想她的样子，并试图根据这个想象，做出决定：我是否去跟她见面，以及见面之后，我打算怎么办。"

"你希望她还是女人，而不是老人。"再次打断。

这回他面容有动，小幅点头。

"听听，那不就是怕她老了！承认吧，没别的缘故。"更加不客气了。

"不，不是。我心里真不是这样。"他企图修正，又无从辩解，苦恼地陷入这个小小泥沼。

她故意一拍手，"怪不得你对我母亲那样有兴趣！"她忽感不忍，他若果真是一个多情的人，就应当会预想到，很多年以后，她也会这样想到他的。

"是啊，请多包涵。"他记起讲这故事的初衷，勉强一笑，"你妈妈身体算是好的。刚才在医院，碰到好几个62岁的，有的白内障看不见了。有的胖得只能穿男人衣服。有一位，都在轮椅上了。"

"干吗跟她们比呀，我妈也不行的。"她反而鼓励起他，又捞出手机来，好像那是如意百宝箱，快速地翻找，"喏，给你瞧我师娘，比我妈还大半岁，看不出吧。穿得比我都时髦，每周游泳三次。人家可是淮戏演员，会保养的，起码得是我师娘这个样子！"

他推开手机，毫不领情，"她是该老了，比我老16岁"。他发出牙疼似的声音，"我一次次错过最好的时间。她40岁时见下就好了，45岁也成，尤其是我生儿子的那一年，我下定决心都拨通她电话了。她'喂'了一声。我一慌，马上就挂了。那确乎是48岁的声音了，太残酷了。放下电话，半天都走不动路，我一下子也老了许多。"

她妒忌了。更喜欢他了。

"觉得我老了吗？"他突然问，谦逊地，额头临时起了一排皱。

"所以我才喜欢你啊，否则我会这样？"语中带烫，她几乎都动情了。可说完就知道，这根本不是他要听的话。

他神情一淡，眼神又抛远了，像条孤独的金鱼，只在他的那只小缸里游动，"连我都有白头发了，真不敢想象，倘若跟她见面……"

"那就不要想了。"她果断地替他拿主意，"我也是女人，我敢打赌：她一定不要见你。我跟你也一样，一旦到了某个界限，那就是最后一面，一辈子的最后一面……"她刻意地紧盯着他，差点儿就要说漏嘴了。他如果看看她，只一眼，会明白的！

他急于分辩，"不一样。我跟她之间，绝对不是老不老的问题"。他再次否认，也是向自己强调，"你不会理解，我有多想她，她肯定也一样地想着我这个娃娃。这些年，我总是回忆那个晚上，她给我讲的那些黄色小故事，估计并不是真的。她既要护着我，又那样体谅地想帮到我。多想跟她并排地躺着，让我好好地待她一回。可我不知道，真要见了，我能不能那样待她，或者说，那合不合适……"

她感到说不出的疲惫，顺着他的话，重新想了想，"要不，什么也不做，你就跟她讲讲枕边故事好了。你结婚又离婚，有几大箩筐的韵事，可不就该跟她说说！我敢保证她一定乐意听：你这娃娃可长大了！"

他终于正眼看她，慎重考虑这个建议，但没有立即回应。良久，脸上显出羞愧、犹豫的样子，都有点可怜："可我总得先决定好，见不见她啊。"

车轱辘又倒回来了。唉，他就不能留意一下眼跟前的人吗，今天可是不一样的。她决定换话题，"对了，你刚才去医院，拿什么报告？"

"报告。"他咀嚼着这两个字，又回到医院，"那个轮椅里的62岁，我推了她一圈，攀谈了几句，她得的是癌。"

"行了，那又不是你的那个她。"

"也可能是她，更可能是我。万一就是我呢，你说，我该不该去找她？"他面上突地露出一丝喜色，好像找到出路。

"你！"她惊吓地捂住嘴，胳膊上一层鸡皮疙瘩，"我就感觉到，你刚才在床上很反常。原来你今天？"

"我只是假设一下。"他不耐烦地，"迟早的事嘛。她或者我，有一个要死了，我们就再没机会了。这一点，真要能逼上一把，倒也算值了。但是，"他挑剔地皱眉，又想推翻这个逻辑，"用绝症来促成见面，不好，也不对。这并非我要见她的本意。不行，我得再想想。"

"她，或者你，绝症。"她重复，被突至的悲恸所挟持，"行了，不要做这些负面的假设。不是都爱讲随缘吗，虽是陈词滥调，但就不必负责任了，随缘吧。"

"根本没有随缘这回事。我若穿过马路，就能见上她。反之，就永远没有。"他一字一顿，像朝自己胸口打空心子弹。

"我跟你之间，我是打算随缘了。"她突然噎住，憋了一大口气，"接下来……我要正式谈男朋友了，结婚的那种。"

哦，结局来了，可不嘛。他露出欣然之笑，"好哇，祝贺，早该贤妻良母了。等你结婚，我要给你送份大礼，说说，想要什么？"

"随便好了。"她突然起身穿衣服，"有点儿凉了，你不觉得？"像是完成计划，急于要离开这里。他听出她的情绪，但不理会。她这么年轻，会过去的，出门大概走上150米之后就好了。他看着她穿衣，从内到外。

……她穿得特别慢，有意拉扯着他的目光。她展示她的耻骨与臀。她的后背线，她的乳头，她的胳肢窝，套上丝袜之前的脚趾与大腿。她的每一个动作都像在说，你好好看看我，像初次见到一样的看，像不会再见到一样的看。

他还是走神了。"其实，如果真去见她的话，我才不会说那破箩筐里的风流事情。不会说你或任何女人，不会说到我的妻儿，也不会说到离婚。都不会。你知道吗，在她面前，我可完完全全又是个男娃娃了。"他声音飘飘的，像飞到了白色云朵之上，有种幸福感，夹杂着童贞的悼念之情。

"那你倒是说什么呢？"她已扣好最后一个扣子。她想她并不太难过。她凝望他的鬓角，他的双下巴，他左额上一个黄褐的斑点。她要记住他此刻的样子，他就要从男人成为老人了。

"没准，嗯，讲讲老早以前的事情，比如第一次遗精，我记得可清楚了。初三第一学期考数学，卷子难得要命，我本来就最怕这门课，收卷的铃声一响，我吓得勃起了，发现还有大半张卷子没做，猛然就出来了。"他遽然拿手掩住额头，发出类似笑的声音。

"啊哈。"她也接近于一笑。全身穿戴齐整，可以出门了，她拎上包，挺负责地追问，"你最后跟我讲句实话，那报告，到底严不严重？"

他把手拿开，脸上涌现强烈的失望，好像她问了一个最愚蠢、最无关紧要的问题。他愤怒地张口，她突然拦住，"算了，你不要说，我不想知道了。都一样不是吗。再见"。她与他道别，像个商务秘书，一本正经，毫无色彩。

原载《芒种》2017年第7期

点评

男人和女人之间，性的连接必不可少，性是一种交流方式，特别的交流方式。有的人交流能力强一点，有的人弱一点，以这个角度切入男女之间的关系，《枕边辞》做了一种尝试。

枕边说的话，一定能构成一种特殊的文类，披着隐秘的色彩，心扉敞开，交出自己，寻找回应与安慰，小说就在这种设置中展开，两次枕边辞，一次的辞言说另一次的辞，二者又构成了隐约的同构——身边的女孩正是多年前床上枕边的那个"男娃娃"，物换人非，故事却固执地重复着自己。

男主人公18岁时遇到一个大他16岁的女人，路边店中初次奔涌的激情令他对姐姐难以忘怀，却迫于世俗压力而无法跟她在一起，越不能在一起，越念念不忘，要不要去见面几乎成了他一辈子的阿姆雷特之问。这次促成爱发生的，是性的冲动，阻挡爱继续的，是门当户对年龄相当的社会条框，被压抑的性之爱不能实现，如羽毛之情，却压在主人公心头永久不能去除，如泰山之重。一个人一段情，不过沧海中一粟，作家打捞起它，用文字凝固住这点点思绪，放在人们的眼前凝视，即使不能成为诗意闪光的红豆一颗，也能成为考量何为自我的一面小镜子吧。在这一点上，不要谈什么时代的进步，文明的辉煌。

（王雪）

送韩梅/

/李 铁

上

江林的冬天要比关内的冬天长一个季节，江林多雪，整个冬天都被厚厚一层雪压着，喘气鼻孔里也会冒出雪色的气体。江林只有一家电影院，名字不叫电影院，叫林业俱乐部。是林业局的礼堂，林业局开大会的场所。没大会开时，俱乐部便放电影，所放影片基本与其他城市的电影院一个频率。看电影要买票，林业局职工享半价优惠，来售票窗口买票的人手里大都捏着一张工作证。江林的人或多或少能和林业局扯上关系，借到一张工作证不成问题。买到票，揣进衣兜，手褪进衣袖，踩着积雪拖一溜嘎吱嘎吱的声响走。

俱乐部有两名放映员，老黄和老吉。老黄五十多岁，叫老黄挺正常，老吉不过三十出头，叫老吉也没谁觉得不正常。老吉的家在某林场住宅，离老林子近，离城里远，俱乐部在城中心位置，老吉上下班，单程要走一个多小时。老黄和老吉两班倒，一个早上七点到午后两点，另一个午后两点到晚上八点。二人不轮换，永远是老黄上午班，老吉下午班。老黄爱好木雕，下午是他在家干活的时间，老吉偏爱睡懒觉，他想不出还有什么事比上午赖在被窝里更舒坦。晚上八点最后一场电影散场，正好与附近的江林高中下晚自习的时间重叠，俱乐部和学校涌出两股人流，嘎吱嘎吱的踩雪声响成一片。每个人嘴里呼出的白气汇成壮观的团状，在一人多高的半空中如吹起无数颗白色气球。

老吉和同住一栋家属楼的老秦是棋友。棋是中国象棋，没事的晚上，蹲在荒楼前脚手架上绑着的灯下杀几盘。荒楼是附近住户的叫法，其实是一座烂尾楼，承包商收了林业局的钱，不知什么原因，在楼主体快完工时跑路了。林业局不接收，这座楼就一直闲着，楼的房间之间没有完全隔上，门窗也没有安装，连楼外的脚手架都没有拆掉。下棋是在冬季以外的季节，冬季蹲这儿，不出十分钟，人会冻成冰棍。这也是两年前的事了，老吉上了下午班，回到家都是晚九点以后，吃口饭，洗洗漱漱，就到了上床时间。虽然同住一栋楼，老吉并没去过老秦家，老秦也没来过老吉家。江林虽偏远，依然染上了城市的毛病，邻里之间互不打扰。老秦是林场的伐木工，有一双粗壮的胳膊，老吉和他在灯下比过胳膊的粗度，小老秦十多岁的老吉胳膊比人家细了一圈。

一天晚上，下班的老吉被老秦截在荒楼的灯下。天是黑的，地是白的，老秦的脸一半黑一半白，又被灯光罩上一层黄，看起来挺怪异。老吉说，这么晚这么冷，我可没勇气下棋。老秦说，我不是找你下棋，是找你帮忙。

老吉说，想看电影了？

老秦说，没闲心。

老吉说，那我能帮你啥忙？

老秦说，高中不是挨着俱乐部吗，你下班正好和俺家姑娘下学是一个时间，我想求你带她一起回家。

老吉说，送你姑娘回家，你信得过我？

老秦说，信得过信得过，你是个好人。

老吉早就听老秦说过，你是个好人。老秦这样说源于一个突发事件，两年前夏天的一个晚上，老吉和老秦正在这儿酣战，一串女子的尖叫声从斜刺里传来，救命呀，救命呀！二人从棋盘上抬起头，朝传来尖叫声的地方看去，只见荒楼的一处楼口一个男人正向一个女人动粗。老吉率先跳起，奔过去，叫那男人放手。男人松开女人，从腰间拔出一把短刀，冲老吉说，她是我老婆，家里事，你别管。女人说，不是，我不认识他。老秦拉住老吉说，走吧。老吉用比老秦细一圈的胳膊甩开老秦，拉住女人就走。那男人扑向老吉，二人扭打，老吉的胳膊被刀扎伤，老秦冲上来，用比老吉粗一圈的胳膊夺过男人手里的刀。男人逃了，女人得救。老秦对老吉说，你是个好人。

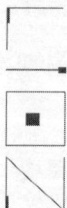

送一个女孩回家怎么想都觉得是一个负担，老吉犹豫着。老秦说，我也不想给你添麻烦，以前都是我接她，现在，那个原因你也应该知道的，我没法再让自己平静地去接她了。老吉心头一紧，结束犹豫，说，好，我答应你。

老秦的姑娘叫韩梅，韩姓随了母亲。老秦的家是二次组合而成，老秦带着自己的女儿秦丽娜，韩梅的母亲带着韩梅。韩梅比秦丽娜大两岁。老吉见过韩梅，邻居嘛，总会有碰面的机会，但没说过话。在老吉的印象里，那就是一个看过也就忘了的邻家女孩。

第一次送韩梅那晚下雪了，下雪天在江林的冬季是家常便饭。老吉在最后一个观众走出俱乐部后才走出来。江林高中的学生比电影观众多，观众们走远了，还会有一些学生陆续往校园外走。老吉走到校门口时刚好看见韩梅走出来。夜晚的雪花像一张深色窗帘上的白色小碎花，一地积雪如散落的灯光。老吉凑过去，说，你爸叫你以后下学和我一起走。韩梅表情平淡，显然事先已知道这种安排。她没说话，点点头。二人撞开那张白碎花的窗帘，踩着灯光向前走。

用十分钟就走完了城里的路，接下来的一个小时都将走在林间的那条大道上。道是板油的，能并排驶过两辆汽车。冬季积雪厚厚地盖了一层，这里的路是不撒除雪剂的，雪天多得如南方梅雨季节的雨天，除雪是除不过来的，雪路才是江林冬天的道路。二人在雪路上走，夏季半个小时就能走完的路，冬季要走上一个小时。道边是深不可测的森林，有白桦树、红松、云杉、柞树、胡桃楸等，和北方人一样，都是个头高大的树种。树枝上顶着一头积雪，这使原本黑暗的一切褪色，天地一片深白。

老吉的妻子是个爱唠叨的年轻女人，老吉把事情跟她讲过后就后悔了。她开始问这问那，埋怨他没事找事，她细碎的声音和窗外的雪花一样飘得没完没了。三岁的儿子在两室一厅的房间里穿来穿去，玩具、不是玩具的玩具随手抛出，和他母亲的声音一起，划出让人眼花缭乱的轨迹。

老吉一个人坐下来吃饭，妻子和儿子在这个时间不可能还没吃饭。妻子一边看电视一边不时扭过头看他，嘴上依然是汹涌的江河。妻子是个好看的女人，当初见第一面时他就被她的好看所吸引。一路发展到今天，她的好看已经被她的唠叨层层盘剥，在老吉眼里所剩无几。淘气的儿子也是一种盘剥，他使母亲所剩无几的好看在父亲眼里破碎成灰，不成形状。

妻子说，老秦真会占便宜，嘎巴嘎巴嘴，就把你给绑住了。

老吉说，顺手牵羊，捎带脚的事，算不得绑。

妻子说，顺手牵羊是拿了东西，你又没拿他啥东西。

妻子瞪大眼睛，又说，莫非，你想占人家姑娘便宜？

老吉也瞪大眼睛，说，你可不能乱讲，人家姑娘还未成年，这样讲话丧良心。

妻子也觉得自己这句话有点过分，说，我不过顺嘴一说，你较啥真呀！

老吉说，都不当真最好。

妻子说，老秦的家庭太复杂，别和他走太近了。

老吉说，除了下棋，我和他也没啥共同语言，想走近不容易。

老吉说得没错，他和老秦从来没有过下棋以外的接触。老秦是伐木工，森林、木头、电锯、下棋，老吉也想不出他还能说些啥话题。现在的林子都是新生林，已没有老树可伐，伐木工大都下岗转行，谋别的生路去了。老秦是少数被林场留下来的工人，实际上他也已经转行，从伐木工变成了护林员。现在的老秦偶尔也会讲一讲林中野物，随着新一茬林子日益茁壮，野物在林间已不鲜见。有一次，老秦居然还遇见了一头黑熊。有惊无险，对峙片刻，黑熊不慌不忙地走开了。

老吉喜欢的话题是电影，他从小就喜欢看电影，后来有了网络，便在电脑上找所有能找到的电影看。他的口味不高不低，阳春白雪和下里巴人通吃，好莱坞的老片他看，新片他也看，法国、伊朗的文艺片他看，宝莱坞的搞笑片子他也看。电脑终究是电脑，片子再好也找不到在影院里观影的感觉，那种灯光暗下来的氛围，那种屏息凝神的等待，那种震颤耳鼓的音效……他会心跳加快，手心出汗，浑身酥痒，甚至魂飞魄散，老吉和人说话，三句不离本行，可好多人对他的话题只是嗯嗯啊啊地敷衍，这难免令他失望。

老吉说，今天俱乐部放映的是新片子，女主角长得挺好看，有点像你不说话时的样子，一脸的冷艳。先跟你讲一个场景吧，一个三四十年代的老楼，楼里房间之间是相通的，朱红色的楼廊已经掉漆，里面空无一人。妻子插话道，怎么有点像咱这儿的荒楼？老吉说，别打岔，天昏地暗，四周静得要死，月光照在墙壁上，身披黑色风衣的女主角出现了，她面无表情，一步步走上楼梯，夸张地占满银幕的身影，硕大的绛紫色嘴唇的特写，脚步声像菜刀一下下剁在菜板上……

妻子打断他的话，说，别讲了，我看你是中邪了。

老吉说，别忘了，当初我就是靠讲电影故事才把你勾到手的。

妻子说，都怪我涉世太浅，当年听你讲故事，故事不过是一条通向异性的通道，故事本身是啥我压根没听见。

韩梅用钥匙开门，进屋，关门，换拖鞋，通过只有十平方米的客厅进属于自己的那一间卧室。她低头走，像走进电影已经开场的俱乐部，黑暗而寂静，只有电视机里的声音不知好歹地响着。破旧的长沙发上有两双眼睛在看了她一眼后，又转向电视屏幕。继父老秦通常这个时候不会说话，母亲为了顾及继父的情绪也不会跟她说话。她在这个时候的两双眼睛里如一个陌生的观众，只能小小心心去找自己的座位。

进卧室，关门，把自己包袱一样甩在床上，一种坍塌般的疲惫在身体里发出了嘎巴嘎巴的声音。晚饭已经在学校里吃过了，她不饿，床头桌一碗冒着热气的面条虎视眈眈。面条里放了香菜和香油，一股香味在房间里盘旋，犹如柔和的薄光，她原本缩成一团的心开始松弛。躺了一阵儿，坐起，强迫自己吃了那碗面。嘴都不擦，脱衣，钻被窝睡觉。

这个家是在韩梅十岁那年组建的，房子是老秦的，两室一厅，总面积不过六十平方米。一室是母亲和老秦的卧室，另一室是她和秦丽娜的卧室。两张床倚着窗户对面摆放，中间的过道只能一人通行。另一边搁着衣橱，上半部是她的，下半部是秦丽娜的。还有一张小桌二人共用。老秦性格温和，说话和风细雨，秦丽娜性躁，说话炒豆子似的噼噼啪啪，看来是随了她亲生母亲。二人相处，多半是秦丽娜主动，姐姐长姐姐短，围着她套近乎。在人面前秦丽娜表现欲极高，唱歌跳舞从不羞臊，她六岁时跟人学过二胡，十岁了，二胡拉得如泣如诉，令人惊叹。都夸她长得俊，又有内秀，长大了一定有出息。

秦丽娜偏瘦，一双眼睛在脸上占了相当大的比例。她的长相随了老秦，老秦明眸皓齿，身材修长，应该算得上美男子。母亲和老秦的相识，完全是母亲主动，老秦被动。母亲是林业医院的护士，老秦患阑尾炎在医院手术，母亲不但包下了他的陪护，还照顾秦丽娜的吃喝拉撒，这两项工作都不在她的职责范围内。母亲用实际行动感动了老秦，二人才走到一起。有人跟母亲说，老秦是个伐木工，没啥出息。母亲说，我瞧着不舒服，出息了又怎样？我瞧着舒服，不出息又怎样？韩梅和母亲搬过来后，韩梅夜里常常被母亲房里传出的怪异声音惊醒，好像是母亲发出的，有点类似林子里锯木头的声音。韩梅和秦丽娜一起出现在别人面前时，受夸奖的往往是秦丽娜。有一次，韩梅的几个同学来家里玩，女孩子嘛，聚一起就是吵吵闹闹欢声笑语。秦丽娜爱凑热闹，起初几个同学嫌她小，都不理她。她说我给你们唱首歌吧。唱的是"小螺号滴滴滴吹／海鸥听了展翅飞／小螺号滴滴滴吹／浪花听了笑微微……"几个人没在意，她又找来二胡开始拉，拉的是名曲《听松》，琴声如风吹松枝，又如细水长流，和外边开始解冻的河水一样，在风声中有一种汩汩向前的气势。几个女孩子被震撼了，都说秦丽娜是个精灵，一点都不像韩梅。一点都不像？精灵的反义词该是什么？妖怪？笨猪……韩梅的脸憋得通红，想说什么，又一句话也说不出来。

韩梅十二岁那年春天，班主任带着全班同学去踏青。江林的春天来得迟，五月份了，树枝上、地面上才萌出一点点新鲜的绿芽，有风吹过，凉飕飕的，却已是春天的凉，没有了刺骨的寒气。大家蹦蹦跳跳，玩累了，坐下来唱歌。先是齐唱，后又一个接着一个独唱。轮到韩梅，她脸憋得通红，一个字也唱不出来。班主任说，韩梅，你这么腼腆可不行，将来走向社会是行不通的。韩梅咬咬牙，想好了一首歌，使出浑身力气刚要开口，同学们身后挤出了秦丽娜。也不知道她是什么时候混进来的，她站到韩梅跟前，朗声道，我是韩梅的妹妹秦丽娜，我替她唱吧，小螺号滴滴滴吹／海鸥听了展翅飞／小螺号滴滴滴吹／浪花听了笑微微／小螺号滴滴滴吹／声声唤船归喽／小螺号滴滴滴吹／阿爸听了快快回喽……歌声清脆悦耳，像一只蜻蜓在人们头上来回地飞。唱毕，大家鼓掌。班主任说，韩梅，瞧你妹

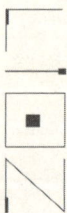

妹多大方多可爱，你以后要跟她学习，别越来越像个闷葫芦。韩梅的脸憋得要渗出血来，她觉得自己鼓足勇气终于要唱出的歌被秦丽娜顶回去了，她通向一个开朗女孩的路就这样残忍地被堵住了。这使后来的她愈发沉默寡言。回家路上，就两个人时，韩梅终于冲着秦丽娜爆发了，她选用了自己所知道的最恶毒的字眼骂了秦丽娜一顿。

进家门，秦丽娜哭着告状，老秦冲秦丽娜发了脾气，说你和韩梅我都了解，你们俩闹不和，我不用听原因就知道罪魁祸首是你，娜娜，你给我听好喽，以后不容许你再给姐姐添乱。母亲冲着韩梅发了脾气，她说我也不管啥原因，你比妹妹大你就不该惹她，你把她弄哭了就是你的错，你要是不把她给我哄笑了，我饶不过你。老秦和母亲比赛似的说着自己亲生孩子的不是，秦丽娜破涕为笑了，二人依然没有停止说道。

二人都相信对方的表现出于真心而非表演，他们对对方孩子的好体现在琐碎生活的每一个细节。洗好了一盘梨，母亲总会挑一个品相最好的递到秦丽娜手里。餐桌上只剩下一个鸡腿，老秦总会趁秦丽娜还没有伸筷子时，抢先夹到韩梅碗里。有一次，学校开家长会，老秦没时间参加。韩梅和秦丽娜开家长会的时间重叠，令韩梅不愉快的是，母亲走过她班级的门口，继续往前走，走进了秦丽娜的班级。还有一次，邻居家的一条恶狗咬伤了路过的韩梅和秦丽娜，老秦送两个孩子去林业医院，碰巧医院只剩下一个人量的疫苗。老秦沉吟片刻，让医生把药开给了韩梅。

韩梅十四岁那年，秦丽娜十二岁。秦丽娜依然喜欢跟在韩梅屁股后边。夏季的一天，学校午后教师开会，学生们提前放学，二人回家到门口，韩梅才发现自己忘带了钥匙。二人无处去，去了附近的荒楼。午后的太阳毒辣，即使是在不太热的江林，太阳地里依然会让人出汗。荒楼一共五层，还没有安装门窗，墙是红砖的，褪了色，呈灰蒙蒙的老红色，墙外脚手架还没有拆，那些用铁丝绑在一起的木杆有的已经腐朽，有风吹来，会落下一层层的木质碎末。韩梅上楼梯，秦丽娜跟在后边。房间与房间是相通的，从这边的房间，会感觉到有风从其他房间吹过来。四周寂静，阳光从没有遮拦的窗户投入，让四周笼罩在一种略显诡异的光线中。脚步声显得很夸张，说话声比外边的音量似乎大了好几倍。秦丽娜开口唱歌，小螺号滴滴滴吹／海鸥听了展翅飞……歌声在房间里乱撞一气，拖出一溜回音。

韩梅上到五楼，搬块砖头坐下。通常时候，这里不会有人光顾，这使韩梅有了一种别样的安全感。秦丽娜坐不住，一个房间一个房间地乱窜，说话，唱歌。韩梅不理她，静静坐着什么都不想。

尖叫声从隔壁房间传来，像陡然蹿起的火苗。救命呀！救命呀！是秦丽娜的声音。韩梅跳将起来，奔隔壁。看见窗口外边的脚手架上，像挂着一件衣服一样挂着秦丽娜，她的两脚悬空，两只手紧紧攥着脚手架的一根横杆，脚下是五层楼深的地面。韩梅的心一下子坠入深谷，呆住了。

救命呀救命呀……秦丽娜继续喊。

韩梅呆愣愣上了窗台，跨出去，一只脚踩上脚手架，一点点向秦丽娜靠近，每挪动一点点，横杆便颤动一下。她试着把手伸向秦丽娜，就在要抓住秦丽娜的手时，她的手又缩回来。她想，如果秦丽娜抓住她的手，就有两个人同时掉下去的危险。伸手，缩回；再伸手，再缩回。在伸、缩的挣扎中，一声惨叫，秦丽娜掉下去了。

秦丽娜死了。母亲扇了韩梅三个耳光。她说，你为啥不拉住你妹妹？韩梅颤抖着肩头，一句话也答不出来。老秦没有埋怨韩梅，只是不再和她说话。埋怨她的除了母亲，还有学校的师生，他们说她怕死，为了自己的命不救妹妹的命。她就这样被逼上了悬崖，她知道自己只能眼睛一闭，跳下去，从此一个人在崖下行走。

好久才能睡着，睡之前韩梅总会盯着对面的空床发一阵呆。空床上的被褥和秦丽娜活着时一模一样。两年了，没有半点改变。

这一晚是晴天，天空中星星十分清晰，像俱乐部天棚新安装不久的那些射灯。老吉和韩梅深一脚浅一脚往前走，两边的林子已经沉睡，没有风，空气如纯净水一样干净，被冷冽的天气冻出了波纹状，有一种流淌的感觉。沉迷了好一阵，老吉觉得应该说些什么。说什么呢？他想起了电影。

老吉说，你喜欢看电影吗？

韩梅说，没时间看。

老吉说，那就听我给你讲电影吧。

老吉讲了一个俱乐部刚刚上映的影片，叫《爱情限量版》，主演是刘

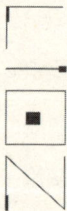

若英，是一个人独自出去旅游的故事。一个女孩因为某种原因心情不佳，决定出去走走。见韩梅听了没什么反应，就又讲了一个《带我远航》的电影。也是一个女孩独自旅行的故事，韩梅还是没什么反应，他就又讲了一个叫《无人驾驶》的电影。这是一个有关爱情、家庭、活着的故事，有些人为爱而逃，有些人无法承受生命之重，毅然出走……快到家门口了，老吉才停住讲述。他下意识地看看身边的女孩，她依然没什么反应，她的表情像被冻住了，和雪地一样暄软而冰冷。

第二天晚上，老吉又给韩梅讲电影。这一次他没有讲俱乐部放映过的电影，他决定来点小众的，大多数人没看过的，他在电脑上看过的电影。他先讲了一部伊朗影片《一次别离》，女主角因为生活一团糟而逃离丈夫，回到了娘家，但娘家的生活还是一团糟。讲完他扭头看韩梅，韩梅一脸冰霜。他知道自己过高地估计了韩梅的欣赏水平，一个高中女孩的趣味应该是通俗的，大众的才对。但不知为什么，他还是想讲有些品位的电影。

第三天晚上……第八天晚上，老吉一个电影一个电影地讲下去，当讲到一部叫《楚门的世界》的电影时，他意外地发现韩梅的眼睛里出现了一种好奇、热切的光芒，这光芒之于老吉是一种鼓励，冷得要僵硬的身体渐渐软化，有了温温绵绵的感觉。《楚门的世界》里，男主角驾驶着一艘小艇历经巨大的磨难离开港口远航，在一望无际的大海里，他感到了从未有过的快乐与自由。可海的另一头有什么呢？他讲到这突然不讲了，电影里海的另一头是一个巨大的布景，按下按钮，后边出现的是一个与原来并无二致的荒谬世界。他不忍心把后半部分讲出来，他讲的其实只是半部电影。这半部电影起到了一种破冰效果，韩梅与他终于有了应该有的互动。

韩梅问，布景后边是啥？

老吉说，电影到这结束了，布景后边是个谜。

韩梅说，那一定是个无忧无虑的世界。

老吉说，可能是吧。

第N个晚上，老吉讲了一部叫《偷香》的意大利电影，是一个女孩寻找自己亲生父亲的一次冒险旅程。这个电影对韩梅产生了新的触动，她不时扭过头，盯住老吉的脸，老吉觉得自己的脸一阵发热发痒，有点像冻过了，突然闯进一间暖室。

韩梅说，我想去俱乐部看这个电影。

老吉说，俱乐部不演这样的片子，不过网络上有。

韩梅不吭声了，老吉也闭了嘴。咯吱咯吱踩雪的脚步声浮上来，响得震人的耳朵。

居然是韩梅先开口，说，你知道老秦不是我的亲生父亲？

老吉说，知道。

韩梅又说，你知道秦丽娜是怎么没的？

老吉又说，知道。

本来嘛，江林不大，秦丽娜的死曾轰动江林。

韩梅又不吭声了，老吉也没有接着这个话题说下去。

有一晚，下雪了。有风，有时还会是旋风，这使雪花陡然卷在一起，盘旋，又忽地散开，如打个喷嚏。这一晚，老吉没接到韩梅。他在雪天雪地里等到学校门口没了一个学生，走进校门，打更的师傅拦住他，说，这院子除了我，没第二个人了。

老吉只得一个人往家走，边走边给老秦打电话。

第二天下午，老吉接到老秦的电话，说韩梅昨晚一宿都没有回家。

晚上，老吉还是没接到韩梅。

韩梅失踪了。这件事和秦丽娜的死一样轰动了江林。至少有一周，江林倾城而动，几乎每个人都在寻找韩梅。

下

丹城的冬天和江林的冬天一样长，丹城是距江林最近的大城市，也是全国冬天温度最低的城市。整整一个冬季，丹城都被雪覆盖着，高高矮矮的房屋、树枝，压着一头白发般的雪。墙角、路边也是雪，只有马路中央露出柏油路面。天空不飘雪了，铲雪车、撒除雪剂的车立马出动，竭力保障这座城市的畅通。

丹城大学坐落在丹城市中心的位置，因为曾有欧洲传教士活动，校园里还保留着几座教堂一样的建筑。这些建筑的墙皮是老红色的，门窗和楼顶是深绿色的，被到处都是的白雪衬托，显得肃穆、幽深。保安老吉每天在校园里巡视，路过这些建筑时，他总会多看几眼。不知为什么，他老是

觉得自己注定与这些建筑有某种神秘的联系，如果不是在过去，那很可能在未来。

老吉已经来这里做了两年保安，因为无林可伐，江林萧条，俱乐部也停止放映电影了。老吉和林业局的大多职工一样，到外边的世界谋生路。老吉来到丹城，先是去电影院找工作，没找到，他又无其他技能，就应聘做了保安。学校的保安除了看门就是巡逻，发现可疑情况及时报告，维护学校安全。保安分白班和夜班，两班倒，今天白班，明天夜班。老吉偏爱夜班，夜幕降临，一个人拎着配发的警棍在校园里走，很悠闲，很有想法。特别是下雪天，雪花犹如一些老相识，从过去的时空飘荡而来，易碎而不朽。

老吉的家离学校三站地，走这点路对他来说小菜一碟，他每天步行上下班。房子是租的，两居室的老式格局，和江林的家差不多。有时他会产生一种错觉，家还是那个家，只是世界发生了位移。

老吉的妻子和过去一样爱唠叨。有一天，老吉说在学校门口遇见了老秦，他乡遇故知，老秦见了他亲热得不得了，中午二人还在路边小馆喝了一顿酒。妻子问，谁买的单？老吉想说，当然是我，老秦是客，怎么能让人家买单？但出口老吉紧急刹车，改口了，说，当然是老秦买单，老秦主动跟我套近乎，他不买单难道让我买单？妻子又问，他又求你啥事了吧？老吉说，也不是啥大事，就是求我照顾一下韩梅。妻子瞪大眼睛，老吉说到这，自己也瞪大眼睛，这个令他当时无比吃惊的消息，此时出口竟然如此轻轻巧巧。

妻子说，韩梅找到了，怎么找到的？

老吉说，他没说是怎么找到的，啥时找到的，他只说韩梅在丹城大学读大二。

妻子说，老秦搭理韩梅了？

老吉说，时间能改变一切，他总不能永远不搭理韩梅吧？

妻子说，他让你照顾韩梅，怎么个照顾法？

老吉说，很简单，就是让我上夜班时，下晚自习送她回宿舍。

这件事成了一根绳子，被妻子拉拉扯扯，乱成一团。老吉开始后悔跟妻子说这事，好多事情都是这样，本不该说的他总是忍不住说了，说了又后悔。他觉得自己这辈子就在忍不住和后悔之间来回拉锯。

这天晚上下雪了，老吉站在教学楼门口，身后的雪花还是像一张窗帘。韩梅在他的印象里就是一个雪中的女孩子，四年后的见面，韩梅还是顶着一头的雪花。就好像她是从失踪前的那个夜晚走过来，中间的岁月被巧妙地剪掉了。

吉叔，想不到还能见到你。韩梅说。

想不到。老吉说。

我妈说你就在丹城大学，我惊呆了。韩梅说。

你爹他说你在丹城大学，我也惊呆了。老吉说。

二人开始并肩向女生宿舍走。教学楼到女生宿舍有大约七八分钟的路途，其间要路过一个人造湖，一片林子，一座小山。丹城是座山城，城里的路上坡下岭很正常。值得一提的是校园这片林子，不大，却都是一人搂不住的老松树、老桦树，这样的老树在江林林区已经看不到了，林区的树年龄都还小。

老吉说，以后每天晚上，我都送你回宿舍。

韩梅说，谢谢吉叔。

因为要送韩梅，老吉和别人换了班，从这天起，他开始一直上夜班了。这次见到韩梅，老吉觉得她变得爱说话了。女大十八变，除了爱说话，她身上也有了一种具有冲击力的大姑娘气息。听老秦讲，老秦和韩梅的母亲是一起来丹城的，为的是找学校解决问题。韩梅和同寝室的室友闹矛盾，据说还动了手。韩梅要求调寝室，遭到校方拒绝，母亲就和老秦赶到学校找负责寝室的老师理论。老师说，学生间出点矛盾不是稀罕事，都要求调寝室，那学校不乱套了？韩梅的母亲说，学生打架你们不解决，是失职。老师急了，说，不是我失职，是你们家长失职，和一个同学处不来，是两个人的毛病，和同寝室三个同学处不来，那就是你家孩子的毛病，带孩子看看心理医生吧！双方争吵，不了了之。老秦对老吉说，韩梅一个室友的男朋友扬言要收拾韩梅，白天人多没事，就怕晚上下自习课的路上出事。老吉说，交给我吧。

走过人造湖，走到那片林子。林荫小道，两边的树木使行人显得相当渺小，小道上铺满了雪，脚踩上去和踩江林的雪没什么两样。往前走，仿佛回到江林下学的路上。老吉扭头看了一眼韩梅，心头掠过一丝类似羞怯

的感觉。

韩梅说，吉叔不讲电影了？

老吉说，电影看得少了，没啥可讲的了。

韩梅说，那就听我讲吧，一肚子话不说出去憋得慌。

韩梅开始讲自己的寝室，四人寝，四张床，上下层，上层睡觉，下层是箱和桌。女生在一起爱攀比，比长相，比家境，比穿戴，比男生缘……韩梅的长相和对床的朗琴属于同一档次，是好看那一类的，和她睡对头的马丽丽和斜对角的贾玲玲属于同一档次，是不好看那一类。四人的关系原本是韩梅和贾玲玲走得近，朗琴和马丽丽走得近。所谓走得近，就是一起去吃饭，一起去上课，在寝室里，谁和谁的话都不多。每晚睡前的一两个小时，大家都躺在自己的床铺上看手机，用微信或其他社交软件与人聊天。能够谈心的往往是远方的陌生人。与寝室的同学聊天，有时也是在手机上。

后来，韩梅发现贾玲玲和马丽丽走得近了，有时马丽丽和朗琴一道走，贾玲玲会甩开韩梅，追上去和马丽丽套近乎……老吉对那几栋女生宿舍熟悉得不能再熟悉，但仅限外边，里边却是个陌生世界。他听得糊涂而新鲜。

第二天晚上，晴天，有月光和白雪，走路像走在白天。老吉和韩梅步子缓慢，不时有三三两两的同学擦身超过他们。等走到女生宿舍门口，他俩身后已经没有了第三人。

老吉也想过，自己陪韩梅这样走是否合适，韩梅和同寝室的女生闹翻，总不会和其他同学也闹翻吧，他这样和她走，会不会使自己成为一堵墙，挡住韩梅与别的同学同行呢？

韩梅还是讲她的寝室。贾玲玲跟她疏远了，她应急调整，主动靠近朗琴。这样，寝室里的两个阵营重新划分，两个好看的女孩亲近，两个不好看的女孩抱团取暖。和朗琴的关系，韩梅是主动的，她的亲近方式是送小礼物，比如她买发卡，本来要买一个，她一咬牙会买两个，另一个送给朗琴。这些小礼物除了发卡，还有胸罩、围巾、书本、内衣……起初朗琴是推辞的，架不住韩梅的攻势，也就半推半就了。朗琴的回报也是小礼物。有时是尽力而为的亲近。

但是，矛盾还是出现了。朗琴看上了同班的一个帅哥，她想方设法靠近，帅哥却有意回避。朗琴情绪上的变化瞒不住韩梅，她决定去帮朗琴的忙。

不过七八分钟的路程，韩梅讲着讲着宿舍就到了。老吉站在门口看着韩梅在视线里消失，转身，往回走。

第三天晚上，韩梅接着讲她的寝室。韩梅找到那个帅哥，开始讲朗琴的好话，朗琴是班干部，为人处世的能力没的说；朗琴的父亲是国家干部，母亲是中学教师，家庭背景没的说；朗琴本人要身高有身高，要脸蛋有脸蛋，长得没的说……她讲得密不透风，帅哥听得十分耐心。她闭嘴了，帅哥说，我也承认朗琴的条件不错，但爱情不是做买卖，爱情有很重要的一点，就是说不清道不明。她问，啥意思？帅哥说，对她没感觉。她又问，为啥？帅哥说，说不清道不明。她接着问，那你对谁有感觉？帅哥说，对你。她惊呆了，问，为啥？帅哥说，说不清道不明。她想逃走，他一把拽住她的胳膊，她挣扎，力气有些弱。他用力拽她入怀，强吻。她还是挣扎，力气越来越弱……

第四天晚上，韩梅还是讲她的寝室。青年男女的爱情就是火，纸包不住火，她和帅哥的关系暴露了，同学们开始议论他俩。韩梅想，坏了，她无可救药地得罪了朗琴。她本以为朗琴会跟她翻脸，她想错了，朗琴依然像往常一样对她，该说话说话，该一起上课就一起上课，该一起吃饭就一起吃饭。这令她反而感到别扭，预感有什么事要发生。

第五天晚上，韩梅接着讲她的寝室。一个月过去了，事情没有发生。韩梅松弛下来。一天晚上，马丽丽在微信朋友圈发难，不指名道姓地说和她睡对头的女生是个见了男人迈不动步的贱货，韩梅在微信里质问马丽丽，凭什么这么说她。马丽丽回复道，见过捡破烂的，没见过捡骂的。韩梅说，你骂的是睡你对头的，分明是在骂我。马丽丽回复，你认为骂你就骂你了，怎么地？韩梅终于忍不住，扔下手机，从床上爬起来，面对马丽丽说，你为啥要血口喷人？谁见男人迈不动步了？马丽丽毫不示弱，说，你要是不犯贱，人家帅哥看得上你？韩梅说，看得上看不上用得着你管吗？马丽丽说，我不是管，我就是看不惯！二人你来我往吵得不可开交，要不是贾玲玲和朗琴相劝，二人吵一夜都不会熄火。

早晨起床，马丽丽从自己的床铺上捡起几根长头发，甩到韩梅的床

上，说，别把你的骚毛往我的床上扔好不好？马丽丽是短发，韩梅是长发，二人又睡对头，马丽丽床上的长发当然最有可能是韩梅的。韩梅反击，二人又吵成一团糟。

上课路上，朗琴还是和韩梅一道走。韩梅说，马丽丽是不是中邪了，我没害她，她凭啥跟我闹个没完？朗琴说，别跟她一般见识，你和她吵，就和她一个档次了。韩梅想朗琴说得有道理，就暗自打定主意，再不接马丽丽的火。

到了晚上，当马丽丽又一次冲韩梅开火时，韩梅戴上耳机，用手机听音乐。马丽丽得不到回应，没意思，熄火了。寝室里恢复了平静。几天过去后，又出事了，这一回冲韩梅开火的是贾玲玲，起初贾玲玲指桑骂槐，骂着骂着矛头就对准了韩梅。她说有的人自己犯贱也就罢了，干吗非要拉着别人去看她犯贱？马丽丽听了冲着她笑，朗琴听了也冲着她笑。韩梅愣愣看着贾玲玲，怎么也笑不出来。那天是周一，周日的下午韩梅和帅哥一起出去吃饭，在饭馆里遇见了另一名男同学。帅哥拉他坐下一起吃，韩梅觉得二男一女不对称，就打电话叫来了贾玲玲。贾玲玲欣然而至，四个人吃得嘻嘻哈哈，十分愉快。谁知刚过一天，贾玲玲就冲她开了火。她实在忍不住，问，你说谁是贱人？贾玲玲说，谁接话谁就是贱人。韩梅说，我请你吃饭还请出罪来了？贾玲玲说，你就没安好心，为了和人家犯贱，拉着我去当灯泡。二人吵到很晚才罢休。韩梅咽不下这口气，求援，转天叫来了其他寝室的几个女同学，这几个女同学在社会上有点混头，很有威慑力，把贾玲玲堵在寝室里一顿数落。贾玲玲胆小，从此再不敢招惹韩梅。没想到几天后，马丽丽又站出来，约韩梅单挑。

老吉脱口道，女孩子还约架呀？

韩梅说，我也没想到女孩子会约架，但既然约了，我也不想退缩。

女生宿舍到了，韩梅冲老吉点点头，进了楼门。老吉站在原地，愣了好一阵才转身离去。

第六天晚上，韩梅接着讲她的寝室。离教学楼不远，有一栋未完成的建筑，据说是新的教学楼，主体已经完工，只有门窗没安，外边的脚手架也还没有拆掉。这不免令韩梅想起江林的荒楼，她极力克制波动的心情，用强大的意志力强迫自己从容赴约。

冬季施工已经停止，虽然跟人来人往的教学楼只有几十米之遥，这里却无人光顾，犹如荒漠上的古城遗址。约架时间定在周末下午两点整，韩梅严守规矩，没有带任何人帮忙。那天有风，风把地上、树上、房顶上的雪吹得漫天飞舞，比下雪天还壮观。韩梅踩着雪，迎着雪，有一点点胆怯，又觉得非去不可。悲壮而决绝。

韩梅进楼口，楼口的积雪要比外边厚上几倍，一脚下去，几乎陷进去半只腿。她踏上还没有安装扶手的楼梯，一楼、二楼、三楼，她停住步子，地点约在三楼。四下望，没人。她走进一个房间，又走进一个房间，四周空无一人，她站了一会儿，提起嗓子喊，有人吗？声音在房间与房间之间乱撞，然后缓慢落下。她连喊三声，回声都是自己的。莫非马丽丽临阵脱逃了？

房间与房间是通着的，她继续一个房间一个房间地走，一股怒火随着房间的空旷而上涨。在一个阳面的房间里，她终于找到了马丽丽。马丽丽背窗站着，窗口有一堆风吹进来的积雪，阳光照进来，马丽丽的脸处在阴影部分，几乎看不清五官。她冲着马丽丽怒吼，咱俩无冤无仇，你为何如此逼我？马丽丽说，都到这儿了，说这些话有意思吗？韩梅也觉得没意思，不再说话。二人一点一点相向而动，近到不能再近的距离，动手，厮打在一起。

女生打架不像男生那样大波大浪，胜负能很快见分晓。女生的打是细水长流，持久性胜男生一筹。二人你进我也进，各不相让，难分难解，一会儿是你占上风，一会儿是我占上风。十几分钟过去了，二人扭打到窗口。不知怎么用的劲儿，马丽丽哎呀一声，一个跟头跌出窗去，扑隆隆一阵响，她的身体迅速下滑，手忙脚乱中，双手抓住了一根横杆，她就这样像一件晾晒的衣服随风摇摆在半空中。韩梅惊呆了，在她眼里，马丽丽的身体瞬间变成了秦丽娜，时空一下子退回到五年前，秦丽娜冲着她撕心裂肺地喊救命。她迟疑着，伸出手去，缩回；再伸出手，再没有缩回。她抓住马丽丽的一只手，往上拽，马丽丽抓住她的这只手，相当于往下拽。往上，往下，较劲中。脚手架站着本就不稳，往下战胜了往上，韩梅随着马丽丽掉下去，把积雪砸出一个大坑。

落地时，韩梅压在马丽丽身上，她爬起来，毫发未伤。马丽丽的一只胳膊和一条腿骨折。都说是积雪救了她俩的命，要不是冬季，她们谁也活不了。对于这件事，大家说什么的都有，有说韩梅不计前嫌救人，算得上见义勇为；有说马丽丽练过体操，有过人的臂力，要是韩梅不出手相救，她自己会用引体向上，完成自救，是韩梅的冒失导致了这起事故。马丽丽在社会上的男朋友扬言，早晚会打断韩梅的腿。

下班回家，老吉把韩梅的故事讲给妻子听。妻子说，没准韩梅是有意害那女孩。老吉说，如果那样的话，韩梅就是和她同归于尽，舍出自己的性命去害别人，对于一个女孩子，不可能的。妻子说，我就知道你会替她说话，对了，你说过她有男朋友，她男朋友为啥不送她回宿舍，偏偏让你送？老吉怔了一下，也觉得妻子问得有道理，这明显是个被自己忽视的问题嘛！

第七天晚上，老吉问起韩梅，说你出手救马丽丽，后悔吗？韩梅摇摇头，说出手了，我感到现在特别轻松。老吉又问起她的男朋友。当时二人刚刚走到林子，韩梅还没来得及回答，一棵老松树后边闪出三个年轻人，手举棍棒朝韩梅下了手。老吉挡住韩梅的身体，举起电棍应战。一对三，落荒而逃的居然是仨。老吉头上挂了彩，晚上学校的医务室没人，韩梅拉着他出了学校的大门，去市医院看了急诊。

没什么大事，头皮蹭破而已，在处置室做了简单的包扎，便走出医院。外边下雪了，天地白茫茫连成一片，像挂起一张硕大的窗帘。

韩梅说，我请吉叔吃顿夜宵吧。

老吉说，我不饿。

韩梅说，我饿。

二人撞开窗帘，走进雪中。在医院附近找了一家酒馆，进去，要了几个小菜，一瓶白酒。江林的汉子大都好酒量，老吉喝，韩梅也跟着喝，你一杯我一杯，老吉想拦住韩梅，韩梅还是喝。

老吉想起一件事，说，你男朋友呢？

韩梅说，被朗琴抢走了，也不知朗琴施了啥魔法，马丽丽、贾玲玲、帅哥都成了她的人。

走出酒馆时，韩梅已经醉了，嘴里不停地说话，说什么老吉一句也没听懂。韩梅声音咕噜咕噜的，既像唠叨又像呻吟，令扶着她走的老吉有一种怪怪的感觉。

雪越下越大，二人歪歪斜斜地走，老吉觉得这有点像电影场景。此时已过二十三点，学校的大门和宿舍门都已经上锁，老吉扶着韩梅走进附近一家宾馆。

老吉递上自己的身份证，说，开两间房。

韩梅的声音突然清楚了，说，一间。

前台服务员说，到底一间还是两间？

老吉犹豫着。韩梅说，一间。

开房门，进屋，老吉一松手，韩梅倒在床上。老吉低头，一种久违的只有女孩子才有的气息浓浓地升起来。老吉心头一阵战栗，嗓眼里涌起一股咸咸的味道。他想起妻子说过的一句话，你送她到底图个啥？他当时没回答，他也不知图个啥。但此时灵光一闪，他知道自己潜意识里图个啥了。

韩梅嘴里依然在念叨什么，老吉凑近听，韩梅是在唱歌，唱的是"小螺号滴滴滴吹/海鸥听了展翅飞/小螺号滴滴滴吹/浪花听了笑微微……"

他盯着韩梅站了一会儿，转身，走向门口。

原载《长江文艺》2017年第11期

点评

老吉与老秦是同一代人，两人虽非至交，但因生活而缔结起来的关系倒也始终将其命运连接在一起。其中最引人关注的是，老秦两次委托老吉送他的继女韩梅：一次是她上高中时，嘱托老吉护送其回家；另一次是她上大学时受到同宿舍同学的威胁，老吉又一次挺身而出，护送她来往于校园之间。小说也以一定篇幅详细述及两人的关系及具体交往经历，描述了韩梅的青春成长经历以及老秦一家的家庭关系，但这似乎不是重心所在，而是以背景方式为韩梅出场以及围绕韩

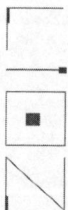

梅所展开的非常态生命际遇做铺垫，即小说叙述重心聚焦老吉与韩梅之间的两次陪护经历，并由此而反映各类人物在非寻常境遇中的非寻常心态。

小说以细节描写见长，也很具故事性。比如，韩梅、老秦、秦丽娜之间微妙的日常关系，韩梅高中时孤僻的性格以及老秦和韩梅在回家路上的话语交流，秦丽娜从楼上摔死事件以及此后韩梅的失踪，韩梅考上大学以及与舍友之间的冲突，韩梅与老吉之间彼此潜存已久的欲望心理，等等，都耐人寻味。而且，在短短的篇幅内，将跨越十几年间的事件加以串联、比对，将人物的生活及心理样态放置于较长时间内予以考量、呈现，由此也颇见作者在小说构思与行文驾驭上的艺术功力。

（张元珂）

看 病

晓 苏

一

冬至那天早晨，林近山突然给我打来一个电话。他说他病了，想来襄阳看病。我问，什么病？他说，腿疼。我让他说具体一点，他说主要是左腿的膝盖疼，疼起来像有一条狗在啃他的骨头。我问，疼多久了？他说有一个多月了。我问他看过没有，他说，咋没看？从村里的私人诊所，看到镇上的卫生院，连兽医站都去看了。银针打过，艾蒿熏过，火罐子拔过，狗皮膏药贴过，吃的药丸子快有一麻袋了，可就是止不住疼。我问，疼得厉害吗？他说厉害，简直疼得要命，有几次连上吊的念头都起了。他怀疑他得的是骨癌，所以就想来一趟襄阳，希望我这个当局长的把他带到大医院检查一下。他跟我说，就是死，我也想死个明白！我沉吟了一会儿说，那你来吧。

林近山是我当年去油菜坡插队时的房东。更准确地说，他是房东的儿子，比我大两三岁。我在他们家里住了整整两年。林近山对我很好，经常爬到树上从鸟窝里掏鸟蛋，然后烧给我吃。有一回，他把手伸进头顶上的鸟窝，没摸到鸟蛋，却摸到了一条蛇，当即吓破了胆，哗啦一声从树上摔下来，差点摔死了。恢复高考那年，我考上了襄阳的一所专科学校。离别时，林近山专门给我做了一口杉木箱，还亲自帮我扛到公路边，送我上车。大学毕业后，我分到政府当了秘书。刚参加工作那几年，我每到年底都要去看他一次。结婚有了孩子之后，我去得少了，但我和他从没断过联系。前年秋天，我当上了行管局副局长。上任没几天，我就专程到油菜坡去了一趟，把我升官的消息告诉了林近山。听说我当了局长，林近山高兴坏了，又是杀鸡，又是宰鸭，还拼命给我敬酒，两个人都喝高了。临走的时候，我拍着胸脯对他说，有事去襄阳找我！林近山打着酒嗝说，好，总有一天要去麻烦你的。

给我打完电话，林近山当天上午就把家里唯一的一头肉猪卖了，卖了两千多块钱。那头猪有三百来斤，是林近山老婆辛辛苦苦喂的年猪。猪贩子把猪拖走时，他老婆有点舍不得，泪花在眼眶里直打转。林近山有些不安地说，都怪我这条腿，害得年猪也杀不成了。他老婆倒是通情达理，苦笑一下说，不杀年猪怕啥，唯愿你去襄阳能够把病看好！

卖猪那天下午，林近山拄着拐棍去了一趟张自榜家。他想让张自榜陪他到襄阳看病。林近山觉得，路途这么远，又拖着一条病腿，应该找个人做伴才行。儿子在外地打工，一时半会儿回不来。老婆也走不开，家里虽说猪卖了，但还有牛和羊，必须有人放。想来想去，林近山最后决定找张自榜。张自榜是一个光棍，平时也没什么正事，田里没种一棵苗，家里连一只鸡也没喂，成天只想着找村里的几个寡妇打情骂俏，偶尔帮她们出些苦力，混点吃的喝的。林近山想，除了张自榜，村里再没有第二个更适合做伴的人了。

林近山一走一歪，边走边哼，走了一个多钟头才走到张自榜家门口。好在，张自榜这天没出门，一个人待在家里烤火。他坐在火坑边，两条腿像八字一样张开，一只手伸在裤裆里，正使劲地挠着，看上去像在挠痒。他挠得非常专心，眼睛半睁半闭着，显出很陶醉的样子。林近山站在窗外看了半天，张自榜丝毫没察觉到来了人。直到林近山喊了一声，他才慌忙把手从裤裆里挪开，脸红得跟泼了猪血似的。

你裤裆里怎么啦？林近山进门后问。

张自榜迟疑了一下说，没怎么。

没怎么为啥要用手挠？林近山又问。

张自榜支吾说，我自家的东西，想挠就挠一下。

林近山还想往下问，张自榜赶紧扭转了话头。他盯着林近山的左腿问，你跛起一条胯子，来我这儿做啥？林近山说，我想请你陪我去襄阳看病。一听说要到襄阳，张自榜顿时兴奋起来。他吹嘘说，襄阳，我熟得很，每家医院我都会走，旅社和餐馆更是闭着眼睛找。林近山顺势说，我晓得你熟，不然我咋会找你做伴？听林近山这么说，张自榜十分得意，一只手又不知不觉伸到裤裆里挠了几下。手停下来后，张自榜问，什么时候动身？林近山说，明天一早就走。

送林近山出门时，张自榜红着鼻头问，你不会让我白陪你跑一趟吧？林近山说，哪会呢？我包吃包住，另外还每天给你一百块钱。张自榜考虑了一会说，加二十吧，在村里做小工都一百二呢。林近山面有难色地说，我又不是印票子的，每天一百都是割我的肉啊！张自榜说，那你多少再加点儿。林近山说，我最多给你一百一。张自榜沉默片刻，又伸手挠了一下裤裆说，一百一就一百一，反正在家闲着也是闲着。

第二天早晨，林近山六点钟就出门了。张自榜陪着他，帮他提着一小袋行李。他们要在八点钟之前赶到坡下的公路边，去搭那趟开往襄阳的过路车。油菜坡的过路车虽然一天有好几趟，但只有一趟到襄阳。刚上路那阵子，林近山走得还比较麻利，但没走多久就走不快了，慢得像蜗牛，嘴里还不住地喊疼。走到半路，林近山实在支持不住，就靠在路边一棵树上歇了一会儿。不过，林近山没敢多歇，只歇了半支烟的工夫就又开始走了。张自榜问，你为啥不多歇一下？林近山说，我怕搭不上车！离公路还有两里的样子，张自榜突然对林近山说，你再歇一下，我想去厕泡屎。他一边说，一边飞快地朝一个大石头后面跑去。过了五分钟，张自榜才回来。林近山用责怪的口气问，你怎么去了这么长时间？张自榜冷笑一声说，一泡屎总得屙完吧！

八点差两分，林近山和张自榜来到了公路上。路边有一个加水站，村里人要出去都在这里搭车。加水站坐落在一棵弯核桃树下面，是李兆祥修的，除了给车加水，还能附带洗车。不过，加水和洗车都由李兆祥的老婆负责，他自己开一辆出租车，在这四乡八村跑生意。李兆祥原先是开拖拉机的，后来换了一辆农用车。去年，他把农用车卖了，又通过他妹夫买了一辆二手的桑塔纳。李兆祥的妹夫是老垭镇交警队的队长，原来的车主看在他妹夫的面子上，一辆半新的轿车只要了他两万块钱。

等了一刻钟，到襄阳的那趟车还没来。林近山正在着急，一辆黑色桑塔纳突然开到了加水站跟前。林近山定睛一看，是李兆祥的车。这时，李兆祥已从车里下来了。他戴着一顶鸭舌帽，显出很有派头的样子。李兆祥一下车就看到了林近山和张自榜，连忙问，你们要去哪里？林近山说，襄

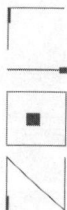

阳。李兆祥马上打个哈哈说,襄阳那趟车早就过去了。林近山胀大眼圈问,你骗我吧?李兆祥说,骗你不是人!听李兆祥这么赌咒,林近山一下子就晕了,身子陡然一歪。幸亏张自榜扶得快,不然,林近山肯定要摔个鼻青脸肿。刚站稳,林近山就埋怨张自榜说,都怪你,一泡屎屙那么久!张自榜马上还嘴说,你还靠在树上歇了半天呢!

林近山正和张自榜打嘴仗,李兆祥快步走了过来。他一边上烟一边说,你们别吵了,干脆包我的轿车去襄阳。张自榜接过烟说,这个主意好,我还没坐过轿车呢。林近山没接李兆祥的烟,也没接他的话头。张自榜吐了个烟圈,扭头问林近山,你怎么不吭声?林近山低声说,包车太贵了。李兆祥急忙说,一个村的人,我可以少收点,来回只要六百块。林近山说,六百也贵,我们搭车去,一个人才一百块。张自榜眼皮一翻说,我看六百不贵,搭车一个人一百,两个人两百,来回就是四百。包辆轿车多好,又快又舒服,才多两百块钱呢!李兆祥说,就是!他说着又给林近山上烟。林近山还是没接烟,犹豫了许久问,能不能少一百,五百怎么样?李兆祥盘算了一会儿说,好吧,刨除油费,算我白跑一趟。直到这时,林近山才把那支烟接过来。

李兆祥回到加水站,很快把他的车开过来了。车一停稳,张自榜就迫不及待地上了车。林近山却迟迟不动,看样子好像要变卦。李兆祥有些紧张,一个劲儿地催林近山快点上车。

林近山皱着眉头问,你一直在乡下跑,从没进过城,襄阳你敢跑吗?

李兆祥哈哈一笑说,哪里我不敢跑?别说襄阳,北京老子都敢跑。

城里的交规比我们乡下严,我怕你不懂。林近山说。

我妹夫是交警队队长,没有老子不懂的交规!李兆祥说。

张自榜也担心林近山变卦,急忙从车里伸出一只手,连声招呼他说,快上来,快上来,城里的交规有啥不懂的?不就是绿灯行红灯停吗?既然张自榜也这么说,林近山就不好再多说什么,只好硬着头皮上了车。

二

午后两点钟,我接到了林近山的电话,得知他们已经到了襄阳。我问他吃过午饭没有,他说已在进城之前吃过牛肉面。事情有些不巧,省里的巡视组那天突然来了，行管局一下子就忙乱起来。我这个当副局长的，更是忙得晕头转向，根本抽不开身亲自去管林近山。不过，我事先已给医院的胡院长打过招呼，嘱托他一定把林近山看病的事情安排好，并要他把所有的费用都记在我的头上。在电话中，我把胡院长的办公地址告诉了林近山，让他直接到医院去找胡院长。我跟林近山说，你一分钱都不用掏，只管去看病就行了。林近山听了欣喜不已，颤着喉咙说，老天爷，世上还有这样的好事！

那家医院名气很大，路上的行人都知道。李兆祥一边开车，一边问路，没费什么周折就找到了医院。医院有专用停车场，李兆祥找个空位把车停下了。林近山要李兆祥在车上休息，让张自榜扶着他进医院看病。

院长办公室在门诊大楼后面一栋小楼里，林近山找到时，胡院长已在门口等他了。林近山刚报出自己的名字，胡院长就热情地说，我直接带你去骨科吧，骨科主任今天正好当班，我让他亲自给你看。林近山拿出一包事先准备好的烟，掏出一根递向胡院长说，给你添麻烦了，吸根烟吧。胡院长摆摆手说，别客气，我不会吸烟。张自榜趁机插嘴说，当医生的，一般都不吸烟的。直到这会儿，胡院长才发觉张自榜和林近山是一道。林近山连忙介绍说，他是我请的伴儿。胡院长认真地看了张自榜一眼，微笑着说，有个伴儿好！

骨科在门诊大楼的三楼。经过一楼的挂号窗口时，林近山问，我要不要先挂个号？胡院长说，不用。张自榜赶紧拍个马屁说，有院长带着看病真牛，连号都不用挂！胡院长没搭话，又看了张自榜一眼。大楼里安有电梯，胡院长带他们坐电梯上三楼。在电梯里，林近山有点激动地说，这还是我头一回坐电梯呢！张自榜信口说，我这是坐第九回了！林近山怪笑了一下，想骂张自榜吹牛，但有胡院长在场，就忍住没骂出口。

三楼分布着不少科室，每个科室门口都有醒目的标识牌。张自榜一边走一边看那些牌子，依次看到了眼科、耳科、口腔科、烧伤科。走到性病科门口时，张自榜猛然停了一下。他疑惑地问，性病科是看啥病的？胡院长想了想说，专看性方面的疾病。张自榜还是没听懂，又眨巴着眼睛问，性方面是哪方面？胡院长索性说，就是人的下身出了毛病。张自榜这一回总算听懂了，便不再说话，脸一下子红到了耳根。

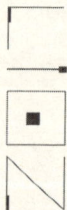

　　骨科在三楼最西头，门口靠墙坐了一长排等待看病的人，有的歪着头在哼，有的仰着脸在叫，还有个人在一边捶腿一边喊妈。林近山没排队，胡院长径直把他带进了门诊室。骨科主任正在给一个病人看腰椎，胡院长要他看完后就给林近山看。骨科主任满口答应着，还对林近山笑了一下。给林近山看病时，骨科主任十分耐心，先是详细地询问病情，接着又认真地检查膝盖，一会儿捏，一会儿敲，然后开了一个单子，让他去拍片。林近山接过单子问，拍片在几楼？胡院长忙说，我带你去吧。

　　拍片的地方在二楼。胡院长在前面引路，张自榜扶着林近山跟在后面。经过性病科门口时，张自榜又睁大眼圈看了一眼，同时还伸手挠了一下裤裆。

　　下到二楼，等着拍片的病人也排着长队。林近山仍然不用排队，胡院长领着他直接推门进去了。张自榜没进去，站在门外等。这时有人不满地说，刚才的人为什么不排队？张自榜得意地说，有院长带着，还用排队吗？不到一刻钟，胡院长便领着林近山出来了，手上拿着一张拍好的片子。张自榜迎上去说，好快啊！林近山说，一进去就拍了。

　　胡院长边走边看片子，又把林近山带回了骨科门诊室。骨科主任刚看完一个病人，正好可以立即给林近山看片。他从胡院长手里接过片子，对着灯光看了好久，然后对林近山说，你的膝关节有严重的骨质增生，也就是长了骨刺，同时还有点儿骨头变形。林近山问，不是骨癌吧？骨科主任一笑说，怎么会是骨癌？你这种病相当普遍。林近山出了一口长气说，不是骨癌我就放心了。骨科主任说，你这种病有两种治疗方法，一是动手术，二是一边吃药一边理疗。胡院长说，动手术也没有绝对把握，我看还是先吃药和理疗为好。骨科主任说，我也是这个意见。林近山这时用手摸着膝盖说，我主要是疼得厉害，特别是到了夜里，疼得我简直想上吊。骨科主任看了看胡院长说，要不，我给他打一支进口的针药？胡院长点头说，打吧。骨科主任低头开药时，林近山小声问，进口药打一针要多少钱？骨科主任说，五百多一点。林近山正在嫌贵，胡院长说，你放心打吧，所有费用都不要你出。张自榜听了惊叹说，啊，打针也免费呀！

　　骨科主任开好药单后，胡院长又亲自带林近山去一楼取药打针。张自榜一直跟着，不时地扶一下林近山。因为有胡院长带着，取药和打针都一路绿灯，前后没用到半个钟头。

打完针出来，胡院长对林近山说，你针也打了，药也开了，就回家好好疗养吧。他还嘱咐林近山回去后要按时吃药，最好经常去当地卫生院做做理疗。林近山感激不已，不住地说谢谢。胡院长说不必客气，边说边伸出一只手，要跟林近山握手告别。然而，林近山的手还没伸出来，张自榜突然伸出两只手把胡院长的那只手死死抓住了。

院长，我也想看个病。张自榜神色慌张地说。

胡院长一怔问，你也有病？

是的，病了半个月了。张自榜说。他还抓着胡院长的手。

胡院长问，什么病？

下身恶痒，还有脓。张自榜用另一只手指着自己的裤裆说。

胡院长有点儿哭笑不得，犹豫了一下说，走吧，我带你去性病科。

在重上三楼的电梯里，林近山不停地瞅张自榜，像是有话要说，但碍于胡院长在场，一直不好开口。走出电梯后，胡院长快步走到了前面，林近山便趁机说，你真是会凑热闹！张自榜压着嗓门说，公家的便宜，不占白不占。走了几步，林近山说，难怪我看见你经常在裤裆里挠呢，原来是下身烂了。张自榜说，你说得真难听，只是恶痒，哪里会烂？林近山说，都流脓了，你还说没烂！张自榜还想饶舌，林院长已把他们带到了性病科门口。

进入门诊之前，胡院长回过头来，问张自榜在当地看过没有？张自榜说没看过。胡院长问为什么不看？张自榜说不好意思，还说怕治这种病都要自己掏钱。胡院长暗自笑笑说，跟我进来吧。

林近山没有进去，胡院长让他在门口等候。这里排队的人不多，只有三五个，有的勾着头，有的面朝墙壁，有的戴着口罩，都像是怕被人看见似的。

过了十分钟的样子，张自榜出来了。林近山一脸坏笑地问，是不是梅毒？张自榜嗤了一声说，我怎么会得梅毒？医生说是淋病。林近山又问，谁传染给你的？张自榜脸红脖子粗地说，我也说不清，反正就是那几个寡妇。林近山还想往下问，胡院长拿着一张药单出来了。他先用古怪的眼神看了张自榜一会儿，然后说，跟我到一楼去取药吧。

医生给张自榜开的都是针药，一共开了五针。药是胡院长亲自取的，没让张自榜付钱。林近山问，针药花了多少钱？胡院长说，三百多吧，不过不要你们出。张自榜赶紧说，多谢院长啊！

胡院长把药交给张自榜，郑重交代说，你把针药带回当地去打，每天一针，半个月之内不要行房事。张自榜接过药问，房事是啥事？胡院长愣了片刻说，就是不和女人睡觉。张自榜说，这我能做到，我连老婆都没有，想行房事也行不成。林近山这时冷笑一声说，没老婆就不能行房事吗？要真是这样的话，那你下身怎么会烂得流脓？胡院长见他们这么斗嘴，觉得十分好笑。但他忍住没笑，还用严肃的口气对张自榜说，你以后要注意，在性生活方面千万不要乱来，实在要行房事，也要戴安全套，如果染上了艾滋病，还有可能丢掉性命。张自榜连忙说，好，我一定记住院长的话。

交代完毕，胡院长转身对林近山说，好了，我还有个会，就不再陪你们了。分别的时候，胡院长还跟他们亲切地挥了挥手。

三

下午五点左右的样子，我刚从会议室去到洗手间，林近山又给我打来了电话。他说他病已看了，针也打了，药也开了，打算明天就回油菜坡。我抱歉地跟他解释，说局里有重要会议，我实在无法脱身，所以专门派了办公室主任小曲去接待他们，吃住都由小曲安排。事实上，在林近山的电话打来之前，我已让小曲开车去医院了，并把林近山的手机号码写给了小曲。我对林近山说，你们在医院等着，小曲会去接你们的。我还告诉他，有什么事就直接找小曲，我还要去接着开会，一进会场手机就要关闭。林近山连声说，好的，你安心忙你的！

从医院出来，林近山和张自榜直接去了停车场。但是，他们没见到李兆祥，也没见到他的那辆黑色桑塔纳。林近山觉得很奇怪，急忙掏出手机打李兆祥的电话。打了好半天，李兆祥才接。你跑哪儿去了？林近山生气地问。李兆祥气息不匀地说，出事了！林近山一惊问，咋啦？交警把我的车扣了！李兆祥有气无力地说。林近山手机的音量开得很大，李兆祥的话都被张自榜听到了。张自榜说，要是我没猜错的话，李兆祥肯定是把他的车从这停车场里开出去了，不然是不会被交警扣下的。

　　张自榜没有猜错，李兆祥的确把车开出了停车场。林近山被张自榜扶进医院不到十分钟，一对中年夫妻从医院里走了出来。女的躬着背，一只手按在腰上，脸色苍白。男的右手抱着被褥，左手拎着开水瓶和保温桶。他们一看就是刚出院的。夫妻俩缓慢地走到医院前面的马路边，然后站在那里等出租车。李兆祥坐在车里，眼睛一直盯着他们。傍晚时分，出租车很难搭，夫妻俩等了好久也没等来一辆空车。李兆祥的心这时猛然一动，决定去做一笔生意。他立即发动了车，迅速开到了那对夫妻身边。李兆祥把头伸出车窗问，你们去哪里？丈夫说，二桥附近，离这儿四站路。李兆祥说，上车吧。妻子警惕地问，多少钱？李兆祥说，我也是来送病人的，病人这会儿进医院看病了，我闲着无聊，就想瞅空挣一包烟钱。你们给二十，怎么样？夫妻俩听李兆祥说得很诚恳，就上了他的车。当时，李兆祥丝毫也没料到，他拖上夫妻俩刚跑了一站路，交警就把他的车拦住了。

　　林近山一听说车被扣了，顿时傻了眼。他问张自榜，这可咋办？张自榜说，让他打电话找他妹夫帮忙说情呀，他妹夫不是交警队的队长吗？林近山觉得这个主意不错，马上打开手机对李兆祥说，你快给你妹夫打电话，让他找个关系放你一马。李兆祥说，我妹夫的电话早打了，他说一出老垭镇他就管不着了！李兆祥的声音很低沉，像一种哭腔。听了李兆祥的话，林近山也恨不得哭。不过，林近山还没哭出来，小曲突然走到了他跟前。

　　小曲试探着问，你是从油菜坡来的吧？林近山一下子没反应过来，眨巴着眼睛问，请问你是？小曲忙说，我姓曲，你就叫我小曲吧。一听说来人是小曲，林近山仿佛看到了救星。他一把拉住小曲，急吼吼地说，你来得正好，我们遇上麻烦了！小曲问，什么事？林近山过于慌张，许久说不出话来，张自榜便抢着回答说，他请的车被交警扣了！小曲问，扣在哪里？林近山说，这还要问师傅。他说着就打通了李兆祥的手机。李兆祥却吞吞吐吐，半天说不清楚。小曲连忙接过手机，问他这会儿人在哪里？李兆祥说，他在真武山派出所。接完电话，小曲指着停在不远处的一辆小车说，快上车吧，我们抓紧去真武山派出所。

　　真武山派出所离医院不远，小曲只开了十分钟就到了。林近山老远便

看到了李兆祥，他一个人站在派出所门口的马路边，愁眉苦脸、失魂落魄，四肢软塌塌的，人也矮了一大截，看上去像一个被霜打过的茄子。林近山指着李兆祥对小曲说，他就是师傅。

小曲停好车，跟着林近山快步走到了李兆祥身边。交警为啥扣你的车？林近山上来就问。李兆祥气短地说，他说我占了公交车道。小曲不解地问，你怎么能占用公交车道呢？李兆祥嘟哝说，我只晓得红灯停绿灯行，从没听说过还有什么公交车道。林近山气冲冲地问，你不是说你北京都敢跑吗？怎么只跑到襄阳就被捉到了？李兆祥正无言以对，张自榜跟过来了。你的车呢？张自榜问。被交警开走了。李兆祥说。小曲问，他们没说要罚你的款？李兆祥这时亮出一张纸说，咋会不罚款？这是罚款单。小曲接过罚款单看了一眼，大吃一惊问，天哪，没搞错吧？占道最多只罚一百，怎么罚了你一千？李兆祥张开嘴巴动了动，但没出声。小曲自言自语地说，我去问一下情况，事情肯定不会只是占道这么简单。说完，小曲便拿着那张罚款单进了派出所。

只剩下三个人时，林近山问李兆祥，你为啥要把车开出停车场？李兆祥还没想好如何回答，张自榜抢先说，他肯定是想出去拉客。李兆祥赶紧否认说，胡扯，我打算去找个地方给车加点油。停了一会儿，林近山问，罚款交了没有？李兆祥说，没交，我身上哪有这么多钱？再说，交罚款的地方也不在这里，好像离这儿还有很远。林近山听了不知道再说什么好，一边叹气一边瞪了他一眼。

大约过了十分钟，小曲从派出所出来了。林近山马上迎上去问，究竟是怎么一回事？小曲没有立刻回答，只是瞪着大大的眼睛看着李兆祥，像看一个怪物。看了许久，小曲才说，你胆子好大啊，开这么远的长途，居然不带驾照！林近山和张自榜一下子没听懂小曲的话，一起仰着脸问，你说啥？小曲说，他无照驾驶，不仅要罚一千块钱，还要拘留七天呢。林近山听了吓一跳，左腿的膝盖猛地又疼了起来。张自榜连忙扶住林近山，安慰说，你别怕，我们是包他的车，罚款和拘留都是他的事，与我俩无关。林近山苦笑了一下说，可我们明天怎么回去呢？张自榜说，万一不行，我们就坐班车吧。

听张自榜和林近山这么说，李兆祥差点气炸了肺，同时也害怕得要命，连肩膀都开始发抖了。好在，小曲没说不管他。李兆祥正感到两眼发黑，小曲拍着他的肩头说，你也别太紧张，刚才在派出所，我正好找到了一个熟人，他看在我们局长的面子上，决定不拘留你了。李兆祥一听，喜出望外，连忙双手合十，一边给小曲作揖一边说，啊呀，我幸亏遇上了贵人，谢谢你啊！小曲摆摆手说，要谢，谢我们局长吧。他派我来接待你们，出了事，我不能不管。过了一会儿，李兆祥红着脸问，那罚款的事呢？小曲说，一千块钱的罚款，一分也不能少，因为罚单一开就上网了，谁也改不过来。李兆祥蹙着眉头说，天哪，我去哪里弄这么大一笔钱？小曲想了想说，既然你没有钱，那罚款还是我去帮你交吧。话音未落，李兆祥又开始给小曲作揖了，嘴里不停地说，贵人啊，贵人啊，你真是我的贵人啊！

罚款要到汉江边上的一个交警中队去交。小曲把车开过来，让李兆祥跟他一道去。李兆祥上车时，林近山和张自榜也跟着上了车。小曲对那地方很熟，没用到一刻钟就到了。

交警中队收费室下午五点半钟关门，但他们到达时已经五点二十五分了，当班的警察正在关电脑，准备下班回家。碰巧的是，小曲认识其中一位女警察，说了几句好话，她便重新启动了电脑。交完罚款，女警察马上开了一份扣押车辆放行通知书，笑笑地递给小曲说，这辆车按说是不能这么快就放行的，但看在你们局长的面子上，我今晚就放行算了。小曲说，谢谢你，局长一定会记得你这份人情！临出门时，小曲回过头问女警察，车主没带驾照，还能去开车吗？女警察迟疑了一下，把嘴贴在小曲耳边说，车主没有驾照，你不是有吗？你先去停车场把车开出来，然后再交给他自己开嘛。小曲挤眼一笑说，明白了，感谢指点！

李兆祥的车扣在万山停车场。在去往万山的路上，小曲一直都在给李兆祥讲城市的交规。李兆祥像个听话的小学生，一边听一边不停地点头。快到停车场时，小曲拍着李兆祥的肩说，以后出车，千万要记得带上驾照。李兆祥这回没有点头，也没吱声。你听见了吗？小曲扭头问。李兆祥犹豫了片刻，然后古怪地一笑说，我其实没有驾照。小曲听了一怔，立刻刹住了车，目瞪口呆地看着李兆祥。

你没有驾照，怎么敢开车？小曲奇怪地问。

李兆祥说，我们那里的交警，从来没有查过我的驾照。

为什么？小曲问。

李兆祥说，我妹夫是当地交警队的队长。

小曲的目光顿时变得怪怪的，满脸都是惊异。林近山以为小曲不相信李兆祥的话，赶快证明说，是的，他妹夫的确是交警队的队长。张自榜补充说，没人敢查他的证件，他在公路上压死了人家的猪，也没人敢找他赔。小曲感叹说，难怪呢！

夜幕已经降临了，路灯开始亮起来。小曲默默地发动了车，迅速往停车场开去。到了停车场门口，小曲把车停下来，一个人拿着放行通知书进去了。按照规定，停车场放行之前，每个提车的人必须交二十元的停车管理费。不过，他们没让小曲交钱。进门时，小曲跟一个负责的提到了一个人，那个负责的一听，二话没说便让他把车开出来了。

小曲把车开出很远才交给李兆祥，然后让李兆祥跟着他的车，一道开往事先预定好的宾馆。小曲做事很细致，先把他们三个人安排住下，接着又亲自陪他们到餐厅吃饭。一直到晚上九点钟，小曲才离开宾馆。

分手的时候，小曲对林近山说，吃住的费用都不用你管，我已经都签了单。林近山说，太谢谢你了！出门后，小曲又扭过身来，看着李兆祥说，你明天最好天一亮就出城，免得又被交警抓住查驾照。李兆祥赶忙点头哈腰地说，好的，我明天天不亮就起床。

四

次日，李兆祥果然天不亮就起了床。当时，林近山和张自榜都还在打鼾。李兆祥把他们从被子里扯出来，脸也没顾上洗就上车出发了。在车上，林近山不住地打呵欠，张自榜不停地挖眼屎。街道上空荡荡的，只有几个扫马路的人，一个交警也没有。李兆祥把车开得飞快，开出城外好远，天边才露出一片鱼肚白。

八点多一点，他们到了一个小镇上。经过一家简易餐馆时，李兆祥突然给车减了速。餐馆门口坐着不少吃早餐的人，有的在吃包子，有的在吃面条，有的在吃稀饭。李兆祥吞了一口涎水，扭头看了一眼坐在后排的张自榜。张自榜没吱声，只默默地把坐在他身边的林近山看了一眼，同时也吞了一口涎水。林近山却一声不吭，眼皮半开半合着，装作什么也没看见似的。车开得很慢，餐馆的老板对着车一边招手一边喊，吃早餐，吃早餐，包子面条稀饭都有。林近山说，不吃，不吃，昨晚上在襄阳，大鱼大肉吃多了，到现在一点儿都不饿。林近山这么一说，李兆祥便猛地踩了一下油门，把车从餐馆门口开过去了。

临近中午的时候，他们到了一个名叫炸溪的地方。过了炸溪，就是老垭镇的地盘了。炸溪有一个农家乐餐馆，紧挨着公路，厨师正在炒菜，油盐的气味一直飘到公路上。李兆祥早已饿得不行，一闻到油盐的气味，两只手连扭方向盘的劲都没有了。他一脚踩下刹车，发牢骚说，妈的，快饿死了！张自榜立即跟着说，我肚子里的蛔虫叫了好半天了。然后，两个人一起看着林近山。林近山也早饿了，把头伸出车窗吐了好几次清水。他看了看手机上的时间，终于松口说，下去吃点东西吧。

天气很冷，餐馆门口的一盆水都结成冰了。林近山开始只点了两个炒菜，一个土豆丝，一个鸡蛋。张自榜说，这么冷的天，点个火锅吧。他一连央求了几遍，林近山才加了一个豆腐火锅。饭菜上来后，李兆祥提议说，来瓶酒咋样？林近山反对说，现在到处抓酒驾，你开车怎么能喝酒？李兆祥轻蔑一笑说，马上就到我妹夫的地盘上了，谁还敢抓我不成？林近山想了想说，要喝酒你自己买，万一被抓住了，我可不负责任。他说完便埋下头，一个人吃起饭来。李兆祥十分生气，当即掏出十块钱，找服务员买了一斤自家煮的苞谷酒。斟酒时，李兆祥斜了一眼林近山，故意问，你是不是也喝一杯？林近山头也不抬地说，不喝！李兆祥又问张自榜，你呢？张自榜笑笑说，我陪你喝一杯吧，以免你一个人喝不起劲。再说，这天也实在是太冷了。

油菜坡那地方的男人，十个中间有九个都能喝酒。他们不仅酒量大，而且还贪杯。没用到半个钟头，那斤苞谷酒便被李兆祥和张自榜喝光了。喝光之后，他们还觉得不过瘾，张自榜又出钱买了半斤。起席的时候，两个人都满脸通红，说话酒气冲天，走路也歪歪倒倒了。

李兆祥从餐馆出来，直接就上了车。林近山盯着他的红脸说，等脸不红了再走吧。李兆祥摆摆手说，没事，这条路上绝对没人敢管我。张自榜说，歇会儿走也好，万一被交警拦住了不好办。李兆祥打着酒嗝说，不要紧，万一有人拦我，我就给我妹夫打电话。他还说，这里又不是襄阳！

从炸溪到油菜坡，只剩下二十公里的路程。张自榜说，再过半个小时，我们就到家了。李兆祥说，哪里还要半个小时？我只要二十五分钟就能开到。他一边说一边给车加速，把在路边觅食的几只鸡吓得狂飞乱叫。

快到油菜坡的边界时，张自榜猛然想起了什么，扭过身子，两眼直直地看着林近山。林近山一下子愣住了，疑惑地问，你为啥这么看着我？张自榜喷着酒气说，马上就要到家了，你把这两天的工钱付给我吧。林近山一听就明白了，但他假装迷糊地问，啥工钱？张自榜眼皮一翻说，你这人，怎么前天说的话今天就忘了？你说好每天付我一百一的工钱的，这次来回两天，你要付我二百二。张自榜话刚说完，一只手就伸到了林近山面前。然而，林近山却毫无反应，两只手一动不动地抱在怀里，没有一点付钱的意思。

沉默了许久，林近山认真地说，这回的工钱，我是不会给你的。

说啥？张自榜立刻叫了起来，难道你想赖账？

林近山不慌不忙地说，你看性病，光针药就花了三百多，胡院长一分钱也没让你出，你还好意思找我要工钱，真是脸厚啊！

你！张自榜一下子脸都气歪了，用手指着林近山的鼻子，火冒三丈地骂道，你他妈的，真是个混蛋！

这时，李兆祥突然转过头来，使劲地看了林近山一眼。他的眼睛也被酒精烧红了，像燃着两团火。前头不远是一条石沟，沟上架着一座石拱桥，过了石拱桥就是油菜坡了。车快开上石拱桥的时候，李兆祥又转过头来看了一眼林近山。他的眼睛显得更红了，仿佛还冒着熊熊火焰。

姓林的，这趟包车的钱，你不会也赖账吧？李兆祥满嘴酒气地问。

林近山狡黠地笑笑说，我这个人，从来都不会赖账。不过，包车的钱已经有人代我提前付了。

你啥意思？李兆祥顿时慌了手脚，车也跟着摇晃起来。

林近山说，你无照驾驶，一千块钱的罚款都是小曲帮你交的。按说，除去五百的包车钱，你还应该倒给我五百呢。

李兆祥一听，红脸陡然气成了白脸，眉毛和胡子都竖起来了。他一只手扶着方向盘，另一只手捏成拳头，飞快地朝着林近山的脸甩了过去。不过，李兆祥没能打着林近山。拳头刚要落到林近山的鼻梁，李兆祥的车一头撞在了石拱桥的栏杆上。轰隆一声，栏杆瞬间被撞断了四五根。接着，又是轰隆一声，车从石拱桥上直冲下去，翻在了石沟里……

那条石沟很深，少说也有十几丈。车已经摔变了形，完全成了一堆废铁。万幸的是，三个人还算命大，从那么高的地方摔下去，居然都还活着。当然，他们的伤势都很惨重，李兆祥断了一只胳膊，张自榜断了一截腰椎，林近山断了一条腿。巧得很，林近山断的正好是左边的那条病腿。

车祸发生的当天傍晚，林近山在救护车上给我打过一个电话。因为三个人都要做手术，手术的难度还相当大，而当地医院又没有足够的把握，所以就建议他们直接来襄阳。林近山打电话给我，是希望我能再次为他提供方便。但遗憾得很，林近山打了好半天，也没能把我的电话打通。当时，巡视组的人正在对我进行诫勉谈话，要求我把手机关了。在此之前，有人给巡视组写了一封举报信，举报我有一些违纪问题，还说我当年升局长也属于带病提拔。

原载《花城》2017年第2期

点评

一根草绳，不断往上拴蚂蚱，晓苏的《看病》就这样引进人物推动情节，通过一个小事件呈现出底层小人物的生存状态和生活哲学，活画了几个典型人物的性格，同时对中国官场投去了意味深长的一瞥。黑色的幽默，同情的戏谑贯穿全篇。

主人公林近山是叙述人插队时房东的儿子，穷时的哥们，当上了局长的"我"　在林怀疑自己得了骨癌后没有为富不仁，而是仗义地同意其来城看病的请求，并动用自己的关系提供了一路绿色通道，院长陪同，费用全免，安排食宿，解决了一系列突发问题。林近山看好了病，局长还了人情，本来顺利的事情因为两个陪同人物的出场而有了插曲和看头，演变成一场事件。陪看病者发现有公家的便宜可占，马上利用起来看了自己的病；包车的司机无证驾驶，在镇上畅通无阻趾高气扬的他到了城市立马因违规占用公交车道被扣车、罚款、准备拘留。多亏司机用了首长的关系网，摆平了这场风波。三人各揣算计回村路上终于大打出手，车翻人伤，这回局长泥菩萨过河再也不能照

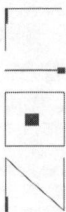

着他们了。

　　配角出场的司机小曲刻画得十分生动可感，将首长司机这个多功能复合型人才的素质展现得淋漓尽致。社会是一张关系网，也是一本无字的天书，小曲在此书安排的属于自己的角色上呈现了完美的表演能力，不知局长这次出事会不会那么倒霉连累到他。

　　善与恶没有截然的界限，就看你身处的位置。人情的规则也是规则，这才是我们最大的制度。农民不是被动的弱势群体，他们的智慧切莫小看，不过作者给了这种智慧以嘲讽。

（王雪）

在科尔沁草原/

/艾　伟

　　下榻的蒙古包徒具形式，内容完全是一家五星级酒店，整个套间室内装修得十分江南。赵子曰指了指另一个房间，对陆祝艳说，你住那儿，自己则进了另一个大房间。开门进去时，他注意到房间的窗子很大，整个草原像风景画一样被装进这窗框里。在一望无际的大草原深处，要找到这么个地方，多亏了王安全。

　　赵子曰是通过朋友介绍认识王安全的。半年前，赵子曰被人报复，被砍断一只手指，朋友把王安全介绍给他。朋友说，他都搞得掂。当然，不是指黑道那儿，而是医院。王安全是第一医院管后勤的，所有的医生都和他有交情。那次因为王安全打理，赵子曰的手指勉强接了起来，虽称不上缝接得十全十美，但那地方戴上个戒指，倒也看不太出来。赵子曰爱美，容不得自己身上的外露部分有碍观瞻。那次王安全事儿办得滴水不漏，不该问的绝不出口。

　　陆祝艳敲门的时候，赵子曰躺在大床上。正是夏天，赵子曰没脱衬衣，只是松了领带。刚才他差点睡着了。他没吭声，陆祝艳怯生生打开门，问要不要帮忙。她已把紧身T恤换了，穿上一件吊带衫，下面是一条夏裤，看上去有些俏皮。她头发湿漉漉的，刚刚洗过澡了。赵子曰拍了拍床，坐这儿。陆祝艳听话地坐下，双手不停地玩着手机。赵子曰一直看着陆祝艳，陆祝艳的侧面线条非常好看，是标准的南方美女。

　　赵子曰问，和谁聊天呢？陆祝艳说，王老板。谁？赵子曰马上反应过来了，语带讥讽地说，哦，王安全，王老板。

　　赵子曰看到陆祝艳脸上微微露出笑意，一定是王安全把她逗笑了，他

想，王安全真是个人物。赵子曰问，和王老板聊什么呢？陆祝艳脸红了一下，对着赵子曰甜美地笑了笑。

可以看吗？赵子曰问。

陆祝艳犹豫了一下，把手机递给赵子曰。苹果手机镶着一些奇怪的水晶球体，好像一些虫子叮在上面。赵子曰从小害怕昆虫，总觉得那些小东西脏。他小心拿着手机，尽量不去碰那些水晶。

赵子曰看了一眼聊天记录，说，王老板好玩。

王安全这会儿正在莫道林的茶室，一边和莫道林聊天，一边给陆祝艳发信息。莫道林是王安全多年的朋友，三年前，几个朋友一块儿到这儿玩，莫道林买下了这块地，说想过田园牧歌生活。当时谁也不信，莫道林却是认真的，很快建起了这个蒙古包，一个人生活在这人迹罕至的地方。也许是本性难移，难耐寂寞，莫道林不时邀请各方高朋贵友。如今在南方的朋友圈里，这个地方成了一个私人会所。

你这里风景是好，唯一的缺点就是离城太远，要是生个病，都找不到医院。王安全说。莫道林不以为然，你就惦记这事儿，难道没你们医生，就不过日子了？告诉你，喝奶茶就行，奶茶治百病。王安全呵呵一笑，不辩驳。他看了看窗外，辽阔的草原上，几朵白云一动不动，好像是从地里冒出的几个气泡。

你那朋友心情不好？莫道林突然问。

王安全目光灼灼，看了看莫道林，然后冷冷地说，他家不久前进了小偷，他家的姨娘，就是保姆，被杀了。我听人说，是错杀。

进来一个短信，王安全看了一眼，又说，懂吗？有人盯牢赵老板了，最近他身边老是出怪事。

莫道林严肃地点了点头，好像已经完全明白了赵老板的处境。

丽敏从门外进来，穿着一件墨绿色的长裙。她瘦高，喜欢穿宽松衣服，显出别样风情来。她问，他们呢？她指的是赵子曰和陆祝艳。莫道林笑笑，好比新婚，还不抓紧时间。

丽敏见王安全在发信息，一把夺过手机，聊什么呢？王安全想抢回，已来不及。不过王安全也无所谓，爱看不看。一会儿，丽敏把手机还给王安全，说，上面都是你在说话。你这个时候还发这种信息，你不会喜欢陆祝艳吧？王安全说，随你怎么说。丽敏说，我完全理解，我要是男人，也会喜欢上陆祝艳，莫老板，你说是不是?

莫道林这会儿正在往公道杯里倒茶,说,那妞儿? 不错。

你瞧,才到这蒙古包多久,就这么多男人惦记了。丽敏拍了张照片,然后传给了陆祝艳。

她迅速打上一行字,然后发送出去:我们在这儿,一会儿就吃饭。

不久,陆祝艳来了。丽敏拥抱了一下陆祝艳,说,很香,一点臭男人的气味都没有。

莫道林起身也想抱,陆祝艳躲闪掉了。丽敏笑道,臭男人,别想占便宜啊,赵总知道了不高兴。莫道林说,赵总会吗? 他这种见多识广的人还会为一个女人不高兴?

陆祝艳显然不爱听这种玩笑,坐到王安全边上,脸有点儿拉长。王安全在她的头上轻拍了一下,说,他们逗你玩呢。陆祝艳低头发了一个短信。王安全的手机嘀地响了一下。丽敏说,你们两个坐这么近,还发短信? 王安全说,胡说,赵总发来的。丽敏说,谁信。王安全拿手机给丽敏看。丽敏说,不看不看,谁关心你们的事。

吃饭的时间到了,赵子曰一直没出现。丽敏说,王老板,你短信他啊。王安全说,短了,没回。丽敏说,他不是刚给你发过吗? 他短信上讲什么了? 王安全说,刚才给你看不看,现在倒问起来了。丽敏说,谁知道是不是赵总发的。

丽敏站起来,对陆祝艳说,我们去叫下赵总。陆祝艳有点不情愿。王安全说,去吧,听你丽姐的。丽敏白了王安全一眼。

见她们走远,莫道林说,丽敏对你还是一往情深啊。王安全说,早断了,女人嘛,同她上过床以为一辈子欠了她似的。莫道林说,老王,有件事我挺佩服你的,连丽敏这么无情的人对你都一往情深,你有什么法道,说来听听。王安全说,我一凡胎,有什么法道。你在这草原上修行,见到的都是高人、喇嘛什么的,你应该有法道才对。莫道林还是看着丽敏的背影,说,丽敏虽然四十多了,可风情还是不错的。王安全知道去年带丽敏来这儿玩,莫道林追过她。很疯狂,丽敏这样说。又问他,你朋友追你女朋友,你什么感觉? 王安全懒得回答,但丽敏一定要他说出来。他应付

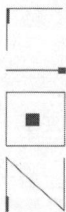

道，有人追你，说明我眼光好。丽敏说，你不生莫道林的气？王安全说，我为什么要生气？丽敏说，我和他上床你也不生气？王安全没再回话。丽敏独自笑了，好像自己说出了什么有杀伤力的话。

王安全指了指远处的灯光，说，那个喇嘛庙，造在荒无人烟的地方，信徒倒是不少。莫道林说，活佛在嘛，这边的人都信活佛。

丽敏和陆祝艳来到赵子曰所住房间，丽敏好奇地张望套房。丽敏指了指门口的小间，问，你住这儿？陆祝艳没回答。天色已经昏暗，这儿比南方黑得早。陆祝艳开灯，差点惊叫起来，床上没人。她一路过来，头脑里都是赵总微胖的躯体。

丽敏问，赵总去哪儿了？陆祝艳摇摇头。丽敏自语，天都黑了，他到哪里去了？

两人往回走。

王安全和莫道林见两人回来，却不见赵总，问怎么回事？王安全打赵总电话，无人接听。王安全一时急了，想起赵家最近出现的凶事，怕有什么不测，起身往蒙古包外跑。蒙古包外三辆奔驰G级越野，方方正正的造型，特别拉风。赵子曰、王安全、丽敏、陆祝艳是飞过来的，这三辆越野车早他们几天，由专职司机横穿整个中国提前开到了这里。大草原，没一辆好的越野车寸步难行。

王安全向车内探了探。司机白天没事一直在驾驶室待命。赵老板有点心血来潮，万一找不到人会骂娘。司机们都怕他。司机从车窗里指了指远处，发现赵子曰正挺着个肚子对着傍晚的草原撒尿。

一会儿，赵子曰走了过来，说，正撒尿呢，打电话来，差点憋回去。王安全松了口气，然后跟着赵子曰往蒙古包走。这时候，其他三位也跟了出来。丽敏说，在这儿啊。赵总，你可把王老板急坏了，跑得比狗还快。莫道林占便宜似的笑了，说，丽敏，你骂人不带脏字。王安全装作没听见。

一桌子的菜已摆好，以羊肉为主。赵子曰摸了一把肚子，说，还真是饿了。赵子曰挑了一只羊腿，咬了一口，油水往嘴外淌，含混地说，好吃。莫道林说，赵总这吃法像蒙古人了。赵子曰说，是吗，我这身板，你叫个蒙古人来，我和他比试一下摔跤，如何？莫道林说，我安排了，明天我们去看那达慕大会，会有一位蒙古勇士和你比。

陆祝艳突然端起酒杯，向赵子曰敬酒，说，感谢赵总带我来玩。莫道林让陆祝艳坐下,说你感谢什么啊,你这么漂亮,应该是赵总感谢你。丽敏说,莫道林真是怜香惜玉。赵子曰说,老王,我刚才看见你说过的喇嘛庙了,我晚上想见活佛。王安全吓了一跳,活佛不是想见就见的,这么晚了,不能打扰啊。他抬头看看莫道林,莫道林犹豫了一下,拿起手机,给活佛打了个电话。

吃完饭,一行人开着车向寺院去。赵子曰说,去寺院是临时起意,本不该喝了酒去的,好在喝得不多。莫道林说,藏传佛教没那么讲究,不像汉地,都是清规戒律,可要说神奇,还是藏传佛教。丽敏问,怎么个神奇法?莫道林说,至少去一次能睡个好觉。丽敏说,那是你坏事干太多。莫道林说,寺院快到了,你积点口德。过了一会儿,莫道林,寺院后的壁洞里,有一位闭关了五十三年的高僧。丽敏惊呼,苦修了五十三年?没见过阳光?那是真神仙了。王安全回头看了看丽敏,丽敏是故意一惊一乍,她早知道有这么一位苦修高僧。四周非常安静,丽敏听到自己的声音确实有些滑稽,不再出声。众人沉默,气氛忽然有点庄重。

活佛倒是没有一点架子,拿着一支手电筒,早早在寺院外迎候。活佛的背后五个小喇嘛,有一个在玩手机,手机的亮光照映出他古铜色的脸。莫道林恭恭敬敬,双手合十,鞠了躬,说,打扰本乐仁波切了,这位是赵子曰赵总,久闻仁波切大名,下午刚到,迫不及待想见活佛,有扰,有扰。活佛没像莫道林这般文人雅士模样,反倒是作为乡野,用手电照了照赵子曰的脸,说,做大生意的。赵子曰本来被手电照得有些不悦,听了这话,谦虚起来,说,不敢不敢。

活佛把四个人请到自己的起居室。起居室有一股浓重的檀香味,活佛让四人席地坐下,喝起普洱茶。活佛非常健谈,从佛理谈到风水,谈到国运,还谈到天安门。"从空中看,故宫和广场就像一佛头,瑞兆。"活佛一口京片子,语出惊人。他的声音透着黑夜湿润的气息,让人仿佛看见草叶上的露珠。

聊了一个多小时,陆祝艳在王安全耳边说了一句什么话。王安全皱了一下眉头,带着陆祝艳从活佛起居室出来。王安全说,你干吗喝那么多水?陆祝艳说,我又插不上话,无聊死了,除了喝水还能干吗?

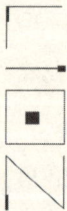

出了寺院，首先看到三辆黑色奔驰车。王安全指了指草原说，快，随便解决一下。陆祝艳说，这怎么行。王安全说，荒郊野地大草原，撒泡尿还那么费劲。他也不避陆祝艳，掏出家伙，在草地上撒了一泡。

王安全犟不过陆祝艳，只好要了一辆车，让司机把他们送回酒店。

到了房间，陆祝艳几乎是跑向厕所。她出来时，已相当轻松。她看到王安全在发短信。陆祝艳不以为然，表忠心呢？王安全说，我们快回去吧，这样溜出来不礼貌。陆祝艳说，我不回，好无聊。王安全说，就你事多。这时，陆祝艳的手机收到一条信息，是丽敏发来的：我们回来了。陆祝艳给王安全看，王安全起身，出了酒店。

好一会儿，一辆车从远处的草原开了过来，在酒店门口停下。车上跳下莫道林和丽敏。还没等王安全开口，莫道林说，赵老板见闭关的高僧去了。丽敏说，我也很想去看看神仙长什么样子。莫道林说，就你不懂事。丽敏问，陆祝艳呢？王安全说，在房间。丽敏说，谁的房间。王安全不吭声，没再理丽敏。

一早醒来，王安全发现手机里有八条信息，七条是丽敏发来的，一条是陆祝艳发来的，都问他在干吗。王安全皱了一下眉头，就去吃早饭。丽敏见到他，脸拉得长长的，问，你那公主呢？王安全说，莫道林呢？丽敏目光闪烁了一下，说，我哪知道。这时候，莫道林进来，说，赵老板要把一辆奔驰车送给寺院，不但送车子，还送人。王安全说，送人，不会是送陆祝艳吧？丽敏说，呵，就惦记人家。王安全一语双关，难道送你，送谁也舍不得送你啊。莫道林瞥了王安全一眼，说，你们想哪里去了，那地方可是喇嘛庙，不收尼姑。赵老板是送车送司机。司机不干了啊，要待在这大草原里，都哭出来了。王安全说，一个大小伙子，这么没用，还哭。莫道林说，司机说给寺院开车，相当于出家当了和尚。老王，你同赵老板讲一下，车留下，人不能留。

王安全吃过早饭，去了一趟寺院。进门便见到赵老板。赵老板一脸祥和，好像心里开出了莲花。还没等王安全开口，赵子曰就说，不虚此行。王安全说，得道了？赵子曰说，见到高人了，五十三年只吃这东西。赵子曰从口袋里拿出一块又硬又黑的面团，捧给王安全看，好像捧着圣物。又收起来，说，我要在这里关七天，就吃这个，你们玩你们的去。王安全不敢相信，你关七天？赵子曰说，对，从今天开始。

回酒店的路上，王安全神色严峻。原本是来放松的，赵老板却变成了苦行僧。这事完全在王安全意料之外。这些年来，王安全经常替高朋贵友安排这类活动，出这种状况极其少见。王安全坐车回酒店路上，给陆祝艳发了条信息：赵老板要在寺院住七天。陆祝艳迅速回了条信息：嗯。王安全不知道这个"嗯"是什么意思。

主角在闭关，陪同的顿时感到失去了动力。但既然出来了，也不能总待在酒店里。第二天，一行人按既定行程去看那达慕大会。莫道林本来安排了一位蒙古摔跤手和赵子曰对阵，为了让赵子曰开心，蒙古人会故意输掉，现在赵子曰在闭关，这个节目只能取消了。莫道林说，钱都付了，要不，王安全你玩一下？王安全没吭声，一副心事重重的样子。莫道林说，放松些嘛，不过是闭关一下，又没死人。

丽敏带着一个炮筒似的相机，她人高挑，手臂又长又细，拿着这个大家伙，好像随时会砸到别人的脑袋。丽敏不走秀后，做起摄影，这也是她提出跟着莫道林一起来的理由。草原好风光，搞摄影的最爱。王安全本来安排陆祝艳的同学一起来的，但丽敏要来，他也无法拒绝。王安全一般不拒绝女人的。

还是射箭好玩。莫道林一直在摆Pose，让丽敏拍。丽敏的镜头却一直对着王安全。王安全和陆祝艳正在说话，表情有点儿急。王安全说，你事儿怎么这么多？陆祝艳不响。丽敏问，怎么了？和公主吵架？王安全觉得丽敏无聊。后来丽敏才知陆祝艳把手机落在汽车上了。汽车停在那达慕大会的外边，有五公里路。汽车不能开进来，得走路回去取。王安全向远处望了望，说，手机有那么重要吗？不看手机会死？陆祝艳说，你不陪我算了，我自己回去取。说完扭头就走，王安全心里软了一下，最终还是咬了咬牙，制住了自己的脚步。丽敏说，王安全，你放心吗？王安全白了丽敏一眼。丽敏又对莫道林说，莫道林，这么好的做绅士的机会，你不抓住？莫道林很想去，回头又看了看丽敏，打消了念头。丽敏一脸讥讽，说，怎么了？莫道林说，没怎么。一会儿，莫道林又说，我确实有些担心，这儿就我们几个是汉人。

陆祝艳一走，王安全反倒来劲了，一连射了十支箭，箭箭中靶。莫道林鼓掌，丽敏却说，王安全心里发狠呢，我太了解他了。丽敏又对莫道林说，道林，你还是追上去照顾一下陆妹妹，好让王安全安心。你不是也挺心疼她的吗？再说了，万一陆妹妹让人欺负了，我们怎么向赵老板交代呀。莫道林犹豫了一下，才应声而去。

只留下王安全和丽敏两人，他们再无心射箭。这那达慕大会他俩去年都玩过一遍。想起去年，丽敏觉得非常开心。王安全虽然花心，但对女人是真的好，一副宝玉哥哥的心肠。那一次，丽敏充分感受到王安全疼起人来润物细无声的好处，加上当时莫道林起劲地追她，让她虚荣和身心都感到无比满足，幸福指数抵达巅峰。

两个人走在大草原，看那达慕大会各种活动，赛马，摔跤，骑术，当然还有舞蹈。丽敏见王安全深沉的模样，说，还在想赵老板？王安全不吭声。丽敏说，你怎么会带赵老板来的？王安全说，朋友介绍的。丽敏说，我以前认识赵老板。王安全吃了一惊。丽敏说，十多年前了，那时他经常到我们模特队来玩。王安全的目光骤然聚拢，落在丽敏脸上。丽敏说，干吗这样看我，怪吓人的。丽敏又说，我和他没关系啊。王安全说，无所谓的。丽敏生气了，说，什么叫无所谓。王安全不再回答。

这时，王安全的电话响了，是莫道林打来的。莫道林说没有找到陆祝艳，陆祝艳根本没回到汽车里。

王安全和丽敏急忙往车队那儿赶。远远看到莫道林像一只猴子一样东蹿西蹿，在向他俩瞭望、招手。到了车队，已是午后，刚才在那达慕大会里吃了一点烤羊肉，肚子倒是不饿。莫道林说，司机没见到陆祝艳来过，车上也没有手机。

王安全掏出手机，拨陆祝艳的电话，一直无人接听。王安全骂起娘来，又拨，还是没接。莫道林说，不会被人劫持了吧。要是出事，就麻烦了。我们是不是要报警。丽敏反对，报什么警啊，别报。王安全一直在拨电话。莫道林问，你在报警吗？没打通？要不要我报，我警察那儿有熟人。王安全制止了莫道林，又拨电话，但对方就是不接。他把手机狠狠地砸到地上。幸好是草原，手机没有碎，只是玻璃有点开裂。

然后他们看到一个人影出现在远处，在同他们预料的方向完全相反的方向。是丽敏先发现，拍了拍王安全的背，指了指远方。他们辨认出是陆祝艳。三个人松了一口气。

陆祝艳终于走近了，一直笑眯眯地看着王安全。她说，我本来想自己走回酒店的，路太远了，我又回来了。你打了我十个电话啊，我没发现。

王安全想发作，不过他忍住了。

赵子曰并没有闭关七天，而是三天。三天后他出来告诉众人，活佛说我悟性好，三天抵过七天。他说这话时笑得很天真，是真心相信活佛所说了。王安全松了口气，他还真的担心赵子曰忽发奇想，也闭关个五十三年——他要是能活到一百多岁的话。他听莫道林说起过，有一个歌星每年都要到高僧那壁洞里闭关一个月。有一年，一月过去都不肯出来，把经纪人吓坏了，硬是雇了人把歌星从壁洞里拉出来，才离开草原。这之后倒是再没见来过。

晚上，大伙儿高兴，开了一桌酒，给赵子曰接风洗尘。莫道林说，接风是对的，洗尘是错了，尘早洗了，闭关这三天，所有俗世烦恼都洗尽了。赵子曰说，你们知道我在想什么吗，这三天？我在想我这只手指，要没王安全，这只手指就不在我手上了。莫道林说，啊呀，赵总还是个俗人啊，三天只想一只手指。赵子曰不以为然，这可不简单，要是我少一根手指，我会变吗？不会，我还是我。那么少了十根手指呢？我也还是我，那么这样一点点减少，肉身就不在了，我还是我。丽敏说，越说越玄了，听不懂。莫道林说，关了三天，变成哲学家了。

大伙儿喝酒。赵子曰不知不觉喝高了。王安全想，禁欲的后果就是放纵。三天闭关也许需要七天的放纵来偿还。赵子曰开始说故事。他伸出中指，问众人，你们知道我这手指是怎么断的吗？你们有没有见过铡刀？我手指被铡刀一分为二，我看到断掉的那一截像一条泥鳅一样跳个不停。不痛，痛要过好久才传遍全身。丽敏皱了一下眉头，说，别说了，太恶心了。赵子曰脸上露出孩子式的笑容，多亏了老王，我这手指没事儿。赵子曰想拔掉戒指，但拔不出来。他说，妈的，嵌在肉里了。

那只中指还是竖在众人面前，好像他想Fuck眼前每一个人。这三天我一直对着这只手指，我在想，究竟谁对我的手指感兴趣呢？丽敏不耐烦了，说把手指收起来好不好？她也伸出中指在赵子曰面前晃了晃。赵子曰笑了，听话地收起了手指，说，我这辈子只听美女的话。

继续喝酒，赵子曰敬了每个人。敬陆祝艳时，赵子曰说，会唱什么？还没等陆祝艳回答，他又说到自己身上了。他说，人生在世，一个字，命。我就信这个。谁也比不过命。命里有的，有人会送你。命里没有的，求也没用。老王，你觉得呢？

王安全没接话，沉默不语。丽敏也有点喝多了，她今晚一直在和赵子曰抬杠。她说，我就不信命，小时候一个瞎子替我算过命，说我活不过三十，现在我都四十二了。过了三十，我就觉得我的命就是捡来的，想干啥就干啥。哪有命，命是我自己闹腾出来的。

你不信？可是我的手指就是我的命，赵子曰说。他今夜似乎打定主意要喋喋不休说自个儿手指了。赵子曰醉酒后的样子王安全从来没见过，他不知道会闹到什么程度，他得控制场面才对。当然手指问题一定不是小问题，一向风风光光的赵老板，忽然有一天被人蒙上眼，劫持到一间黑屋子，手指让铡刀切掉了，哪里会是小问题。家里的保姆也被人杀了，哪里会是小问题。所以来大草原散散心。可还是喝高了，大人物受惊后，比小人物还可笑。

还好，赵子曰没继续这个话题，他突然搂住了陆祝艳。赵子曰说，我他妈就是爱处女，冲喜。赵子曰在陆祝艳的头发上亲了一口。丽敏不以为然，说，她是吗？赵子曰说，不是吗？王安全觉得丽敏有些过分，这样说陆祝艳。陆祝艳表现多好，整个晚上没多说一句话，多懂事的女孩子。王安全在桌子底下踢了丽敏一脚。丽敏说，你干吗，流氓。莫道林紧张地把头探到桌下，他看到赵老板的手摸在陆祝艳的大腿上。

王安全觉得今晚应到此为止了，再闹下去不知会弄出什么幺蛾子来。他断然说，不早了，散了吧，明天还要赶飞机呢。

王安全把赵子曰和陆祝艳送进房间。陆祝艳向他投来哀怨的一瞥。王安全退出去，在关门前，往房间里看了一眼，他看到赵子曰抱起陆祝艳，把她狠狠地砸在床上。

王安全迅速关上门，靠在门外，深深地吸了一口气。

回到自己的房间，看到莫道林在。王安全吓了一跳，说，你在我房间干吗，你是怎么进来的？莫道林说，这是我的酒店。王安全想了想，回过神来，问，找我有事？一向能说会道的莫道林这会儿讷讷的，竟有点儿腼腆。王安全想，莫道林他妈不会也喝醉了吧。莫道林似乎猜透王安全在想什么，说，我没醉。王安全"噢"了一声，说，怎样？莫道林说，丽敏不走了，她终于答应嫁给我。王安全看到莫道林脸上有一种少年式的憧憬，说，看来是真爱。莫道林说，是的，我第一次见到她魂就被勾走了。王安全若有所思，点点头。莫道林似乎有些不安，说，我们是兄弟，本不该这样。王安全摆摆手，说，有什么该不该的，真爱就该。

半夜，王安全被酒店的电话吵醒，他很生气，挂断了。但对方似乎不死心，又一次打过来。王安全睡眼蒙眬，十分懊恼地接起电话，传来丽敏的声音。丽敏说，我过来。王安全不吭声，又一次挂了电话。

第二天，三个人坐上奔驰去机场。

莫道林和丽敏来送他们。赵子曰似乎很高兴，说，真是不虚此行，结出了善果。赵老板闭关三天后，喜欢上了佛教用语。赵子曰看了看王安全，说，老王，你怎么了，这么严肃。陆祝艳说，他吃味儿。赵子曰似乎吃惊陆祝艳说出这话，拍了拍她的头。陆祝艳的长发柔顺，身体微微有些紧张。

三个小时后，飞机到了南方。王安全开车送陆祝艳回艺校，一路上两人都不说话。陆祝艳把头靠在王安全的肩上，王安全没反应，就移开了。到了学校门口，车停下。王安全说，说好的二十万给了？陆祝艳点点头。王安全说，那就好。陆祝艳没下车。王安全说，怎么了？陆祝艳说，想住酒店。

王安全开车去附近一家酒店，开了房间，两个住下。陆祝艳进卫生间洗澡。出来时，亭亭玉立，一身雪白，真是难得的好货。王安全躺在床上一动不动。陆祝艳主动吻了过来，显得相当动情。王安全心里一动，把她压在身下。

完事后，床单上沾了梅花血。王安全一脸疑惑，陆祝艳在哧哧地笑。王安全问，他没动你？陆祝艳使劲点头，脸上挂着类似幸福的表情。王安全出神地想了想，似乎想说什么还是闭了嘴。陆祝艳说，你那朋友是不是有病？王安全笑了，怎么可能，他曾要过两个，他就好这口。陆祝艳说，恐怕像我一样，装装样子，打肿脸充胖子。王安全说，怎么的？没办你，你还伤心了？陆祝艳说，怎么会！我挺高兴的，我为你流了两次血，相当于给了你两次处女。王安全看着天花板，想起上次介绍给赵总的两位"处

女"。人的性格真是千差万别，她们开始还装，后来简直乱来了，当着众人的面讲赵总床上的癖好。她们现在在哪里呢？她们还在读书吗？或者考上某个剧团唱戏？又或者在某个剧组跑龙套？当然她们日后成为明星也不是奇怪的事。

天色暗了下来，王安全发现陆祝艳躺在自己的怀里睡着了，好像躺在某个安全的港湾。

原载《花城》2017年第5期

点评

爱情的复杂、混乱与难以捉摸是艾伟小说的核心主题之一，此篇他依然在此领域发力。

故事的背景被设置在荒无人烟的科尔沁草原上，蒙古包里是五星级酒店，北方的房屋建筑模式偏偏内部装修成江南的样式，一切显得那么诡异，越是污秽的越想要纯洁，越是喧嚣的越想寻找宁静，一望无际的科尔沁也承载不动欲望的无边和人性无底洞般的幽暗阴晦。

"事故"起因于老板赵子曰被人弄断了一根手指和家中"姨娘"即保姆被杀。为了安顿下这个事件，一位体制中游刃有余的高手王安全带他来到了草原，并为他配备了一名艺术学校的女大学生满足他找处女放松的需要。草原上蒙古包的主人是王安全的另一个朋友，同来此地的还有王的另一位性伙伴。至此，三男二女在这封闭的时空里度过了细碎的寻求"放松"的时光，中途赵老板还来了一出在喇嘛寺闭关三天的插曲，不按套路出牌给王安全带来了一丝不安全感。

仿佛是为了适应这个欲望之重下的生活之轻，作者的叙述琐碎之极，全能的视角游走在丑陋却真实的男女之间，正如这个丧失了意义的时代，只剩下身体的躯壳在金钱的刺激下木偶一般行动。最终作者提供了他攥在手里很久的出人意料：拿到20万酬劳的女大学生对王安全动了真情，这个男人寄托了她对于社会人的全部崇拜。艾伟笔下的爱情显得如此沉重而虚无，演变成了我们人性中无解的一个困局。

（王雪）

求诸野/

/余一鸣

礼失求诸野

——孔子

　　清明节，国家放假，高速公路不收费，城里人往上数三代，十有八九是乡下人，回老家求祖宗保佑，顺便踏个青。清明节就热闹，人和鬼都乐呵呵。乡下人到了阴历七月十五，还过一个鬼节，中元节，城里人不放假，中元节比较冷清。种庄稼的年代，这正好处在夏种和秋收的农闲，奋斗了整个夏伏的人们需要找个理由犒劳自己，中元节提供了机会。中元节敬鬼神，敬的都是孤寡野鬼，求的是不要作祟惹祸。酒喝了，菜吃了，其实鬼神只带走了纸钱的灰烬，鱼呀肉呀都落在了人的肚皮里。在我们这里，除了正月，小孩最喜欢阴历的七月。祖宗传下的习俗，七月祭祀不限于七月十五，整个阴历七月都可以。这个"政策"好，七亲八戚错开日子，小孩可以跟着大人走亲戚，吃上十天甚至半月。现在变了，田荒的荒，没荒的挖成蟹塘搞水产养殖，农忙没什么可忙，肚子里油水也不怎么缺。关键是人荒了，那些能喝大酒吃大肉的人都进了城，村里就剩下老人和孩子，很多村人敬鬼神的态度变得马虎，在路口烧点纸就对付过去。我爸和我妈守着传统，年年把这当个大事，私下里我妈说，你哥哥公司做得大，事业兴旺，咱家朝中无人，靠谁？全靠神灵的保佑。别人家图省事，咱家不能让鬼神指脊梁骨。我妈说得我后背发凉，她却暗自得意，似乎儿子事业发达她功不可没。

　　通知各路大神诸位祖宗，我妈会提前焚香敬告，鬼神太多，我总疑心迟到者会挤不上桌子。好在来多来少都没人能看到，村里人只看来的亲戚多不多，人气旺不旺。亲戚只看桌上的酒好不好，上的菜有没有档次。我妈还得把所有亲戚都通知到，指派我打电话发短信发微信，唯恐漏了哪位亲戚，让人在背后戳脊梁骨。最重要的人物是我舅舅，我必须亲自上门去接他。

我舅舅是个聋子，他家中有座机不开通，他也不用手机，我无法通知到他。最主要呢，我跟我舅舅亲，舅舅有俩儿子，没女儿。小时候我常赖在舅舅家，上面有俩哥哥让着我，舅舅舅妈稀罕我。我妈常说，这丫头，送给你当女儿算了。

小时候我确实想给我舅舅做女儿，要知道，我舅舅在我们那一带曾经是远近闻名的名人。我没来到这个世界之前，我舅舅是个军人，通信兵。正逢南边有战事，我舅舅上了前线。据传，开始的时候，通信兵用普通话传话，敌人都能听懂，用外语，人家也有人懂。后来，首长遇见我舅舅与老乡聊天，灵机一动，通信兵全换上我们这地方出来的兵，土话，土得掉渣，敌人傻眼了。我舅舅立了军功，不少战友回来时缺胳膊少腿，我舅舅看上去囫囵，耳朵成了摆设，让炮弹震聋了。据说，领导让我舅舅去做报告，我舅舅装聋作哑，死活不答应。真有人说我舅舅的耳朵没有聋，舅妈说，他是该聋的时候聋，他想听见的时候就不聋。这话我信，我舅舅和我在一起说话，就不需要我爆嗓子。舅舅也跟我讲打仗的故事，小时候我帮他在背上挠痒痒，我问他，这俩蟹壳下面怎么凹进去这么深？舅舅说，怪我不小心，敌人一炮轰在我背上，躲不及，后背给擂下去一个坑。这比刀枪不入还牛哩，我那时人小，当真信了。夏天在院子里喝稀饭啃饼，他腿肚子上明显有个疤眼，我说子弹怎么只有进洞没有出洞，它还在里面？我舅舅说，没有。他一拍桌子，把缝隙里的芝麻和饼屑拍出来，用手掌接住。说，就是这样，那子弹钻进去了，我在腿上一拍，它就掉出来了。舅妈和哥哥们都笑了，我没笑，没觉得哪里不对。倒是有一回，我妈在院子里杀鸡，老母鸡肚子里金黄金黄的鸡油一堆堆外挂，我舅舅跑到门外干呕了半天，他跟我妈说，人肚皮里翻出来也是这东西。就这一次，让我小瞧了一回我舅舅。

我的车只能开到舅舅村上的村口，舅舅家在村中间，以前在村口抬头就能见到那幢两层小楼，醒目得很。现在被前后左右邻居的楼比下去了，南边传来的风气，起楼都是四五层，我哥回村盖的是八层楼，房间大多空着，楼高人稀，我爸早晚巡逻一遍，累得够呛。如果我舅舅遇见了，就会双手着地，装作是一条伏天的老狗，挂着舌头耸着肩膀喘气，挖苦我爸那败相。我爸也不示弱，说，眼馋我不？你那小楼，腿一伸就撑到墙了。我舅不生气，说，我要巡逻，上老大家去巡逻，五十层的楼，比你这高出多少层？俺懒得爬，让老大掏钱雇保安爬，当耍猴。大表哥家确实住五十层楼，每月缴物业费，那保安也可以说是业主雇的，可这是哪里跟哪里呀。我爸急了，我这是一幢楼，你那只是楼里几间房。我舅说，是哩，你这楼里不也就几个房间住了人，我在老大家，常常就把那上上下下的房间当成空房间。我爸说，那是因为你是聋子。话说到这里，俩老顽童就停战了。我妈这时候特别紧张，怕我爸口不择言，伤了我舅舅。我妈是我舅舅的亲妹妹呀，她心疼她哥。我妈说，别看我哥嘴上不着调，那是扛着，其实他是个心重的人。

上世纪八十年代初，我舅舅做了一件轰动乡里的事。我舅舅从部队复员，地方政府敬重英雄，把他安置在山区的国营煤矿，转户口，做工人阶级。当时这可是乡下人梦寐以求的事，那些知青觅死觅活回城不就图这些吗？那些头悬梁锥刺股疯了也要上大学的人不就图这些吗？可我舅舅报到第一天就反悔了。他从矿上骑自行车赶了五十里路回家，跟我舅妈说，他不想待在煤矿。那时他跟我舅妈新婚不久，英雄的光环熠熠生辉，我舅妈做不了他的主。后来我爸翻我舅的老账，总说我舅舅那时是光顾了贪热被窝，鼠目寸光。我舅舅说服领导的理由是，他不喜欢钻在地洞里，在南边打仗，他蹲在洞里担惊受怕受够了。我舅舅放弃了户口放弃了工作，回家做了农民。当然，他弄到了一笔安家费。我舅舅用它买砖买瓦，买这买那，钢筋水泥的两层楼说起就起了。我小时候看舅舅家的楼，觉得除了课本上的天安门城楼，就数它雄伟壮丽。村人眼馋，我爸也眼馋，那时候村里人别说盖楼，就是盖个砖瓦房，也得像鸟儿衔草筑窝一样慢慢地积攒。喝上梁酒时，我舅舅豪情满怀，说，都笑话我小农意识，老婆孩子热炕头有什么不好？我打仗时就想着，能活着回来什么都可以不要，就图好好过日子，疼老婆疼孩子。据说我那柔情似水的舅妈就坐在他身边，感动得眼泪当众哗啦啦地淌。

现在这楼就成了个破落户。四周邻居的楼都居高临下地俯视着它，遮它的风头，挡它的阳光，相比较新楼闪耀的玻璃幕墙，它那斑驳的外墙砖，旧的旧，残的残，已经像白癜风病人的脸抬不起头。村里很安静，暑假，孩子都被城里打工的父母接走了。巷子里的青石板路，潮湿处已爬上青苔，那石板路的两边，长出了一丛丛野草，高高低低的草尖草叶，戳在我裙摆下的小腿上，有痛有痒，仿佛是小时候走在田埂上。院子门是舅舅亲自焊的铁门，材料是建房剩下的螺纹钢，现在手一挨，锈粉就染黄你的手。院子里也长了草，触目的茂盛，那棵老柿树叶子掉得差不多了，但枝头的几只柿子竟提前红了，红得惊心。大门锁着，灶间是红砖小屋，门没上锁，我拉开锅盖，锅底居然长出一簇白毛，肯定是剩饭搁得太久了。舅舅这人也太懒了，院子的晾衣架上还晾着他的汗衫，我收起的时候衣角不小心挂了一下，居然纸一般挂破了一大口子。我没记错的话，这应该是端午节我送粽子来时，替他洗的衣服。几个月过去了，他也没想起来收。

舅舅肯定有日子没回家住了，他把蟹塘当家了。

掩上舅舅的院门，我心里觉得愧对舅妈。我答应我舅妈常来看舅舅，一晃又是两三个月没顾上。

我舅妈从小待我好，本来二胎想生个女儿，生下来又是带把的，小时候的二表哥扎小辫，穿小花裙子，后来有小伙伴嘲笑，他不干了，舅妈的热情转嫁到了我身上。年轻时的舅妈不仅是个美人，还是个心灵手巧会打扮的"潮女"，那年月所谓"潮"，也就烫个卷发穿个连衣裙之类，在乡下就惊世骇俗了。舅妈生了两个光头儿子，爱美之心不死，每次我从舅妈家回去，都是面貌一新，用我妈说的话，回来个小妖精。我妈吃醋也不管用，舅妈还有更厉害的一招，会做菜。不说大鱼大肉，就是萝卜青菜，也能做出不一般的味道。端午的粽子，六月六的包子，中秋的月饼，九月九的玉带糕，舅妈做的点心让人想起来就流涎水，我和我哥跑舅舅家腿最勤。我舅舅说，她这人，平时怕说话，把脑筋都浪费在锅灶上了。连我爸都替我舅妈打抱不平，说，你别得了便宜卖乖，没有大嫂，只怕你连西北风都喝不上。

这话应验了一半，我舅妈到大表哥家带孩子后，我舅舅没喝西北风，但饥一顿饱一顿的日子是常态。

这得从我的两位表哥说起。乡下男孩子，只有两条出路，上大学或者参军。我的大表哥带了个好头，考高中考取县中，考大学考取南大，毕业考上了公务员，人生可以说顺风顺水。小六岁的二表哥不甘示弱，在舅妈的唠叨声中，憋着一股气考上了中国金融大学，毕业后进了人民银行。都说舅舅家风水好，连我只上了一个三本医学院，我妈都说是常往舅舅家跑，沾了舅家的灵气。我舅舅可得意了，说，生俩儿子不算难，难的是都考上重点大学。考上重点大学不稀奇，稀奇的是俩小子都找到了顶呱呱的工作。大表哥结婚，他的新娘子是大学同学，我舅舅在酒席上对他的小儿子背乘法口诀，一二得二，二二得四，连我都听懂了，他是暗示老二，也找一个大学生老婆。我二表哥时刻以老大为榜样，确实也找了一个大学生做太太，不过他们结婚时，我舅舅已经没心情高兴，俩儿子结婚欠下的债务像大山一样快把他压趴了。别看我舅舅耳朵聋了，他对这个世界的动静了如指掌，风向哪里吹，他听得一清二楚。比如说最早的时候村里一窝蜂去城里打工，他不去，自嘲说舍不下老婆。他承包了村里的几方鱼塘，养螃蟹和甲鱼。等许多人回头也弄水产养殖时，他跟村长说，鱼塘再包给我一个人，不合适。别人眼红，说不定扔一瓶农药让我的螃蟹王八底朝天。他留了一方塘，塘埂上是他搭的草棚子，草棚子变成了商店，卖水产饲料和渔具。不几年，湖滨的良田都挖成了塘，养殖来钱快呀，舅舅的生意愈来愈兴隆。我舅妈也没歇着，她置了两箩筐碗盘筷勺，红白喜事，她喊上两个帮手，小半天就能把三五十桌菜办下来，那业务广告都刷到我家院墙上了。说我舅舅舅妈没赚到钱，真小看了这对老夫妻。我那舅舅，他亲外甥来买甲鱼，电话里说好的八十一斤，结账时我舅舅说，我听你说的是一百块一斤呀，你可不能欺负舅舅我是聋子。我哥哥哭笑不得，谁欺负谁呢？乖乖地付账走人。我爸说，这聋子还聋出花样了，他怎么没听成六十一斤呢。我妈依然护着她哥哥，说，八百块一斤你儿子也得付，天上雷公大，地下娘舅大，你儿子在世上就只有这一个舅舅。

我爸爸跟我舅舅斗气，不是为这点账钱多钱少。那些年我俩表哥金榜题名，春风十里，我哥是个建材公司的小推销员，见人就挤笑递烟。我爸在我舅舅面前硬是没风光，被压了一头，一压多少年。想不到时来运转，我哥把公司开到南京，成了不大不小的老板。我俩表哥，说到底也就是个工薪阶层。说白了，我爸其实就是想挣回从前抹掉的面子。

前后培养两个儿子上大学，对普通农家来说已经不容易。我舅舅舅妈肩头拉着犁铧，心里志存高远。蚂蚁搬家一般，他俩在支付儿子读书的费用之外，往家搬砖瓦，搬钢筋水泥，那可真是用手搬用肩扛，巷子窄，别说汽车拖拉机开不进来，连板车也拉不进来。好在我舅舅钱少，每次能买下的材料有限，俩人累了歇，歇了再搬，也就进出趟数多一点而已。大表哥带着女朋友第一次来家时，院子里已经像个小仓库。他们去湖里划了小船，去苇荡看了风景，揣着见面礼回了省城，那女子对我大表哥说，你爸你妈将来就老两口过，这两层小楼人均面积已超百平方米，还盖楼做什么？这话带到我舅舅耳边，他没装聋作哑。那时老二还没考大学，这材料是为老二留后手准备的。在我们乡下，没有一幢漂亮楼房，娶老婆很是渺茫。我舅舅拿出英雄气概，卖，都卖了给老大买房。后来，老二争气也考上大学了，但老二是处处以老大为榜样的，老二在深圳工作，工资比老大高一点，但深圳的房子比南京高出一大截。我舅舅很惭愧地对我二表哥说，给老大多少我也给你多少，只是跟你哥那会儿房价比，现在这钱太不值钱了。

但是这年头，钱是越来越难挣了。

我舅舅长孙的满月酒是在镇上最豪华的酒店办的，按说这酒要办也应该在舅舅家里办，我舅妈是远近闻名的大厨，多少能省一笔开支。我舅舅说，砍刀都挨了，还在乎挨这指甲掐一把？他坚持去酒店办酒席。红包都是孙子收了，宴席的钱得当爷爷的掏，我舅舅舅妈高兴，乐呵呵地掏了。趁老两口心情好，我大表嫂再接再厉，提出了新的要求，让我舅妈进城去带孙子。

我妈还在上班。再说，孙子首选也该奶奶带。大表嫂有理有据。

我舅妈说，你们能不能请保姆，保姆费我们掏。

这不是钱的问题。保姆再好也是外人，怎么比得上自己的亲奶奶心疼孙子。

当老板的有一句名言，凡是能用钱解决的问题都不是问题。我舅舅没做过老板，缺钱，但他也遇到了钱解决不了的问题。我舅妈其实是放不下我舅舅，一起进城长住儿子家，儿媳肯定不乐意，而且，住长久了，我舅舅肯定也受不了窝囊气。我舅舅拗不过儿子儿媳，说，奶奶带孙子，也是天经地义。我不能去，我们俩都去城里，还怎么赚钱给老二成家？

我舅妈在南京城里一住就是大半年，一直到腊月二十八她才回来，再怎么样年关总得让老人回来备年货。我被我舅舅派遣去长途车站接舅妈。我舅妈大包小包把我小车的后备厢塞满了，我舅妈说，都是老大的旧衣服，其实也不旧，还都是名牌，说不穿了就要扔。我抢下来，够你舅舅穿几年。我心里想，这是把我舅舅当垃圾箱。我舅妈掏出大孙子的照片，是一个白白胖胖的可爱小家伙，我看了也实在喜欢。车到了村头，我舅妈不下车，说，丫头，把你的化妆盒让我使使。我舅妈在副驾座上弄了半天，又是描眉又是涂唇，下车一看，真的是一亮丽的城里大妈呢。使我惊讶的是，我舅舅在家里把门抹了，院子里的草除了，洒扫一新。我舅舅呢，胡楂刮得泛青，头发梳理得整整齐齐，还明显抹了水。他简直与我平时看到的那老头判若两人，我都快不认得了。舅舅立在院子里，我喊，舅，帮我接包。我舅舅听不见，他的目光越过我，落在我舅妈脸上，我回头一看，我舅妈眼里亮晶晶了。

简直是演琼瑶的言情剧呢，这俩已半百的老头老太。我不好意思久留，丢下大包小包，撤了。

我舅妈在城里住了三年，大孙子上小托班，她终于得到了解放，回家了。

湖畔的水田分田单干时曾经被大伙嫌弃，夏季湖水多的年头，稻田就淹成了水塘。三十年河东，三十年河西，现在都挖成了水塘，把泥巴垒在堤坝上，堤坝比原来宽阔结实了，装着氧气机的水产运输车跑在上面也能错车，只是把土路的路面轧得坑坑洼洼，我的小车开在上面像跳摇摆舞。

我舅舅的棚屋就在路边，迎接我的是一只大白鹅。以前是一大群，鹅这家禽，在我们这里比狗厉害，风吹草动就能叫得惊天动地，倘若把你当作敌人，它能舞起双翅，直啄你的眼珠。到了腊月，腌制的咸鹅就是走亲戚的重礼。只是这些年，城里人不吃咸肉咸菜了，亚硝酸盐致癌，我舅妈也不肯往城里捎了。舅舅的鹅群大大缩编，只养了几只，几只也行了，夜里遇动静也有高亢的咋呼声，能吓退的一样吓退了，不能吓退的谁也挡不了。舅舅在屋里，趴在靠墙的小方桌上吃泡面。从侧面看，我舅舅怕是有半年没有理发了，花白的头发披到颈根下，络腮胡子连成了篱笆，屋子里光线暗，粗看，我舅舅的脸就像一只干巴的葵籽盘。我舅舅抬起头，胡须上沾了汤汁。这屋子里堆满了各种饲料，我舅舅的床就是在那些塑料包上放了一条草席。屋里的家具，除了小方桌，还有一台旧电视和放像机。

连煤气罐和简易灶具都挤出去了，放在外面屋檐下。我心里酸酸的，不敢说话，怕一开口泪珠子就要掉下。我伸出手，做了个剪刀状，他难为情地笑了，从角落里摸出一把剪刀递给我，把唯一的方凳搬到屋外。我要动手理头发，舅舅说，头上怕是有气味了，别冲你鼻子，我得先洗个头。舅舅取了一块肥皂，趴在水塘小船的船帮上，稀里哗啦地搓揉他的长发。

我舅妈只在家待了半年，又走了。这次是去深圳，给我二表哥带孩子。我二表哥家生的是女儿，来了几次电话催我舅妈过去，我舅妈去过一次深圳，舅妈说，我待不惯你们这里，天气热，还闷，人整天像在蒸笼里湿漉漉的。我二表哥说，妈，您是嫌我们生的是女孩吧。我哥生的是儿子，您带孙子满身的劲，带孙女就嫌这嫌那了。我二表哥把电话撂了，我舅妈一边流泪，一边把小儿子的话向老伴儿汇报。我舅舅沉吟了一会，说，老二说的话不中听，胡搅蛮缠，他明知道你打他小时候就想有个女儿，没有女儿，有个孙女也是遂了你的心愿，哪里会嫌弃。他这是激你，老二也是有了难处，手心手背都是肉，咱做爸妈的得一碗水端平。你去深圳吧，别担心我。我舅妈怎么能不担心，我送她去车站时，一路上我舅妈的泪水没有断过，我舅妈说，你舅舅这个人，嘴上硬，心里有苦不肯说，我在南京三年，他老了有十年。我这次如果在深圳再待三年，他不知道会把自己糟践成什么样子。

我理解我舅妈，南京是省城，来回只要坐半天大巴，她都难得有机会回家。深圳那么远，不是坐火车就是坐飞机，我舅舅忙一个月还挣不下来回的票钱，她能回来的次数就更少了。我安慰舅妈说，您放心，我会经常去看我舅舅。

我把这话说了，却没能做到。我在镇医院做医生，新人资历浅，日程排得满，隔三岔五被使唤替人顶白班顶夜班，忙得像陀螺，就顾不上看望我舅舅了。当然，这些话我都说不出口，主要是我没把舅舅在心里的位置摆正，心里有舅舅，总能挤出时间。

我一边给我舅舅剪头发剪胡子，一边问他，我舅妈在深圳还好吗？

我舅舅跟人说话，盯着人的嘴巴才能对答，所谓读唇语。我舅妈去南京，他就把家里的座机停了。有人建议他配个手机，做生意方便，他也摇头。他的客户都是固定的，他每隔几天跑一遍，要货就送上门。我舅舅说，已经有两个耳朵做摆设，没必要又添一个，再说，摆设得有地方摆，揣在口袋里，连摆设都算不上。但是我舅舅说，他和我舅妈能隔空说话，有时候他会用小商店的公用电话拨给我舅妈，对着话筒唠叨好一会儿，别人也弄不清真假。我舅舅说，好什么好，老妈子一个，说起来是个上人，是主人吧说了不算，是客人吧啥话都干，是保姆吧一分钱不赚，外搭钱还不算。我忍不住笑了，我舅舅也笑了，说，你舅妈南京回来传的顺口溜，说给我逗个乐子，解闷。

我替舅舅理了发，又搜出一堆脏衣服洗了晾了，然后打扫房间。碗里还剩一点泡面，我正要倒，我舅舅说，别浪费，我吃完。我舅舅把面条夹进嘴巴，举起筷子指了指屋顶，我看看屋顶，没看到有什么东西，我舅舅吞了面条，说，以前吃这泡面，不泡，一块一块用手撅了吃，像是吃点心，省事。现在不行了，不用水泡开，就咽不下它。用水泡了，我还得抬一下肩膀，它才肯顺溜地下去。我心里一惊，说，舅舅，你得跟我去医院做次检查。

我知道，这是食道出了问题，运气不好就是食道癌。

我舅舅说，你做医生的就是大惊小怪，一会儿，到你家吃饭遇上好菜好饭，我保证是狼吞虎咽。

我对舅舅屋里那台放像机好奇，舅舅把它擦得锃亮，这玩意儿早就被淘汰了，录像带都别想在音像店买到了。我说，舅舅，您平时靠看录像打发时间，都有些什么好带子？我舅舅摇摇头，说，还没使用过，从别人手里淘来的，想让老二用拍电视的机器拍一盒录像带，下次你舅妈捎回来，我就可以常常在电视机上看。

我舅舅应该还没见过他的孙女儿，他想看这孩子，又怕花钱去深圳，才想出这笨办法。我说，舅，用不着那么麻烦了，手机就可以拍视频，还能传过去传过来，一会儿我让二表哥下班后拍段视频，让当爷爷的见见宝贝孙女。

真的？我舅舅将信将疑，怎么就没人告诉我，手机还有这个用处？

舅舅走的时候，一定要把他最后的那只白鹅带给我爸妈。我舅舅说，本来有三只，不小心让水产运输车轧了两只，我以为一只也可以养着，反正它有吃有喝，住的还比原来宽敞。可是它不争气，白天打不起精神，半夜还无缘无故惊叫，一夜吵醒我几回。

我知道我舅舅是不愿空手走亲戚，编故事呢，一个聋子能被吵醒？还

几回?

上了车，我舅舅沉闷了一会，说，问你个事，都说政府让放开二胎了，有这事？我点点头，我舅舅沮丧地说，你舅妈这辈子怕是难有出头之日了。

我舅舅说，你跟老二说清楚，拍电视时主要是拍你舅妈。

我说，不惦记孙女了？

我舅舅说，你舅舅舅妈老牛拖破车，顾了儿子还要再顾孙辈，有谁想过，我们俩过的是什么日子？老了老了，弄得比中元节的野鬼都孤苦。

我舅舅平时说话声音不高，不像一个聋子，聋子说话像跟人吵架，以为别人跟自己一样听不见。我舅舅不是，我爸说，我舅舅这样的聋子很可怕，死人堆里活出来的，他不论是夜晚还是白天都知道自己是谁，生死不由命，富贵不在天，连中元节的孤魂野鬼遇见了他，也敬而远之。我妈骂我爸，我哥哪像你，在家动不动就脸红脖子粗。我嫂子胆小喜静，结婚前我哥就说，他不能让她的日子过得一惊一乍。

刚才说那最后一句，舅舅声音突然拔高，像一个真正的聋子说话，那嗓门把我的车都惊了一个趔趄。

原载《清明》2017年第2期

点评

甫一展开，小说就用寥寥数语交代了丰富的信息：清明节这个传统节日成为国家法定假日，包含着让"孝"这个曾被"五四"激烈反对过的价值体系重新回归到日常生活中的图谋；高速公路不收费增添了节日的狂欢气氛，更映衬着对于平时收费无孔不入的隐隐态度；城里人往上数三代大多是乡下人，诉说着我们这个国度城市与农村、现代与传统的剧烈冲撞；回家去求祖宗保佑并没有任何突兀，折射着人们在当代社会不确定性与风险的巨大压力下求诸民间信仰的普遍现实；顺便踏青，则将清明节的重要节日内涵与现代适应性一览无余；人和鬼都乐呵呵更是将视野伸展到两个空间维度。大幕拉开，小说开始，将城乡冲突、代际冲突写得平淡如菊，却又动人心魄。

城市对农村的攫取、年轻人对长辈的攫取，就这样在亲情的外衣下粗粝推出，不意外，却也难以直视，因为你、我、他都是故事中的人！舅舅经历了战争的考验、商品社会浪潮的考验，他凭借个人的智慧尽量保全自己，跟上时代。工人的身份、体制的保障没能夺走他对舅妈的爱，可是两个儿子却让他们陷入生离的绝望与悲苦。"礼失求诸野"，没有的都向"野"去求，问过"野"的感受吗？如果舅舅看到城里人两片嘴唇翻动，不停重复他陌生的两个字，当他终于知道那叫"乡愁"的时候，除了能"呸"地唾一口唾沫在地上，也无力再做出别的什么了。

（王雪）

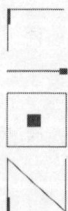

声音的集市/

/刘建东

　　讲座已经结束，我还无法走下讲台，有几名听众上来索要签名。讲座的大厅是个小型的剧场，平时会偶尔有一些演出。今天是周末的上午。人流稀稀拉拉地向外走，像是一出散场的戏剧。风穿堂而过，刚才讲课时没感觉到冷，因为我脚下有一个电暖气吹着，现在才发现，剧场里根本没有暖气。真不知道，台下的那些人是怎么坚持听我讲完的。我微笑着签名，照相。最后看到了她。她一直躲在其他人背后，直到讲台上只剩下我，她才挪过来，开始我还没有意识到有什么问题，用眼角扫了一下她，长头发，一个约莫20岁的姑娘。她递过来一张白纸，一支笔，轻声说："老师，请给我签个名。"

　　这是冬天，在城东的绿岛剧场。她特别补充了一句："请您给我写一句话。"我不假思索，随手在白纸上写了一句"书山有路勤为径"，签上我的姓名和日期，把纸递给她时，才发现，她是个盲人。她脸色微红，腼腆地说："谢谢老师。我还有个问题，能不能问？"

　　一旁开发区文联的李主席根本没把这个盲人姑娘放在眼里，他已经在催促我去吃饭了。我示意他稍等一会儿，耐心地对姑娘说："你尽管问吧。"

　　姑娘说话的声音很柔很慢，"老师，您今天讲座里，提到了水浒英雄李逵，您说黑旋风是个大恶人是吧？"

　　我愣了一下，然后笑着说："姑娘，你理解错了，我没有说李逵是个恶人，我只是说，在《水浒传》这部小说里，施耐庵给我们呈现的李逵，是一个充分展示内心恶的形象。我并没有说他是恶人。"

　　她攥着那张纸，腮边微红，陷入了沉思。

　　这时，区文联的李主席一把抓住了我，用力拽着我向外走，"走吧，我们区委黄书记已经到酒店了。"

我匆匆走下讲台。这个时候，剧场已经人去屋空。讲座好像真的是一场集市。由我这样的人来兜售自己的想法，其他人照单全收，完全是卖方市场。李主席快步地向前走，行色匆匆，充满了因为冷落领导的内疚。我回头看了看讲台之上，那个姑娘还在那里，像个雕像，一动不动。

今天我讲的什么题目？那姑娘的问题稍稍让我的思维出现了停顿。是的，《善与恶——文学中的角色扮演》。我讲到了李逵。此时，在我几乎是被李主席推进汽车里时，我仿佛看到，在李逵打打杀杀的场面中，有一张疑虑重重的姑娘的面孔若隐若现。李逵那把闪闪发亮的斧子四处飞舞，那个姑娘像片弱小的叶子一样，瞬间就被砍得粉身碎骨。

冬天给了我们有关温暖的记忆。这个季节里，竟然有那么多人在等待着被文字和文学所照耀，我像一支火把，一支由文学缠绕在一起的火把，不知疲倦地穿梭于礼堂、大学、工厂、社区，把文学的暖意留在冬天里。每一次，我都面对的是不同的人群，不同的对温暖充满期待的人群。我不断地重复着一个或者两个，三个题目的讲座，而每一次，我都讲得热血沸腾，仿佛都是第一次讲给自己听。可意想不到的是，在时隔一周之后，我又一次碰到了盲人姑娘。

第二次是在师大的讲座，夜晚，文学是这个北方城市罕见的星光。这一次，她不是最后一个映入我视线中的听众，而是我从讲台上走下来，就看到了她，她从后面向前走，还不时被退场的学生碰到，险些摔倒。我等着她，我几乎已经忘记了她上次最后的提问内容。我只是觉得她是个执着的爱好者，也许，她在写诗或者散文。我对仍然跋涉在这条路上的人心存敬意。我说："慢一点。"

她说了一句话，吓了我一跳，她说："老师，您在讲座里说，李逵是个时代英雄。"她这句话，一下子就让我对自己今天的讲座有些怀疑，我没有讲到李逵吧？我含糊其辞，在想着怎么回答她。我们一前一后向外走。师大的校园里，有一种特别的情调，让寒意稍稍地减弱。我谢绝了郭老师要请我去消夜的美意，我看着他开着黑色桑塔纳消失在图书馆后面，然后转头看了看站在暗处的盲人姑娘，我问她："你怎么回家？"

"黑暗即是我家。"她轻描淡写地说道，却如此诗意。这更加坚定了我的揣测，她是个文学爱好者，一个对诗歌执着的人。

我肃然起敬，我说："我送你吧。反正我也要穿越黑暗回家。"

她没有拒绝，上车后我问她去哪儿。她反问我去哪儿，我告诉她去东二环。她说："那你就把我放到万达广场吧。"

路上我说："姑娘，你是第二次听我的课了。"

她说："老师，您记错了。不是第二次。"

我暗自吃惊。我说："我想不起来……"

她提醒我说："在残联那次。您忘记了吗老师？"

"残联？"这个词离我非常遥远，我从来没有与残联打过交道，我矢口否定，"没有。我从来没去残联讲过课。"

姑娘斩钉截铁地说："没错。是您，董老师，董仙生老师。我虽然看不见，但是我的耳朵就是我的眼睛，它用听觉来看这个世界。我相信我的耳朵，比你们正常人的眼睛还诚实。那是个雨天，您讲的题目叫《文学的面孔》。"

我一惊，思想一下子就抛了锚，汽车轮胎打了滑，险些窜到其他车道上，我定定神，汽车平稳下来，说："这个题目我确实讲过，而且不止一次。可是残联那地方，打死我也没去过。我根本不知道残联在哪儿。"

"就是在那个雨天，那次讲座上，您讲到了李逵，讲他是一个时代英雄，时代造就了他，他也顺应了时代。您的话我都记在脑子里，我的脑子就是个笔记本，毫厘不差。"姑娘的语气极为自信，仿佛这就是在残联的讲座之上，而我正在向众人描绘着一个叫作李逵的大汉，讲他在时代的旋涡中披荆斩棘，讲他英雄的故事。

"那不是我。"我的辩解那么苍白无力。她的脸始终面向前方，脸露微笑。那是一张意志坚定的面孔。她的表情让我感觉自己真的做了亏心事，内心有愧。

"而您在桥东的绿岛剧场讲座时，又说李逵是一个恶人。您竟然会把一个人说成两个人，就像你在讲座里提到的那个分成两半的子爵，那个叫梅达尔多的子爵，两个完全风马牛不相及的人，我一直都心里不安，不知道该相信雨天的那个董老师，还是剧场那个董老师。"不时闪过的车灯照在她疑虑重重的脸上。

好在，她看不到我，这让我稍感心安。而且，万达广场已经到了，我解脱了。我停在路边，告诉她，她已经到了。她打开车门，下了车，回头冲我说："董老师，我还会去听您的课的。"

我赶紧逃离了她，过了路口向后看了看，在摇曳的霓虹、不时闪过的车灯、不离不弃的路灯光的交相辉映中，那个路口，早已没了那个姑娘的身影。我都不知道她叫什么，做什么的，为什么总是去听文学讲座，而且为什么去听我的讲座。

第二天，鬼使神差的事情发生了。我竟然在拥挤的车流之中，七拐八拐，来到了残联门口。残联在桥西偏北的地方，合作路上，离我上班的社科院已经超出了三公里。我从车窗里看着那个灰头土脸的大楼，看着从那个大门出出进进的人，他们几乎和我一样，我仿佛看到自己在社科院门口出出进进的情景。我疑惑地问自己，我真的来过这里？

在这个城市里，不同的人扮演着不同的角色，彼此并不矛盾，我们互相友好地演好自己，共同上演着一出人生的戏剧。我认为自己是一个好演员，一个著名的文学评论家，一个文化名人，一个用自己的思想来塑造自己，并影响别人的精神抚慰者。有时候，我是靠惯性在行动，比如讲座，就像是打了吗啡，它在我的生命中是永远无法停止下来的。它是我人生角色中的重要一环。

这一次是在省图书馆。我走上讲台的第一眼就看到了她。她坐在第一排，正襟危坐，微笑着面对我。她眼睛看不到，但是一定能听到我的窘迫，在她面前，我总觉得被一双锐利的目光注视着。我是真的不想看到她。不过，我到底已经锻炼成了职业的讲座家。一讲起来，便忘记了她给我制造的一点点麻烦。除了偶尔能看到她那张凝神听讲的脸，让我稍感不适外，大部分的时间都是被我自己强大的内心掌握的，面对如此情景，我游刃有余。

讲座结束后，她紧紧地跟着我，没有提任何问题，让我略感轻松。省图的宋主任注意到她，问我她是谁，是不是跟我一起来的，要不要一起用午餐。我还没有回答。姑娘却抢先说："我是跟董老师一起来的。"

吃饭的时候，她紧挨着我坐下来。令所有人意外的是她却不吃一桌子丰盛的饭菜，而是从自己的包里摸出一袋饼干，一瓶矿泉水，独自吃起来。她身边的小杨替她把菜夹到面前的盘子里，她说："谢谢。我只吃

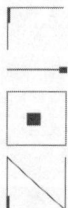

饼干。"他们都诧异地看着她，然后再看看我。我解释说，我们吃我们的，她这是习惯。其实我哪里知道她有这样的习惯，我不过是才见过她三次，况且我连她的名字都不知道。这顿饭吃得寡淡无味。匆匆吃完，在停车场告别宋主任一行，我上了车，姑娘也跟着上了车。我挥手告别宋主任，车开出拥挤的停车场，我对姑娘说："课讲完了。"

盲人姑娘说："董老师，您不是说好了要送我吗？"

我想了想，没记得什么时候承诺要送她了。我只好说："你去哪儿？"

姑娘想都没想，"长安公园西门。"

我专心开车，姑娘先开了口："董老师，我感觉到您闷闷不乐。"

我说："没有啊。"

姑娘说："您骗不了我。我看不到。我能听到。听到您在想什么。"

我说："我什么也没有说，什么也没想。"

姑娘说："可是那些人在说呀，他们一直在想啊。他们一直在说，都是说些您不爱听的，可您还得附和着他们，装作您很认同他们。他们对您毕恭毕敬，但也只是场面上表现出的热情，心里不定怎么想的。那个叫宋主任的，其实一点也不喜欢您，从骨子里不喜欢您。他只是因为工作的关系，没有办法，而打着官腔。那个杨经理，不过是想利用您的地位和影响力，来给他们读书俱乐部涨涨人气。那个小黄，是一个像我这样的文学青年，他只想着和您套套近乎，好让您在文学的道路上帮他一把，给他的书写篇评论，推荐评奖。"

我暗吃一惊，她看不到，却能感觉到我在想什么，其他人在想什么。我停下车，"你到了。"我说。

姑娘没有下车，她说："董老师，还没到。我说的是长安公园西门，不是南门。"她看不到外面的景色，真不知道她是怎么感觉到的。

她继续着她对这个看不见的世界的探寻。她说："董老师，您六月六日那天，在燕赵讲堂讲课，讲座的题目是《四大发明与中国历史》……"

她还没有把问题抛出来，我就有些发毛，她的想法，远远不是一个文学爱好者的思维方式。我立即制止了她，"那不是我。姑娘，我没有讲过四大发明。我是个文学工作者，对历史没有太多的研究。没有研究过的内容我从来不会讲的。你肯定是认错人了。"

不管我如何辩解，都无济于事，她是个认死理的姑娘，一旦她认定那个讲四大发明的人是我，那肯定就是我。我无法按照她的想法与她沟通对话，只好沉默不语。但是表面上安静的她却思路大开，滔滔不绝地说起来，"我以前是个闷葫芦。几天都说不了一句话。我父母都以为我变哑巴了，他们害怕极了，一个瞎子，再变成一个哑巴，你说他们得有多倒霉。他们的人生该多么失败。我也替他们发愁，可我就是什么也不想说。越不想说话，就越紧张，越紧张就越说不出来。那些话像是结成了一个疙瘩，窝在我心口里。可是有一天，我去父亲单位，偶然听到他们礼堂里有人在讲课，那是您，董老师，您在红星机械厂的礼堂里讲孔子，正讲到君子坦荡荡，小人长戚戚。我一下子就被那内容吸引住了，给我打开了另外一个辽阔的世界。您那天的声音现在还回响在我耳边，您就是我的大救星，给我解开了心口的疙瘩。我停在那里，完全融入了您带给我的另外一个世界，那个世界如此美好。"

我听着听着，竟以为自己到过那个叫作红星机械厂的礼堂，在那里讲过一堂论语课，讲过君子之道。而红星机械厂，据我所知，早就在二十年前就倒闭了，现在那个位置，耸立着一个已经濒临绝境的商场。

长安公园的西门已经到了。这一次，我没有感觉到那么漫长和无聊，我不知道为什么竟然有些享受她的虚构。

她下车时，我突然想起来，"你总得告诉我你叫什么。"

她摸着车门，笑着说："董老师，我叫莫慧兰。"

我一下子蒙了，莫慧兰，不是90年代的体操明星吗？"你确定你叫莫慧兰？那个跳体操的？"我万分惊讶地问道。

"是叫莫慧兰。我以前不叫这个名字，是后来我爸给我改的，他希望我像那个体操明星一样，能自由地跳来跳去。"

在那段时间里，我和她，一个叫莫慧兰的盲人姑娘，几乎是见面最频繁的两个朋友，好像我们早已有约，早已心有灵犀。不知道为什么，我能够有足够的定力进入她的世界，进入她内心看到的那个我，那个到处去开讲座，到处去展示自己才华的董仙生。有时候我会不自觉地去寻找她提到的曾经有过的那些地方，我站在红星机械厂的旧址前，可是我怎么也想不

起，红星机械厂红火的那些日子里，我在干什么，只是有一点我可以确定，那个时候，我没有到处去给别人上课。

我们的谈话基本都是在我的车里。我成了她的专用司机。讲座之后我开车，她坐在我的身边。她提到了许多地方，都是二十年前的地方，一次，她竟然说我在解放路商场讲过如何在北方种植樱桃。她说得有鼻子有眼，还说她按照我的讲座，在自己家里做了努力和尝试，就在她家的院子里。结果，没有结出一颗樱桃。她自责地说："我反复过多次，都没有成功。我就反思自己，一定是那次讲座我没有听得那么仔细，漏掉了什么。"她还用陈景润的例子来安慰自己，说明成功不是一蹴而就的。还有一次，她说我在展览馆讲过我国第一颗原子弹的爆发，讲原子弹对我们国家安全的重要性。万幸，她没有去尝试原子弹。在她的世界里，那个她看不到的世界里，那个被她叫作董仙生的讲述者不断变换着角色，一会儿是评论家，一会儿是历史学家，然后又变成了生物学家，育种专家，航天英雄……五花八门，她把我想象成任何一个能够推动社会进步的人，一个高大伟岸的人。实际上，我的名字成了一个她心中的符号。从冬天到夏天，我不断地面对一个陌生的姑娘，对她重复着一句话："那不是我。"这句话如此苍白，如此软弱。而我，在不断地否定她的同时，也已经习惯了跟随着她跳跃的思想，一会儿成为另外一个人，一会儿又回到了二十年前的某个地方，在自己与他者之间，在现实与过去之间不停地转换。我发现，与她一样，她在黑暗中摸索着现实，而我在她的想象中，竟然也感到了某种不太明晰的感觉，开始审视自己，对自己的行为产生动摇。为什么我要怀疑自己？这让我有些隐隐的担忧。

不仅是我，就连她自己，也在不断的想象之中，对我的身份认同有了不同的见解。那一天，她竟然破天荒地要求我领她去看华北五省的美术联展。当她提出这个要求时，我愣了一下，半天没缓过神来。她怎么去欣赏那些美术作品？她敏锐地感觉到了我的犹疑，她说："你是不是觉得我什么也看不到。感觉不到任何艺术之美，我去那里纯粹是耽误您的时间？"

我急忙辩解道："不是，不是，我没有那么想。"

她说："我看得到。"

我附和说："是的，你看得到。"

美术联展的地点是中山路上的省博物馆，在闹市区。她早早地就在博物馆门口等着我，心情很迫切。这不是开展第一天，展馆里人并不多，稀稀落落，很安静，与馆外的世界形成鲜明的对比。我们慢慢地走着，每到一幅画作前，她都站在那里，停留数分钟，仰着头面对着那幅画陷入沉思。我没有再提出任何的疑问，我配合着她，站在她身旁，也仰头端详着那些画，国画、油画、工笔画……花鸟、人物、静物……或细致入微涓涓细流，或气势磅礴惊涛骇浪，或引人入胜曲径通幽。

参观到一半时，她突然低下了头，"我能看到，水在流动，鸟儿在鸣叫，骏马在奔跑，山峰高耸入云，晴空万里。"

我说："我知道。"

"这幅画上是一个忧伤的姑娘。"

我说："是的。"

然后是沉默，我们能听得到展厅里非常轻的脚步声，有个人从我们身后经过。我下意识地感觉到哪里不对劲，扭头看她时，她的脸上已经泪流满面。我伸出手，握住了她的手。她抽泣着说："董老师，您嘴上不说，但您心里肯定在笑话我，笑话我无知。"

我连连否认。

她接着说："我知道我什么也看不到。我面前就是黑暗，就是万丈深渊。这是我的世界，我熟悉的世界。这就是我的全部。我不知道你们的世界是个什么样子。黑暗与光明的区别。但是我能感觉到我父母的忧伤。他们每天沉浸在另外一个世界里，哀伤的世界。我想改变，让我的世界与父母的世界相通相连。但是上个星期，最爱我的父亲去世了。我能够看到他，他现在和我在一个世界里，黑暗的世界里。但是我看到的父亲，仍然没有微笑。"她说不下去了，身体颤抖着。

我把她抱住，轻轻拍着她的肩头。我们就像是这个美术展厅里的一个行为艺术雕像，引得其他人驻足观看。等她慢慢地平复了情绪，平静下来，然后我拥着她，继续我们的参观。只是，我成为她的一双眼睛，我轻声地给她讲述每一幅画，讲构图、色彩，讲作品的内容与想象，讲作品的艺术冲击力，我是把自己对于美术的所有理解都滔滔不绝地讲给她。她边听边向往地点着头，似乎已经完全被感染。

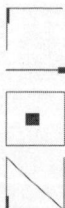

等我们向外走时，我已经口干舌燥了，嗓子眼里直冒火。而莫慧兰似乎已经忘记了父亲逝去的忧伤，脸上挂着满意的微笑。她挽着我的胳膊，脚步轻快。走出博物馆，我急着去找一个小超市去买瓶水喝，她却突然问我："董老师，您的世界是什么样的？"

"我……"我一时语塞，我还没有想过这个问题，在一个看不见世界的人面前，给她描述我个人的世界面貌。

"是四处去讲课吗？"她小心地问。

"这怎么可能？"我反驳她，"我还有更多重要的事情去做，搞研究，做课题，教学生，写论文，开座谈会、研讨会、交流会、纪念会、追思会，帮学生找工作，给领导写讲话……你说我有多忙。怎么就成了一个专门搞讲座的江湖骗子了。"

"没有。我不是这个意思。"莫慧兰嗫嚅着，"我是说，您看上去那么享受，每次我听完您的讲座，我觉得您都在构建一个属于自己的全新的世界。我坐在下面，心潮澎湃，那一两个小时的时间里，我坐在众人之中，屋子里只有您构建的那个世界在回响，我觉得，我和您的世界接通了。我跟着您的声音，去了虚拟的文学世界，去了能够闻到味道的果园，去了辽阔而湛蓝的天空，去了枯燥的哲学天地……"

我小声说："那不是我……"

她好像没有听到我的辩驳，继续说："董老师，您就没有对自己的世界有过什么怀疑吗？您的世界生来就是如此，还是和我一样，是您自己想象出来的？或者说，您也和我一样内心有个黑暗的世界？"

"这个……"我竟被她问住了。我感觉像是捂在自己身上的被子被别人掀开了，我没有回答她的问话，而是借故还有一个重要的会议，仓皇地与她匆匆告别。我连回头看看站在博物馆台阶上的她的勇气都没有了。

那次美术展，于我是一次不小的冲击。多少天，我都觉得是自己在看一次画展，我恍惚觉得，自己迷失在那间不大的展厅中，看不到自己，也看不到墙上的画。失明的那个人不是莫慧兰，而是我。

那次画展之后，我们彼此的内心世界好像发生了某些变化，产生了某些怀疑。我开始反省自己，我是如何成为一个夸夸其谈的人的，一个喜欢被别人捧在天上的人的，一个喜欢到处去兜售自己廉价思想的人的？于是，从那个夏天开始，我不再有求必应，不再频繁地去四处讲学。而她，仿佛也改变了。我不知道是因为父亲的离世给了她巨大的打击，还是因为对那些经过她想象的世界失去了兴趣。在讲座中我很少再能碰到她，最后一次碰到她竟然是在外地，在三百公里以外的廊坊学院。

我根本不会意识到她会出现在这里。所以当讲座结束，当人流散去，她站在我面前时，我惊讶着看着她，半天才问她怎么会出现在这里。她说，她来送父亲回家。她父亲老家是这里的。在吃晚饭前，我陪她在校园里边走边聊。她抱着父亲的骨灰盒，试探着问我，想不想听听她父亲的故事。

我默许了。

"我父亲是个徘徊在现实与想象之中的人，"她这样评价自己的父亲，"他是个矛盾的人。从我有记忆开始，他就告诫我，要做一个真实的人，一个能面对自己内心的人，一个无愧于自己内心的人。可是他自己却从来没有做到。我不是从出生就是个瞎子，我两岁的时候，得了一场病，从此就失明了，但是我对这个世界没有一点印象。这对我来说是一件幸运的事情。因为，一开始我的世界就是黑暗的，所以对我来说，并没有突然坠入黑暗的那种撕心裂肺的痛苦。而父亲不一样。我的失明就像是他自己失明一样。我相信，从我两岁起，他也失去了他熟悉的世界，和我一起坠入黑暗之中。是他在黑暗中非要寻找一条通向光明的道路。他几乎是我的眼睛，他每天都会让我去认识这个世界，把这个世界真实的状况告诉我。直到有一天，他觉得已经无能为力了，他累了，无法自圆其说了，在他的叙述中，那个真实的光明的世界有些前后不一致，有些混乱，所以他开始带着我去听讲座。"

"你是说，都是你父亲带着你去听各式各样的讲座？"我问她，我从来没有看到过她的父亲，这让我有些疑惑。

莫慧兰说："是的。就是这样。他开着车，把我带到各个能听讲座的地方。我都不知道他是怎么知道哪里有讲座的。他把我送到那里，自己从来不进去，只是躲在车里，等我听完，然后再带我回家。"

"不是我带你回家？……"我疑惑地说。

莫慧兰解释说："我坐你车的时候，我父亲都开车在后面跟着。直到我从你车里下来，再上他的车。"

我看着她怀里的骨灰盒，感觉有双眼睛在看着我。我问她："以后还去听讲座吗？"

她抚摸了一下骨灰盒，"会的。"

那是我最后一次见到她。在接下来的一年时间里，她再也没有出现。她的缺席，不影响任何一次照常进行的讲座，但是却影响了我的心情。我不知道为什么心情会越来越坏，我常常在讲座中间感到某种空虚和无助，有那么一分钟，所有的思想好像突然被一个虚无的人带走了，那个人明明就在讲台下的人群之中，我似乎看到了她，看到她从他们当中抽身而出，飘飘然向外走去。

甚至还有些淡淡的忧伤。我仿佛一下子看清了自己，看清了那个在现实中的我。就像莫慧兰说的，我真的是在自己的世界中吗？我越来越没有自信，没有了做讲座的心情与自信，直到慢慢地推掉了所有的讲座，连我妻子都说我是不是得了抑郁症，催着我去医院看医生。

几天之前，一个阴雨天，我开车从煤机街经过，突然看到路边有个熟悉的身影正在匆匆行走，是莫慧兰，我喊了一声。她没有听到。我急忙停在路边，跟着她。她已经拐进了一个门洞里不见了，我也进了门洞，是个很暗的地方，然后顺着一个狭窄的楼梯向上走，来到二楼。二楼有个长长的走廊，走廊里也光线昏暗。没有看到她的身影。我听到了响亮而熟悉的声音。顺着声音走过去，踏进去的是一个大大的房间，类似于一个社区的活动室，里面挤满了人，年轻人居多，有一个讲台，讲台上一个人正在亢奋地高声讲话，正是莫慧兰。她讲道："钱不是万能的，但是没有钱是万万不能的，如果你有了钱，你会让你的父母过上最好的生活，让你的子女接受最好的教育……"下面的人脸上都洋溢着狂热的表情，人群不时地爆发出阵阵的欢呼声和掌声，讲台像是一个强大的磁场，在屋子里形成一个气流，旋转着，越来越快，聚到讲台上。每个人都被气流牵引着，忘我地狂呼着，兴奋着。我竟也不自觉地被吸引了，挤在他们之中，忘掉了自己的身份，与他们一起鼓掌，呼喊着同样的口号。我浑身燥热，血向头顶涌。正当我忘乎所以的时候，突然有一只手握住了我的手，那只手凉凉的，一下子就给我降了温，我回过头来，是莫慧兰，不知道她是什么时候从讲台上走下来的，她拉了拉我，我被她拉着向外走，走到外面，走下楼梯，走到大街上，已经下雨了。我们没有打伞，她的头发湿了。

她说："老师，我记得您给我说过，刚才那个人不是我。"

原载《作家》2017年第4期

点评

名人忙于做讲座，或为名，或为利，他们忙忙碌碌、东奔西走的身影倒也是当代社会中一道靓丽的风景。小说正是以这种现象为聚焦点，以颇富现代主义的笔法，通过对"我"与作为听众的小姑娘之间几次互动交往过程的讲述，揭示了深处其中的当代知识分子既沉湎又分裂的精神状态。一个盲人姑娘，一个知识分子，他们的相遇与交流以及由此而给"我"带来的思想与精神的变化耐人寻味。在当代极其功利化的社会语境中，"我"作为知识分子，身心难以统一，或者说，假我和真我常常各行其是，"刚才那个人不是我"，不仅是"我"的自况，也是当代绝大部分知识分子的写照。

小姑娘的穿透本质的敏锐认知力，以及在她的镜鉴下"我"的自察与自审，是当代版的启蒙与被启蒙主题在当下的又一次有力反映。从某种意义来说，小姑娘才是"我"的师者，正是在她的直逼人心的发问与督正下，"我"才猛然醒悟："我开始反省自己，我是如何成为一个夸夸其谈的人的，一个喜欢被别人捧在天上的人的，一个喜欢到处去兜售自己廉价思想的人的？于是，从那个夏天开始，我不再有求必应，不再频繁地去四处讲学。"小姑娘的存在及其作为深深地映照出了我灵魂中的"小"，在此，知识分子反而成了被启蒙、被教育的对象，这样的主题足够滑稽，也足够深刻。

（张元珂）

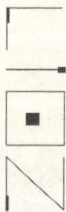

人人都应该有一口漂亮的牙齿

/张　楚

　　一天晚上，三个人走着回家。其中一个说，真冷啊，不如我们去吃消夜吧，暖和暖和。另外两个没吭声。提议的人见没有动静，就说，巫山烤鱼、麻辣小龙虾、麻辣香锅、滚烫的涮羊肉，或者新疆红柳烤串，再来瓶红星二锅头，天哪，光是想想就过瘾。她说话之前，可能隐约预感到将会冷场或被婉拒，因而底气不足，腔调不免显得疲弱，甚至有些冷清的温柔。没想到另外两人中的一个，不妨称之为男1吧，接茬道，也好也好，说实话，我根本没吃饱，光顾着喝酒了。说完男1和她都忍不住去看剩下的那个人——只好叫他男2了。男2龇着牙说，整就整呗，谁怕谁啊？

　　她笑了，说，听口气你挺能喝啊？男2竖起大拇指说，不是哥们吹牛，想当年在铁西区，我喝倒过三个酒罐子，一个把屎尿都拉裤裆里了。她转过头凝望着他，说，真的？男2说，啥真的假的，待会试试不就知道了！她又去看男1。男1把烟头掐灭，眯眼看她。男1眼小，眯起来时似乎单剩下眼睫毛了。她说，瞧，那不就是家烤肉店吗？哇，我最喜欢吃爆烤大鱿鱼了！男2说，都是福尔马林泡的，有啥吃头，要吃就吃鲜羊腰鲜羊宝鲜羊眼，一嘴下去，血都扑哧扑哧滋出来，那才过瘾。她捂着嘴笑。捂着嘴笑，又不说话，就表明她的确是有些害羞了。

　　他们找了个靠近落地窗的位置。是男1选的，他说这个角落最亮堂，又能看到窗外风景。男2没说话，不过男1似乎知道他想说什么，是不是觉得我特矫情？他看着男2。男2一愣，说，整啥呢大哥，别婆婆妈妈的，点菜吧！

　　他们没点小龙虾，没点肥羊腰，而是点了条梭边鱼。也忘了谁点的菜，反正端上来时红艳焦酥，鱼背铺了千层椒，鱼身下煨着黄豆芽、芹菜丁、紫甘蓝、春笋干、金针菇和咸豆皮。这才有冬天的样儿，她愣愣地瞅着氤氲的热气说，整个冬天都没吃过像样的饭呢。说完她瞥了男1和男2两眼，我以前老不明白，北京的这些年轻人为什么都喜欢吃川菜湘菜。冬天这么干燥，身体像草纸一擦就点着了，现在是明白了……男2问，明白啥？她慢悠悠地揾了一筷子鱼肚，说，吃完你就懂了。男2说，我很少吃辣，我一直觉得，天下最好吃的东西，不外乎"东北三炖"。她问，咦，哪"三炖"？男2掰着手指说，能有啥，血肠炖酸菜、西红柿炖肥肠、猪肉炖粉条呗。

从烤鱼上来男1就没说过话。本来倒了一杯二锅头，也没见怎么浅。只皱着眉头，右手捂着腮帮。男2问他，咋了哥们？想到啥不省心的事了？跟咱唠唠？男1朝他摆摆手，仍是副不耐烦的模样。她就问道，是不是牙疼了？男1猛地点点头，眼神里满是感激的神色。这神色似乎鼓舞了她。牙疼是怎么个疼法，她说，只有深夜里痛哭过的人，才真正晓得。说完她伸手触了触他的头发。他的头发有些扎手，仿佛刚落树的栗子。

他端起酒杯，笑了笑，笑也是歪的。没错，他吸溜着牙齿说，疼得让人感觉连人生都没了意义。可能他对自己用了"人生""意义"这些词颇感意外，讪讪地喝了口酒。酒似乎也滞留在齿间，让他的半边脸都僵硬狭促起来。她轻声问道，去医院看过没？蛀牙还是智齿？吃药了吗？哎，不过，吃药也是白吃。

来几颗花椒，服务员！男2扯着嗓子嚷道，麻溜点！服务员大抵被这嗓门惊到，忙不迭地小跑着走开。顷刻用勺子扤了几粒花椒过来。男2低头瞅了瞅说，咋都这小？没大粒花椒吗？服务员不语。男2将花椒递给男1说，哪儿疼用哪儿咬着，别老吸气，别老说话，咬上几分钟就好了。土法子，管用着呢！

男1犹犹豫豫地接过花椒，塞进嘴里，看着她和男2。店里本来人就稀少，此时便显得格外静。他们似乎能听到男1急促的呼吸声。她问道，好点没有？男1没有点头，也没有摇头。男2说，老灵验了，我奶牙疼，疼得用头撞墙，一个老中医给了这个偏方，才安稳了。话说是偏方，可也是有来处的。《神农本草经》上都有记载呢。知道不？花椒味辛、温，主治邪气，除寒痹，还能坚齿明目。如果再喝口白酒，见效更快！好点没兄弟？男1没吭声，喝了口白酒，强笑着看男2，说，你喝酒的套路还挺深。

男2撇了撇嘴说，咋这么说话呢兄弟？啥套路啊，不都是为了你嘛。

还有个法子，你也试试。左边牙疼，找右手的合谷穴，使劲掐几分钟就行。知道合谷穴在哪儿不？喏，就在大拇指和食指中间，离虎口边二三厘米。说完他举起双手示范了一下。如果是右边牙疼，就掐左手。他盯着男1问，是不是好多了？也就是你，别人要这个偏方我可是要收费的。

她扑哧一声笑了。男2长得极瘦，头发看样子几天没洗，眼睛有点斜视，眼镜的镜片碎掉了也不换，跟他凸出的两颗大门牙倒是般配。羽绒服脏兮兮的，若是细细察看，领子油腻，胸前还破了几处，明显是被钉子或利器勾划开，鸭绒毛都钻了出来。这样一个人，说话声该是柔和的、慢条斯理的、慵懒的，不承想却是铜锅爆炒豆子般。她忍不住跟他碰了杯酒。男2一大口下去，一捂也有了。她就问，你到底能喝多少？男2乜斜着她说，酒再能喝，也算不得好汉。要是再逞强撒个酒疯啥的，就更被人瞧不起。酒这玩意，说白了就是个助兴的，类似软性毒品，是不大姐？

她一愣，不明白为何跟她叫大姐。自己很老吗？难道比他还老？这时男1说道，喂，你们瞧，下雪了。他声音轻柔，他们还是不禁将脖颈甩向窗外。整个冬天，北京也没下一场像模像样的雪，倒是雾霾整日罩着。尽管戴口罩上班，她还是感觉到那些肉眼看不到的颗粒透过口罩弥漫进她的鼻腔，然后顺着咽喉沉淀到肺部。有段时间，她老是咳嗽，尤其是深夜，响亮的咳嗽声简直遮盖住了野猫的叫声。她老想去医院拍个胸片，可一想到那些比蚂蚁还密集的病号，往往就先胆怯。她想，肺叶跟自己一起慢慢地衰老、死亡，其实也没什么可遗憾的。

窗外的雪很小，零零碎碎。男1说，终于下雪了。明天终于可以去故宫拍雪景了！来，我们走一个！说完先将杯中酒干掉。他的牙齿似乎已经不疼了，她想，他牙齿间的花椒粒肯定也被酒精冲到了胃里。男2说，干就干！谁怕谁啊！一抬手也把酒给干了。她犹豫了片刻，喝了一半，说，高兴归高兴，这酒我是不能干掉的。男2问，为啥？她说，我酒量不好，喝醉了，你们谁背我回家啊？不如这样，我给你们讲个关于牙齿的故事，就当我把剩下的酒给喝了。

男1说，这主意不错，我同意。她瞅了男1一眼。男1眯缝着眼睛也在瞅她。她朝他扬了扬眉梢。这个动作似乎有点突兀，可并不显得轻佻。男1说，人说汉书下酒，今天我们就牙齿下酒。男2径自又倒了满杯，倒完后大约怕人说他贪杯，又忙给男1斟满。他们俩，男1和男2，都肃穆地盯着她。

她说，好吧，这个故事是关于我祖母的。她是北方人，虽是北方人，却没用奶奶、孃孃或者婆这样的称呼，而是用了"祖母"这个词，似乎唯有如此称谓，才能让她的讲述显得庄重雅肃。她说，我祖母只有我父亲一个儿子，我父亲早年当兵，后来转业到地方当公务员。父亲一直孝顺，祖母六十六那年，牙齿不知怎么都掉光了，父亲便把祖母拉到县医院，配了副假牙。那时候父亲一个月的工资不过百十块钱，这副假牙就花了八十块。父亲一点也不心疼，他拉着祖母的手说，以后你就又能过上好日子了，有什么能比有副好牙齿更幸福的事情呢？

于是，祖母便有了幸福的假牙。可是，那副假牙她只戴了一天就偷偷摘掉了。她觉得这副牙齿太昂贵了，如果整日里戴着，不仅要咀嚼大米小米、谷子高粱、花生红薯，还要咀嚼黄豆、绿豆、蚕豆、野枣跟核桃，逢年过节了，还要咀嚼猪排、羊排、牛肉和鱼刺，就是老鼠的牙齿也禁不住如此折腾，何况是副洁白的瓷牙？除非父亲在场，吃饭的时候她从来没有戴过假牙。可这并没有妨碍她的好胃口。一日三餐，她就用她的牙龈喝粥吃馒头，嚼茄子、豆角、辣椒和白菜，即便是嘴馋了吃核桃，她也用牙龈直接啃。那副假牙呢？那副假牙被她藏在柜子上的搪瓷缸里，闲来无事了，她把它攥在手心里不停地摩挲。她喜欢手指抚摸瓷牙的感觉。那些牙齿如此光滑、细腻，像是婴儿娇嫩干爽的皮肤。她最喜欢的是那两颗门牙，坚硬顺滑，仿佛一口能咬断牦牛的脊骨。后来临睡前，她也将那副假牙放置于枕边，拇指食指有一搭无一搭地蹭着，像是老尼深夜里盘着心爱的佛珠。也许，祖母真的将这些排列齐整、摸起来凉滑的牙齿当成手串或挂链了。那些年，哦，应该是那三十年，祖母一直用牙龈咀嚼食物和药物，那副假牙，变成了她最珍贵的玩物。你能想象吗，后来她的牙龈也都变成了牙齿的样子，红色的肉和神经下垂，像是古怪的赘物，咬起老黄瓜或者脆骨来，倒比牙齿还要干脆利落。

九十六岁那年，祖母身板一直都还硬朗。有一天，是冬天吧，她突然发觉那副假牙不见了。开始并没在意，以为落在灶台或者炕沿下，寻了三两天仍是没有下落，这才有些着急，钻蜊蜊蛄窟窿捣耗子洞，连厕所都翻遍了，仍是没有找到。隔不几天，她就躺在炕上不能动了，饭菜咽不下，药也不肯吃。父亲找了最好的医生来家里看，只说受些风寒并无大碍。不

承想半月未足，就离世了。咽气前方才拉着父亲的手说，她的假牙丢了，肯定是阎王派牛头马面将她的牙齿偷走了。阎王嫌她活得太久长，就偷了她的假牙。父亲一直哭。父亲也快八十岁了，牙也全掉光了。他安慰祖母说，你就别骗我了，我老早就知道你从来没戴过那副假牙。有没有它，你不照样吃香的喝辣的、照样活得比谁都滋润吗？祖母说，你个傻小子，什么都不懂……什么都不懂……将头扭向墙壁，叹息了声，再也没有醒过来。

她一口气说了这么多，仿佛有些疲乏，夹了块春笋慢慢地嚼，嚼着嚼着脸上似乎才有了光泽。男2愣愣地问道，然后呢？她说什么然后？男2说，这就是你要讲的故事吗？她说是啊。男2似乎有些失望，半晌才说，那你奶的牙齿到底丢哪疙瘩了？她说，你问我，我问谁呢？反正祖母下葬那天，父亲又买了副假牙，放进棺木里。他可不希望祖母在另外一个世界，连一颗牙齿都没有，哪怕是颗假牙。

男2挠了挠头，目光转向窗外，说，你这故事神叨叨的，我也没听懂。既然说到牙齿，那么，我也给你们讲个关于牙齿的故事吧。

她说好呀好呀，我感觉你是个特别会讲故事的人呢。他嘿嘿地笑了两声说，咱是实在人，不会拽词，讲完了你们可别笑话我。这时男1说话了。他很久没有说话了。她在讲故事时他只是托着腮帮，两条黑线木木地看着锅里的金针菇被小火翻滚上来。他说，你讲吧，讲完了我也讲一个。这么冷的天气，锅是热的，雪是新的，故事是没听过的，挺好。

男2没有接茬，径自说道，你们好好瞅瞅我，发现我哪里有不一样的地方没有？说完他转动头颅，先是朝左，后是朝右，然后脑门朝天，再是下颌朝地，末了，龇牙咧嘴地目视着她和男1。

她和男1委实没瞧出什么异样之处。他颇为得意地摇了摇头，没瞅出来吧！他敲敲自己的两颗门牙说，这俩牙是假的！假的！烤瓷的！

我要讲的就跟这两颗假门牙有关。那年初冬我进了剧组。在这之前，我刚摔掉了两颗门牙。咋摔的？老倒霉了！晚上喝酒回家，走着走着走到了下水道井盖上。妈的，井盖是半掩的，我只觉得脚下一空，身子猛然一坠。幸亏老子打小就练跆拳道，四肢灵活，往下沉的瞬间我下意识地张开大嘴，想要咬住点啥东西。没错！你们猜得没错！我用牙齿咬到了井盖的边儿，当然，也只是咬了一口而已，随后就他妈的落进了下水道。真是两眼一抹黑，英雄无用武之地啊。幸亏有好心人路过，把我拽上来。我那时完全蒙了，直接打车到了医院。检查完了，只是掉了两颗门牙，脸浮肿得跟井盖那么圆。躺了几天就出院了，医生建议我到牙医专科去镶牙，我打听了下，死贵死贵，种一颗牙要两万块钱，一般的烤瓷也得五六千。就有些犯寻思。这时恰好有个导演朋友让我去给他当助理。镶牙也来不及了，就这么着，一个没有门牙的人来到了海边。

这朋友本身就是个腕儿，演了老多电影电视剧，可他老揣着导演梦，这次从网站搞了些钱，要拍部文艺片。文艺片成本小，剧组也就百十号人。第一次拍片，朋友特别卖命，他一卖命，别人就得卖双倍的命。那天在海边拍武戏。刚下过雪，零下十摄氏度，武行现从北京调过来，晚上十点才下高铁。一个镜头拍了二十遍才过，这时都快凌晨一点了。多冷啊，我穿了两件毛衣，外面还套了羽绒服。有个化妆师，却穿着条呢裙，时不时哆哆嗦嗦地给男主角补妆。我当时想，傻逼，臭美啥，冻成冰棍了吧。完事了她就钻进一辆大巴。为了省钱，大巴也没开暖风。我老觉得不落忍，就过去问她，要不要穿我的羽绒服？车里黑漆漆的，估计她也没认出我是谁，只使劲摇头，说不怎么冷。一听她说话的声音就是南方人。也只有南方人才敢穿条呢裙来海边拍戏吧。我也没说啥，继续忙活我的。心里想，这就是典型的死要面子活受罪，好心当成驴肝肺。

第二天中午，正吃盒饭，走过来一个女的，问我吃不吃水果。我一瞅，不就是昨晚那个差点被冻死的化妆师吗？这天太阳好，明晃晃的，我仔细瞅她。长得不赖，瘦，胸大，就是腿有点短。我就说，我是肉食动物。我说话的时候她明显一愣。我想她可能看到我的牙了。如果不是，她为啥要笑呢？捂嘴笑，皱纹也不少。我说笑屁啊，没见过说话漏风的人吗？她还是笑，说，这是莲雾，你尝尝。我是头次听到这种水果的名字。就拿了个，歪着嘴用槽牙啃。她也没说啥别的，靠墙喝咖啡。我问你叫啥啊？她说，我叫若彤。她说话的声音好听，尤其是白天，感觉耳朵都酥了。

戏拍得紧，常常凌晨一两点才收工，清晨七八点又要赶赴拍摄地。有天拍室内戏，收工早，回到酒店死狗似的睡着了。睡得正香有人敲门。开了门，却是她。她说，我们化妆组要去吃消夜，你去不去？我迷迷瞪

瞪地点点头。等去了有点后悔，他们四个娘们一个爷们，都不喝酒，就是饿死鬼似的猛吃肉。她就说，你好像很喜欢喝酒的样子。我说咋啦，男人不喝酒不抽烟不赌钱，活着还有屌意思？她让店家拿了两瓶小刀酒，说，既然你喜欢喝，我陪你哦。我说，就你那小样，作死啊。她笑了笑。她笑的时候特别好看，我的心动了一动。你们笑啥？无论男人女人，来了电，都一个操性，恨不得立马把对方扑倒。那天我把她扑倒了没？拉鸡巴倒吧，我被她灌倒了，一人一瓶白的，又整了七八瓶啤酒原浆。断片了，早晨醒来，都十点了，爬起来，发现桌子上有早饭，一盒粥俩包子。旁边放着张纸条，写着：改天再比试。操，有啥牛的啊，不就是黄鼠狼子被母鸡咬了口么。他妈还装逼，字条是用繁体字写的。

那天之后跟她见面的机会越来越多。见了面也不一定有机会说话，看对方一眼，笑笑。心里真爽啊。是啊，咋那么爽呢？晚上收工了，她会来我房间坐坐，别想歪了，啥都没有，就是坐坐。我才知道她是台北人。一个台湾人，干吗跑到大陆来当化妆师？没整明白，也没问过她。只记得她偶尔说起，在厦门读的大学，毕业后就再也没回台湾。能干啥？瞎聊呗，跟她说我小时候的事。我们那时候，都喜欢打架，仿佛要是不打架，就对不起保卫科，怕他们失业。书包里都揣着刀子上学。他们管我叫"四眼狗"。为啥叫"四眼狗"？妒忌呗。我是好学生，只揣书，不揣刀。有天跟七八个男孩刚进校门，就被保卫科的拦住，要挨个检查书包。前面几个逼崽子，哪个也没放过，可书包里根本没凶器。到了我，保安说，不检了，进吧。妈的，他根本没想到，那几个崽子的砍刀全藏我书包里呢。

我说得吐沫星子乱溅，这时她走过来，一把搂住了我。我当时跷着二郎腿坐在椅子上，只好仰头看她。我们对视了足足三十秒，她才低头亲我。没错，她先亲的我。她的舌头咋那么软呢，来来回回在我门牙的位置舔来舔去，舔着舔着她就笑。我脸有些红。不光脸红，别的地方也红了，站起来，抱起她，扔床上。没料到她又坐起来，说，你要干什么，我们好好聊天不行吗？我听她的语气有些急，就怂了，没敢乱动。这样，她光脚坐在床上，抱膝，下巴靠在膝盖上，继续听我胡侃。到了凌晨一点，她抱了抱我，说，晚安，没有门牙的帅哥。转身回宿舍了。

说实话，我没搞过几次女人，大多数时候，都是自己搞自己。也没正经谈过几次恋爱，哥们儿这么帅，眼高，但是手不能低。每天晚上，无论多晚，她都会来敲门。一听到敲门声我就硬了。硬了就硬了，憋着，跟她说话，啥都说，小学说完了说初中，初中说完了说高中大学，然后说咋入的影视这行，剩下的就是娱乐八卦，明星丑闻，音乐文学，除了两岸关系，我们啥都谈，性也谈，SM，轰趴，口无遮掩。她要是高兴了，还会给我读诗。谁骗你们谁孙子。读的都是外国人的诗，我可一首没记住，什么我喜欢你是寂静的，我远离了黑暗与爱啥的，整不明白。整不明白也得听，瞪着大眼睛竖着大耳朵听。她声音绵绵的，有一点点沙哑。她读的时候，我就用手机给她配乐。找的《冰血暴》里的一段，花腔女高音那段，她老喜欢了。她可能都没听出来，她读了那么多首诗歌，我就用了一首音乐。

我跟她在一起快活不？这不和尚头上的虱子么？能憋住不？咱也不是柳下惠，可是，人这玩意，有时候就是会被一种特别美、特别好、说也说不清的东西罩着，操，这时欲望就显得贼他妈低级。当然，我们会接吻。只是接吻？也不是，有回我忍不住将她的上衣脱了。她没说啥，我就亲她乳房。可别往歪里想，就这点干货，别的没了。咋可能扯犊子呢！她别看长得柔柔弱弱，性子倔着呢。当然，有时候她也主动亲啊，亲得我云里雾里的。剧组的人知道不？不能让他们知道，省得成谈资笑柄。戏拍到一半，眼瞅着情人节了，我那时候想，咱也浪漫一次，等那天了，我就向她求婚。真的，她是这辈子第一个让我有结婚念头的女人。

这中间我悄悄回了趟北京。干啥去了？镶牙呗。你说我总不能豁着两颗门牙向一个女人求婚吧？多磕碜。贵就贵呗，恋爱中的人，从来都觉得金钱是粪土。我跟牙医说，镶德国进口的烤全瓷。情人节上午，我赶到片场，先一路忙活，后来我把她单独叫出来，说有点事。她看到我时明显有些吃惊。她说，你的牙齿怎么了？我得意地说，没咋的啊，我只是让它们变成了以前的样子。她默默地看着我，不吭声。我说是不是更帅了？她说，我不是说过吗，缺两颗牙齿也不影响什么。我说咋不影响呢，影响老大了，两边的牙齿没了支撑会倒的，经常用槽牙嚼食，会让我的两腮越来越大，到时候鞋拔子脸变梯形脸，没准鼻子也会跟着歪掉，你不得把我甩了？她说，我都不认识你了。我说，你只是不认识我的牙龈了。她笑了笑，说，记得你跟我说过，如果我喜欢，你就永远不去镶牙。我说，没错，你还说过，如果我能做到，你就嫁给我。

　　说到这里，我忽然觉得哪里不对劲了。我的手一直揣裤兜里，手心里攥着那枚钻戒。可是，我完全没有勇气将它掏出来了。我感觉手心里的汗已经将戒指打湿了。她看着我，说，新牙很漂亮。没错，她就说了这么句，转身就走开了。

　　那天晚上，我们照例在宿舍闲聊。我叨逼叨逼时，她一直盯着我的门牙，盯得我有点瘆得慌。她的眼神就像一个刚懂事的孩子目不转睛地盯着一头母猪，或者一条死鱼。我故意将她的注意力转移到别的上面，比如我给她变魔术，变出了一只小花栗鼠，她虽然大笑着将花栗鼠捧在手心里摸，可我觉得她的眼神还是在偷偷打量我的门牙；比如我学卓别林跳舞，我多希望她能专心地盯着我的大头皮鞋我的黑色礼帽或者手里用来当拐杖的衣架，可，可是，妈呀，她的瞳孔仍然死死盯着我的门牙；比如我学单田芳讲《隋唐演义》，边讲边将程咬金的三板斧一招一式演示给她看，操，她还是盯着我门牙……整得我老不爽了。后来我喊了一嗓子，你他妈神经病啊！真的，或许只是心里瞬间的念想，可却被我喊了出来，不仅喊了出来，还又加了一句，再看再看！信不信我把你门牙打掉！

　　没错，你们说得没错，她起身就走了，关门时，她扭头笑了笑。台湾人就是有礼貌，虚伪的礼貌。她为啥不狠狠骂我几句？那样的话不是更解气吗？我还能顺坡下驴，把兜里的钻戒掏出来，跪在地上，顺便把婚给求了。你们是不是觉得，我一个大老爷们特别事逼？没错，我就是一事逼，就是一傻逼。第二天开戏时，我们一起吃盒饭，可她一句话都没说。是的，一句话都没说。我老想道歉，可这嘴像是被线缝上了，那两颗门牙怎么都露不出来。那天晚上她没来找我，我也没找她。第三天，我们导演让我跟生活制片去上海的外景地看景。看了三天景，回去时，却没看到她。我跟化妆主任问，若彤去哪里了？化妆主任说，制片人在横店还有一部戏，将若彤抽调到那里去了。

　　男2说到这儿，不知怎么就打住了。男1和她对视了一眼。她问道，后来呢？男2说，有个屁后来。我给她打电话，她也接，说两句就不知道说啥好了，只好挂掉。逢年过节的，我都给她短信问候，她也回，就两个字，谢谢。你说我还能咋办？我他妈还能咋办？

　　男2扫了眼她和男1，举起杯子，抬了抬下巴，意思是，喝酒吧。她看到男2的眼睛有些湿润。如果身旁无人，男2或许会哭吧？她已经多年没有见过男人哭泣了。男人的眼泪，向来只留给黑夜和阴道。男2这口酒喝得不少，或许，此时的酒跟水已然没有多大分别。她盯着男2乱糟糟的头发和破碎的眼镜片，竟然有些许难过。这难过是属于男2讲的故事，还是属于她自己，她委实也分辨不清。她看了看男1，男1绷着脸指了指窗外，吞吞吐吐地说，你们看，雪越来越大了。到了明天，无论红城墙，还是黑色柏油路，都是白的了。男2说，有啥看头，想看雪了就去东北。这点破雪，不够塞牙缝呢！男1揉了揉腮帮子，扭头跟服务员说，你好，再帮我拿些花椒粒。

等花椒粒再次塞进齿缝，男1的脸色和缓些，他用公筷将豆皮从鱼肚下翻上来，你们吃些东西吧，他说，点了条这么大的鱼，却干坐着喝酒，真是犯罪啊。

男2说，你担心啥，我几筷子就能把这条鱼干掉。你还是讲你的故事吧。她瞄了男1一眼，给他夹了块鱼眼附近的嫩肉。他点点头。他应该知道，鱼身上最好吃的就是那里。

男1的语速有些慢。当然，他想快也快不起来，让一个正犯着牙疼的病人讲一个关于牙齿的故事，也许是一种变相的惩罚。他无疑很享受这样的惩罚。他的语速虽然缓慢，但是吐字清晰，他或许并不想拿腔捏调，可事实是，当那些句子断断续续地从他厚重的嘴唇里吐出来时，确实有一种话剧演员背诵台词的效果。他可能也意识到这样的说话方式有些不妥，然而又有什么办法？此时他只能以这样一种姿态镶嵌到两个陌生人关于夜晚的记忆中。

有个女人，男1说，这个女人嫁给了她的高中同学。能有多少女人顺利嫁给情窦初开的恋人而且生一对龙凤胎？从世俗的角度理解，这个女人是个幸福的女人：有个高大健壮的男人，有份公务员的工作，还有两个刚蹒跚学步的孩子和一套一百八十平方米的房子。她已经不太年轻，但是也不老，化完妆后，可以称得上是美女。对她来说，唯一的遗憾就是丈夫在外地工作。丈夫是做什么的呢，也许是在太平洋大西洋跑船的水手，也许是野生动物摄影师，总之，男人半年左右才回来一趟。父母知道带孩子是件大事，便搬过来同住。每天下班时，母亲把饭做好了，父亲陪着孩子们玩耍，吃完后，碗也不用刷，地板也不用拖，她只需负责躺在沙发里看看电视，或者逗逗孩子们。她似乎又回到了少女时期。有时候她照着镜子梳

头，听到父母嘀嘀咕咕着拌嘴，恍惚又回到了十七八岁。没错，她的心一点没老，也许可以说，她可能从来就没长大过。

有一天，父母带着孩子们回家了，她一个人吃饭、看电视。闲来无事就开始玩手机。她很少上交友软件。可那天，她不知怎么就上了，不仅上了，还跟一个男人聊了许久。是男人主动加的她。视频里的男人长得很帅，她想，她还从来没有见过这么好看的男人，不但好看，嘴巴也甜，妹妹妹妹地叫着，说话声音清脆干净，笑起来眼睛就变成了两瓣桃花。他自称从外地来此公干，一个同事没有，一个朋友也没有，饭也懒得吃，到现在还饿着肚子。他说饿着肚子的时候，眼神那么失落，让她不禁想到那些没有人管的孤儿，忍不住就说了句，你要是饿了，我做给你吃。男人说，真的吗？男人说话时没有丝毫的惊喜，这让她有些不舒服，就说，给朋友做顿饭，有什么大不了的呢。男人的眼神就亮了，说，你真的把我当朋友，真的愿意为我做一顿晚餐吗？她说，是啊。男人说，那把你地址发给我，我去吃妹妹做的大餐。她想也没想就将地址发给了男人。发完之后就后悔了，说，我在开玩笑呢。可男人并没有回话，这样，她反倒有些失落，丢了手机，躺在沙发上看韩剧。没多久门铃就响了，她以为是父母又带着孩子回来了。开了门，才发现，门口站着个陌生男人。

她刚想说什么，男人将食指放在唇边"嘘"了声，进门，将门锁好，脱鞋脱外套，仿佛到了他自己的家一般。说实话她当时吓坏了，以为进来的是劫匪。不过瞄了两眼，才发现这男人，竟然是刚才跟她聊天的人。她嘟囔着说，你真来了啊？又嘟囔着说，怎么这么快呢。男人说，我饿了啊，想吃妹妹做的饭。她这才心安些，偷偷打量着他。他比视频里还要清俊。当时她以为他是个电影演员。

她为他做了一碗蛋炒饭，放了一碗紫菜汤。他吃饭的样子很安静，嘴唇边没有一滴汁水，而且没有半点声响，完全不像自己的丈夫那样狼吞虎咽。她竟然看得有些呆了。她或许一直是个花痴，只是自己没有察觉而已。反正，男人吃完饭，他们又在客厅里看综艺节目，看着看着，男人的手就伸过来。她说，你老实一点啊。或许她说话的声音过于轻柔，或许她那时心里委实在荡漾，反正男人并没有将手拿开。也许在男人看来，那更像是一种羞涩的暗示。他将她的手指放进嘴里吮吸起来。她当时是怎么想的呢。也许什么都不敢想。他将她抱进卧室，将她衣服褪掉，然后像她的丈夫一般覆盖了她。

她从来没有遇到过这么温柔的男人。那天夜晚，他们至少做了三次，事毕歇息片刻，男人的欲望就又如生铁般坚挺起来。他还是个有情调的人，从卧室到客厅，从客厅到卫生间，从卫生间到厨房，再从厨房到阳台，总之，他的脚步和汗水几乎遍及了她家的每处角落。她想大声喊叫。她从来没有大声喊叫过。但她只是用手狠狠捂住了自己的嘴巴。倒是他，间或轻吟或淋漓着轻呼，对不起……对不起……她听到他不知是愧疚还是兴奋的喃喃声。

男人离开时是凌晨三点。她沉沉睡去，醒来时看着镜子里的自己，懊悔和羞愧让她的泪水不由自主地流满了脸颊。她竟然做了这样的事情，还是跟一个连姓名都不晓得的男人。她在浴室不停地清洗着自己的皮肤，想把男人身上的味道全部冲洗掉。然后，她又开始清扫房间，把厨房、客厅、卧室、阳台的犄角旮旯打扫得干干净净。她可从来没有如此勤快过。当她气喘吁吁地坐在床铺上小憩时，偶然垂头间，在床脚，是的，在床单几乎覆盖的床脚下，她发现了一颗牙齿。

那是一颗洁白的牙齿，没有烟渍，没有饭渍，也不是四环素牙。她当时的第一反应就是，难道自己的牙齿掉了？舌头舔了半天，根本不是。那么，她想，这是谁的牙齿呢？

这是一颗成人的牙齿，绝对不会是孩子的乳牙。难道是丈夫的？一想到丈夫，心又抽搐起来，可是，从来没有听他说掉过牙齿啊。更不可能是父母的，他们虽然老了，可牙齿比老虎还要尖利，况且他们从来没有进过她的卧室。难道，这颗牙齿是……那个男人的？想到那个男人，她的脸就红了。然后，她想到了一系列让她可能一辈子都不能忘记的事情。

她和男人视频。男人说，牙齿怎么可能是我的呢？我牙口好着呢。我要开会了，宝贝，改天再聊。他的声音很淡然，完全不如昨晚那般急切。她支支吾吾地说，我把手机号码给你，你忙完了，记得打给我。男人说，没问题啊宝贝，想死你了。他的嘴唇贴到屏幕上，亲了亲她。

那么，这颗突如其来的牙齿，就只能是丈夫的了。他掉了颗牙齿，却从来没有告诉她。这么想时，她有点难过。到底难过什么，她自己可是一点都不懂。那天晚上，她吃过晚饭，想给丈夫打个电话问候，可鬼使

神差地，她没有联系丈夫，而是连接了跟男人的视频。让她意外的是，男人将她拉黑了。他怎么能这样呢？她有些愤怒，在房间里不停地走动、揪头发、哭泣、擤鼻涕。慢慢地，愤怒就像暗夜天空中的鳞爪闪电，很快被黑暗吞掉。她手里呆呆地攥着那颗牙齿，整整在床上坐了半宿。

丈夫半个月后回来了。丈夫还是以前的丈夫，吃饭狼吞虎咽，做爱像发动机。她跟他躺在床上，汗水淋漓。事后她想了想，从枕头底下掏出那颗牙齿，柔声问道，这颗牙齿，是你掉的吧？又镶了颗新牙吗？丈夫将灯打开，拿过来，审视了半晌，问道，什么我的牙齿？我换牙后就没掉过一颗。他龇着牙齿说，你敲敲，你敲敲，我的牙口比牲口的都瓷实呢。她看着丈夫说，怎么可能呢，怎么可能呢，怎么可能不是你的呢？不是你的，又是谁的呢？丈夫说，管他是谁的，爱是谁的就是谁的，难道你不想我吗？说完又卷土重来。她目光呆滞地盯着天花板，手指死死捏着那颗牙齿，任男人要着他想要的。

男1讲到这里就停了。他一口气说了这么多话，说了这么多话似乎也没有让他的疼痛减轻一分。他蹙着眉，又去看窗外的雪。男2已经没有气力看雪了，他趴在桌子上睡着了。他的鼾声时大时小，涎水一条条耷拉到油腻的桌面上。

后来呢？她问道，那颗牙齿到底是谁的？

男1仍望着窗外，说，后来，那个女人魔怔了，无论是上班还是下班，无论是在卧室还是在厨房，无论是在床上还是在床下，兜里都揣着那颗牙齿。有时候她会突然翻开她母亲的嘴唇，问道，你是不是掉了颗牙齿？有时候她会盯着同事的嘴巴，听人家说话，听着听着她走上前，拉着人家的手问，张美玲，你掉了颗臼齿吗？如此反复几次，家人才发现她有些异样，只好强行带她到医院检查。医生说，女人得了抑郁症和深度焦虑症。说到这里，男1突然站起来说，我们撤吧，很晚了，明天还要出差的。

她着实有些意外，指着男2磕磕巴巴地说，那他……他怎么办呢？

男1说，他会醒来的。没有回不到家的男人，只有回不到家的女人。

她没有跟男1抢着结账。她觉得这是对男1的尊重。出了酒店，才发现窗外的雪跟从窗内看到的雪不一样。她想到自己喜欢的一个男作家，经常在小说里写到雪。他为何那么喜欢雪呢？每次写到雪，他都会用到"肥硕"两字。这一晚的雪，倒是真的很肥很硕。北京已经四五年没有下过这么仓促这么漫天的雪了。她打了个寒噤，脚底一打滑，险些就摔倒，幸亏男1一把拽住了她的手。他的手比她的手还要热。她犹豫着问道，你贵姓？

他没回答，而是反问道，你想知道我讲的故事，是如何一个结局吗？不等她吭声，他就自言自语地说起来。他的声音在雪色中有些游离，也许是那些胡乱飞舞的雪花让一切都不真切起来。他说，后来，那个在外地工作的丈夫，与一个同事在某个酒局上相逢。这个同事以前是他的哥们，关系铁得很，只是有一年，同事忽然辞职去了南方。这一次久别重逢，真是让人惊喜。同事那天跟他喝了无数的酒，后来又去酒吧喝，他们把那个酒吧所有的1664全干掉了。后来同事不停地吐，吐完了抱着他不停地哭。他安慰同事说，人生何处不相逢，何必如此伤感呢。同事断断续续地问道，大哥，你还记得有一年……我去你老家出差吗？丈夫想了想说，记得啊，本来该我去，本乡本土的，可老总非要我去杭州。对了，我还把你嫂子的手机号给了你，嘱咐你有空了联络她，让她请你吃顿便饭来着。同事哭得就更厉害，说，我嫂子啊，确实请我吃过饭呢。我只是没跟你提起过。丈夫说，我怎么从来没有听你嫂子念叨，哎，这个女人，从来都是稀里糊涂。同事就在酒吧的椅子上睡着了。丈夫盯着同事，恍惚想起来，这个同事，就是去他老家之后辞职的。当时身为副总的丈夫还甚是惋惜，同事名校毕业，精明能干，又是花样美男，人气爆棚，他的离开，让公司损失还真是不小呢。

男1讲到这里咳嗽起来。她看到男1身边的雪瓣都被咳嗽声震飞了。在雪中，男1的身材显得格外魁梧。她拍拍他的后背说，不知道我们什么时候，才能再聚一次呢？说实话，她本来想要他的手机号码，转念间又觉得有些冒昧。只不过是一场莫名其妙的酒局上碰了一面，顺路步行回家途中，又吃了顿消夜而已。这么想时，她不禁匆匆往前赶了几步。再回头，男1的身影已然模糊。他喝多了？在呕吐？不过，喝多喝少都跟自己没有干系。北京这么大，每晚喝醉的人可能比欧洲某个小国的人口总和还要多。想到这里，她不知怎么就下意识地摸了摸自己的牙齿，自嘲地笑了笑。后来，她忍不住回头又张望了几次。什么都望不到了，无论是立交桥还是楼厦，树木还是人迹，都被凛冽的白色裹挟遮蔽。她走在城中，却如

走在旷野中。隐隐约约地，她还听到了旷野上的风声。

原载《江南》2017年第3期

点评

　　一场北京冬夜中三个一面之缘的普通人的饭局，三个下酒的与牙齿有关的人生故事构成了整篇小说，作家看似不经意地记录了一笔生活中的小场景，却因为故事的插入而染上一层薄薄的面纱，与生活隔开了那么一点点距离，文学的味道展露笑容。

　　第一个故事里儿子用近自己一个月的工资给老母亲买了一副假牙，在老太太这里假牙丧失了使用功能，成为一个象征幸福和爱的符号，老人每天摩挲，直到九十六岁那年，因遗失了假牙而离世。第二个故事的男孩子掉了两颗门牙顾不上镶嵌就为了生计而进入剧组当助理，与台湾的女化妆师之间发生了纯洁的爱情，他为之激动，鼓起勇气求婚前镶上了烤瓷的门牙。兴奋之中他忘记了女孩子曾经不经意说过的一句话："如果我喜欢，你就永远不去镶牙，如果你能做到，我就嫁给你。"第三个故事关于拥有美满生活家庭主妇的一夜情。一夜情的对象其实是外地工作老公的手下兼兄弟。在老公并不知情的情况下，美丽的主妇因为床下发现的一颗牙齿而患上了抑郁症。

　　三个关于爱的故事有伤感有尴尬有背叛，但不能挥去的是所有人对爱的渴求，这背后则是人们深入骨髓的孤单。

（王雪）

不要太伤心也不要太高兴，我还活着

/杨 渡

好黑啊！

伸手不见五指，不伸手同样也是如此。我看不见自己的脚，但我知道它在走着，不受控制地走着，一直没有停下来。

脑袋里迷迷糊糊的。好像一片空白，又好像并非如此。好像什么都没有，又好像无所不有。好像漫无目的，又好像有所目的。我记得自己要找一样东西，可偏偏完全忘了是什么东西。我唯一能知道的是，杨蝉在行走，在伸手不见五指的黑暗中行走。

那么，杨蝉又是谁呢？

还没好好想一想，黑暗中的某个角落，传出一枚石子投入湖中般的"扑通"一声。思路被打乱，因为这如湖上波纹般扩散开的声音，因为这突然的变化。

如波纹般的声音拥有巨大的难以想象的能量。它透过我虚幻的身体，撞在黑暗世界的外壁上，使一道道裂痕爬上了外壁。一丝丝光线透了进来，紧接着，外壁化为无数碎片四射，却都立刻如一只只黑色蝙蝠般以相同的速度飞了回来。黑色世界的黑色外壁，恢复如初。只是瞬间的光亮，我又陷回了黑暗之中。

不过，虽然还是黑暗，但我知道，现在的黑暗与之前的黑暗是完全不一样的。之前的黑暗中，除了黑暗，还有那恐怖的死寂。而现在的黑暗，只是眼前的黑暗罢了。窗外不远处传来的鸟鸣声，让人听了有一种说不出的舒服。

听着那时而欢快时而舒缓的乐曲，我躺在床上，什么都不想，什么都

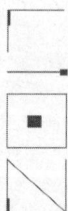

不干，全身都被那如水一般的柔和之感包裹。可猛地，乐曲停顿，一大群鸟扑棱棱飞起，像是受到了什么惊吓，原先的乐曲也变得杂乱无章。

怎么了？是谁打断了乐曲，打断了我的愉悦？

我忍不住要起身看向窗外，看看到底发生了什么。可过了半天，我回过神来，这才发现，我的眼前并没有出现窗外那群惊鸟，那群在我花了一大笔钱购买的火烧树上空盘旋的惊鸟。我眼前仍然只有黑暗，一切都和刚才一样，没有丝毫变化。

不是我的眼睛出了问题——或者说，不仅仅只是我的眼睛出了问题。我发现，我整个身子都出了问题。我的腰没有听我指令使我坐起，我的手没有听我指令撑住床辅助我的腰，我的脖子没有听我指令使头转动，朝向窗外，我的眼皮没有听我的指令撑开。全身上下每个部位，都像是成了一个个体，令我无法调动。在正常情况下，我应该已经看到窗外的鸟了。可事实上，我一动不动。

我尝试着睁眼，但眼前仍然只是一片黑暗。我感觉自己能控制眼皮，可它就是没有动弹。再猛地用力掀开被子，可这也只是在脑海中掀开罢了。被子依然压在身上，我能感觉到。

这究竟是怎么一回事？

正在又惊又怕之时，我听到细微的门把手拧动的声音，听到细微的门打开的声音，听到细微的脚步声。接着，就有一个人在我耳边轻轻喊："爸爸，别睡了，快起床。素姐已经做好早餐了，有你最喜欢的……"

大女儿的话分散了我的注意力。到最后，我完全忘了之前的惊与怕，甚至在猜测早餐的内容。唯一让我感到奇怪的是，大女儿怎么好好的就不说话了。难道是要吊我胃口？

只感觉有一样冰凉又柔软的东西碰到了我的鼻尖。过了一小会儿，大女儿"哇"的一声哭了出来。她边哭边叫："你们快来！爸爸他……"

我傻傻地躺在大床上，任凭那毛巾在身上粗鲁地擦动。即使无法睁开眼，即使没有看，我也知道，我的身体肯定已经被搓得通红。

从大女儿的哭喊一直到现在，估计已经过了几个小时。我至今仍未回过神来，仍感觉脑子里空空的一片，毫无头绪。

这是怎么了？我怎么就这样死了？

死后难道就是这个样子？大脑还能思考，有听觉、嗅觉、触觉，估计视觉和味觉也没消失，只不过没了呼吸，心脏也不再跳动，身体每个部位都不再工作罢了。

我不得不告诉自己："杨蝉，你死了。"

难以置信，死，竟然是这样。我想，我父亲、母亲、老伴儿他们死时听我在边上哭的心情，应该和我之前躺在床上听着边上几个人大哭时的心情一样。我真想告诉他们我还有意识，但嘴不配合。

当时，大女儿这么一哭一叫，我的二女儿，我的两个女婿以及为我们做了七八年饭的素姐，立刻赶到我的床边。我觉得遗憾的是，小儿子居住在外地，我已经有半年没见到他了。也不知他现在有多么伤心。

十几分钟前，身上毯子被猛地掀开。只听一个大嗓门喊："放心，交给我们！"一个更大的嗓门喊："我们是专业团队，请相信我们！"于是，那么多的哭声就退出了房间。

似乎是由于女儿们的要求，我的头发得以保留。他们俩只给我剃了胡须剪了指甲，然后就将我像剥鸡蛋一样剥了个精光。放在床上，对我就是一顿猛搓，一直搓到现在。

终于，他们二人搓够了，停了手，为我穿上了一套非常合身的柔软衣服。我知道，这是寿衣，是我原本以为至少要再过二十年才有可能会考虑到的寿衣。这么一想，我的心中涌上了一种说不出的难受。谁也拦不住死神。今年，我整整六十岁。几十年来，我从未得过什么大病，健康得不能再健康。可现在，我死了，就这么莫名其妙地死了。

我任凭他们将我抬起——事实上，我再怎么不乐意也还是会被他们抬起。然后，他们将我放进一个似乎是纸质的箱子里。箱子被放在一个平台上，木门打开，听着身下手推车车轮转动的声音，我第一次躺着穿过那条无比熟悉的走廊。我知道，这应该是我最后一次穿过这走廊了……

一路上，车厢里只有哭声。

最后一次出了大门，告别了我的家，我就上了这辆车。装着我的纸箱应该是放在车厢中心的桌上，哭声正好将我完全包围。奇怪的是，我并

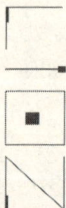

没有感觉多么伤心。我觉得自己在这时候应该好好伤心一番，可又怎么都伤心不起来。我仿佛看到心里有个小人，像是小时候的我。他抱膝坐在黑暗中，抬起头看着我，无声地笑了。

渐渐地，我发觉，我的感官系统正逐渐失去它们原有的功能。纸箱外的哭声越来越轻，衣服的柔软也很难感觉到，我甚至都已经无法确定自己是不是穿着寿衣。我想，死，大概就是这样。先是没了心跳与呼吸，无法动弹，接着就没有了知觉，最后意识才会消失，才会真正死去。

到达目的地，纸箱又被放回到了手推车上。不过，这次，我已经听不到车轮转动的声音了。我只知道，车跑得飞快，感觉下一刻就要飞起来了似的。

很快，推车到了一个房间里，停了下来。纸箱的盖子被打开，有强光打在我的脸上，使我睁不开眼——事实上，没有这强光我也睁不开眼。随后，脸上微微有些发痒，鼻子也有些难受。我想，现在应该有一帮化妆师正在为我化妆吧。三年前，我的老伴儿去世时也是如此。她被打扮得漂漂亮亮，躺在纸箱里，好像只是睡着了而已，好像很快就能醒来让我陪她去街上买些小吃，也好像从未被病魔纠缠过。

一切都像是发生在昨天，我记得一清二楚。

等我从回忆中脱出身来，化妆不知在何时已经结束了。打在脸上的强光早已经消失，推车早已经开始飞跑。

再次停下，装着我的纸箱被扛起，又被放到了一个平台上。身旁的那些人跟商量好了似的同时哭了起来。看来当我在化妆的时候，女儿、朋友他们已经到这儿来了。这里，大概就是开追悼会的大厅吧。

小儿子从外地赶到这儿至少要半天时间，那么追悼会无论如何也不会在上午进行。我无聊地等了半天，发现哭声逐渐变弱，直至完全消失。纸箱外没了声音，静得可怕。大概是到中午了，他们全都去吃午饭了。突然脑中"唰"地闪过一个想法，令我羞愧得只想扇自己耳光：真是可惜了，连早餐是什么都还不知道，就这么空着肚子死了……

尽管听力随着时间的流逝而下降，但还至少能听到一些声响。现在，我感觉耳边有些轻微无比的杂乱声音，和刚才死一般的寂静完全不一样。我知道，他们来了，得到消息来和我道别的他们来了。

听不见哭声，或许它们被太多杂乱的其他声音淹没了。我心里期待着，期待着他的到来，我的小儿子。我没法子再睁眼看看他，不过只要听到他的声音，哪怕只是一阵哭声，我也满足了。

"吱"的一声，音响里传出的混音吓了我这已死之人一大跳。如果我还能动的话，我肯定已经吓得从纸箱中蹦出来了。

纸箱外的杂乱也被这个刺耳的声音抹去。一个低沉的声音响起，盖掉其他的一切。我知道，追悼会开始了。

声音虽大，但仍然听不大清楚，我只知道台上有个司仪在说话而已。不过这完全不要紧，司仪能说的也就这么几句话，我不用猜都知道他会说些什么。

听司仪在追悼会上滔滔不绝，我也不是一次两次了。但听司仪在自己的追悼会上滔滔不绝，又是另一番滋味。我感觉很奇怪，不管是父亲母亲、老伴儿和几个好朋友，还是其他一些不是特别熟的人，在追悼会上，听着司仪在台上说话，我都忍不住落泪。可真正到自己的追悼会的时候，我只是盼着司仪赶紧说完，追悼会赶紧结束。至于为什么会有这种想法，我也不清楚。

低沉的声音在大厅中回荡，我在纸箱里等得浑身难受。终于，司仪的声音消失，我知道，如果不出意外的话，所有参加追悼会的亲朋好友以及闻讯而来的其他人，会在司仪的指挥下一个个上前，看看我那张露在外头的因化妆而看上去年轻十几岁的脸。

似乎有细微的脚步声响起。大女儿、二女儿、小儿子、大女婿、小女婿、老李、老蒋……脑海里浮现出一张张脸。这些脚步声中，一定有属于他们的。

时间过得非常慢。也不知过了多久，脚步声消失，司仪的声音再次响起。不过，这次他只说了一两句话。看来，追悼会是要结束了。

大厅里越来越安静，越来越多的人离开了。我隐隐听到有人说话的声音，下一刻，眼皮外的光线消失，纸箱的盖子重新盖上，纸箱也重新被放到了手推车上。这一次，车并没有像刚才那样飞速向前，反而让我有些不习惯。

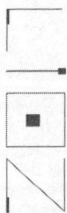

出发，前往"永乐居"——殡仪馆给火化处取的雅名。

我神游天外，察觉到一丝不对劲：我的小儿子哪儿去了？

在那些各种电视剧里，一个老头子死去，来不及与他的儿子见最后一面。他儿子赶到后，猛地扑到躺在病床、自家床上或是殡仪馆大厅台上的爸爸身上，鼻涕眼泪同时涌出，哇哇大叫。他两手握住爸爸的一只手，嘴里不断地说些"爸爸！我来迟了！"或"爸爸，对不起！"或"爹，你怎么就走了！"之类的话。可现在，这一切怎么都没有发生？

为什么？是因为小儿子没来？不应该啊！如果连小儿子都没赶到，追悼会怎么可能开始呢？

这是怎么一回事？

"永乐居"离大厅很近。还没等我想明白是怎么一回事，车已停了下来。纸箱被扛了下来，放在了通往焚烧炉的轨道上。边上的哭声在瞬间变大了数倍。又过了一会儿，身后"呼"的一声，燃起大火，身下"咯咯咯"齿轮转动，纸箱开始移动。很快，炽热包裹了我的头，接着是身子，最后是脚。"砰"的一声，闸门闭合，阻断了死亡和人世。

这下子我是真的要死掉了吗？

这个念头一闪，又过了十几秒，我仍能感觉到那即使被削弱好多也仍然令人痛不欲生的炽热。不知死亡会在何时突然降临，突然得我根本无法察觉，但至少我短时间内不会有什么问题。

我松了一口气。不过很快，我觉得我不该松这一口气。没被火烤过的人绝对想象不到被火烤之时的难受。我真希望那火能更猛一点，在第一时间灭掉我的意识。

就这样，也只能是这样，听着"呼呼"的大火声，我平静地等待，等待着那一刻的到来。

过了很长一段时间，我的意识仍然没有消散。身体差不多已经完全感受不到火的温度、火的存在了，估计能感受到疼的玩意儿和能将疼传到大脑的玩意儿都被烧得差不多了。我甚至怀疑，自己的手是不是已经烧得只剩下骨头了。

三年前，我的老伴儿是不是也这么想过？

大脑里猛地一恍惚。等到清醒过来的时候，我发现，所有的知觉都消失了。不再有火的炽热，只有虚幻般的清凉。

又怎么了？

我吃惊极了，猛地坐起，睁开眼。我这才想起，自己其实早已不能动弹。而正当我嘲笑自己的愚蠢之时，眼前已出现了焚烧炉的不锈钢内壁与不知是什么材质的闸门。

火焰如一瓣瓣莲花的花瓣，将我包在了莲蓬上。

真正的我仍然躺着，那具白骨。现在的我，身体半透明，是淡蓝色的，是天空的颜色，我最喜欢的颜色。

难道这就是所谓的"灵魂"吗？

一切只会在梦境中发生的事，都发生了。我只是有点纳闷，为什么自己一点儿都不意外。

只过了一小会儿，闸门开了。齿轮声再次响起。我发现，我的感知已是原先正常情况下的几十倍。我甚至能听到电流的嗞嗞声。我赶紧站起身，钻了出去，脚踏实地，抬起头，浑身莫名一颤，目光不由自主移向那个位置。随后，目光穿透过好多堵墙和一棵树，捕捉到那几个正要走出殡仪馆的一身黑的身影。

那几个黑衣黑裤黑皮鞋如黑社会成员的男子中，走在最前头如黑社会老大的黄发男子弹掉手中的烟屁股，从自己屁股后头的口袋里摸出手机："老板，好消息，那老头子真的挂了。"

我刚拥有的顺风耳，将手机那头传来的放肆笑声听得一清二楚。这笑声，属于我所在公司的死对头的老板，那个永远笑眯眯的无比和气的老板。

十几年前，我的创新轰动全世界，受邀成了那家公司的顾问。而立刻，公司死对头派人来要购买我的创意，被我一口回绝。而派来和我商议的，正是这个黄发的男子，只不过那时，他还是个二十几岁的青年。

我苦笑着摇了摇头：这么多年来，我得罪过不少人，这老板只是其中之一。听到杨蝉去世这一消息，大概有不少人会拊掌大笑，高兴得不得了。

然后，目光自动一移，我立刻又捕捉到那个蹲在殡仪馆门口的熟悉身

影。他鼻子、眼睛通红，破旧的衣袖已湿透，眼泪仍然"哗啦啦"往外走。

他是我小时候的邻居，是我读书时的同学，是我一直以来最好的朋友。我们曾一起下水捉鱼，一起上山捉野兔。从小学一直到高中，我们都是同学。毕业后，我们住同一栋楼，又是邻居。我们每天都能见面，直到十几年前那次，我出了大名，受到各种邀请跑遍全国。回来时，他的房产已经卖给了别人，不知去向，就再也没有联系上过。

我原以为他是有什么急事离开了。如今已过了十几年，我这才知道，原来他并没有离开这个城市。他恐怕是觉得自己不配和我交往，才躲开了我。

我狠狠扇了自己一个耳光，尽管没有感觉。我那时怎么就没想到呢？那时我如果尝试寻找，肯定很快就能找到他。

可惜，当我明白的时候，已经没有机会了。我现在能做的，只是痛苦地看着他看着他从地上站起，慢慢远去。

收回目光，两个女儿站在边上，一边哭，一边用小钳子夹起我的骨头，放到如垃圾斗一般的小斗中。她们将灰也扫入小斗，全部倒入骨灰盒，最后，我就被完全装入骨灰盒中。看着她们，我不禁感到一些心疼。我唯一能做的，就是给她们每人一个她们感觉不到的拥抱。

然后，我就看到了我的小儿子。他的反应出乎我的意料。他只是静静地站在一边，看着他那两个姐姐忙碌。从他的脸上，我看不出丝毫的伤心，这骨灰盒中装的好像不是我，不是他爸爸，而是一个陌生人。

正这么想着，他突然好像又想起了什么，走出"永乐居"。他靠在一棵树下，对电话那头的人说："亲爱的，我千盼万盼，那老家伙终于死了。哈哈，我一毕业他就让我出去找工作，不给我任何帮助，说是让我锻炼锻炼。现在，他死了，他的家产——哈哈，回去后，我们去吃顿大餐庆祝一下。"

一时间，我完全反应不过来。我简直不敢相信自己所听到的。这是怎么一回事？原来，我最最疼爱的小儿子，竟一直盼着我死！

我只感觉心口像是被揪住了一般疼痛，痛得我喘不过气来。有一把无形的巨锤打在我脸上，我仰面向后倒去，踉跄几步勉强站稳。我的脑袋像是被谁掏空了，什么也不剩。

过了许久，我的心才逐渐平静下来。我叹了口气，安慰自己：现在，儿子也才二十五岁，还是个孩子，所以不明白我的心思，或许没过几年，他就明白了，为自己在今天说了这些话感到羞愧无比。

抬起头，视线穿过屋顶，接触到了蓝天。随后，一道光照在我身上。我只感觉身体不断变轻，最后就飘了起来。穿过屋顶，我飞向天空。

环顾四周，在视线里，有很多淡蓝色身影与我一同上升，也有很多新的淡蓝色身影开始上升。我突然想起以前看过的那些童话神话故事：或许，在通往天堂的门口，天使将我拦住，说是上帝搞错了；或许，牛头马面突然出现，告诉我阎王在生死簿上写的字太潦草，导致他们误以为我的死期在今天。于是，时间倒流，回到今天清晨。鸟鸣没被打断，后来女儿叫我起床，我就乖乖起床，去吃那未知的早餐……

我张开双臂，仰头正对着蓝天。眯着眼，我在心中对他们所有人说：

"不要太伤心也不要太高兴，我还活着！"

原载《青年作家》2017年第6期

点评

一位16岁的高中生为我们奉献了一篇幼稚心灵观察生活现状和人性丑恶的老成文章。

小说以一个新死之人的视角叙述了从临终到火化的一系列进程，传统的复杂的丧礼在叙述中变得简单明了。首先是女儿象征性的哭泣，接着是殡葬公司的专业化操作：修容、穿衣、运到殡仪馆、化妆、追悼会，讲述着现代社会人被物化后的冷冰冰的疏离与诡异。火化后死者的灵魂见到了令人印象深刻的三个人：一位平时永远笑眯眯和无比和气的老板为主人公的死而狂喜；一位小时候的同学因为自己混得不好而多年没有跟颇有身价的主人公交往，此刻竟然来到追悼会现场深深地伤心；最后是自己最为惦记的小儿子，他不但没有表现出悲痛，还因为老爹去世自己终于能得到遗产而高兴万分。

然而作者都以超然的态度原谅了他们，对自己也只有一点淡淡的谴责，这个世界本来就这么荒谬，发生什么事不是正常的呢？最后相

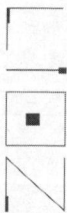

信人死后有灵魂这事也是荒谬的，作者不过是做了一个梦而已。一切坚固的东西都烟消云散了，小作者眼中的成人世界如此颓丧麻木会不会令我们感到一丝心惊？

鲁迅蔑视"超然无事地逍遥"，热爱那"被风沙打击得粗暴"的青年们的"人的魂灵"，正如周国平旧译《权力意志》所说："我爱这些流血和隐痛的魂灵，因为他使我觉得是在人间，是在人间活着。"鲁迅渴求的是生的光彩，他肩住黑暗的闸门，希望年轻人到光明里面去。而这篇小说恰恰是对此的背叛。

（王雪）

花事了/

/王方晨

　　我们老实街的老花头，多少年，说他有就有，说无，也就无。但是，时时的，还总被看到。不是老实街的，就可能小瞧了他。

　　直说吧，这老花头，身世了得！跟北边高都司巷的老裘家一样，倒退上三四十年，也是历城县的名门望族。塈记面粉厂、塈丰面粉厂和塈大纱厂、塈通餐馆，都是他家开的。一家就有四五房院。时序频更，流光易换，一来二去给弄得七零八落，一房院也没剩下，从老花头起，搬进王家大院住了，任谁也没听他抱怨过。不是无人撺掇他去历下房产局索回几间，只是他从未放在心上。说，老实街，从前往后看，可有空屋场？老花头上辈人儿，多流散各地，然俱得天年，也算是不幸中之大幸。老裘家的人怎样了？祖辈三代，毙了少说四个，一个纵火犯，两个投毒犯，还出过一个国民党间谍。不想吓唬老花头，所以我们都不提。

　　在老花头上辈人儿当中，唯老花头的爹寿短。当过济南老字号一大食品店的副经理，在公私合营的第二年过世，才活五十三。据说死前跟老花头留过话，"很好了。"

　　老花头在糖酒站上班，依我们看，也"很好了"，清闲是其一，还有其二。

　　人这一辈子，能跟吃的打交道，不亏。

　　老花头祖上若没有西门外那间塈通餐馆，老花头的爹也当不上食品店副经理。民以食为天，吃的不愁，过日子就不愁。又有闲，又得食，你道老花头能做甚勾当？

　　猜着了，说媒呗。偏他姓花！

　　说媒可是行善积德的事体。说媒作保，自寻烦恼。老花头说媒，与别个不同。既不依周公六礼，也不行婚姻介绍所那一套。郎有情，妾有意，就隔一层窗户纸。老花头做的，不过是将这层窗户纸轻轻点破，不费吹灰之力。有功是他，没他也成，何来烦恼？因之，有无媒婆嘴、媒婆腿，都不紧要。

　　紧要的，是一双眼！

　　人心有多深呢？这双眼总得看到人心深处去，还不能搅得沸反盈天的。事后若念他功德，谢媒钱倒不必奉上，他也不贪酒，只将心佛斋素菜馆的黄蘑鸡拿来一包，就能让他得大欢喜。请他下馆子吃九转大肠、糖醋鲤鱼成不成？不成！老花头就好这一口。

　　黄蘑鸡非鸡，而胜于鸡。心佛斋素菜选料以豆制品、油皮面筋、山药为主，这黄蘑鸡则以手撕蘑菇过油，鸡的味道完全按配方由中药料调出。

　　从何时喜吃黄蘑鸡，有说吃过了一二十年，有说从老花的爹在世时，就开始吃。恍惚记得，老花家跟开素菜馆的老张家有来往。也就是说，老花头吃鸡，年深月久，就像骨子里带的。每逢见到有人去王家大院给他送黄蘑鸡，我们就知道，天下又多了桩好姻缘，街口涤心泉也像在欢唱。

　　张家和李家，赵家和孟家，这亲，怎么就结了呢？我们看着都不像。

　　若非看见有人往那王家大院送去黄蘑鸡，哪晓得人家功德已成？不知不觉，人家就把心操了。这老花头，敢情就是无影人！

　　如今，老实街早被掩埋在了高楼大厦下面。渐渐的，老实街人也都在相互遗忘。偶忆生活在老实街的岁月，眼前常会浮现出一只猫的形象。这可不是谁家养的猫，我们觉得就是老花头。有时他会出现在阳光下的一道清水脊上，好像已被明亮的阳光穿透，有时会蜷伏在谁家墙根下，名字就叫幽暗。他总是无声无息的，在屋顶、墙头，如履平地。老实街每个院落，每个房间，他都能畅通无阻地走进，而从未被发觉。

　　在我们眼中，老花头掌握着我们所有老实街男女的秘密。您知道的，十八拐胡同卖酥锅的大老赵，也以忠厚老实著称。他在编竹匠唐老五家设了个酥锅代销点，因为两家算是世交，祖上都是济阳人。他把代销点设在唐老五家里，是有帮扶一把的意思。那时候唐老五已过世。隔三岔五，大老赵要来老实街送酥锅。

　　编竹匠女儿开的是小卖店。重开竹器店是后来的事，那也是我们老实街所发生的最令人伤心的故事之一，不提也罢。我们常见大老赵走熟了一样走进小卖店，有时他自己走出来，有时女主人送他出来。

这样的场景持续了至少有十五年，忽然有一天，大老赵晕了头一样，携了一罐酥锅径直朝王家大院走了去。

不对头，没听说老花头改吃了酥锅。等他走进王家大院，我们才觉得滑稽。大老赵这岁数，有家有业的，人又忠厚，我们这是想歪啦。一去王家大院找老花头，就为男女之事！王家大院还有老邰、老祁和开照相馆的白无敌不是？

我们记得大老赵是空手出来的，他果真没去找老邰、老祁，他是找了老花头，而且把一罐酥锅留在了老花头家。这么大岁数的人，样子灰溜溜的，连我们这些无意碰到他的人都替他尴尬。

大老赵去老花头家做什么，我们不得而知。老花头口紧得很，不做任何解释。那罐酥锅给老花头出了难题。老花头爱吃的是黄蘑鸡。今日食一素，十日不思荤。酥锅里有白菜、豆腐、藕，还有鸡鱼，老花头不爱酥锅。不是不吃。这么一罐酥锅，得让人吃腻了。你要分送给邻居，势必又要把大老赵来送酥锅这事再给张扬一遍。

我们都忘了老花头最终怎么处理的这罐酥锅，也记不得罐子还给大老赵了没有，只记得大老赵好多天没到老实街来。约一两周，他来了，眼睛却不敢看人。对这样的老实人，我们自然惺惺相惜，从没想过去捉弄他。可是，看得出，他开始绕着老花头走。真的躲不过，看那个杌陧不安的可怜相！

老花头呢？还能怎样？老花头不会跟人过不去。老花头云淡风轻，倒是我们显得为人刻薄了。

从大老赵身上，我们想到了胡家大院的张小三。

当年，张小三也才二十出头。春猫叫得人心乱。张小三半夜不睡，在街头徘徊。白天里，张小三走过来一趟，走过去一趟。你叫他一声，张小三！管你谁叫，听不到。问他一句，答非所问。一说话，就脸红。

小青年们怎么样，都让人喜见。过来人心领神会。我们都猜，张小三爱上谁家姑娘了。新社会，爱上谁，也不一定用得着媒妁之言。

很快我们就发现，张小三活动的中心就是王家大院。到底是年轻人面薄，他不敢主动走到王家大院去。老花头应该也把街上的情景看到了眼里，依我们过去的经验判断，该老花头出动了，空气里似乎飘起了心佛斋黄蘑鸡的香味。

可是，这个老花头睡着了。当时他还在糖酒站上班，白天在家的时候少。至今我们都觉得奇怪，他在糖酒站能够买到便宜货，为什么老实街人没求过他。好像他走出老实街，也不是去上班。他在老济南的街巷里乱逛，逛够了就回来。

晚上，张小三走进王家大院去了！这小青年，提早给老花头送上了黄蘑鸡。

在老花头家，张小三待了不过五分钟就跑了出来。因他的举动不寻常，第二天就有人问老花头和张小三的家长，张小三定了哪家姑娘。

这话从哪儿说起？老花头一口否认，我们信。

张小三的家长蒙在鼓里，因为他们还不知道张小三给老花头送了黄蘑鸡。他们虽诧异，嘴上还是说，求街坊邻居给打听着。

对张小三，我们有两种猜测，一是他心里有了人，二是想媳妇想得，熬不住了。他虽笨拙，到底还是给老花头送的黄蘑鸡，不像大老赵，送去一罐酥锅，根本不是老花头爱的。但他却像大老赵一样，避着老花头。避不开，就头一低。

不就是提早地往老花头家送去一包黄蘑鸡嘛，怎像做下了不得见人的事！想媳妇有错？洞房花烛夜，金榜题名时。洞房，啥地方！啧，不消说。

张小三后来娶的是将军庙街老曾家的女儿。老曾上辈是布头商，原住在趵突泉公园西边的剪子巷，张小三的爷爷是裁缝，两家也算门当户对。老花头祖上开过纱厂，老曾上辈指定卖过花家纱厂的布头，所以我们都认为是老花头做的媒。没见张小三再给老花头送黄蘑鸡，也没啥不对头。送过一次就成了礼，老花头不贪这嘴。

娶了亲的人该有多乐！

张小三出门就咧着嘴，无声地笑。新婚的日子，他常在街上走，就像要让人们把他的欢乐和幸福全看在眼里。他的牙很好，又白又齐整。他去这里站站，去那里站站，嘴角弯弯，满街上都晃着他的大白牙。就像在对老少爷们儿说，都来看我大白牙！

他蹲到涤心泉边去了。

泉水泉水，看我大白牙。

这是叫泉水看，还是自己看呢。相看了好大一会儿，又起身走了。

他走到鹅的小卖店去了。结果,我们看到他从鹅的小卖店买了一管牙膏。他是怕自己的牙还不够白。

张小三和曾女的幸福,我们看在了眼里。曾女次年就给张小三生了个儿子。每次回娘家,两口子就像过年。

曾家祖上卖布头,却不是走街串巷、手摇拨浪鼓的那种,也不像卖布头的天津人,一张口就是"你看这一块,怎么这么黑?它打过几天炭,晒过几天煤……"或者"一庹五尺,两庹一丈,余一块,让啦!"曾家祖上是开店的,从来都讲做派的人家,虽历尽时变,遗风不衰。因之,曾家少有到闺女家来。每来都很隆重,礼备周详。从老实街到将军庙街,也就二里多路,却从未逾申时而不归。

张小三抱了儿子在街上玩,曾女来叫吃饭,也从不高声。必走至近前,才会轻启双唇。直呼"小三""张小三"的时候,从来没有。偶尔小声抱怨一句"还抽烟",是含着甜笑的。

不止张小三伉俪才如此。在我们老实街,夫妻和睦的多,找不到家里过得鸡飞狗跳的。

你看得出来,老花头做媒,不会轻易下手。甚至可以说,老花头总是对的。可不嘛,老花头是无影人,你不知道的,他知道。爱了谁,不爱谁,自己倒不见得就能说准!

在我们老实街,常能见到一个人,就是历下区管招工的那个老常。起初老常向编竹匠女儿求过亲,没成。我们当然是盼着成的,因为编竹匠女儿条件已不好了。不是人不好,人也年轻,也俊俏,就是身边带着个来历不明的孩子。传言老常在男女之事上贪了点,但老话又讲,只有累死的牛,没有犁坏的田,所以,贪不贪的,不算是毛病。

老常位子好,只要肯娶,没有不肯嫁的,也就随便找人提了提。他没找老花头去说合是失策,而老花头若肯去撮合,证明我们也是有眼力的。

被拒绝的老常,没觉得丢了面子,还是常到老实街来。他又找了老婆,是第三个。

过了几年,这老婆却又死了。他重回自由身,也不像大老赵。回头想想大老赵,的确是个笑话。不是他已不年轻,而是拖家带口的,还去求老

花头，这要怎样呢？欲将糟糠之妻置于何地？若非老花头仁义，将内情抖搂出来，这大老赵又有何颜面立世？

此番老花头没睡着，但当时我们对此一无所知，待到知道，又都深以为憾，因为还是没成。老常若与编竹匠女儿结合，世上自然又多一对美眷。

老实街儿女都能得幸福，是我们每个老实街人的愿望。正因没成，反而时常让我们想起来，叹息一回。

编竹匠女儿的爹死了，老花头与她非亲非故，在我们看来，却像是她的爹。

你看，缘分罢，编竹匠女儿开小卖店，老花头在糖酒站工作。要不说我们老实街人老实呢，当时我们就没想到老花头也是可以帮她的。有老花头在，她的小卖店不缺东西卖。

老花头去编竹匠女儿家里，跟去别人家里是一样的。他人又静，性子又好，不会让人不自在。

"鹅，找个人吧。"老花头不避讳。

"哟！花大爷怎么说起这个了？"

"找个人就有了帮手。"老花头说。

当年可不像现在，开卖店有经销商直接给送来，而是要自己蹬三轮车进货的。可以想见编竹匠女儿的辛苦。上有老娘，下有幼子，里里外外全靠她一个人。

"那你以前怎么不跟我提？"编竹匠女儿就说，"那时候我又年轻，又好看。"她笑吟吟的，比画了一下，就伸直胳膊，向后侧起身子，看着两只手上的手指全都弯弯地翘起来。

"那时候没合适的。"老花头如实说。

编竹匠女儿乜斜他一眼。"这时候就有了？"

"有了。"

"谁？"

"老常。"他说，"常宝根。"

"他呀。"编竹匠女儿收了手，姿态端正起来。"不找了。儿子就要大了。将来我把这店扩一扩，一家子人在老实街千年万年，不想别的。"

"鹅，听我的……"老花头说，"跟老常有好日子过。"

"爷爷，起来吧。"编竹匠女儿走过来，笑着搀起他。

"老常啊，心里有你！"

编竹匠女儿把他往店门口推。"您老是长辈，我没赶过您。"她笑着说，"但您说了我不爱听的，我就赶您一次。"

"赶不赶罢。"老花头说，"我话说过了，就是在你心里种下了。待我走了，你好好寻思寻思。不好恼的！"

"偏恼！"编竹匠女儿冲他说一句，就在他身后关上了门。

结果我们都知道了，编竹匠女儿不光没嫁给老常，也没嫁给任何人，但是我们都不相信老花头会看走眼。

有人说，编竹匠女儿只要嫁年岁相当的。与她年岁相当的，老实街上有不少，张小三算一个，毙了的马大龙算一个，林家大院的陈东风，李家大院的李汉轩、李汉堂兄弟俩，但老花头都不去提，可见都不合适。既然合适，大几岁又何妨？老常虽大龄，但还强壮。论起力气，小伙子也不如他。却又不是靠力气吃饭，手里拿了一辈子印把子，为人也好，而且对她有意。不论从哪方面说，我们都认为没有不成的道理。老花头说了多少媒，没人统计，但肯定这是他最失败的一次，而且我们相信也是他唯一的一次失败。

老花头家里只有他老婆，子女都不在身边，两个在海外，一个在南京。为了给在南京的儿子看孩子，他老婆几年前就从市百货大楼退休。不是一家人，不进一家门，他老婆也是跟他一样的人，从不引人注意。要想从这两口子身上找到故事，趁早作罢！

当时我们确实只注意到了老常。这老常过去常来走动，跟我们老实街每家每户都是朋友，上学、找工作这样的事，没少麻烦他，而他基本上有求必应。

老常爱聊天，往街上一站，身边就会围上一大帮人。

老常尊老，谁家有老人，他就会不时地到谁家探望。往往老人们刚听到他的脚步声，就会从窗子里喊一声："老常来了么？"老常声若洪钟："来了，芈老先生！"或者，"来了，张老！"

我们老实街的孩子也喜欢他，过去没少吃过他给的高粱饴。鲁泉食品厂出产的高粱饴，就是我们童年的味道。

年轻人有求于他，更不必说了。

以现在的话来讲，老常在老实街，人见人爱，花见花开。我们印象中，唯有编竹匠女儿不在街上凑热闹。但是，老常每次来老实街，都会去她的小卖店坐坐。

彼时，小卖店总是要忽然清静下来。店里的人不约而同地告辞而出，也没人再走进去。

老常坐在店里的一张大竹椅上，从某个角度，我们会看到编竹匠女儿给他端茶送水的身影。反正店里面的一切，都影影绰绰的，特别是在明亮的中午时分。有人曾经看见过编竹匠女儿剥了核桃去喂老常，而且嘴对嘴地喂。我们不相信，因为小卖店的门敞开着，编竹匠女儿还有老娘和儿子，光天化日之下，怎么可能！

老常身子大，坐大竹椅，那张大竹椅也就成了老常专用。

大竹椅被坐得光滑油亮，老常的第三个老婆又死了。可是，我们像是忘了老常死老婆，因为老常来小卖店的情景，对我们老实街居民来说，早已习以为常。没有一个人来抚慰老常丧妻的悲哀，我们相信编竹匠女儿也是这样。有一次，他们在小卖店里谈论起她儿子的学业。

"就考济南二中吧，离家近便。"编竹匠女儿说。

"想上更好的学校也可以的。"老常建议，"让这小子加把油。"

"就不指望省实验、山师附中了。"编竹匠女儿任天由命，"将来靠了您老，能挣口饭吃……"

"看你，你说我老，就真老了。"老常打断她。

"哼，你不老么？"编竹匠女儿直说，"不觉得不像十年前了？"

老常摸摸脸颊，哈哈一笑。"是不服老。"他说，"不怕，我老了退下来，也少不了石头一口饭。多大个事儿呢！"

"石头够上您这个大本事的人，也是老天有眼。"编竹匠女儿说，"哎，自己夹核桃吃。咋着？要我喂你？生分了呢！"

"大老赵来了！"老常转头说。

大老赵迟疑了一下，走进门来。

"大喜呀，老赵！"老常说，"有了孙子？"

大老赵"嗯"了声，放下盛酥锅的罐子，又取了柜台上的空罐子。"请常主任吃喜酒。"他拘谨地说，"谢谢常主任帮忙……"

"你不用客气！"编竹匠女儿说，"要都客气起来，常主任白添不自在。"

"鹅说得对。"

"回去别忘给常主任下请帖！"编竹匠女儿吩咐。

大老赵走出去。

"真像老实街的。"老常感叹。

"说过多少次了，让小辈儿来送，偏不听。"编竹匠女儿抱怨，"实心眼的人，拿他有啥办法？——你看我做什么！我老了，不能见人了。"

"谁说你老？"

"没说就好。"

老常去编竹匠女儿的小卖店，不须遮人耳目，实际上，也正是我们所暗暗期盼的。没有一个人不清楚，老常对编竹匠女儿念念不忘。设若没有编竹匠女儿，你想想，会如何？他怎么就不常去狮子口街、旧军门巷？

大家也都不要揣着明白装糊涂罢。

在老常丧妻的半年后，发生了一件事，让我们想起来就不能原谅自己。他从前街口缓缓踱来，只略在涤心泉边站了站，跟汲水的老简招呼了一声。正巧刘家大院的朱大头新近得了一把扇，上有欧阳中石题字，是热心听众送给他的在市电台工作的女儿的。也是要显摆，远远看见老常，忙转身回家去取。待取了扇出来，不见了老常，以为老常去了编竹匠女儿的小卖店。去了那里，只见一屋子闲人，随即又出来。一问别人，原来老常去了王家大院。因他与王家大院的老邻相互有些看不上，也就没跟过去。

我们不能说老常去找老花头了。但若不是老常来王家大院，我们就都不晓得老花头跟他老婆出了国。他大女儿在加拿大定居，连同院的老邻、老祁等，也都不晓得他老两口要在国外住多久，还会不会回来。这个家，不过是三两间屋，屋里的东西俱当破烂扔了也不值心疼。

你看，家不值钱，出门也利落。门上一把锁，无牵无挂。

老花头始终不肯去房管所要回房产，不奇怪哩。

虽然老花头此举符合他素常来无踪去无影的风格，但我们心里还是感到内疚。再怎么着，这也是出远门。朝夕相处的老街坊出远门，尚不知能

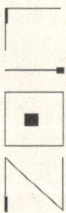

否回来，而我们竟一无所知，于情于理都说不过去。老实街历来所崇尚的宽厚老实之风尚，如不能有助于我们德行本身之增长，其又有何用？

老常看了会儿老祁剪纸，又顺便在白无敌的照相馆照了一张相，白无敌却给洗坏了。这种情况不多见，因为白无敌是有经验的摄影师，曾是泉城路红星国营照相馆的技术老大，老常头一次在他照相馆照相，偏偏把相片洗成了一团乌黑。

那团黑就像我们的心沉在了深不见底的渊薮。

老花头夫妻周游世界归来，是在一年半之后。为了弥补未能送行之憾，老实街几乎家家都请了他来家中坐，而他并不推辞作假，也不忘酬情送上自己从海外带来的礼物。到后来实在没得送了，就从编竹匠女儿那里买些吃的。

编竹匠女儿也请了他，请他老婆也去，他老婆照旧只是微笑摆手。编竹匠女儿先走了，他收拾了一下才过去。路上碰见老常，老常就怪他出远门不打招呼。得知要去编竹匠女儿家，老常高兴地说，自己也要去。没进编竹匠儿的家门，老常就朝里边嚷，自己来陪老花头。

那编竹匠女儿早把酒菜都备好了，酥锅、煎鱼、炒螺蛳都有，九转大肠也有，从饭店要的，是大菜。当然少不了黄蘑鸡。

编竹匠女儿说，喝酒前，我先把礼数扯一扯，花大爷是长辈，老常不是。老常疑道，为啥我不是？编竹匠女儿说，当着花大爷的面，我有么说么，你不是长辈的样儿。老常说，鹅，你这是在夸老花头吧？编竹匠女儿说，不是我夸花大爷，是我心里不藏奸。你，我，花大爷，今生今世头一遭坐一张桌子。大事，名不正，言不顺。

老常闻言，差点掉下泪来，忙忍住了。

有件事是要提一提，老常上个月娶了第四个老婆。

老常的第四个老婆比编竹匠女儿还年轻，才二十八，结过，没生育过。

虽然编竹匠女儿没把老常当长辈，但也给他敬了酒，祝他新婚大喜，还把她的在聚贤街上了济南三职专的儿子叫过来，分别敬了老花头和老常。

老花头本没酒量，喝了头三杯，就有点刹不住闸。老常则每顿不离酒的，劝都不须劝。编竹匠女儿心里高兴，索性由他们喝。

听见院门外有人过来，就走过去说，今天不营业，要买东西就去左门鼻家。但人家不是来买东西的，是听说老花头和老常在她家喝酒，特意带了一瓶秦池佳酿过来看看。她不让，说，喝个酒有啥好看？挡着门，脚趾着门枕石，掏了把葵瓜子，嗑起来。来人还不死心，说，就是去跟常主任照个面。她横了他一眼，说，我今天请的是花大爷，不是请老常。我放你进去了，你眼里就会只有老常。来人听了，摸摸脑袋，笑着承认，很是。这才放下酒走了。

待他走远，编竹匠女儿将院门一关，回到老花头和老常身边。老常看她脸色绯红，问她，咋这么高兴？她说，我没请过人，头一遭请了花大爷，花大爷来了。不光花大爷来了，常主任您也来了。这院子里，有老娘，有儿子，有您，有花大爷，有我，多像一大家子人！我还能不高兴？谁再敲门我也不开。我是高兴得要哭哩。我自干一杯！

日偏西，我们才见编竹匠女儿再次打开院门。她从街上叫人，张小三、李蝌蚪、后街口唐二海都过去了。

老常烂醉如泥，几条汉子都架不动他。后来唐二海就建议用他常坐的那张大竹椅来抬，或许好些。费了九牛二虎之力，才把他掇弄到大竹椅上，大竹椅愣是没散架。九号院的老桂已经叫来了出租车。大家抬着大竹椅，果然省便些。终于把他塞入车里，编竹匠女儿就在车门外大声对他说，我告诉你常老大，你让这些人给糟践了，看你怎么办吧！他动弹不得，却还咧着嘴嘿嘿笑呢。

令人刮目相看的是老花头。他平常滴酒不沾，这天却跟老常喝了不少。喝得晕晕乎乎，却能自己站，自己走。

人喝酒，若不是喝到烂醉，样子就是好看！编竹匠女儿去搀他，他也不躲。但见他轻飘飘欲倒不倒，满面亮晶晶，红扑扑，笑嘻嘻，显年轻了不说，竟是乘风御气的仙人可比。而那编竹匠女儿亦是朱颜酡些，有她傍其一侧，竟又是古时的高士名流，携了可心侍儿冶游山林，直把人看得目眩神摇。到了王家大院门口，偏不进去，折身又往回走，编竹匠女儿也只得随他。

路过张公馆时，一枝逾墙而出的独步春，轻轻打了一下他的脸，他竟立于墙下，对着独步春说起话来。嘟嘟囔囔的，不知说的什么。看他神情的意思是，妒我不妒？妒我不妒？那独步春亦若善解人意，纷纷抛下片片洁白的花瓣来，落了花下人儿一头。

前天才让儿子请过他的朱缶民老先生，故意笑着问他："老花头，咋喝醉了？"

他饧着两眼道："不醉。"

"在佛心斋喝的酒？"

"鹅家。"

"在鹅家喝酒啊！"

老花头听了，愈发地得意扬扬，好似在想，我在鹅家喝了酒，老实街人妒不妒？连那独步春都在妒我，朱缶民你个糟老头子，自然也妒哩。

"扶你的人是谁？"

他转脸对编竹匠女儿定睛看了一会儿，编竹匠女儿头上也有三两片独步春花瓣。他笑道：

"就是鹅啊！"

编竹匠女儿也笑道："花大爷果真认得我！花大爷没有醉。"

可是到了涤心泉那儿，他却嚷口渴，要喝泉水。编竹匠女儿说水冷，不让汲水的人给他喝。不料，他弯腰往地上一趴，就把头探到泉池里。编竹匠女儿拉他不住，他却趴在石头上不动了，盯着水里的人影儿看。他虽不动，人影儿却在动。他看到人影儿后面，有张匀净的蓝天，还有另一个人影儿。那就是编竹匠女儿。编竹匠女儿也在微微动，就像他们正一起漫无目的地走在另一个清明安乐的世界。

看着看着，老花头就羞了。

一阵清风吹过，水面上起了一圈涟漪，人影子就揉成了一团。

这时候，老花头的老婆追了来。没用她叫他，他就自己站起身，一声不吭，低着眼睛，很不好意思。

接着，我们看见老花头在一老一少两个女人的搀扶下，一步步向王家大院行了去，好像是刚被家长从野外找回的贪玩的孩子。

不过是三五日后，就突然是了济南的炎夏。

老实街上，已难觅独步春花的芳踪。

有关老花头在老实街醉酒的场景，被我们说了许久。老花头还从未像这样被街坊关注过。张公馆的那枝独步春，长出了簇簇绿叶，每被看到，都会让我们想起那天下午老花头是怎样对它呢喃细语。那一刻，就像独步春成了精，就像我们老实街

X

上，也有了聊斋故事。不定哪天晚上，独步春枝头就会降下个艳丽妖娆女子。乘间与其密室相会，即使不作爱妻之香玉，亦可作良友之绛雪。嗯，她也会像一个人。少女时代的鹅。如今的鹅是老了，虽然走起路来还是老样子，像是要冉冉飞起来，可毕竟年岁摆在那里。自古美人叹迟暮，没法子哟。

老花头酒醒之后随即恢复了常态，编竹匠女儿却依旧是我们经年的心病。

将军庙街上的天主堂，大家还记得吧。老实街上就有人信天主，两年前去世的穆氏兄弟，张小三的老婆，老祁两口子，都信。从天主堂，我们听到一种说法，"流奶与蜜之地"。在我们听来，这就是说的老实街。哪里有德行，哪里就是"流奶与蜜之地"。老实街有德，自然得福。

编竹匠女儿的爹死了，娘又死了，儿子也长大成人，可她还不得福！我们曾看好老常，可是老常的第四个老婆比她还年轻。

直到有一天，狮子口街一个与鹅年纪相仿、名叫高杰的家伙出现了。平心而论，我们从不看好他，但他三番五次来老实街找鹅，活脱脱另一个老常。我们很快了解清楚，已经不得了啦，留过学，现是一家国际商业连锁机构派驻国内的代表，比老常还厉害。别看老常在济南活得风生水起，电视上见过他人影儿没有？高杰不仅上过一次电视，而且次次都是由市里的头面领导作陪的。尤为重要的，是王老五。

通过观察，我们确定高杰对编竹匠女儿是真心实意。那些日子，编竹匠女儿变得很快乐，也改了素朴的装扮。金的银的，她身上都有。她还用上了外国洗发水，外国护肤品。

偏偏老花头又睡着了。嗯，似乎久没看到有人给老花头送去黄蘑鸡了。说实话，我们一直认为编竹匠女儿错过了老常。她若跟了老常，店也不用开，儿子的前程也都能包在老常身上。狮子口街高杰的出现，或许就是她今生幸福的最后一次机会，我们期望她不会再次错过。

万万没有想到，老实街最终毁在了高杰手上。在独步春花凋落的前夕，我们的"流奶与蜜之地"，成了一片摊开的破布。眼睁睁看着那些百年老屋，在推土机的巨臂之下訇然倒塌，无用的感受如同大山，死死压在

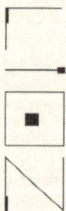

我们心头。

但是，即便我们历来崇尚老实为人，从不与人作难，我们还是与拆迁办进行了一番艰苦抗争。为留住我们世代生存之地，我们曾不顾脸面，恳求编竹匠女儿去阻止高杰在老实街上兴建巨型超市的计划。同时，我们还尽可能联合一切力量，与政府谈判。当然，政府有政府的道理，老济南城里将要拆迁的不光有老实街，还有宽厚所街、榜棚街、旧军门巷、东流水街，多了去。但在我们看来，老实街不光是济南的心脏，还是人间道德的楷范，怎么也不能说拆就拆！你拆了我们老实街，涤心泉怎么办？不过是想想离开老实街，离开这眼清泉，去到政府安排的东郊燕翅山下居住，我们就不由心慌意乱，无处抓挠，像丢了魂。

再给你说说老花头。

老实街的每次集体活动，老花头都有参与。他像往常一样，不被注意。作不作声，都没人怪他。

渐渐地，我们都已意识到老济南拆迁已是大势所趋，我们都有了退而求其次的念头，那就是能挨一时是一时。在老实街毁掉之前的每一天每一刻，都是赚下的，或许就迎来了转机。

从编竹匠女儿那里传来了消息，她将重开竹器店。不是亲眼看见她把小卖店关了，没人会相信。我们赶去看，果然见她正跟大老赵一起拾掇铺面。去年腊月，她的儿子娶了同居女友。小两口一个比一个懒，都不出来帮一把。

铺面拾掇好了，大老赵把空罐子拎了回去。路上遇到才上小学的孙子来叫他，他就把孙子抱起来。有人好奇地问他，酥锅还做不做？他说，怎么不做？做。

我们听了，都笑起来。

做，做！

老实街不保，那，十八拐胡同就能保么？看看人家大老赵，如此处事不惊。倒是我们这些人，惶惶不可终日，怕天塌一般。天塌怕什么，先砸大老赵！大老赵个儿高。

别以为编竹匠女儿要重开竹器店是小事，它给了我们一个好的预示。编竹匠女儿无职无权，可不算没本事的人。老常肯听你的不？让编竹匠女儿给老常说句话，试试！

我们真的轻松起来，开始在街上有说有笑。与政府谈判时也是这样，不再剑拔弩张。政府说要建设法治社会，让我们每家都签拆迁协议。嗯，好吧，我们给你来个见面三分笑，可就死活不签。

那时候我们也看见老花头在跟着笑，可没能发现他笑容里的诡异。

有人说，就是在得知编竹匠女儿重开竹器店的消息之后，老花头开始昼伏夜出。遇上他在黑夜悄没声儿地走，心里会不由发怵。设若走近，亦似以身就影，不类曩昔。他就那样在街上的暗处踟蹰徘徊，东站站，西站站。在人家墙下站得久了，就一个劲儿抠人家墙缝。我们相信他也并不是想要吓人，而是身不由己，完全被一个威力巨大的邪灵控制住了。管你信否，门有门神，厕有紫姑，谁也不能保证自己平白撞克着什么。

对老花头不久之后令人不齿的行为，我们找到了这样一种为他开脱的借口。在历下区政府拆迁办，他丝毫不觉得自己背叛了老实街人。

是的，在没有任何人威逼的情况下，老花头主动走进历下区政府拆迁办，第一个签下了同意拆迁的协议。

王家大院的邻居们一旦发现老花头家门落锁，吃惊不小。老花头再次不辞而别，简直让我们老实街人伤透了心。

这一回，王家大院挤满了人。我们下意识地不看院门，却抬头去看高处的院墙、屋脊，好像刚刚有一个幽魂魅影翻墙越脊而过，寂然已杳。

约巳时三刻，老花头签下拆迁协议的消息就传了来，我们心里的狐疑、怜惜，瞬息间转化为了愤怒。

可耻的老花头，不声不响地出卖了老实街，涤心泉，出卖了花家祖上居住的宝地！现今的七号院、十一号院、十二号院，就曾是他花家的祖宅，虽已非原状，但也有迹可循。如果我们就此溃败，连那样的一点痕迹，也将不复存在！人生百年之后，又有何脸皮去见列祖列宗！老朽之身固可逃至海外，而心可逃乎？做出此等劣行，身逃再远，心也难安。

对老实街这个杳然已去的叛徒，我们老实街人在难以抑制的激愤中，浑然不觉发出了恶毒的诅咒。

时过境迁，对老花头的怨怼已经平息，鄙视也已不再。毕竟，我们有许多人，是给老花头送过黄蘑鸡的。

其实，那天被张公馆墙外那枝独步春打了一下，老花头就已不再是老

花头。还是那话，木魅山鬼，野鼠城狐，防不胜防哩。

老花头的绝情远非我们所能想象。他在南京工作的儿子回过一次济南，草草办理了有关房产事宜。从他儿子那得知，他和老婆又去了加拿大。贱售了燕翅山下友谊苑他家分到的回迁房，济南已再无花家的立锥之地。据黄家大院芈老先生讲，这花家祖籍江苏盐城，与当年莫家大院的莫律师同乡，也有人言之凿凿，说是扬州槐泗镇，至老花头，已在济南居住三代矣。久居三代之地，一朝弃之如敝屣，想想都令人心寒。难说老实街的这场灭顶之灾，不正合老花头意。老花头长年累月怀恨老实街，也未可知。知人知面不知心，人所知之，实在寡之又寡。

满打满算，编竹匠女儿的竹器店只开了一年有余。你要问回迁房怎可能一年时间完工？说句不好听的，老实街也就一大鱼缸，人哪，就是一缸金鱼。鱼缸摆那儿，看金鱼游得挺自得，挺欢实，每每忘记还有大手在外。大手搬动鱼缸，鱼就势必慌一阵。政府规划早已制定，回迁房也早就开始悄悄动土，就像那大手，既要移动鱼缸，也非得马上使鱼儿知之。鱼儿措手不及，大手可不觉丝毫突然。管你有德者，无德者，背德者，你想想，跟鱼比，能相差多少。率土之滨，莫非王臣……起初我们还将愤懑一股脑儿使在狮子口街那家伙的头上，回头想，谬极也！没有高杰，也会有李杰，张杰。这样想了，连老花头都不须恨的。老花头是起了坏头儿，街上那些老祖宗紧随其后，都把协议签了。实际上，我们并没像东边与政府硬顶到底的宽厚所街一样白吃亏，少得了补偿款不说，还丢了宽厚的名声，差点弄出血案。

旦夕之间，老实街化为废墟。

白天的喧嚣过后，四处沉寂下来，侧耳可以听到涤心泉轻柔的泉涌之声，还是那么诱人，仿佛亲切的低吟。很远的地方才有城市的灯光。那些灯光在高高的夜空，交相辉映，笼罩着这片曾经的有德有福之地的斑驳和幽暗。开过了蜡梅迎春，牡丹海棠，三春将尽。温暖的夜风里，微微含着干燥的浮尘气息，但也仍可辨得出缕缕花香。

夜半时分，瓦砾之间踽踽走过一个人影儿，不是别人，正是张小三。他送妻子回了将军庙街的娘家，睡不着，遂闲步至此。他在莫家大院的位置停留了一小会儿，确定了一下编竹匠女儿家的方向，径直走了过去，好像此生头一次如此胆大放心。

竹器店竟然没被推土机夷平，但已岌岌可危，四面墙只剩三面，歪斜的门窗黑洞洞的，神秘莫测。

张小三踩着被瓦砾覆盖的台阶，小心躲过耷拉下来的门框，低头钻了进去。未及细看，只觉身子一软，心头袭上一阵绞痛，就无声地瘫倒在了墙角。脑子里一片空白，什么也想不起来。整个人轻似柳絮，待风一吹，即可扶摇直上。不知不觉，两行清泪湿了脸颊。然而，更大的痛苦在等着他。

一旦看清大竹椅上黑黢黢蜷缩的人形，张小三瞬间石化。

从那脑袋上影绰缭乱的一团花白头发来看，再不可能是别人！

老花头来了老实街……侧身对着张小三，胸脯紧贴着大竹椅的一侧扶手，好像要把那竹材藤葛，使劲勒入自己的血肉中去。他还在全身抽搐，弄得大竹椅索索作响！

张小三心惊胆战，眼睛死死地朝他盯着，随即喷出炽烈的火苗。最好，老实街再来一次大毁灭，整个世界天崩地裂，将红尘所有的爱与欲、幸与不幸，全部彻底倾覆于万丈废墟之下，永不得见。张小三浑身僵硬，一动不能动，好像被树精地母从地下拽住了两腿。他也没有了呼吸，宛如死掉。

过了许久，老花头才慢慢起身离开被编竹匠女儿遗弃的大竹椅。他摸索着，走出孤挺的竹器店。张小三并未停留，顾不及会不会惊动老花头，稍后也走了出去。老花头飘忽向南，他则向北。他要回将军庙街上的曾家。老花头路过了那眼千年古泉，他在路过张公馆时，被倒伏在残垣断壁间的独步春枝蔓绊了一脚。

踉跄立定，回头张望老花头，已杳然无踪。一只飞奔的野猫掠过一道灰影子，也不见了。

很快，张小三走出了老实街废墟，好像再无牵挂，也好像才得了神力，能保涤心泉于独步春最末的馨香之中，暗涌依旧。

春的宁静的残夜里，夏日隐隐地来到。

　　《花事了》是王方晨老实街系列小说之一，虽是更大世界的一块质地坚实的组成部分，也可以独立阅读，自成一篇，气韵清奇。

　　第一个出场的人物是老花头，这个人物在平常人平常世界中看会是什么样子呢？他在糖酒站上班，三代居住老实街，祖上名门望族。三个子女，两个在海外，一个在南京。平时不言不语，内有乾坤，擅长保媒。这样一个人物在作家笔下染上的却是看透世情的道骨仙风，俨然深藏不露的世外高手，为老实街平添一层风流神秘的色调。

　　女主角编竹匠女儿"鹅"被叙述成一位奇女子。她未婚有子，没有单身母亲的悲怨，反而以小卖部老板娘的风情周游于老实街几位出场的男"演员"之间，两位"候选人"被老花头拦下，一位受推荐人被她拒绝，最后一位外来的大人物毁灭了整个老实街。而最后，小说暗示，老花头也是鹅女子诸多隐秘中的一脉。

　　借书写小说而达到诗歌的抒情境界，是沈从文文学创作的最高目的，而这显然是王方晨小说创作达到的效果。在平淡冷静的叙事表面下，隐藏着作者一种似乎难以自制的冲动，要将市井主题与当下现实中的诡异与血腥糅为一体，为心中的美好道德秩序与人伦情感在历史的巨大欲望与万劫不复中保有一席之地。

　　花事了，春已尽，属于老实街的爱情就此倒塌、蒸发，不剩一丝余晖。

（王雪）

北方化为乌有/

双雪涛

刘泳看着饶玲玲，束手无策。作为出版人，饶玲玲无疑是最好的，敬业，聪明，敏锐，珍惜每一页纸张，善于整束所有人的资源。作为一个女人，她一塌糊涂。没有结婚，没有孩子，没有信仰，基本上是靠着虚荣心在工作。还有最要命的一点，就是酗酒。此时，2012年1月22号，除夕夜，她坐在刘泳在北京的寓所，已经喝了七个小时。有那么几个时刻，她似乎已把刘泳当成酒保，不时用食指敲敲桌台，示意他把酒给她续上。她身材高瘦，令人想起福楼拜那个著名的比喻，裹在衣服里，如同一柄剑插在剑鞘。她喝掉了自己带给刘泳的两瓶红酒，上面还绑了花。目前开始蚕食刘泳珍藏的威士忌，公寓里的干果已经被她吃光。刘泳看她用手指在空盘摸索，便套上羽绒服下楼。超市关门了，街角做卤味的福建人也已回家过年，铁门上写着"大年初十恢复营业"。漫天的烟花，路上飞散着硝磺的气味，好像一场战役刚刚落幕，地上尽是红色的纸屑。突然从黑暗里窜出一支炮仗，在刘泳头顶发出一声巨响，吓得刘泳一激灵。那炮仗像是残敌掷来的手雷，震得窗框直晃，却不知对方藏在哪里。

按理说，饶玲玲这时候来找刘泳，刘泳也应该反省。来之前，她没打招呼，算准他在，算准他是一个人，算准他无所事事也不会睡觉，算准他如果不是无所事事就是在摆弄着电脑写着新的长篇小说，算准他再讨厌她的行径，也不会撵她走。这足以证明刘泳在饶玲玲心里是怎样的一个人。刘泳三十一岁，一米六七，六十五公斤，头发白了三分之一，蓝色羽绒服里头穿着一件旧衬衫，前襟因为抽烟破了一个洞，不过此时掖在裤子里看不见。灰白色的运动裤，裆前有尿渍，左边大腿上有一块醒目的油点。

他一直使用洗衣机，洗衣机不会针对一个油点。

刘泳和饶玲玲合作了三本书，两本长篇小说，一本小说集。之前出过一本小书，跟没出差不多，只是几个大学里年轻的批评家发现了有这么一个人写得挺有意思。

跟她合作之后，他的境况有了明显改善，靠着版税可以过活，一本小说正在改成电影，接触的人，也终于逐渐地，喝红酒和威士忌的，比喝白酒的多了，有几个人还用喷枪烧着雪茄。不过他还是和过去一样，羞于见人。虽然不需要再为生存恐惧，但是他的作息和工作方式没有变过，每天八点起来，下楼吃早餐，回来写一上午，中午吃饱一点，午睡。睡醒之后处理一些邮件，回一些电话和微信，然后接着写一点。晚上也许自己喝一点酒，或者就在家附近见见老朋友，或者自己去电影院或者躺在沙发上看一部电影。唯一的区别是，当有了一些积累之后，他能够更从容地准备。他准备把萦绕自己多年的故事写出来。先写上一年初稿，信马由缰，然后再说。

刘泳回来的时候，饶玲玲已经脱掉毛衣，只穿一件贴身的T恤。刘泳说，你别再脱了，我很两难。她仰头说，你两难个屁，你从来没想动过我。他说，不要贬损自己，也不要贬损我。她说，没有贬损你，你他妈的一向精于算计，你要是对我有念想，你就不会跟我合作，你就是这么他妈的无聊。我一直纳闷你这么乏味的人，怎么会有人买你的书？他说，那是你的本事，你是这个意思对不对？她的眼睛一喝酒就扁一圈，目前是两块菱形。她说，你坐下。他坐在她对面。她三十三岁，柳肩，胸很平，这就少了不少尴尬，他可以将其看作胸肌。她说，说真的，小泳，我做你的书，不为别的，我看你的书都哭。他说，你没跟我说过，你算版税算得可细了。还有我说过好几回，别叫我小泳，不是你叫的。她说，我是南京人，没去过东北，你写的东北我不相信，但是我会哭，这就是为什么我做你的书。他说，你不相信，这个不好。她说，那是你意念中的真实，那些人没那么好，对不，要不然你也不会大年三十不回去。他说，喝多了谈论文学是最没劲的事儿，实在无聊的话你就继续脱。她说，你有个小说说下了一场大雪，工厂的托儿所很旧，礼堂改的，木制的，被压垮了，你们这帮孩子一点事儿没有，就在雪和木头里头玩捉迷藏，阿姨在后面追。刘泳说，我写过。她说，不知为啥，看到这儿我哭了，但是我不信。你们一个大厂子，车间都是石头的，我就不信托儿所是木头的。而且房梁都下来了，人的密度那么大，会没事儿？这就是你们东北人吹的那种牛逼。他说，这事儿有。她说，放你妈的屁，我的故事你为什么不写？我小时候学舞蹈一身都是伤，在台上一转圈甩出去都是眼泪。来了北京，先从图书批发干起，跟大老爷儿们一起搬书，睡过五六个作家，后来发现他们都是朋友，有一个群，背后谈论我，你为什么不写？他说，我是个东北男人，写不了南方女人的人生，况且，我要是真写了，你第一蹦出来说我诽谤，对不对？她说，不是这个原因，是你除了你的童年你什么也不会写，你狭隘。她想激怒他，饶玲玲经常会尝试激怒别人，尤其是男人，在争吵中实现男女平等。刘泳没有生气，一是他明白她的企图，二是他已经过了在意这种批评的时候，有些批评家也会这么说他。这很中肯，不过对他没什么影响，他自己也没有因此感到羞愧。

接神的时刻来了，窗外的爆竹声密如一场暴雨，终于过去了，又归为沉寂。北京已变成空城，归家的人卸掉了这只巨兽的内脏。刘泳想起去年春节的时候，他还不认识饶玲玲，自己穿着羽绒服跑到长安街上骑自行车，骑得忘乎所以，满身大汗。随后他又想起小时候在家里过年，奶奶会包两种饺子，一种是三鲜馅的，一种是芹菜馅的，三鲜馅给大家，大概十几个人吧，芹菜馅只有他一个人吃。爷爷用筷头蘸一点白酒喂给他。小勇，酒是粮食精，张嘴。爷爷在工厂的事故中失去一只眼睛，面部失去了平衡。那只假眼珠像果冻，好像一敲他的下巴就会掉下来。他死时，刘泳在高考，没人告诉他，他得知时他已给烧成灰，下葬在城市背面的山坡上。他成年之后经常会想起那只眼睛，爷爷的面容和高考的试卷一样已经仅具轮廓，只有那枚果冻式的眼睛永远不会腐朽，似乎一直在某个高处看他。

饶玲玲站起来走向她的背包，他以为她要走了，心情突然有点不好。她没有走，从背包里拿出两摞书稿。她说，你这个长篇的开头我看了，你准备写多少字？他说，没想好。她说，我看了这两万字，觉得你这本书得三十万字。他说，有可能，也不一定，那两万字也许不能用，我最近在琢磨，开头可能得重新写，你知道我想用书面语写一个小说，过去写不太长，可能跟一直用短句子有关系。饶玲玲说，写在书面上的就是书面语，我警告你，别老为语言瞎操心，怎么舒服怎么写。他说，嗯，我准备先这么磨磨蹭蹭写着，不能用也没关系，等天暖和了，我回一趟东北，摸一摸素材。她说，你怎么干我不管，我现在跟你说你这个开头。我看了之后没睡好，不是别的，是挺激动，你知道吧，我这人碰到这样的稿子，总是睡不好，想出一百种方式给你做好。他说，要不你也失眠。她说，傻逼，失眠和睡不好是两码事。你写了一起凶案，说是你十六岁住在工厂，你爸是个钳工，车间主任是个小个子，姓董，宣传口上来的，不太懂生产，贸然用了德国来的机器，出了几起事故，然后在一天晚上，在办公室被一柄匕首插进喉咙，第二天一早被打扫卫生的发现，血已经流干了，对吧？他说，是，你复述得准确。她说，办公室在三楼，窗户在里面锁着，冬天，大雪刚过，即使窗户没锁，也冻死了。办公室门虚掩着，行凶者应该是从门进来的，然后再从门出去。这个车间有两个大门，正门冲南，后门冲北。北门连着一块空地，是生产线上的拖拉机下去之后，直接开动测试用的，下班之后就锁上。一般情况下，下班之后有一伙人在换衣服的工具箱旁边打扑克，所以正门先不锁，到八点左右，打更的老马把这些人清走，然后把正门在里头锁上。董主任那天下班之后走了，据老马回忆，十点左右又回来了，好像喝了点酒，说要写点材料，老马开门让他进来，他上了三楼办公室，你们家当时住在车间的二层，动迁之后没地儿住，你爸就央求董主任让你们家住在二楼的杂物间。因为你爸喜欢下棋，董主任也喜欢下棋，而且想跟你爸学棋，就答应了。那天你爸妈去锦州参加婚礼，只有你自己在，你以第一人称儿童视角写道：我看见了老董走进办公室的背影，穿着灰色的工作服，拎着一只暖瓶。刘泳说，你歇口气，你说的都对，你要干吗？她说，你等我说完。老马的口供很详尽，他是个老更夫，在这个车间打了五年更，每一个角落都熟悉。他确认，八点之后除了你之外，没人在车间里，之后也没人进来过，因为大门从里面用钢筋拴住，不可能钻进来，四面的高窗除了高达两米之外，也都从里面锁好，玻璃第二天完好无缺。所以除了你，没人能够杀人，我这个逻辑对吧？他说，慢一点说，这是我的小说，你这么激动干吗？搞得像在开庭。她说，你这个故事里面有多少东西是真实的？他说，你这是外行话，永远不要问作家这样的问题。她点点头，拿起威士忌放在书稿上，说，行，我是外行，这个事儿先按下不表，说另一份稿子。其实在饶玲玲说话的时候，刘泳已经瞥见了另一份稿件，上面的字体比他的大，分段也比他多，且没有题目，也没有题记，上来就是一个自然段。她说，这份稿子是我昨天在邮箱里发现的，然后打印出来。是十几天前一个莫名的邮箱发给我的，被系统当成垃圾邮件处理了，碰巧我昨天整理垃圾箱，扫了两眼，把它恢复了。这个小说没写完，看格局像是个中篇，目前写了七八千字，还没写出所以然，想到哪写到哪，文字很朴素，语病不少，但是才华尽显，你知道吧，就是一看就不想放下那种，这是文章的人格魅力，你明白吧。他说，明白，但是你跟我说不上这个，我不是编辑，专业不对口。她说，你别急。说着她把书稿推到刘泳面前，拿起压在书稿上的威士忌抿了一口，说，前面七八千字，写了一个罪案，跟你写的一模一样，不是叙述一样，是故事的核心是一样的，对那个车间的格局描写也一模一样。你看这段，你写道：车间的后门是红的，却有一个白色的叉在中间，不知何意。她这里也有对这个后门的描写，她写的是：车间后面是一个红门，上面一个白叉，是我趁人不在，用喷漆枪喷上去的，因为我课本上都是这玩意儿。我没有比较你们的文学造诣，你是老江湖，此人是个生瓜蛋子，她这七八千字，一边写这个匕首案，一边写了很多闲篇，上学的事儿，好像上的厂办的技校，让人着急。但是她好像对于同一件事情有不同的理解哈。刘泳看着书稿，一动不动。饶玲玲感到这个除夕夜有了点意思，继续说，我不是说你抄袭，作为出版人，我的直觉告诉我，你们两个互相没有看过对方书稿。你往后看，她还提到了你。

在文章的末尾，当然不是结尾处写道：据查当时车间里有一个十六岁男孩，是唯一可能的目击证人，他却声称什么也没有看见，也没有听见。当然他也可能是唯一的凶手，只是匕首和门把手上都有完整的指纹，不是他的，也不是老马的，也不是能够值得比对的任何人的。于是少年自此被排除了嫌疑，使此案成为货真价实的无头案。

刘泳又把文稿从头到尾看了一遍，然后放在桌子上。他说，她当时不可能在车间里。饶玲玲说，她没这么说，虽然用的是第一人称，但是看出来是想象，比如她说罪案发生前，有一只野猫走上了三楼老董办公室的前面，想要点吃的，这是一只经常在车间里徘徊的野猫，谁有吃的就给点。这是想象，只不过细节很逼真。刘泳说，这不是想象，那只猫是我养的，叫武松，那天它确实上过三楼，我看见了。

饶玲玲坐直了，看着刘泳。刘泳说，写这东西的是谁？干什么的？男的女的？多大？饶玲玲说，你冷静一下。刘泳说，我没有不冷静，这是很简单的问题，请你回答一下。饶玲玲说，这东西没头没尾，作者署名叫米粒，没有留地址，只有一个电话。刘泳说，请你现在给她打一个电话吧。饶玲玲说，现在是大年三十儿，这人可能五十岁，在美国刷碗，也可能十八岁，现在正在跟父母一起在黑龙江某个县城守夜，你想干吗？刘泳说，不可能五十，也不可能十八，应该跟我差不多大，你打个电话。饶玲玲说，你有病，我没有，我要回去睡觉了，要打你自己打。刘泳一把抓住饶玲玲的手腕，说，今儿我们俩在一起喝酒，就是世上最亲的人，我求你帮我这个忙。饶玲玲说，你别唬我。刘泳说，我的小说里有虚构的部分，就是我当时是待在车间里，但是并非住在里头，我只是去玩。那天晚上十点，我和老董一起回来的，他上楼去写材料，我在车间的另一头拿螺丝摆长龙。因为，这个老董，姓刘，是我的父亲。他死时我十六岁，后来我妈改嫁，嫁到深圳。要不然我不会在这里过年，你说对不对？

电话那头响了好一阵，饶玲玲几乎在听筒里听见自己的心跳。刘泳坐在对面盯着她，她第一次感到这个东北男人并非一个文弱的书生，他的眼睛微微眯着，手放在桌子上，纹丝不动，那上面的关节，那连接肉的骨头，好像随着会拧成一把什么铁器。

一个女孩儿的声音。

女孩：喂？

饶玲玲：请问，是米粒吗？

女孩：哪个米粒？

饶玲玲：大米的米，颗粒的粒？

女孩：大颗粒？

饶玲玲：米粒。

女孩：啊对，米粒，我是米粒，不好意思，我喝多了，睡前还吃了安眠药。

饶玲玲：我是饶玲玲，做出版的那个饶玲玲，我收到了你的书稿。

女孩：看了？

饶玲玲：看了，写得有意思，你是做什么的？

女孩：我没写完，不知道往下咋写了，你说往下咋写？

饶玲玲：这你不能偷懒，你得自己想。

女孩：你在北京吗？

饶玲玲：在。

女孩：你看到有一个特别大的烟花没？就在刚才，就在我窗户前面。

饶玲玲说：没看见。

女孩：特别大，像一个大蜘蛛。

饶玲玲：你怎么没回家过年？

女孩：跟你有关系吗？你怎么也没回家？你不是挺牛逼的出版人吗？不应该拿着一堆成功的样书回家？

饶玲玲：我提醒你一下，你得尊重我一点，你家人没教你怎么跟人讲话？

女孩：为什么要尊重你？我就是闲得无聊给你发了篇自己写的破玩意儿，我指着你能吃饱？我当个傻逼作家？把青春都烂在椅子上，然后到处舔出版人、评论家的屁股，还他妈的穷得叮当响？你家人没教你除夕夜打电话把人叫醒应该抽你大嘴巴？

饶玲玲打开免提，把手机放在桌子上。

饶玲玲：这样，我旁边还有一个人，就是你说的那种傻逼作家，他想跟你说两句。

刘泳：你好，我叫刘泳，写小说的，出版人和批评家屁股什么味道，我不知道，我想知道一件事情，你写的那个故事，是听来的，还是你看见的？我恰巧也写了这么一个故事，为了证明一下，我告诉你，那个死去的车间主任，姓刘，那只猫，你没有描写，我知道，是黑白相间的花纹，尾巴尖也是白的，公猫。

女孩：你是谁？

刘泳：我说了，我叫刘泳。

女孩：哪个刘，哪个泳？

刘泳：原名是姓刘的刘，勇敢的勇，笔名改了一字，改成游泳的泳。

女孩：哦，本来挺勇敢，现在要随波逐流？

刘泳：游泳也可能逆流而上，你住哪？

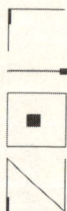

女孩：你多大？

刘泳：我1981年生人，今年31。

女孩：你是老刘的儿子吧？

刘泳：有可能。这样，这么闲聊总是差点意思，我相信你知道我不是骗子，我也相信你肯定跟我有点交集。我住在朝阳区阳光上东22号楼2单元5楼3。你要是方便，你过来一趟，我和老饶都不是北京人，都没回家，在这儿搭伙过年，你要是愿意，请你过来，有酒，一起守夜。

沉默。

女孩：我没兴趣，你们俩自己玩吧。

忙音。

饶玲玲说，困了，我得走了。刘泳说，留下帮我做个见证。饶玲玲说，说实话，我很欣赏你，我们也是挺好的搭档，但是我们真没有那么熟。刘泳说，所以你是见证人的最好人选。刘泳站起来走进卧室，出来拿着一块带血的布。刘泳说，这是我爸当时穿的工作服的衣领子，烧之前，我偷偷把衣领子剪下来，这么多年一直带在身上。后来我一直跟我爷爷奶奶住，我爷在我高考那年死了，夏天，搬了个大西瓜回家，心脏病突发死在院子里，西瓜倒没有摔碎，滚到墙角。我当时住校，这是我奶后来告诉我的。过了五年，我奶死了，死在炕上，她那时已经糊涂了，我在旁边，她把我当作我爸，问我什么时候回来的，这么长时间去哪了。也不赖她，我和我爸长得确实像。这些事情我没跟人说过，你说我们俩不熟，我们现在也许熟了一点，如果你也这么觉得，我请求你留下来，帮我把这件事情弄明白。饶玲玲想了想说，我陪你等到天亮，也别天亮，万一阴天下雪天不亮不好说，我陪你等到早晨七点，如果这女孩儿没来，我也没有办法，我不是你老婆，不能一辈子在你屋子里待着。刘泳说，好，你想再喝点儿吗？饶玲玲说，不喝了，你给我找件外套，冷。刘泳把自己的薄羽绒服给饶玲玲披上，拍了拍她的肩膀。然后从电视柜的抽屉里，找出一副新的一次性拖鞋和一副跳棋。刘泳把拖鞋放在门口，坐回来说，没事儿干，玩会儿跳棋吧，有时候我自己跟自己玩，你要红的要绿的？

刘泳的这间公寓位于朝阳区的南面，地势略高，房间面积大概九十几平，两室一厅，他已租了两年。家具都是自己买的，北欧风格，简单，硬朗，且无一不是米黄色，件数也不多，茶几，电视柜，餐桌，四把椅子。客厅里只有电视是黑色的，不过连电源线都没有连。卧室在南，书房在北。书房四个立式书柜，一个长方形书桌，从这头到那头，顶到了窗户底下，地下也满是书，有的书里夹着纸条。靠着北墙，放了一个小黑板，上面写一点也许跟小说有关的提示性的东西，此时小黑板上写着：匕首/少年L/开枪的是人，提供子弹的却是上帝。

楼道悄无声息。刘泳下起棋来全神贯注。有时候会用手摸一下下巴，大部分时候双手支在桌子上，头垂直于棋盘，呼吸均匀。大概是凌晨两点半左右，楼道里的电梯门开了，随后是脚步声。脚步停在门前，等了几秒，手在敲门。刘泳说，你别动，一会儿下完。此时他的绿色棋子，已经有半数进入到饶玲玲的本营，而饶玲玲的黄色棋子，昏昏欲睡，如一条长蛇，都在路上。

女孩穿了一件黑色帽衫，挺瘦，但是也挺结实。

"撂下电话我就睡着了，睡醒了想起有这么一个事儿。"女孩说。

"把鞋搁这儿，这拖鞋是你的。"刘泳说。

"你家挺热。你是饶玲玲？"

饶玲玲有点不知该说啥，从没遇见这样的人。她挺想生气，给她一个白脸子，但是发现自己的气已经消了。不管怎么说，小说写得不错。饶玲玲点头说，坐吧，喝什么？女孩从怀里拿出一瓶白瓶"牛二"，52度，你们喝得惯这个吗？

她没化妆，黑色短发，脸很小，白白的。尖下颔，冷不丁一看以为是高中生，仔细一看眼睛，也许超过三十岁，或许比刘泳还要大一点。那是一双长年没有休息好的眼睛。

三人落座，刘泳刷了三个玻璃杯，女孩（姑且还是称为女孩吧）和饶玲玲坐对面，他坐中间。玩跳棋呢？女孩说。她的面前摆着刘泳的棋子。刘泳说，打发时间，等你。女孩说，你咋知道我一定会来？刘泳说，感觉吧，你打车的钱，我可以给你。女孩说，给你省了。我离你不远，走过来的。刘泳说，你住附近？女孩说，不是附近，是一个小区，我住你旁边那栋，和另一个女孩合租，刚搬进来。你能不能干了？养鱼？两人干了一杯

"牛二"。刘泳说，冒昧地问一句，你是干什么的，小说写得很好，过去写吗？女孩说，我那也叫小说？就是闲着没事儿胡编乱造，当时叫了外卖，正吃大米饭，就署了名叫米粒。我啊，常年混在剧组，什么都干，剧务、美工、副导演、编剧，最近还当了几次演员。刘泳说，什么电影，我们看过吗？女孩说，肯定没看过，都是小制作，特矫情那种。我问你，你家有饺子吗？我来不为别的，过年想吃顿饺子，你有吗？刘泳说，速冻的行吗？女孩说，生的我都能吃一盖帘儿，就想这口儿了。饶玲玲说，我去煮吧，你们聊。刘泳说，冰箱左边那个门，第二层，厨房的灯在那儿。女孩说，你俩两口子？饶玲玲扭头说，两口子他告我灯在哪？女孩张口喝了半杯酒，一笑，露出一排小白牙说，是我傻逼了，但是你们文学圈谁知道谁跟谁怎么回事儿。

刘泳不抽烟，但是家里有烟，也有烟灰缸。他戒烟五年，一根没抽过。女孩抽"中南海"，刘泳看着她抽了半根烟，说，听你口音，是东北人没错，我也不绕弯子，小说好，我表扬完了，我想问一问，这个事儿你怎么知道的？女孩说，我说完还能吃上饺子吗？等吃完再说。刘泳说，好，那咱们就等饺子。做电影有意思吗？女孩说，别没话找话了，咱们把跳棋下完吧。两人便下，女孩用饶玲玲的残棋，她也不往前走，就是处处堵刘泳的路，刘泳有时候偷偷瞥她一眼，她面带笑意，在这种消极的战法里得到极大的快乐。她的脖子很长，戴着一个银制的十字架，嘴唇有点干，时不时用舌尖舔嘴唇，黑眼圈如同刺青渗入肌肤。饺子好时，刘泳还剩一个棋子没有走进女孩的阵营，女孩的那枚棋子也死活不出来。开始吃饺子，女孩说，没有腊八醋。刘泳说，确实没有，遗憾，外酸里甜。女孩说，醋是绿的。于是继续吃，女孩吃了几个说，没有喜钱。算了，你这是速冻的。饶玲玲说，什么是喜钱？刘泳说，就是饺子里包一个洗干净的钢镚，谁吃着谁新的一年走运。当年我们家年年都是我爸吃着。吃完了饺子，女孩和刘泳一人喝了一碗饺子汤。三人继续喝酒。

女孩说，吃得很好，你想把饺子抠出来也费劲了。刘泳说，肚子里的全是你的。女孩说，好，这故事我是听来的。刘泳说，听谁说的？女孩说，我姐。刘泳说，你这岁数，城市里不可能有俩孩子。女孩说，我是超生，所以我爸妈都没了工作，去你爸的厂子当临时工，刘主任是你爸吧？刘泳说，是。你继续说。饶玲玲说，我可以用手机录一下吗？女孩说，随便你。你可以选择录，我也可以选择怎么说。刘泳说，行，不录。饶玲玲把手机揣起来。女孩说，我家住南教堂那儿，你知道南教堂吧？刘泳说，知道，俄国人修的。女孩说，我爸是天主教徒，我爷也是，那教堂是老毛子修的，我们家跟着老毛子信的。所以我妈怀了我就给生出来了。我姐当时十八岁，没考上大学，在你爸车间当喷漆工，啊，对，那个后门的白叉，就是她喷的，其实是个十字架，喷歪了，我在小说里写的是胡编的。当时我姐和你爸，老刘，正在谈恋爱。爱得死去活来。饶玲玲看着刘泳说，我看这孩子没一句真话。刘泳抬起头说，少说多听。说完他对女孩说，我当时有感觉，我妈也应该有感觉。你姐叫什么？女孩说，忘了，你还想听吗？刘泳说，想，说吧。女孩说，我姐后来跟我说，活了这么长时间，遇见你爸之后才觉得活着有意思。我爸妈以前给她讲的那些道理，遇见你爸之后才觉得是真的。上帝就是爱啊。女孩喝了一口酒说，你爸虽然个子不高，但是心是善的。那套德国机器，在其他很多车间没有开箱，只有你爸强令开箱使用。为啥？因为那时候工厂已经要完了，其他车间主任，都在打自己的算盘，先让工厂倒了，然后把新机器弄到自己的小作坊里，工人裁掉三分之二，我姐说，这么干国家是支持的，叫小舢板突围。刘泳说，嗯，有这个说法。女孩说，你爸是想救工厂，不想看着工人都回家，他那时候经常跟我姐说，工厂完了，不但是工人完了，让他们干什么去，最主要的是，北方没有了，你明白吧，北方瓦解了。你爸是宣传口出来的，还他妈文绉绉的。刘泳说，他写一手好字，你还是叫他老刘吧，我能稍微舒服点儿。女孩说，行，那就彻底第三人称。老刘答应我姐，做最后一搏，如果这套机器上了，还是不行，等他妥善处理完遣散工人的问题，就和我姐私奔，什么也不要了。饶玲玲没忍住，私奔？女孩说，是私奔，跑到更南的地方去。推着三轮车卖早点也行，一起背着货跑单帮也行，反正不能分开。那机器呢，谁也玩不转，主要是工程师心早散了，都在想自己的后路。几人出了事故，有一个年轻工人，刚来不久，很想表现，结果被咬掉一只手。刘泳说，老刘出事儿跟他有关系吗？

女孩站起来，在身后握住双手，把身体抻了抻。刘泳说，有关系吗？女孩说，坐太久了，你们作家怎么能一天坐那么久？刘泳说，那你动动。女孩说，嗯，我不想说了。刘泳说，什么意思？女孩说，没意思。你给

我弄口水，喝完我走。刘泳说，哪不对了？女孩说，你是个写小说的，你说写到这时候怎么写？刘泳想了想说，卖了个关子？女孩说，你摆地摊卖吧，我鞋呢？刘泳说，也许应该写写这个姑娘？女孩把手移到身前，活动着手腕，说，继续说。刘泳说，如果是福楼拜的时代，也许应该从姑娘的头发和吃穿用度开始写。女孩说，不用扯那么远，头发可以。刘泳点点头说，黑发，大黑辫子。女孩说，颜色对，弄那么长辫子给机器绞脑袋？刘泳说，是了，黑短发，刘海过眉。女孩说，可以。刘泳看了看女孩说，身材不高，但是很挺拔，皮肤很干净。女孩说，可以。刘泳说，话不多，但是有脾气，有意思，说出的话招人听，遇见不对路的人一句话也不说。女孩说，喜欢看书吗？刘泳说，确实，老跑厂里的图书馆。女孩说，行，说说她和老刘怎么认识的。刘泳说，朋友，我毕竟是老刘的儿子，让我揣测这个伦理上有点问题。女孩说，你是作家还是儿子？刘泳说，都是。女孩说，首先是啥？刘泳说，好吧，我随便猜，女孩爱看书这点让她与其他女工不同，老刘注意到了。女孩说，太概然，新年联欢会女孩演了个节目。刘泳说，对，朗诵？女孩说，诗朗诵。刘泳说，《沁园春·雪》？女孩说，喊。戴望舒。刘泳想了一下，说，应该。女孩说，继续说，怎么私奔？刘泳说，老刘带上家里的钱，女孩带上一点首饰。女孩说，再带上一箱子吃的？你以为是羊脂球？老刘只带两百块人民币，剩下的留给老婆孩子，女孩带几件衣服和几本书。两人要去哪？刘泳咬着牙说，实在猜不出来。女孩说，你身上流着老刘的血。北京。

女孩摆了摆手示意他不用据此回答，然后坐下说，挺无聊的哈。饶玲玲此时已经趴在桌子上睡着了，脸靠着盘子，嘴微张着，披着刘泳的羽绒服，因为个子高，身体如虾一样折着，好像鼻子不通气，一直用嘴吸气。刘泳看着她，意识到刚才她说困了是真困了，另外一层是，这件事情只是他自己的事情，或者说一个人身上发生的事情都是自己的事情。女孩说，跟那些受伤的工人没关系。是你们厂长。刘泳说，我都忘了厂长姓什么了。女孩说，有人记得。当时老刘老是半夜来写材料，其实有一个目的是跟我姐幽会，我姐有一副老刘办公室的钥匙，下班之后她就自己进办公室，藏在柜子里，等老刘去而复返。刘泳说，嗯，他得接我放学，还回家陪我妈和我吃饭。女孩说，另一个目的是确实在写材料，他写五份，举报你们厂长副厂长四人，侵吞国家财产，挪用工人养老保险在农村买地给自己盖房子，等等等等吧，准备寄到五个部门。说实话，这些事情，都是我最近才知道的。刘泳说，哦，最近才知道。女孩说，不知道厂长从哪听说了此事，便要弄死老刘。他自己不可能动手，就雇了一个人，他们当时详细地研究了车间的图纸，发现就在老刘办公室的顶棚，有一个废弃的排风扇，通到外面房顶。几乎没人知道，多年不用，是当年按照苏联图纸建造的，后来觉得，东北风大，不用非得这么排风，就多年不转了。此人就是用一条绳子，顺着这个排风口下来的，然后又顺着绳子爬上去。我姐已养成了习惯，她没敢开灯，因为开灯就会有人上来找老刘说话，老刘并不在，会露。她都是摸黑藏进柜子里，然后打开手电筒看书，累了就睡一会儿。那天老刘回得很晚，也许是打开柜门，发现她睡得很香，就没叫她，先坐在办公桌前写材料。杀人者悄无声息从他头顶降下，一刀就把他刺死了，然后拿着材料又顺着绳子爬上去，我姐醒时，看见人已经爬回顶棚了。

天更黑了，彻底安静。很难知道北京城到底有多少守夜的人，大部分窗子都瞎了，偶有几只灯笼亮着，好像哭红的眼睛。女孩说，我姐后来很少睡觉，老刘在她睡觉时死了，她可能对睡觉有恐惧吧。刘泳说，故事讲完了吗？女孩说，我很累了，但是还有一点儿。从那天起我再没见过我姐，这些事情都是她写信给我我知道的。第二天早晨，她从办公室的门走出去，就开始追踪这个杀人者，十几年了吧，终于在一个月前，把此人杀死在一个村庄的河边。她跟我说，她把他的双手割下扔在河里头了。

刘泳拿起酒来喝了一口。酒真凉啊，到了肚子里四方流散，无孔不入，刘泳连脚趾都觉得暖了。

刘泳说，厂长叫什么？女孩说，你不用知道。她说她累了，先歇一歇。刘泳说，嗯。女孩说，不过她歇完了还会上路吧，一个一个来，是吧，要一视同仁。刘泳说，你这个故事不错。女孩说，一般吧。刘泳说，如果老刘活着，也会觉得是个好故事。女孩说，不一定，也许他会觉得她永远躲在柜子里最好。女孩站起来说，我走了。我住很远，到家天要亮了。刘泳说，好，不送你了。女孩说，好，你坐好。刘泳点头说，不是一个小区？女孩说，不是。女孩推门走了出去，头也没有回。

饶玲玲动了动，没有醒。虽然姿势有点儿难受，但是她还能坚持。

刘泳走到窗前，看着女孩走出门洞，又走出大门。世界漆黑一片，如同海底，只有两个小姑娘在大门口放烟花，海马一样，似乎是背着大人偷跑出来的一对姐妹。女孩对其中一个小姑娘说了什么，那姑娘把两支燃着的烟火递到她手里，她一手一个，展开双臂将其摇晃。火焰四处喷射，夜海浮动，不知要将她带往何处。

原载《作家》2017年第2期

点评

　　大年夜，一个作家，一位编辑，一位陌生来访者，三个人因共同话题聚在了一起。他们谈生活，谈历史，谈文学，谈工作，每每关涉现实，特别是边缘人的边缘体验，总让人产生情感与心灵上的共鸣。这个短篇对寓居大都市里处于边缘地位的青年人的边缘生活及情感予以充分反映和表达，是难得一见的及物的带着痛感的直击生活内核的写作。但更引人瞩目的是这个短篇对历史经验及其光影的处理方式，即作为载体的话语（三人之间的谈话）在此承担起了有关历史的讲述，故事就是从他们的相遇与谈话中开始、发展或结束，但那些故事虚虚实实、远远近近，既清晰，又缥缈，充满着诸多不确定性。他们的谈话方式和态度随意、率性、自由，但内容严肃、认真，而交谈中有关血腥与暴力、衰落的北方工厂里的爱恋与私奔、都市边缘人边缘处境的描写，揭示或反映尤显历史感和现实感。这样的讲述抹平了现实与历史、想象与纪实、文本与生活的界线，一切以你中有我、我中有你方式存在并持续发展着，从而赋予小说以别样的韵味。很显然，作为标题的"北方化为乌有"这句话带有多重意蕴，你可能会问，"化为乌有"的到底是哪些东西呢？是衰败了的北方工厂以及人事纠纷，还是作者、叙述者或小说中人物的某种记忆？是一代人的生活与生存，还是作者或叙述者的当下镜像式体验？大概都有吧！

（张元珂）

夜宴/

/刘 汀

1

曾经有一段时间，生活向他呈现出非常美好的一面，甚至还让他看见了一个可以期待、令人激动的未来。在这个未来里，他有属于自己的家庭、爱人，有一份算不上多令人羡慕，但足够生活的收入；周末的时候，能带着家人去看一场最新上映的团购电影，五一或十一小长假，能租一辆车到郊外，或者到离北京不远的北戴河玩几天；对，还有三五个聊得来的朋友，他们偶尔去吃个羊蝎子火锅，喝精品二锅头，然后在夜色里醉醺醺地道别。

当然，那时候他还无法具体化这些场景，所谓的看电影、小长假、羊蝎子火锅，都只是他根据后来的生活所归纳出来的。他在想，如果当年自己对未来有过期望的话，大概就是这个样子，只可能是这个样子。他从来都不是个有野心的人，即便你给他一盏阿拉丁神灯，他所能提出来的愿望也不会超出要点钱、要个房子这一类基本需求。

这段时间成了生命里唯一能支撑他幻想的日子，也成了他的魔咒：我曾有过机会，但最终我没能把握住。

那么，这到底是什么时候呢？

是十年前，他刚刚从公用电话上查到自己的第三次高考分数，确定自己能被北京的一所很著名的大学教育系录取了，这个教育系在全国也很著名。几周后，他收到了邮局寄来的录取通知书，这张不大的纸最终确认了这件事——他要彻底地从老家那里的生活中抽身而出了，像村里十年前的

第一个大学生罗昊一样，从此去过另一种截然不同的生活。

也就是在这年秋天，他拿到通知书的几天后，罗昊带着老婆孩子回来探亲。他是开着一辆桑塔纳轿车回来的，车子刚进村，罗昊的父亲就在院子里点燃了一万响的鞭炮。几乎沿路的每户人家都打开了自己的大门，一家人站在大门口，看着罗昊的车缓缓驶过。他也在人群里，但他注意到的并不是车的轮子和冒烟的屁股，而是后排座位上那个美丽的女人和一个同样美丽的小女孩，那是罗昊的妻子和女儿。全村人都知道，罗昊读的是地质研究，做了几年科研，后来进入了政府系统，现在是某个地级市的副市长了，是他们十里八乡官当得最大的人。

汽车他见过，并不感到惊奇，但是罗昊的妻子和女儿才是最令他意外的。他从来没见过那么白、那么干净的人，就他当时的感觉来看，她们比电视上的模特们好看得多，因为车从他跟前路过的时候，离他还不到两米。透过褐色的车窗玻璃，他看见罗昊的妻子正拿着一根小东西在涂自己的嘴唇，那是一双火焰般的唇。读大学后他才从女同学那里了解到，那是润唇膏，防止嘴唇干燥的。

罗昊家里杀猪宰羊，村里乡里县里的干部们轮番来见他，每一个都带着一堆礼物。罗昊的父亲把礼物装在院子的仓房里，锁上一把大铁锁，钥匙就叮叮当当挂在腰间。每天晚饭后，他都要揣着一盒烟到小广场上，给老人们发带过滤嘴的香烟，有时候他的那个洋娃娃般的小孙女跟着他，手里也拿着一根带着一块糖的小棍子。

有一天晚上，罗昊的父亲第一个把烟递给他，他有点意外，因为那儿不但站着自己的几个叔叔，还有几个年龄更大的老人。看到我家罗昊了吧？老头示意他赶紧接过去，说，当年我跑到城里去淘大粪，也一定要送他去读大学，现在怎么样？他接过了烟，没有吸，学着大人们的样子夹在了耳朵上，他想带回去给父亲抽，父亲从没抽过这么好的烟。燕云，我早就知道你行，你是咱们村罗昊之后的第二个大学生，你将来也有机会过我们罗昊过的日子。

别人也都附和，说，是呀是呀，胡家的祖坟上也冒了青烟了。看你爹给你起的名字，胡燕云，完全不像是农民。罗昊父亲咳嗽了一声，吐了一口浓痰：他俩的名字都是一个人取的。众人就问是谁，罗昊父亲指了指村子的西头。众人恍然，那儿住着已经八十九高龄的老中医，当年的秀才。

一瞬间，他对自己的未来充满了美好的想象，如果说有什么是可以具体些的话，那就是他觉得自己也有机会娶一个罗昊妻子那样的女人，生一个漂亮的女儿，开小车回来看父母，接受乡亲们的夹道欢迎，让父亲挨个给村民们发高档香烟。或者这么说吧，他能想到的最好的命运就是重复罗昊走过的道路。

晚上，他把那根烟递给父亲的时候，说了一句话：爸，我将来要让你天天抽这个烟。父亲听了，嗷的一声哭了起来。他当时以为父亲是被自己的话感动了，或者是因为这么多年的含辛茹苦终于看到了希望。后来等父亲死了，他再去回想那个时刻，父亲的号啕大哭是因为他知道自己等不到每天抽这么好的烟了。父亲死在他上大学的第一个学期期中考试。那天是英语考试，考听力的时候他的耳机坏了，什么也听不见，他举手喊老师，老师拿过来一试，没有问题，可他再接过去还是没有声音。如此折腾了几次之后，老师给他换了一副耳机，还是只能听到一种沙沙响的噪音，这时候听力题已经念完了，他只好随意蒙了几个答案。但是后来试卷发下来，他的听力题竟然是历次考试中得分最高的一次。

他给家里写信，说自己期中考试成绩有所上升，终于突破了班级的中线，他们班有七十个人，他一直是在三十五名之后，这次考了三十名。他还说，自己接了三份家教，已经能把生活费赚出来了，不用家里给他寄钱了。他的学费是贷款的，生活费也可以自己解决，这让他很自豪。就算是上大学的时候的兼职，他一个月也比村里种地的堂兄弟们赚得多。

寒假回家，他走进家里的时候没有人，他喊父亲，又喊母亲，屋子空荡荡的，连个回音都没有。这时候西院的邻居走进来还一把斧子，看见他愣在了那儿。他问邻居知道自己父母去哪儿了吗，邻居支支吾吾了半天，也没说出来，放下斧子急匆匆走了。

不一会儿，母亲背着一篓子从田野中拾来的柴火回来，看见他，一下子就哭了出来。

我爸呢？他问。他省吃俭用，用自己做家教的钱给父亲买了一条好烟，罗昊父亲发的那种，一条烟花了他两百多，一个月的生活费。他从包里把烟掏出来，说这是给我爸的。母亲说，你爸抽不到了。他蓦然一惊，问怎么了？

你爸……没了。

母亲告诉他，父亲临死前叮嘱了，不告诉他自己的事，既不想让他

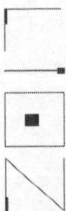

因此耽误学业，也不想他跑回来浪费几百块车费。母亲说，其实你第一年复读的时候，父亲就查出了不好的病，但是没有跟他讲，讲了也没用，徒增烦恼，听说花几十万是能续几年命的，家里不可能有几十万，就算有，用来换几年命也不值。他们打听了，花了钱也不一定治好。他于是明白那天父亲的痛哭的缘由。

天色晚了，但他坚持要去坟地看望父亲。母亲要陪他，他拒绝了，他不想让母亲看见自己悲伤的样子。

事实上，他有点多虑了，等他走了半个小时，走到父亲的坟地所在的山坡时，太阳已经落到了山下，大地被黑暗笼罩。好在这一天的月亮还算亮，挂在夜空里，努力用自己借来的光照着大地。

他跪倒在父亲的坟前，并没有想象的那么悲伤，甚至没有掉眼泪。他把那条烟全部拆开，一根接一根地点着，然后绕着父亲的坟头摆成圈，最后留下一根，自己蹲在那里吸。他想这样可以了，他唯一能做的就是陪父亲抽一支烟。这一次拜祭，让他的心越发坚定，我一定要成功，他想，要成为罗昊，不，要成为比罗昊还要牛逼的人。

他的烟瘾，就是从这一次开始染上的。

2

从此之后，时间仿佛加速了，他很快就到了毕业阶段。他拼了命，才留在了北京城，到了北京延庆的一所中学做了老师。虽然是学教育的，但他们同学中做老师的并不多，因为他们没有专业，不像学英语、历史、化学的，中学里都有一门课程对应着，学教育的去给学生讲什么呢？只能去行政岗，做教务或者后勤。

他其实是很不甘心的，因为他想过考研，罗昊要不是念了研究生，根本不可能分到国土局，也就不可能后来当市长。可是自己的成绩在四年里最好的一次就是第三十名，英语也不好，考研基本没什么希望。还有就是，他本科贷款的一万块钱学费，从下半年开始必须给银行还钱了，一个月两百多。他已经预感到，自己似乎早就偏离了重复罗昊的那条路，或者说，他根本就没在人家那条路上出现过。但他还抱着希望，就像偶尔从电视里看到的赛车那样，在一个弯道加速超车，最终夺取冠军。机会并没有把全部的路封死。

每当在办公室处理文件或表格到深夜时，他都会回溯自己的人生，越来越确认在拿到录取通知书，等着上大学的那段时间是最美好的日子。他会陷在回忆里几分钟，然后揉揉眼睛，打一杯开水，点一支烟，继续整理文件和表格。

工资不算多，还完贷款，再除去给母亲的生活费和自己的生活费，每月还能攒下五百块钱。好在学校提供了单身宿舍，要不然这五百也得交了房租。但是烟钱似乎越来越费，一开始他一天都抽不了几支，现在每天至少要一包，而且他只抽当年给父亲买的那种烟。工作后他了解到，这并不是什么特别好的烟，连中档都算不上，但相对于他的收入来说，却不算便宜。他有一种幻觉，他吸的每一支烟都像是替父亲吸的，他在用自己的方式兑现答应过父亲的事。

另一个让他烦恼的，是同事小丛，那个办公室里和他同年入职的女孩。他有点喜欢这个女孩，因为她看起来跟记忆中的罗昊的妻子有点相仿。可能并不太像，只不过有一次他早晨上班的时候，小丛刚好坐父亲的车进校，就坐在后排，正巧用润唇膏在涂抹自己的嘴唇。这个动作一瞬间把他带回到了当年的记忆中，他认定这是一种预示，提醒他不该忘记当年所想象的未来生活。

他觉得小丛对自己也充满好感。那次之后，他曾问过她，用的是什么牌子的润唇膏，是否好用。小丛很积极，把自己的润唇膏拿出来，说给他涂一点试试。他有些不知所措，怯懦地说男人怎么能用这个。小丛笑话他，说现在男人都用，还做面膜呢，然后拧开唇膏，涂在他的嘴唇上。他感到一种很腻人的香甜味，瞬间想起，这支润唇膏不久前才在小丛的嘴唇上涂抹过，心跳就加速。他觉得自己似乎借着唇膏吻到了小丛，开始满脸通红。还有他们去食堂吃饭，小丛会把自己餐盘里的肉夹给他；她有任何困难，都第一时间找他帮忙。他并不确定小丛喜欢自己，但基本确定她不讨厌自己。他渐渐掌握了小丛的基本情况，她就是延庆人，在一所市属大学毕业后，借父亲的关系进了学校。他父亲是延庆一个什么局的副局长，没有太大的实权，但大小是个官，有自己的人脉；母亲也是公务员，不过开了长期病假，很少上班。从各方面来看，这都是一个很不错的家庭。

在判断了几个月之后，他决定试一试，向小丛表明自己希望两人更进

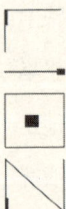

一步，成为男女朋友。他的表白技巧很普通，但也不算太差。那天是小丛的生日，她请同事们出去吃火锅，之后他送她回家。在路上，路灯昏暗，晚风轻拂，所有的事物都轻声细语般温柔。我想每天都送你回家，在你家楼下，他跟小丛说。什么？她喝了点酒，有点没明白他的意思。我是说，我喜欢你，我想每天都送你回家。他也喝了点酒，终于直接说出来这句话。

小丛并不感到意外，她甚至笑了一下，说：这样啊。就上楼去了。

她只说了这三个字，这样啊，这到底是什么意思呢？是同意还是不同意？

第二天在办公室遇到，她还和以前一样，说说笑笑，仿佛他的表白根本没发生。他自己都有点怀疑了，怕是喝多了酒之后的醉梦或幻想，可是他翻看了那天的日记，白纸黑字记着这件事呢，还画着大大的三个问号。

小丛没有给他任何明确的答复，也没有表现出任何异常，他不知道该怎么办好。这种心绪影响到了工作的效率和质量，他提供给校长的一个有关高三年级的成绩统计表格，出了个大纰漏。校长把他劈头盖脸地骂了一通，而且就在他的办公室里，当着所有同事的面。他非常受伤，但并不恨校长，他是气自己，这只能是活该。他反而有点埋怨小丛，认为都是她的模棱两可把自己弄成这个样子的，但他的反击只是尽量回避她。不知道小丛是迟钝，还是怎么，一周后她才反应过来他无声的反抗，在午饭的时候特意坐到他旁边。你是在故意躲着我吗？她说。他不说话，只是低头对付自己餐盘里的地三鲜和西红柿炒蛋。啊，不会吧，你那天是认真的？小丛又说。他吃不下了，端起餐盘到垃圾桶那里，把饭菜全部倒掉，直接走出了食堂。

小丛追了出来，在他身后大声说：喂，燕云，我以为你是在开玩笑，我的朋友经常这样开玩笑。他心里冷笑一下，转过身说，是啊，是啊，我就是在开玩笑。他还是抛下她走掉了。

他在一个酒馆喝了半夜酒，花生米吃掉了三盘，思前想后，甚至都考虑辞职了。他前几天查过，自己的存折里有一万块钱存款，不多，但能保证自己几个月饿不死。他想干点别的，离开这个地方。但最后还是没勇气，醉醺醺回家的路上，他给小丛发了一个短信，说不好意思，我把玩笑当真了，你把真的当玩笑了。小丛回了一个字：哦。

第二天起晚了，头还疼，他没吃早餐就去办公室。一切都没他想得那么严重，他忽然间有点顿悟，不管什么事，你只要第二天还是按照前一天的节奏去过，它就能过去。他跟小丛的关系又开始正常化了，好像什么都没有发生过一样。只不过他开始在宿舍里看一些三级片，自慰，一次又一次，有时候他也会把电脑上赤裸着呻吟的女性想象成小丛，想象成他认识的所有女性，甚至是罗昊的老婆。他对她的印象早就模糊了，唯一清晰的是那只拿着润唇膏的手和红润的嘴唇，所以在他意淫的想象中，女人们都是在给他口交，他的阴茎是一支巨大的润唇膏，不停地把那些蛋白质为主的液体涂抹在她们的嘴唇上。

有时候，阴茎变成一支点燃的烟，叼在她们的嘴唇上。他在变态的快感中，感到下体一阵灼痛，只有这种痛才能把他从迷狂中唤回来。他把手机里保存的小丛和其他女性的照片打印出来，装订成册，每一次幻想的时候，就调出一张来。每次这么干的时候，他觉得自己有点像古代的皇帝宠幸后宫的妃子。

最开始，他还保有一种强烈的道德感，在第二天看见自己意淫过的女同事，会脸红心跳，觉得她们知道了自己的秘密。但是他很快就解决了这个问题。她们只是一些幻影，他想，我也是，我们活在幻想的空间里，没有一条法律规定我不能使用自己的幻想。他也会有点悲哀地想到，他唯一能左右的只有自己的幻想了。

这一切是被一个意外事件打破的。

秋天的时候，小丛有三天没来上班。他给她发了短信，没有回，打电话也没人接。他觉得小丛可能不告而别了。

他在复印室复印要发给老师们的学习材料，警察走进来把他带走了。在派出所里，他们问了他过去几天的行程，最后他终于弄明白了，小丛没去上班，是因为在三天前的晚上，她在回家的路上被人强奸了。警察从他的宿舍里搜到了那些淫秽的光碟，还有他制作的那个相册，确认他是最大的嫌疑人。他被带走后，学校里就传言他是个变态，强奸了自己的同事。但是警察很快把他放了，因为他们从小丛的内衣上提取的精子的DNA和他的对不上。

他回到办公室等着，但小丛再也没回来。半年后，他也被解雇了，理

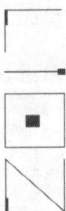

由是消极怠工引发了教学事故。一次很重要的考试，他把应该带到学校的卷子忘在了家里。他没有做任何解释，收拾了东西，离开了延庆，从郊区到了城里。

3

三年后。

胡燕云走在人大西门外面的路上，背着巨大的双肩包。背包里是一大摞考研资料，不过并不是他自己考研，而是去见一个学生。胡燕云现在是中关村各大考研培训机构的一个工作人员，他通过到各个高校刷小广告，在各个高校的论坛发广告帖，在学校食堂门口发传单，再加上用QQ群等宣传，已经成了公司的销售标兵。仅这半年，通过他报名考研班的就有五百多个人。当然，他的提成也很可观。为了工作方便，他在双榆树的一个老旧小区里租了一间房，不到八平方米，每个月不含水电费一千两百元。这是一个小两居，房主一家三口住大卧室，他住小卧室。签约的时候房主说，你最好不自己做饭，如果要做饭，煤气费每个月多交二十，而且只能等我们做完饭了再做。他连忙说，我就一个人，不做饭，主要是找个住的地方。

其实中介还介绍了比这条件好的一间房，但他最终还是选择了这个，因为他从门缝里瞥到了房主的女儿。小女孩还不到十岁，跟当年他见到的罗昊的女儿差不多大，就那么一瞬间，他就决定租下了。

第一天住进去的时候，两家人都静悄悄的，有人去厕所都蹑手蹑脚，好像生怕惊动了对方。他躺在占了屋子一大半地方的小床上，发现了这个房间的另一个好处，那扇小窗子外面就是一棵槐树的树冠，时节正是春散夏来的时候，即将绽放的槐花已经发出了诱人的香味。偶尔，他还能在树影中瞥见一星半点的月亮。那个有关未来的幻想，再一次从心头浮了出来，他忍不住坐起身，点燃一支烟，把窗子推开一点，让微风吹进来，随手把烟灰弹在窗外。

轿车，妻子，女儿，响彻全村的鞭炮……让他着迷的似乎不再是这些了，而是当年的那种感觉，就是觉得一切都充满希望，都值得奋斗的感觉。有那么一瞬间，他想起了小丛，心里多少有点负罪感，觉得自己好像是那个强奸她的人的影子。

他开始充满一种异样的斗志，每天除了睡六个小时的觉，都是在工作。他推销出去的课程数量直线上升，半年后，就被破格提拔为项目经理，专门负责公司在天津高校的招生工作。他开始频繁往返于天津和北京，每周都要去三四次。偶尔，他会感到头晕或恶心，他知道自己有些太拼了。但看着银行卡里的数额不断地增长，他不想停下来，目标从来没这么明确过，他要赚钱，赚足够的钱。至于赚钱之后干什么，他还没好好想过，只是单纯地喜欢看存款数额飞速增加。

他再也没看过黄片，也没自慰过。每一次他刚要开始，小丛的脸就会浮现，说：小胡，是不是你？那天晚上伤害我的人是不是你？他便兴味索然。只有烟抽得越发的勤，价位也越来越高，他因此得了咽炎，但还是继续抽。

虽然每天晚上都住在租房里，可他几乎很少见到房东一家人。他回去得晚，上楼前先在成都小吃或沙县小吃吃个饭，上楼的时候他们似乎都睡着了。他家客厅里的电视，很少打开，对于这家人，他听到的最多就是他们出来倒水、上厕所的声音。极少的几次，他正面看到了这家的小姑娘，戴着一个牙套。原来小姑娘有些龅牙，特别是张嘴说话的时候，门牙和粉红的牙龈明晃晃地露出来。有点像马，他不太厚道地想。你好，他跟小朋友打招呼。小朋友有些吃惊，小声地说了句你好，就飞快地逃回了他们的房间里。

他想，自己不在家的时候，他们可能不这么安静，应该和别的家庭一样，看看电视，聊聊天，做做小游戏，其乐融融。有一次，他回来得早一些，刚掏出钥匙插进锁孔，屋子里的声音就立刻安静下来。这更证实了他的猜测。

他万万没想到，这家人竟然救了自己。

一个晚上，他出来上厕所时头一晕，倒在了过道上。他们打了120，把他送进了医院，医生给他打上吊瓶，第二天又做了各种检查后告诉他，好像内分泌有点问题，血糖高。他没当回事，第二天买了好多水果回来，感谢这家人。男主人把水果从门缝里接了过去，递出来一张单子，是120的钱和药费，他赶紧掏钱包。男主人摆手说，不急，和下个月的房租一起付吧。

从这次开始，他们的关系开始慢慢热络了些。有一天，他们还在厨房留了半碗炒饭，他知道这是给自己留的。他就着烟，把半碗饭吃掉了，然

后回到厨房把碗洗了。第二天回来，他就放了半个西瓜在冰箱里。来来往往中，气氛开始变得随意起来，特别是小女孩，偶尔会跑到他屋里来问一个问题。她的数学作业，父母完全帮不上忙。

他又晕倒了一次，不过不严重。他不得不去医院里看一下了，房主建议他去看中医，他就坐地铁去了西苑医院。大夫给他开了中药，让他先吃一个月再说。他拎着一大袋子已经熬成液体的汤药，走在路上就忍不住喝了一袋。忍着反胃喝完了中药之后，他没找到能漱口的水，就一直带着满嘴的药渣味走回家。一开始，这味道是苦、涩，似乎有很多草根的味道，可是后来随着唾液的不断分泌稀释，好像也发生了什么神秘的反应，味道开始泛出一阵甜味，嗯，有点像他小时候吃的甜草根。甜草根也是一种中药，在村子后面长得漫山遍野，这种东西的根茎似乎是直直插入地里的，很难拔出来。田地旁边有一些山洪冲泻出来的沟壑，都是黄土，沟壑壁上裸露出许多甜草根来，他们只要揪出一头猛扯，就能扯下一米长的甜草根。这种东西据说是降火的，带着一种药的甜味，他跟小伙伴们经常会咀嚼一段。糖太稀少了，他们唯一能以甜的名义摄取的糖分都是从山野中来的，甜草根，秋后的玉米秸秆，一种酸巴溜，各种野果子。他们那儿的自然界似乎没有纯粹的甜，所有的甜里面，要么掺杂着苦，要么掺杂着涩，要么掺杂着酸。

这是一个大玩笑，他又拿出那张化验单来看空腹血糖12.9，超标了一倍还多。

毫无疑问，医院里的大夫跟他说，糖尿病，不用再做其他检查了。

可我才二十五岁。

是，年纪还小，按说不应该，你们家族有糖尿病遗传病史吗？

他只能摇摇头，事实上，他们家没有任何遗传病史，这么说不准确，不是没有任何遗传病史，而是就他所知除了高血压和感冒，他们家的人不知道自身病痛的任何名字。那些病都只是一种感受，一种生活命名，腰疼，头疼，腿疼，肚子疼，没劲，恶心，眼花……

他回想了一下，自己的日常饮食似乎也并没有摄入多少糖，虽然现在他有工资了，要吃糖完全可以随意买了。大夫告诉他，糖尿病病人在上午十点多的时候，会出现低血糖的症状。他想起来了，自己的两次晕倒，确实都是在上午十点左右。

他按时按量吃完了一个月的药，再去检测，血糖还是高，就又吃了一个月，还是高，但他的精气神似乎恢复了，也没有再晕倒。过了一段时间，业务又忙起来，他就把吃药的事情忘记了。那一段，北京的房价因为政策调控，停止了疯狂的增长，甚至有一部分有所下降。他刚好纳税五年了，有了买房资格，盘点了自己手里的钱，大概四十万左右，又算了一下今年的年底分成，有五万，火速找中介在地铁十三号线的天通苑站三公里处贷款买了一个小一居。贷款五十万，每个月还三千多。

过户那天，他没有想象的激动，因为昨天晚上他加入了一个房子所在小区的QQ群。群里都是业主，全是抱怨小区物业的，很多人都后悔买了这里的房子。他觉得自己有点冲动了，应该再看看其他地方再做决定。但事到如今，也没有反悔的余地。他就想，买了就买了，反正自己还是租住在双榆树那里，天通苑的房子是肯定要租出去的，交给中介，也不用太操心的。

让他操心的是另一件事，母亲在老家犯了一次心脏病，差点死掉。他没办法，只好把母亲接到北京了，这样租住的那间房子就不够住了。他得租一个大点的房子，还得能做饭。

那天晚上，他敲了房东的门，门开的时候，他看见三个人正在写字台上吃饭，一盘西蓝花，一个排骨，三碗米饭。吃饭呢？不好意思，有点事。房东有些尴尬，问你吃了吗？他还没吃，但赶紧说吃过了。房东问他什么事，他说了母亲的事，自己可能得提前搬出去，有点违反合同，想商量一下违约金能不能少点。房东有些发愣，你要走了？他点点头，说我妈来了，这里住不开了。房东说，等会吧，我们商量一下，就关上了门。

他就回到自己房间里，靠着窗台抽烟，把烟灰弹到窗外。这时候是秋天了，再有半个月就十一了，但气温还是很高，好在开着的窗子能透出些风来。他已经做好了打算，如果房东愿意，他可以掏半个月的违约金，一周内搬出去，他们也能早点找到下一任租客。如果房东坚持一个月的押金一点都不退，他也只能认了。

半个小时后，房东在门口喊他：胡先生，你出来一下。

他推门出去，惊讶地发现一家三口都在客厅里。房东指了指沙发，让他坐，他有点犹豫地坐在小沙发上，他们三个则各自坐了一把小凳子。

我们商量了，押金都退给你，违约金也不要你交了。房东看了一眼妻

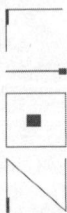

子和女儿说。

啊？这让他有点出乎意料，这样不太好吧，是我违约，我总该出一点钱的。

房东说，不用了，我们家里情况不好，要不然也不会这么小的房子还租出一间，你是五年来最好的一个租客，从来没给我们添麻烦，所以我们不要你的违约金了。

这样，但是……我还是要……

胡先生，真的不用了。女主人说。他很少听到她说话。

那好吧，谢谢你们，实在抱歉，如果条件允许，我肯定会继续住下去的。

房东找出两张纸来，简单写了一个终止租房的协议，签了字，每人拿了一张，这事就算结了。

他准备第二天搬家，这是他在这里的最后一晚了。

4

母亲到的那天晚上，他本想带她出去吃饭，可母亲说坐了一夜车，累了，就在家里吃。他觉得也好，就去超市买鲈鱼和青菜，蒸一条鲈鱼，炒一个青菜，再做一个西红柿鸡蛋汤，两个人就够了。母亲一辈子吃得清淡，肉的话只喜欢鱼，他知道的。鱼得买活的，鲈鱼好吃，可是比草鱼鲤鱼白鲢贵得多，但这是母亲到北京的第一餐饭，总要吃一点好的。

搬来的第二天，他已经调查清楚，这附近的几个超市里，只有街对面的那家有活鱼卖。他让母亲先休息会儿，自己拎着一个袋子去超市。

他经过水族箱的时候，平时卖鱼的工作人员正在从里面捞鱼，捞出一条，猛地摔在地上摔死，然后再捞一条摔死。一条鱼突然从里面飞了出来，"啪"的一声掉在地上。一个工作人员看了看，并没有停下手来去捉它，而是继续对付水族箱里的鱼，捞出来，摔死。那条鱼就一直在地上摆着尾巴，好像要逃脱被摔死的命运，每一次摆尾，身体都有移动，但下一次摆尾又移动回来。他忽然笑了一下，想起了大学时哲学老师讲的西西弗斯，就那个整天把大石头推上山，然后石头自己滚落，他再推，周而复始，永无止境的那个人。那时候，他觉得哲学挺无聊的，可这一刻他忽然明白了点，哲学还是有用的，至少对一条鱼来说是这样。

他想让工作人员留一条活的给他，工作人员却说，所有的活鱼都不卖了，要买买死鱼。

为什么?

工作人员一耸肩,我哪儿知道,我只知道经理下了死命令,活鱼必须弄死,然后冷冻起来,一条都不让卖了。

最后,他只能买了一条更贵的海鲈鱼回去,死的。

他已经很久没有做过饭了,之前在双榆树那里住,从没跟房东抢过厨房。他把清理好的鱼带回去,母亲说她来做饭,他说自己做。母亲说,妈妈没事,做个饭还是可以的,他只好从狭小的厨房里出来。

后来他刷朋友圈,看到新闻说那一天,几乎北京所有的超市都没有活鱼卖了,有人说是因为活鱼运输途中为了保鲜,使用了某种有毒的化学物质;也有人说是因为食品检测部门要展开一次水产品检查,超市们都对自己进的鱼没信心,所以全部下架。

吃饭的时候,他偶然说起超市里的事,母亲说咱们那儿吃的都是死鱼,怕什么。他说今天这条是海鲈鱼。母亲顿了一下,叹气,说我知道,我刚才看见标签了,一条鱼五十几块钱,好贵。你就放心吃吧妈,吃条鱼我们还是吃得起的。母亲又问他房租多少钱,贷款月供多少钱,问一次,叹一次气。

母亲收拾碗的时候,他拿出五百块钱,说:妈,生活费给你,你来了,我就每天回来吃饭了。

母亲说不用的,我这里还有一点钱。

他塞到母亲手里,说:你的钱能有多少,攒着吧,还有下周我带你去医院再查一下心脏。

母亲连忙摆手:不要去,我在镇子上已经查过了,是先天性的心脏病,治不了的,做手术好贵,而且不见得好。

他没再坚持。

母亲说,妈只是惦记着一件事……

他知道是什么,他的婚事,这年头所有的家长都在担心儿女的婚事,没对象的着急,有了的没结婚着急,结婚了没孩子着急,有了孩子不和睦还着急。

他永远都不可能想到，这竟然是自己和母亲的最后一次谈话。第二天，他敲母亲房间的门，没有回应，他想可能母亲还在睡，就自己出去买了油条和豆浆，吃完了，母亲还没有声音。他推开门进去，看见她在床上蜷缩成一团，已经没有了呼吸。后来医生检查说，母亲在晚上心梗发作，不到二十分钟就走了。她在这痛苦的二十分钟里，竟然没有喊过一声，她以为可以和其他所有腰腿疼一样，只要忍过一阵就没事了。

他有点不知所措。还是医院的人指导着他，找了专门做丧葬服务的人，把母亲的后事办了。告别仪式上，丧葬公司的人说，就你一个人？他点点头，一个人把母亲送走了。

随后，他跟公司请了几天假，把母亲的骨灰带回老家去，跟父亲合葬了。

5

都快晚上九点钟了，他才走进了饭店，看见约的人已经到了，穿一件粉红的毛衣，头发有点像假发，在十三号桌坐着。桌上已经摆满了菜，他坐下，拿起服务员贴在桌边的点菜清单看了一眼，二百多，有点小贵。

红毛衣有点抱歉地说：不好意思，等你来，我先把菜点了，我不点菜服务员就跑来念叨。

没事没事，挺好挺好，他说。

路上有点堵吧？

嗯，是我对不起，我来晚了。

嗨，在北京晚到太正常了，咱们边吃边聊吧，提前约定一下，谁也不用让谁，也不用瞎客气，权当是两个人的自助，行吧？

这样好，我完全同意，反正吃饭不是主要目的。

你来的时候没戴口罩？

没戴，不习惯，闷得慌。

得戴着呀，今天污染指数都爆表了，戴上总比不戴强。

算了，我觉得中国人要想活下去，只能靠自我进化了，别的什么都没用。

哈哈，你挺有想法。

到现在为止，他都对这个见面很满意，对方看起来很真诚，也很放松。这很好，他想，而且谁也不用照顾谁，各吃各的。

红毛衣夹了一筷子糖醋排骨，放在嘴里嚼着说：我们家那位，三脚踹不出一个屁来，你要再踹一脚，就踹死了。对我倒还行，情人节圣诞节结婚纪念日，都不忘了买个小东西讨我高兴，东西不贵，但他能惦记着，让你觉得是一种安慰。

嗯，他迎合着，挺好的。

红毛衣继续吃糖醋排骨。他有点惊讶地发现，红毛衣似乎非常喜欢酸甜口味的菜，除了糖醋排骨，还有菠萝咕咾肉，宫保鸡丁，糯米藕，酒酿丸子，唯一其他口味的菜是花生米。

红毛衣突然停住口，说：是不是我点的菜你不喜欢？你可以再点几个喜欢吃的，钱不是问题的，对了，再要点啤酒吧，你们男人一般吃晚饭不是总要喝点的么。

这些菜他确实不能吃，因为他那个怎么也降不下去的血糖，他必须控制甜食。他跟服务员要了菜单，只点了一条清蒸鲈鱼，啤酒，犹豫了半天，还是没要。他觉得没必要喝酒，吃饭也是次要的，他来这，就是想跟她好好谈谈。

鲈鱼上来的时候，她正跟他说自己小时候的事。在我们老家，她说，每一次有人结婚的时候，都要在夜里摆一桌宴席，我那时候最喜欢这种宴席了。我们小孩子，可以不用那么早睡觉，还能吃到各种好吃的，哦，我也喜欢看着大人们围坐在桌子上，男人们划拳喝酒，女人们就说三说四。后来我离开老家，再也没有吃过那样的宴席。

你老家是哪儿的，他问。

南方嘛，就是南方嘛。

他想她可能不太愿意告诉自己太多具体的信息，刚才说的有关她老公的那些话，也可能不太准确。无所谓了，我们本来也不是为了调查对方而来的。

接下来，他跟她说了自己当年看见罗昊的妻女的那件事，说得特别详细，还有小丛的事。最开始，她还笑话他，说他太幼稚了。等听到小丛被强奸的时候，她不笑了，愤怒地拍着桌子：阉割，这样的坏人就应该阉

割，而且不要用医生，就找我老家劁猪的兽医。

她忽然意识到自己的愤怒有些过了，便指着鲈鱼说，翻过来吧，另一面还没吃呢。

他们两双筷子合力把鲈鱼翻了过来。

各自又讲了不少事，结账的时候，竟然刚好二百五十块钱，两人听了都笑了，觉得没有比这更好的收尾了。各自付了一半，他们就出门了。

回到家之后，他躺在床上，把手机里的约饭APP卸载了。

他跟红毛衣完全不认识，是通过这个软件才约上的。有一天，一个群里有人推荐这个软件，说注册后可以随即约到一个饭友，然后系统会随意选一家饭店定位子，两个陌生人在一起吃一餐饭，互相说话，AA制，等结束后，系统会自动注销两人的ID，也就是除非他们自己要互相留联系方式，否则他们再也不会联系了。

他其实早就下载了软件注册了，前两次系统都给他约好了人和地点，但是他临阵退缩了。每个身份证号只能约三次，第三次他不想浪费机会，赶着来赴约。

现在，他住在了自己在天通苑的房子里，房子不大，还是显得空荡荡的。他没买电视，也没买冰箱，甚至厨房里也只有一只锅和一副碗筷，偶尔在深夜煮个泡面而已。他不做考研培训了，现在是一家民办教育在天通苑地区的课程经理，单位很近，从家里走过去只要五分钟。但是在天通苑那些成千上万栋面貌相似的楼宇之间，他常常迷路，绕了一圈又一圈，就是找不到自己家那个小区的门。有几次，他按照手机地图上的导航，都没回得了家。

后来，他花了一个月的四个周末时间，用脚步把天通苑的所有小区都走了一遍，自己画了一个简易的地图，从此再也没有迷路过。

跟红毛衣约饭回来后，他很快睡着了，还做了一个奇怪的梦。他梦见自己像那条超市里逃跑的鱼。当然跑不掉，但是要逃，在水泥地上拼命摇着尾巴，那声音听上去，好像一个悲伤自责的人在使劲儿抽自己的耳光，啪，啪，啪……

原载《十月》2017年第4期

点评

　　小说讲述了一位来自农村的知识青年大都市里的人生经历。出于对于某种美好生活的渴望，他通过努力，考上大学，并最终留在了北京一郊区中学工作，应该说，这对绝大部分城市人来说一切都显得稀松而平常，但对他来说，却有了不同寻常的意义——这是农村青年人转变身份、融入城市生活的第一步。然而，生活似乎从来没有按照他的预设前进，伴随物质的窘迫、爱恋的错位、青春的萌动，以及生活的偶然与必然的重叠，都使得他越来越背离那虽平常但还算美好的生活理想。被辞退后，他由体制内人转为体制外自由职业者，虽四处打拼，赚钱也不少，但终难免四处碰壁、漂泊无依、精神无寄，最终成为都市边缘人或零余者；当父母先后离世，他那种有乡回不去和身在城而心相离的境遇其实不只是他一个人的经历，而是一代青年人的人生写照。但在这种历史必然的背后，那些有关人生的种种无奈与悲情无不让人痛彻心扉。因此，在新世纪以来的小说创作领域，这样的书写虽也司空见惯，但终因其裹挟着时代的光影，反映个体生活、生存与人性的真实，以及对现实主义精神和人文情怀的追求而为读者所瞩目。此外，小说还涉及青春与成长、自我与精神以及当代都市青年人的精神状态等较为广泛的话题。其中，有关爱情与欲望的描写（他对小丛的爱恋以及自慰），以及有关青年人精神状态的展现（他与陌生红衣女人的约会以及彼此倾诉），给人以深刻印象。

（张元珂）

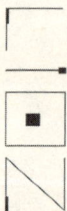

皮 婚/

/南飞雁

　　相框是皮雕的，时间一久会有股味。三年前，穆成泽和王雅琳挑相框，影楼的人一味地说皮质的大气，有质感，性价比高。挑到一半，王雅琳捂住肚子，颤声说不舒服。这次去省医院检查，还是流产的问题。大夫解下口罩，对他说，快点办住院吧！

　　大夫见他还愣着，又不客气道，要是你还想当爸爸……

　　王雅琳住着院，影楼打电话说东西都做好了，问什么时间送，送到哪里。穆成泽心烦意乱，就说明天吧，送家里。等他挂了电话，对桌的小查提醒他，说明天厅里义务植树，八处就你一个男丁，你不去不好吧？

　　穆成泽一听就火了，说狗屁，老范他不是男的么？

　　小查忍不住笑，说人家是处长，我说的是干活的。

　　穆成泽就说，凭什么处长就能不干活，不劳动？

　　小查笑道，可你是八处的人啊！

　　穆成泽更火了，说你才是八处的，你们一家都是八处的！

　　同办公室的还有付晓冉，她一直在听歌看书，此刻抬起头，看了看他，还是不说话，又低下头去。穆成泽气哼哼拨通了影楼经理，说明天有事，今天晚上送。他说话之际，付晓冉笑了一声，小查和他都下意识看过去，却见她看得很投入，一点没注意到两人的目光。

　　其实穆成泽发火是有道理的。大学毕业，他公考到七厅研究院，在八处帮忙好几年了。研究院是参公事业编，八处是公务员编，时间一久，他就不想再回去。八处编制共五人，穆成泽是帮忙的，不在五人之列。在编的有处长老范，副处长老金，副处调付晓冉，科员小查和老赵。老赵老金二老常年生病在家，来上班的只有三个，除了老范都是女同志，有点阴盛阳衰。穆成泽骂老范狗屁，也没有冤枉他。老范再有两个月退休，之前承诺过解决帮忙的问题，看来已经是狗屁了。刚来帮忙那两年，他表现相当积极，老范鼓励他只要好好表现，解决帮忙的问题就不是问题。七厅办处委室二十多个，几乎都有下属单位帮忙的，穆成泽农家子弟，一介书生，跟其他帮忙的相比毫无优势，只能靠表现。在他眼里，结婚、生孩子和好好表现，当然是不可调和的矛盾。

所以在造人的事情上，他只想享受过程，不想弄出人命。他这样想，王雅琳却不。王雅琳在省直一幼当班主任，擅长连哄带骗，如果哄骗都不管用，还会一招吓唬人。两人经同事介绍认识，交往不久，王雅琳就怀孕了。穆成泽无奈答应领证结婚，条件是这孩子不能要。王雅琳问原因，他说文件上整天讲"基础不牢，地动山摇"，最近烟酒无度，生孩子只有这一次机会，不能太随意。王雅琳倒算配合，但也提出一条，说拍了婚纱照再去做手术。他觉得多此一举，不耐烦道，证都领了，还怕我反悔？

王雅琳慢慢地红了眼圈，断断续续抽泣道，我不怕你反悔，我是想以后看照片，知道肚子里有过一个孩子。

穆成泽听了这话，就没法再说什么了。不过婚纱照是拍了，手术却不太成功。两人上网搜了家女子医院，王雅琳进去时脸色苍白，出来时脸色更苍白。到挑婚纱照的时候，后遗症终于发作，只好住了院。穆成泽医院单位两头跑，还得招呼着家里换家具、家电，像是被马蜂叮了一头一脸的包。骂过人，出了气，下了班，他还是去了影楼，领人把相册、摆件、壁挂等搬上车，又搬上楼，挂的挂，摆的摆。墙刚刷过，还能闻得到潮气，堵在鼻孔里湿答答的，让人忍不住用嘴呼吸。他看着墙上的婚纱照，目光落在王雅琳的肚子上。她很瘦，很白，笑得也很明媚，根本看不出来那里有过什么。

手机响起，穆成泽看过去，是一条信息。他叹口气，随手删掉，来到了门口。门开处，一个娇小的身子闪进来。两人默默看着对方。过了一阵子，付晓冉才把手放在他脸上，几根手指轻触着他的胡楂，像是在雾气腾腾的玻璃上抹开一小块清晰。她发长及肩，穆成泽的手把住她的脖子，发梢就轻撩在他手背上。

付晓冉说，真怕你做傻事。

穆成泽摇头一笑，不就是骂了几句老范嘛，没什么。

付晓冉却摇头，说不是他，是她。

付晓冉说着，下意识去看墙上新挂的照片。皮雕的相框，相框里新娘挽着新郎，一脸的笑。付晓冉也笑了，说，拍得不错啊。

摄影师是她学生的家长，穆成泽手上悄悄用力，把她的脸颊贴在自己胸口。

付晓冉的声音低了下去，说我不该来的，还是这个时候。

穆成泽叹了口气，抱紧了她。她的头发乌润，却又有股焦焦的气味，仿佛火柴熄灭后短暂腾起的那截烟。对，就是烟火气。这是穆成泽第一次拥抱她时的感觉，那该是多久之前的事了？

付晓冉慢慢地在他怀里融化，说这是最后一次吧？

穆成泽不敢回答是，或者不是。他也看向那张照片，看着上面完全陌生的自己。付晓冉当然感受到了，也知道他在看什么，所以一动不动，又轻轻问他，她是不是很漂亮？新娘子都很漂亮的。

穆成泽仍不吭声。她闭着眼，让他闻着她的烟火气，看着他的新娘子。他也一动不动，很长时间之后，她才感觉到他一直在哭。他的哭泣和呼吸一样缓慢，但有节奏。

付晓冉叹口气，仰脸道你看你，跟你受欺负了似的，乖，不哭了。说完，她笑了起来，眼睛眯缝成了两道弯月，笑眯眯地看着他。穆成泽也看着她，也笑了，泪却一直在，他又把着她的脖子，揽住她，却只能在她耳边轻声说，对不起。

第二天一早，穆成泽去了医院，带了王雅琳喜欢的枣糕。枣糕买得有点多，她吃不完，就分给病友。病友姓乔，五十来岁，也是妇科病。妇科病这东西，男的都不愿来，你老公还真不错，老乔一边说，一边吃着枣糕，又笑眯眯问，在哪里上班啊？

七厅。穆成泽谨慎地一笑。

公务员啊，老乔赞不绝口道，公务员好，公务员好。

老乔说着，拿目光剜了剜旁边伺候她的女儿。乔女年纪不大，身材跟老乔的热情一样饱满。乔女冷笑了一声，说既然知道好，那你怎么还离了？

老乔也冷笑一声，说你娘我好歹还算嫁过，你呢，三十多的人了，嫁过一回没有？

穆成泽一时没适应这个场面，王雅琳拉了他一下，两人悄悄出去。

这两天吵了好几次，吓着你了吧？王雅琳抱歉着，好像这是她的错。他一笑，没接话，他心里还在轰隆隆的，不知到底因为什么。医院离七厅不远，他说可以再多待一会儿。她就问，你们今天忙什么？

义务植树，穆成泽点了支烟，说明天还要下地市——

你忙你的，不用管我，王雅琳挽住他的胳膊，说我跟我妈打电话了，她过来几天，等你出差回来了，正好说说婚礼的事。

穆成泽点头，想说点什么，这或许真是他最后一次机会了。然而他终于什么也没说，或者是想说的都没有说出来。王雅琳像是知道这一切，一直有些惊慌地看着他，见他最后只是沉默地点了点头，这才放下心，满足地、默默地挽着他，直到把他送到医院门口。

植树地点在郊区一处公园，园中埋着一位唐代的大诗人，随处皆是金石碑文。穆成泽学的是中文，隐约能认出一些。他来七厅帮忙的第一天，就是到这里义务植树。那天他还心潮滚滚，忍不住念了几句，旁边的人便都夸他有才，说八处这回来了个才子。只有八处的副处调付晓冉一声轻笑，揶揄说，显摆！

这大概就是他们初见的一面。当时吓了他一跳，因为她是他的领导。但次数多了，他也懒得再显摆，因为显摆也无用，该帮忙还是帮忙，该没机会还是没机会。记得当时付晓冉指着一块残碑，问他写的是什么。穆成泽看了一眼，恭敬道，付处您这是明知故问，高中毕业生都知道这两句。付晓冉也笑起来，却坚持着要他念，穆成泽只得念道：

此情可待成追忆，只是当时已惘然。

这两句都被用滥了，付晓冉点评说，不过，还是很动人。

那次植完树，两人前后上了班车。穆成泽刚到八处帮忙，厅里没有熟人，算起来付晓冉是最熟的，又是他的领导，便步步紧随，唯恐她不带他玩儿。可能是累了，付晓冉很快打起了盹，头便歪在他肩上。他推了

推她，低声说我女朋友看见了，会生气的。她便一笑，也低声说，那就让她生气去吧。

穆成泽那时候还真有个女朋友，不过很快分了手。之后陆续又谈过两三个，直到年纪过了三十岁，家里也一再催，这时他认识了王雅琳，各自都没有太多不满意，就稳定下来，不过也不到非嫁非娶的地步。付晓冉看了照片，说是幼儿园阿姨，多好，跟你很合适。

穆成泽之前的两三个女友，付晓冉都看过照片，评价也都是"很合适"。这简直就是个诅咒。他有点赌气地拿回手机，说那我就跟她结婚算了。

付晓冉笑起来，抱紧了他，说你长大了，要结婚了，姐送你什么礼物好呢？

他的确比她小，大约小六岁，但他天生显老，她又娇小，两人在一起并不突兀。他曾经试过对她说，其实年龄不是问题——

付晓冉当时就打断他的话，说，那还有什么是问题呢？

穆成泽后来才知道，她说的那人不是他。一次出差，老范喝多了，他殷勤地前后照顾，老范很满意，借着酒劲说的。付晓冉的男朋友是三厅的一个老处长，年纪大她十好几岁，跟妻子常年分居，一直拖着没离婚。孩子小的时候离不了，孩子大了，懂事了，更离不了。付晓冉就被拖了下来。老范醉意道，别看他比我小几岁，没戏，副厅级也没戏，可惜小付喽。穆成泽回到房间，点支烟，心想原来是这样。难怪她会如此在意年龄。他记得她说过，她有一个比较固定的男朋友。没有固定下来的时候，也有很多男人跟她聊过，不管从什么聊起，聊不几句，都会及时找到由头讲到自己。某些在她看来不能说的，甚至是细节，他们也能娓娓讲述，还一再强调说"我不是跟谁都讲这些"。

但是你就不同，付晓冉认真地笑着，说你跟他们不一样，你不是嘴里讲着尊重和欣赏，眼神却要把人剥光，这就让气氛一下子掉下来了。

穆成泽就说，那是因为他们级别比你高，居高临下而已，我是你的下属，又是帮忙的，我可不敢。

说完这句，他忽然委屈得想哭。也不知道怎么回事，他在她面前总是泪腺很发达。这句话是有潜台词的。其实在她面前他也想撩骚，但因为级别低，连撩骚一下的勇气都没有。不过他不好意思说，她却听得懂。所以她就无声地凑过来，轻轻擦着他的脸，像是那上面已经有了些眼泪。她接着说，可我不喜欢他们呀。

这次谈话发生在穆成泽结婚前两年。某次下地市，本来老范带队，前一晚喝大了，下楼时一马当先，摔断了鼻梁骨，出不得门，见不得人，只好让付晓冉带着穆成泽去。又碰巧原来安排的司机家里有事，其他司机又都派了活，厅办小管就有点作难，问穆成泽能不能自己开车。那时他刚拿了驾照，不知哪里来的胆子，张口就答应了。小管拿钥匙之际，半开玩笑半提醒道，小心驾驶，安全第一。

小管在厅办管车队，也是下属单位来厅里帮忙的，比他早两年，两人关系一直不错。穆成泽一时不解，小管这才神秘道，你们付处，可是个有故事的人哪。

穆成泽一见车就傻了眼，竟是辆别克商务，在新手面前跟一艘船差不多。他上了车，揣摩着找到了挡位、手刹，尝试各种按钮，后悔得万箭穿心。付晓冉在副驾驶上只是微笑。等上了高速，她笑着摘下墨镜递给他，说戴着吧，像个老司机的样子。

墨镜是她的，隐隐还有些体香。穆成泽抱歉道，真对不起付处，我其实是个新手。

付晓冉笑出了声，点头说，这个，我还看得出来。

半小时后，两人换了位置，因为付晓冉说，你这样开法，中午都到不了。但快到高速出口时，他坚持又换了回来，说哪里有领导开车、下属安坐的道理，在市里车又开不快。她拗不过他，只得照办。不料到了收费窗口，他停车停得太远，后边的车又跟得太近，只好下车去交钱。等他面红耳赤回到车上，付晓冉早已经笑出了眼泪。

知道你是新手，不知道是这么新，付晓冉擦了眼泪，又笑起来，说，不过很可爱。

晚饭很丰盛，是按照老范在的标准准备的。地市局领导班子都来了。局长敬酒时一再表态，说范处在或许都来不齐，但是付处在，一定都要来。于是宾主皆笑。那时穆成泽到八处帮忙一年多，表现的劲头正足。付晓冉有他帮忙，喝酒上也不落下风。等回到宾馆，他强撑着送了付晓冉，这才回到自己房间，趴在马桶上吐得肝胆相照。

一晚无事，第二天是调研。因为还要下乡，付晓冉办事仔细，请地市

局给安排了一个司机。穆成泽找机会表示感激，她却一本正经说，主要是考虑到你要喝酒。在地市待了三天，他觉得一年都不想再闻到酒味了。返程的时候，他坚持要开车，她也不拦，坚持的结果是开出去好几十公里，才发现手刹没有松彻底，车里全是烧焦的煳味。穆成泽把车停在服务区，找技师检查了半天，又换了机油，这才提心吊胆对她说，付处，咱们走吧？

付晓冉看着他笑，点了点头。

这时候天已经快黑了。付晓冉开的车，并没有上高速。出门才两三天，洋相出尽，丢人到家，穆成泽也不敢问她是要去哪里。路不平，也不宽，两旁都是树影子，车灯亮处，涂了白石灰的树干飞快退后，串成一排灰白色的墙，衬托得小路很神秘。路的尽头是一个大院子，由一道真正的围墙圈着。车停下，付晓冉放松地喘了口气，扭头看着他僵硬的脸，笑道下车吧，今天不走了。

晚饭是付晓冉点的，很清淡，全是清爽的小菜，还有白粥。穆成泽喝得一头一脸汗，又感觉出来的不是汗，是湿淋淋的宿醉。

她问道，电话打了吗？

穆成泽一时不解，等明白过来，不好意思道，现在没有女朋友。

付晓冉说，今年多大呀？

二十八了，穆成泽老老实实说，毕了业在研究院干了三年，在八处帮忙了一年多。

你看那两个人，付晓冉的声音忽然低了下去。

一旁沙发上是一对中年夫妇，男人在看杂志，女人一手挽着他，另一只手拿着手机，不时地笑两声，举给男人看。男人扭头看了看，也跟着笑了。

他们是夫妻吗？

应该是吧。穆成泽不知该怎么说，心想难道是偷情的？

付晓冉却摇头，说不是的，肯定不是，你看不出来吗？

穆成泽不好意思地摇头，说我还没结婚呢付处。

付晓冉就笑起来。那晚几乎全是她在问，他回答。吃饭的时候是，散步的时候也是。直到夜深，穆成泽送她回房间，觉得已经被问得寸缕不挂。两人道了晚安，各自安睡。这一晚他睡得很安稳，这大概是那次失恋后他睡得最踏实的一觉。

第二天早上，穆成泽食欲很好，吃了好几个煎蛋。他把煎蛋搅碎在粥里，看着嫩滑的蛋黄流出来，稠稠的，黏黏的，再舀起来放进嘴巴。度假村有些冷清，厨师比客人都多。旁边就是那对中年夫妇，女人还好心地看着他，指了指嘴角。他赶紧擦了擦，有点不好意思地看着他们，三个人于是都笑了。离得近了，男女眼角的皱纹都很显眼。他吃完好久，付晓冉才到，话不多，吃得也很少，跟昨晚的活泼迥然而异。

穆成泽很惊讶，不过他想，这才像个副处级的样子。上车之前，他小心翼翼道，付处，您来还是我来？

她没有说话，径直走到副驾驶门口，开门，坐了上去。

穆成泽赶紧上了车，打火起步。一路上她不说话，他也不敢说，就这么沉默着开车，连音乐都不敢放。昨晚经过的神秘小路，白天看起来却也寻常。人很少，树不高，也不茂密，甚至树干上的白石灰也不是车灯下那么鲜明。原来夜色可以遮住很多东西，更会强调很多。她一直沉默，墨镜挡住了心事，风衣领子竖着，整个人蜷在里面。穆成泽想，昨晚到底发生了什么呢？会让她完全变了样子。

小路上有一起车祸。中年夫妇被撞了，不远处是一辆面目全非的双人自行车，肇事车不知踪影。经过的时候，穆成泽本能地减速，超过去，握着方向盘的手剧烈地战栗。

付晓冉显然看到了他们，猛地叫起来，停车！

车停下，她冲下去，朝出事的地方跑去。他紧紧跟着。男人在地上爬着，一条胳膊明显地变了形。男人身上都是血，呜呜地叫，断臂搭在身上，松松地歪着。女人距离男人有好几米远，一动不动，头和肩膀的角度超出了常识的范围。男人凄厉地叫，那声音像从脚底下钻出，顶裂了厚厚的地表，钻透穆成泽的耳膜。男人终于爬到了女人身边，拼命地摇着女人，像只挣扎的虾。女人的头、男人的断臂，钟摆般来回晃，仿佛即将脱离他们的躯体。

穆成泽扶着付晓冉，低声道我报过警了。

付晓冉忽然哭了，哭得很伤心，抽噎着推他，你救救他们，快去救救他们。

有车在旁边减速，又飞驰过去，像风从身边经过。外边的悲哀和呼

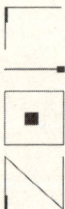

号，被钢铁和玻璃严丝合缝地拦住了，没有一辆车停下来。穆成泽去搀扶男人，弄得自己也是一身的血，男人抓着他的手，要他去救女人。

你抓疼我了，穆成泽强忍着，对男人说，我不是医生。

男人依旧是哼哼地喊着，只是声音不断地嘶哑下去。女人还是一动不动。付晓冉软软地跪在地上，失声痛哭。她的头发在风里很凌乱，像一只黑乎乎的大蝴蝶。

做完笔录，又是下午了，又是那条神秘小路。其实回省城也就三四个小时车程，但省城里又有什么呢？有高楼大厦，有人来人往，有七厅，有八处，唯独没有家。他没有，她应该也没有。不然一个女人，经历了这样惨烈的一幕，是要回家的，是需要男人的怀抱的，但这些省城里或许都没有。所以，当车在黑暗的大院子里停下，当付晓冉毫无征兆地扑进他怀里的时候，他没有感到意外。

他想象着心目中熟练的男人的样子，抚摸着她的头发，让那些乌润的丝丝缕缕在他指尖不断滑过，一股烟火气在他鼻孔盘旋。他安慰着说，别哭了，没事了。她的泪水却一再地打湿了他的衣服，尽管那里还有血迹，还散发着一丝腥甜的血的味道。付晓冉不停地哭，不停地吻着他，她的薄薄的嘴唇很冰凉。她时而吻着，时而停下来，看着他说，她死了，那女人死了。他再不知怎么安抚她，只有用力地去回应她的亲吻。

这天晚上，他们只开了一个房间。

两年后，他跟王雅琳结婚，依旧在七厅八处帮忙，依旧经常陪领导出差下地市。领导是老林和付晓冉。老范老金都退休了，处长换成老林，付晓冉成了副处长。出差时，偶尔老林不在，一时心情好了，气氛到了，有需要了，他会和付晓冉在一起。其实结婚后这三年，在一起的次数屈指可数。平常上班，有时小查离开，只剩他和付晓冉，也是他在噼噼啪啪打材料，她在听歌看书，总是相安无事。他甚至怀疑到底跟她有没有过一些事情。回到家，王雅琳已经做好了饭，两人就一起吃吃饭，散散步，或者看个电影。说来也奇怪，他们是因为有了孩子才结婚，如今结婚都三年了，却一直再未有过。三年里似乎什么都没变，只是客厅墙上的皮雕相框微微发乌，擦拭的时候，王雅琳总是皱眉，说怎么有一股味道？

那该是什么味道呢？穆成泽想，却什么也没说。

因为都住七厅家属院，穆成泽经常能碰见老范。老范退休后身体大不如前，一年前轻微的中风，有点不良于行。一次穆成泽两口散步，王雅琳正讲着幼儿园的趣事，忽见老范拄着三条腿的拐杖迎面过来，一个买菜的布包搭在胸前，葱叶子顽强地从包里钻出来，绿油油的顶住下巴颏。他赶紧上去帮忙。走着走着，老范忽然老泪纵横，说我工作几十年，想来最对不住的就是你小穆，但现在还能叫我一声范处，还能帮帮忙的，只有你。

穆成泽就笑起来，范处瞧您说的，我本来就是在八处帮忙的嘛。

想了一会儿，他终于替老范找了个好事，说其实您也帮过我，要不是您说了话，我一个在厅里帮忙的，怎么能分到厅机关的房子呢？没这房子，跟小王怎么结婚？

他们送过老范，回到家，洗漱上床，王雅琳暗示今晚可以。在造人的事情上，现在的他对过程和结果都不太重视了。云雨已毕，王雅琳两腿高高地支在墙上，说这样有利于受孕。床头墙上也有一张结婚照，也是皮雕的相框，他坐着，她站着，从后边搂住了他的脖子，下巴搭在他的头顶。按照她的说法，她的肚子里正有着一个孩子。

穆成泽靠在床头，看着一本书。书是付晓冉借给他的，据说现在不少干部都在读。

王雅琳忽然说，你们付处那个事，差不多搞定了。

穆成泽放下书，说那太好了，想进你们省直一幼真不容易，比进省直一监都难。

王雅琳笑起来，打了他一巴掌，说去你的，你们七厅才是监狱呢！

第二天上班，穆成泽找了个机会，对付晓冉说了入园的事。她也很高兴，立刻出去打电话。穆成泽知道她是打给谁。那人姓平，三厅五处处长，她的男朋友。转园的是老平的外孙女。老平女儿离了婚，从外地带孩子回家住，点名要转到省直一幼。老平不敢违背女儿的意思，找了很多关系，但都回复说早就满了，总不能把别人孩子撵走。老平跟付晓冉约会的时候，大概说了这事，她就上了心，请穆成泽帮忙问问。王雅琳听他一讲就笑了。省直一幼是全省重点，资源很稀缺，是要搞点创收的。而老平托的人大多是领导，园里没人敢张口开价，索性就撒谎说没有。有王雅琳牵线，老平也乐意掏钱，再加上内部职工，还给打了个不小的折扣。事成之后，老平非要请吃饭，穆成泽再三推辞。付晓冉心情很好，说要你去就去

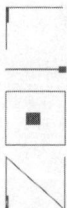

嘛，你还没见过他呢。说这话的时候，付晓冉眼角眉梢都是笑。

那顿饭气氛很融洽，老平还给王雅琳送了礼物，是一套香水，据她说不便宜。她对付晓冉的印象也很好，说看不出已经四十岁了。穆成泽心里一动，可不是嘛，都四十岁了。晚上回家，穆成泽忽然来了兴致，王雅琳却扒了扒日历，发现不是排卵期，要他再坚持两天。穆成泽顿觉索然无味，书也懒得再看，脑子里全是老平和付晓冉。他是第一次见老平，跟他接触过的处长们差不多，谈吐之间，举手投足，全是高高在上的平易近人。他觉得付晓冉等他等了十几年，有些不值得。不过看她兴奋的样子，可能是帮了老平女儿的忙，会给未来增加些砝码。说来也可笑，她帮了老平的忙，他帮了她的忙，而给他帮忙的，却是王雅琳。环环之间，勾连往返，过眼滔滔云共雾，算人间知己吾与汝。

再过几天就是结婚三周年，王雅琳送给他一条皮带，因为网上说，结婚三年叫皮婚。送皮带，看来是想拴住他。穆成泽琢磨半天，也没能想出来回送什么。付晓冉想了想，说送她一双皮手套。

有什么含义吗？穆成泽皱眉踩住刹车。车缓缓地停在了收费窗口。

有一年冬天，我下了班，给他打电话，刚说了几句，他就跟我说——付晓冉有些不好意思地笑起来，他说别说了，手冷。她又重复了一遍，别说了，手冷。

前方的栏杆抬起，穆成泽接过发票，松开了刹车。他真的不想再说什么了。他忽然觉得身边这个女人在慢慢远离。她却全然没有意识到什么，依旧低着眉，浅浅地笑。他放缓了车速，鼓足勇气，抬起右手去摸她的脸。大概是她眼角余光发现了，本能地倏忽躲开，于是他的手在空中停顿下来。一秒钟后，他就收回了手。

就手套吧，好吧？付晓冉不敢看他，有些慌张，也有些内疚，说我这就下单，她喜欢什么颜色？

嗯。穆成泽点了点头，就不再说话了。

地市局的办公室主任在高速口等着，早早地挥着手，一脸喜庆地上前来。这次出差是参加地市局的一个评比，老林有更重要的事忙，就让付晓冉带穆成泽来当评委。晚饭结束后，地市局局长抱歉说，现在规定严，有点太简单了，付处不要见怪啊。

简单好，付晓冉笑盈盈道，能早点回家陪老婆孩子呀。

于是大家都笑了，说省里领导体恤民情，应该多下来走走。穆成泽不远不近，站在她背后，也礼貌地跟着笑起来。

评比要两天时间。本来按照穆成泽的想法，这两天里，总能有机会在一起。但车里那落空的一摸，却让他感到再无可能。不但是现在，今后也是。其实这样也好。就像曲水流觞，文人们兴致再飞扬，溪流却终有尽头。尽头也就是结束了。他现在诚心诚意地希望她好，能嫁给老平。至于他自己，也就好好跟王雅琳过日子了。以前一起出差，到了晚上，他总会跟付晓冉发个信息，说几句话，而后再睡；如果没有旁人，两人会默契地聊几句，然后再默契地在一起。从这一次起，他决定不再这样。

评比很辛苦，要在两天内看完几百份稿件，并不是一件轻松的事。地市局局长跟他们交过底，说基层的同志们不容易啊，得个奖，对评职称、晋级都有好处。有了局长的关照，他们也就尽量配合，工作量却也大了不少。辛苦之余，付晓冉几次跟他说些放松的笑话，他都彬彬有礼地一笑，或是提醒她稿件还有很多。他有些分不清这是决然还是赌气。在一个年长的有过性关系的女人面前，男人往往容易变成孩子。

到了晚上，吃自助餐的时候，付晓冉像是命令似的说，陪我散散步吧。

穆成泽为难地看了看表，说我有个同学在市里，约好晚上喝茶聊天的。

那我跟你一起去，付晓冉一笑，看着他，说你不会不方便吧？

有一点，穆成泽只好说，是个女同学。

付晓冉放下筷子，静静地看着他，说你们好过吗？

穆成泽看着她，点了点头。

那也好办，付晓冉说，你把她约到这里来，跟她聊完了，陪我散散步。

那会很晚吧？

付晓冉拿起筷子，继续吃饭，说不是天亮就行。

穆成泽还真有个女同学在这里，也的确约了她来聊天。当然，她丈夫也来了，因为三个人都是同学，两个男的还住过一个宿舍。女同学摸着凸出的肚子，说赶紧要个孩子吧，过两年再要一个，政策放开了嘛。

他就说，你们打算再要一个？

这个还没卸货呢！男同学一本正经说，她爱跟谁生就跟谁生去，反正我是不生了。

穆成泽的笑声很大，因为是笑给付晓冉的。大堂吧人不多，付晓冉果然朝笑声这里望了望，又低头去看书了。看来她是真的要跟他一起散散步。等老同学夫妇告辞离去，已经将近子夜。

穆成泽在她面前坐下，打了个哈欠，说付处，还散步吗？

付晓冉放下书，说不用了，其实就想说几句话。

穆成泽没吭声，点了支烟。他确实不知道她会讲些什么。

付晓冉说，你真跟那个女同学好过吗？

就这个啊？穆成泽忍不住笑起来，说我跟她老公更好，我们一上一下睡了四年，他老大，我老八。

付晓冉也忍不住笑了，她站起身子，又是命令似的对他说，走。

那天晚上，他们又在一起了，依旧很默契。他记不清上一次是在什么时候。两人共同回忆，发现竟是一年前。像之前的每次一样，都是她在他的房间，而后天亮之前离去。不一样的是，两个赤身裸体的人融在一起，相互许诺着今后不再有任何性关系。最后，她告诉他，老平离婚的请求，得到了妻子和女儿的认可。说这句话的时候，她刚刚站了起来，正面对着他，一手横在胸前，准备穿衣服了。他看得到她身心的满足。

第三天上午是颁奖，付晓冉代表七厅给获奖者发了奖状。穆成泽坐在台下，真真切切地意识到，这次是真的结束了。想到这里，他蓦地放松下来，笑着跟随大家一起鼓掌。为付晓冉，也为他自己。

回到省城，付晓冉从网上订的皮手套到了，他送给了王雅琳。她显得很开心，说她戴着手套，就像一直有他的手在握着。穆成泽到底被这句话感动了。其实早在三年前，他就被她另一句话感动过。而这三年来，他几乎从未给过她对等的爱和关心。如今纸婚过去了，棉婚也过去了，皮总比纸和棉更柔韧。他下决心要跟她好，尽快生出个孩子来，他已经三十三岁了，在八处帮忙固然是看不到终点，就拿孩子来安慰一下自己吧。

于是，穆成泽开始在皮婚这一年，真正爱上了王雅琳，喜欢上了婚姻生活。他继续每天上班，在七厅八处帮忙，而后下班，回家，跟王雅琳一起吃吃饭，散散步，偶尔看个电影。她的排卵期到了，两人还能再造造人。挺好。

老林是最先发现他的变化的，处里例会的时候，当众表扬他踏踏实实，办事用心。其实老林表扬他也不是因为有变化。老林说老也不老，不到五十岁，二婚太太给他生了个儿子，到了上幼儿园的年纪，也来找穆成泽帮忙。按理说，省直一幼就是给省直职工服务的，老林堂堂七厅八处处长，亲儿子入园并不难，但因为省直一幼名头太响，众多家长之中，处长并不醒目。而老林太太还年轻，一心为儿子好，非要挑班，这就有些困难。不过这个困难，穆成泽还真能帮上忙。他和王雅琳请老林夫妇吃了个饭，王雅琳的表现让他很意外。她巧妙地拔高了挑班的难度，又得体地表示今年本来不接小班，如果老林太太信得过，她就向园里申请带小班，孩子这几年就跟着她。老林太太喜出望外，心情当然大好，夸她做事上心，有条理，有办法，靠得住。老林太太表扬了小穆太太，所以说老林要表扬穆成泽。表扬之后，老林又找付晓冉商量，说小穆在处里帮忙这么多年，就给解决一下吧，正好老赵刚退休，编制也空出来了。付晓冉就说，早该解决了，领导真英明。

调动手续办起来也快。八处给主管厅长打报告，厅长批示同意，再由厅办转给五处。五处管全厅人事教育，下个文给厅属研究院提档案，调动就算完了。科级干部而已，原本也不算什么。厅办小管看到文件，母鸡般咯咯叫着传播消息，厅直帮忙的诸人很快就都知道了，纷纷祝贺穆成泽终于熬出了头。其实在他来看，公务员编也好，参公事业编也好，实际也没有太大区别。只是在八处帮忙这么久，像是多年沉冤一朝昭雪，不可及的终点蓦然眼前，一时有些恍惚，失去了生活的固有节奏感。

之后的某天，小查去省政府办事，办公室只有他和付晓冉。她依旧是看着书，听着歌。两人也没什么话。他忽然想问问她跟老平，又不知怎么开口。想了半天，给她发了个信息，说整天见你听歌，共享一下咯？

他看着她拿起手机，看了看，脸上带了笑，却没有回头看他。很快，她回复说，那就过来听听吧。

穆成泽就走过去，接过她的耳机。里面却并不是音乐，而是某种他从未听过的外国语。

付晓冉看着他，哧哧笑道能听懂吗？

穆成泽只好还给她耳机，摇头。

德语，付晓冉见他还是一脸蒙，说是考博用的，比考英语竞争的人少。她静了静，又笑起来了，说我跟老平分手了，就忽然想换个生活环境。你说咱们在机关这么多年，又不懂做生意，离开了机关，那点人脉也就没什么用了。除了考博，也没别的机会改变自己——你看你，怎么哭了？奔四的人了，动不动还要哭鼻子，还要姐哄你。

其实他没有哭，只是有点想哭的意思，而她跟他又太熟，这点意思也就瞒不过她。穆成泽缓了一下，说什么时候的事？

就是他外孙女转园不久吧。你记不记得那次地市局搞评比？就那次回来，我们约会的时候，他很兴奋，告诉我有个机会提副巡视员，所以希望我再等他几年。其实我能等，十几年都等了嘛。但是我想，如果他是因为妻子、女儿，我会等的。说真的，有时候我想就算是他落马了，被抓了，妻离子散了，我也还是会等他的。但是为了一个副厅级——就算了。这样的人我就不等了。

泪水终于落下，不过哭的是付晓冉。穆成泽走到门口，关了门，反锁上，又转回来轻轻搂着她，闻着她头发上的烟火气，多熟悉的烟火气呀，熟悉得荡气回肠。

你该早点跟我说，他责备道，这么多天，你是怎么熬过来的？

付晓冉笑起来，说就像死了一回呗，现在不又活过来了。对了，给你们家小王的礼物，她喜欢吗？

喜欢。

其实送皮手套已经很久了。穆成泽意识到她是在提醒什么，便认真地看着她的眼。那里雾霭苍然，却也明亮得吓人。付晓冉轻轻推开他，说把门打开吧，就咱们俩在，多不好。

她走的时候，全处聚餐给她送行。退了休的老范、老金和老赵也都来了。聚会的气氛很融洽，也有些伤感。作为告别，付晓冉跟每一个同事拥抱，而跟穆成泽拥抱的时间，也并不比任何人多一秒。

付晓冉考上了北京一所大学的博士，入校之后，她给他发了一张照片，秀了一下她的校园卡。卡是淡蓝色的背景，上面是学校名字，照片在右侧。照片上的付晓冉笑得很开心。他回复了两个字：显摆。

这两个字，也是他们第一次见面时，她对他说的，好像是在郊区公园义务植树的时候。好几年前了。不久他到北京出差，付晓冉请他在学校东门吃烤串喝啤酒，还带了男朋友，也是博士，也比她小六岁。回到宾馆，他实在想给她发个信息，却终于没有发。

这时候已经是年底了。皮婚就要过去了。他特意上网查了一下，皮婚之后是丝婚，据说比皮婚还要不牢靠。他倒不这样想。其实皮婚这一年，他的婚姻才是九死一生。他决定送给王雅琳一条围巾，冬天了，能让她暖和一些。

从商场出来，穆成泽提着袋子，围巾盒就装在袋子里。他想时间还早，是直接去省直一幼呢，还是先回家等她？这时他手机响了，屏幕上显出一张照片。他就回拨过去，接电话的是个男人，两人约好了见面的地点，一个他不常去的咖啡馆。

男人头发很长，脑门的却不多，其余的在脑后扎起，下巴和嘴角都是灰灰的胡子，年龄要大他很多。他和男人面对面坐下，气氛一时很沉闷。还是他先开了口，说你是哪位？

你见过我的，男人的声音很厚，像是从胸口发出来的，三年前，你和王雅琳的结婚照就是我拍的。

他皱眉想了想，终于有了印象，点头说是的，你是她班里孩子的家长。

对，我想告诉你的是，那时她肚子里的孩子，是我的。

嗯，我知道了。他平静地看着男人，说你还有什么要说的？

男人很奇怪地看着他，半天才说，我现在离婚了，请你把王雅琳还给我。

你去找过她了？

男人摇了摇头，说我觉得应该先找你，请你把她还给我。

这是不可能的。他摇头笑起来，又郑重地重复了一遍，说这是不可能的。还有，如果你敢去纠缠她，我会杀了你。

男人走了之后，穆成泽想抽烟，这才记起为了要孩子，戒了好久了。他就打开手机，告诉王雅琳他在一个咖啡馆，晚上一起吃饭，他还有新年礼物要给她。王雅琳正给孩子们排练元旦联欢的节目，显然很惊喜，马上说她这就过来，让生活老师先带着孩子们排节目，她迫不及待要见他。

他挂了电话，又翻出来那张照片。只有她一个人，应该是他出去抽烟的时候吧，那个时候她能和摄影师单独相处，能肆无忌惮地望着她孩子的父亲。照片上的她穿着婚纱，两只手本能地护着肚子，一脸的憔悴和凄苦，眼睛亮亮的，应该是蓄满了哀求的泪水。他从未见过一个女人能如此悲伤难过，如此深情绵邈。

他删掉了图片，给付晓冉打了个电话。她那边气喘吁吁的，兴奋地高声叫着你知道吗，北京下雪了，我跟同学们在打雪仗呢！

他笑着，眼泪却流下来，说那好，别说了，手冷。

王雅琳来了之后，穆成泽让她打开礼物盒，她欢喜得像个分到糖果的孩子。他亲手给她系上围巾。旁边的人讶异地看着这个刚才无声地痛哭，现在又柔情万端的男人。他本想点一瓶红酒，王雅琳不让，脸红着小声说今天是排卵期。他就懂了。晚上回到家，云收雨住，她又是把腿支在墙上，还搓热了手，反复揉着小肚子。他一边翻着书，一边看着她笑，这个女人该是多么想给他生个孩子啊。

她忽然说，老林儿子表现得不错，得了小红花，明天上班记得跟老林说一下。

他说是啊，老林现在最爱听的就是这个，还是老婆能干。对了，后天我不在家，陪老林下地市一趟。

王雅琳就笑了笑，把手搭在他的腿上，热乎乎的。穆成泽又翻了会儿书，再看她时，却发现她睡着了，已经有了浅浅的幸福的鼾声，两条腿却还高高地架在墙上。她的脚尖指向了那个皮雕相框。三年了，相框和照片都有些发乌泛黄。

原载《人民文学》2017年第4期

点评

《皮婚》仍可归为其"七厅八处"小说系列，虽然涉及机关人员的仕途经历、同事之间的爱情关系以及世俗生活中的婚姻生活等南飞雁在《暧昧》《红酒》《天蝎》等小说中所屡屡表达过的常见主题，但它的故事并不惊奇，情节也不曲折，讲述了一个中年男人与两个女人之间的日常生活故事。而且，小说虽然依然描写了男女之间的暧昧故事，但这似乎不是作者讲述的重点，而是深入日常生活肌理，细察人物精神世界，表现形形色色小人物内心的脆弱、忧伤、善意等更为内在的人性内涵。正是从此意义上来说，这使得这个短篇跳出了常见婚恋男女故事的窠臼而有了更多可供解读的崭新意蕴。在小说中，普通职员穆成泽、机关中层领导付晓冉、家庭主妇王雅琳分别代表了当代中上层社会中的三类人；他们各自的生活、理想以及遭遇也分别代表了三种不同的样态；他们都曾有过（或正经历）委屈、苟且、无奈，也都渴望安稳、欢乐、真爱；每个人都有自己的伤痛处，在生活面前，谁是强者，谁是弱者，似都不是一维延续着的，而无论曾经的偷欢苟且（比如穆成泽与付晓冉），还是后来的安于沉稳（比如王雅琳对于生孩子的努力），作为生活之一种，又焉知谁对谁错呢？作者就是这样侧重从平凡的生活以及男女关系中揭示出内在于其中的深层意蕴，耐人寻味。

（张元珂）

步入风尘/

/庞　羽

　　"你要离婚是吧？"

　　20岁的林佳月望着镜子里的自己，这硝酸银做的玩意儿里，她唇红齿白，面色绯红，除了那双蹙眉，像极了紫霞仙子。至尊宝拔出紫青宝剑，林佳月"呵"了一声：这只猴子，像狗似的。

　　林佳月也有把紫青宝剑，就是"快似风走润如油"的张小泉剪刀。另一只手里，是一副精绣精工、温软弹绵的红色乳罩。戴它的胸脯，少说也有四两吧？镜子中的林佳月，颈下七寸也有一道若隐若现的沟。"呵"，林佳月把剪刀插在毛巾上，不想立牌坊的婊子不是好小三。

　　林佳月在家族中排行老三。她有大表哥，二表姐，偏偏她是"小三"。小时候人单纯，小三小三，没觉得有什么不对，还倍感亲切。还是到了这些年，母后王蓉，先是躲在卧室里哭哭啼啼，后来整天麻将牌局，头埋进赌桌，唐三藏也奈何不得。有天她流着鼻涕泡跑到阳台上去，往天上扔着二条、东风、九筒，口水喷溅，身体抖成了筛子。不好了，天要下雨娘要骂人，婊子要来抢林耀威。

　　林佳月猛地把张小泉剪刀拔出来，三步并作两步走到主卧室，"啪"的一声，红色乳罩被扔到原处。

　　"呵"，林佳月对着至尊宝白了一眼，将剪刀稳、准、狠地插入乳罩海绵里。

　　王蓉不是黄蓉。她是林耀威的结发妻子。一路从科员女朋友成长为主任妻子，副局长爱人，局长夫人，乃至现在的副市长太太，她有一肚子话要说。要做好女人，首先要做好老婆。要做好老婆，鼻梁要高颧骨不能高，八字要正作风也要正，年轻时是白顺乖，年长了做一个有福相的官太太。于是，光阴飞去，胸塌了肚子大了，脖子没了屁股圆了，只能在林佳月的身上，找到一点旧时春光美。王蓉心里苦，没法说，不过也没什么，只要把钞票往麻将桌上一拍，什么小老婆大老婆，个个都是亲姐妹。

亲姐妹的良心好吃吗？和牛魔王一样，林佳月也不知道。林大姐抢走了林老头的遗产，林二姐生了个太妹，把林佳月涮成了小白菜。林老头在世时，吃个团圆饭，林大姐分分钟套出林老头的银行卡密码，而那个小太妹，压岁钱一千，林佳月都不敢拿五百。后来，林耀威混了个副市长，不得了了，林大姐送点米送点大麦烧，回头问王蓉，苏果卡有没有剩的啊？小太妹屁股扭扭，"表妹""表妹"地叫，手一抹，就顺走了林佳月几条裙子。忍忍也算了，这些婆娘，还人前人后说，弟弟有出息，偏找只不下种蛋的鸡，陪着个小贱妃在林家作威作福，就差骑到她们头上了。

那些话传来传去，传到了林佳月耳朵里。这个"小贱妃"憋了一口气，愣是没告诉王蓉。怎奈纸火不相容，王蓉多少也知道了些，她一口气打了8个电话，把那些麻将姐妹挨个叫过来，来个连环战，一战一下午，还倒赔一黄昏。

林佳月听不得麻将声。故事有断章，人生有无解。窗外天悠悠，一只鸟掠过，嘣地留下一撮屎，滴在林佳月贫瘠多灾的心田。逛街去。林佳月拿走林耀威的某张银行卡，走上满是鸟屎的街。剩下卧室里的剪刀，歪歪扭扭地斜到一边。

和所有少女一样，林佳月也有爱憎，也有臧否。比如她喜欢香膏，不喜欢香水；比如她喜欢鹿晗，不喜欢吴亦凡。

万事若只有偏好、嫌恶，那世界上就干净多了。世界上也就没有那个叫赵玲玲的女人。

林佳月和赵玲玲有过一面之缘。之前的林佳月，是一轮雪月，冰冷，易化，散着星沉花折、生人勿近的光芒。直到赵玲玲横空飞来，撞进林耀威的怀里。那天，林佳月站在咖啡店不远处，冷冷地看着她的老子，林耀威面前冷了半截的咖啡，林耀威手里雪白的、温热的美胸。月没参横，玉走金飞，没有夜是永恒的，月亮也不过是离地球38.4万公里的自然天体而已。那个所谓的月光宝盒，存在吗？大喊"波罗波罗蜜"，林耀威，就不会遇到赵玲玲了？

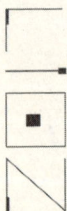

"曾经有一份真挚的……"大卖场广播里传来这么一句，林佳月"呵"了一声。日子要过，人要看电影，电影要骗傻子，傻子要放屁。有什么稀奇的？就算月球撞过来，她林佳月怕什么？大家一起完蛋。

林佳月把两袋Mind Bridge，一袋Only、两盒莱尔斯丹搬回家，林耀威正挂在阳台栏杆上抽烟。卧室里的胸罩不见了，剪刀乖乖地躺在厨房间。

林佳月没说什么，彼此心照不宣。林佳月把Only西装塞进衣柜，林耀威抖抖烟灰，招招手："月月，过来。"

牛魔王。林佳月如此形容林耀威。命运将官位赐予了他，也没少赏给他肥肉和皱纹。一张香肠嘴，两只肥猪耳，三角眼横生，四肢粗而壮，五官皆不正。天知道他怎么把林佳月生得这样的标致。不过据王蓉说，林耀威年轻时，模样倒是挺清俊。常年的灌酒吃肉，至尊宝也会变成二师兄。林佳月望着他，心中词语万万千，却只蹦出一句："你要离婚？"

林耀威空咽了一口口水说："哪里的话？"

牛魔王是怎样对待紫霞的？林佳月问自己。紫霞啊紫霞，你的名字叫脆弱。林佳月话一转："爸，你让我和妈陪你钓鱼？"

林耀威结结巴巴、躲躲闪闪憋出来的一段话，就被林佳月一句话概括了。她可一直没忘，林耀威是副市长，堂堂正正的清水市副市长。省里的侯书记要来了，上头指定他去接待，还表明，侯书记一家都来，要家常一点，最好红泥小炉，清水白汤。林耀威转念一想，这不就是让他全家上阵吗？可惜家外彩旗飘飘，家内红旗不展，怎么个说法？还是自家闺女拎得清，直截了当，清爽干脆。

林佳月和王蓉20多年的交情，换得王蓉自摸一条龙，外加三声响亮的，"好！""好！""好！"

林佳月看着这个头上冒油、手筋偾张、天灵盖鼓得满满当当的女人，心想，林耀威娶了这婆娘，真是八辈子修来的福气。

许是林耀威心里作愧，这些天，他老是蹲在家里。王蓉还是在麻将桌上呼来喝去。这位林副市长，在自己家里倒觉得不好意思了，打开电视，坐在沙发上，磨蹭着牛仔裤腿，偶尔对着空气冒几句，都是些"本市廉政建设……""……法治教育仍需加强"。林佳月心生恻隐，跑到厨房洗两个苹果，他一个，自己一个。空气里苹果脆响，静默横行，电视机忽暗忽亮。

西天取经也会到头，水满了也就潲了。这潲出来的水，养育了清水市的呆头鱼。这些鱼在林佳月面前游啊游，全都缺心眼。不为别的，就为那个旅游局副主任赵玲玲。林佳月瞥一眼赵玲玲，步飞飞，笑盈盈，胸前两尾大鱼，肥而美。

王蓉坐在钓凳上，如不动佛。林佳月用身体挡住赵玲玲，和王蓉谈着酸菜鱼，鱼火锅，剁椒鱼头，和王蓉最爱的水煮鱼片。而酸甜咸辣过口，只有苦味心中留。林佳月望着地上的影子，有王蓉的，有林耀威的，有赵玲玲的，也有那些路人甲的。唯独自己的影子，收缩，膨胀，最后化为一缕烟，袅袅娉娉。

林佳月还沉浸在幻想里，林耀威已经把王蓉叫起来了。那边，侯书记端着杯子，侯夫人握拳而立，他们的公子，顾盼自得，眼神里有一股高扬。林耀威往纸杯里添茶，王蓉背对着林佳月，风吹得她发丝慌乱。林佳月一动不动，林耀威喊她，她不应，胸口生疼，嘴巴微张，再往上，她的目光，正与不远处的、千媚百娇的赵玲玲长久而安静地对视。

一系列客套、寒暄之后，众人又投入到钓鱼的乐趣中。不出半小时，侯书记一家钓了6条鱼，其中4条大的。林耀威说，好哇好哇，六六顺，事事贵，彩头好了万事美。这个猴瘦猴瘦的侯书记，也不禁乐得猴毛乱抖。林佳月握着钓竿，桶内干净，但她不气馁，七彩祥云会来的，芭蕉扇也会是她的。

赵玲玲捧着一堆热毛巾来了："侯书记，您擦擦手。"快到林耀威这边时，林佳月起身，走上前："我来。"两个字，响亮的两耳光。赵玲玲垂下手，眼睛弯成了月牙，胸前的两朵春百合，甜而腻人。林佳月"呵"一声要走，赵玲玲的手落在了她的肩头，没等她反应，一根长长的、雪白的线头被扯了下来。林佳月张口要叫，却落入了赵玲玲的两汪秋水。戚戚彼何人，明眸利于月。古往今来，世事如此，于彼何哀。

时间如同一局牌九，老人们懂，新人们嫌，上帝大手一推，骨牌一一倒下，剩下的是难以言说的真相。林佳月将热毛巾分发完毕，看着肥鱼戏饵，渐渐入了神。明天回老家。

林大姐在烧菜，急火生风，热气冲天。大表哥刚从外地回来，一脸

无辜。林佳月不喜人叫她小三，唯大表哥特例。他呆滞，沉默，像口鼻哼哧的二师兄。于是她往他身边凑了些。小太妹一屁股挤进去："表妹，你知不知道，香奈儿口红，多了两个色号？哎呀人家多喜欢Prada的新款啊！"说得眉飞色舞，沫星四溅。林佳月两手一摊，闭嘴哑然。王蓉瞟了一眼小太妹，眼睛尖尖都是笑。林二姐看在眼里，可劲儿地夸大表哥，男孩子就是好，能干。像那些不下种蛋的鸡，咯咯哒，咯咯哒，叫得欢实，肚子里呢，全是屎。

林佳月气不过，摽一句，也不看看自己货色。

林二姐一愣，眼里戳出了冰凌子。良久，她阴阴阳阳地说，不下蛋不下蛋，自有人替你下种蛋。有了。多半带把的。

这顿菜实在不是滋味。有的咸有的甜，还有的酸得刻薄。林佳月坐也不是，站也不是，索性抹抹嘴走了。这地方晦气。她在楼下跺脚时，看见墙角下有行字。凑近去："诚招女生初夜，一万起价。"还附着联系方式。林佳月觉得满眼的不干不净，正欲离去，又折返，用手机拍了照。道是也有趣。

春起百花香。可林佳月闻不得百合。见了赵玲玲第二面，落下如此病根，林佳月不禁想手刃花容，辣手摧香。可是一想起她的眼波，如露华流盼，如幽兰袭人，林佳月想恨，心头却想起了至尊宝的三颗痣。东西南北，差一只朱雀。

林耀威每天照旧，早早地走，迟迟地回。也罢，他回来时，王蓉脚翘在凳子上，双手乘势一推，嗓门随着脑袋咣当响："糊了！"林耀威稍有愠色，那些亲姐妹咬咬耳朵，王蓉就飞一个眼白，空气中的不快瞬间清零。地球照样运转，麻将火一样地持续，他林耀威，再多几个小老婆，回到家，不也一个人睡？

小老婆可以有无数个，亲闺女只有一个。王蓉满堂彩的那天，林耀威回来得早了一些。林佳月还没睡，开着窗，让春天的暖意来了又走，让人间的烟火气走了又来。林耀威站在那里，神色平静，千古兴亡多少事，似乎到了他面前，只道是寻常。

林佳月望着他，目光利于刃。春风吹来，乍暖还寒。

时钟运行，星辰杳灭，500年前，开辟鸿蒙，孙大圣来也，500年后，天地刍狗，有了林佳月。她想起小时候，林耀威给过她一耳光，热辣辣，甜蜜蜜。

王蓉在门外大笑，偶尔闪过几句国骂。电视剧演到这儿，该摊牌了。林佳月闭眼，窗外月光皎洁，照亮林佳月的半个脸庞。林耀威张口，却是颤巍巍的一句，月月，长这么大，你孤单吗？

波罗波罗蜜。月亮啼鸣，河水倒流，聪明如林佳月，三分也猜到了七钱。

"我睡了。"林佳月没有睁眼，倒在被窝中。

佛说，人生苦短。主说，是时候了。科学家说，人一生只能睡3万天。每一天早起，对着镜子的林佳月，都会回想梦境。究竟现实是梦，还是梦是现实？如果移形换影，我成了赵玲玲，那我到底叫什么？林佳月不仅早上想，上课也想。不过她答应王蓉，明年去芝加哥大学，给那些小老婆、林家人、小崽子好好瞧瞧。

某天，手机一声嚎叫，如三万大军冲将过来，掳走了林佳月。是赵玲玲打过来的，不该是赵玲玲打过来的。

回到家，林佳月感觉整个屋子都短了几寸。红木桌上，零散着几个二条、东风，水槽里，残留着碗盘，还有一支断掉的Dior口红，珊瑚色的，编号053。卧室的门虚掩着，顺着门缝看过去，王蓉正坐在窗前梳头。梳子拨来涌去，发丝簌簌地落。床上放着一盘香葱炒蛋，香葱焦了，炒蛋老了，筷子南北各一根。目光往回收，散落在地的，是无数青白交替的麻将牌。林佳月每向前迈一步，麻将牌就少一个，等它们都化作无穷，林佳月到达这个女人身边。时光倒退，岁月轮转，王蓉回头，好一个面色红润、眼大肤白、身形窈窕的少妇！林佳月捧着自己的心，直到春水东流，落花向阳，她那面若朱花的母亲，变成襁褓里呢喃的婴儿。

风吹过，林佳月抬头。近处的树枝，暖出了春绿，远处的、想象中的、从未见过的棉花田，一晌白了头。林佳月想笑，笑王蓉，笑赵玲玲，笑她们两人共享的男人，功成名就，银铛入狱。

林耀威再怎么落魄，依然还是好汉林耀威。林佳月坐在旁听席下，看着电影里的牛魔王。他的胡须老了，他的眼皮倦了，他身上一块块下垂的肥肉，看起来是那么悲伤。可他的眼神依然利索，一下子就捕捉到了林佳月。父女目光相对，火花有，泪光有，还有窗外的树影婆娑。林佳月想起了那个晚上。现在她想回答那个问题。长这么大，爸爸，你、我、她，从来都是一人行。

法官的锤子落下，夕阳也萎了。林佳月走出法庭，天空空空荡荡，她停步，想哭，风过来，她摇曳过来，风过去，她摇曳过去。林佳月回望身后，依稀是那个女人，胸前的酒波，温柔而平静。警察打开铁栏杆，带着林耀威下去，王蓉冲上去，却被拦下来。林佳月扭过头，突然想问，究竟是哪一个女人，陪林耀威走到人生车辙尽处？

屋子空了，王蓉的脖子空了，眼睛也空了。检察官说，以后还有问话，跑了也是被抓。林佳月整理好自己的书橱、衣柜，看着外面，阳光跃动，春天觍着脸来了。她推开卧室门。里面还有一股香葱味，淡淡的，像春雪。再望去，白色的床。床上生出无数褶皱，褶皱里生出无数螨虫。在这些螨虫里，林耀威勃起过，王蓉呻吟过，最后生出了林佳月这个高等生物。王蓉坐在窗前，手里是那把张小泉。一声脆弱，脆断烦恼千千尺。

像是百日咳似的，白天，王蓉在家里空坐，风吹起地上的碎发，又落下。阳光照着房间，又暗去。是夜，王蓉会在卧室里跳绳，一下两下，三下四下。林佳月想念二条，东风，九筒。可惜那些亲姐妹都不见了，她们还在地球的另一个角落，吵吵闹闹，叽叽喳喳。

春意渐浓，王蓉消瘦。夏燥升腾，高堂无朋。不上学时，林佳月就坐在林耀威的座位上，想想西边，坐过某局长，想想对面，坐过某主席，想想不过两个月前，那位品位独特、精瘦干练的侯书记，还在这儿待过，而不久后，他成为扳倒林耀威的局中人。

世事如此。林佳月安慰自己。学费要交了，王蓉愁天愁地。半晌，她起身，扭一扭腰肢，说，她小学同学有钱，她初中同学当老板了，她……林佳月定神，顿顿地说，妈，我们房子要抵押了？林佳月不看王蓉。王蓉却看着她，神情平静，眼睛里，有一个西西伯利亚。

林佳月听得见，王蓉背着她打电话。那头的林家人，要么不接，要么囫囵几句，挂了。偶尔，林佳月遇见小太妹，太妹一个张口一个呸，活像人家春三十娘。月球撞过来，我们都是肉饼。而这个小崽子，准是个没心肝的臭肉饼。

也怪，林佳月的银行卡里，每个月都会多一笔钱。人穷志短，林佳月用它付了学费。无业游民王蓉，脚踩着恨天高，腰环着束身绳，一瓣屁股一瓣屁股地出去了。楼下的姓孙还是陈？林佳月不想。那天，天气微热，林佳月入定了很久。直到月光照耀，满屋子的碎银，想必也飞往遥远的芝加哥了吧。林佳月林佳月，美人如月，亦有圆缺。

王蓉又偷偷用起断掉的Dior口红，林佳月说，孙老板喜欢珊瑚色啊？说完去洗澡了。不是在家里洗，而是去澡堂，热气腾腾的澡堂。环绕在一群裸体女人中，仿佛回到了子宫，回到了软滂滂的羊水里。林佳月抖抖衣服，抖抖身子，想抖去一身的霉。白气盖山河，填沟壑，涌进林佳月胸怀，似烟似雾，云卷云舒。

热水浇顶，世界明明白白。林佳月站着，让水猥亵自己，进入自己，宛如从小到大，那声侮辱又亲切的，小三。热水温柔，热水绵延，林佳月却痛得想哭。她想林耀威，她想林耀威的女人们，她想那把张小泉，稳，准，狠。

林佳月睁开眼睛。她何尝不知道，旁边的旁边，就是那个女人。她用百合味的洗发精，百合味的沐浴露。沐浴露盖上，她迈着碎步来了。这个叫赵玲玲的女人啊，多么饥不择食，又多么泰然自若。

林佳月关闭龙头，一滴冷水落下，微苦。她看见了雪白的胸，还有一个隆起的腹部。"是吗？"林佳月指着赵玲玲的肚子，声音颤抖。赵玲玲按下她的手指，垂下眼帘，"你爸是个好人。"沉默。林佳月伸出右手，落在赵玲玲的胸上。白得刺骨，软得惊心。而林佳月的另一只手，落在了自己的胸上。白得刺骨，软得惊心。她摸到了心跳。两个。

赵玲玲帮林佳月擦背，动作轻柔有力。大大小小的污垢显现，像阳光出现，万物生影。林佳月有好多话对赵玲玲说。比如她2岁断奶，3岁走路，比如林耀威5岁吃了个蚂蚱，9岁尿了裤子。两个人笑，两个人沉默。她不会告诉赵玲玲，她查过银行卡，钱来自赵女士。她更不会说，今天她穿的，就是赵玲玲的红色乳罩。林佳月望着污垢，一层层，一片片，伏在皮肤上，像水蛭子。有那么一瞬间，赵玲玲的肚子要贴上来，林佳月没有躲。软软的，搏动着，像林耀威见不到的春天。

芝加哥来了电话。钱。林佳月望着屋子，空荡荡的，下个月就不姓林了。窗外风盛，窗内暗沉沉。林佳月抹了点霜，大义凛然地出门了。走入风，便是尘。走入太阳，便是耀眼的无。

林佳月打开手机，找出那张照片。什么世间真理？她来了。面前是个黑屋子。黑屋子里，是个满脸横肉的大叔。他说，你这小紫霞，起价两万，表现好有赏金。林佳月不说话。大叔盯着她的胸说，放心，给你个手机，打里面电话，约个地点车就来了。无声无息，包你满意。林佳月颤抖着声音问，会出问题吗？大叔嘴一歪，侯家公子知道不？省里的人。罩得住。林佳月想起了池鱼，大，肥，满肠肉膘，却做了下酒菜。

离家前，林佳月做了一桌的菜。王蓉在卧室里烫发，林佳月喊她，她说有人约了。林佳月默默吃掉了一碗饭，把剩下的菜倒进了垃圾桶。空气里有糖醋香，消弭了盘桓多时的香葱炒蛋味。林佳月打开门，又关上，将刚才碰过的碗筷，全都摔在地上。在王蓉的斥责中，她飞了出去。

微风炎炎，林佳月在太阳下暴走了一下午。一切都必将发生，就如这日光渐缓。林佳月站在夕阳下，站在自己的人生里。暗下来了。就在这儿。树叶摇摇，像小时候的拨浪鼓。那时，林耀威抱着他女儿，说长大了，带他去美国玩玩。林家人笑笑，背地里说，一个女娃，能成什么事。爸爸，我来了，就像你会走。我走了，就像一切会来。林佳月鼻子泛酸。天往下黑。过了好日子，就有苦日子。金银见多了，馍馍才能救命。林佳月对自己说。天仍往下黑。至尊宝到了西边了吗？他还记得紫霞吗？那爱你一万年，究竟差了多少年？林佳月闭上眼。天边的人影啊，水边的船棹啊，哪有什么彼岸。她搂紧了自己，风晚天寒。不远处华灯亮起。红的黄的绿的。林佳月薄薄的衣服里，透着赵玲玲般的红。春水啊。夏风啊。

世界很吵，比如衣柜里的钱，王蓉的珠宝，林耀威的手铐，叮叮当当的，在林佳月脑海响着。钱掉下来，怎样才能立正？珠宝买哪个级别，才有收藏价值？一份手铐有几把钥匙？林佳月问自己，问自己。不知过了多久。天黑透了，一束光照过来。随即一声尖锐而不容分说的车鸣——林佳月望向前方。

原载《雨花》2017年第3期

点评

90后作家用独特的观察世界和记录世界的方式给读者端上了一盘别具风味

的小菜。菜有点小众，喜欢的人会爱它到死，厌恶的人会紧皱眉头，连连摇头。不过你难以否认它的极端、新颖带来的刺痛感。

小说家拥有独特感受世界的方式，往往生活在内在的情绪里，尺寸中寻找整个天地，片刻间挖掘无边永恒。作者称这个过程为"撕裂"，她要撕开一个个的破洞，扯开给人看。能撕开首先是因为有洞，你看是小洞，她看是深渊，进入这个深渊探底，就是作者倾力要做的事。

小说以一个副市长的独生女林佳月为主角，憎恨的爸爸的情人却在剧情反转父亲入狱后给她经济援助，家庭交往中结识的公子将成为自家败落后她的嫖客，整天打麻将的母亲在父亲出事后只会找有钱男人生活，而我们的大小姐大美女特立独行的林佳月小姐则打算用出卖处女初夜换一笔巨款，前往美国芝加哥大学，这个牌子可比新款珊瑚色053号迪奥口红拉风多了。公主和女神的尊严不容践踏。她夸张地生产着嫉妒、独占、自我陶醉的情绪，沉沦其中决不自拔，自比紫霞仙子，靠一口仙气生存。

一切与我们的想象相左。凡人艳羡的高官以入狱收场，锦衣玉食的官太太靠打麻将麻醉自己，富贵之家的千金体会到的世界支离破碎，没有支撑。而万人唾骂的小三则放射出最后的温情。主观上强烈的撕裂劲头和极度破碎的场景化叙述达到了撕开的效果，虽然还带着些许的刻意和做作。

（王雪）

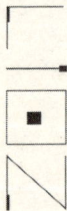

安宫牛黄丸 /

/ 吴 君

　　陈雄打来电话的时候是早晨，陈秋平正在去教会的路上。

　　电话那边的陈雄叫喊着，请你立刻把他带走！声音仿佛从四面八方袭来，与任何时候都不同。陈秋平早已经发现陈雄的变化，虽然只有半年时间，陈雄却似乎变了一个人，没有了之前的含蓄和温文尔雅。

　　如果不是因为陈秋平的心境发生了变化，她是无法接受陈雄这种语调的。而此刻，她隐隐感觉出这便是神的旨意了，冥冥之中，不多一天，不少一天。陈秋平对着电话慌乱地应了声，脸便涨得通红，眼里噙满了泪。之前几个教友轮流做她的工作，她都没有表态，陈秋平总是可以做到即使内心产生了巨大波澜，她也能够掩饰好，让别人看不到。虽然对接受洗礼不想再犹豫，可在她的心里，早已经喜欢那个地方，她愿意永远追随主的脚步，忘却世间的烦恼。陈雄的电话让她知道，此刻主正在看着她，考验着她，而她正听从主的召唤，一步步向家的方向走去。路上，陈秋平浑身发烫，似乎身体不是自己的，她隐隐听见音乐为她伴奏，鲜血在体内不规则流动着，这种体验她从未有过的。

　　还没有到三十岁，陈秋平便感到自己老了，这次偷懒两天，便掩不住直愣愣冒出的几根白发，他们仿佛是铁丝般，不愿意弯曲，对着天空的方向挺立起来。陈秋平觉得自己的样子像个刺猬，只是这刺猬是疲劳的，不再钢针般扎人，刺软塌塌粘在身上，与头顶的发丝形成了对比。她觉得莲塘人多数都是这个德行，不像外地人那么拼命，莲塘人嘴上说属于他们的好年代过去了，可内心却有许多不甘，活得懒惰又疲倦。好在陈秋平有了教会，参加过感恩活动，她认识了那里的人，内心平静许多。其中一位教友坐在长椅上，讲了许多话，陈秋平差不多都忘记了，她只记得当时是个太阳慢慢下山，树影慢慢拉长的午后，而她看着湛蓝、安静的天空，心情特别好，连后面要去超市买东西的事也不记得了。那之后，她有了健忘的毛病。陈秋平认为只需记住"爱是恒久的忍耐"这一句就够了，这一句已经包括了一切。她准备下次去教会时，带上糖馒头，感谢教友的帮助，使她从纠结悔恨中得以改变和解放，从此心怀感恩之心，连喝白开水也能觉得很甜。

陈秋平和陈雄虽然是姐弟，却一个住莲塘东，一个住在了莲塘西，甚至很少与外人提到还有这层关系。如果说还有纽带的话，就是父母，两个人打闹了一辈子，日子过得拮据，导致这一家成了本地人中的异类。陈秋平和陈雄小时候分隔两处，一个在莲塘街上鬼混，无非想着偷些铁皮，捡几只酒瓶卖了换麦芽糖吃，这是陈秋平儿时最好的零食，而陈雄则从小就被送到了兰州，过继给做工程师的大伯做儿子，直到大伯离世，伯母改嫁，陈雄的人生再次被改写，高三没读完，就被送回到莲塘。直到这一次，陈秋平和陈雄也才算是第二次见面。那之前的陈秋平叛逆得厉害，还如火如荼参与到了校园暴力中，她不仅帮校外大哥追求过自己的女同学，还被人打伤过，事件影响不小，由于家长没有妥善处理，导致陈秋平差点被学校开除，还上了黑名单，当时她只不过是跟在后面拿衣服的那个，她瘦得连铁棍都拿不动，谁又会请她当打手呢，更不要说主动打人。当然，为了保持这份尊严，她没有跟任何人解释。那期间陈秋平的几个女同学在放学的路上失踪了几天，回来时，眼神和发型都变了，虽然从来没有透露过各自经历了什么，却感觉不是一个世界上的人了，让陈秋平羡慕得要死。当年，陈秋平人长得一般，又架了副高度宽边眼镜，这让她比同龄人都显老，所以一直没有被人看上。有几次她都跑到那些流氓家门口晃悠了，最后还是被放弃，常常是对方看了一眼她，又滑到另个女孩身上，也许他们认为相中了陈秋平是件很丢脸的事，尽管陈秋平的表现特别主动。就这么折腾了几年，在弟弟陈雄回家之前，陈秋平在小小莲塘总算有些江湖地位了。这样的陈秋平喜欢大热天半披着一披风衣，故意露出右侧肩膀上的大块红蓝相间的文身，总是若有所思地看着远方。她的眼睛跳过莲塘街，去了另外一个地方。那里曾经是香港、澳门，或者台湾的高雄。小时候她通过本港台看过那边的电影，里面的人太帅了，她希望有朝一日自己

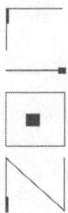

与那边的人认识，被那里的老大接走，成为义安帮或青龙帮的一个头目再回到莲塘报仇，把那些看不起他们家的人全部教训一遍。有了这个想法之后，走在街上她不仅像个男人，还像个外星人。这样的陈秋平显得潇洒有型，暂时摆脱了一些窝囊并难以启齿的事。为此，她常常穿着自己那双黑色的高筒皮靴，在莲塘大街上，走来走去。当年她会显得特别与众不同。无论如何，陈秋平还是做过些冒险的事，所以她有资格说，我这条命是捡回来的。她撩开额上的头发，露出一条细长的刀疤。有两个弱小的女孩子主动找过来，想做她的女朋友，玩一种非主流。看见阿妈在院子里洗衣服，会抢着帮忙，或是抖开了拿到铁丝网上晾，直到后来装上了防逃港客的电网，晾衫晾被子才改成了到天台上面。即便如此，也常常是被人偷了去，有好几次陈秋平被阿妈怀疑过，她说陈秋平有个女同学曾经偷过他们家里唯一的洗发水，那是阿妈托人从香港带过来，准备过年用的。到了这几年，陈秋平再没去看铁丝网那边了，首先是加高加固了，不再是来场台风便摇晃的情况。另外的原因就是家家都住高楼里，拖出来晒比较麻烦，更主要是没有人愿意向那边眺望了。有一次陈秋平开玩笑说，如果现在要逃，也是向深圳这边逃了吧。深圳人的生活早已今非昔比，莲塘原住户最有发言权，哪家不是分了几百万，有房有车，这要归功于改革开放天赐良机。连后来过来的梅县人、河源人也跟着发了起来。

听了这话，陈雄已经不说话，冷笑了一声。他的情况不同，首先是学习好，在兰州大伯的教育下知书达理，虽然样子与莲塘人极其不协调，让人感到说不出来的味道。要知道几辈子住在莲塘的人们谁会喜欢在手上拿本书呢，除非神经病。他们更愿意上午睡觉，中午睡觉，晚上消夜并打牌到天亮，谁关心外面发生了什么。再说发生了什么关自己屁事啊。关我屁事，莲塘人的口头禅，他们嘴上叼着一个牙签，迈着八字，从这家麻将桌窜到另个麻将桌或是大排档去，这才是他们看得见的幸福生活。

陈秋平是高二辍的学，她告别了那些和她一样还爱学习的小伙伴，也结束了黄昏时半躺在铁丝网发呆的好时光。尽管之前她从来没有正面回应过这件事，她只说不喜欢读书，当时镇上电子厂、玩具厂都在招人，据说家里有路子的，都退学进了厂里。陈秋平也就是这个时候进到厂里先当接线工，后来当上了拉长，最后，她做到了管理层。

对于陈秋平写给陈雄的那些信，都被她烧了，主要是不好意思，因为她说谎了。她不知道怎么去解释这件事，好在陈雄也没就这个话题追究过什么，似乎之前那些信从来没有发生过。她第一次发现自己的那些所谓威水史，其实很难堪，甚至难以启齿。她记得曾经向同伴撩开额头上的头发，说，为什么当时不一刀砍下去，一了百了。当然她绝对绝对是向人炫耀，现在她不愿意再提，连想也不好意思。她知道随着陈雄的回家，她和那样的生活彻底告别了，她是姐姐，家里的主心骨，谁任性都可以，而她没有资格。

回到莲塘的陈雄特别愿意冷笑，眼睛望着天，不说一句话，不再和陈秋平交流。陈秋平明白，陈雄故意这么做的，她曾经给陈雄写信，向他描述一个特别美好的街道和家。受了大伯的影响的陈雄回信也写得特别优美，他总是先抒会儿情，然后再拐到要好好学习，请放心，不会忘记深圳还有自己的亲人，将来要为他们争光，成为莲塘人的骄傲之类。

他当然想不到自己会提前回来，并且回到了这样的一个家。

很多次陈秋平想跟陈雄解释，家里的生活本应该过得很好，仅仅分红就能让他们不用为生计发愁，可惜他们没有这个命，她很想说自己没有守好这个家，却一直没有机会说，因为陈雄不愿意和她说话。很明显，眼下这个家比外省那些穷人还不如，所以，陈秋平觉得深圳人过得好不好，与她无关，她更希望深圳过得不好，那样的话，她就不会那么难过，走在街上也不会灰头土脸。

为此，陈秋平有些怕陈雄，她觉得有文化的人就是不一样，总能让她在心里生出敬畏，平时说话的时候她连眼睛都不敢看陈雄。

每次手机上闪动陈雄的名字，陈秋平都会无端端地害怕，除了担心陈雄提出的问题她答不了，她还担心家里发生什么事，因为阿爸这些年出了太多状况。上一次是阿爸在电影院里被工作人员送到了医院，原因是他被人用了迷幻药，除了身上值钱的东西被顺走，还把他的人给搞晕了，差点死掉。还有一次，陈秋平的阿爸拿了一个假戒指去卖，想兑换点现金，结果被士多店门口的几个人打得不能动弹。这一次，陈秋平在电话里很平静，没有像过去那样的焦虑，她微笑着，等着电话那边的陈雄说话。陈秋平学着教会里那些人的样子双手合十祷告了一次，等陈雄说话。

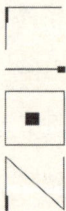

陈雄用平稳的语调重复了一遍，请你找个养老院吧，把他拉走，不要留在我这里，我一分钟也不想看见他。四岁之后，陈雄便离开了深圳，去了北方，从来没有喊过一次阿爸，他从来都是用那个人代替。

陈秋平没想到陈雄用平静的口吻，说出来这样让人不平静的内容。她脑子里回想着事情的来龙去脉，嘴上继续保持着风度，说，那里好贵的，每个月几千块，吃不好用不好，很难受，你看过电影《桃姐》吗，对，就是那样的一个小格子，把人放进去，连多放支牙签的地方都没有，很多老人抗不住，没几天便走了。陈秋平不清楚自己怎么说了这么多，有条有理，一点没有乱，她很满意自己的表现。

那我管不着。陈雄说。

陈秋平想问，他又怎么了，发生了什么事情，可话到嘴把那个"又"字强行删除，不然的话，教会的那个活动便浪费了，她想起那个面目慈善的教友，她说好好讲话和情绪稳定是人的基本教养。陈秋平知道如果加上那个"又"字，陈雄不知道会发生什么，总之有不好的事情发生，虽然不会使用脏话，却比使用那些更严重，陈秋平倒希望他骂骂自己，至少可以让她把心放下来，知道发生了什么，两个人也平等了。半年来，他总是不说话，再后来，陈雄开始诅咒自己。陈秋平听在耳里，忧虑在心上。现在，作为儿子的陈雄竟然开始骂阿爸。陈秋平认为弟弟陈雄比任何人都更需要参加教会的活动，她知道梅林一村有个更大的，可是怎么对他说，或者引导他去呢，她很苦恼。但想到还有这样一条路，她的内心又充满了希望。

针对陈秋平的问题，陈雄冷冷地说，他今天站起来了。

陈秋平既开心又紧张，原来那个药不仅是真的，疗效还如此厉害，大大出乎了她的意料。陈秋平压制着自己的激动说，很好啊。陈秋平喜在心头，难道说弟弟陈雄已经感应到了她的愿望。陈秋平想，如果自己能影响他，也是件有意义的事，就像工厂里的教友对她那样。她想到了一个办法，在陈雄的抽屉里放一本《圣经》，让他无意中发现，然后看两页，慢慢有了兴趣。陈秋平的手被梳子扎出了坑，额头的左上方又挺出两根小白苍。她清楚是急火攻心，陈雄高考落榜后情绪特别差，连门都懒得出，在家里睡了几年，和阿爸的关系闹得很僵。

陈秋平说，他是不是需要个拐杖，我一会儿可以去商场帮他买。

陈雄慢条斯理道，不需要，你倒是可以买个跑车给他。

陈秋平糊涂了，阿爸到底怎么了，你快说啊！

陈雄说，他也是你的阿爸，难道你不知道吗，好像你不是这个家里的人，没有住过莲塘一样。高考失利之后，陈雄的变化很大，到了这半年，他已经变了一个人。

陈秋平问，他不是已经恢复了吗，眼下这种情况，是病人的一种正常的药性反应。她不敢告诉陈雄，再使用一个疗程，便已大功告成，阿爸再也不用受苦了。陈雄不说话，似乎连哼一句都嫌麻烦。

陈秋平怯怯地问，他在家里吗，可不可以让他听电话。还有两站就到了，陈秋平还是放心不下，她听见自己没有根基的声音，像个被风吹得摇摇摆摆的枯枝，向着对方的方向弯下来，求着陈雄。

不知道。陈雄冷冷地说，随后，他突然失控地吼叫，随便吧，他爱干什么就干什么，马上死了最好。陈秋平再次确认陈雄变了，不再像过去那么安静，也不像过去那么较真，他曾经喜欢班里的一个女同学，那女生相貌一般，却因成绩好，让陈雄崇拜。陈秋平真心为陈雄高兴过，她知道，弟弟只有找到这种好女孩，他们才有希望，莲塘人才会看得起，这个家才没有彻底倒下。

亲戚们不再来往之后，阿爸开始到工地上找事做，也就是那次，他被泥头车上面滑下来的泥沙压在了下面，人被救出来便无法站立，抬到医院的时候，手脚不能动弹，连说话都听不清了。医生说，受了惊吓后，他已经中风了。

陈秋平不想受陈雄的影响，她说，他这么快就恢复了，能吃饭，大小便也能自理了。陈秋平故意装作不知情。之前，陈秋平曾经对陈雄说过有时间吃个饭，庆祝一下，把阿爸的几个老朋友请过来聚聚。陈雄不同意，说浪费时间精力不说，阿爸还没有完全好，也不方便。陈秋平觉得陈雄到底有文化，想得周到。而他现在说，你认为这不可笑吗，他有什么朋友。

陈秋平沉默了，除了家里人，没有人与阿爸说话。半年前，阿爸躺在医院的病床上呻吟，这是他这辈子第一次工伤，阿爸这辈子都没享受过有人到他的床前看他的待遇。所以只要有人走进来，他会突然把声音放大几倍，惹得过路的人慢下脚步，看他几眼，低声骂句神经病。就连进手术

室，他也微笑着，他本来是个怕打针的人，可是他让自己保持着原样，这一辈子，终于威风了一次。推出手术室后，他变得害羞，怕见光，像个可怜的孩子。有两次，陈秋平发现阿爸闭着双眼，嘴角和眼睛完全是微笑的表情，虽然嘴里发出的是呻吟的声音。那时候，陈雄坐在不远处的椅子上，用仇恨的眼睛看着这个阿爸，一句话都不说。那个时候，他的身后还放着厚厚的谁也看不懂的书。陈雄的理想是好好读书，尽快离开这个家。即使坐在发廊里理发，他的手里也一直捧着书，他看不起莲塘人一天除了吃就是玩无所事事，他认为那样的人生不值得过，没有希望。

陈秋平知道问题出在了安宫牛黄丸身上。阿爸躺在床上半年时间，一直是陈雄和阿妈照顾，让她过意不去，偶尔去也只是抓紧时间把阿爸沾了屎尿的衣服和床单一起洗了，换上新的。那个教友的话，让陈秋平的内心变得越发柔软，她开始计划悄悄地为自己亲人们做点事情。她听教友说到这种药，晚上便跑到港货店定了两盒，想不到第二天就通知她货已经到了。陈秋平听说那个，早已成为一种送礼或特殊时期使用的神秘物品，药非一般人可以享用，陈秋平拿在手里掂了掂，感觉分量很重，好像看到了阿爸从楼道里慢慢走出来晒太阳，然后又开始跑步的样子，心里出现了一阵暖暖的东西，她有太久没有对亲人这么好了，自从搬出这个家之后。她担心阿爸不按时服用，搞得没了药性，不仅浪费了钱，还浪费了她的这番心意。陈秋平想给陈雄和家里一个惊喜，也算是缓和下关系，她害怕陈雄沉默的样子。所以趁弟弟陈雄出门的时候，她回去过两次，端着水，看着阿爸把药吃进肚里。每次吃完，她像奖励孩子那样，剥一颗利是糖放在阿爸手上。临行前，她为阿爸剪了指甲，害怕伤到他的肉，她的手有些抖，额头上流了汗。想到那些年自己的荒唐行为，陈秋平羞愧极了。她为自己能变成这样的一个人而吃惊。一出门，她便想着参加三天后的捐助活动，她需要为自己得到了神的帮助做点什么。那一次，她还带回家一盆绿箩。家里已经有好多年没有植物了，因为她前前后后看了好多次，以至于比平时晚走了些时间。

想不到阿爸服药后的第七天，不仅站起来过，部分机能也开始恢复，陈秋平猜到陈雄将要告诉她这个消息。

果然是这件事，陈雄冷笑道：你真是立了大功，这回他如愿了，他终于可以做回他想做的事。陈雄仿佛早已知道了这个结果，他像电影里那些演员一样发出那种不自然的仰天大笑，然后在结束的时候戛然而止。

陈雄的普通话好，他用手指着陈秋平住的方向，对着话筒喊，你给他吃那种药，到底怀有什么目的。

陈秋平默念着教友的话，缓下了语速说，你一定也希望阿爸早些康复，天天躺在床上很痛苦，我们应该帮助他战胜疾病，早日康复啊。

陈雄说，早日康复干吗？

说完这句，电话两端都沉默了。接下来，陈秋平拿出钥匙，找出一个，塞进已经长了锈的锁里，并慢慢推开家门。陈雄正站在客厅的中间，眼睛对着陈秋平上门的门框，他的脖长粗了许多，两条青筋如同蚯蚓死死地抠住了他的喉咙，使他的脸变成了深紫色。陈秋平没有抬头，两个人的眼睛没有对视，也没有一秒钟的交集。陈秋平低着头，向里走去，她觉得自己的步子有些虚，走得歪歪扭扭。她没有直接走到阿爸面前，而是低着头把带来的食品放在客厅的茶几下面。之前的好多次，她都想把橘子或香蕉剥开皮放在他的手上，让他开心些。显然阿爸已经哭过很多次，从陈秋平进门开始他就在远处流泪，阿爸的性格变化很大，喜欢看人脸色，一个责备的眼神，也会让他低下头。最近这几年，陈秋平总是自责，她认为自己太无知，对阿爸缺少关心。在这个家中，陈秋平是唯一没有对阿爸发过火的人。他躺在床上已经有半年多，生病之后，他越发胆小，有时阿妈拿个大一点的东西经过，他都吓得用手护住头部。陈秋平每次从家里出来，整个晚上都忘不了阿爸的哀求的眼神。阿妈从沙发上站起来，一边打招呼一边把吃的东西向茶几和沙发的间隙里踢，让它直接挤进去，直到看不见。陈秋平发现阿妈的确年轻了许多，洗碗的时候还会哼两句粤曲，那是白月仙的段子，从小到大她都是这位演员的粉丝，只是前些年，她似乎忘记了自己还有这个爱好，直到阿爸躺在床上，她才重新找回来。

陈秋平即使拿回去的是阿爸爱吃的云片糕，阿妈也会丢给在客厅里守候着的狗，或弯下腰塞到自己嘴里。陈秋平本以为阿妈会再送去给阿爸，想不到，身体开始变得越发轻盈的阿妈，伸出三个粗短的手指又拈起一颗荔枝，放进嘴里。那是闯祸的那个司机送过来的，求家属私了此事，而不要再拖下去了。他担心被没有社保的阿爸拖垮，那样的话，他这一生就完了。阿妈将水果放下去之前故意在眼前停留了一会儿，余光中看了眼流着口水的丈夫，轻蔑地笑了。有段时间，阿妈连做梦都会笑出声来。

阿爸躺在床上，阿妈用手指点着阿爸的脑门，说，你早点死了倒好，留在家里让大家都烦。听见这句，陈秋平的心被刺痛了，老了会被人嫌弃原来不假，可是阿爸刚刚七十，阿妈实在太狠心了。陈秋平准备找机会去劝阿妈，让她闭嘴，少说点，否则她不想再拿钱回来，如果不是为了这个家，陈秋平早就不想在玩具厂干了，她的肺里生了病，听工友说，那里堵了些芭比娃娃的毛发，吃了很多药也化不掉。

印象中阿爸很久没有说话了，他歪了歪嘴，发出的声音含糊不清，他连仇恨的眼神都无法凝聚，分不清哪些是眼珠哪些是眼白。他在卧室里常年盖着一件大衣，即使这样，他还是怕冷，他总是平躺在床上，眼睛望向天花板，如果不推搡他或把手放他的鼻孔下，他的姿势会一直保持不变。

陈秋平认为需要时间，她要慢慢影响陈雄，然后再影响阿妈。她深吸了一口气说雄仔，我们还是对他好点吧，注意言行，不要让自己将来后悔。陈秋平觉得引导亲人走上一条正途任重而道远，而她责无旁贷。

陈雄说，你可以这么对他，我不行，我只有恨他，才能让自己不后悔。陈秋平知道陈雄还停在对这个家太过贫困这件事上，他想不到自己从兰州回到深圳，竟然是这个局面，除了穷什么都没有，甚至家里连个像样的衣柜也没有。他带回来的衣服全部堆在床角，看着自己的名牌运动服，陈雄想念大伯和遥远的兰州了。

陈秋平说，你说话轻点，不要给人听了去，他毕竟还是我们的长辈。

陈雄说，我看整条街都知道他是个什么东西，还用隐瞒吗。说完这句，陈雄像是要吹口哨的样子。她搞不清陈雄此刻是开心还是生气。她不理解陈雄为什么转变这么大。早在半年前，陈秋平已经把《圣经》放在了橱柜里，她知道陈雄会看到的。

陈秋平叹口气，说，他已经病成这样，你不应该再怪他了。她想起《圣经》里面写的爱仇敌，"当别人打你左脸的时候，你把右脸也给他"这句话。陈秋平知道，短时间让陈雄接受这句话几乎是不可能的。

陈雄说，如果他一直躺在床上有多好，像个植物人，不说话，让我在孝顺着他的时候，想着他的好，我真的很想编个故事骗骗自己。

想必是太寂寞了，被送进医院的当晚，阿爸把针管取下来，就连鼻子上架个东西，他也受不了，这辈子他都不愿意难为自己。医生只好重新再做检查，陈雄和陈秋平不仅被批评，还多花了一些钱。陈雄说，他哪一天不是为自己活着，他还是那么自私，不可救药。早晨的时候，阿爸不仅站了起来，连说话的语气和手势都和过去一样，虽然只有一分钟。听陈雄说，阿妈吓得哭了起来。

见陈秋平沉默，陈雄又说，你知道吗，有时我真想一把火烧了这个家，都是他害的。丢掉工作之后，阿爸迷上了跳舞，认识了一个女人，他请对方为自己的儿子介绍女朋友，结果对方把离了婚，生过孩子的表妹推给了陈雄，并且带回家里，住下来。阿爸瞒着对方离过婚的事实。

陈雄问，你不觉得自己该死吗。天亮之前，陈雄便知道了一切，他把阿爸从被子里拉起，厉声骂道。

阿爸当时笑得诡秘，向门口的方向看了眼，才伏在陈雄的耳边问，她是不是跟过别人，很有经验。

陈雄伏在阿爸的耳边说，你就是个混蛋。我知道你为什么当初把我送那么远的地方，你是为了讨好大伯，让他在金钱方面支援你。

阿爸很委屈，后来他对陈秋平解释，我这是为了他好，女人年龄大点儿才知道疼人。

陈秋平问过阿爸，外面有那么多女孩子可以找，你为什么要这样，他怎么想的你不知道吗，他喜欢爱读书，有上进心的，跟我们不一样的女孩。

阿爸不说话，过了很久才说，我们家这么穷，这样便可以省下好多钱，那女的连聘礼钱都不用，没有房子也不用担心，就这么免费让他睡也没关系。

陈秋平说，不知道那女人什么情况，已经生过孩子了，将来还会不会再生都不知道，您亲生儿子幸不幸福你难道不管了是吗。

阿爸说，那看他自己呀，如果他的种不好，谁也帮不上忙。还有，别人的孩子有什么不好，助人为乐嘛。陈秋平的阿爸笑嘻嘻地说。他拿了一把梳子在手里，他以为很快就可以站起来，离开家，到外面去玩，所以他开始注意自己的形象。

陈雄是我们家唯一的男仔，你怎么就这样打发呢，你当年没有任何理由就把他送到外地，说是受到好的教育，虽然他学习很好，吃的用的都不错，可再好也是背井离乡。我打工这么多年，省吃俭用，就是为了弟弟可

以体面地结婚，让他在这条街上被人看得起。我每个月给家里那些钱呢，让你们帮他存起来讨老婆的钱呢。

阿爸用哀求的眼神看着陈秋平，结结巴巴地说，我想再赢多一点回来。

陈秋平这时已经咄咄逼人，问，然后呢？陈秋平的眼睛已经转向了阿妈。陈秋平是交给阿妈保管的。

阿妈已经吓得拉开了门，准备逃走。

阿爸说，然后到高档些的酒楼，风风光光地摆上几桌，只是他刚刚入道，手气也不好。

陈秋平盯着对方很久，用阿妈的话说，当时陈秋平的眼睛像把刀子，要把阿爸整个人刺穿。陈秋平觉得教友的话还是有用，她的语调竟然平静到令自己感到吃惊。陈秋平一字一顿，你是说陈雄跟你一样，开始赌了吗？是你带他去的吧。

阿爸已经不敢抬头，身子却已经发抖。

陈秋平说，阿爸，你知道吗，我怎么那么讨厌你，恨你呢！

听完这句，阿爸放下了手，似乎知道以后不会再使用似的，他把梳子藏在了身后，并顺着床沿扔在了地下，要流泪的样子。陈秋平平静地看着对方的脸说，阿爸，你别这样，我告诉你，我从小到大，你没有给我开过一次家长会，老师对我唯一的那次家访，你喝醉了，跟对方吹牛，说可以让阿妈和老师睡觉，只要老师给我一百分，你就是用刚才的口气。当年阿爸拿出了一瓶九江米酒的情景，先是咣的一声放在台面，震掉一粒炸得焦黄的花生米，他从地上捡起来放进嘴里，并喝了一口酒，对老师说，你有什么活儿要干的，尽管说，我有的是力气。说完阿爸撸起袖子，手臂上露出被刀砍过的伤疤，看见老师睁大的眼睛，阿爸端起杯把余下的全部倒进了喉咙里。接下来的时间里，他把自己喝成了一摊泥，整个身体缠在桌子下，去抓老师的脚。老师被吓住了，不断向后退，不不不，我们听您的吩咐，说完这句，整个人便消失在黑夜里。阿爸这些事迹早已在老师同学中间流传，他们窃窃私语的样子陈秋平非常熟悉。那一次陈秋平被学校留下了，连处分也免了，据说是老师哭着求的校长，他害怕处理了陈秋平之后，一家老小性命不保。陈秋平对阿爸说，从小到大，我一直想学坏，可是我的条件太不好了，穿着最破的衣服，带着最难吃的饭去学校，没有学好的条件也没有学坏的资格，我有多可悲，只能留在这个比死还要痛苦的家里，那些年，我天天盼着有个流氓把我带走，可是我走不了，直到我们这个家的陈雄从北方回来，我才看到了希望，他跟我们所有人都不一样，跟我们莲塘人也不同，他是个好孩子，是个没有被污染过的人，所以我必须离开家，不仅仅是为了腾出房子，我还要去厂里打工赚钱还债，我想买间大屋，让陈雄体面地读大学、结婚、生子，把我们家在莲塘街丢的面子找回来，因为我已经知道为什么而活了。

　　陈秋平早已忘记了教友的话，泪水不停地滴落，此刻，她感觉自己已经堕入了地狱，她瞬间耳鸣了一样，听不见自己的声音。她已经只会说话，这些年，你把家里的钱全部输光了，好在我们这间危房没有房产证，不然，你一样也会把它变成赌资。这些年家里的开销全靠我在外面打工维持，阿妈一身病痛还要在外打零工。如果不是因为你躺在了床上，追债的人会把你拉去剁手剁脚。陈雄说得对，你哪里有什么朋友，都是追债的。那些年，你不断把家里的东西偷走，还要让我配合着你撒谎，跟别人说你什么都没有做，是阿妈陷害你，可是你真的什么也没有做么。我记得你在阿妈手术的时候带着女人回来，因为那天你赢了钱。那一晚的月光好美，你带着那个女人回到家，在院子里你们还差点跳起了舞，你们拥抱的样子像是一对久别重逢的恋人，低低说着话，月光下，你们贴在一起的样子像个明信片，差不多定格了。如果我不是你的孩子有多好，至少我会认为那景色太美太美了。那一刻，我在窗里想着可怜的阿妈，她正在冰冷的病房里，忍受疾病的折磨。可是你在哪里，你在做什么，你很快就带着她去了另一个房间去寻欢作乐了。不仅如此，还把家里留下过年的食物全部拿给了那个女人，一点儿也没有留下。你知道那个年我是怎么过的吗，我记得自己饿得头晕眼花，想去捡缸里的米，可是个子太小，有几顿没有吃了，差点摔死到里面。陈秋平继续说，你天天喝酒、赌博，赢了钱就要找女人，花天酒地，从来没有想到家里还有老婆孩子，你要么后半夜，要么天亮前才回来，还要从被子里把我拎出来，去外面把你的单车抬进来，否则明天便被拉走。你知道我那样一个长身体的年龄根本不敢睡着，生怕你带走了家里的东西，或者打死了阿妈。有时你的身后是来讨债的人，我需要藏起你偷来的鹅，它们已经被我绑住了嘴，防止有人经过时，它们不停地叫唤。

陈秋平求过阿爸，我不想吃鹅蛋了，我害怕，连做梦都是一帮人过来抓你，阿爸还是送回去吧，同学会笑话我的。

阿爸笑着说，傻瓜，那是送给你老师的，阿爸是帮你做事，你怕什么，我敢保证以后你惹了什么事，老师都不会找你麻烦。阿爸对陈秋平说过，莲塘街上的人个个都是胆小鬼，要混就去东门老街，那里才有英雄！这是一个父亲说的话吗。那个时候陈秋平的阿爸不仅会把家里的钱拿出去输掉，连家里人的衣服，枕头，窗框，都被他偷着拿出去换钱。陈秋平记得当年五金店派他去平湖社教队，年底的时候，有个女人带着孩子到家里来找他，还在家里住了一夜，阿妈不仅补给那女人一笔钱，还帮那女人家的孩子做了一套衣服。要知道，那个年代，家里连肉都吃不上。陈秋平记得那年冬天，她半夜从床上起来去给阿爸开门，钥匙刚塞进孔里，就见被子里的阿妈蹿出来，扑在阿爸的身上撕扯，阿爸不仅偷了家里的年货去换钱，还把阿妈娘家给的嫁妆，一辆单车，也输掉了。阿妈质问阿爸的时候，阿爸狠狠地盯着她，却没有办法。没生病的时候，他听到这些话，哪怕是阿妈没有发出声，只在口腔里回旋，被似乎懂得唇语的阿爸见了，反身给她一个耳光，阿妈的门牙就是这样被打掉的。当年阿妈在平湖打工，每天经过那条唯一的铁轨，她偷偷求陈秋平帮忙诅咒。她说，这些话都是反的，只有女儿念了这些当阿妈的才会更健康更长寿，所以陈秋平会跟着念出这句：求求火车撞死阿妈。她并不知阿妈希望早些结束自己，因为她已经熬不下去了。阿妈希望借助儿女的口，让自己逃离这个她总是无法摆脱的世界。

陈秋平感觉自己记忆的闸门突然间被打开，再也关不上，连灰色的天空也跟当年一模一样。不知道过了多久，房门突然被撞开。陈秋平看见了喝红眼睛的陈雄，他扑通一声跪在阿爸床前，连声音也变了。他伏在阿爸的脚前哭泣了一会儿，才抬起头说，阿爸对不起，我清楚自己这么做是有罪的，我远在兰州，在教职工大院里长大，以为自己又清高又脱俗，和你们不同，可是，我错了，我和你一样。你知道吗，每次骂完了你，我都会后悔，恨自己，我恨自己还是遗传了你喝酒、吹牛、爱撒谎。我觉得我这辈子真的完蛋了！看了《圣经》之后我天天深受折磨，我不应该对你吼出那样的话，让你受苦担心，我需要向主忏悔，没有主，我无法忍受现在的每一天。

直到陈雄的哭泣声全部停止，陈秋平才缓缓地站起身，她感觉一股悲壮之气流满了全身。她静静地看着眼前的一切后，轻轻地摇着头，她甚至微笑了一下，才面向阿爸，我本想试试这药的疗效，可没想到，我的运气真的不错，它不仅让你站起来，还让我们回到了过去，回到了那些像噩梦一样的过去。我以为已经忘记，真该死，原来我全部都记得，这辈子也忘不掉。让我告诉你，你现在的样子只是个假象，只有把我手上这几颗全部吃完，你才能真正地恢复。可是，我不会再给你了，我宁愿这辈子为你端屎端尿，也不想见你重新站起来。

原载《中国作家》2017年第11期

点评

　　药可以治疗身体的疾病，什么能治疗精神上的创痛呢？宗教的安慰可以吗？宗教也无法拯救的剧痛为什么会发生？城市的沉疴与人性的邪恶、软弱形成的泥潭还有挣脱的可能和希望吗？吴君用一部如此技巧纯熟的作品来拷问每一位读者的心灵。

　　故事里塑造了四个人物，父亲，吃喝嫖赌，莲塘街上生出的恶瘤，巨大的阴影足以毁灭一切。母亲，想以死亡来超脱生活的煎熬与折磨，没有彻底逃脱的力量。姐姐，破碎的童年，生活在恐惧和绝望中，直到弟弟归来，才燃起生活的希望，打工赚钱支持弟弟，希望他能带来正常和向上的力量。然而弟弟，从小因为被送出去寄养而得以有健康生活轨迹的男孩，回到贫穷破败的家中，巨大的反差令他在愤怒的情绪中无法承受与超拔，高考失败，在喝酒与赌博中麻醉自己，依稀走上父亲的老路。

　　姐姐人生中所有支撑的力量一样样轰然坍塌，她悲怆地向基督教寻求慰藉，麻醉自己。面对这位万恶的父亲中风躺在床上的状况，她的理智拼命告诉自己，要爱，爱邪恶，要忍耐，忍耐痛苦。她像正常女儿的角色一样，为爸爸买对症治疗的药物，同仁堂那著名的安宫牛黄。然而药不能拯救灵魂，健康的身体反而是恶魔的助力，世界在父亲吃了药后康复起来的瞬间再次坍塌，过去又回到眼前，爱恨交加冲毁一切自我安慰的堤坝，也只有真正直面凛冽的人生，承认和接受淋漓的鲜血，才是走向新生的开始。

（王雪）

卜者之卜

/安 庆

一

傍晚时分，马达终于站到了罗布的对面。

罗布有些惊异，没有想到，一天忐忑的预感，等到的会是马达。他拧亮台灯，相比外边的光线，房间里要暗很多，朦胧的案子上，横着一个硬皮笔记本和一只黑色外壳的钢笔；靠近案子，是一个小书架，紧挨书架的是一盆枝繁叶茂的绿萝，绿萝的藤缠到了书架上。罗布做了卜卦的生意后，每天除了卜卦，就是在院子里养花。在锦城，他一直和一个花工在一起，告别锦城前，花工送给他的礼物就是几十类适合他回家养的花种。

他努力地让自己镇定下来。

算什么？他问马达。

马达有些吞吐，给，给她算。

罗布的肩抖动几下，手摸到笔记本上，两根手指夹住了黑杆的钢笔。这是他每次卜卦前的状态，随时准备记录对方报出来的信息，包括生辰八字，占卜的目标。简易的书架上有几本卦书，必要时会抽出来一本，翻动书页，念念有声，像一个盲人。这可能和他少年接触的卦人有关，那时候，母亲会偶尔和村里的婶子大娘去找宋村的魏瞎。魏瞎盘腿坐在草编的墩子上，身边放着溅了灰尘的木箱，腿上搭着褡裢，粗糙的手指一根一根翘动，不时地问着对方，验证他储存在大脑里的记忆，有关命相的数据。每一次想起魏瞎，罗布就会想起离世的母亲。

等着对方往下说，对方却沉默着。罗布挤上眼，手在笔记本和钢笔上拿捏，这让马达猜疑罗布的眼是不是瞎了，瞎了之后才干上这行。可罗布的眼睁开了，眼珠转动得正常。他舒出一口气，说，我以为，你的眼出了问题。

没问题。他脱口而出。

罗布没有想到，自己整整一天的预感会是这个人——张小麦的丈夫马达。

你，你给谁算？他顿了顿，又问。

我老婆，张小麦。

马达在说出小麦两个字时声音低下来。罗布眼前飘浮起来的是一个多年未见的女人的面孔，他不容自己想下去，得继续问对方，将对方置于卜者和占卜的气场，先发制人，那样双方都会进入心无二致的状态，这样的卦才灵，才能算好，才可能征服对方，让对方相信自己转行的成功。他翻开笔记本，拧开笔帽，笔尖在台灯下晃出一股冷光，笔帽落到案子上，弹动几下，轻微的响声像硬币落地。他做好了记录的准备。

叫什么名字？

张小麦！

年龄？

……

生辰？

……

说仔细点。

我知道的就是这些。

她没有给你说过她出生的时辰吗？白天还是晚上，大约几点？

马达回忆着，好像，好像是刚刚吃过晚饭的时候……

嗯，那就是戌时了。

钢笔在纸页上划动，像风刮动河滩的沙子。

他在笔记本上画着图案，呈阶梯形，一页纸瞬间被画得密密麻麻。他没问什么病，凡是到这种地方，找人占卜的病大概是看过了好多的地方，把占卜当成了医治、寄托。如果是医院容易解决的病还算什么？他的心隐隐地揪起来，有一刻，他停下来，暗暗地祈祷。

笔停下，他仰起头，面前是一个女人的面容：慢长脸，下巴颏有一颗

黑痣，马尾辫晃动着，像一团墨柳。每次给未谋面的女人算卦都要进入这种虚幻、冥想或者臆想的状态，像通过电脑获得对方的信息，甚至从鼻脸、口腔获得对方的气息。他在臆想中有种颤抖，有一股冰凉，怎么，张小麦到了这样的程度？这个人怎么会找到了这里，到底什么目的？他强迫自己从臆想和猜测的恍惚中出来，甚至想到回避、推脱，不，是强迫自己进入卜者的臆想或者猜测，让心往占卜的对象上拧。这一次他显得格外认真，在一阵揣度之后，他重新拨亮了台灯，唰唰唰，在笔记本上记录下什么。马达坐在对面，看着整个过程，他憋闷得想抽烟，去兜里掏了掏，忍住了。罗布不说话，转过身，从书架上抽出一本很厚的书，翻到大半本处，又在笔记本上记录，像在计算一个难解的数学题。他的眉头时而皱着，像一湾陡转的河流。

笔帽咔嗒扣上。他抖了抖划满的一页纸，意思是让对方浏览一下，说，逢凶化吉，会好起来，不要急，打过春，哦，今年打春就在年前，打过春会越来越好。你听清了吗？

马达站起来，就这些吗？

你不是问病吗？会好起来的。他说，同时叹出了一口气。

马达掏钱。他按住了。这个时候，他下意识地朝外看了看，天黑了吧，卦费免了，你属于今天的免卦人。有这规矩？马达也是下意识地问出了这句。有！我有！每天的最后一卦我不收费。其实，这也是今天的第一卦。为这一卦他等了一天，险些成为一个空日子。

马达不好意思地站起来，他掀开门帘，天真的黑了，小冬天的夜来得早，好像一刹那天就黑了。凉气往身上扎，风比来时大了，树梢在发出响声，树叶在地上刺刺啦啦滑动。出门前他站在罗布面前，吞吐起来，你，你的眼是出毛病了吗？

他笑笑，不是眼有毛病的人才能算卦，他的手下意识地做了个模仿魏瞎的动作。走吧，如果不再算另外的卦。

不算！

另外的卦钱我是要收的。

不算！

走吧，如果没有要再说的话。

没有！我就是要你知道……

走吧！他知道对方的言外之意。

二

十年前，就是因为马达他离开的老塘南街。

打马达是因为张小麦。他和张小麦谈了几年，可张小麦在家人做主下要和马达结婚，而且很快，用现在的说法叫作闪婚。他用一个晚上，给张小麦写了一封信，写完信，他头抵着窗户，眼泪哗哗像泗过来的一场雨。捎信人说，张小麦竟然让马达看了，马达点了一根烟，在信上戳出无数个窟窿，将千疮百孔的信烧成了灰烬。他的心发冷，闭着眼想象着他费尽心思写出的信，变成一点一点纸灰在空中飘。他恨马达，凭什么要夺走张小麦，不就是他家开了个面粉加工厂，父亲是村里的支书嘛。他想着要教训马达，让他知道用烟头戳信的后果。

机会是在老塘北街的庙会上，捎信人告诉罗布，马达带着张小麦，在麦场里骑马。罗布往老塘北街跑，有人把罗布找马达报复的消息，告诉了罗布的好朋友吕腾，吕腾赶到时，事情已经发生：罗布手里掂一根棍子，将正在马上照相的马达抢了下来，接着趁马达在地上折腾，踹了过去。马达挣扎着，罗布再一脚下去，马达捂住了裆，嗷嗷地叫。吕腾止住了要再踹下去的罗布。张小麦拉住了马达，愤怒地看着罗布，说，你就等着公安抓你吧。罗布恨透了势利的张小麦，挺挺胸，我敢打就不怕什么公安。

吕腾发动了摩托车。嘟嘟嘟，摩托像一只怪鸟，横冲直撞穿过人群。他将罗布安置在陈城的一个朋友家，第三天夜里，吕腾将他送上火车，让他先出去躲一躲。罗布这一走几年没有回来，在几个城市之间流浪，后来去了锦城，在锦城做过很多工种，花工是其中的一个。

家里的消息都是吕腾转给他的，第一天夜里说马达不疼了，但小肚子那儿一直发酸，好像尿尿的家伙挺不起来了，如果真挺不起来事儿可就大了。这种情况下吕腾才劝罗布离开的，吕腾说，有些事缓一缓会有另外的结果，时间能解决也能软化一切问题。离开的那天夜里，吕腾和陈城的朋友在车站前的小酒店为他饯行，罗布不情愿地和吕腾喝酒，说，我就这样走了，是不是像一个逃犯？吕腾说，你如果不想做逃犯就投案自首。他们

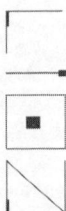

报案了吗？吕腾说，不管他们报没报案，你都三十六计走为上策，否则，抓起来挨罚又出钱，你把人打成那样，不拿医疗费吗？罗布想了想，不报案只有私了，出医疗费。吕腾说，走了再说。

以后的事情，都由吕腾处理。罗布的脚太狠，把马达那儿踢出了毛病，据说马达更主要的是犯了心病，越是有心理障碍越挺不起来，医生建议他尽快结婚，这种病只有在床上才能找到最好的缓解的机会。张小麦就是那一年和马达办了婚礼。张小麦有些不情愿，担心他那儿真坏了。马达把她带到医院，医生对她说，马达那儿其实根本没有坏，在医院用仪器试过，充血后没有问题。医生交代她配合好马达，甚至主动调整马达，恢复马达的信心，让马达的心理疾病好起来。张小麦嗔着脸，看着男医生，说，大夫，你不会骗我？医生用钢笔捣着桌面，说，他那地方没出根本的问题，不是心病是什么。一年后张小麦怀了孕，挺了大肚子，她的同学问她怎么把马达调治好的？张小麦说，我没治，有一天他自己忽然好了，好起来格外强势，像一个饿坏的人特别贪吃。

关于报案的事，吕腾告诉他，张小麦的功劳不小。马达的父亲是村里的人头，第二天就把案报了，张小麦听说后去制止马达，那时候马达被他父亲送到了医院，正在接受仪器检查和心理咨询。张小麦对马达说，报什么案，不就是挨了另一个男人几脚吗？可你有了我张小麦，这是你最大的胜利。张小麦知道罗布已经跑了，对马达说，要不我把罗布找回来，你踢罗布几脚，我还跟罗布好？马达攞着肚子，弯着腰，说，张小麦，你是不是还不死心，我都被整成这样了，还要背叛我？张小麦求着马达，马达，既然医生说没问题，为什么非要抓罗布，真要做一辈子仇人吗？把罗布判了，我和你能过得清静吗？

马达给父亲打了电话，告诉他张小麦的意思，也对父亲说了医生的诊断。张小麦说，你不撤案，我不可能和你成婚，你想让谁协助你去找谁。张小麦为罗布打抱不平，说，我其实和罗布谈得早，嫁给你是我家人的意思，你想明白马达！

案子搁下来。至于赔偿款，是吕腾找人谈判了几次说好的。

在外边，罗布起初一直过着居无定所的日子，有一种负案在逃的恍惚感。他不想回来了，下决心在外边混，赔了马达钱再说。他后来到了锦城，在锦城他认识了花工，他和花工在一座楼里租房。经花工介绍，他和花工一起去一个植物园护花、养花，每天干着浇花、裁花枝、栽花、移花的工作。晚上，他和花工去路边卖花，帮着花工将花搬到车子上，找一个地方再一盆盆放在路边。那些花在夜里开放着，招徕着路上的行人，有人看中了某盆比较大的花，花工细声地对他说，小老弟，你帮人家送过去。他不停地跟在买主的屁股后头，将花搁到主人的门口，甚至放到阳台上。搁好后主人还问罗布，你看这样搁合适吗？他审视着，或者假装审视，说合适，再合适不过了。有时也会把花挪一挪，挪到一个见有阳光、透风的地方。花工不吝啬，哪天晚上花卖多了，除给工钱外，会请他吃一次夜宵。他把自己的经历告诉了花工，花工同情地看着他，说如果这样，即使我给你的再多些，你一下子也还不清那几万块钱赔偿金，不如你也弄个摊子吧，和我一齐去卖花，我们保持距离，谁也不影响谁。他在锦城的第一笔钱就是这样慢慢攒下的。他也做过其他的生意，打过其他的工，但还是回到了花工身边，算下来卖花来得稳妥。

每次回家前，总要和吕腾联系，回到家，先要见到的是吕腾。他无数次合计过，将来回到陈城，回到老塘镇，回到老塘南街，如果做生意，选择的合伙人一定会是吕腾。还完马达赔偿金那天，吕腾把他拉到陈城的一家小酒馆，这让他想起坐火车离开陈城的情景，他和吕腾碰酒，说，吕腾，你是真哥们儿，谢谢你。吕腾沙着嗓子，怎么样，心里清凉多了吧？他点点头，他妈的，那小子竟然孩子都几岁了。吕腾说，马达要是真残了，你赔得起吗？罗布说，我帮他生孩子不就得了。想得美，吕腾说。

然后入了正题，吕腾问他，怎么样，打算回吗？

罗布停了停，想起他朝夕相处的花工，花工给他介绍的女人，他们在一块过几年了，女人的肚子里有了自己的种。他摇摇头，再说吧，我不能因为还了他马达的赔偿金就回来。吕腾说，我懂。

三

他自己也没有想过，自己会以卜者的身份回到老塘南街，走上这个原本陌生的道儿，每天会坐在房间里期待着占卜者。在锦城流浪了十年后，他回来是想再做些生意的，想有一个体面的转身。可是，任何事情都由不得自己。他起初是要引进一个童鞋厂的项目，从投资商，到经销商，做了很多的工作，最终在老塘南街，在老塘镇，在陈城，地皮的事儿一直办不下去，村里原来一座老厂的转让费要得吓人，加上其他环节的障碍，投资商打了退堂鼓。童鞋厂投资的事儿失败后，他又回到了锦城，一待又是几年，再回到老塘南街，他摇身一变，成了一个卜者。关于他成为卜者，有很多的传说，比如怎样遇到一个佛主，他皈依佛门，跟着师傅学了卜卦，后来由佛入道，包括一直学习《易经》之类的书，充满蹊跷和诡秘的传说。又说花工本来是个会卜卦的人，罗布在跟着他养花卖花的时光里，花工将他的看家本事也教给了罗布。

他成为村子里有史以来第一个卜卦者。

开始卜卦，他要价很高。也许是一种炒作，收得最高的一次卦费是2000块。那是他刚开始不久，问卦者走进房间时，他就知道该怎样收费了，否则，对方不信你的话，反而会嘲弄你，低看你。那个人吸着烟，烟插在一个歪嘴的小烟斗里，翘动的嘴唇上是一溜齐整的小胡子，内里的气势没有收敛，不像那些普通的问卦者，故意隐去自己的锋芒或装得若无其事。为这样的人算卦考验的是卜者的智慧，那种表面的气势里其实藏着畏怯、侥幸、窥探，也许还有好奇，不然他不会来这地方。两者较量的是一种心劲，而且，如果你想要价高，不能仓促，短兵相接，要在时间上制衡，在时间上熬，占有优势。所以在卜卦前，他对妻子说，你告诉在外边等待的人，老板的这一卦时间要长，没耐心等的，下午或改日再来。那一卦，前前后后持续了一个多小时，他和老板一直处于一种较量的状态，他强迫自己镇静，慢慢征服对方。他成功了。对方爱面子，没有讨价还价。他最后盯住了对方的烟斗，烟斗上已经潮润。他说，这应该是由高人指点，你已经握了几年……

那一天，叫劳金的人进门后，他就知道是一个有钱人，但不能打他的算盘，此人身上带着戾气，可能会被缠上。帘子是呼呼啦啦掀开的，一阵风被劳金带进来，由于身高，进门时弯着腰。他说，你给我算算，我的官运会不会顺? 你，要高升? 不是，想当官儿。当多大官儿? 不大，村里的官，你算算，会不会顺。

他稳稳地坐着，台灯亮起来，外边的天有些阴，房间里暗。他听着他的生辰八字，抬起头，看看他的外相：膀头往下驼一点，鼻头尖，鼻梁骨凹下去，再看……他站起来，路过他的身旁，闻着了浓重的烟酒气，看到了他的耳垂……他走回来，看见对方的额头冒出细密的汗珠。他忽由心头生出一种感觉，或许是卜者应该避讳的感觉。他对面前的人说话却很直接，戒了吧，你没什么官运，硬要去走，不会顺当，出岔头事儿。对方不服，说，你再好好看看，你看我这个头，我……看清了，我刚才起来干什么？我绕着你转干什么？就是想给你看出希望的。可是……打消念头吧！罗布说。

不要说得恁绝，我不在乎钱，你能不能，看得细一点，有些东西是藏在暗处的，慢慢地往外冒。他说得不错，一个人的相貌是会变的，命运是有变数的。但还是说，今天，我没有看到什么，或许你再等等。我不能等，机会是不等人的。他无言。劳金临走时撂下一句，我会再来。

院子里，几朵花在冷风中败了，街上传来小车的发动声。

第二次，先来的是劳金的一个兄弟。来人是一个说客，掀帘子的动作比劳金文气，脸上堆着笑，恭敬地叫着罗师傅。罗布看出来他不是占卦的，不一样，占卦的人都静，或者装着，屏着气，不像这个人嬉皮笑脸。你不是占卦的，罗布说。嘿，您果然高手，这点都看出来了？说吧。来人就说了，说劳金还会来的，托他改一改卦运。说，何必呢，他出钱，你给他个安慰，也是个激励，眼下正是他改变命运的关头，争一个村主任。说得那么邪乎，不就是为点利益吗？这种人多了，听说村里的地要征，高速路从村里过……他摇摇头，说，卦里有的我怎么改？来人说，罗师傅，何必呢，我再给你另加一份钱，他再来，送几句好话。

不！那要看什么情况。罗布说。

你们的话你以为我没有领教过，你们敢把黑豆都说成黑的，卦摊早被砸了，人都愿意被恭维的。

罗布不说话，听见外边的风刮起来，呜呜地响，房顶上有树枝落下。移到房间的花越来越多了。

死心眼儿。来人骂骂咧咧走了。

几天后，帘子又呼呼啦啦掀开，劳金果然来了，他修剪了头发，刮了脸。他先是屏息静气站着，看着罗布，然后在罗布对面坐下，对罗布说，还认识我吗？认识！罗布说。再给我算算吧！劳金看着罗布。不用算，几天的时间，不会有啥子变化。我再给你报一遍八字，劳金说。不用，我心里记着，我本子上随时可以翻到。罗布始终坐在椅子上，只是拧开了台灯。劳金说，我的生辰应该提前才对。罗布说，那改变不了命相。劳金到

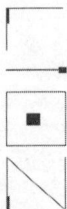

底没有忍住，他妈的，难道你们都他娘串通好了，那个老魏瞎也这样说……

果然出事了，半路杀出个程咬金，一个女人，带着个孩子，到劳村来找劳金。这个结果是后来有人告诉他的。

四

他去看吕腾，那时候，他还没有从锦城回来，确切说还在犹豫。万万没有想到吕腾会进去。真是阴差阳错，原本该进去的是自己，逃脱了。吕腾现在的监狱叫旗城第二监狱，在旗城北郊一个叫棠村的西边，孤零零的院落，四周是空旷的野地。幸亏当年马达的蛋子没有真废。

吕腾怎么会落到这种地方，短短三两年时间，落拓了。吕腾一直在做生意，经营一种品牌的漆，同时和别人合伙，在老塘镇办了一个铝合金门窗厂。据说吕腾栽在一个女人手里，那个女人长时间从他这里进漆，和很多工地都保持联系，周旋在工程老板之间。渐渐地，吕腾发现原来直接从他这里进漆的老板都成了女人的客户。这没有引起吕腾的愤怒，问题出在女人从他这里赊下的几十万块钱的漆钱，一直拖延着不还。吕腾感到纳闷，暗中注意女人的动向，女人的行踪很快被他掌握了，原来女人在自己悄悄地进漆，那些漆囤积在一个地下仓库里，女人没那么多钱，用的是欠他的钱周转。他没有说什么，一个女人想做生意他可以理解，生意人都不容易。他很冷静地要女人还钱，他找到女人储存漆的地下室里，没想到，女人会耍无赖，会撕开衣裳，对他倒打一耙，还在他的脸上抓着指印。这样的女人一旦疯狂，猝不及防，会这样无赖低级，用出了早已过时的招儿。吕腾被激怒了，他真的打了女人，砰砰啪啪打翻在藏漆的地下室里。出手太狠，女人晕倒在地，一天后才在医院里醒来，他就这样进来了。

吕腾对罗布说，真是防不胜防，你还好吧？还好。他问吕腾，在里边怎样，适应吗？不适应又能怎样？没事，判得不重，很快就会出去。罗布说，我去看过你的门面，嫂子经营得挺好。吕腾说，那些老板还是讲交情的，还去我们那儿进货，有业务就好。你呢，想回来了吗？他说，我再想想。也许，等你出来那年，我会回来。不用，你自己的事儿自己决定。不，如果我回来做事，还是想和你合作，你才是我最相信的人。吕腾笑笑，我都这样了，你还说信任我。罗布说，这不代表一个人的品质，进来的人也要看他怎样进来，我信你。时间快到了，吕腾说，等我出去那天，你找一家小酒馆为我接风。没问题。他想起和吕腾在小酒馆喝酒的场景。

五

童鞋厂失败后，他又遇到一个玩具商。玩具商的生意正如日中天，现在是玩具的社会，电视上每天都在播放和玩具有关的游戏剧，好像倡导全民都玩游戏。玩具商想在内地办几家玩具厂，算连锁企业。罗布踌躇满志，想再尝试一次，不相信引进一个项目会这样难，现在各地对项目都趋之若鹜。他回到陈城，跑镇里，跑有关的局委、招商的单位，那一年吕腾已经进去了，他感到孤单。起初镇里和村里是感兴趣的，他好像看到了希望，一个玩具厂马上会建立起来，他可以回到老塘南街，和玩具商派来的人一齐管理一家玩具厂。可办厂批地的事越来越让人泄气，结果是又泡汤了。后来才知道，县里和镇里根本没有相信他会引来什么投资，接见他只是一种应付，他才明白，这是一个要身份的社会。而玩具商也一石三鸟，同时在和其他地方谈判，最终玩具厂落在了另一个县内。玩具商邀他过去，给他较高的待遇，他最后拒绝了，回到了锦城。

再回来，罗布成了神秘的卜者。在他回去的两年里，经历的事件让他心有余悸，也许是遭际逼他去做一个静心的人。他的孩子夭折了，得的是一种急病，甚至都没有来得及诊断出病情，像中了什么毒一样很快离开了这个世界。另一件事，是花工卖花的路上出了车祸，他赶过去时花工已倒在血泊中。这么多年他已把花工看成自己的亲人，他抱着花工，联系着花工的家人，为花工的事跑前跑后。然后，他停下了卖花，没有花工做伴太孤单了。他整天浇灌着花工丢下的那些花，和那些花说着话，他心灰意冷，守在房间，在房间看书。也有人说，他整天和一个老道在一起，弄清了很多不懂的东西，他能成为一个卜者，是受了老道的真传。

他接待过一个从陈城来占卜的女人。女人穿一身连衣裙，裙子的颜色清一色玉白。她亭亭玉立地站着，他示意她坐下来。在她走进胡同前，他听见了小车停在胡同口的响声，刚下过一场雨，胡同的地面阴潮，曾经泥泞的胡同在下雨前用炉渣垫过，炉渣上铺了一层粗沙，黄泥被炉渣和粗

沙覆盖在下边，路好多了。女人沉静地坐下来，他从女人的坐姿和面容中看到了沧桑，夏天的光线照进房间，他将窗帘拉紧了一下，他不喜欢太亮的光线，他情愿一年四季都用那盏台灯，好似台灯可以调动他的思维。拉过窗帘后，他重新坐下，像每次一样，手摸着笔记本和黑杆的钢笔，将钢笔拧开，掀开笔记本的一页，面对着来人，说吧。

女人重新坐定，说，你给我算算最近的运势，他看看女人，叹了口气，气吹动了笔记本上掀动的一页，纸上还空空如也。他说，你心不净，你身上有枷锁。

枷锁，什么意思？

有一种负担没有从你身上卸去。

能具体解释下吗？

你可能和别人合伙做过生意，或者合伙做过什么事，你在做事上动了手脚，伤害了对方，却成了你的心思，你的皱纹，面相都在证明。

女人身子抖了一下，脱口而出，那怎么办？

没有办法！他说，从卦上看，已经形成了事实。

女人沉默了，重新坐下来，说，你彻底给我算一下。他打开笔记本，记录前吹动了一下书页，仿佛书页上染上了尘埃。说吧。罗布看着对方。接下来，是沙沙地记录。记完了，女人沉默地坐着，他则在笔记本上摞加着文字和数字连成的形状，嘴里念念有声。然后，他看着那些写出来的形状，对女人说着她命运的走向，而女人在听着他的叙说时还在想着她今天过来的真正目的，罗布刚才说她身上有枷锁，如果说枷锁，这个枷锁就是吕腾，她就是把吕腾送进监狱的那个女人。在他和吕腾的事情发生之后，她藏在地下仓库的油漆并没有顺畅地销走，而是几乎未动地搁在那儿，老板们在有意无意地对她疏远。她才知道了什么是真正的对手，什么是买卖的道。心眼儿太多太狠了，要遭报应。

罗布还在不紧不慢地说着，她烦躁起来，打断罗布，直截了当，能陪我去看看吕腾吗？

她说，你说的枷锁，对我来说就是吕腾，我和吕腾合伙做过油漆生意，因为我，吕腾进了号子。你说得对，我身上有阴影，阴影是自找的，自从吕腾进去，我一个好觉也没有睡过，我像一个魔鬼。其实，我今天不是来算卦的，我知道你和吕腾的关系，求你和我去见一次吕腾，我去过，他不肯见我……

六

马达又一次走进胡同已是春天，花香在院子里弥漫。刚送走一个客人，罗布正在整理笔记，这是他的习惯，每接待一个客人，会在笔记本上记录下用去的时间，客人的来历，自己的估算，甚至记上客人的长相，大约的身高。看到马达，他继续低头整理，直到掀开新的一页，手捏着钢笔，才问马达，你要算吗？

马达吞吐着，说，这次，这次，还是她让来，不过，这一次让我请你过去。罗布抬一下头，眉头耸动，听马达继续说，她，她想请你亲自为她算一卦。

不是算过吗？

不，上一次是我代她算，这一次是请你过去……

他突然有种不祥的预感，一阵悸动，他站起来，看着窗外，说，我半路出家，不过是找口饭吃，你，另请高明吧。

不！马达说，她吩咐了，就找你！马达的声音提高了几倍，又降下，不是她让我求你，我不会来！

马达，你告诉我，她到底怎么啦？你是个男人，怎么可以相信算命，那不过都是古人总结的一些规律，要相信科学，找医院，找医生……他看着面前唯唯诺诺的男人，想再一次踢过去。

马达的泪掉下来，罗布，你以为我没有尽男人的努力，没给她看吗？为她治病已经花完了多年的积蓄，这一次也是刚从医院里出来。

马达低下头，额上暴出汗珠，泪水和汗珠一齐汇流，手和身子在轻微颤抖，整张脸像一片湿地。罗布坐下来，看着眼前的马达，拿起笔记本，朝前翻，找到张小麦的一页。他看着上边的记录，两个月，时间隔了一个春节，一个"年"。他记得自己当时对马达说，过了打春就好了，现在已经是春天，院子里的花在次第绽放。他的心颤了一下，在越来越沉入卜者的行当时，他有时感到命运的残酷，一个卜者的虚弱，力不从心。你能做什么？在某种情况下，一个卜者其实就是在重复古人的经验，嚼古人留下的剩饭，不过是一个另类的心理医生，察言观色，给对方一种心理的暗

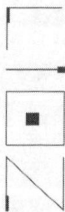

示或者疏导。独自守在房间的时候，他会蓦然感到自己的颓废，无聊，甚至无赖，像一个工具，每天在重复着废话，类同的细节，打开笔记本，合上笔记本的动作千篇一律，那些画在笔记本上的标记、图标、算式，都是不同数字和画图的复制。他时常感到一种虚幻的飞翔，自己的翅膀总是徘徊在同一片天空，在一间房子，一片狭窄的院子里飞，每当送走一个客人，他会突然感到一种羞耻，一种孤独，一种慵懒。他想到花工，多好的一个人，走得如此仓促，以那样的方式。他想起自己的儿子，那么小就夭折了，这究竟是怎样的宿命，一种命运的指向。就是在那些日子里他对人的命运开始痴迷，想通过古人找到命运的秘籍，或者改变的方式。他每天枯坐，阅读大量的书籍，可是，他在阅读中陷入混乱，痛心疾首。有一天他对自己记下的大量的日记和心得表示怀疑，他独自喝酒，酩酊大醉，妻子守在他的身边，将他整理的日记又一本本收好。和别人不同的是，在看那些卜术的书时，他同时阅读了几本关于心理学的书籍，去拜访过几个著名的心理医生。

马达还在等待他的答复。他从墙上摘下黄色的布兜，将笔记本，钢笔，书架上抽出的一本书装进去。他说你再等等。他掀开了帘子，春天的阳光迅即照进了房间，花香也跟着进来。放下帘子他去了院里的花棚，又有几朵花开了，有几种花在等着从棚子里移出来，见到真正的温度和春天的阳光。

做完这些，他转过身，对马达做了个走的手势。

走进院子，他闻到了中药的味道，他有一种拒绝。他往后看了看，大门关上，黄昏的岚气正在弥漫，墙外的杨树上飞过几只麻雀。他一路想象着她的模样，真正到了门口，他脚步滞重，迟疑，对自己的到来产生疑惑。

这是一座三间上下的楼房，农村时兴的那种小楼，楼下两个套间，正面墙上是一个画着山水的玻璃画，客厅摆着沙发、茶几，没有病人家的凌乱。马达走进一个房间，隐约听见了马达和女人的对话。接着马达推开屋门，轻声说，进来吧。

罗布掂着他的布包，一步，两步，三步……罗布看到一个坐在沙发上的身子，沙发放在离床边不远的地方，一支檀香刚点起来，漾出一种香气。张小麦还是瓜子脸，薄薄的嘴唇，带着笑意的酒窝。只是，张小麦的眼睛没有了锐气，混浊，无力，酒窝显得消瘦，干瘪，酒窝边的纹路凌乱、明显。门轻轻掩上，马达出去了。罗布听见张小麦的一声轻语，坐吧。张小麦身边是一把藤椅。他坐下来，张小麦说，你终于来了，我以为你不好请。

那个"请"字让他的心沉。你，你不要这样说。张小麦说，是，是我让马达去请你的。罗布说，你不要这样说，好吗？不，不请，你会来吗？他想说，我，我想着来，来的，自从知道了你的病……他没有说出来。

张小麦仿佛看出了他的心思，说，我和马达说好了的，他不会打扰我们，我想自己单独算一卦。小麦。他叫出了小麦的名字。小麦，你不要相信这些，你应该去医院，去找医生，相信科学。我今天来，不是来给你占卦的，我来，我来是想和你见一面，我……算吧，我告诉你我的生辰八字。张小麦打断了他，声音冷静，倚在沙发上努力镇静着，平稳着自己。算吧，罗布，给我好好算一卦，也许是最后一次了，算算我哪一天会死。

他从椅子上弹起来。张小麦早有准备，将一张纸递过来，上边写着她的生辰，她弯腰咳嗽了几声，低声地，喘息着，算吧，罗布，算算我还有多少日子。罗布坚决地摇摇头，将她的那张纸折叠起来。张小麦说，你不算吗？

不，你去找医生，会好起来。

好，好起来？我知道我好不起来了，你学会了算卦，你知道什么叫命。你的事我也听说了，你可能就是想知道自己的命才算卦的吧。

他说，我没有为自己算过，就是找一份事儿干。

你过得并不好，和我有关。

不！

其实，我就是想最后见你一次，有些话对你说说……

他简直听不进去了。小麦，你会好的，不，不要这样说……

张小麦喘了口气，这么多年，我们一直没再见过，如果没有当年的那匹马，没有那个马场就好了，也许，我们的命会不一样！你不会去外边流浪……

不，小麦，不说那些了。

小麦说，你听我说，如果不是你踢了他那个地方，也许，也许，我还是你的……张小麦的目光低着，看着他，又别过去……

你，你说什么？

本来，事情本来还可能改变，但你踢了后，不好改了……

罗布的眼泪下来了。他甚至想放声哭，他掐住嗓子，眼泪还是穿过了指缝。很久，他看见小麦向他伸出了一只手，他抓住，放在自己的手心，抽泣着，小麦，谢谢，谢谢你……

七

一个黄昏，罗布心血来潮，想为自己算上一卦。于是，罗布走出了开满鲜花的院子，走出了老塘南街。这个秋天，他听到了很多关于生死的消息，张小麦是一个月前走的。我们的卜者决定采取步行的方式，找一个地方给自己占上一卦，他想遍了周围的卜者，最后选定的是两个人：一个是年老的魏瞎，一个是山里边年老的女人。他一直记着魏瞎的模样，魏瞎喜欢在稀疏的头发上戴一顶帽子，他看不见，也要用帽子遮住头顶。听见有人来，总先打一声招呼，叫着大哥、大嫂、大姐或婶子、大娘。他能听出对方的年龄，这是经验，在这个世界上很多人都是依赖着经验生活。记得那年他找魏瞎算卦时，魏瞎曾对他说，小兄弟，你可能属于晚婚，而且得子要晚。想起这话，他就想起在锦城夭折的儿子，好在老婆的肚子又凸了起来。

他站在村外的十字路口，明显的四道方向，分别指向四个路端，最后他放弃了去找老女人的打算，进山需要一天的路程，他不想气喘吁吁去找一个人占卜。他想了想，起步朝着宋村的方向走。太阳还在西半边挂着，秋天的夕阳虚脱样鼓胀，在进入秋季后淡去了夏天的炎热，凉气慢慢下来。路边的秋田都收过了，大地辽远，又一季的小麦苗在低微处拂动，麦垄间跑着细细的尘土，路边的草再一次老了，草根又粗又硬，草叶发黄，熟透的野花长出了白色的胡须，柳絮样在尘土间飞翔。秋天，是成熟又衰老的季节。

去宋村要越过两条河流，过两座桥。他在旁若无顾中跨上了第一座桥，今年的雨水一直多，进入秋后又下了几场大雨，河水充沛，浑浊的河面漂着发黄的树叶。一个月前，有人给他送过来消息，张小麦走了。在张小麦殡葬的前夜，他走近叫城堡的村庄，听见了呜哇呜哇的响器。他没有进村，在村外找到了挖出的新土，他在提前掘好的墓坑前坐了很久，然后一直在玉米地坐到第二天的黄昏，月亮升上来时，他走向张小麦的墓地，听着花圈上的纸花呼啦作响，露水打湿了他的衣裳。他神情麻木，什么话也说不出来，总是想着和张小麦最后的一面，他们最后抱在一起，听见了张小麦的啜泣。在天将明时，罗布离开了张小麦的坟地，他最后朝坟头鞠了一躬，说，张小麦，太早了，你才36岁。

又看了一次吕腾，告诉他张小麦的死讯。吕腾听着，许久才说，这个张小麦真是活得太累。临别时他问吕腾，你还有多长时间才能出来？吕腾想了想说，不到两年。罗布说，我给你算一卦吧，看你能不能提前。吕腾说，如果没有话说，你就走吧。罗布说，没有你我好无聊。吕腾说，别再乌龟样缩着，那样你更无聊。你应该出去，哪怕继续流浪。

他告诉吕腾，他想种花，等他出来后，联合在老塘南街建一个花圃，把他家的几亩地全种上花，这个世道变了，乡村到处都是洋气的房子，需要花儿点缀，将来的乡村才是最大的花卉市场。愿意和我合作吗？他问吕腾。吕腾不说话，嗅了嗅，空气中仿佛有花的清香，吕腾没说自己的意见，只是说，你想好了？你说呢？罗布又问了一句。吕腾还是没有回答，罗布继续说，我不想和任何人合作，只想等你！等你！你知道吗？

他就这样回忆着走向宋村，走向那个已经八十岁的魏瞎，鬼使神差，他特别想再听一听他少年时的卜者再给他算上一卦。他想起关于魏瞎的传说，一个少年盲者有一天走到宋村，在宋村的大街上哇哇大哭，再也不想走了，没有眼走得多么困难。人们看见，这个孩子的身上沾满了泥水，伤痕累累。有人拉起他，将他送到一个私塾先生那里，先生将苦读过的卦书传给魏瞎，使魏瞎成为一个卜者，如今，这个卜者已经八旬。魏瞎身边的女人，是他四十多岁路上的相遇，那一天，这个寡妇在路边哭泣。他站着，听得好伤心，握着棍子，陪寡妇哭。后来这个女人成了他的拐杖，他将卜卦的钱都给了寡妇上学的儿子。他对寡妇说，我挣再多的钱又有何用，有人花你的钱才有意义。那个孩子一直上到了大学，经常回到宋村。不知道还有没有那个女人，或者女人是不是还在宋村。

夜幕降临后，他走过了第二条河流，桥在他脚下鼓动，整条河黑黢黢的，柳树枝、野草、发黄的树叶在河里浮，他想象着，如果一个人驾一叶扁舟，孤独地走在黄昏的水里会怎样……再往前，就是宋村了。罗布站在桥上，朝他此行的目的地宋村看去，他看见一片灯火，接着听见呜哇呜哇的响器声。又是一个人的离去，一个生命的结束。一只夜鸟从头顶掠过，

他突然有一种疑惑、一种预感，这个宋村里的亡者，会不会就是魏瞎？那么，他的此行将成为虚空。他慌乱起来，在夜色里，匆匆撤下河流上的桥，朝宋村快走……

卜者之卜

点评

占卜者自己也要去占卜，为什么呢？因为他也无法掌握自己的命运。作者用两个故事三四个人勾画出大时代中小人物日常命运的无常与人的弱小、无力。

第一个故事是罗布、马达与张小麦的三角恋情，罗布张小麦相爱，张小麦家里不同意，让她嫁给家里条件更好的马达，罗布愤怒之下踢了马达几脚。他该恨的究竟是张小麦的父母还是自己不够富裕的家庭还是这个嫌贫爱富的世界？他也不知道，那些人他踢不了，只能踢了马达。这一踢，张小麦再不能和他在一起，罗布为躲避监禁和赔偿，远走他乡。最后，他结婚生子，儿子夭折。张小麦36岁因病去世。

第二个故事是帮助他逃走的哥们吕腾，做生意的他被一个女人算计锒铛入狱，女人却并没有因此飞黄腾达，小地方的熟人买卖，背信弃义者没有活路。

有些命能算，有些运却无法占卜。劳金有钱却当不了村主任罗布可以预测，看准他无德无才，来算命的嚣张表现就已暴露怯懦无能的真相，纵使一时顺遂，也必将漏洞百出。可他和张小麦呢，他的儿子呢？吕腾呢？面对生活的巨大风险与不确定性，什么能给我们提供安全感？占卜与求神的心理安慰功能于此凸显。也许人们需要的，不过是说服自己，得过且过，知足常乐，退去年轻的血气方刚，变得理智而圆熟。而那时，你也将变为一个有故事的人，再不是故事中人了。

（王雪）

度 桥/

/张怡微

一

　　有一日我正在困意中打发漫长的下午，母亲突然推开了我的房门。她总是这样没有礼貌又心血来潮，手里还捧着几只大盒子。有蓝色的曲奇盒、红色的喜饼盒，还有一个起码有三十岁高龄的黑色八音盒。我一直梦想能有个巨大的工作台，最好能有裁缝用的那么大，使我不会被这三个突如其来的盒子占去百分之八十五的工作空间。母亲对我的陈年心愿置若罔闻，她经常在我拥塞的房间里落下一些匪夷所思的东西，譬方叫我的柏崎星奈趴在她过期的绵羊油上，或者让我的达斯维达剑指地上的哑铃……然后，再提醒我可以去打扫房间了。我发现了几次，但很快就习惯了。

　　这会儿母亲又自顾自在说，"从前你外婆做人做得好，她送我的东西呢，桩桩件件，都给我看过很多遍了，看过以后还不算，还要我背一遍出来，这样她往生以后，我就不会遗漏。家里头要是被盗了啊、着火了啊，也知道自己的损失到底是什么，不然警察问起来怎么办呢，你能说得清楚吗？现在我也要这么来教教你，你可不要嫌我烦啊……"

　　我知道，最近两年开始，母亲没再指望我这辈子能做成什么大事了，这真是令人惊讶，她居然是这一两年才将我当作普通人，而不是超人、天才、大学问家。另一方面，她也不再关心我到底在做些什么。她好像以前也曾关心过的，问我"你那个什么表情研究……国家真的会给你钱吗，妈妈为你骄傲，妈妈又深深为你担心"。总之，我做梦都能听到她痛心地抱怨我花了她那么多钱却天天在家里枯坐，这样下去我晚年会变卖家产以至于百年孤独。如今她倒是很少抱怨这方面的事了，仿佛是失望了，她的失望表现为一种彻底的"不提"，这对她而言不失为一种解脱，我觉得她开心了不少，至少表面上是这样。尤其是经过了那么多乱七八糟的事情以后，她还是该烫头烫头，该做衣服做衣服，挺好的。我一直懒得和她细讲我真正的想法，时间久了却变成真的无话可说。女人总是过于忧心忡忡，未雨绸缪，但我发现，大部分时候她的说法都是对的。女性擅长用直接的情感经验来强势地消灭男性从书上得来的二手知识，还总是在不经意间。

"我正在忙，妈妈。"

"谁不知道你在忙啊，你都忙了十好几年了，不都没什么像样的事可做，妈妈就抽出你忙碌的发呆时间，一会会儿，给你个机会好好当个乖儿子嘛。你小的时候不要太喜欢缠着我喔，妈妈长、妈妈短，一发育了就不行了，理都不理我。其实你是个很可爱的孩子，三十五岁了你看还是一样很有童心……"她这样开导我，又突然补了一枪，"对了，刚'运通'的小弟弟也问起你了，问你怎么老不上班。你看，你不要总是抱怨这个世界很冷漠，运通的、顺丰的、叮叮的……他们都很关心你的。"

我什么时候抱怨世界冷漠了。我心想。

"那你是怎么回答的呢？"我问。

"我怎么敢回答啦，那不是在你头上动土……喔，对了，其实你也可以关心一下植发的事情。我上次在电视里看到一个生发产品啊，真的很好的，有一个上海台很有名很有名的主持人，我平时也没有觉得他头发很多的样子，但是在那个节目里他头发真的很多的……就是因为你这个毛病，我看过很多顶假发，我的姐妹们也介绍我看假发，反正那个主持人那一顶要是真的是做出来的，也是做得蛮考究的，不晓得他是在哪里做的，我也想给你做一顶定制的……"

"妈，你要给我看什么？"我只好打断她。

"也没有什么，你认识这个盒子吗？"

那还是我父亲生前给母亲买的八音盒。我虽然不至于不认得，却也懒得去回答她认不认得。小八音盒拧上发条会有一个穿得很少的女孩子踮着脚旋转跳跃不停歇，现在弄坏了，就只是一个分了层的黑盒子，像飞机失事时候人家会找的那种东西。八音盒嘛，本来是年轻女孩子拿来存放发卡、牛奶糖的地方，大人用来储物实在显得笨重，但母亲似乎并不介意，她有时候很珍爱这个八音盒，那毕竟是她的前半生。但这种珍爱很不可靠，她时不时地又带着攻击性，这种攻击性令人怀疑她惯常扮演心平气和时的用心良苦。比如快递问起她："你先生呢？"她就响亮地说："死了。"快递又问："你儿子怎么老不工作？"她就问："你怎么那么年轻就工作？你几岁？"

"十四。"我听见，吓了一跳。

"你们那个苏北老板还真是黑心诶……多大的孩子都敢招来做工，旧社会哦，当心我举报他。"

那孩子就悻悻然走了，那种悻悻然的表情对我来说也是久违了，是少年的标志。他踩着电瓶车的声音很古典，让我想到大学里的自己，两只轮胎带一只热水瓶就能够风驰电掣的好日子，一逝不回。

十四岁的时候，我在干什么呢？真是很梦幻的年纪啊，斜阳里散乱的红领巾，饥肠辘辘的黄昏，潮唧唧的汗衫内裤，年轻的日子真是富裕得能拧出回南天捂嗦的水汽来。我外婆过世十多年了，其实父亲也是。但我始终不觉得他们离开，因为母亲每天都会说起他们。说起他们的往事（主要都是些糟糕事），然后以"就这么死了"作结，残酷又匆忙，像他们真正离开时的样子。残酷的事被越说越寡淡，是母亲的一种生活智慧。而我知道时易世变，我和母亲的悲伤和埋怨逐渐真正变质，这却不是费尽心机来实现的。当下母亲更痛心的是，父亲的突然离去，令她的置产大业搁置了。房价暴涨，她的千万富翁之梦葬送于父亲的疾病中。她一定已经不像从前那么难过了，偶尔说起我们本来应该住在这里或者那里，也只是随口说一说。她甚至会提及父亲所葬的墓穴价格，已从两万暴涨到了二十八万。

"我本来不想跟他葬在一起的，你也知道的。"母亲说，"我是为了给你减轻负担呀。谁知道死得早也有这样的好处。我以后就算再嫁人，也要和你爸爸埋在一起，你知道不知道啊？当妈妈的心，总是最宝贝儿子的。"我就谢谢她，再抱抱她，她似乎很吃这一套，所以又说，"其实房子太大我也打扫不动，你又不打扫。"所以她惋惜的究竟是那个爱错的人，还是那段错过的机遇，还是我们可能拥有的另一种生活境况……这也

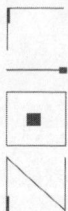

很难说吧。

母亲把她手里那三件宝结结实实地塞在她的床底，突然又拿出来透透气，不知道是突然感应到了些什么。我猜那堆盒子里也无非就是一些存折簿、美金、手表之类的东西。家庭妇女热爱把最重要的东西放在袜子里、信封里、黑灰色圆筒的胶卷盒子里，存放的时候还要特为箍好橡皮筋、包上报纸，以为这样是最不显眼的，这真是奇怪，有谁会把垃圾包得如此严实呢？

"你很多事情都不懂的，我犹豫来犹豫去，还是把要到期的存折写了你的名字。你不要到时候傻，又白送给别人知道吗？那可是我的钱，我的钱！你赚过一分钱没？你自己心里有数噢。"我觉得她真的过于思虑。

但我并不讨厌我的母亲，因为她从来都是这样，乐观又充满苦衷、深情又爱撂狠话。她是个好母亲，手把手教我许多生活技能。尤其是我过了三十岁以后，她更加勤力地训练我择菜、洗衣服、清洁马桶、整理家务。有个大冬天，她特地买了荠菜摊在桌上叫我拣选，她则在一边幸灾乐祸地刷股票。我拣得死去活来，腿酸手凉，母亲就笑嘻嘻地说，"当妈不容易吧，以后可要长脑子，大冬天千万别买这种菜，去了黄叶吧，还要择头，择了头还有泥沙，冲泥沙的时候也不能用热水。妈妈看你这辈子也请不起保姆了，往后等妈妈死了，你一个人傻不溜秋天寒地冻买了难择的菜，越择越冷，越冷越想我……是不是，我们要杜绝这种傻事发生。记住，菠菜是小型的荠菜。对了，毛豆也别买。剥起来可烦人了，尤其是遇到瘪掉的毛豆，顶顶讨厌，吃起来没肉，丢掉又舍不得。我小时候最讨厌你外公叫我剥毛豆，最后一点点我都是放在口袋里拿出去丢掉的。"

"我不爱吃毛豆啊。"我回答。

"所以我没买啊，不然费老大劲让你剥完了谁吃？我又不是法西斯。总之谁上你家来要吃都别买，听到了吗？要吃出去吃！"

我只得吞下我的惊讶。

我猜想母亲正在把她的身后事，分配到日日夜夜、岁岁年年里叮嘱着我。这事虽然想起来很心酸，但真真切切发生着的时候，却又令人觉得还好。今年母亲六十六了，看起来像五十六，但我每次说她看起来哪有七十岁的时候，她都暴跳如雷。我第一次知道什么叫作向死而生、快乐地活着，就是从她身上看到的，她实在是我最喜欢的女人之一。她反反复复说"你有没有在听啊"的时候，我会想起我的前妻。她健康的时候，也是差不多的唠叨、戏剧化，又井井有条。

"你到底有没有在听啊？"母亲突然提高了声音，像是一种发病的前兆。

我于是关闭了浏览器，母亲则开始耐心地讲解她的收藏。有袁大头银圆若干，黄金方戒三只，她自己的钻戒、项链、翡翠戒指、猫儿眼……总而言之没有一件是我感兴趣的。她导览着，忽然又停下来，打开一张夹在小包装袋里的小纸条，或者一封卷起来绑上橡皮筋的信件。那时候她就沉默了，眯着眼睛仔仔细细读完，又将它们恢复原状。我想这也许是父亲写的信，或者首饰的认证书之类。我的抽屉里也有一些这样的东西。有天我刚好找东西，看到夹在陈年笔记本里的一张小纸条，是父亲叫我写的保证书。"保证不再购买对学习无益的玩具，直到考上大学。"我那时不知道，那居然是我人生里最优渥的一段好日子。

我母亲那个三十多岁的八音盒里，从我十八岁以后就没添置过新东西，想起来真令人心酸。虽然我也曾犹豫过在写真集和首饰之间，选择一个更能令家庭幸福的东西当作给母亲的礼物。但最后，我还是买了一本逢泽莉娜。就是这样，许多事都没有理由，我也说不清楚究竟是什么样的力量令我做出这样的选择。我很爱我的母亲，但我选择买了写真。那本写真，我也只打开过一次。

"所以说，你记住了吗？"我母亲突然从她的次元问起，我恍如隔世。"以后妈妈不在了，这一家一当就是你管理了噢！"

我点点头，还拉了拉她的手。这是我所能想到的最好的绝招，省略用语言来表达我的情绪。母亲果然偃旗息鼓，她只是……摸了摸我的头，似乎是有些哽咽，又似乎只是流目油，转身就把这些东西抱回去了。她的背影看上去有一点奇怪，我很想把她拨正一点，她脊柱前倾，总像要摔倒。我曾经亲手拨过很多次女孩子，让她们看起来挺拔一些，或者诱人一些，但我实在不知道要怎么去拨一名母亲。

"对了，你音箱上的那个小姑娘，衣服总是掉下来，你是不是买了盗版的了？"母亲翩然而去，撂下一句狠话，带走了我的一个上午。

"我下午要出门噢！"我对她说。

"去哪儿？"

"去找阿平。"我回答。

二

我和阿平算是一个社区的邻居。小时候我们常常一起上学，一起放学。我们的履历像彼此抄袭，直至上了同一所大学，他念了计算机专业，我则念了社会学。大学里我们经年累月坐在教室的最后一排打游戏，上课打完了，就回宿舍继续打，没日没夜的。阿平照顾我，会帮我早起刷晨跑卡，打发军理课点卯，或替我做高数作业。有几门考试，我完全靠他给我准备的小抄才得以过关，他脑子比我好，只是没有从事学术研究，大学一毕业就工作了，所以境况要远远好于我。我有时通宵打游戏，睡到下午才起床，起身到水房刷牙，看到镜子里面他的背影，会冷不防以为是看到了自己。毕竟我们的身高一样，又在一起买衣服，一起买鞋，一起打篮球、喝酒、买玩具、买写真集。我去他家，他来我家，从没有想象中的障碍，直到他结婚，我们才略微疏淡些……我觉得像阿平这样的人是不可能结婚的，虽然我也结过，所以才知道他大概不应该。这样照镜子般的好日子一去不返，人生是单打独斗，住得再近也无法同舟共济。

阿平对我的好还远不止这些。我父亲刚过世的时候，阿平就一直在我身边陪伴我。接到噩耗，我俩正窝在一起打游戏。那会儿我还年纪小，因为太年轻而显得过于冷静，我并不知道未来迎接我的会是什么命运。我很惊讶地看到阿平也在一边抹眼泪，隔着厚厚的眼镜镜片，我不知道他在难过些什么。他第一次正正经经地见到我的父亲时，我父亲就是半具尸体。阿平也许是被吓到了，像我一样恐惧。我母亲在一边哭，一边骂我父亲，一边还拽着我，母亲似乎想要我做些什么合适的举动，让父亲最后能看上一眼，这实在令我尴尬。我是不是该马上保证考上名牌大学，还是娶一位四个字名字的漂亮女明星？我的脑子很乱，在当时，我反而更期待医生护士们围着父亲忙碌起来，这样我能更加自在些。

凌晨父亲过身后，我对母亲说："爸爸好像没穿袜子。"母亲一愣，说："那你快去买啊！"我逃脱般地下了楼，到处找杂货店。找不到杂货店，我奔跑着穿了两条马路，周遭一片漆黑，像未来一样缄默。红绿灯晶莹透亮，像一种启迪，又像警示，我这才觉得鼻头有点酸。远远地，我看到了阿平的身影。他应该是追着我跑了出来，却没有跑到我的跟前。他像一个影子一样紧跟着我的失魂落魄，战战兢兢不敢跟我说什么要紧的话。

"回家拿吧。"他后来对我说……

现如今，关于父亲的事，我的记忆都越来越模糊，但那一小时买袜子的事却历历在目。除此之外，我很难跳脱"命运"这个词来单纯地看待父亲的离开。父亲裹挟着关于我人生的种种更美好的可能性，消失在这个宇宙深处，至少在我母亲看来，我们本不该过眼下这种生活。而这一切都是父亲害的。

丧礼那天，阿平围着像北方人一样很厚的围巾，显得头特别小，只需要一点点黏土就能固定住。灵车开走的时候，下起了一点小雨，于是车子被人拦住了一小会儿，后又开走。这个停顿像一种微弱的召唤，或者犹豫，让我有时间的余裕，很仔细地记住父亲庞大的身体最终被裹成那么小一条。我记得海量的花瓣、扇子、劣质的纸所做的各种假的东西，把父亲装点成一个花痴般的模样，他干瘪的躯干轻轻沉到了棺木底部，身上则盖着颜色缤纷的废物。母亲在一旁焦心地催促我，快去跟父亲道别、永别。在她哭哭啼啼的劝阻下，我兢兢地把双手插进了口袋。我当时若已成年，或者可以出去抽一根烟，打发焦躁。但我肢体僵硬，只是把双手插进口袋，什么话也说不出来。阿平在距离我一拳的地方，做了和我一样的动作。我和父亲的缘分不过短短十六年，如今我们分别的时间已经超过了我们相处的日子。我和阿平认识的时间反而比较长了。总之，那之后，阿平就对我更好了，他像一个女孩子一样，会牢牢记得我的生日，也会送我礼物，还都是我想要的东西。我想这大概是因为我们喜欢的东西都差不多吧。他只要送自己喜欢的东西，我大概就会很喜欢了。

我考上博士的那一年，阿平来我家玩，那会儿我有了女朋友，真正的。我只要看到她的笑容，就会很高兴。虽然她常常吃饭吃了一半，突然吃起我碗里的东西。阿平第一次见状，还故意不看我们，我觉得他是不好意思，其实我也被七七吓到，只是佯装自然，我们也并不算是故意要把亲昵做给他看。但七七做的怪事呢，总是那么小，小到不值一提，只有在回想起来的时候才略感惊心。

我和七七，我们在打游戏的时候认识，在线下见过几次，见面的时候，也都在打游戏。她第一次来我家，送我的见面礼是一瓶花生酱，最后她还吃得比我多。我则送了她一个威风凛凛的艾伦·耶格尔，有三套表情：通常表情、愤怒表情、哑然表情。她可喜欢愤怒表情了。然后她龇牙咧嘴着对我说，"你就尽管来找我吧！"

那个样子吧，超美的……

阿平显然对我的女朋友十分好奇，像对我的其他玩物一样好奇。我记得他看七七时眼神中的光芒，这令我有点不知所措。那是我记忆中他话最多的一次来访，他问长问短又问得很不具体，我也马马虎虎回答着。我觉得七七的领口开得有点低，她又大大咧咧，这不太好。这也是我第一次觉得，我在保护我爱人的同时，在悄悄推开阿平的介入。尽管他后来成了我的伴郎，名正言顺，婚礼当天还替我喝了不少酒。就连他离开我们新房时的背影我都还记得清清楚楚，他难免显得有点落寞，可能是因为他的头太小的关系，需要很多黏土，才能固定成一个稳固的样子。

"有事叫我。"他最后对我们说。

我有些想念这句话，因为在那之前，的确还没有发生过任何事。

我当时觉得很好笑，新婚之夜还能有什么事，难道是甜蜜得疯掉……

没想到还真有这回事。七七在半夜把我的手臂都快要咬断了。在剧烈的疼痛中，我几近飙泪，差一点就要打电话让阿平帮忙。我内心呼喊的话是："阿平，救我！"但我最终什么也没有说，我像一个真正的硬汉一样吞下了那个晚上全部匪夷所思的遭遇，还佯装平静地继续生活了一段日子。在一场断断续续的欢愉过后，我美丽的太太突然开始抽搐，她紧咬牙关、面目狰狞，五官都失态了。她让我拼命在新婚伊始就想给我们的生命按个暂停，我不敢相信这一切是真实的。在慌乱中，我报了警，我们辖区的片警还给我做了笔录，问我："你对她做了什么？"我不知道该怎么回答。他又问，"结婚之前你不知道她的病史吗？"我也不知道该怎么回答。警察说，"那你以后打算怎么办？……"我第一次觉得我需要一种与表情有关的支援。

如今我手臂上的疤痕，提醒着我过往荒唐的婚史，也提醒着我的青春已经彻底离开了。这在我心里留下了一个恐怖的阴影，来自于我母亲后来凝视我的眼神，来自于我再度打量七七时的复杂心绪。据我所知，母亲没少为这事掉眼泪，但现在她对我提也不提。最要命的那些事，她一个字都没有跟我讲过。她杜撰一些事实，对我们的快递或者邻居说，我被一个女孩子骗了婚，现在只能是一个离过婚的男人了，非常可惜。"好端端一个男孩子"，我记得母亲描述我的语词，但在我面前，她什么也不说。我们对这件事的认知完全不同。我并没有离婚，七七本人也没有骗我什么。我早就不再能算是"好端端"。我们短暂又凄凉的夫妻生活，本身并不值得遗憾，也不值得留恋。遗憾的是，我不知道是不是因为那件事才令七七发病。这令我无法面对许多人的眼神，包括阿平，七七的父母，邻居，快递，我母亲，我在天有灵的父亲。我觉得我被误解了，但我再也没法澄清这些原委。这也像我的父亲。

新婚之后还有一回，也是相似的过程。我们像普通夫妻一样洗澡、亲吻、做爱，而后她突然发病，我没有再报警，而是送她去了医院。我们也再没有发生过男女之事。七七醒来以后就哭，哭了很久很久，一旁的护士问我，"你对她做了什么？"我不知道该怎么回答。我心里很难过，我又想找阿平喝一杯。

阿平结婚以后，即使我们住家的距离依然只有十分钟的路程，我却一年才能见他一次了。我们偶尔在网上遇见，刹那间像回到从前，又不真的像，时光如电。我还在用"猫"上网的时代，每次逃学回家看到他的QQ头像是亮的，心里总是很高兴。但现在我看到他在线上，好像看到一个熟悉的陌生人，令我怀念起曾经并不知道珍惜的微小快乐。我想谈恋爱的感觉就应该是这样的，充满了无言的喜悦，说不出的、不能说的、不必去说的。虽然我真的恋爱时，又似乎不尽然是这样，匆忙多了。我和阿平，我们都很确凿地喜欢着女人，但阿平又让我知道，有些事如果不那么确凿，反而会活得比较轻松。在这个世界上，再确凿的感情也会褪色，褪色为一种深深的"知道"，或者说，不用再解释的"信任"。譬如我们之间，即使早已丧失了百分之九十的寒暄和鼓励，他依然是以前的他，我也是以前的那个无论是不是"好端端"的我。"好端端"这件事，对我母亲比较重要，对阿平来说，无所谓。我们什么都不用说，说了也不会影响我们之间的一切。

今年我过生日时，阿平寄给我一本渡边麻友。我们两家那么近的距离，居然都通过了快递，这是两个令人费解的女人送给我们友情的礼物。

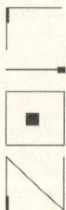

我收到写真之后，忘记跟阿平说声谢谢。我只问他："空吗？"他说："不。"这样便又匆匆过了半年。但这依然是一种深深的"知道"，我知道他，他也知道我，我们都过成一种难以启齿的样子，想要吐槽生活，也不需要语言。这样的朋友，我的人生里只有他一个。

我没有打开那本写真书，但封面真不错。我喜欢人体的线条甚过于人体本身。所以我喜欢女生的头发，我是个发控，这很讽刺。我愿意用手指去拨开她们的每一根头发，这能让我心情舒畅。头发对女人而言可能象征感情，对男人而言则象征力量，所以头发用"掉的"就不那么美好了。我好像还深深地喜欢着那些长头发的女孩子，尽管也领略到美丽背后的潜在威胁。打开她们和凝望她们会令我感到负疚，这是如今的我与小时候最大的区别。我只能把她们放在离我最近的手边，和罗兰·巴特或者……库尔德利一起，心生敬畏。她们这样陪伴我、观看我、折磨我，已经足够了。

三

去阿平家过马路的时候，我又看见了那个女生。那个拦住我父亲灵车的女生。

她比小时候显得更壮大了。我总觉得她不像是个真人，而像个卡通片里才有的那种体型颀长的女性。她头上戴着大盖帽，袖口上别着指挥标志，一双长腿被灯笼一样的裤腿遮住，站在路口，吹着凄厉的口哨指挥来往交通。"侬！过来！侬！停牢！侬！侬！死开！"她在新村里兢兢业业管理交通二十年，不知道的人还以为她真的是协管员，她所积累的年资都差不多可以退休了。这一生，她是一名高级的、敬业的、鞠躬尽瘁的交通协管员。大家都这么认为，就仿佛真有那么回事了，真真切切流逝的光阴可以作证。

其实我很想念她小的时候，扎着马尾辫，跑起步来胸脯震颤的模样。我和阿平透过她指挥时甩起的袖口，可以看到她半个乳房。这曾经是我们俩的秘密，后来变成了默契，再后来，则成了可见可不见的布景。她像一个真实世界的手办，狭长、丰满、偶尔衣冠不整，没有童年，也不会长大。而我和阿平的另一个秘密是，我们要比很多人都早知道，她并不是一个真的交通协管员。

她倒是冷冷地观看着我们慢慢长大，目击我小的时候是个胖子，后来我因为打游戏戴起了眼镜，后来我瘦了，再后来我有了肚子，少了头发。我失去了父亲，母亲一个人将我带大，她有过几次约会，后来都无疾而终。我考了两年博士，毕业又失业，踌躇了一小段日子决定去做博士后。我从事各种表情包和网络用语研究，吊儿郎当又煞有其事，苦心孤诣钻研着人类社会的现在和未来，这样的人在社会上都前途茫茫。

她也冷冷看着阿平，被父亲卷走了工作五年的存款，买了失败的理财产品，据说那些钱被荒废在一个不知名的矿场上，荒荒凉凉再也难以还魂、重返人间。阿平整个家族历经这场洗劫，受尽了同情，最后终于又用一笔巨款装修了一个小小的三十四平方米的小房子，供阿平草草结婚。阿平心平气和地得到了一面墙的玻璃柜子，仿佛是作为补偿，也仿佛水到渠成。他也得到了一个热爱房本的、永远不太高兴的太太，磕磕碰碰共度余生。阿平至少还有一只老猫，还有我。

他有时在网吧出现的次数多了，我会担心起他的婚姻生活。但我这样的人还有什么资格担心别人呢？所以我问也不问，他不想讲就不用讲。

"求官方删了风行者这个英雄！"我看到论坛上飘过一行字，也会想到那个女人。

无论发生多少事，她则依然、永远，在那个路口指挥着交通，面无表情。无论我学习了多少研究工具，我想我永远不会懂得她。她在她自己的次元，头发剪成刘胡兰的样子，脸上的坚毅依然。在这个世界上，没有一个协管员的表情能比她更加视死如归。她是我和阿平的青春计时器，又或者是世事变迁的度量尺，可无论我怎么样不将她当作人类，我都不得不承认，就连她——一个失能者，都无可挽回地衰老了。她到底认识我吗？其实二十年来我都不太知道。她在自己的路途上远征，燃烧，远征……Sin, dorei。

要不是我们小时候看过她光着半个身体躺在地上咬母亲的胳膊，我怎么会在那个可怕的夜晚，紧急地把我的胳膊放到七七的齿间。我在那一个瞬间体会到了母亲的爱，那显然与疼痛密切相关，是一种盛大的忍耐与牺牲。七七的牙齿爆发出生命的能量吞噬着我的惊讶，反而没有让我想要离开。难免的，有时七七也会让我想起她。

听母亲说，这些年"协管员"姐姐连续发过几次毛病，身体更差了。

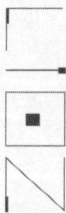

关于癫痫与精神病，科技频道倒是做过一个节目，关于二者之间神秘的关系，以及部队医院开颅的新技术。但我不是为她看的，只是看到她的那一刻，我又想起了那个新手术。我想如果她做了手术，不再疯疯癫癫，对她而言未必是一件十全十美的事，我和阿平家路口的交通也许会变很差。我以为我应该告诉母亲这一则偶得的医疗讯息，但在我想开口的时候，母亲却絮絮叨叨说起她的母亲反而问起我要不要去相亲。于是我简单说了句"不用"就仓促地终结了对话。母亲不知道我心中经过的千里江陵，也不知道我瞬间就可以当作我什么也没想到过。

"人家都很关心你的"，是母亲一直以来都信奉的口信。但我不知道这句话的后面到底是接着"婚姻"，还是"死活"，反正说了一半的话都让我感觉到不自由。我已经不再擅长鼓起勇气，或者说，坚持到底。

阿平给我开了门，我进到他那一间富丽堂皇的家。不知道为什么，如今新村里经常有装修花费了四十万、六十万的一室户，不止是阿平，后来我听过好几个认识的人都是这么结婚的。那么小的房子花那么多的钱，完全可以打造一个新的次元。所以阿平做到了。他一共只有四面墙，却打了一整面墙的玻璃柜。许多原来我在他书堆和键盘抽屉里才看到过的好东西，现在都有了博物馆一样冷峻的灯光。这些漂亮的女孩子真的被摆出来以后，像青春进入了历史橱窗，并不能让人兴奋起来。相反是伤感，扑面而来的伤感。看到她们再看到自己，看到她们正看着自己，很难过的。

阿平的太太，见到我却并没有跟我说话。他们俩是相亲认识的，她的脸上写着她彻头彻尾就是这样的人。阿平有天对我说，"有个人想嫁给我。"我就"哈哈哈"一通乱笑，我可不知道那个女人会那么不喜欢我。总之她看到我来，就起身去上厕所。紧跟在她身后的，是阿平的猫，一只健美的白腹老狸花，它不怕我，因为我是看着它长大的。我也想念我的猫，可惜它被我太太放在微波炉里杀死了。那真是很糟的一天，七七也撕了我不少东西，每一件都让我心碎。我很想平静地和她分手，但我没有分过手，不知道原来那么难。

在马桶抽水的声音里，我匆匆问阿平"你好伐？"他说，"我换了工作，更忙了。"我看到他鬓角白了，但只是几根。他又问我，"七七呢？你去看过她吗？"

我点点头。

但没什么事能够来得及细讲。

我最近一次见七七，是她母亲特地告诉我，七七出院回家住了。只要按时吃药，她早晚还能去上个班，这是她母亲的期盼，却不是我的。我对七七没有要求，我好像有点对不起她。七七看到我的时候很激动，拉着我一起剥毛豆。这些毛豆并不好剥，瘪瘪的，抠得我指甲疼。她家里阴冷无比，我简直能够感受到寒意从我的脚底心一直上升到膝盖。而后七七对我唱了一首歌，《常回家看看》，还非要我录成视频，这个视频如今像一具尸体一样躺在我的手机里，每次存储空间不足，我都会想起七七，想起她霸道地盘踞在我的记忆中，寸土不让。她发病的时候常常往外跑，几天不回家，回来的时候又衣冠不整，袜子一长一短，衣服脏乱不堪。面对这些事，她母亲时而崩溃、时而又冷静得吓人，还对我说，"她要是来找你，你不要害怕。她就是死在侬那边，我也不好怪侬的。我都能接受的。"

坦白说，我也收到过她母亲所唱《常回家看看》的视频。七七银铃般的笑声穿插其中，对我大声说，"老公我回家啦！我妈可以证明！"那一段，我也没有删。我想等iPhone出到8的时候，就把这台手机彻底锁起来，像块铁一样，包好壳，绑上橡皮筋，放在母亲的八音盒里，仿佛是我对我们这个被诅咒的家族唯一的贡献。算是我舍不得扔。

那一回我去看她，其实心情很不好，我的论文没有过审，博士后却出站在即，前途茫茫。初冬的屋子墙壁上有白色的剥落的墙灰，特别像一个先锋的舞台。方桌上绿茵茵的毛豆，缝纫机小抽屉的拉环，斜插在热水瓶与红富士苹果之间的CT胶片……都因为看起来孤冷而令人印象深刻。因为七七的关系，这个家有了顽固的、病恹恹的颜色。七七像是一种液体，能让整个家族都晕染上消毒棉花的气息。她流淌到哪儿，哪儿就完蛋。这个家也曾是温暖的橘红色，像煮熟的大闸蟹一样带有幸福的颜色和气味。可惜那些好日子一去不返。七七应该有一个大招，叫作"好景不长"，足以碾压我。

在我眼里，七七依然有点美，领口开得很低，她简直没有领口高的衣服。我喜欢她的胸，尤其是那隐蔽的、纷繁的乳腺，像具有力量的武器打击她肋骨的想象空间，会使我感到兴奋。所有的衣服在七七身上都像病号服，她却依然是一名可爱的病号，她就是有本事能让衣服看起来不重要。

如果她是一个玩具，一定会成为我最喜欢的那些，我如我母亲所想象的那样变卖家产，都会把她好好地带回家，让她看着我吃面、打字，趴在我的纸巾盒或者Q10药瓶盖子上。我还想带她出去拍照，趴在别人的汽车上，小树干上，或者小池塘边。她可以不那么暴露，我可以给她买能够出门的衣服，让她不至于看起来像一个高仿货。但眼前的她显然有一些过于朴素，裹着紫色的棉袄，笑起来眼角堆满皱纹。她比我心中的样子苍白了许多，我很难想象她作为我妻子的一小段曾经。我很想念她，即使她就在我眼前，其实也说不上发生了多大的变化。

而我放不下她的原因，是她最后一次发病入院之前，曾经失去过一个孩子。当时我还沉浸在她杀害我的猫的悲痛中，我打了她，她后来显然不记得这些原委，对我像平常一样友善、温馨。开始吃药以后，七七的记忆就十分混乱，她有时会叫我其他人的名字。我猜想那一定是对她挺重要的男孩子。从她灿烂的微笑与闪烁的碎片般的言辞中，我大致知道她曾经的男朋友是学校乐团的乐手、大学肄业又出国去的学生……他们中的一个曾在一个雪天逛过北外滩，又在香港跨过年，在跨年的那一天他们在一个天台的什么树旁发生过关系，这些事与她结婚前我都一无所知。我喜欢她眼神里确凿的、晶莹的光芒，我误以为那是天真和爱，我不知道这还有一种可能，就是疾病。

我后来有些理解，为什么七七的父母在一开始会那么热情地招待我这样一个一事无成的废柴，催我们结婚，为我们提供一切方便。他们对我们曾失去过一个孩子这件事，也表现得异常平淡。其实到现在为止，七七的父母依然算对我很不错，嘘寒问暖，无论我是否理睬他们，或突然出现，或问候，或离开，或不回答他们的问题，或又突然问起他们很多问题，他们都热情待我。七七母亲有意无意会说起，七七依然穿着我给她买的衣服，在我之后，她就没添置过什么新衣服。我看了七七一眼，可能是如此吧，她的脖子上还戴着我送她的哆啦A梦项链，她的彩色袜子也是我们一起在优衣库买的。嗯，我还真是常常给别人买袜子。我很想念那些晚餐后散步的小时光，那可能是我这一生中最开心的日子。

我有时觉得七七是我的前妻，因为她已经彻底离开了我的生活。有时又深切地知道，其实我们并没有真正切割干净。从法理上我们并没有离婚，七七也始终在我心里。可能我一直就喜欢她的痴和癫，她时而怔怔泱又突然堆满笑容的样子，那就是我喜欢的女孩子。我们最好的日子短暂又温馨，她陪我打游戏，给我煮面，我觉得婚姻就该是这样的。尽管我新婚之夜就进了警察局与医院，而后我不断说服自己一切会好起来，又努力重新跟她生活过好几次。包括此时此刻……我都努力和她吃着药的现状认真生活在一起。我最近一次离开她时，她冲过来揪着我的衣领说，"你死不死啊？"我说，"不死。"她就幽幽然走了，她的屁股上有一朵血渍，这让我实在难以忘记我们曾经的孩子。那天晚上，她发了一百多条朋友圈，有她在唱吧唱的歌，也有和我的合影，甚至有我睡着的照片，暴露了我半个光头。我不知道她什么时候拍的。但就连这种失控的出卖，我都已经习惯了。

对了，七七应该被我们所有的好友都屏蔽了。曾有不怎么熟悉的师弟在谢师宴上感谢我，说我的太太帮助了他们戒除了朋友圈，功德无量。我知道他们是在讽刺我。我想往他们的脸上丢一百张歇斯底里的表情包。但在现实生活里，我还是面瘫着给他们一一道歉。我说："对不起对不起，大家可以屏蔽的，可以屏蔽的。"我觉得自己很丑陋，在旁人眼里是个衰爆的博士后。我未来会做什么工作只有鬼才知道，招聘上只要提一句"35岁以下"我就能早早地阵亡。更何况，我还有一个这样的太太。我没有父亲。我也没剩下多少头发。

我和阿平都不适合结婚，这算是马后炮，像一种诅咒。我知道阿平不会屏蔽七七，不然他怎么知道最近七七回来了。阿平的太太应该对此很不高兴，因为阿平因为七七的关系而看不到她的朋友圈了。她讨厌我，讨厌我们夫妇，所以我一来她就走，给我脸色，女人都这样，明明不认识都能互相为敌。今次我来问阿平借西装，参加下个月的出站报告。阿平将衣服拿给我以后，我拍了拍阿平的肩膀，转头离开了他的家。

四

在我看来，人世间所有的表情都无疑为各种与"尴尬"搏斗的形式。生活中的"尴尬"是永恒的，这点大家都能感受到（我母亲该如何面对我不忠的父亲在别人家里突然倒下、我又该如何面对我的妻子可能因性生活而爆发陈年隐疾？），"表情包"则能稀释社交"尴尬"中极为沉重和苦涩的部分。"表情包"也启示我们对情绪的感知，我们通过"表情包"

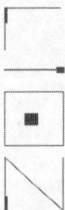

来建构新的情绪，这些新情绪有些是初次相逢，原来我们并不知道情绪可以这样表达，所以我们通过"表情包"来展开学习；有些则呈现为一种无言的疗愈。

字与图，为我们复杂的情绪做了精准的定锚。在网络生活中各种各样夸张表情的出现，使人们得以在私密环境中持续不断地释放压力。而不像传统社交中，我们只能通过面面相觑、不断地说话、饮食、碰杯、聆听梦想破碎的声音来搪塞大大小小常见的尴尬。成年人熟练地运用沉默或者"哈哈哈哈哈"来打发一整个下午的相处策略，显然已经太老派。杯盏交错与初音未来，到底哪个更适合人类的精神生活，已经越来越难以精确地判定。反正如果可以投票，我显然会投给初音未来。

我们显然需要一些可以发散、浓缩的物什，来更为细腻地瓦解日常生活的重大压力。我认为，所有依赖真人的行为而实现的心灵慰藉，总有一天会被各种生动的符码所替代。这种符码也许存在实体，也许只是一种想象。同一次元的人能够促进这种符号不断繁殖、淘汰、自我净化。不同次元的人，也能通过新的"连接"符号友善地沟通。我们会被不断演变的符号所启迪、所奴役，更重要的是，这些符号能消耗我们生产过剩的爱与欲望，心酸与同情，使我们的"动情"更为节制。

不需要真人，这并不是一件令人失望的事，相反应该令人感到敬畏。人真是麻烦，人与人，则是集麻烦之大成。面对婚姻中的欺骗、意外甚至是……赌博，人类的表情早就不够用了。譬如我又应该如何运用合适的表情来面对眼下这种毫无出路的局面呢？就我目前的研究成果而言，国家显然不应该出钱来资助我的研究。但比我更绝望的废柴大有人在。我有个朋友研究弹幕，他常常收到被污染的银幕截图，别人会对他说，"你也不批评批评你家弹幕。"可弹幕不是他们家的，弹幕和表情包一样，是民间的游戏。我们玩耍一切，以便使得自己被命运玩耍这件事不会那么不可理喻。一切的工具，以搪塞，实际是搏斗，与性、与孤独、与爱，厮磨与缠斗。

"他们不想跟两年前的陌生人对话吗？"这位师兄问。在他看来，他与这个世界最温暖的链接就是跑动略过视网膜前的三个小字——"有人吗？"紧跟其后，来自宇宙深处被折叠的时光里，会发出又一个微弱的声音——"小白龙！"（电影《推手》）

你是不是不知道他在说什么？其实没人知道，这不重要。重要的是，"有人"对此作出了回答。两个对话者可能互相并不知情，隔着时差，也隔着时差中所不断发生的数不清的往事。这种互不知情的相遇，令我们的观看创造了全知的优越感。这很浪漫，不是吗？我们完全可以和这个局面暧昧地相处下去，而这些看不见的人和我们一起，正经历着不被理解的最好的事情。

我还有个朋友在研究网络谩骂，嗯……他最近有点想彻底改行。因为谩骂总是在一个次元，拿出小粉笔画线，泾渭分明。然而和我们相比，他那个游戏有点小，有些过于直接而丧失诗性和偶然性，美感也就随之消失了。

偶然的爆发也不总是唯美的。譬如七七的病例很坦诚地告诉我，在结婚前她的确有过十几年的正常生活了。她认认真真上了大学，进入一家小公司当行政文员，喜欢吃零食和打游戏，直到我们相识。她满脸写着贪玩是没错，但她并没有表现得特别出格。关于这一点，没有一个人欺骗我。他们的筹码是，万一她好了呢？我显然也希望如此。没有人比我更希望七七能好起来，或者说……从来都没有不好过。我甚至扪心自问，万一她真的好起来了，我会不会与她分开。在我心里，等她好起来之后与她分开总要比此刻与她切割显得更为高尚一点。我的确没有为她考虑，我全是为了我自己的感受。我冥冥中感觉到，这场婚姻仿佛是阴谋。在婚姻生活途中，七七开始发病，这令她发病的缘起，毫无意外地与我有关，关于这一点，警员的笔录中都详实地记载了下来，我无法篡改。我成了一个潜在的"罪人"，这令我十分……尴尬。我需要一个庞大的"表情包"来应对我的爱人，七七却是一个接受无能的人。这很残酷，像极了尴尬本身。

偶然的爆发也不总是美的。我当然知道这个道理。

做完报告的那个傍晚，我回家前在"全家"吃了一个新出的草莓冰淇淋，买了一瓶酒，坐在路边轻松地喝了起来。我背后的小餐馆，玻璃门上写着"不要碰头"四个字，我总觉得是个什么隐喻。有趣的是，这里市口不好，或者说，风水不好。从我父亲过世那年开始，餐馆开了倒、倒了又开，像植物一样有着自己的兴衰和节奏，已经不知道几个轮回。餐馆的隔壁，有一家洗衣店。我母亲一直很想有一家洗衣店，她恨不得把家里所有的东西都一洗再洗。但近来，这家洗衣店突然开始卖起红酒，在进门处，生生开辟出了一个新的世界，一个突兀的酒柜，一块小黑板，上面用红

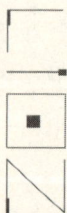

色绿色的粉笔写了些洋名，不知道什么意思，又象征着什么生计。洗衣店的旁边，是一家极小的宠物医院，有两只奄奄一息的布偶猫正在挂水，受制于人类的意志延续生命，看起来远远不如那些常年躲在车底的小东西来得自由。宠物店旁边，是一家理发店，名叫"维娅丝"。每天早晨十点，店里的五个员工会出来跳操，这也是有段日子的风气了，房产中介、理发店的员工会跳舞来振作士气。"维娅丝"东施效颦，五个员工个个看起来都面露难色，如果天色不佳，这种荒腔走板的舞蹈会看上去有些凄凉。七八年前，在"维娅丝"还叫"艾伦"的时候，他们家的玻璃是粉红色的。远远看过去，会看到很多女人的腿，在粉红玻璃的滤镜下看起来很诱人。世博以后，她们就消失了，不知道去了哪儿，也许是嫁人了，或者改行了。世事如棋，总能走出下一步，总能找出新办法。

　　这些店我看来看去地又看上了一遍，我以为不会有什么新的意外。突然间，我看到了一个熟悉的身影在夕阳下。她的背影看上去有一点奇怪，我很想把她拨正一点，她脊柱前倾，总像要摔倒。我曾经亲手拨过很多次女孩子，让她们看起来挺拔一些，或者诱人一些，但我实在不知道要怎么去拨一名母亲。

　　她的身后还有一个男人，正帮她提着袋子，两人看起来没有说话，却像两棵种植在一起的老树一样熟悉。斜阳映照着的男人的头发特别茂盛，红褐的颜色却让人不胜唏嘘，我猜那一顶一定是私人订制，不便宜。而后我想到母亲手捧的那三个盒子，满桌的荠菜，想到她在经年累月里对我说过的旋风般的叮咛……

　　远远的，我好像听到有人在喊，"侬！过来！侬！停牢！侬！侬！死开！……"有人在唱《常回家看看》。我有点想念阿平下次一定会问起我的"你好伐？"我要怎么回答。

　　而后母亲微笑着转过身来，她也看到了坐在路边的我。

原载《小说界》2017年第4期

点评

　　作者不需要人的理解与同情，在眼镜后面对世界报以最善良的微笑。作品写出了80后知识分子的一种感觉：边缘、无力、软弱，没有了青春的叛逆，只有淡淡的人畜无害的忧伤惆怅，没有昂扬的斗志，却透露出绝不妥协的韧劲；没有精明的算计市侩的争斗撕咬，却存有保持孤单和善意的勇气。他们不那么合群，也不那么无私，没有融入的激情，不会跳上舞台，而是躲在阴影里愿意为每天的小确丧露出笑容。他们看起来很好。

昆德拉把小说分为三种：一种是叙事的小说，如巴尔扎克、大小仲马；二是描绘的小说，如福楼拜；三是用小说来思考。《度桥》显然属于后者。

《度桥》是广东话，度是思考；桥是桥段。细细思量、出谋划策、想办法、出主意。在粤语中，点子多的人而今被人们称赞为桥王，高明的办法和对策都会称为"好桥"，但是馊主意一律称为"屎桥"。正如"脑海"这个词所揭示的，大脑是一片海洋，若要从一地到另一地，从一种状态到另一种状态，从遇到困难到解决困难，那就要"度"了。

小说中的"我"是宅男，读到博士后读成"废柴"，少年丧父，青年"丧"妻，如何自度？妻子"七七"和"协管员"姐姐这两位患有癫痫的女孩子是否需要"度"？七七的母亲和自己的母亲，会"度"过去吗？死去的父亲和微波炉里丧生的猫还有机会"度"吗？

可能因为在大学教写作的原因，作者将写小说的技巧——有意展示，也可能是读了博士的原因，有一大部分直接跳出来论述表情包兴起的意味。这些都是张怡微之所以是张怡微的独特所在。

（王雪）

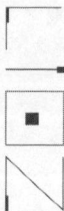

梦中的夏天/

/张惠雯

一

我在某个星期天的下午开车来到休斯敦的克里夫兰，在这一带的农场区里迷了路。我已经第三次经过那个门口的邮箱上铸着一只金属小鸽子的农场，确认手机上的谷歌地图无法找到我要去的地方。最后，我干脆关了语音导航，把车停在路边，想等有车经过的时候询问一下。如果问不到，再给她打电话。

一些灰白的、边缘泛着紫色的云朵流散在天空中，雨后的小路微微发亮。从十号高速下来，途经一个废弃的铁路岔道口拐进农场区以后，就置身于这密实的绿色和宁静之中，路边风景或者是围栏后平阔的草地、房屋和牛马，或者是安静地摇曳在微风里的荒草和大树。路上经过的民房大都很美，虽然只是简单的一层，但清洁素朴，房前房后种满了任性生长的美丽植物，但也有几处房子残破失修，肮脏、歪斜，看了让人丧气。我想到如今置身此地似乎并非出于我自己的意愿，而是受她那位远隔万里的母亲的驱使，或者说是她母亲的意志加上我母亲的意志。有时候，在我给家里打电话的固定时段，她母亲也守候在电话旁。"你一定要去她的大庄园去看看她，你们离得那么近！"她母亲不止一次对我叮嘱。我确认她的家大概就在距离我一两英里的地方，因为我从刚刚经过的农场信箱上看到的号码和她的住址号码十分接近，我只是找不到入口。站在路边等待时，出现在我脑海里的是好几年前的她的样子，是我们一起走在北京的街道上、胡同里，要去某个地方或者只是饭后随便走走的情景。她总是会走在稍微靠前一点儿的地方，像是带领着我。于是，她的样子也总是我从侧面或后面一点的角度看过去的样子，通常是在黄昏里或是夜色里，她在那一小段我们都刻意保持的距离之外，高高的，温柔里隐藏着美人特有的甚至是无意的傲慢……过去，偶尔，在我的记忆里，这些影子会奇怪地重叠起来。所以，她如今住在这样的地方——一个被围栏围起来、布满荒草、散发着泥土和牲口味道的地方。

三年前，我对国内的朋友说，我再也不想和这充满猫腻味儿的生活打交道了，我要走了，走了就不会回来。我到了德州大学奥斯汀分校，开始了新生活。新生活茫然又紧张，我在实验室里经常工作到凌晨，累得像狗，但我没有后悔，因为就像我所说的，生活拼一点儿总胜过憋闷，胜过经历了可怕的失败之后等待着另一个失望以及那种无可救药又不可控制的对自己渐生的轻蔑。我知道她住在休斯敦，离我只有三个小时的车程，但我一直没来找过她，也没有和她联系。记着她母亲给我的她的电话号码的纸条一直放在我存放支票本和护照的那个小铁盒里。尽管我知道也许我终究得和她联系，却一直推迟着行动，我不知道是什么东西阻碍我拿起电话，拨那一串简短的号码，似乎疏远太久，重续友情的心也淡了，而某种隐约的、晦暗不明的忧虑又总是困扰着我，使我宁可举步不前。有时候，我和母亲打电话，她会提到又碰到了她母亲（这很正常，因为她家就住在我家楼下），她母亲则又向她追问我是否去找过她女儿了。我想，她母亲也许对她的生活一无所知，急切地希望从我这边听到点儿什么。

她比我大两岁，高两届，我们曾在同一所高中读书。我去北京读研究生时，她已经在那里的一家银行工作了。我们时常碰个面，一块儿吃饭，饭后去哪儿随便走走。她长得非常美，在我们家乡的小城，她是众人皆知的美人。即使到了北京这么一个浩瀚的城市，她也还是美得出挑。可我竟从未动过追求她的念头，尽管后来我想到也许我有机会这么做。她似乎坦然地把我当成弟弟看待，面对这样的坦然，我觉得求爱就像一种亵渎。而且，我认定她不会属于我这种人，一个瘦弱而又一无所有的人。我甚至觉得她不会属于任何我见过的男人，因为他们之中没有一个走在她身边会显得顺眼。或许可以这么说，我也看见过比她长得更漂亮的女人，但我从未见过比她更动人的女人。当我从别人那里听说她有了男友，而且男友就是她那家银行的行长时，我却又觉得这并不那么出乎意料，像她这样的女人，似乎最后难免会落到一个那样的男人手里——阅历丰富、有权势或财

富但也有家室的男人。我们见面的次数越来越少，关系淡漠了。我从未见过她的男友。再后来，我听说她出国了。好像有一段时间，她的经济状况不怎么好，她母亲还曾经跟人抱怨她出国是走错了一步。但她和一个美国人结婚以后，她母亲就变得骄傲而且高调了，喜欢把"美国"挂在嘴边。于是，我们知道她在美国德州住在一个大庄园里，那位美国丈夫是一掷千金的大农场主，他们有自己的奶制品加工厂，他们还生了混血宝宝……流言总是十分精彩。我的女性亲属和邻居们提起她出国这件事，都会露出了如指掌的神情。"一开始就是被那个行长送出去的，"她们说，"怕她坏了他的事。""刚开始还给她寄钱，后来什么都不给了，等于把她骗出去、甩了。""也算她幸运，找到一个美国人愿意娶她。知根知底的中国人谁愿意娶她啊……"她们的同情里总是夹杂着鄙夷，鄙夷里又夹杂着嫉妒……这些年里，她曾回来过一趟，但我当时在北京，正忙着办到美国来的手续，没见到她。后来，我母亲和姐姐描述说，她嫌弃家里冷，带着那个混血小男孩儿住在酒店；她大冬天穿着裙子，还戴帽子，走在街上特别打眼，一看就像是外国回来的；可惜那个混血小孩儿并不如大家想的那么好看，不像洋娃娃，像中国人更多些；他们不喝家里的自来水，只喝商店买来的纯净水……现在，当我在离她生活的现实很近的地方，这些流言、饭后的无聊谈资都显得遥远、荒唐。在小地方，人们总是这么谈论他们不了解而又感兴趣的东西，夸张、杜撰，夹杂着无知的无畏和各种复杂的情绪。无论如何，这里不像是住着她母亲夸耀的一掷千金的大庄园主。这里住着一些农场主，从院子里停着的泥泞的拖拉机和皮卡看，他们是踏踏实实地工作的人，有的富裕，有的贫穷。

终于有一辆车经过，我朝车里的人招手。车子在路对面缓缓停下来，一个瘦削的中年男人下车走过来。他戴着宽边牛仔帽，穿着橡胶雨靴，皱巴巴的衬衫扎在牛仔裤里，走路时歪着肩膀，就像从电影《断背山》里走出来的人物。我向他打听她的农场，告诉他农场的主人叫汉森。

"汉森的农场？"他叹气般地问，皱着眉头看我递给他的那张写着详细地址的纸条。"对不起，我真的没有印象。我也是前不久搬过来的，我以前住在阿拉巴马……这里的邻居还不熟悉。不过，从这个号码看，应该就在附近。"

"我也这么想。前一个号码和后一个号码我都看到了，唯独没有这个。"我说。

"真是古怪！但有可能你经过了农场的后门，所以看不到信箱牌。"他说，把帽子抓在手里。

"有可能。无论如何，谢谢你。"

"没问题。你再绕到前面看一看吧。祝你好运！"他瓮声瓮气地说着，戴上帽子，回到他那辆蓝色的丰田车里。

我犹豫了一会儿，只好给她打电话。

二

我看见她站在路边，身后是一道铁门。那其实也不是一道门，只是一根横搭在低矮的、半人高的铁丝栅栏上的生锈的铁棍。但在美国，这道象征性的门和这歪斜得几乎要倾塌的低矮的铁丝栅栏就意味着不容侵犯的地界。铁棍后面蔓生的杂草里有一条若隐若现的小路，她刚刚就是从这条几乎被荒草覆盖住的小路上走过来接我的。我朝她走过去时，她站在那儿没动，似乎要刻意地从一段距离之外打量我。她笑着，还带着一点儿诙谐的表情。被她那股诙谐味儿感染，我也毫不掩饰地打量她，她老了一些，身体胖了一点儿，但整个人却仿佛变得锐利了。她穿着一条宽大的、深色的印花连衣裙，头发扎成一个低低的马尾。在我过去的印象里，她的头发总是披散着的，不那么顺滑地披散着，有风的时候就肆意地飘，打到你的脸她也毫不在乎。我们没有拥抱，因为她怀里抱着一个孩子，大概只有几个月大。她身后还站了一个四五岁的男孩儿，男孩儿紧贴她的腿站着，有点儿警惕又有点儿羞怯地看着我。我想，这大概就是她曾经带回国去的那个混血男孩儿。他其实很漂亮，是一种纯种人没有的模棱两可的、具有一丝迷惘气质的漂亮。

正如刚才那个过路人猜测的，我一直在农场的后门这边兜圈子。她说："我就猜到你会迷路，你从来都没有方向感。"她说话的样子好像我们几天前刚刚见过面。接着，她和她的孩子们坐到车子的后座上。她一边指方向，一边开始介绍她的两个孩子。五个月的小婴儿叫露西，男孩儿叫德瑞克。她还提到再过两个多月，德瑞克就可以去读那种不怎么收费的公立Pre-school了。她先打开了话匣子，这样我们就不必说久别重逢时经常

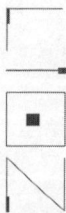

要说的那些叫人尴尬的话。"我真累"她连续说了两次。她第二次这么说的时候，我忍不住转过头看看她，发现她虽在抱怨，脸上却依然笑着。她注意到我在看她，才说："你总算来了。又见到你真高兴。"

我们连续右转了两次，拐上一条有点儿泥泞的、灌木夹道的土路。没有人照顾的灌木疯长，一边的枝叶向另一边拼命倾倒过去，两边的枝叶连起来，密沉地横在空中，像一道光影斑驳的绿色拱门。这条路真美，就像你会梦见的某种地方。而和她坐在车里，我有种奇特的感觉，就是你觉得和一个人分开很久了，你想象着见了面的那种生疏、不自在，但当你见到那个人，你发现只是一瞬间的、仅仅是缘于羞怯感的疏远之后，你们就能够回到当初那种坦然相处的状态，那种熟稔的亲昵，似乎你们从未分开，似乎过去那些音信全无的隔离、刻意的冷漠都并不存在。车很快穿过那条绿色隧道，到了她家农场的正门。同样是一道象征性的门，只是那根铁棍锈得没那么厉害。门口有一个铁皮邮箱，上面模模糊糊地铸着她家的门牌号。除此之外，再也没有什么标志。望进去依然是和后门差不多的情景，到处是膝盖般高的野草。我要下车去开门，但她坚持她来开门。她抱着露西下去开门，一只手动作麻利地打开铁棍尽头那把大锁。她指挥我把车开进去，又锁好大门，回到车上坐下。

"不要抱什么期望。"她对我说，"我们家的农场几乎没人打理，和荒地一样。"

"你们都种些什么？"

"什么也不种。"她回答，"以前的主人种了一些林木。我们养了几头牛，你等会儿就看见了，由它们自己在农场里跑。"

"那样好，放养。"我说。

"是没有办法，我带着两个孩子根本没有时间照料牛。汉森，他能干一点儿小活儿，但不能指望他。你看到他就明白了。"她语带嘲讽地说。她说话的节奏明显比以前快了，句子也短促、果断。

我们在荒草蔓生的小路上缓缓行驶。路上果然遇到了两三头牛，牛站在路当中，当车驶近时，它们就挪到路旁。而车经过的时候，它们又凑近过来，大大的头颅几乎贴着车窗，眼睛直盯着我们。我有点儿担心它们会像电视上看的斗牛比赛里面的牛，突然低下头俯冲过来。但它们只是呆呆地观看我们经过，然后又回到路中央它们刚才站的地方，默然眺望远去的车。空气闷热凝滞，风停了，天空中堆满大块的、墨蓝色的云，预示着另一场雨要来了。在高大而阴绿的林木下面，在荒草中间，凝然立在那儿的牛就像一种梦幻中的动物。然后，我看到那所简易房。它就是有时你经过郊野会看到的那种模样像只集装箱的铁皮屋，在德州灼热的阳光下，你会担心它被烧灼成铁板，台风的季节，你会担心它轻易被风卷走……它原本大概是灰白色的，但也许太久没有清洗、粉刷了，颜色完全被磨损或被污秽遮蔽了。它比我途经的这一带所有的农场房舍都更破旧、凋敝。屋子门口种着两棵茂密的橡树，它们倒比房子显得高大挺拔得多，浓密的阴影像是给这光秃秃的屋子搭了一道暗色的门廊。我从余光里察觉到她在观察我的反应，而我只能仰望其中一棵橡树的茂密树冠，因为此时打量那栋污秽、象征着贫瘠的铁皮房就如同欣赏某个人的伤口一样，是种罪孽。

三

我在房子里坐下来有一会儿了，她一直一手抱着露西忙来忙去，泡茶，端上来一碟姜汁饼干，还洗了一些葡萄，放在一个塑料筐里。在她来回走动的时候，德瑞克始终紧跟在她旁边。有几次，她低声训斥他，让他走开点儿，"妈妈会把你碰倒的！"她显得有点儿烦乱。我提出帮她做点儿什么，但被她断然拒绝了。我注意到她的嗓音也有些变了，语气里透出不耐和嘲讽。

自从进了屋里，露西就一直在哭。她告诉我露西只是饿了。但当我告诉她不要忙了，先去喂孩子时，她又固执地拒绝了。我试图把德瑞克喊过来陪他玩儿一会儿，但这小男孩儿对我不予理睬。我只能坐在那儿等着，因为自己的到来而造成的混乱不安。有一会儿，我望着她的背影，她的头发已经乱了，抱着孩子的样子像是挟着一个重重的包袱，腰身奇怪地扭着，裙子的领口被露西的小手抓得歪歪扭扭，内衣的肩带露在外面，而她似乎也懒得整理。我想到也许刚刚她走到门口接我的时候，我们都因为重逢而给自己涂上了一层兴奋的光彩，现在，这光彩暗淡了。我大概显得很木然，她尽管努力打起精神，却难以掩饰日常的倦态。

终于，她把一块厚厚的奶酪端到我面前。它外皮金黄，里面却晶莹透

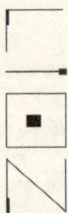

明。露西仍然在哭，她在这哭声中大声对我说："你一定要尝尝，我自己做的。"

"你都会做奶酪了！"我也大声说，说完觉得也许没必要这么大喊大叫。

"我是个农妇，"她笑着对我强调，"你别忘了，我现在是个农妇！得省钱，很多东西都得自己来。"

她脸上有层薄薄的汗水，额发湿了。

"我要去喂露西了。"她说。然后，她抱着露西走进左边那个隔间里去了。我猜想那是间卧室，尽管没有门，只有一道布帘。我想到她没有带我参观一下她的家，但似乎也不需要，坐在这儿，屋里的一切就一览无余了——右前方的厨房和紧挨厨房的餐桌，还有我现在坐在这儿的这张印花布三人沙发，以及她走进去的那个房间旁边另一个关着门的房间……过去，经过这样的铁皮屋，我常常猜测它没有后窗，像个密封的、令人透不过气的金属箱子。但我发现它其实有后窗，是四四方方的一块玻璃，从墙壁上凿出来的一个小格子。格子窗的顶端是一圈荷叶边形状的装饰性的窗帘，用来挡住直射的强烈光线。空调此时发出挣扎般的噪音，吊扇大概也开到了最强档，但屋里依然潮热难耐，似乎自从我走进来，我的衣服就一直湿着。已经是九月底了，最猛烈的夏天已经过去了，但热度还在延续。我想，如果搬一张椅子坐在门口大橡树的浓荫里，也许会好得多。

我突然想起她做的奶酪，就拿餐刀切了一小块儿。它干干的、咸咸的，细细嚼下去，才慢慢嚼出坚实、充沛的奶香。我猜想她是在给那孩子哺乳，否则她不需要走到房间里去，这多少让我有点儿不自在。我注意到其实一直有歌声从某处转来。我循着声音去找，发现歌声是从放在冰箱顶上的一台小收音机里传来，是那种手提的老式收音机，但音质竟然很好。她选的是乡村音乐台。我把声音稍微调高一点儿，回到原来的地方坐下来。前面那扇窗大一些，分两扇，挂着白色的塑料百叶窗帘。窗户是绿的，望出去是左边那棵橡树，向远处延伸的天空、草地和我们来时的那条模糊不清的小道，这一切看起来很辽阔，也有些荒凉、单调。我仍然觉得这一切有点儿不可思议。和她在一起时，这种不可思议的感觉给我一种虚幻感，现在她离开了，我一个人坐在这儿，可以慢慢整理一下情绪。我试图驱散那股虚幻的感觉，仔细观察四周，想让屋里的小物件赋予我一种此时此地的现实感，直到我看到一个男人突然出现在窗外那条荒芜的小路上。我吓了一跳，想去叫她，但立即觉得不合适。我只能看着这个幽灵般的男人沿着那条路走过来，一直走进屋子里。当他推开门的时候，我也站起身。有差不多半分钟的时间，他愣在那儿，我们相互看着。我觉得他的眼神里有种说不清楚的异样东西。他看起来并不像在打量我，他那直直的眼神仿佛是空茫的，又像是因为惊愕而失了神。突然，他缓缓地张开嘴笑起来。

"你好。"我和他打招呼，猜想他也许是农场的帮工。

他还是咧嘴笑着，没有回答。他的衣着还算整齐干净，但整个人感觉却是邋里邋遢、歪歪扭扭的。

我又说了一遍"你好"。他总算停住不再笑了，但他只是继续看着我，没有回答我的问候。

"你在这儿？"他终于开口说话了。

"是的。我在等着……其实，我是来看望……"

"所以，你在这儿！这很好……"他含糊不清地说着，径直走到冰箱那儿去。他打开冰箱门，把手伸进去摸了半天，摸出一罐可口可乐。

他打开可乐，喝了一大口，仍然直露地盯着我看，好像很奇怪为什么我还站在这儿。突然，他高声喊，"莉亚，莉亚……"

从他此刻脸上的表情，我终于明白过来，他应该是个有智障的、至少精神不太正常的人。我身上猛地出了一层汗，我想，这个人大概就是汉森先生、她的丈夫了！

她从房间里出来了，大概是他的喊叫声把她吸引出来的。她神情显得过分严肃，打着制止他说话的手势，快速冲到他面前，声音低沉而坚定地说："No，No，No……"我注意到她没有抱露西，德瑞克依然尾巴一样紧跟在她后面。那个男人仿佛好奇地看着她，他的表情怪异但温驯。突然，他像刚看到德瑞克一样高兴地一把把他抱起来举过头顶。德瑞克一点也不抗拒，微笑着俯视举起他的男人。我确定这个男人就是孩子的父亲。

他们总算安静下来，她立即把孩子从他手里接过来。我注意到她换过衣服了，那条连衣裙变成了一件条纹T恤衫和宽大的牛仔短裤。

"总算把露西哄睡了。"她看着我，露出疲惫而带歉意的笑。

我说："太好了。你可以歇会儿了。"

"是啊，是啊，总算能坐在这儿陪你说说话了。"

"你真不必操心我。"我此刻已经后悔来打扰她。她看起来那么累、力不从心。

那个男人坐在我们旁边的一把椅子上，继续喝可乐，但不时停下来赤裸裸地打量我们。

她看看他，对我说："汉森先生，我丈夫。"

"已经认识了。"我说。

"你真有意思。"她说，"已经认识了，你们相互介绍了吗？"

我又听出她口吻里那种冷峭的嘲讽。

"我们刚刚打过招呼。"我只好说。

"汉森小时候得过严重脑炎，智力有一点儿问题。你看出来了吧？"她用开玩笑的语气说，仿佛这是件无关紧要的事。

"是吗？这……并不明显啊。"我不得不装作有点儿惊讶地说。

"还好，不影响干活儿。我们说话他也都能听明白。"

"那就好。"

"汉森，"她转向他说，"这是我的好朋友，我的邻居，我在中国的邻居。"

"中国朋友。你来这儿很好！请坐！"汉森看着我，很有礼貌地说。

她看看我，笑了。我也笑了。因为我本来就坐在那儿。

"谢谢，我很高兴来看望你们。"我对汉森说。

她去厨房给他端来两片面包，还有几片薄薄的、上面的猪油凝结成块儿的冷培根。他把培根全都夹进面包里，开始吃起来。德瑞克已经从盘子里抓了饼干吃。过一会儿，她又切下厚厚的一大块干酪，放到汉森先生的盘子里。他把它抓起来，整个塞进嘴里。如果不是音乐声和外面隐隐的雷声，就只有汉森先生吃东西的声音了。

"你为什么不吃？"她突然问我。

"我刚才已经吃了一片干酪，你不在的时候。真好吃，尤其后味儿特别香浓。"

"真的？你喜欢吃的话走的时候带走两块。你吃块饼干啊。"她说着，从盘子里拿了一片花生酱饼干递给我。

杯子里的茶已经冷了，她又去添了热水。

"妈妈，我想要牛奶。"德瑞克说。

她转回厨房去给德瑞克倒牛奶。

"咖啡好了吗？"汉森先生嚷着问。

我发现他说话时也直直地看着我，这大概是他打量陌生人的方式，但这让我感觉不舒服。

她又跑到厨房里，从咖啡壶里倒了一大杯黑咖啡给他。

等她终于坐下来，她笑着对我说："无论如何，先把他喂饱。"

我想，"他"指的是汉森先生。

"你太忙了，你一直在忙。"我说，想帮她，但知道什么也帮不了。

"是啊，每天就是这么忙来忙去，孩子的事也忙不完，家务事也好像怎么都做不完，农场的事做不了也操心。"她说，淡然一笑。

"你呢？你也很忙？来德州这么久都没有联系我？"

"是很忙，但和你不一样的忙，就是做实验、发论文，没完没了。"

"有为青年！"她开玩笑地说。

"算了，只是想站住脚而已。"

"我以前就知道你将来会有出息，你和别人不一样。"她看着我说。

"没什么不一样，我是个很平庸的人。每个人有每个人谋生的方法，像我这种人没有别的本领，就是不断读书，这没什么了不起。"

"你才不是什么平庸的人。"她坚决地说。

她的语气让我觉得我最好不要反驳她。

她接着问："我不懂你的专业。但是，很多来美国的人都是飘来飘去的，你将来会去别的州吗？"

我正要说什么，突然听见汉森先生大声说："好！干得好！"

"他吃饱了，不用管他。"她说。

但我因此忘记了我要说什么。

德瑞克这时爬到妈妈膝盖上坐着。她看着德瑞克，眼神变得很温柔，仿佛她整个人，一个绷得紧紧的人，终于放松了。当他俩脸和脸贴得很近，我才发现那男孩儿的眉眼甚至表情都酷似母亲。

"他现在是我的希望，他和小露西。我现在只爱他，只爱他一个人，

尽管他把我累得要死。"她说。

"他很快就要上学了，那样会好得多。"

"你不知道，有时候我真觉得生活已经完了，每天重复着同样的事，忙碌、疲倦、烦躁，你这样挨了一天，却知道第二天还是这样。真的，对我来说，生活已经没有意义了。当然，是我把它弄得一团糟。"她说。

"那个……"汉森先生说。

"什么？"她朝他转过头问。

结果，他只是重重地叹了口气。

"安静点儿。"她凑近他的脸低声说，"露西睡了！你女儿睡了！安静点儿。"

汉森先生看着她，表情慢慢严肃起来，"露西睡了。"他几乎是一字一顿地重复说。

"你很累了，汉森，"她说，"你最好去屋里睡一会儿。"

"是的。那些牛……要下大雨了？"汉森先生说。

"可能。"她说着，把德瑞克放下，去收走汉森先生的碟子和咖啡杯，拿一张湿了水的厨房纸巾，把他面前的面包屑和咖啡渍擦拭干净。

"过来，德瑞克。"汉森先生说，朝小男孩儿伸出手，那是一双非常粗大的手。

德瑞克看了他一眼，摇摇头。

"去吧，德瑞克，和爸爸玩一会儿。"她劝他说。

"不。"

"为什么？"她问儿子。

"我想待在这儿。"德瑞克说。

她轻轻叹了口气，问汉森："那棵树你锯完了？"

"是的。但那些牛……你说还会下雨吗？"

"不要管牛。是锯成五段吗？他们要求五段，不然他们的皮卡拉不了。"

"五段。"汉森先生说。

"好吧，你现在去睡一会儿。"她叹口气说，有点儿不耐烦。

但汉森仍然坐在那儿没动，他看看我，又看看德瑞克。然后，他认真地观看自己的手——那双手正以各种奇怪的方式拧绞揉缠。他似乎沉溺在这种游戏里，兀自笑了。

最后，她站起来，拉着他的手臂，让他跟她走到那个有一扇门的房间去了。

她不在的时候，德瑞克开始和我交谈了："汉森先生喜欢睡午觉。但我讨厌睡午觉。"

"你为什么不喜欢睡午觉呢？"我问。

"就是不喜欢。露西总是在睡觉，妈妈说因为她是个婴儿。我希望露西睡觉，这样妈妈就可以陪我玩儿。"

"你真是个聪明的家伙。"我说。

"你爱妈妈吗？"我问德瑞克。

"当然。"他毫不犹豫地说。

"为什么？"我笑着追问。

小家伙儿仰着脸费解地看我一会儿，最后说："我就是爱她。"

我喝着茶，希望自己之前一直表现得很平静，至少没有露出惊讶的表情。我从未相信过她母亲或任何别的人对她生活的描述，但我也没有想到过她是现在这样的状况。

她走出来，关上了房间的门。德瑞克看见妈妈，立即迎上去。

她坐下来，把德瑞克抱到她旁边那张椅子上，告诉他吃过饼干以后应该喝水。

德瑞克用吸管从杯子里喝水，我们有一会儿没说话，只是看着小男孩儿。收音机里正播放一首老歌。

"这首歌很好听。你知道这是什么歌吗？"我问。

"《我梦中的夏天》"她淡然地说。

她似乎不想说话。我就继续听歌。她看起来若有所思，面容平静，又蕴含着某种悲伤和失落。我在想汉森先生是否已经躺下了。小婴儿睡了，那个男人离开了，她不再显得那么慌乱。当我们这么近地、安静地坐着，只是观看着一个孩子喝水、听着一首歌时，我发觉一开始让她失色的憔悴，现在竟然又让她显得动人了，似乎当她得以暂时抛开那些烦乱的事情，她神情里某种昔日的东西就苏醒过来，她内心深处的一些柔软的东西也浮现出来，柔软而不幸……

那首歌唱完后，开始插播广告。

她这时说："我每天都听这个电台，都是些老歌，很老很老的歌，但起码不那么吵。这些歌我都听熟了。这里太安静了，总得有点儿声音。"

"过去我们在北京的时候，你就喜欢听歌。我记得你当时买了一个iPod，把我羡慕坏了。"

"你现在还羡慕我吗？"她直视我，很认真地问。

我没回答。

"对不起，给你出难题了。"她像个恶作剧得逞的孩子一样，抿着嘴笑起来。

"好吧，如果我答不出来你的难题能让你高兴的话……"

"德瑞克，好宝贝儿，你去看着妹妹好吗？如果她醒了，你来告诉妈妈好吗？"她对那个男孩儿说。

"可是，我想待在这儿玩儿。"德瑞克摇着头说。

"妈妈把你的玩具和书都拿到那里行吗？求求你，德瑞克，好宝贝。"

"不。"他这时坐在她脚边的地板上，继续摆弄着一辆破旧的消防车模型。

她有点愠怒又有点儿失神地看着那男孩儿。

"让他留在这儿吧，我可以和他玩儿呀。"我说。

但她突然变得很沮丧，说："我们好几年没见面了，我只是想清净地说说话。你看，我们连说几分钟话的时间都没有！"

"可他并没有打扰我们。"我说。好在我俩说中文，德瑞克并不知道我们正因为他而争执，实际上想把他赶走。

过一会儿，她问我："你有手机吗？"

"有啊。"我说。

"你的手机可以上网吗？"

"当然可以，我有流量。"

"你能让德瑞克看你手机上的动画片吗？"她有些不好意思地问，"他最爱看这个。他姑姑来的时候他整天缠着她看这个。但我的手机不能上网。"

"好办法。"我说。

我立即蹲下身问德瑞克喜欢看什么卡通片。德瑞克知道可以看手机视频，立即来了兴致，问我是否可以让他看"托马斯和他的朋友们"。我从YouTube找到这个系列的视频，帮他戴上我的耳机，免得吵醒妹妹。他立即乖乖地拿着手机去儿童房里看卡通去了。

然后，她说去洗手间。等她出来，我觉得她重新梳过了头发。

"对不起，小孩儿真是没有办法。"她说。

"为什么对不起呢，看到他们我特别高兴。"

"你不会对小孩儿感兴趣的，很少有人真对别人的孩子感兴趣。"

"可他们不是别人的孩子，是你的孩子。"我说。

汉森先生在卧室里睡着了。我们在客厅里，听到他浊重、起伏很大的鼾声。她对我无可奈何地耸耸肩。"又下雨了。"我们差不多同时说。屋里光线渐渐暗下来。她走到厨房的一个角落里，打开一盏灯，然后回来取走小桌上的茶壶，把里面的剩茶倒进水池，换了一个茶包。我无事可做，听着外面的雨声。雨声出奇地柔和，也很空洞。

她重新给我换了一杯茶，然后，在我旁边坐下来，仿佛怀着某种趣味审视着我。我觉得轻松多了，终于只剩下我们两个人。

她又给我拿了一片饼干。

"会不会太甜？"她小心翼翼地问。

"是很甜，"我说，"但甜得很纯真。"

她愣一下，随即笑了。

"你来我真开心！"她说。过一会儿，又说："你看起来成熟多了。"

"总不能一直是个毛孩子。"我说。

"你女朋友呢？在国内还是这边？"她问。

"没有女朋友。"

"真的吗？"

"真的没有！"我说。

"为什么不找女朋友？"

"女朋友也没有来找我啊。"

她说："好了，这会儿你原形毕露了。"

"是这样。"我说。

我们俩又都笑了

她低头沉思了一会儿，说："你刚才提起在北京的时候，那都多少年了？过去的生活就像做梦一样……如果过去不是梦，那么现在就是做梦。"

她微笑着，平静地说下去，"你看，我现在就是这副样子，我的生活就是这个样子……有时候，我回想是怎么走到这一步的……我简直不敢想下去。我太笨了，相信了那个人。你一定知道那个人……"

我知道她说的"那个人"是谁，我说："我没见过那个人。"

"你最好没有见过他……我得有多蠢，会相信那么一个人真的爱我，而且我还会爱上他。你不明白我是个多软弱的人！我后来想，我爱他大概就是因为他爱我。真的，我很浅薄，我不会爱那些不爱我的人，无论他多么好。"

"所以，他感动了你……"

"那时候？可以这么说吧。他很狂热地追我，一直说他宁可抛弃一切和我在一起。我就是被这个打动了吧。其实，打动我的不是你们想象的那种东西……"

"我们想象的东西？"我不悦地打断她说，"我并没有想象什么不堪的东西，诸如交易之类的。"

她愣了一下，有点儿结巴地说："这样吗？毕竟，你对我，还是有些了解的。"

我只是笑了笑。其实我并不想听太多她和那个人的故事。

她继续说："你想想我得有多蠢，才会相信他的话，因为他其实从来没有证明过他说的话。他把我送出国的时候我还深信不疑，以为真的过了他所说的'危机'，他就会来接我，或者他来美国，和我生活在一起。我当时都想到了，我们也聊到了，要在这儿买个农场，当然不是这样的农场，都是些人在年轻时爱做的白日梦……但不到一年，他就让我不要再'死缠着他不放'了，这是他的原话。我，'死缠着他不放'！他在电话里就是这么说的。"

"那种人不值得你放在心上，好在一切都过去了。"

"怎么会过去呢？"她说，"是他把我置于现在这种境地，你没有想到吗？我现在的生活，不过是过去结下的恶果。你知道吗？我失去了工作，过去上班时存的钱出国后都花光了，我没脸回去。我当时想，就算当妓女也不会要他的一分钱。后来，我不得不求我妈给我寄钱。我妈这个人，你也知道的……"

她仍然极力维持着平静的语气，但我看到她的脸色和表情变了，她看起来想哭。

停了一会儿，她继续说："但最大的问题不是钱，而是怎么留下来，我没有身份。我本来没想过要孩子，我和汉森结婚，就是为了一个身份。我当时太急，找不到别的办法。可很多事儿不是你计划的那样，我有了德瑞克。一开始，我绝望得想死，但后来，德瑞克让我好过些，孩子需要我，无论如何，我得活着、保护他！"

她的眼圈红了，但她仰仰头，又猛垂下头，那一阵激动的情绪似乎就过去了，眼泪终于没有掉下来。

"啊，我都在说我自己的事！快对我说说你的事吧。"她坐直身子，殷切地望着我说。

"我的事真没有什么好说的，你走了以后，我把博士学位也读完了。我在学校的研究所工作了两三年，完全是浪费时间。教授们都在忙着弄钱，实验室也做不出什么东西，即使偶尔你做出一些东西，也不是你的，是老板的，大家都在想办法发文章，七拼八凑，甚至编造数据……所有的东西看起来都天花乱坠，但所有的东西深究起来都让人觉得没有希望，几乎没有一件事情能正正当当去做。所有的东西都散发着虚伪的气味……我不喜欢这样的生活。所以，我最后也想办法出来了。"

"真好！你碰巧也来了德州。"她说。

"对，碰巧来了德州。"我说。

她意味深长地看了我一会儿。她那双很大很深的眼睛松弛了一些，眼睛下面有明显的横斜的细纹。过去，在她很年轻的时候，那双眼很澄澈，甚至有些冷冽，现在，它经常流露出忧愁和疲倦，却温暖暖起来。

突然，她表情诡秘地笑起来。

"什么？"我问。

她沉吟了一下，问："我在想……你当时没想过追我吗？我是说在北京的时候。"

"没有，但这是因为你……"

"不用解释了。"她轻轻拍了一下我的肩膀，落落大方地说："我和你开玩笑呢。"

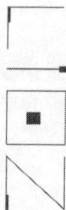

"那你为什么不让我说完呢？"我说，"因为你太好看了，你看起来就像不会属于任何人。对我来说就是这种感觉。而我又是个有自知之明的人，我当时什么也没有，一个穷学生。当然，我现在也还什么都没有。"

"你为什么不直接说你是个太过于自尊的人呢？我早就知道你是这样的人。"

我没反驳她。我想也许她说得对，但她大概忘了她过去比我骄傲得多。

她的目光和声音突然变冷了："你来德州多久了？你住得那么近！你甚至都没想过和我联系吧？你真是个……我都不想说你是怎么样的一个人了。"

我觉得我最好什么都不说。我知道此时我说不出什么好话，一种郁闷甚至有点儿气恼的情绪控制着我。但停了很久，她不再说话，一种压迫感促使我不得不说点什么。

我说："你呢？你当初甚至不告而别！所有关于你的消息，我都是后来从别人那里听到的。而且这些消息都来得太突然……因为太突然，所以我听到的时候甚至都不觉得愕然了。我觉得这是我作为一个……朋友的失败。"

她定定地看着我，然后摇摇头，似乎我已经令她失望得不想说话了。

过了好一会儿，她才说："你想知道为什么吗？因为我当时觉得没有脸面见你这样的朋友。"

"对不起。"我说。我想她说的是真的。

"'不会属于任何人'，你刚才说我'不会属于任何人'，"她重复着我的话，目光有点儿挑衅地斜视着我，"现在的我呢？属于什么样一个人？"

"我相信现在的状况是暂时的，以后生活会慢慢好起来……"我说。

她似乎不在意我说的话。突然，她动作优美地向上伸展双臂，身子俯向前，紧贴在桌子上，说："美有什么用？况且，我也知道我早已经不美了……人要衰老、变丑，一个错就足够了。现在想想我那些不美的同学，她们都比我过得好。"

她说这些话时凝视着桌面，脸上有一抹恍然的笑意。就像以往我们一起吃饭时那样，有时候她会突然坠入这种仿佛轻柔自语的状态里。我看到她的笑里仍然有那股迷人的孩子气，似乎她的意识正痴迷于什么别的东西，游移到了什么别的地方，忘记了眼前这个人的存在。过去，有时她会显得傲慢、目中无人，但有时候她又出奇地温柔、软弱，仿佛她需要完全地信任、依赖你，不管你是个什么样的人。在我眼里，她曾经是个看不透的女人，但我慢慢了解到并没有什么看不透的人，只要你真地去看。我想，无论多老，或是变成什么样子，她身上那股孩子气至少没有完全消失。对我来说，这就像是一种永远不会变质的纯真，是某种岁月无法夺走的东西。

四

我们首先听到了露西的哭声，然后看到德瑞克跑了出来。"露西醒了！"他对妈妈喊着。她站起来，抱歉地朝我笑笑，离开了。德瑞克站在那儿，依然挂着耳机，有点儿怯怯地看着我。我想到他是担心我要把手机收走了。我示意他继续看，他才心花怒放地握着手机走过来。

"你可以帮我找找《好奇的乔治》吗？我在电视上看到过。"他礼貌地问。

"当然可以。"

于是，德瑞克在我身边的沙发上坐下来。

她在房间里待了好一阵子，我一直陪德瑞克看动画片，心想该找个合适的时机告别了。

她终于抱着露西走出来。她抱着露西在屋子里慢慢地来回走着，边走边晃动手臂，说："她有个怪脾气，刚睡醒的时候要抱着不停走，一停下来就爱哭。"

"刚睡醒的小孩儿可能缺乏安全感。"我说。

"小孩儿也各有各的脾气。德瑞克小的时候是睡醒了要在床上躺一会儿，露西得马上抱起来，不然就会越哭越厉害。"

我注意到外面的雨声又稀落了一些，窗外的天空放亮了，连屋里的光线也亮了一些，厨房的那盏灯就显得更昏弱了，几乎消融在日光里。德瑞克看得那么出神，令我有点儿不忍心突然停播他心爱的节目。又过了一会儿，我终于说："快六点了，我得走了。"

她惊愕地看着我，猛地想起什么似的说："哦，我早该准备晚饭了！你不要急好吗？吃了晚饭再走。"

"真不麻烦了，我回休斯敦还有事儿。"

"你为什么不愿意留下来吃顿饭呢？"她有点儿委屈地说。

"你带着孩子太忙了，真不麻烦你。"

"我不会给你做什么复杂的东西，我们也要吃饭啊。"她说。

"我知道，但我真的回休斯敦还有事，一个大学的师兄，我们晚上要见面吃个饭。明天一早我就回奥斯汀了。"我说。我觉得她其实是力不从心的，她大概很难想象张罗出来像样的晚饭，而我也很难想象和她的两个孩子还有汉森先生一起吃饭。我决心在汉森先生走出来之前赶紧离开。

"好吧，如果你不想留下来吃饭的话，再喝杯茶吧。"

"真的不用了。现在雨小多了，我趁这个时候走比较好。"

"好吧，要是这样的话……"她说。

她把我送出来，就像接我的时候一样，抱着露西，身旁跟着德瑞克。德瑞克眼里有真正的留恋，我猜他没有什么朋友，是个孤独的、无法不依恋母亲的小男孩儿。我请求他们赶快回屋里去，因为虽然雨几乎停了，但老橡树的枝丫仍往下滴着重重的雨珠。她坚持要把我送到车上。走到停车的那块空地上，我一把把德瑞克抱起来，举得高高的，连举了三下。当德瑞克在空中的时候，他的腿欢快有力地踢腾，他兴奋得"格格"笑出了声。

"你还会再来的，对吧？"她说。

"当然。我会再来看你们。"

"可我担心你不会再来了。"她很直接地说，盯着我，仿佛要从我的神情确定我是否在撒谎。

"为什么？我当然要来，因为我下次要送给德瑞克一个玩具。我很喜欢这小家伙。"

"他也很喜欢你。"她说，终于笑了。

我发动车子，打下车窗玻璃，她又嘱咐说："你一定要早点来看德瑞克，他那么喜欢你。"

"一定会的。"我说。

我就要走的时候，看到她往车窗前急切地走近两步。她的脸俯过来，一只手抓着车窗的边缘，我看见她的脸红了。她显得有点儿犹豫，最后低声说："我刚才突然想到……万一我妈在电话里面问起你……"

"我知道该怎么说。你放心吧。"我说。

我已经驶出去一段距离了，从后视镜里看到他们还站在那儿。他们三个，在橡树下面。她站在那儿的姿势比她的容貌显得衰老多了，而我想到她只有三十四岁。只是在这个时候，难受才一下子狠狠地攫住我，我的眼睛湿了。我突然想把车倒回去，把她从这可怕的、被遗忘的地方救出来，她，连同那个孤独的、长相酷似母亲的男孩儿德瑞克，带他们去休斯敦去逛街、吃饭，带他们去过正常的、热气腾腾的生活……而另一方面，我甚至无法确定自己是否还会回来看她，在克利夫兰的这个下午给我一种不真实的感觉，坐在她的家里面对汉森先生，或是看着她被这样的生活死死缠住，都令我感到一股阴沉的窒闷。我想如果我不回来，我也会给德瑞克寄一些书和玩具，我真心喜欢那个孩子。

我凭着记忆往前慢慢开车。等我意识到的时候，我发现我早已经过了那条灌木夹道的、仿佛梦境中的小路。我无法不去想她是怎么度过这些年的，和汉森那样的一个人，在这么一个地方，在一个对酷暑和寒冷都无能为力的铁皮匣子里坐着、来回走着、流着汗，日复一日，听着《我梦中的夏天》这样的歌，看着小窗户外面橡树的阴影和快要被荒草吃掉的农场小路……她，连同她的美貌、青春的热力，被囚禁在这贫瘠、劳作和无望之中，像被无情地侵蚀、过早地凋谢了的一朵荒原上的小花……她说得对，如果她过去的生活不是梦，那么现在的生活就是个梦，一个墨绿的、冰冷芜杂的梦。

当我看到那条旧铁轨时，我知道穿过铁轨我就要转上十号高速公路了。我打算不在休斯敦停留，直接开回奥斯汀。我向后看，没有一辆车，周遭一片浓绿，一片雨后的阴郁和静寂。于是，我把车停在路边，在手机上打开YouTube，搜出那首歌。而后，我一边开车，一边听那首名叫《我梦中的夏天》的老歌。它那奇特的不和谐感莫名地打动我，因为曲调是那么安静、忧伤，歌词却是愉快的：

  "在这古老大树的绿荫下

  在我梦中的夏天

  在高高的青草和野玫瑰旁

  绿树在风中舞蹈

光阴那么缓慢地流过，

圣洁的阳光普照

……

我看到我的心上人

站在门廊后等着我

夕阳正徐徐落下

在我梦中的夏天"

原载《湖南文学》2017年第1期

点评

　　一个时期你会经历和听到许多故事，但是有一些顽固地不能忘记，会让你陷入沉思。一定是它触碰到你的什么东西了。对于张惠雯来说，这个"小三"的故事就是如此。

　　套路很简单，美丽年轻有能力的女性，遇见有家室的上司，坠入爱情。上司将其送出国，答应会去寻她、汇合、新生活。爱情对于女人来说是整个世界，对于男人来讲不过是一个阶段的小冲动，随着时间的推移，小冲动成了麻烦与包袱，气急败坏地想甩开。甩开本应该付出代价，但受过高等教育的女人的自尊心导致这种代价不需要了，只消说"你不要死缠烂打了"，一切解决。也许在某个夜晚或年老的时候，这位银行行长会飘起一点愧疚，但官场上人精中的摸爬滚打早已把心磨得坚硬，会用"傻、活该"来评价这个为了他而改变人生轨迹堕入命运深渊的女子。

　　女人那么听话，让她不要死缠烂打，她就不会出现在行长的人生中。高傲与自尊让自己的家与国都成了回不去的地方，为了生存，她走了另一条随波逐流的路：为了绿卡嫁给智障的美国人，不小心生下孩子后又不忍心抛弃，接着又生了一个。善良有时是软弱的另一种写法。谁能拯救她？

　　作者显示出驾驭场景的出色能力，将故事与"现代的烦闷"感恰如其分地安置在一场探望中，以一首老歌的调子为作品上色。

（王雪）

草莓的滋味

李云雷

那时候我们那里很少种草莓，草莓是很稀罕的水果，我们那地方是平原，多的是苹果、梨、桃子、杏和山楂，草莓都是从外地运来的，我们那里的人吃不习惯，又很贵，所以我们很少吃，连见都很少见到。到我上中学的时候，我们那里才有人开始种草莓，那也是从外地引进的，在当时算是一种新技术，种出来的草莓卖价很高，只有敢冒险的人才会去种，大多数人还是老老实实地种庄稼。

我第一次见到草莓，是在我的好朋友高振兴家里。那一年暑假，我骑自行车骑了三十里路，到他家里去找他。高振兴家在我们县城西南大约二十多里路，我从家里出发，向西骑到县城，城西有一条斜着向西南去的路，我沿着这条路一直向前走。在那之前，我没有去过高振兴家，只是听他说起过，沿路要穿过七八个村庄，我记得他们村的名字，想着快到的时候找人问一问，总该能找到，就这样匆忙上路了。此前我没有走过那么远的路，我去的最远的地方是我父亲的果园，离我家大约三十里路，但那是一条大路，我也是跟家里人一起去的。现在骑行在这条路上，周围的环境越来越陌生，我感觉心里有些慌张。这是一条土路，路两边是笔直挺立的白杨树，杨树的外面是一望无际的庄稼，这时正是暑假，地里的玉米、高粱、谷子都已长高了，像一排排青纱帐，空气中飘荡着成熟庄稼微甜的气息。这是正午时分，路上很寂静，很少看到行人，我一个人骑在车上，可以看到暑热在地里蒸腾，眼前有隐约的光晕。

我和高振兴在县城读书，都是从乡村来的，刚上初中的时候，我们都有些不适应，城里的同学，眼界比我们宽广，性格比我们活泼，衣服

也比我们漂亮，让我们有点自卑。我们刚从乡村进城，总感觉这不是我们的世界，我也有几个县城里的朋友，但总感觉跟高振兴最亲近。那时候高振兴的叔叔在我们学校当老师，住在学校东边的教师宿舍。那是几排红砖瓦房子，青年教师可以分一间宿舍，结了婚的可以分到三间，正房对面，还有一排小房子，也分给了他们，可以做厨房、储藏室等。高振兴离家远，来回奔波不便，就住在他叔叔的那间小房子中。那时候每当下了课，我们去食堂打了饭，就端着饭盆到他的小屋一起去吃。那时候我们都很穷，在食堂里打的饭菜都是最便宜的，两三个馒头，再打一个素菜，端到小屋里，我们边吃边聊，感觉也很高兴。有时候我们为了省钱，连素菜也不买，到街上去买几个咸菜疙瘩，或者一罐辣椒酱，买回馒头来就着吃，也吃得不亦乐乎。我和高振兴都很喜欢吃辣椒，我们还进行比赛，将一个馒头掰开，浇上辣椒酱，一勺，两勺，三勺，再夹起来吃，看谁吃的辣椒多。我们买的辣椒酱不是后来市面上卖的那种，而是本地产的那种辣椒粉加盐做成的酱，又辣又咸，那一次我夹了四勺，高振兴夹了五勺，我们都龇牙咧嘴地吞了下去，他赢了，但是那天下午，我们两个都拉了肚子。我们还吃咸菜疙瘩，那是一种黑乎乎的酱菜，我们不只是当咸菜吃，还当零食吃，吃完饭后，一人倒一碗白开水，从咸菜上扯下几条，边喝水边吃，就像吃零食一样，那时我们也没有什么零食，那种咸菜似乎可以刺激我们的味觉，让我们感觉很美味。我们两个坐在床边，吃着咸菜喝白开水，聊着学校里的事，家里的事，同学之间的事，谈得很开心，不时迸发出爽朗的笑声，那间狭小黑暗的小屋留下了我们很多美好的回忆。

在我们班里，高振兴是一个很出色的人物，他不仅学习好，而且志向远大。在班里他的成绩总是名列前茅，不是第一就是第二，下课后到球场上打篮球，他的身影也很活跃，总能够冲到对方半场三步跨栏，纵身一跃，将球扣到篮筐里，引来围观的女生一阵阵热烈的掌声。高振兴还有一手绝活，就是他可以在篮球架上荡来荡去。那时候我们学校的篮球架是木制的，底部埋在地里，球架支撑在半空中，篮板后面有两根平行的木棍，离地很高，高振兴身体灵活，他三跳两跳，就可以撑着球架跳到篮板的后面，双手抓住那两根平行的木棍，像玩双杠一样在那里悠来荡去，他在一根木棍上悠着，荡着，突然两手同时松开，滑向另一根木棍，啪的一声紧紧抓住。当他两手松开时，我们的心都提到了嗓子眼，有胆小的女生就啊地尖叫了出来，但高振兴的动作很漂亮，他在半空中画了个弧线，像飞鸟滑翔一样，两只手就紧紧抓住了那根木棍。他在空中一倒手，一转身，又面朝着原先那根木棍，再一悠，一荡，一松手，又抓住木棍，回到了原先的位置。课间十分钟，他可以在空中飞好多个来回，几乎成了我们学校操场的一景。我们班里的男生，不少身体也很好，但没有人敢像他一样在篮球架上荡来悠去。但有一次，高振兴也发生了失误，他在从一根木棍向另一根木棍滑翔的时候，突然失手，从半空中跌落了下来，篮球架下围观的人群惊呼了一声，连忙赶上去扶他，高振兴摆了摆手，不让人动他，过了一小会儿，他自己慢慢爬起来，活动了一下手脚，看看没有大碍，才让我们扶着回了教室。那一次他甚至没有去校医务室，过了两三天就恢复如常了，继续在篮球架上悠来悠去。

那时候我不住校，高振兴住在学校里，每天早上六点半他都起床跑步，围着我们学校的操场跑八圈，四千米，跑完步之后才到食堂吃早饭，他跟我说他每天坚持跑步，不只是为了锻炼身体，也是要锻炼意志，他说人活一辈子，要做一件大事，现在就应该做准备，好好锻炼自己，充实自己，将来好承担起自己的使命。我问他承担什么使命，他说，我们国家还没有实现四个现代化，各方面都很缺少人才，我们这一代人要让中国走向富强。在那间黑暗的小屋中，高振兴跟我谈了好多，让我似乎看到了另外一个世界。那时候高振兴的阅读面很广，我也跟着他看了不少书，我们关心的都是大问题，中国向何处去，历史在这里沉思，这样的问题最能够激动人心，引发我们之间的辩论。那时候我们的学校很穷，很简陋，连一个图书馆都没有，我们看书都是从别人手里借的。我们学校东边不远有一个文化站，那里的二楼有一个对外的阅览室，周末不上课的时候，高振兴时常到那里去看书报，等我们见面的时候，他就会兴奋地跟我讲起很多消息。当时的国际形势纷纭复杂瞬息万变，苏联解体之后不久，海湾战争又爆发了，我们国内在反和平演变，谈到这些问题，我们在那间小黑屋中都忧心忡忡，虽然我们的知识还不够，但总感觉这个世界在变，感觉这个世界与我们有关，尤其是高振兴，他坐在床边，眼望着屋顶，紧紧皱着眉头，像一个大人物。

骑在路上，微风轻轻吹来，我感到很惬意，想象着我们见面之后快意谈笑的样子，不知不觉走了很远。在一个路口，我看到一个卖西瓜的老头，头戴一顶草帽，靠着车子昏昏欲睡，我走过去向他打听高振兴的村子，那个老头见我不是来买西瓜的，有点失望，随手向前一指，说过了这个村，下一个路口就是了。我谢过了他，骑上自行车继续前行，到了下一个路口，那里正好有两个人在树下乘凉，我上去问，果然就是这个村子，我又问高振兴，他们都摇头说不知道，原来村里的人都不知道学生的学名。我又跟他们说他是在哪里上学的，他叔叔也是那个学校的老师，有一个人恍然大悟似的说，你说的是那谁家的老三吧？又指指点点地跟我说他家在哪里，我骑上车向南进了村子，按他说的去找，但村子里的路很复杂，走了一会儿，我就迷路了。正好在这时，我看到几个小孩在那里跳房子，就上去问他们，没想到这些孩子很热情，说我知道，我们带你去吧，说着在前面蹦蹦跳跳地跑开了，我赶忙推车追上去，跟着他们来到一处旧宅院。进了院子，一个小孩大叫着，"三叔，有人找你！"

"谁呀——"，高振兴从屋里走出来，手上还抓着一本书，一看到我，他又惊又喜，脸上像绽开了花朵，连声说，"你怎么来了？"说着他过来帮我闸好车子，让我到水龙头上去洗了把脸，又将我拉到他住的西厢房，两个人坐下，才慢慢安静下来。他的房间很狭小，屋里还堆放着各种农具和杂物，西边靠窗的位置有一张床，床边是一张桌子，桌上摆放着一些书籍。这时金色的阳光洒过来，屋子里亮堂堂的。我们坐着说了一会儿话，高振兴突然起身出去，等他回来的时候，手里端着一个篮子，对我说，"来，快尝尝这个！"我看着篮子里红白交叠在一起的小小水果，有点好奇地问他，"这是什么？""这是草莓，我们家里种的，你尝一下。"我拿起一颗草莓，仔细看着。这是我第一次见到草莓，红红的，很大，上面有一些白色的小斑点，底部摘掉青色根蒂之后，有点发白，我凝视着这陌生的水果，感觉有点奇怪。"快吃吧！"高振兴又劝我，我把草莓轻轻放入口中，感觉有点酸，有点甜，又有点涩，那是一种特别清爽的味道。

高振兴村子的西边，有一条很高大的河堤，那天下午我们爬了上去，河堤下面种满了庄稼和树木，一直延伸到很远，在影影绰绰的远处，还可以看到另一条高大的河堤，但那已经属于另一个县了。高振兴跟我说，我们现在看到的巨大河床，就是黄河故道，几百年前黄河在这里改道，只留下了这个大河沟，据说以前河沟里都是黄沙和黄土，狂风一卷，漫天飞扬，周围所有的村庄都被笼罩在昏黄色的天空下。解放以后，政府开始治沙，人们在这里种植耐旱的白毛杨，一年又一年，河沟底部便种满了树木，风沙逐渐减少，到我们这个时代，已经很少再见到了。大河沟的中间，在白杨树林之中，现在还有一条小河，河的两岸是飘荡的芦苇，还有一条小船系在岸边。那天我们在黄河故道上，骑着自行车向南走了很远，一直到黄昏。我们骑行在河堤上，看到夕阳在黄河故道缓缓落下，内心涌起一种悲壮的美感，在那一刻，我们好像和山河大地融合在了一起。

到了傍晚，我们一起跳到河里去游泳，那条河比我们村里的河更宽，水流更湍急，我们跳到水里，像两条鱼在水中扑腾着浪花，从这一岸游到另一岸，又爬到岸边的大柳树上，从树杈上跳下来，激起很大一片水花。刚开始的时候，我站在那里不敢跳，高振兴一脚踢来，我一躲闪，从半空中掉了下去，啪地砸在水面上，我呛了一口水，拼命挣扎着冒出头，也在水中游了起来。我们游累了，就一起爬上岸，到白杨树林的草地上躺着，这时天色已经暗了下来，天上的星星眨着眼睛，亮闪闪的，像是在说着什么话。有那么一瞬间，我感觉周围的环境很陌生，那时候我几乎没有离开过家，在这三十里外，似乎已经很是遥远了，心里偶尔会生出莫名的恐慌，但一转眼看到高振兴在那里，内心好像就安定了下来。虽然我和高振兴是同一年的，但我总感觉他比我成熟很多，像个兄长，让我有一种天然的信赖。在那片白杨树林中，高振兴还跟我说，在那条河的上游，有一座龙王庙，很早的时候就有了，《水浒传》里就提到过，他说等明天清晨，我们起一个大早，骑上自行车到那里去玩，我很高兴地答应了。

晚上我跟高振兴住在一起，在他那个房间里，我们抵足而眠，彻夜长谈，聊学校里的人与事，聊自己读过的书，也聊我们的理想与未来。高振兴问我，"你说到了2000年，我们能实现四个现代化吗？"2000年？四个现代化？我愣了一下，思绪一时还收不回来，在我的感觉中，2000年似乎还很遥远，好像是在遥不可及的未来，又像是一个想象的终点，我无法想象2000年是什么样子，也无法想象那时的我们会是怎样的。见我不说话，高振兴又说，"到了2000年，我们国家变得强大富饶，我们也都长大了，

那该有多好啊……"他的脑袋枕在双手上，眼睛盯着挂在屋顶上的蚊帐，在黑暗中闪闪发光，似乎看到了一个无限美好的未来。

在那天晚上，高振兴还跟我讲起了他心底的秘密，那就是他偷偷喜欢上了一个女生。那时候我们那地方风气极为保守，学校的管理也很严格，男女学生之间萌发了情愫，只能当作最重要的秘密，深深地埋在心底。高振兴将这么重要的秘密告诉我，让我既感动，又兴奋。我问他喜欢的是谁，是什么时候喜欢上的。这时高振兴变得凝重起来，他皱着眉头，很长时间不说话。犹豫了很久，最后他才跟我说出了一个女孩的名字，那个女孩我也认识，就是我们班的女生小竹。

高振兴说，他一开始并没有太注意小竹。那时候我们都是男生和男生玩，女生和女生玩，男女生之间很少说话。有的人同学相处了两三年，都没有说过一句话，前后排学生隔得比较远的，连印象都不是很清晰。高振兴也是这样，他一开始对小竹也没有什么印象，虽然小竹长得很好看，但那时候好看对我们似乎也构不成太大的吸引力。高振兴最初对小竹有印象，还是在文化站。那个时候他周末常去文化站读书看报，阅览室在二楼，他坐在窗前读书。有一次偶尔抬起头，看到一个女孩骑着自行车，从远处飘然而至，她的自行车转了一个弯，进了旁边的家属院，他看着她翩然而去的背影，一下子被她迷住了。他隐约觉得这个女孩很熟悉，后来才想起，原来她就是我们班的小竹，从此对她就开始注意了。后来时间长了，他发现每到中午12点之前，总是能够看到小竹从外面骑车归来，从他的角度，只能看到她的侧面和飘飘飞舞的衣裙，但就是那一瞥，那短短的一瞬，让他怦然心动，他从心底里喜欢上了小竹。

他记得，小竹在班上总是安安静静的，很少跟人说话，下了课也不跟人一起玩，别的女生在教室前大呼小叫地跳皮绳，她就只是在旁边看着，别的女生三五成群地叽叽喳喳聊天，她也只是在那里听着。但是有一次我们班上的元旦晚会，却让我们看到了她的才华，那天晚上，我们班上每个人都要表演节目，还分成两组进行比赛。小竹本来不想表演，但再三推辞不过，只好上台唱了一首歌。她唱的是《像雾像雨又像风》，这是当时很流行的一首歌，她的歌声细腻动人，征服了我们班上的所有同学，我们都强烈要求她再唱一首。小竹被逼无奈，只好又唱了一首，这次她唱的是《红灯记》：

我家的表叔数不清

没有大事不登门

虽说是亲眷又不相认

可他比亲眷还要亲……

那时候我们都没有听过样板戏，但是小竹的歌声却让我们陶醉，她的嗓音很稚嫩，但又表达着一种坚毅，唱的时候她的表情很认真，可是眼睛里流露出的却是小女孩的羞怯，一下子打动了我们的心。那天晚上，还发生了一件事，我们的班主任靳老师来得晚，他带来了一台当时还很少见的双卡录音机，我们都让他表演节目，他推不过，用录音机播放音乐，他和着伴奏唱起了《像雾像雨又像风》。他唱完后，我们都热烈地鼓掌叫好。但是这时候高振兴却注意到，小竹的表情似乎有点不太高兴，或许她觉得靳老师跟她唱了同样的歌，收获的掌声也比她多。不等靳老师唱完，她就偷偷溜出了教室，一个人骑上自行车回家了，高振兴跟到教室门口，只看到了她远去的背影。靳老师后来才知道小竹也唱过这首歌，在第二天的班会上郑重地向她道了歉，但小竹却只是红着脸，坐在那里静静听着。

他还记得，那天他在文化站的阅览室看报，天上突然下起了大雨，雨点啪啪地敲打着他面前的玻璃窗，这时快到12点了，他很担心小竹，不知道她是否还在外面。那时候每到中午12点，他都在期待小竹的出现，虽说小竹并不知道他在等她，但他却将这当作一种默契，好像是一个人的约会。那天已经过了12点，他也没有看到小竹回来，心想或许她今天没有出门，也不用为她担忧了。他将读过的书报放回原处，从阅览室走出来，走到一楼的屋檐下，看看雨下得渐渐小了。正要向外走，突然迎面骑来了一辆自行车，那正是小竹，他一下愣在那里，怔怔地望着她。小竹并没有看到他，她的裙子没有淋湿，但是头发有点乱，像是在那里避了雨，此时她的自行车向右一转，正要向家属院骑去，她不经意中一抬眼，正好看到高振兴，似乎一下没有反应过来。她向前骑了两步，在前面转过了一个弯，又骑回来，在高振兴面前停下，站在他面前，问，"下雨了，你没带伞？"高振兴笑了笑说，"雨小了，没事。"小竹好奇地问，"你怎么会

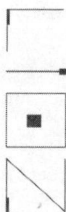

在这里？"高振兴指了指二楼，说，"到这里看一会儿书。"小竹点点头，又说，"你等一下，我回家去给你拿把伞。"高振兴笑着说，"不用了，这会儿雨也停了"，说着他朝小竹挥挥手，迈开步向外走了出去，等他走出文化站那两扇斑驳的大门时，回头一看，小竹还推着自行车伫立在那里。

那天晚上，高振兴向我诉说了他对小竹的思念，但他也很忧伤，不知道该怎么面对这莫名的情愫。在那种保守的风气中，他不知道要不要向小竹表白，还有，小竹是一个城里的女孩，而他则是一个来自乡村的男孩，城乡之间的巨大差距，也让极为自尊的他难以开口，他怕受到拒绝和伤害。在这个深夜里，我听到了高振兴内心最深处的声音，这让我惊讶又意外。他所说的话，改变了我对他的印象，在我从前的印象中，高振兴是一个胸怀远方的有志青年，他在不断地磨炼自己，将来一定会成为我们国家的栋梁之材。但这个深夜的一番话，让我看到了一个我不太熟悉的他，那是一个内在的他，充满了忧郁与浪漫色彩。高振兴问我该怎么办，我也不知道，只能同情地看着他，那时候我也没有谈过恋爱，心里很乱，不知道该如何面对这么复杂的情感，只是在暗夜中倾听着他的心声。

第二天一大早，我就向高振兴告辞，说我要回家了。高振兴很诧异，极力挽留我，说昨天我们不是说好了要一起去看龙王庙的吗，那个龙王庙里有两棵大槐树，据说是明朝留下来的，好几个人都抱不过来，很壮观。我跟他说，突然想起家里有一件急事，我必须得赶回去，下次我们再去看吧。我坚持要走，高振兴挽留不住，流露出很失望的神情，有点手足无措，最后他没有办法，说他去送送我，正好从他家的草莓地路过，可以看看草莓。

我跟他走到村东那块地里，那时候正是草莓成熟的季节，可以看到一棵棵草莓种在地垄上，绿叶葳蕤，叶子上洒满了清晨的露珠，刚长出来的草莓在叶丛中隐隐约约的，阳光照过来，闪烁着璀璨的光，那些草莓有的红，有的白，缀在植株上闪闪发亮，像一颗颗宝石。高振兴告诉我，草莓成熟得很快，前一天还是发白的，第二天清晨就熟透了，又鲜又红。所以种草莓，每天早上都要去摘，一大早起来赶到地里，红得发紫的草莓已经摇摇欲坠了。我和高振兴一起去摘草莓，每人挎着一个篮子，在熹微的阳光下，从一行行草莓植株旁走过，弯腰将成熟的草莓摘下来，那些草莓拈在手里沉甸甸的，红的红，紫的紫，有的大，有的小，都已经成熟了，散发出一股迷人的清香。摘了一篮草莓，我们坐在田垄上休息。那时候正好有人在地里浇水，一条垄沟里清水活泼泼地流淌着，我们来到水边，将刚摘下来的草莓在水里洗一洗，就吃了起来，那清甜与酸涩交融在一起的味道让人着迷。离开的时候，高振兴将一篮草莓搁在我的车筐里，让我带回家，我推辞了一番，推不掉，只好接受了。

从草莓地里出来，我们一起向村外走。到了他们村的村口，我让他回去，高振兴不肯，又跟我一起向东骑行了六七里路，来到一座小桥边，我们在那里停下。坐在石墩上，又聊了起来。我们谈的是共产主义问题，高振兴问我，"你说，我们这一代人能看到共产主义实现吗？"我想了一下，不知道该怎么回答，那时候的报纸上都说我们处于社会主义初级阶段，只有建成了发达的社会主义，才能向共产主义过渡，高振兴看的书报比我多，应该比我更明白。我不知道该说什么，高振兴说，"我真想看看共产主义是什么样子，到了那时候，可以实现人的全面解放，我们就什么苦恼也没有了……"一谈起这些问题，高振兴就跟昨天判若两样了，昨天晚上他是那么忧郁，而现在的他是多么阳光、健康与自信，像是一个真正的共产主义新人。这时微风吹来，白杨树的叶子哗啦啦直响，空气中弥漫着玉米成熟时的香甜味道，我们看到桥下的小河翻滚出细小的波浪，又喧闹着向远方流去，一直消失在天边。坐了一会儿，我和高振兴分手，他向西，我向东，我们各自骑上自行车回家。走了很远，我回头一看，高振兴也正在回头看我，我们挥了挥手，便又向前骑去。

离开高振兴，我骑车走在路上，前面的路像一条向远方延展的灰色带子，闪着灰色的光，路两边的树木站立着，显得有些肃静，这时候天慢慢阴了下来，从西南方向涌来一层层乌云，随着风迅速地向这边翻滚，我想一场雨或许是不可避免了，脚下加快了步伐，车子飞快地向前奔驰，但是我的心却越发乱了。是的，我回家并没有什么急事，只是想找个借口离开高振兴，他昨天晚上的话打乱了我的心，让我很纠结，因为我和他一样，也在默默地喜欢着小竹。当我听他谈起对小竹的情感和思念，心中满是酸涩，但又不知该如何是好，只能默默地倾听着。

那时候小竹坐在我的前排，她扎一条马尾辫，眼睛很黑很亮，上课时她的辫子总是晃来晃去，有时她还会转过头来跟我说话。我清晨上学的时候，时常可以看到她的身影，她骑一辆自行车从南边骑过来，跨过小桥，向西一转，一直向前就到我们学校了。这时候我从东边骑车过来，可以看到她转弯，看到她的侧面和飘飘飞舞的衣裙，那时候正是初春，我们县城里种满了白杨树，满城飘的都是白色的杨絮，像纷纷扬扬的大雪。小竹的自行车骑在前面，我可以看到她的马尾辫左晃一下，右晃一下，她的身影在漫天大雪中隐约闪现，看上去很美，我紧紧跟在她后面，一路向前骑。等到了学校，她存好了自行车，我才赶过来，彼此照面，点一点头，就算是打过招呼了。那时候我总是将自行车停靠在小竹的车子附近，这样下了晚自习，我就可以跟在她后面一起走了。晚自习的铃声一响，我看到小竹收拾好书包，走出教室，我也就紧跟着走了出去，到了存车场，她推了自行车向外走，我也赶紧跟上去，在她身后不紧不慢地骑着，骑到电影院那个十字路口，我看到她的身影向南骑去，才跨过那个路口，开始一路猛蹬，车子在夜色中如风驰电掣一般。我感觉我有点喜欢小竹了，但那是一种很朦胧很新奇的情感，像是丝瓜的藤蔓刚刚萌生出来，嫩嫩的，软软的，像是要抓住什么，但又抓不住，风一吹，只能在空中摇摆，我将这种陌生的情感深埋在心底，不敢对任何人吐露，甚至对高振兴也是这样。

但是在一个人的时候，我总是会想起小竹来，当我飞快地骑车回到家，坐在自己的那间小屋里，总是会想象小竹的样子，想象她在做什么。在我的想象中，小竹好像是一个居住在童话里的公主，那里有一个四面环水的城堡，她住在城堡的最高层，在那里她像仙女一样，总是那么美丽，从来不会为任何事忧心，当她偶然打开朝东的玻璃窗时，也不会想到有一个满怀爱恋的人正在远方凝视着她……对小竹的喜欢让我改变了很多，这个时候我才真正在意起自己的衣着打扮，也为自己家境贫寒而感到羞愧。我生怕自己不能配得上她，开始从各个方面改变自己，我穿的衣服虽然仍很破旧，但是我会让它们变得尽量整洁一些，我想吸引她的注意，在球场上左冲右突，晃过好几个人，很潇洒地起步扣篮，我也不再整天疯疯癫癫地跑着玩，而开始将精力转到读书上，想着在期末考试的时候一鸣惊人，可以让她刮目相看……

我不知道，我的改变是否引起了小竹的注意，但是我感觉她似乎也与我有了一点默契，一点交流。每天清晨，当我们一前一后，骑着自行车在县城的街道上穿行时，透过那些在空中飘雾的落叶，我能感觉到她注意到了我凝视的目光。在教室里，当我们的眼神偶然相遇时，在她慌乱躲闪的刻意中，我似乎也能感受到她想要掩饰什么。我感觉我对她的情感越来越深了，对她的幻想也越来越多。就在这个时候，发生了一件对我来说很重要的事情。那天晚上，下了晚自习，看到小竹走出了教室，我收拾好书包，赶紧追了出去，到了存放自行车的地方，我看到小竹在不远处，我低下头去开锁。这时候我突然感觉有一丝异样，猛一抬头，看见小竹推着自行车径直向我走过来，走到我身边，她停了下来，黑暗中她的两只眼睛闪着光，那么大胆，又那么羞涩，我看到她手里拿着一样东西，匆匆往我手里一塞，话也没说一句，转身骑上自行车，飞快地向前骑走了。我一下愣在那里，不知道发生了什么，借着夜空中微弱的星光，我看到我手里拿着一封信，那是一个白色的信封，信封里的信纸沉甸甸的。好像天启一般，一下子我似乎明白了过来，内心不禁涌起一阵狂喜，原来是这样啊，当我喜欢她的时候，她也在喜欢我！我颤抖着将那封信放在贴身的衣兜里，赶紧去开锁，慌乱中竟然插不进钥匙，好不容易骑上自行车，等我追到校门口的时候，已经看不到小竹了，我一路狂奔，追到电影院南边那座小桥，也没有看到她的身影。我放慢了车速，继续向东骑，竭力让自己激动的心情平静下来。骑车走出了县城，四周的旷野分外安静，我看到一轮明月悬挂在夜空中，清辉遍地。

是的，这是一个美好的故事，也是一个美妙的想象，当你读到这里时，你就会明白，当我听到高振兴的心声时，内心是多么矛盾与纠结，在那个时候，我真想成为他，这并非出自同情，而是因为我真心喜爱这个兄弟，我不想失去他，也因为那时候我们并不真的懂爱情，我们感受到的只是朦胧的新奇与吸引，爱情与友情的界限并非那么分明。那么就让我们在这里结尾吧：我骑车从高振兴村里出来，一路上看到乌云密布，很快就要下雨了，我加速疾驰在那条路上，内心里翻滚着复杂的情感，一会儿是与小竹的甜蜜，一会儿是对高振兴的愧疚。这时候一场大雨突然从天而降，冲刷着我，也冲刷着车筐里的草莓，我在大雨中奋力蹬着自行车，看到新

鲜的草莓在车筐中一跳一跳的，我禁不住拈了一颗放在嘴里，酸酸的，甜甜的，那种奇妙的感觉在我身上弥漫……

　　我宁愿故事在这里结束，但是……但是，现在让我们想象另一个结尾吧，就当它根本不是真的。让我们再次回到那天晚上，那个存车场，我正低下头在开锁，忽然感觉有点异样，我一抬头，看见小竹推着自行车向我走过来，她在我身边停下，黑暗中她的两只眼睛闪着光，那么羞涩，又那么大胆，我看到她手里拿着一样东西，匆匆往我手里一塞，转身骑上自行车，飞快地向前骑走了。在她转身之前，我听到她低声说了一句，"帮我把这个带给高振兴，好吗？"我一下愣在那里，不知道发生了什么，借着存车场微弱的灯光，我看到我手里拿着一封信，那是一个白色的信封，信封里的信纸沉甸甸的。好像天启一般，我一下子似乎明白了过来，原来是这样啊，当我喜欢她的时候，她在喜欢高振兴！我颤抖着将那封信放在贴身的衣兜里，赶紧去开锁，骑上车我一路狂奔，追到电影院南边那座小桥，也没有看到她的身影。骑车穿过县城，我放慢车速，继续向东骑，竭力让自己的内心平静下来，四周的旷野分外安静，我看到一轮明月悬挂在夜空中，清辉遍地。

　　是的，这是一个悲伤的故事，现在你知道了，那个暑假我去找高振兴，并不是假期中耐不住寂寞，也不是要去吃草莓。我骑行在路上，随身带着那一封信，一路都在想着要不要送给他。在那之前，我其实已经犹豫了很久，有很多时刻，我都想将那封信撕碎，就当什么也没有发生，有时我也想将那封信打开，看看里面都写了些什么，但是我都竭力忍住了，我觉得如果那样，自己就成了一个卑鄙小人。但是在那天晚上，当我听到高振兴的倾诉时，内心的恶劣情绪却越来越高涨，当他提到小竹的名字时，我不禁浑身一颤，我没想到他跟我喜欢的竟然是同一个女孩，随着他的讲述，我脑海中闪现着他和小竹在文化站的画面，小竹在元旦晚会上的歌声。但是在这里，我的记忆也跟他发生了分岔，我不记得小竹在那天唱过什么样板戏，我只记得她唱的那首歌：

　　　　我对你的心你永远不明了

　　　　我给你的爱却总是在煎熬

　　　　……你对我像雾像雨又像风

　　　　来来去去只留下一场空

在无数个睡不着的夜晚，当我想象城堡中仙女一样的小竹时，这首歌的旋律总是在我脑海中缭绕，挥之不去。在这个晚上，当我听到高振兴谈起小竹时，就像看到一个强盗攀上了城堡，想要去抢夺我的公主，我极力忍住对他的憎恨与厌恶，但也暗自下了决心，我决不能将这封信交给他，哪怕我不能跟小竹亲近，我也不能让任何人走近她，即使为此我成了卑鄙小人，那又如何？第二天清晨，离开高振兴家之后，我一个人骑行在路上，在瓢泼大雨之中，我在犹豫中终于下定了决心。我将自行车停在一棵大树下，将那封信撕得粉碎，和那篮草莓一起，深深掩埋在了泥土中。大雨仍在哗哗地下，我在那里站了一会儿，骑上自行车，慢慢走远了。

是的，这不是一个美好的结局，那时候我还比较单纯，似乎很难做得出来，但也不是没有可能，人的复杂有时会超出自己的意料。不过让我们就当这是假的，让它停留在我的想象中，解解心里的怨气吧，现在我要讲的是第三个结尾。那天晚上，当我听到高振兴的倾诉时，内心复杂而纠结，不知道是不是该将那封信拿出来给他。夜深人静的时候，高振兴已经沉沉睡去，我仍然躺在床上辗转反侧，内心犹豫不定。在那个时候，我真想成为他，是啊，一个男孩喜欢一个女孩，那个女孩也喜欢他，这是人世间多么美妙的事情，而我……，而我不应该成为其中的障碍，是的，尽管我也喜欢她，时常幻想着跟她在一起的美妙画面，但是我不能破坏他们，不能破坏这么美好的情感，他和她，一个是我最好的朋友，一个是我心爱的女孩，我不忍心让他们中任何一个受到伤害。那么就让他们相爱吧，就让我远远地离开他们吧。在暗夜中，我终于做出了这个艰难的决定，睁着眼睛一直挨到天亮。第二天一早，我就跟高振兴说要离开，他很诧异，一再挽留，但我的态度很坚决，他不知道我的内心经历了什么，我想我简直快要支撑不住了。但高振兴一直热情地要送我，送到草莓地，送到村口，又送到小桥。在小桥的石墩上，我们还谈起了共产主义，他昨晚倾吐出了心声，现在很轻松，但是我的内心却感觉到了沉重的压力。

终于我们骑上自行车，挥手分别了，我看到高振兴一路向西走去，在两行白杨树中间的那条土路上，他的身影越来越远，越来越淡，一晃就消失了。我想当他回到家中，在床头上发现压在书下的那封信时，内心一定会充满喜悦，也会充满诧异，我想在那一瞬间，他一定会像看到了共产主义一样幸福。而我呢，我在向东的路上一路飞奔，这时候乌云从西南方向翻涌过来，狂风大作，吹得白杨树也哗哗直响，田野里的玉米低下去，低下去，又低下去，忽然大雨从空中降落下来，呼啸着打在我身上，啪啪直响。但我也不管那么多了，只是一心向前骑着，那条路变得越来越湿滑，泥泞，我的眼前也变得越来越模糊，分不清是雨还是泪。不知道在风雨中狂奔了多久，突然，我和我的自行车一下摔倒在地上，我的腿被车子压住，一下挣不脱，从脚踝那里传来隐隐的剧痛。我想爬起来，但刚直起身子，又摔倒在那里，我趴在路上的一个水洼里，终于安静下来。这时候，我感觉整个宇宙都压在了我的身上，我什么都看不见，只看到一颗草莓从车筐里滚出来，在地上蜿蜒曲折地滚动着，慢慢静止下来。在寂静的雨水中，那颗草莓是那么红，那么美。

原载《人民文学》2017年第6期

点评

　　小说由正叙和余叙两部分构成。在正叙中，叙述"我"和高振兴求学时代的交往经历，述及那个年代的物质生活、乡村学校中的文体活动、青春期的爱恋心理、真切而朦胧的社会理想等颇显特定历史时代色彩的内容。这些内容对1970年代出生的农村人来说都不会感到陌生。不妨说，正叙部分以略带挽歌的调子对这一代人的早年求学及情感经历做了代偿式描写。在余叙部分，围绕"我"、高振兴、小竹之间的三角关系，小说提供了三种不同的结尾，而结尾不同，即意味着正叙中的人物关系及"我"寻访高振兴之行的意义的巨大不同。正叙和余叙两部分相互关联，彼此映照，如此一来，不仅有关想象与生活、叙述与真实的关系被打破，而且还为读者提供了有关文本的三种不同读法。这是讲述方式给小说以审美形式上的变化。然而，形式也是内容，而且更富意味。

（张元珂）

鲁北旧事/

/邢庆杰

出猎记

那是五年前，一个闷热的下午，杨哥打来电话，让我去他那儿喝酒。我很怵他那一顿一斤半的酒量，就推说晚上写点儿东西，不喝了。

他在电话里嗓门猛地高了八度，写东西就更该来了，你不深入生活那就是闭门造车！

我有些不屑，喝酒也算是深入生活呀！

杨哥的声音马上变得像个特务，有点神秘地说，喝完了酒我带你去打猎。

自从枪支被公安机关收缴，好多年没有感受过打猎的乐趣了。

我驱车直奔开发区。

杨哥是开发区一家企业的老板，近些年生意一直很好。杨哥好友，又会享受，在厂区专门划出了一块地，修了内部食堂和客房，经常在厂内宴请宾朋，醉了就安排在客房休息。在食堂的后面，他挖了一个池塘，不但养了鱼，还引进了天鹅、鸳鸯、丹顶鹤等稀罕物。池塘的后面，是一小片树林，周围用网罩了，里面散养着笨鸡和鹅、鸭、猪等禽畜，全部用于招待他的亲朋挚友。酒至酣处，他便领着大家来他的池塘参观，显摆他的珍禽异鸟。

杨哥共约了两个人，另一个是法院的朱哥。在食堂落座后，杨哥即宣布，今天晚上都少喝，每人一瓶，喝完就出猎。

杨哥行伍出身，人高马大，足有二百多斤。朱哥虽然前半脑袋的头发

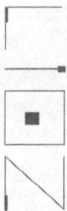

全掉光了，但他每天坚持慢跑一个小时，人极为壮实。和这俩哥们喝酒，经常是手把一，痛快。今晚有打猎这事儿牵着，我们哥儿仨都喝得比较积极，一个多钟头就结束了战斗。

司机小吴开出了杨哥那辆悍马H6。这车宽敞，我们三个人坐在后面，非常宽松。

我问，枪呢？

杨哥一声呼哨，两条黑乎乎的细长东西闪电般跃上了副驾驶座，并排着蹲在了座位上，目视前方，显得那么训练有素。

我认识，这是杨哥最宠爱的两条灵缇。灵缇又名格力犬，原产于中东地区，是世界上奔跑速度最快的狗。但在我们这儿，俗称是"细狗子"，以前爱打猎的，都喜欢养几条当猎狗。自从公安机关收缴了社会枪支，打猎这个民间娱乐活动基本消失了，灵缇也就慢慢淡出了人们的视线。

杨哥说，这就是我们今天晚上的枪。

朱哥惊讶道，看来你是第一次和杨哥出猎呀，现在谁还敢用枪？

杨哥拍拍前面两条灵缇的后背说，狗都比你业务熟练。

我讽刺道，你这也算打猎？

车子出了厂区，一直往野外开。

车子开进一片树林，车顶上的八个大灯同时打开，把树林中间的土路照得如同白昼，更像把黑夜掏出了一个巨大的白洞。杨哥一声呼哨，两条灵缇从车窗一跃而下，各奔左右的树林而去。

车缓缓前行。我不知杨哥整的哪一出，也不敢问，怕遭嘲笑。

忽然，在左边的树林里窜出了一只野兔，沿着灯光的方向拼命逃窜，一条黑影，箭一般跟着飞奔而出！

车子加速，也紧紧跟在后面。

右边同时窜出两只野兔，后面也跟着一条黑色的幽灵，穷追不舍。

我忍不住问，兔子怎么不往树林里跑？

杨哥说，兔子喜光，晚上爱往有亮的地方凑乎，狗到林子里一轰，它们就都奔着光明来了，累死也不会往黑暗的地方跑。

一只灵缇已经返了回来，眨眼间就来到了车前。杨哥让小吴把车停下来，我们三个都下了车。那只灵缇嘴里叼着一只还在挣扎的战利品，在杨哥面前摇着尾巴，嘴里还不停地哼哼着。

杨哥笑着说，这是在向我讨赏呢。

说着话，杨哥把那只野兔接过来，随手打开后备厢，扔了进去。然后，他拍拍灵缇的脑袋说，伙计，干得不错，回去奖励你，去干活吧！

那灵缇好像听懂了般，转过身来，又向前方狂奔而去！

另一只灵缇又叼着猎物来到杨哥面前，撒娇般摇尾请赏……

车子缓缓前行，我们三人步行，两只灵缇交替着出击、返回，无一次落空，只是喘息声越来越沉重，身姿也不像初时那样敏捷了。

天渐渐有些闷热，我说，可能要下雨，狗也累了……

杨哥说，已经逮了二十多只了，够本了，回吧。

呀！那是个啥？！小吴忽然怪叫了一下，声音有些颤抖。

我们循声望去，就看到了离车不远处的那两个白色的影子。可能是听到了小吴的叫声，它们同时立了起来，回过了头，四只绿莹莹的眼睛，像四盏小小的灯笼，游移不定，在寂静的夜里，说不出的诡异。

是貔子。说出这句话，我感觉后背一阵发凉。

貔子，是兼有黄鼬和狐狸共性的一种动物，是鲁北平原特有的生灵。貔子只在夜间活动，因多为白色，故也称"白貔"。在鲁北平原一带，有关貔子的神秘传说数不胜数。传说中的貔子可以变成美女，先魅惑人，再食其小孩……因故事中牵扯的人物，多是周围相熟的人，故很多人相信。

两只灵缇也站在我们旁边，不敢上前。

杨哥在两只灵缇的背上同时拍了一下，怒喝一声：上！

两条黑影同时扑了上去！两只白貔扭头就跑！

两黑两白，离我们越来越远，我们赶紧上车，跟了上去。

追到近前，车停了下来，我们都下了车。

前方两黑一白，撕咬正烈。几个回合之后，两个黑物终将那白物摁在地上。少顷，一只灵缇跑过来，将猎物扔到杨哥脚下，白貔的皮毛上沾满了血，已经不能动弹，眼睛却怒睁着，反射着绿光。灵缇围在杨哥身旁，哼哼唧唧，似有委屈。我们细看，原来它的脸上有两道深深的伤痕，在不

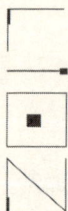

住地流血。杨哥赶紧从车上拿下纸巾，为他的功臣擦伤。

另一只灵缇立于一棵小桑树下，冲树上狂吠不止。

我和老朱、小吴同时赶了过去。

桑树只有手腕粗，那只白貔趴到了树冠之上，压得树冠左右摇晃，那野物的两只绿眼也不断左右漂移，甚是骇人。

灵缇有些狂躁，不断跳跃着向树冠之上发起攻击，终是差半米有余，不能触及。

这时，杨哥过来，抓住小桑树的树干，猛烈摇晃起来！

白貔一声厉叫，冲着灵缇俯冲而下！

灵缇竟不敢接招，尖叫一声跳到一旁！

白貔立于树下，绿莹莹的双目喷射着冷光，盯了我们足足三秒钟。这三秒钟非常安静，周围只有风吹树叶的沙沙声。

我预感到可能会有不好的事情发生，心提到了嗓子眼儿。

那野物忽然扭转过身，屁股对着我们，放了一记闷屁，刹那间，我们被一股浓烈的腥臊臭味呛得几乎窒息。

小吴跑到一旁呕吐不已。

那只灵缇不断打着喷嚏，浑身颤抖。

等我们回过神来，那只白貔已消失不见。

天空一声闷雷，霎时大雨如注！

我们打道回府。

车上弥漫着那野物释放的腥臊味儿，小吴把四个窗户都开了一条缝，清冷的空气伴随着冰凉的雨点灌进来，味道慢慢变淡了。

两只灵缇并排蹲在副驾驶座上，相互依偎着，兀自不住地打着哆嗦。

杨哥说，这俩伙计没见过这野物，吓着了。

接着又嘱咐小吴，回去后晚睡一会儿，选十只肥点儿的兔子，拾掇干净了，放进冰柜，其余的，连皮带肉剁碎了，犒劳这两个黑家伙。

小吴问，这只貔子怎么办？

杨哥说，先扔到厨房，明天一早剥皮，找个会熟皮子的，给我熟个皮褥子。

我忽然想起老家的一个传说：一只貔子和一个乡村木匠在夜间相遇，被木匠用锈所伤。貔子逃走前，冲木匠放了一个臭屁。深夜，貔子循着这气味找上门去，立于床前。那人早有准备，从枕下摸出一把锉刀刺去，一声惨叫，那野物倒下。那人掌灯一看，刺死的竟是自己八岁的爱子，窗口一声奸笑，那野物逾窗而去……

我本想把这个传说告诉车上的人，转念一想，算了，让他们睡个好觉吧！再说了，我们居住的是钢筋水泥的建筑，那些土墙头茅草屋时期的乡间传说，不会在这里应验。

到了杨哥的公司，雨下得稍稍小了点，但还没有停的意思，我和朱哥分别被安排进客房住下了。

我痛痛快快地冲了个热水澡，洗掉了那一身的腥臊味儿，然后把里外所有的衣服搓洗一遍，晾在椅子背上。

做完这些，我又累又困，头一挨枕头边儿，就迷糊了过去。

睡梦中，我听到窗户那儿有声音，睁眼一看，一个通体雪白的东西从窗口爬了进来。我吓得心都快跳出来了，想打开电灯，手臂却软绵绵地抬不起来。那东西纵身一跃，直接冲我扑了过来！

我一坐而起，睁开双眼，天已大亮，才知是一场噩梦，心犹狂跳不止。我抚摸了一下胸口，长出了一口气，隐隐听到后窗有嘈杂的人声。

我将还有些潮湿的衣服穿上，趿拉着拖鞋走出客房。循声来到屋后，见一大群男女围在池塘边上，正叽叽喳喳地说着什么。

这些人穿着统一的蓝色工作服，应该是杨哥公司的员工。我拨开人群，走近池塘，登时呆了！

池塘边上像刚刚经历了一场大屠杀，横七竖八地躺着几十只天鹅、鸳鸯、丹顶鹤等禽鸟的尸体，还有一摊摊褐色的血，血已经凝成斑块，裂开了纵横交错的细纹。我稳住心神，仔细看了看，这些禽鸟的伤口都在咽喉，尸体却很完整，显然，袭击者并不是为了果腹，而是为了报复……我隐约猜到了什么，心跳骤然加剧。

忽听耳边有人说，奇怪！那只放在厨房里的死貔子也不见了。

我扭头一看，朱哥那颗光脑袋一直在我身边，我竟没有注意。

我后背一阵发凉，一种不祥的感觉从心底漫上来，我问，杨哥呢？

老朱叹了口气说，他看到这情况后，可能是血压升高，当时就晕了，小吴和办公室的人把他抬上车，送医院了。

我和老朱赶到医院时，躺在病床上的杨哥，正被人从急救室推出来，身上蒙着一层白被单子。

杨哥享年五十岁。

出殡记

莫老实开始考虑自己的后事，是从胡屠户的一句恶毒话开始的。

胡屠户说，你再有钱又咋样？死了谁给你下葬呢？

这句话，在莫老实的心上深深地轧了一道沟，莫老实陷在这道沟的阴影里，许久都看不到日头。

莫老实和邻居胡屠户好像是前世的冤家，他们是同年同月同日生的，从记事起两人就摽着劲儿，什么都攀比。

胡屠户膝下有两个儿子顶门立户，但因他又嗜酒又好赌的，日子过得颇为潦草，两个儿子都二十四五了，一家人还住着三间破土坯房子，儿子的媳妇都还没有着落。

莫老实因早年就开了窍，率先在大棚里养鸡，挣到了一笔足够花一辈子的钱，成为村中首富。但美中不足的是，他香火不旺，年过三十了才有了一个闺女。但莫老实不怕，他早早地给闺女修了一个漂亮的四合院，不愁招不来上门女婿。

这就是两人较量了多半辈子后的状态，半斤八两，各有千秋。

但近几年事情又出了变故，莫老实的闺女刚找了一个愿意来倒插门的后生，男方还没过门，闺女就出车祸死了。莫老实的女人在闺女死后没几天也恍恍惚惚地掉进了井里，不知是自杀还是意外。这一走就是两口人，把莫老实一个人剩在了这阳世上。

那句恶毒话出在胡屠户给莫老实借钱的事儿上。胡屠户是极不愿意给莫老实借钱的，他不愿向莫老实低头。但胡屠户在村里的负债已经较为普及，实在没地方借了。他借钱的事儿刚提出来就被莫老实一口回绝了。胡屠户就很生气，他觉得他能屈尊给这个老绝户借钱已经是自降身价了，这个老绝户竟回绝了他。在气头上，他就说出了那句恶毒话：你再有钱又咋样？死了谁给你下葬呢？

莫老实被那句恶毒话搅得坐卧不安，慢慢就开始操心自个儿的后事了。他绝对不能让胡屠户看自个儿的笑话，再说，自个儿也是六十多岁的人了，说不定哪天睡着了就醒不过来了。

思来想去，莫老实决定把自己的丧事托付给村委会。村委会有一个红白理事会，是专办村里的婚丧嫁娶的。只要自个儿提前把钱拿上，一旦蹬了腿，村委会还能不管？

莫老实提取了三万元钱，一大早就推开村委会的门，把钱扔在了村委会主任胡晓东的办公桌上。胡主任一怔，当他听明白了莫老实的意思后，眉眼里全是笑，他迫不及待地将手在桌上一划拉，把三大捆钞票划拉进了抽屉，拍着胸脯说，莫叔，您老放心，我一定把您的丧事办得红红火火，热热闹闹，只是……您这身子骨，怕是活到一百岁也不难。

莫老实心里踏实了，这有钱就是好，没有能难住的事儿，胡屠户想看笑话？没门！

三天之后，胡主任死在了一个年轻女人的床上。后经医生鉴定，系劳累过度，诱发了急性心脏病猝死。

一个月后，觊觎主任位子多年的孟小刚当选为新的主任。

莫老实担心事情有变，就在孟小刚上任的第一天来到村委会，说明那三万块丧葬费的事。孟小刚让村会计查账，会计说，查什么账，胡晓东压根就没把那笔钱入账，而是拿去赌了。他还说，像莫老实这体格，再活个二十来年没问题，权当借用一下。

孟小刚双手一摊，莫叔，你看这事儿……

莫老实愣了片刻，一言未发，转身走了。

老二天一早，莫老实就将三捆新崭崭的钞票扔在了孟小刚的办公室桌上，并亲眼看着会计入了账，才心满意足地离开。

第三天一早，传来噩耗，孟小刚的几个同学在县城里摆了酒宴，祝贺他荣升为村委会主任。孟小刚一高兴喝多了，回来的路上把摩托车直接开到了河里，早上才被人发现。

村里的人们开始用异样的眼光看着莫老实，弄得莫老实都不敢随便上街了。

不久，经过选举，莫老实刚出五服的本家侄子莫名其当选为村主任。

莫主任上任的第一天，莫老实又来到了村委会办公室。他刚一进门，莫名其就将三捆钞票递到他手里，愁眉苦脸地说，叔呀，咱们爷儿俩虽然已经出了五服，可我毕竟是你本家的侄子呀，你不会盼着我和上边两个主任一个下场吧？

莫老实并不是真的老实，当即大怒道，你这熊孩子！怎么还迷信这个？他们死都是自个儿作的，和你老叔这事儿有屁关系！

莫名其赔着笑脸说，叔呀，这事儿呀，就怕赶巧了，你说有这么巧的事吗？谁接了你的这个事儿也没活过三天呀，村里人都说了，这事儿本身就犯忌，我这后脑勺直发凉呀！

好说歹说，把莫老实和三捆钞票连推带搡地请出了村委会，然后插上了门。莫老实抱着钱，跳着脚在门口大骂了半天，引得无数村人围观，后来自觉无趣，灰溜溜地离开了。

胡屠户在背后哈哈大笑了两声说，这无后就是无后呀，这种事能靠得了别人？

莫老实停下了脚步，想发作，想了想又没词儿，就步履散乱地逃走了。

胡屠户的第二句话又追了上来：就是村委会给你办了又如何？谁给你披麻戴孝摔老盆子呢？

晚上，莫老实草草地吃了点儿饭，盘腿坐在沙发上看电视，脑子里想的，还是自个儿的后事。本来，他一脑子的后事，心思没在电视上，可是无意之间，他被电视上的一个出殡镜头吸引住了，看了片刻，他想起来了，这是他以前看过的一部电影，叫《落叶归根》，眼前演的这一段儿，正是午马扮演的一个和自个儿情况一样的老人，花钱雇人出"活殡"的桥段。他忽然觉得眼前一亮，差点儿从沙发上栽下去。

有了想法，事情就好办多了。第二天，他骑着电动三轮车，找到了魏家寨响器班的老板老魏。老魏的响器班子在方圆百里都是较有名气的，村里两个主任的丧事，也是请他办的。

开始，莫老实还有些不好意思，他有点羞涩地把自个儿的想法透给老魏后，老魏当时就笑了，老魏说，咳！这年头，您这就不叫事儿！只要老哥别心疼钱，到你走了那天，你要几个儿子就有几个儿子，要几个闺女就有几个闺女，保证哭得比死了亲爹动静还大！这年头，钱才是亲爹！您就放心吧！

莫老实摇了摇头说，钱是小事儿，咱留着钱有啥用？只是，你应承得再好，俺两腿一蹬，啥也看不到呀！

老魏一双牛眼的视线就渐渐聚在了莫老实的脸上，看了半晌才试探着问，您老哥……不会是想"活出殡"吧？

莫老实迎着老魏惊讶的目光，狠狠地点了点头。

老魏兴奋地一拍手，刺激！咱啥活儿都接过，就是这活出殡，只是听说过，还没弄过，咱也乘老哥的东风上上台阶！

莫老实说，我要披麻戴孝的孝子、孝女各五个，再加二十个哭帮腔的，你就开个价吧！

莫老实要活出殡的事儿传遍了周围十里八乡。

事情弄大了，胡屠户才有些后悔，自个儿不该这么挤兑一个老绝户，真把他惹毛了。

两人在街上迎个对面，胡屠户就说，老哥呀，俺说的那些话，你就当狗放屁吧！这么糟蹋自个儿，值吗？弄得再风光，也是假的，等你哪天真蹬了腿，不还得马马虎虎地埋了。

莫老实面无表情，也不看他，冷冷地说，俺这排场，你死几回都弄不起。

胡屠户这次本是好心，却挨了这么一句恶语，也急了，你再排场不还是假的？

莫老实已经走远了。

莫老实出殡这天，天上飘着雪花子，正是出殡的绝好天气。看热闹的

人们像赶集一样拥挤。

灵堂里，两条厚实的板凳上，架着一口上好的红松木棺材。老魏敲着厚重的棺材板子，叹道，这斗子，怕是一百年也朽不了。

莫老实满脸的笑，连脸上的皱纹也冒着红光。他穿着一身寿衣，踩着一只方凳，爬到了棺材里，头南脚北，稳稳地躺好了。

有几个年轻人笑着，争抢着给他盖上棺材盖子，七嘴八舌地喊，大叔走好呀……

别盖实了，留条缝儿……

大叔看看那边不好再回来呀……

大爷从阴间给俺爹捎个信回来，问问他把钱藏哪了……

大哥呀，你别忘了问问你那早走的大兄弟，在那边找了女人没？要找了俺就不给他烧纸钱了……

周围一片笑闹嘲讽之声。

老魏的人马早已到位，一群披麻戴孝的男女，在老魏的指挥下，井然有序地在棺材前跪倒了一大片。

时辰一到，老魏喊了一嗓子：起灵了——

砰的一声！打头的一个"孝子"当即就把瓦盆摔碎在面前的一块石头上。

一时间，唢呐响起，哭声震天！

爹呀——俺的亲爹呀——

亲爹——你走好呀——

……

渐渐地，人们都不再笑闹了，因为这帮男女哭得太专业了，那叫个情真意切、撕心裂肺，让好多人都忘记了眼前这一幕是一场闹剧，几个眼窝子浅的女人，竟也泪流满面。

送葬的队伍浩浩荡荡地出了村，足有三里多长。

有人感叹：唉！这场面，真是百年不见，咱村老县长的爹死，也没这么多人来……

胡屠户夹杂在送葬的队伍里，心里酸苦咸辣的，没个准滋味。

村子离坟地，有五六里路。

当地有拜"路祭"的传统，即在路上落下棺来，由亲友分别进行祭拜。路祭是出殡的主要看点，看的是祭拜者拜祭的动作和姿势是否正确，拜错了，会引来一片哄笑。还有粗笨一些的人，在拜祭过程中踩着孝衣的下摆，当场滚落在地，那样会成为笑谈，在周边村子里流传好久。

在老魏的口号声中，送葬的队伍走一段就会停下来，落棺，然后由老魏安排的"亲友"进行拜祭。这专业水平就是不同凡响，拜祭的动作个个标准、到位、干净利索，叫好声此起彼伏。

用了两个多小时的时间，终于到了坟地。

一个巨大的坟坑已经挖好，下坑的墓道又宽又平。在老魏的指挥下，很快就下了棺，定好了方位。然后，所有站在坟坑周围的亲友，集体进行"墓祭"。墓祭的仪式很简单，直系的晚辈跪下磕三个头，其他亲友集体三鞠躬，算是和死者作最后的告别。

墓祭结束后，按照预先的计划，已经到了收场的时候。莫老实最终是要出来的，但棺材要真的埋在这里，等哪一天莫老实真的咽了气，再将坟挖开，把他的骨灰盒放进棺材里，埋上即可。老魏和另外一个后生缓缓将棺材盖子移开，老魏嘴里还打着趣儿，莫老哥呀，出来吧，这棺材有啥留恋的，你以后有八百辈子的工夫在里面享受……

棺材打开，老魏的眼就直了，老魏的声调都变了，老、老、老哥，你可坑死俺了……

莫老实的身子，已经硬了，脸上弥漫着一抹诡异的微笑……

身边，一个空了的"乐果"瓶子，散发出浓烈的农药味儿。

原载《北京文学》2017年第12期

点评

　　鲁北大地，生长着人类，也生长着动物的精灵，有金钱法则的盛行，也有古老文明观念的遗存，生龙活虎，杀气腾腾，死亡生活在隔壁，不过寻常。

带着大地生长万物与埋葬万物的力量与气息，邢庆杰的"旧事"二则为我们打开了民间的狂野，讲述着死亡的故事，作为当下反观而存在的旧事直指人心。《出猎记》的主角是杨哥，会做生意的老板，金钱在握怎么体会自由、怎么超拔于普通人、享受自己的人生呢？杨哥的答案是美食、美酒与朋友！这场猎前宴席相邀的哥们一位是通文墨的知识分子，一个是法院就职的公务员，一文一武，奉钱为盟主共聚一局。然而酒饭不过是配菜，大餐乃是酒酣耳热后刺激的出猎。所谓出猎，而不是打猎，因为不是人用枪打，而是专业的狗代人去捕。

当树林里还有小野兽行走的时候，它们的传说也没有绝迹。民间故事中的主角的白貔两只出场了，给叙述人，也就是会"写东西"的"我"带来了脊背上的丝丝凉气。不知五十岁的杨哥有何感触，他回应以一声怒喝，命令两只黑犬猛扑上前。白貔一死一逃，杨哥想以战利品的皮做成褥子，然而他没能等到做成的那一天。作者将勇士的精神与英雄的悲凉送给了那施展报复的另一只逃掉的白貔，那只昔日故事中令人敬畏的精灵。

那边，众生平等，杨哥与白貔俱亡；这边厢，莫老实死得却不那么老实。作者仿佛在反复想一个问题，"钱到底是不是亲爹？""旧事"中有没有什么特别的答案？那时候，另一个价值评判的维度在顽强生存：有钱但是"绝户"的莫老实与没钱但有两个儿子的胡屠户展开了人世间一场不见硝烟的战争，难解难分。莫老实先占上风，自己养鸡发家，女儿找到上门女婿后延续香火。胡屠户嗜酒好赌，两个儿子一个也娶不上媳妇。谁知女儿给莫老实添堵，径自出车祸去了，六十多岁的莫老实真的陷入了绝户的困境。借钱不得的胡屠户祭出诅咒大招：有钱怎么样，死了没人埋！老实人认死理儿，莫老实陷入了这个逻辑无法脱身，在村委会演出了三场送钱求办丧事的黑色喜剧后，莫老实受现代大众媒体的启发，搞起了"活出殡"的大戏。

有钱人自然心想事成，大戏受到了村民的热烈欢呼和响应，气急败坏的胡屠户吐出无力的反驳：戏再真也是假的。然而，莫老实似乎并不懂得"假作真时真亦假"的现代语境，他要真的！最终令胡屠户哑口无言，以自己的死亡。

"旧时明月旧时身。旧时梅萼新。"邢庆杰的鲁北叙事中值得审视的怀旧埋藏着寻根的情结与野心，根就在大地上，人与土地呼吸与共，生命相连；同时大地也是与政治意识形态和现代科学相对应的另一种文明，被我们抛弃的已经荒芜的文明。这种旧的情感和对生命的理解就是这些"旧事"的吹奏的亘古常新的音符。

（王雪）

夜间飞行/

/朱　雀

　　天空中看不到几片云彩，海鸥们展开石板灰色的翅膀，在小岛南端的海滨悠闲地打旋儿。来自贝比岛的卡鳅在餐厅享用了晚餐，他吃得很简单：两个蔬菜肉饼配一份椰子汁就填饱了肚子。小家伙的心思显然不在吃饭上，他一边慢慢吞咽，一边眺望跟太阳越靠越近的海平面，紧紧握住手中的叉子。

　　"班德尔的神保佑，海水开始退潮了。"卡鳅眨巴着大眼睛咕哝道，另一只手放在胸前的海星护身符上。

　　这是卡鳅的第一次个人夜间飞行。实际上，他离驾驶这艘单人胡桃木小飞艇的法定年龄还差两天，但今天是一年里的特例。这时的海平面上，太阳除了额头还露在水面，另外一大半已经沉到海里。天空不再是刚才那般金灿灿的颜色了，沙滩上稀稀拉拉散落着几个人影，不知从哪里渗出的紫蓝色蔓延开来。西天的云彩越来越淡，最终融入暮霭中。

　　出发的时间到了。卡鳅换上飞行服，再次检查了一遍风力储存器——它是班德尔人特有的技术，像引擎般镶嵌在飞艇的尾部位置，为飞行提供能源。飞艇顶部有一个热气球一样飘浮着的气泡，里面是一群叽叽喳喳扇动翅膀的巨蜂鸟，卡鳅听到它们正抱怨"又饿了"，真是一群不让人省心的饶舌鬼。当然啰，没有它们的动力支持，飞艇也跑不了那么快。

　　他抓住飞艇头部的牵引绳，在沙滩上吃力地拖拽着这个比他高半米，体型粗壮得多的大家伙，直到有三分之一的体积浸入海水。卡鳅大半截身子淹没在水下，有一点儿小小的晕眩——近两年每次爷爷开渔船载他出海，这种情况就会出现。

不过他很快振作起来，爬进了飞艇的驾驶舱。驾驶舱只容得下他大半个身子，肩以上的部位都露在外面。这当儿，半圆形的防风气泡膨胀起来，如同一个透明的玻璃罩，环绕着卡鳅，将他整个儿保护在里面。

海风愈发大了，波浪激烈地从东方涌来，胡桃木飞艇在灰蓝的海面上左摇右晃地颠簸着，轻盈得跟一张纸似的。卡鳅按下控制台上的红色按钮，没过几秒钟，整个小艇振动起来，气泡顶端发出类似螺旋桨转动的声音，又像蜂鸟在高速拍打翅膀。飞艇周围的海水开始顺时针旋转下陷，形成一个大的漩涡，发出的声浪清脆悦耳，有如一朵盛开的蓝白色玫瑰。不一会儿，飞艇悬浮起来，开始稳步上升——最终骤然腾空拔起。最让卡鳅兴奋的就是起飞瞬间的失重感，飞艇四周吸附的水流被强大的上升力甩离了壳体，只留下一道道竖直的水痕。

一些稀薄的云絮从舷边掠过，能看到月亮了，薄荷色，小半边跃出海平面，向太空散发出柔弱的光线。瞪大眼睛，你或许还能看到水珠从它椭圆的表面滑过。卡鳅寻思，在去班德尔的路程中，如果他是最快的飞艇手，能不能追上月亮这个家伙呢？前段时间，他读过几本来自大陆的科普杂志，很漂亮的纸张和印制，上面有很多彩色大图，一些生动好读的文章。只不过有的内容太过奇特了，比如说月亮，这究竟是怎么回事儿？月亮有生命吗？它究竟有多大？据说月亮直径竟然达到了几千千米，这搞得卡鳅完全失去了参照，因为他无法想象几千千米是什么样的概念，或者，指不定这些信息都是编造的。

还有文章说，天上的星星绝大多数都比月亮大得多，真是这样的吗？卡鳅望向周围，那些个闪烁不定的星星，看上去比豆荚里剥出来的最小的豆子还要小。所以班德尔的智者说，凡事如果不自己验证一番，别人说的话难免会让你困惑不解。

"我一定是最早出发的。"卡鳅想，到现在他还没看到别的飞艇，"好多小伙伴不需要赶时间，可以偷懒晚点儿出发，可是我离起飞地太远，只好多辛苦巨蜂鸟们啦。"

风力储存器平稳运行的嗡嗡声，还有鸟儿们有节律的振翅声（事实上你无从分辨它们振翅的频率），似乎预示着一切顺利。前方是绵延的混色云层，卡鳅后脑勺舒服地靠在气泡上，幻想着自己是不是可以打个盹儿，偶尔拉拉操纵杆，在两眼一闭一睁之间，飞行考核差不多就完成了。

不料他眼睛还没闭牢，一个尖声尖气的男声就透过气泡闯了进来："伙计，帅哥！你的风够吗？"

他偏过头，看到右侧一艘正和他并肩飞行的灌木飞艇，艇身上缀满了不认识的花朵、野果甚至穿插纠缠的树枝荆棘，吊顶里也不是蜂鸟在作业，而是五六只呆头呆脑的猫头鹰。气泡里的人一头杂草般凌乱的墨绿色卷发，年纪似乎比卡鳅还小，正咧着嘴朝他傻笑，露出两瓣大大的兔牙。

"猫头鹰？"卡鳅发出一声惊叹，"你确定它们有你需要的飞行天赋？"

"可不是吗，我的亚姆尼亚雀鹰跟人掷骰子时做抵押了，"卷发男孩说，"只好偷偷借了我奶奶的几只替补猫头鹰用。不过这不是重点，帅哥，我起飞没多久就发现储风器的风量不够了，不知道为什么它们才灌了三分之一，昨天可是给它喝了一晚上的风！"

"现在掉头，回最近的飞艇站进行补救，还来得及吗？"卡鳅问。

"你瞧，这才是问题所在！"卷发男孩叫道，"看看我的吊顶，伙计，你觉得我有钱给我的飞艇蓄能吗？我只能把它放在海滩上喝风，然后，失去这次考核资格！"

"可是我的风也不够啊，"卡鳅挠了挠头，"我的意思是，我有一点儿多余的风量，可你的风量只有三分之一，即使我把多的给了你，你还是不够。"

卷发男孩好像根本没有听见，自顾自继续说："夜间飞行没你想的那么简单，小伙子！特别是夜间飞行考核，要知道，每年的这个时候，飞艇委员会要考核的可不光是驾驶技术。纯粹的飞艇技术嘛，实在没什么值得考核的。"

"是吗？我就觉得你很有必要接受考核，"卡鳅翻了个白眼，"免得关键时刻发现风箱没有灌满。"

"不用你提醒我啊伙计，我承认这点没做好。但是你得关心下更重要的，比如飞行路线什么的，你看看，前面的云层是不是密集起来了？"

"你到底想说啥？"

"我们可以做一笔交易，"卷发男孩用舌头舔了舔凸出的门牙，"你负责提供动力，带我的飞艇抵达终点班德尔，我来指导你在飞行中遇到的

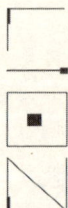

技术难题，或者，不管是不是技术性的都行。怎么样？帅哥，说真的，现在的风越来越大了。"

"你来指导技术问题……你的年纪恐怕比我还小吧，你满十三周岁没有？"

"我已经开过六年飞艇，驾驶经验绝对比你丰富。"

"不是已经说过了嘛，我的风量也不够帮你，如果一定要这样做，我们都只能迫降在海上啦。"

"没问题，我来告诉你怎么做——"卷发男孩说，"等会儿我飞到你后面，用两条牵引带挂在你风力储存器的接口上，我调低自己的风量变成推进模式，然后你只要继续飞就得了。"

"我觉得不怎么靠谱啊，这样做行吗？"

"你本来也需要一个技术指导，提醒你怎么随机应变。"

卡鳅将控制杆往前推，飞艇顿时提速了不少，落下的灌木飞艇跟了一把，两艘小艇先后追随着保持匀速。卷发男孩扔出两根牵引带，带子软软地飘在空中，随即像产生了什么化学反应似的，突然变得又硬又直，一左一右勾连上了前面飞艇风力储存器的接口。出人意料的是，"合体"飞艇的速度似乎并没有发生明显变化，它们飞得反而比以前稳定了，就像两个没带车厢的火车头，呜呜隆隆地轰鸣着前进。

"哈哈，怎么样，情况还好吧？"

"嗯哪，感觉还行。但愿你的飞行经验能让我们顺利飞到班德尔。"

"我，资深飞艇驾驶员金吉尔，向你保证绝对没问题！你叫什么名字？"

"卡鳅。"

"贝比岛的姓，我说得没错吧。"

"我祖父母都是那儿的渔民，我也是在岛上出生的。"

"你有点不一样的喽，"金吉尔龇牙一笑，"按说，那里多数人都是捕鱼为生，你应该去学开船才对。"

"我可不喜欢开船，"卡鳅摇摇头，"我晕船，从没出过远海，上次坐爷爷的船是一年前的事了。"

金吉尔深表同情地点点头："要是你驾驶飞艇，在贴近海面的高度滑行，你也会头晕吗？"

卡鳅发现他话有点儿多，回头翻了个白眼："我没试过这个，最好是不要试。"

"哎哟喂，这可不像一个已满十三周岁、正在参加夜间飞行的、伟大的班德尔人说的话。"金吉尔的语气、神情都透出跟他的年龄不相称的老成，"一个合格的飞艇驾驶员，在任何情况下都要应付自如，否则怎么能保证飞行安全，我说得没错儿吧？"

"你老是喜欢用问句。如果你觉得自己是对的，直接把观点说出来就好。"

"在意对方的感受，询问并尊重他的看法，是一个文明人起码的风度。"

"现在，老老实实在后面跟随我，就是你最好的风度。当然喽，你也可以好好欣赏下舱外美丽的夜景。"

飞了大约一个小时，他们稍稍降低了飞行高度，透过稀薄的云层，可以看见散布在海面的拳头大小的岛屿，这几座海岛卡鳅都很熟悉，他早已从地形图上记住了它们的位置和形状。那座像乌龟般中间拱起、有头有身的是咴儿岛，岛上有附近海域最著名的木匠公会，匠人们几乎承包了所有飞艇壳体的设计和打造。咴儿岛旁边靴子形的小岛是薄雾岛，岛上的种植园向木匠们提供最好的木材和树胶。卡鳅想，说不定以后他也会像那些著名的飞艇手一样，获得上岛旅游参观的机会。

特别醒目的是一座色泽鲜艳的小岛，岛上的灯光五彩缤纷——这是专为班德尔航线设置的中间站，既是夜航的路标，也是飞艇的临时停靠地，用来防范飞行意外的发生。从高空俯瞰，可以发现有几艘小小的飞艇正开着航行灯朝它靠近。这样的小岛在航线上一共有两座，看到第一座岛，说明他们已行进了约三分之一的航程。

月亮完全升到了海平面上方，薄薄的，看上去并不太大，卡鳅不自觉地朝那个方位飞着。前方是堆积得很高很厚的云层，云层的中间部分颜色浓重，四周泛出浅淡的褐色微光。

"伙计，专注一点儿，我们得当心啦。"金吉尔高声提醒。

随着距离接近，云层变得越来越庞大，风力也开始增加了。这一堆

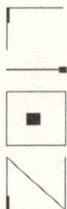

巨型乌云，犹如顶天立地的山岳，盘踞在航线上，占领了一大块空间区域。云层聚集翻卷着，浓厚致密的内部不时发出闪电的强光，然后是隐隐的雷声。要飞往班德尔，必须得穿过这一片云层。这时候，他们周围已经悬停了七八艘差不多规格的飞艇，大家都打着转，犹疑不前的样子。这情况算不上什么意外，因为飞行路线是固定不变的，一个飞艇驾驶员也必须掌握安全穿越乌云的技术，这是班德尔航线和飞艇考核委员会给他们的考验。

"真糟糕，金吉尔，我们卡住了，"卡鳅揪了一把自己的黄发，"这比低空海面滑行麻烦多了。我本来定了一个目标，要是行程顺利，最后一段我就低空从海面滑行过去，出发前还提醒说最好不要是开玩笑的。毕竟我都有一年多没和爷爷出过海，现在我是一个贝比岛的青年……好吧，青少年了，但是我没料到乌云有这么可怕。"

"小卡鳅，可别随便把它叫作乌云，"金吉尔拖着懒洋洋地声调说，"那是一片相当大的积雨云。它还有一个更可怕的名字，雷暴云。这家伙可不是吃素的，它内部聚集了太厉害的能量，可能会有雷电，冰雹，阵性降水和大风，甚至龙卷风。它是可以让飞机坠毁的死神，更别说玩具样的小小飞艇了。我们唯有祈祷不会遭遇龙卷风，感谢班德尔的神灵庇佑。"

卡鳅难以置信地打量着大山峭岩样的云海，脑子里很难将它和那些温和、虚空、湿润的聚合物联系在一起。

金吉尔说："你想驾飞艇贴海面飞行，这个其实不算什么。坦白地讲，我飞了六年，吃过很多很多苦头了。这次夜间飞行确实很关键，因为涉及我们正式的飞行资格，我当然不想折在这里。话说回来，这样的乌云，是我以前也没有见过的，卡鳅兄弟，今晚就算是对我们的驾驶技术的考验吧！"

"喂喂，你真的有六年驾龄？"

"很快你就能看得到了，我们先来开路吧。"

正当"合体"飞艇打算加速前进的时候，一艘红色小飞艇出现了。它显然将动力调到了最大值，远远地都能听见一股强风在风箱里呼啸打转，随即像一头小公牛似的一头扎进了云堆里，墙壁样的乌云裂开一个不大的洞口。卡鳅说，能不能降低高度，从乌云底下飞过去？金吉尔正色告诉他，积雨云的下端才是最危险的，千万不要有侥幸心理。红色飞艇带了个好头，好几艘本就跃跃欲试的飞艇都鼓足了勇气，它们拉足风力，一艘接一艘冲入了云层。这样一来，两个小家伙的合体飞艇反而落到了后面，他俩跟随着一艘锡纸艇，在别人开辟的通道里飞行。

浓云里黑沉沉的，除了偶尔亮起的闪电让人短暂失明外，只能凭借航行灯的光照辨识方向。卡鳅第一次遇上这么复杂的飞行状况，感觉像掉进了深不见底的洞窟，目力在这种情况下完全失效，只能靠一个简单的陀螺仪确定大致的方位。最危险的是飓风和闪电，不要说被卷入或劈到，即便是储存器或气泡受到损伤，飞艇也只能在中途紧急迫降了。卡鳅忽然记起儿时独自迷失在热带雨林里的情景：藤蔓缠绕，叶树密集，那样的暗无天日给人造成惶惑恐惧，无望无助的感觉。而眼下的现实是，耳道充满震颤心房的低沉雷鸣以及艇尾风箱的嗡嗡声，稍远处偶尔被照亮的乌云像一重重坚固的城墙，近处则是空洞缥缈的雾气和水滴。气泡的除湿功能也不太灵了，舱外的图像显得黏稠模糊，四分五裂。

"密切注意周围的情况，尽可能避开雷电，还有冰雹和暴风。"金吉尔几乎是喊叫着说。

"我知道，别以为我一点也不懂，"卡鳅说，"咱们不跟那艘蓝色鲨鱼艇了，那边气流好乱，我们往右转试试吧。"

没有人能判断云团到底有多大，朝哪个方向更容易出去。卡鳅不时会回头观察，金吉尔一直在确定飞艇的方位，他一会儿看看控制台上的仪表，一会儿眼珠四处转悠。口中念念有词。如果说前一段路还是在空中飞翔的话，现在这一段就好像潜艇下潜到了深海，那里面暗黑，沉闷，窒息，在无力的同时又像有力量在蓄积，这是飞艇的力量，人的意志和智慧的力量，还有云层蕴含的巨大力量。

胡桃木飞艇的艇身摆动得愈来愈剧烈，其后的灌木飞艇也受到了影响，卡鳅的飞艇向左倾斜，金吉尔就随着向右摇摆。鞭炮般炸响的气流惊吓到了透明气泡里的巨蜂鸟，它们扑扇着翅翼，发出匀密的振动声。倒是那几只猫头鹰沉着得多，不过这可能跟它们目前的工作量较小有关。这会儿几乎全是金吉尔给卡鳅发布操控飞艇的指令，在这样的环境下，卡鳅的手显得有点不听使唤，但还是严格地听命于新伙伴的指挥。他们也不时碰

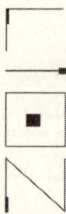

见别的飞艇，在气流的冲击下，所有飞艇都开得晃晃悠悠，就跟喝醉了酒似的。只有亲手操控过的人才明白，自己用在操纵杆上的力道比吃饭握勺子的力道大得多了去了。

"我感觉，飞艇差不多快要散架了！"卡鳅大声喊叫着。

他的话并不夸张，飞艇已进入到云层的深处，气流忽而上升忽而下沉，极不稳定，银蛇般的电光在身边闪烁游荡，卡鳅发现有一艘小艇没有向前，反倒在慢慢后退，是风力太强过大，还是驾驶它的人吓坏了，开始打退堂鼓？

"要不干脆折返，找回家的路吧，"卡鳅的语音有些颤抖。驾驶舱里的温度很低，最初的湿润感变成了僵硬的冰冻感，"手好僵，我都快扳不动操纵杆了。"

"咱们有点儿迷路了，卡鳅，"金吉尔摇头叹息，"但是，听我说，现在前进还是回头，又有什么区别呢？云层里没有地图，不过我知道，向前走，一定没有错。相信我的判断，伙计，不要再搞什么右转左转了，我们就一直往前！"

"你是智者呢还是天生的赌徒？"卡鳅其实都快听不见金吉尔的声音了。他把飞行服的拉链拉到下巴位置，再仔细检查了一遍防风气泡的密封状态，接着将操纵杆推到最高档，合眼在座位上做深呼吸。

不知过了多久，仿佛无休止的震颤感和上下颠簸都消失了，不再有气流击打艇体的声音，卡鳅才反应过来。电闪雷鸣忽然不见踪影，眼前只有乳液般的薄雾，轻轻缭绕在驾驶舱四周，就像清晨山谷间班德尔神明的白色吐息。他心头一下子感到空落落的，如同刚刚还在猛烈喷发的活火山，瞬息之间灼热的岩浆凝固冷却，天雷滚滚的轰鸣也被死灭的寂静所替代。

金吉尔解释说，飞艇可能是闯进雷暴云的核心地带了，就像台风眼，风暴的核心地带反而成了最平静的地方。他自己其实也没有真正经历过，多数情况下，大多数飞艇都是循云朵边缘的气流通道冲出去的，很少误打误撞来到这片区域。这里是乌云隐秘的心室，神奇地与外界相隔绝，安静异常。卡鳅有一种置身月亮内部的感觉，或者说，这场景完全符合他对月亮的想象。

"这儿是月亮王国，"卡鳅有几分恍惚地说，"有宫殿、兔子和好吃的点心。"

"我们就待在这儿怎么样，金……金吉尔？"卡鳅让飞艇减速了。

"亲爱的朋友，你在说什么呢！"金吉尔正在专心观察云中的变化，没有听见卡鳅的呓语。

"月亮王国。很安全。"

"安全个屁！"金吉尔大声嚷嚷起来，"不要胡说八道，这儿虽然暂时很安静，实际上相当危险。一旦气流开始重新移动，我们就会被撕扯成碎片！"

脑袋向前一磕，卡鳅仿佛闻到了一丝海水的咸腥味，原来他碰到了海星护身符。什么月亮王国，这可是在云层里！他终于清醒过来。

"做好准备吧，我们要尽快冲出去！"金吉尔表达得非常清晰。

"没问题。"卡鳅回答。

飞艇抖动了一下，速度忽然加快，半小时以后，闪电和雷鸣声又回来了。这时四周好像变亮了不少，卡鳅看见好几盏航行灯从眼前掠过，显然又有一些新飞艇冲了进来。金吉尔不断下达操作指令，他们在一个闭合的环形通道里打转，反复变向，接着又向前直冲了很远。某一刻卡鳅见一道闪电在百米外亮起，他下意识地阖上眼，光线穿透了眼皮，一切都处于银色强光的笼罩中。进入云层以来，控制台上的仪表指针持续剧烈摆动，来回乱窜，有时处于失灵状态，如今稳定多了，估计飞艇已经接近云层的边缘了。

"加大速度，加大速度！现在可以一直向前了，可以一直向前了！"金吉尔激动得口齿都有点结巴。

卡鳅把操纵杆向前推到底，飞艇发出沉闷的咆哮，就在一瞬间，混沌消逝了，大片裹挟着咸腥味的新鲜空气迎面扑来。一轮皎洁的月亮高挂在墨蓝色的天空，那一堆聚合不定、崇山峻岭般的庞然大物留在了飞艇的后方，同时脱离云层的还有好几艘刚经历了千难万险的飞艇，大家都下意识地放慢了速度，似乎还想在胜利的余绪中沉浸一会儿。遥远的天际有一个酒红色的小点，是那头率先挑战乌云的公牛，它可能是所有的飞艇中速度最快的。

"太厉害了，他肯定会得到'优秀'。"卡鳅赞叹道，"他没有想太多就冲进去了。"

"我只能说，一个真正优秀的选手不会这样冲动。"金吉尔皱了皱眉头，"不过他要立志做一个赛艇手的话，班德尔的神一定会护佑他。"

"没想到你真的这么有经验，我的朋友。"卡鳅回过神来，"一开始，我觉得你牛皮吹得有点大了，不敢相信。"

"那是当然的啦，我都不知道是第几次穿越大型乌云了。"金吉尔用手指漫不经心地插梳着头发，"你用一次拖艇的人情换来了专业的指导，我想说，真的非常赚。"

两艘拼在一起的飞艇穿过薄薄的云朵，继续在夜空下飞行，其间又有几艘飞艇超过了他俩，不过他们都没有穿越云层前的速度、激情和狂傲了，驾驶员们现在只想完成自己唯一的使命：飞往目的地。

"我看到第二座岛屿了，"卡鳅说，"接下来不会再有大的危险了吧？"

"根据我的了解看，委员会不至于再为难我们了，毕竟这只是个仪式而已。尤其是老爹老妈们，如果觉得太危险，他们会提出抗议的。"

"嗯，说得有道理。"

"接下来，你就去干你该干的事吧。"

"什么是我该干的事？噢，妈的差点忘了。"

"难得有我照看着你，"金吉尔似笑非笑地说，"作为飞艇驾驶员，你有必要掌握这门技术。来，我们降下去吧。"

熟悉的失重感又来了。卡鳅按下绿色按钮，巨蜂鸟们放缓了振翅的频率，像获得了恩赦似的，在气泡里自由地飞来飞去。随着风箱噪声的减弱，合体的飞艇慢慢降低高度，向海平面接近。这一带海面也不是空无所有，在离巴伦岛两三公里的位置，有十余艘单人船在随意滑行，木船、金属船、纸船，各种材质的都有。

班德尔的船不使用帆，但同样依靠风力，所以风力储存器又派上了用场。卡鳅半眯缝着眼，竖起耳朵仔细地听：他听到从不同方向刮来的海风汇聚到一起，形成了取之不尽的能量；班德尔人用传统的方式收集能量，用在船舶和飞艇上，然后驾驭这片海域。

金吉尔取出一张纸，几支彩色笔，开始画一幅画。他先画月亮，接着点染出海水，再放上几艘小船，最后才绘制空中这两艘连体的飞艇。粼粼的水波接收又反射着来自月亮的光线，相互混融成一圈圈破碎的光环，漩涡般一样在画面上晕眩，打转。

"我被限制在飞艇里，"金吉尔喃喃地说，"看到的只是局部，看不到整头大象，这才是最困难的。这幅画需要一点想象力，跟技术没有太大的关系。"

"拜托，别提你的画了好不好，"卡鳅的脸颊微微抽搐，额头缀满细小的汗粒，"我头晕，恶心想吐。我要把高度拉回去了。"

"别急啊，卡鳅。"金吉尔将目光从画纸上收起，"我说，你丢了魂儿似的盯着海面，眼睛一眨不眨，能不晕吗？把你的注意力转移到别处试试。"

那我就转换一下，卡鳅想，尽量克制住拉高飞艇的念头。他找到一只小船舷边的杏黄色浮标，月光下的浮标像一尾舞蹈的小鱼，随后目光移到远处，那里有一只鲸的尾巴，它藏在云彩的阴影里，喷出矮壮的水柱悄悄换气。

"看那只船！金吉尔，"卡鳅指向一艘小小的纸船，兴奋地挥起了手，"是我的表弟，小斑比的船。嘿，他明年也会报名参加夜航考试。"

海水涌动着，一个大浪打来，小船颠簸起伏，接连后退。不知不觉间，卡鳅又紧张起来。尽管没有风暴，但波浪一点也不叫人安生，单人小船在海上有如玩具，它们只能顺应洋流，在前进中后退，后退又再度前进。小斑比的纸船在船队中并不显眼，它过分轻盈，很容易被风浪挟持，但却不屈不挠，一直奋力向前突进。

卡鳅松了一口气，他感觉自己已不那么紧张，不那么提心吊胆。跟关注小船队训练同步，他驾驶飞艇平稳地贴近海面，超低空飞行了将近二十分钟。

"我一定能成功，"卡鳅兴奋地说，"今晚飞完夜航，我将拥有飞艇驾驶执照，成为一个合格的飞艇驾驶员。"

"没问题的伙计，你很厉害嘛。"金吉尔的彩笔画也成型了，画的是夜幕下的大海，两艘小艇飞行在又圆又大的月亮中间，色彩和构图都漂亮极了。

小卡鳅反复端详了这幅画："画得相当好。不过你也画得比较传统。你有看过《科普旬刊》吗？月亮不只是一个圆圆的球。"

"不是，那我——大概眼盲了？"

"它不是一个普通的球，科学家说它的直径有几千千米。你见过如此庞大的家伙吗？比一百座积雨云还大，它眨眨眼，也许就能把整个班德尔

吹走。"

金吉尔瞪大浅蓝色的眼睛，"我的天，我真的不明白。"

"噢，你知道，我只是好奇，"他稳住操纵杆，"月亮上不一定有生命，但我觉得上面有月亮王国，这确实是说不准的事儿。就像这片海域有波奇王国一样！"

金吉尔愣了愣，摇晃着墨绿的卷发哈哈大笑起来："好吧，我相信你，我的朋友！"

飞艇行驶得很平稳，而月色在不停地变化：刚升上海平面的时候，卡鳅看到月亮还是薄荷色，不一会儿就成了银白色，大大方方地挂在夜空中了。天空的边缘有几颗星星若隐若现地闪亮，卡鳅想，它们会不会是另一个世界的月亮呢？一个大得多，更加气派更加明亮的月亮。不过他并没有羡慕或是失落，他只是欣赏和感激眼前的这一个，因为它让他的内心充满平静和喜悦。

不远处的大地上浮起一片闪亮的灯海——班德尔很快就要到了。

原载《人民文学》2017年第7期

点评

　　近年来，随着刘慈欣等小说家在国际上屡获大奖，自晚清以来就存在着的作为一个独特门类的"科幻小说"历经百年发展后又一次显示了其发展的强劲势头。一批青年作家的出现，更预示这一门类后继有人。我们当然不能把九零后作家朱雀说成科幻小说家，但他的一些小说的确带有科幻因素。《夜间飞行》堪称这方面的代表作。其构思与写作完全建立在虚构与想象基础上，而小说中出现的新形象、新事物、新景象给人留下了深刻印象。小说讲述了卡鳅及其伙伴驾驶飞艇在夜间的一次天空飞行经历，而对于卡鳅而言，只要顺利完成这次飞行，也即完成飞艇考核任务，顺利拿到飞艇驾驶执照，但这并不像预想得那样一帆风顺，实际上，从储能、起飞、合体飞行、穿越云层、误入雷暴云核心地带，到最后到达目的地，整个飞行过程既惊险又刺激，途中所见、所遇亦堪称奇幻。优秀的科幻小说给人以新奇，引人入境，其超拔的想象力、建构力的确给人以无穷的冲击力。

（张元珂）